黄永玉

作品

无愁河的浪荡汉子

八　年 ｜ 中

黄永玉————

著

作家出版社

"你讲不讲笑话？"序子问，"比如说，你跟你朋友，你隔壁那些人，你妈……"

"什么意思？"仲献问。

"没什么意思。我是想，没事的时候，讲一点集美这类的事情。"序子说。

"哪类事情？"

"不就是那类事情！你总不能一天到晚讲的都是家事，也讲点笑话。"序子说。

"讲事情就讲事情，讲完事情就讲完事情，夹个笑话，人不说你神经病？"仲献说。

"我讲你到底懂不懂什么叫作笑话？"序子问。

"你讲。"仲献说。

"那年，安溪县长卓高轩跟高中还是'水产航海'打篮球，裤子让学生拉下来露出光屁股，全场看热闹的笑得半死……"序子说。

"真难为情！一县之长。"仲献说，"当时还有好多女同学。我在场的。哇多紧派色！[1]"

1　我都很不好意思！

「我讲你到底懂不懂什么叫作笑话？」序子问。

「你讲。」仲献说。

「那年，安溪县长卓高轩跟高中还是「水产航海」打篮球，裤子让学生拉下来露出光屁股，全场看热闹的笑得半死……」序子说。

卓高轩打篮球

"你讲给你妈听过吗？"序子问。

"我怎么敢讲？"

"隔壁邻居那些人呢？"

"他们会报送我妈的。"仲献说。

"你到底怎么一回事？不食人间烟火？你本身就是个笑话。"序子接着说，"听好，再给你来一个。"

"有一个麻子喜欢赌钱，把家产赌得精光，两口子过着穷日子，三餐都接不上。有一天这麻子兴冲冲跑回来告诉他老婆：'快！快！快！把你头上的银簪子交给我。街上来了个翻麻子皮的医生，不消一盏茶工夫，能把我麻脸皮从里到外翻转过来，变成光鲜的脸皮，你看好不好？'老婆说：'要真这样，那还不好？'便把唯一的银簪子取下来交给他。麻子上赌场把银簪子输掉之后，回家对老婆说：'别提了！别提了！没想到翻过来的麻子是凸出来的，比原来凹进去的更难看，只好又翻回来，费了两道手脚，白花了那根银簪子……'

"怎么样，这个笑话？"

仲献说："这能叫笑话吗？一点也不好笑。我可怜那个嫁错人的老婆，好无辜，好贤惠！可恨的当然是那个赌徒。这跟麻不麻一点关系都没有。麻子是没有种牛痘的不幸生理问题；赌徒是道德问题。做什么平白无故拿麻子当笑话？我家这排房过去第六座屋庆喜爷爷就是个麻子，你上他门口讲这个笑话去……怎么，怎么你讲的每一个笑话都要伤一个人？伤人的事能好笑吗？"

……

这样，就弄得两个人没有什么话好讲了。

"你讲吧，我要是不来，你在家里做什么？"序子找点话说。

"我？也没有什么事做，很简单，帮妈劈柴，市场挑点东西回来，打扫呀！妈也不让我做，我怎么能不做呢？妈一天比一天老了。没有事我就把借回来的几本下学期要读的书，试着做一些习题。你是不是觉得我一个人在家里很无聊？不会的，你不来，我也一样。"

序子心里有点不好意思。在学校他是个公认的好学生，也是个很靠得住的朋友。也奇怪，蔡元明和仲献跟自己是完全不一样的人，有时候连说话也对不上腔，三个人怎么会相互欣赏？

"你有我没有的。"仲献想。

"我什么都没有啊！"序子也想。

"集美，你喜欢哪位先生？"序子问。

"我从来没想过喜不喜欢先生。"仲献说，"我认真听他们的课。"

"哈！我完全相反。听不听课不在乎，我只是欣赏和喜欢。"序子说。

"你都喜欢？"

"都喜欢。当然，也有两三个仅只是同情，也不讨厌。先生嘛，谈不上讨厌。"

"比方说，你英文这么差，许玛琳先生只给你四分、五分，你喜欢他？"仲献说。

"分数多少算个屁，喜欢是另回事。他有本事让我一辈子供在心里最重要的地方。他是我的知己。自从离开集美，每想他一次就默默敬一次礼。"

"怪！"

"不怪的。我晓得他也在想我。我是他一辈子最糟糕的学生、得意的学生，除了英文。"

"他又没有教过你别的。"

"所以，所以，你们这类'好学生'从来没有出过一位后悔的。"

"我根本不懂你在讲什么。"仲献说。

"我是说，你们好学生都不懂得后悔。夫子曰：'吾当悔之以学。'也就是说，总是满意自己的成绩，不懂得成绩里头还有些应该后悔的东西。——慢点，刚才那句夫子之言很可能是我自己编的。《论语》里头绝对找不到。我脑子里时常会涌出几句跟孔夫子水平差不多的格言。"

"杨先生很不喜欢你。"

"是的，他不习惯我英文这么差；加上我不停地画他的像。说实在，柯金田淹死怎么怪得了他呢？一个人在后峻照拂百多个学生。我认为他在集美很受了委屈。"

"那么周景颐教官呢？"

"我不清楚那些高年级同学不喜欢他的理由。他又不是厨房管伙食的，学生砸碗跟他有什么关系？其实伙食天天一样，不好不坏，也怪不了伙食。忽然间天下大乱，他有什么责任呢？运气不好，不小心把一堆炮仗点燃了而已。他就走了。——那天你大概没有砸碗吧？"

"我怎么会？——我吓坏了！"

"吓不住我，我喜欢热闹。——他是我湖南人。天涯海角，不知其流落何方？"

"他在泉州，当国民兵团团长。"

"嗬！团长。"

"算不得真团长。全中国每县都有一个这种团长。只是负责把各乡镇抓来的壮丁关在一起，不准乱说乱动，发一身军衣穿上，时候一到，按规矩押送到上边去。县有国民兵团，上有师管区、军管区。到时候分发到各部队去训练打仗，变成中央军。"

"这里哭哭啼啼、眼泪鼻涕兵怎么打仗？我们湘西兵从来都是自己报名当兵的，非常勇敢。"

"那我就不知道了。——高中那帮人传说你叔叔和婶婶待你不好。你讨厌他们吗？"

"怎么才叫好？你想，我如果是他们，有这么一个侄儿，不认真读书，初中三年，留五次级，常常打架惹麻烦，自己是学校领导人，能受得了吗？多大的精神负担？我们彼此只是不了解而已。我想的是比课本更大的世界，我从来没见过这么可爱的世界，把我惊傻了。那就是图书馆。对，图书馆，我好勤奋醉心。我心里明白叔叔未必不懂得我，他碍于学校的老规范不能不表示对我陌生。这不是一天两天而是整整三年。真亏得他们两人容得下我。叔叔是个很有头脑的人，他能做有成就的学者而不是卷在教育俗务里头，可惜，好精神的头脑。……照道理，我欠他们的人情……很难补得回来。"

"你讲的都是怪话。"

"不信？那就只好等于零了。"

"你想过长大以后做什么吗？"

"顾不上！眼下不摸底。刻好木刻，先做个读书人再说。——你呢？"

"我呀！我想我以后可以在学校做先生。"

"做先生是可以的，可千万别做'公民'先生和训育主任。——咦？你是个好学生，怎么学校没拉你进三青团？"

"我妈托人讲过情，我是独子。"

"咦？这怪，又不是抓壮丁。有这么严重？"

"我妈告诉我，这种'入伙'和黑社会一样，以后脱不得身。我爹对她讲过，这类事情叫她'摔立'[1]。我二舅认识村牧校长，转达了我妈的意思。'哈哈，入三青团是自觉自愿的，不要怕嘛！'就准了。"

"你妈看样子不是个凡人。"序子说。

仲献笑起来，"好多话都是我爸以前讲的。我妈最信他的话。"

……

序子透过"何满子"树丛看那一片茫茫沙滩，更远的那一线白浪，晓得潮来了，是潮又把风赶过来，一种有益人类万物的盐风。天上一道道起码五十里长的白云在慢慢移动。海鸥想和人讲话又没有胆子，扇着翅膀停在空中打探又让风刮远了。

"我明天走了！"

"喔！你像海鸥，好自由！"

"我哪里像海鸥？我俗务缠身……"

"谁缠你？"

"你记得学校赖呀的崽李西鼎吗？"

"记得！"

"赖呀死了，学校把西鼎送到开元寺难童教养院，好多坏仔打他！成日满身满脸是伤。"

1　小心。

序子透过「何满子」树丛看那一片茫茫沙滩，更远的那一线白浪，晓得潮来了，是潮又把风赶过来，一种有益人类万物的盐风。天上一道道起码五十里长的白云在慢慢移动。海鸥想和人讲话又没有胆子，扇着翅膀停在空中打探又让风刮远了。

海鸥想和人讲话

"你怎么晓得？"

"西鼎时常找我。"

"那怎么办？"

"所以哟！我要赶紧回去！"序子说。

晚饭时候跟伯母多谢。伯母说："你看，就我和仲献两娘崽，你来就加双筷子加个碗。放假仲献一个人，跟仲献做个伴，没兄没弟的。"

"是了，伯母。我多打扰，劳你辛苦。"

大清早，吃过早餐，序子就动身走了。伯母送到门口，仲献送上了坡，拉拉手，低头回身走了。序子一直看到他不见人影。

棍子挑着包袱，太阳从背后出来，序子见自己好长一条影子走在前头，海水在响，太远了，哟，哟，哟……到高坡上，回过身来，看见海了，跟天上太阳连在一起。

序子干脆坐下来，眯着眼睛。海像人一样，总是总是看不透，一下一个样。

前不巴村，后不巴店，对着海就想永远坐在这里吧！不走了！看到老，看到死。这有点像小时候闭气躺在水底永远不想浮上来。

前几天看不到海，给雨闹的，给闪电闹的，给卷风闹的，给紊乱闹的，给喜怒无常的太阳闹的，给迷路的惶惑闹的……

海和山，一个人坐久了，跟上麻药一样，什么都不想了。不睡，不梦，不伤心，不苦，不甜，也不休息；是个活死人，像池塘结冰卡在里头的鱼，春天又活过来，变成一只比以前更新鲜的鱼。人很难有机会碰到被冻死过来的这种新鲜力量。

来的时候其实像条可怜虫。一下风，一下雨，电打雷劈，一下又出太阳；故意硬挺着，昂首阔步，还唱歌；像走夜路怕鬼，有点假。

这盘往回走真的大大方方，闭眼也回得去。

坐在红砂岩上看远远的海，敞心敞肺，像个哲学家。不对不对，哲学家是靠"想"吃饭的。看山看海没法想事。"看"是虚，"想"是实，一醒，就白看山海了。

到现在为止，序子还没亲眼见过一回哲学家。穿西装还是穿道袍？胡子多长？黑的还是白的？究竟是怎么一回事？学校没有，社会上也没有，又是这么重要……

一边走一边想，慢慢看到树，看到人家，晓得到了马巷。进不进街，不进了。坐到一间茶棚矮长桌子尽头凳边上，表示只是过路借着歇脚不喝茶水的。

那老板看到了，"少年郎！坐过来不要紧，没有人。"

序子多谢，坐近了茶桌当中。

"努朵啰来？岂朵啰？[1]"老板和颜悦色。

"我到洪厝看同学，现在回泉州。"

"你是泉州人？"

"我是湖南人。"

老板冲了一碗茶放到序子面前，"免擂嘅！哇欠！[2]你是湖南人，老远到我们闽南做什么事情？"

"我读集美的。"

"哦！哦！我懂了，懂了。你是千里访友。你闽南话讲得真好，

---

1 你往哪里来？到哪里去？
2 免费的！我请！

我还以为你是闽南人。"

"不算好，安溪腔，安溪腔，我在安溪三年多。"

这时又坐下几个过路生熟人，看到老板跟序子说话，也都有兴趣搭上来叫茶。

老板宣开序子是"屙蓝浪"，如此这般……

"你们湖南人，狗肉也吃，是不是？"

"你们湖南人讲话我一点也听不懂。"

"中国汉、满、回、藏、苗、瑶、黎，听说你们湖南有好多苗族人，听说苗族人长尾巴是不是？"

序子看看这个人獐头鼠目不像个好人，为着底下要赶远路，暂时把火按在肚子里，"都是中国人，不可以随便侮辱自己兄弟民族的！"

"我可以不这么说，实际上到底有没有呢？"这人开始嬉皮笑脸想讨打了。

"你说呢？"序子走近了他。

"那你告诉我，你是湖南哪族人？"那人兴奋起来。

序子故意提高他的兴趣，"我就是苗族人！"

"哈！没想到这么巧，你就是苗族人，太好了，太好了……我今天运气来了！"

序子问他："你想怎么样呢？"

"哈！你问我呀！我别的不想，只想你让我摸摸尾巴！"

有老人家呵斥："你这家伙太没礼数，欺侮过路学生！简直是流氓！学生，不要理他！"

序子笑着问他："你不会后悔呀？"

那人挺起胸脯，"后悔？说老实话，今天你不让摸，我还不准你走！"

序子叹了一口气，转过身说："你真这么恶？那就摸吧！"

那人弯腰正伸手过来，序子鹞子翻身一脚踢到腮帮子，还没来得及喊痛，肚子又给了一拳，便仰天倒了。

序子一脚踩定脸上，踩了两踩，定住不动，问他："你摸到尾巴了吗？说，摸到没有？我要走了，你准不准？"

那人嘴角流血，"下次不敢了！你走，下次不敢了！"躺在地上不好起来。

这时，序子脸上打人的恶相还没有消退。茶棚取了包袱和棍子，对老板和众位说声多谢，赶路走了。

茶棚众人个个看傻，没有出声。

序子一路想，这狗日世界，为了取乐，怎么总变着花样欺侮人？又问问自己："我从来不敢欺侮人，是不是？"

加快了脚步，再不然天黑赶不回泉州了。官桥匆匆吃了碗面。幸好一个人走路没有拖累，可以放大步就放大步，走小步就走小步。马巷这回事写不写信告诉仲献，又怕他在集美传出去，那边也有马巷同学。迟早会传出去的，让大家晓得我流氓成性，到处打架，叫人保密是靠不住的；这边打招呼，那边已经讲出去了；还怪你早不交代，王伯要是晓得这件事会不会高兴？会的，她会说我动作快得有点门路。其实最后踩在脸上的那一脚是不必的，又没有仇，让他的鼻子扁了。是的是的，以后那一手不搞了。还有以后吗？走到哪里才有以后呢？一看到这双凉鞋就想到林振成，穿这双凉鞋踩人的鼻子是很厉害的。……林振成现在在哪里了？在成都？在重庆？不

序子叹了一口气，转过身说：「你真这么恶？那就摸吧！」

那人弯腰正伸手过来，序子鹞子翻身一脚踢到腮帮子，还没来得及喊痛，肚子又给了一拳，便仰天倒了。

尾巴还摸不摸？

在重庆，重庆装不下那么多人，又是国都，又是飞机场，又是美国人；可能在昆明，在受训，在匍匐前进，在穿过铁丝网……我当时跟王寄生、陈耕国、林有声上延安去就好了，是个办法。那边一到就可以上"大学"。初中、高中，毕不毕业不要紧。四叔紫照就是初中毕业这样去的。他们根本不把我放在眼内。也不是阿狗阿猫都可以上"大学"的。有另外的讲究。我年纪小，花钱多，路远不好带。就好像当年的朱干爹不要我一样。我去那边干什么呢？那地方有没有意思我一点都不晓得。王寄生给的那本《大众哲学ABC》还放在浮桥大包袱里，大众哲学底下又来个ABC？……为这本书，三个人就这么远远地走了？真神！福尔和吉蒂带匹诺曹上快乐岛抽雪茄去了？

一过前铺很快到了青蒙，看见东、西塔也就到了泉州。

傅斗、傅升在铺子没出去。序子洗完脸和脚杆，穿上木屐坐下来喝茶，没打算讲马巷打架的事，也没计划好几时说出来。

"你一路走得这么快！"傅斗说。

"嗯！"序子回了一声。

"你眼露凶光，面带杀气，路上出什么事了？你打架了吧？"傅升问。

序子从凳子坐直了，瞪大眼睛。

"你看！"傅升指着序子，"他打架了！"

序子只好讲完打架经过。

傅斗纳闷，"同安人不招事的，怕是外头过路的。"

一帮人就把序子围住问东问西，觉得这人小小年纪有点奇怪。

有人又说："你走的这半个多月，每到星期六星期天，那个难童都坐在门口等你，叫他吃饭不理，好晚才回去。"

"是这么个人。"

"明天怕还会来，是星期六。"人说。

第二天刚吃完早饭，西鼎还真来了。

"你来做什么？听说你每个星期六都来。"序子问。

"没有做什么，我怕你不回来了！"西鼎说。

"怎么你脸上还有新伤？"

"只剩下两个抽香烟的要钱，不给钱就打。"

"好好，既然这样，今天跟他们算个总账。"序子走向铁匠铺，在钉马掌那头低头慢慢捡了几根马尾回来。捏了一小粒膏药。马尾剪成长短不同十几段，一头糅在膏药里，粘在衣服口袋里头。

"走！你那个难童教养院在哪里？"

"好远好远，在百原寺那边。地方大。不在庙里头。"

走了一个多钟头，序子说："亏得你星期六星期天到浮桥找我，这么远！人家要你吃饭，为什么不吃？"

"我不是去吃饭的！"西鼎说。

"那你一整天饿着肚子等我？"序子问。

"哪！到了，这是百原寺。那边围墙那边大门的那边是我们教养院。"

序子从衣服口袋里取出粘着马尾的膏药粒贴在自己的左腮帮上，压牢之后，摩了两摩，就笑了。序子故意鼓起肚皮挽起袖子走了来回问西鼎："你看有没有办法把他们两个弄出来？比如说，你有个姐姐在这树林子里头等你补衣服、钉扣子……"

序子从衣服口袋里取出粘着马尾的膏药粒贴在自己的左腮帮上，压牢之后，摩了两摩，就笑了。

序子故意鼓起肚皮挽起袖子走了来回问西鼎：『你看有没有办法把他们两个弄出来？比如说，你有个姐姐在这树林子里头等你补衣服、钉扣子……』

粘上腮毛的张序子

"不行，他们不信我忽然蹦出个姐姐。我想我自己进去，一碰见他们，我扯谎的本事自自然然就出来了，容易让他们信。比事先想好的灵。"

"那你就去吧！"

西鼎进门之后，序子才发现脚底下这一大片青草长得这么好。两只脚像浮在水面一样。一缕缕太阳光从树顶照下来。真可惜糟蹋了这个环境。这完全不该是个打架的地方。

西鼎不理会周围的人，只顾着查找周觉群和赵显慈，果然在膳堂门口让他们两个人发现了。西鼎猛然回头就走。两个人当然近过来。

"狗仔你往哪里走？"两个人逮住西鼎。

"我有急事。我办完事马上就回来见你们。"西鼎说。

"什么急事？快说！"

"现在不能讲，等下再讲！"西鼎说。

"不讲就揍你，讲不讲？"

"我上厨房找二师傅，外头有人等他。"西鼎说。

"什么人？"

"现在不讲，要钱没有。等回来我送你们一包老刀牌香烟……"

两个人商量一番说："烟？二师傅不要找了。你带我们去见那个人。烟呢？"

"烟还在那个人手上，还没拿到。"

"是不是卖烟的？"

"我不敢说。"

三个人出院门往林子里走。

"人呢？"

"刚才还在这里！"

三个人往里再走十几步，仍然不见人影。

"噻令亮！你敢骗我们？"

"我怎么敢骗你们呢？再往里走走看。"西鼎说。

"哈！你今天想死啦！人咧？"两个人真的发火了。

"人在这里！"序子从树上跳下来，扑倒两个人，一人给一脚。坐在周觉群身上，一只脚踏着赵显慈。

"抬起头来，认得老子吗？"序子摸摸左脸上的腮毛。

"认得，认得！"

"怎么认得的？讲！"

"听西鼎讲过。"

"讲过了，怎么还欺侮西鼎？"

"以为是假的，以为西鼎风姑 [1]。"

"现在呢？"

"是真的了！"

"那怎么办。"

"不晓得怎么办。"

"你们要了西鼎多少钱？"

"记不住了。"

序子在他们身上狠狠打了一顿。

"哎呀！哎呀！"两个人叫起来。

1　吹牛。

"叫！叫！几锄头老子把你们埋了！你们要西鼎的钱做什么了？"

"买香烟抽。"

"你两个几岁了？"

"他十三，我十四。"

"嗐令亮！都是个小烟精！自己讲，愿意怎么死法？"

"哎呀！死呀？怎么死呀？要我们死呀？"

"嗯！老子挖了两个坑。一个直的，一个横的。直的坐着死，横的睡着死，你两个喜欢哪个选哪个。躺下去我再盖土……快选！"

"不死行不行？"

"也行。裤子脱了，让我剪'蓝搅'。"

"别剪！别剪！"两个人发抖告说。

"不死又不剪，你们怎么还西鼎这笔账？"

"我们高年级一个月有三角钱，一个月省一角还他。行不行？"

"那么打呢？怎么还？"

"嗳！嗳！嗳！"

序子看差不多了，于是放他们站起来，问西鼎算算这笔账。打过多少回？每回打几拳？踢几脚？

西鼎十分没出息，算术不好，手指头搞了半天没算出来，"打了一年半。"

序子觉得这笔账算不清了。问这两个人："你们自己说，怎么办？"

两个人全身打战，说不出话。嗽，嗽，嘴巴直响。

序子顺手从树上折下一根脚趾粗的树枝，褪去树叶捏在手上，

序子看看差不多了，于是放他们站起来，问西鼎算算这笔账。打过多少回？每回打几拳？踢几脚？

西鼎十分没出息，算术不好，手指头搞了半天没算出来，『打了一年半。』

序子觉得这笔账算不清了。问这两个人：

『你们自己说，怎么办？』

双手架个矯 ㄨ 抬西鼎回去！

"那么老子亲自动手吧！两个人排好，转过身去！——这回老子非让你们筋骨寸断不可！老子今天不打头不打脸，免得回去不好看。老子警告你们，叫喊一声加十下，听见没有？"

两个人点头。

序子在他们屁股、背、大腿上狠狠地各打了三下。

至于钱？

序子说："脱裤子抵账吧！"

"别，别，别脱裤子，脱衣服吧？"两个人哀求。

"西鼎！你看，他们要求脱衣服行不行？"序子问。

西鼎已经吓得要死，连忙说："他、他们只有一套衣服，不要衣服了。"

"你们两个狗日的听见没有？西鼎在帮你们求情，连衣服也不脱你们的了，你们这么欺侮他，有良心没有？记住了，每个月，一个还西鼎一角钱，唔！还到明年六月份吧！少一分钱老子都不饶你们！听清楚没有？不要老子再来费神！"

两人连忙点头。

序子命令他们两人双手架个轿子抬西鼎回去。眼看轿子一拐一拐走远了。

"西鼎！明天别忘记找我。"

序子不太高兴，有点遗憾，有点不过瘾。原来打算的流氓派头没有耍出来。费了好大劲弄的腮毛也没有机会显出威风，可惜得很。（想到这里，顺手拔了腮毛扔了！）看样子，李西鼎的太平日子总算保住了。其实那两个狗日的长相也不像个坏人。长相这东西学问复杂。有的人一眼就看得出是个坏人，后来果然是个坏人；有的人第一眼觉得他是个好人，日子久了，上了他的当。有的人讲话和动作都让人讨厌，其实不是坏人，不跟他来往就是。李西鼎从小到现在，像个给雨打湿躲在沟坑里没有人要的小猫，谁看他一眼他就跟谁。要是有人问："序子序子，说说你是个什么东西？"序子会答："我是条水淹不死的鱼。"

人，就是要靠大家聚在一起才活得了。大家千辛万苦好不容易住在一起，又要特别小心千奇百怪的骗子手，动不动就讲这个世界十分美丽；动不动又骂这个世界是婊子养的。两种人的话都作不得准，听不得。如果你跟到喜欢，跟到恨就会上当。

要小心心心活下来，谨防荷包被扒，良心被偷，性命被拐。这一辈子要活好多年才到尽头。怎么打发这万里长的日子？不欺侮人又不被人欺侮；一定时候又有力气做优雅的反抗和报复。不要怕提"报复"二字，"原谅"也是"报复"的一种办法。能晓得被原谅道理的人，也算好人。

序子东想西想，沿着道旧灰墙根走，来到个不太像庙的庙门口。匾上正是西鼎提到的"百原寺"。走进去静悄悄的。转几转，好多花树，一棵大玉兰正在开花。小小院子照得通亮。

这花开得实在是太好，从没见过，会开多少天呢？三天？一星期？十天？开一个月和你有什么关系？开着没有人看，等于白开。糟蹋圣贤！树长得这么大，栽树的人想必老了，走了，不在人世了。事情这么多，顾不得这么多，顾不得它了。

这样的时候最想作诗。作诗就像发明东西，电灯、脚踏车、火车都让别人发明完了，好诗也都让古人写完了。比如"寥落古行宫，宫花寂寞红"，照这个样子，你来两句"百原寺的玉兰花"试试……

诗这个东西性质最狠，像面照妖镜：不会就不会，会就会。会的眨两眼四句就出来了；不会的睁到天亮还在床上颠三倒四，贫富十分悬殊。

序子多少年来遇到的诗境还真不少，眼前想的是刻一幅玉兰花的木刻。摘一枝花苞回浮桥用瓶子养着，慢慢等它开花，画一张稿子，再描在木刻板上刻出来，留下这个好印象做纪念，不枉来百原寺一游。

玉兰花在朱雀城也见过，有匿[1]人家栽在大花盆里，三尺左右高，每年开这么四五朵花，不容易长大，年年已经有人巴结着来看了。朱雀城多的是大山朴，开花比玉兰大，埋在叶子里。叶厚如枇杷叶，叶背后不长黄毛，玉兰先开花，花开完才长叶子。看花的时候让你坦坦然然地看，这是跟大山朴不一样的地方。一样的地方也有，那就是树干子脆，不经踩。所以上树要特别小心。

序子看准了一枝满是花苞的花枝，离地只八九尺高，便爬上树去啪的一声摘了。正要下树，树底下一个长着稀疏胡子的老头抬头对他讲话："学生，你怎么随便进来了？"

这老头和尚不像和尚，道士不像道士。

"怎么啦？怎么啦？"序子问。

"花开得那么好，你看你把它摘下来了。"老头说，"你摘它做什么呢？你下来，慢，慢。"

序子换了手捏花，另一手抓住树干，居高临下，恶从胆边生，"老

—

1　有钱。

子喜欢就摘。"心想，一个上午怎么尽碰到这些狗屁捞糟的事？"老子有用！"

"你下来，下来，我帮你接住花。好，好，小心，慢，慢。"老头子照拂序子下到地面。端详了一下，"你不是闽南人？"

"老子是湖南朱雀人！"

老头子笑了，"你知不知道'老子'是谁？"

"刚才讲的'老子'是我；我也晓得古时候有个'老子'。"

"你是个读书人？"老头子问。

"我算不得读书人，只是曾经读过书。"序子说。

"做什么不读了？"

"好复杂！一句话，不喜欢上课只爱图书馆，读不下去了。"序子说。

"那是哪座学校？"老头子问。

"厦门集美，后来搬到安溪。"

"啊！那是座好学校啊！"老头子说。

"的确是座好学校！学校好，其实我也不坏！"序子说，"我这个人，自己也弄不清楚。"

老头子说："你要不要到我的禅房坐一坐？"

"去就去吧！"序子跟进一个小房间。一张书桌，两张简单的条凳架着木板床，帐子都没有。一对僧鞋和一对布麻鞋放在床底。书架放着几本经卷。桌子上竹笔筒里插着几支大小毛笔。一个带盖的圆砚台。旁边挨着块不错的墨。一块很旧的薄毡子铺在桌面。

序子轻轻把玉兰花放在窗沿。

"你这间房呀！就是这口窗子好！"序子说，"亮。纸也糊得

老头子说：「你要不要到我的禅房坐一坐？」

「去就去吧！」序子跟进一个小房间。一张书桌，两张简单的条凳架着木板床，帐子都没有。一对僧鞋和一对布麻鞋放在床底。书架放着几本经卷。桌子上竹笔筒里插着几支大小毛笔。一个带盖的圆砚台。旁边挨着块不错的墨。一块很旧的薄毡子铺在桌面。

到禅房去坐坐

规矩。"

"你能不能说说，摘这枝花有什么用？"老和尚问。

序子坐在一张骨牌凳上，"画一张稿子，准备刻木刻用。"

"喔！你刻木刻？"老和尚说。

"算不上会，刚学会，很顺手。"序子说。

"喔！喔！你家里原来是做什么的？"

"我父亲说，祖上是守文庙的，祭孔的时候做'演礼'职务。其余时候教私塾，听说明朝就开始了。父亲和母亲都是师范毕业生，分别在县里做男女小学校长。蒋介石搞垮陈渠珍，全湘西都垮了，我们家就跟到败了。一个远房二叔把我带到集美。"

"这么好的学校，你应该用功啊！"

"功不能这种用法。这类话我不想长讲了，我也该走了。咦？你满口国语，看样子你也不是闽南人。"序子问。

"你说得对。我是天津人。"老和尚说。

"啊！天津！天津那么大的地方，都是有钱人。有钱人毛病就是怪，得好菜、好饭吃，不吃，去吃斋；更怪的就是甩掉好日子不过去当和尚，我看你怕就是这类人！好蠢！你看，老了吧！后悔晚矣了吧？"

"你住的地方离百原寺近不近？"

"浮桥。"

"喔！那就是很远的所在了。"

"你不讨厌，一有空，我就会来看你。你有事，见你忙，我自己会走。我以后不会摘你的花了。那我现在就走了。你年纪大，自己好好照拂自己。"

序子稳重地捏着花枝扬长而去。

李西鼎一大早就来了，在铺子右边墙根靠着。

街上还没有几个人，往西走的都是菜市场买东西的。

"你半夜动身的吧？这么早做什么？"序子说，"哪来的这包东西？鬼鬼祟祟，人家还以为你是小偷。"

"侨生回南洋送我爸的，一大堆。这件厚上衣你穿了合适，送你。放我那里没用。"

序子街两头扫了一眼，叫西鼎赶快进屋。

是件好料子短大衣。序子笑起来，"老子也不配！是有钱人穿的。那些狗日的有钱侨生真糟蹋东西！这么好的外国衣服都扔了！"

西鼎说："南洋天气热，八辈子穿不了！"

序子摇摇摆摆把衣服穿起来，一身空廊廊，"还是大了。"

"冬天还没来，到时候里头垫了衣服，穿起来刚合适。"西鼎说。

"哈！上下缺两样东西，帽子和皮鞋，完全西洋大美帝国主义派头。嗬！李西鼎进的贡，朕收下了！"序子赶忙放进大包袱里。——"说！那两个狗日的背你回去以后怎么样？"

"不怎么样。"西鼎说。

"什么不怎么样？放你下来，回头有怨气没有？恶声没有？你看你这副卵相，天生挨打的料，真没有出息。下回还折磨临头……"序子恨铁不成钢。

"不会！不会，那哪里说起？再也不会了！这种人，哼！你那几句，钻到他们心里头去了。一辈子没听说过的！我以为你真要埋人，尿都拉在裤子里。"这口气，好像打人、原谅人的是李西鼎。

序子信了西鼎的话。

西鼎问："你找到蔡元明和洪仲献了？"

"找到。一家住了几天。路上挨了风雨雷电。回来过马巷打了一次真架。"

"赢了？"

"嗯！"

"不过我想你这样一天天打下去，万一碰到武艺高强的侠客就死定了！"西鼎担心。

"我是个死卵吗？我眼瞎了？我不会看？我会去硬碰？侠客会平白无故惹事欺侮人吗？我打的是流氓痞子。你听到哪里去了？"序子说。

"要是真碰到大流氓呢？"西鼎问。

"还讲！还讲！盼大流氓来捶我一顿你就快活是不？"序子问。

西鼎笑。

"还笑？——你看你耳朵背后、颈根背后这么脏！像个烧炭人。"序子说。

"我洗了呀！天天照你讲的洗过了呀！"

"洗什么呀？你只洗当阳这一片。"

"那我以后东南西北都洗，你放心好了。"

"不是以后，怎么是'以后'？怎么是我放心？自己厨房后头弄干净去。"序子给了他澡巾和肥皂。

洗完回来，转了个身给序子看。

"记住啊你，养成习惯，要不然长大怎么得了？你好不懂事啊！"序子讲归讲，不信他记得住。

西鼎问："瓶子这花哪里来的？"

"百原寺摘的。——你认不认得百原寺那个长胡子的和尚？"序子问。

"认得，认得。他很可怜。"西鼎说。

"不是可怜，是清苦。你也不是可怜，你是个'自在佛'。你跟他一样，没想过让人可怜的。你两个人'法相'不同而已。"序子说。

"你把这瓶花怎么办？"西鼎问。

"画出来，再描在板子上刻出来，刻好之后再用纸一张张印出来。这叫作'木刻'。记住，以后看刻木板子刻出来的画，就叫作'木刻'。我这样讲你记不记得住？"序子说。

"眼前我当然记得住，下午就保不准；也或者记得住也难讲。嗳，你要我记它有什么用？——你刻完后怎么印？要不要我帮忙？"西鼎问。

"站远点，手那么脏，一把鼻涕一把口水，到时候变成'鼻涕口水刻'了！你要上课，没有空，星期六星期天才来，我等不及。"

西鼎站得远远地笑，"你到底会不会刻？我看你好像在装样子骗我。"

"你再讲一句！讲！再讲一句！"序子两眼盯住。

吃早饭了，好多人进门围着几张大方桌坐。傅升、傅斗看见西鼎，指着序子笑，"等到了！"

吃完饭，序子跟傅斗说起木刻的事，"若有点石印铺的油墨就好。"傅斗有办法，他认识石印铺的人，不难弄。

整个上午西鼎都在看序子玉兰花写生，一动不动，鼻涕在鼻孔里进进出出，发出远远火车启动的声音。序子几次为这声音停住铅笔，见西鼎那张老实诚恳好不容易洗干净的扁脸偎在旁边，觉得空气很是宁馨，自己跟着鼻涕拍子轻轻哼起歌来。

写生稿子还算顺手，然后照着写生稿子用铅笔再用毛笔描在木刻板上。

"你累吗？"序子问西鼎，"你无聊吗？"

"不，我喜欢看。"西鼎说，"我看一眼花，又看一眼画，你他妈真会画，这么好。我原先还不相信。"

"明天清早就动手刻。"

"那我还是一早就来算了。我问你，我来，他们会不会以为我在混饭？"

"已经是混饭了。还'以为'？不要紧的，人多，不在乎一口两口的。"

第二天，序子开工的时候，还有几个人围着看新鲜，后来不知其所以然，也就走了。剩下忠臣贤良李西鼎一个人陪着不停地说话，序子耳朵就在旁边没有地方躲。

"口水！口水！不要喷到板子上来！"序子急了。

吃过早饭，眼看板子刻得差不多了，西鼎的话也渐渐少起来，甚至闭起了嘴巴不再说话，让序子反而不太习惯，"你怎么不说话了？"

"嗯！"西鼎说。

"'嗯'是什么意思？"

"我是想，教养院的周觉群、赵显慈这时候也刻木刻，要是我

整个上午西鼎都在看序子玉兰花写生，一动不动，鼻涕在鼻孔里进进出出，发出远远火车启动的声音。序子几次为这声音停住铅笔，见西鼎那张老实诚恳好不容易洗干净的扁脸偎在旁边，觉得空气很是宁馨，自己跟着鼻涕拍子轻轻哼起歌来。

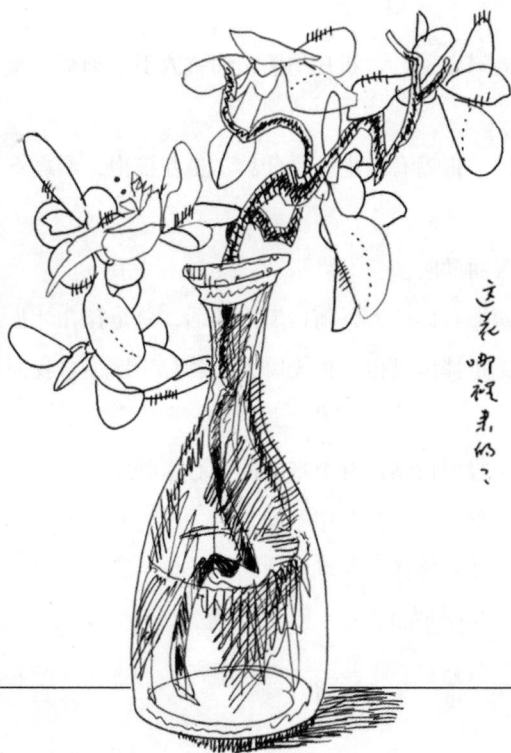

这花咖祝朱的？

说他刻得不好，会不会打我？”西鼎说。

序子放下刻刀站起来，“噻令亮！不要绕弯！想讲什么就讲！”

西鼎收紧肩膊，指着那幅木刻，“板子太小，只看到枝，看不出花了！黑黑的几颗小点点——要是有块大木板子就好，花也有，枝也有。”

序子一声不响，慢慢把木刻刀放回盒子。桌子上的木屑拂到地上，再拂到箢箕里，倒进垃圾桶。没刻完的木板用报纸包好放在大包袱底下，所有东西都收拾干净之后看着西鼎。

“你不刻了？”西鼎问，“你怎么不刻了？”

“老子缺的，就是你讲的那点学问。”序子说，“走！‘踢逃’去！上街！不刻！”

走到街上，西鼎问序子：“我几句话，你就放手不刻了。是不是我有点学问？”

序子头也不回，“狗嘴有时也吐象牙！‘虽在孩抱，奉之不异长君’。”

“你讲什么？”西鼎问。

“啰唆，啰唆，你看你这人，随口流出的话，总是挂在牙齿边上？‘信口之言，无足挂齿可也’！无聊，无聊！”序子自我回荡，十分得意。

西鼎跟在后头，服服帖帖，有个带路的，心里踏实。

“快到中午了，吃什么好？”序子问。

西鼎赶紧回答：“有哪样，吃哪样。”

“硬的？稀的？”序子问。

“硬的经饿。”西鼎答。

"好！'呷查霉算'[1]！"讲完两个人在街上小弄子口小摊子边坐下了。

杂炒摊子见有人来，故意嚷成好大声势。敲锅打铲，弄出两大盘热腾腾的炒米线。还带两小碗汤。

这米线也的确好吃，几下工夫两人就化解了。序子从容地付了钱正往大街走，忽然见墙上贴着一张泉州国民兵团的告示。团长三个大字周景颐，果然是他。周教官！

"要是去找一回周教官，会怎么样？"

序子动了这个念头。

找一找其实无碍的。看看什么架势，搞的什么名堂？当然不是今天。怎么见？先写个信怎么样？写明白之后见面就简单了，开场白都省了。记下了地址好写信。撕下右下角的地址，叠好揣在口袋里。

"好！百原寺进发，看老和尚去！你回家也方便！"

进了百原寺，一个中年和尚拦住。讲明是来过的，给带了进去。远看老和尚正低头扫树下落花。两人走近，"啊！来了！——你们两个是熟人？"

"是的，以前我们一起在集美的。"

老和尚向中年和尚低头做了个眼神，让他走了。转身把那堆落花轻轻扫到院墙边，靠好了扫帚，"我们到禅房去坐坐吧！"

序子见禅房牵了绳子挂着几张纸，桌上笔墨还未收拾，知道是

老和尚自己写的。见桌上几卷纸斜靠墙边。惊讶起来：

"夏丏尊居士。"

"丰子恺居士。"

太可怕了，老和尚竟然认识这两位大名人。

"我读过两位先生的书、文章和画。还不是普通的喜欢，是从小就贴近的。"序子说，"你怎么认识他们？"

"是我的熟人，有的还是我的老学生。"老和尚说。

哈！吁吁呸！吹牛，这种牛皮是不可以乱吹的。丰子恺是谁？夏丏尊是谁？他清不清楚就吹，很危险！

序子指着墙上那些字，"你还写字送人啊！"

"是的，我常常写字，也送人；你看，写得……"老和尚问序子。

序子沉吟起来，想到自己的字写得不怎么样，便走过去认真看了一下，"这个字嘛！少点力量。我觉得你不妨找点《张猛龙》《西狭》《石门》看看，那种蕴藏在里头的力量。至于赵子昂、董其昌之类我倒不建议你去看，那会把人写坏的……"

老和尚看着序子，好认真领受的样子，微微笑着，"哦、哦"地答应着。

"比如说我自己吧！启蒙出手学颜就不好，格调陷死了，解不开；现在看到书法自吹的人，觉得很没意思，我灰心了，不再想书法的问题……"

"哦！哦！文化上你还喜欢别的方面吗？"老和尚问。

"都喜欢！比如音乐啦！美术啦！文学啦！摔跤啦！音乐方面五线谱把我难住了，我因噎废食耽误了。我仍然喜欢；我不但喜欢听，还喜欢唱。唱是唱，嗓子不行。澡堂子、厕所唱唱听起来还可以，一上台见人多就完。"

"你喜欢哪类音乐呢？"老和尚问。

"都喜欢！京剧啦，汉戏啦，辰河高腔啦，外国歌啦，中国歌啦，《孟姜女哭长城》啦，《秋声赋》啦，聂耳啦，冼星海啦。冼星海写过一首《棘园春》很感人，聂耳的《铁蹄下的歌女》《毕业歌》，也行。我们湖南出了个音乐家名叫贺绿汀，作歌填词都行，听说是个很正派的人，作了很多抗战歌。他写的《秋水伊人》好多人在唱，很伤感情。永安国立音乐有个白俄教大提琴的，名叫尼哥罗夫。他作的中国情调的曲子，比中国人还要中国人，院长卢前写的一阕词名叫《永安之夜》，他配的中国风的曲子，妙透了，忘记不了的。

"我爸爸以前教的歌我不敢想也不敢唱，好伤心。他们现在日子很不好过。《旅行歌》《春游歌》《踏莎行》《送别》《江干残灯》《秋夜》……"

老和尚静静面对这个撒泼谈音乐的孩子，问他："你知不知道令尊教的音乐最后三首歌的歌词是谁作的吗？"

"不知道。"序子说。

"我作的啊！"

温和的声音，序子听来像个炸雷。

序子几乎不相信自己的耳朵。眼前一个大光晕，中间一个老和尚。

序子想跑又舍不得跑。

"我、我……"序子让定身咒定住了。

"是，是你。我想问你，那天你摘的玉兰花，拿回去怎么样了？"老和尚问。

西鼎抢着说：“他刻木刻的，刻了一大半，快完的时候，他不刻了。收了摊，才带我来看你。”

“怎么不刻了呢？”老和尚问。

“事先没考虑好，草率动手。”序子说。

“那是我先看到的。木板子太小了，刻一朵花都不够。顾了枝，顾不了花。后来两头都顾不上了。是我先说的……”西鼎接着说。

“那就可惜了，是不是？那天你摘走的那一枝好饱满的花苞，插在花瓶里，一定开出大朵大朵玉兰花。不刻出来，辜负它了……”老和尚说，“你该去找块大木刻板。”

“嗯，他画很好的稿子，花和枝都漂亮极了，我从头一口气看到尾。”西鼎说。

序子想的比刻木刻复杂得多。他眼前是一条蛇，要当着老和尚的面把前些天和今天所作所为像一层皮那样蜕去。最好蜕得干干净净。这是徒劳的，蜕得了自己的皮壳，蜕不了老和尚的耳朵和眼睛……

他想到他的故乡朱雀城，那些山峦跟河流，南华山腰里的文昌阁和绿树里传出来的爸爸教过的歌，相信爸爸一定晓得这位作词老和尚的名字。

爸呀爸！你这时在多好！

序子对老和尚说：“我记住你的话了。我会认真刻木刻的。我现在要回去了，我唱个歌给你听好不好？”

和尚肃坐点头。

序子唱：“长亭外，古道边，芳草碧连天。晚风拂柳笛声残，夕阳山外山。天之涯，地之角，知交半零落。一壶浊酒尽余欢，今宵别梦寒。"

唱完歌，序子向老和尚慢慢一鞠躬告辞，走出禅房。出得庙门，西鼎问序子："你唱歌就唱歌，哭什么？"

序子骂西鼎："噻令亮！你懂个屁！"

西鼎听见序子一边走一边哼。

"你哼什么？"

"……哪里找这么大块木板子？"序子烦愁之至。

"多大？"西鼎问。

"两本书那么大。"序子说。

"大概要好多钱？"西鼎问。

"贵得很，起码一张床板的钱。"序子说。

"什么金子做的木头，这么贵！"西鼎叹气。

"板子和板子不一样，那是刻图章的梨木，想吧，刻一颗小图章多少钱？"序子说。

"喔，这样啊！那就慢慢来吧！老和尚又不催着你看。我先帮你打听哪里有这种木头；钱呢，又是另一回事，到时候说不定在路上我们会捡到一大包钱……"西鼎说，"天下事难不倒我,除了弄钱。"

这天序子到报馆找张人希，约了黄怡君、庄启和贺努到一间名叫洛克西式咖啡店去坐。人希问好久不见，找也找不到，上哪里去了。

序子把上安海、洪厝找同学的事详细说了一通。提到百原寺摘玉兰花见到老和尚前前后后经过，尤其是跟老和尚唱歌论书法，全都大笑起来。

"你把他当'五鹿充宗'了！"

"听到你书法高论之后他有什么表情？"

"平平常常，不见生怒，也不见笑。"序子说。

"你对他唱'长亭外，古道边'的时候呢？"

"他听呀！盘腿坐着，一动不动呀！"

"是了，是了！你认得他是谁吗？"

序子摇头。

"他就是弘一法师。"

"弘一法师？法师是干什么的？他说丰子恺是他的学生，是不是吹牛？"序子问。

……

序子没和他们谈玉兰花的事。这又会涉很多别的问题，摘花经过呀，玉兰花写生呀，什么叫木刻呀，板子大小呀，板子太贵买不起呀，这些事情他们一定都有兴趣。只要拨弄出一点火星就会全部燃起来，搅乱序子思绪和条理，既没有空，也乏味。

序子眼前根本谈不上刻出一张理想的玉兰花木刻，板子都没有。遥远得很。摸不着的东西就不要谈。

人希总想给序子找个事情做。"是不是到报社做个校对？"完全好心，还没有说出口。说出口，序子也不会干。他一点也不清楚"校对"是怎么回事。

序子眼前还只是只鸟的心地。他刚出壳，刚刚才使用嘴巴高头那点硬东西把壳顶破。伸出个脑袋，左右一看，这世界算是有点意思；更远点呢？

你要他别走远，告诉他，世界上有一种不愁衣食的东西叫"笼子"，玉琢的，紫檀木搭的，金银镶的，湘妃竹编的。好多有本事的都能在里头安居，甚至为了进一个笼子争抢得你死我活。

序子情感和认识还没有达到这种地步。他还没有信不信、喜不喜欢的存心。他没空，他忙着体验和认识这个世界。

（几十年后，张人希才对序子提过曾有过这种想法。他觉得一个小孩如此奔波是在铤而走险。他自己是个孝子，寡母二十一岁把他养大，两母子相依为命。）

酸、甜、苦、辣，他都亲力亲为，有时进了笼子还不自知，命中却又让他逃出笼子。

笼子的价值在他心里没有数。

他曾见到许多雀鸟被关在一个笼子里头还互相打架。不晓得是学术问题、权力问题抑或衣食问题、爱情问题？

"自由"这个词，对序子来说还很模糊。他会说："不自由，大概是没有书看吧？"

一个人活在世界上只有一辈子，多看一本书就多活一辈子。一百本，一千本，一万本，十万本呢？十万本书背后那十万个写书的人呢？都是有滋味的人。你成天跟这些人在一起，你说，这世界可不可爱？

书这个东西，恐怕是除了吃饭之外人间最有用的东西了。

（以前的书，事先都是在木板子上刻出来的。学问不大，意思不好的书，人家读过之后就会生气，骂他是"徒灾枣梨"。糟蹋了刻字的木板子。看起来这句话是南方文人读者骂的。梨木的质料，南北一样；枣木就不同。南方的枣木纹理精美细腻，刻出的印版很经得起印刷。北方的枣木硬度有余只是纹理粗疏，非常不合于刻板。

他曾见到许多雀鸟被关在一个笼子里头

还互相打架。不晓得是学术问题、权力问题

抑或衣食问题、爱情问题？

鸟在笼子裡打架

"徒灾枣梨"这种骂法很有道理。有钱有势的人不一定有学问和涵养，却是满腔勇气和一副厚度惊人的脸皮。说一声出书便有很多人伺候他。刻出书来，送人也没人看。

另一大批有生趣、有学问、有头脑的文人想出书却没有机会，没有钱。硬要挣扎甚至会弄得一家饭书两亡。

好不容易险阻爬行中把书出版了，那心情也差似死里逃生一般，得到的安慰极之有限，顶多找机会流着眼泪对妻子儿女说："我，我，我这辈子总算对得起你们了……"

书的两极悲欢，只有写书和看书的人知道。

这个世界要是没有书，会变成什么样子？

秦始皇焚书之余，他自己读不读书？读什么书？）

序子写信给周景颐教官了。

怎么称呼他呢？

"周教官"，不，他现在是国民兵团团长。

"周团长"，不，你是集美出来的，怎么学生称先生作团长？

"周先生"，不，他什么地方也没当过先生。

"景颐前辈"……

"景颐同乡前辈"……

"景颐乡叔"，对，怎么想起这个称呼，太机智了！真是，机智来了挡也挡不住。

景颐乡叔：

我是张序子，湖南朱雀城人。集美初中五十三组学生，天天见面，想必您还记得我。我离校已一年多，现住泉州朋友家中，自学木刻艺术工作。

听老同学说您在泉州国民兵团当团长，后来又在街上见到布告果然是您的签名，感觉亲切。

写这封信向您问好。

如果您不见外的话，我希望能来看看您。

敬祝

健康！

　　　　　　　　　　　　　　晚　张序子

敬上

（本市浮桥涌金里十二号傅斗先生转）

不到三天就收到回信，说："可来一见。"

这个"可来一见"是什么意思？也就是说："不来也没什么了不起！""是你想见我，来就来吧！"

没有说："盼来一见！""急盼一见！"

显得是勉强的答应。

原来跟他在集美本来就不是太熟，没有感情交流。你要见我，可以，因为你是集美的学生，算有万分之一的师生之友谊的缘分。……可以，可以，可以！也看不出恶意的蛛丝马迹。

万一——进门当面就给我来一茶壶一茶杯，以报集美砸碗喝倒彩之仇怎么办？

那他就太狗日的了！

不会的。他回信用的是国民兵团公文信封，包含党国不可乱来的信用，怕没有这个胆子。

好，去见周景颐了！上理发店理了个陆军平头。

冷水冲凉，换了套干净衣服。

那衙门在一座庙里。门口不站守卫。左拐右拐进了大堂，一二十个人各据一张桌子在写东西。右首是周教官一个人拥着张大桌子办公的房间。传令兵喊声"报告"，里头应一声："进来！"

两个人分别一年多又见面了。

周教官笑逐颜开，一点也不阴谋，仍然一口衡阳腔，"嗬嗬！一见你就记得你的样子。怎么啦？不读书了？怎么不读书了？"

"我不喜欢上课，那课本也无聊，我只上图书馆，彼此都不合适。我还打伤了人，记过没开除，自己没意思，去了德化师范，受到冤枉，更没意思。跟朋友到泉州来了。"

没想到周景颐听了这话这么开心，"你看！你看！我们这个湖南人。你这么个个子怎么能和人动手的？哈！哈！哈！"

"能的，小时候练过几手，勉勉强强用得上。"序子说。

周景颐又回到他的位置上，"那你现在怎么过日子呀？每一天——吃饭，做事……"

"就这么过吧！看书，画画，刻木刻，找朋友。前些天我还到马巷洪厝找洪仲献，安海找蔡元明。更前些日子到洛阳桥那里住了十几天……"序子说。

"以后怎么办？"

"还不是这么办。"序子答。

周教官站起来，"那不行！"按了下桌上的座铃，进来刚才的勤务兵。"郭士握，你跟他回去把行李搬到团部来。叫周副官来一趟！"

进来个长得很好的军人，廿多岁样子，浓眉深额，很是秀气。

"他是我侄儿周先，他是我学生张序子，以后你们在一起。你招呼他。让郭士握到他住处帮他把行李搬来这里。晚上回家里吃饭。"

两人听完指示，郭士握等在门口，便一起来到大门口，周先说：

"你们在街上叫辆来回三轮车，搬完行李叫我一声，我里头等着。"

两个人在街上叫来了三轮，讲好价钱，一路开到浮桥涌金里。

傅升嚷起来："你等我弟回来，明天走不行吗？"

郭士握说："又不是一去不回，住定了这两天不就回来，你们老朋友不又相会了？"

那么突然，搬走了所有东西，显得屋子空荡荡。东西装在车后背座底下。傅升一个人站在门口招手送行。

序子也不说几声多谢的话。"没用的；傅家兄弟不在乎三两句多谢少谢；一辈子的朋友。"

回到团部，周先出来付车钱帮忙搬东西时笑起来，"衣服没几件，书倒三四捆。你是个'倒霉赌棍尽是输'。我问你，到处游荡的时候，这些书怎么随身？"

"不带，放在浮桥傅家。"序子说。

就在大办公室外走廊左边尽头有间睡房，周先在自己床对面安排好一张床。

序子问："你怎么晓得我没有卧具？"

周先指指上头，"天晓得！"

序子便把德化仓皇出走的故事告诉周先。

晚上到团部对面一个小门里，走进去是一套住家房子。周景颐教官坐在一张木沙发里对序子说："刚才听你一下叫我周教官，一下叫我周团长，窗子背后叫我周景颐！你到底叫我什么？"

"我还真在发愁咧！"

"叫我周叔！哪！"指着端菜进来的一位年轻妇人说，"叫她周姨。真名是曾敏菊。"

那周姨把菜放在餐桌上说："叫什么周姨！我姓曾，叫我曾姨！"

周叔连忙应声说："好，好，好，叫曾姨，曾姨！"

从此开始叫周叔和曾姨。

周叔在集美原来没讨过老婆。要想不想，照当时看样子应该有爷爷的派头了。现在清清楚楚是当团长以后在泉州就地娶来的。很好，还带来个舅爷。舅爷在另个机关做事，星期天就看得到。幸好周叔讨了个漂亮的曾姨，在相貌上替周叔挽回很多补充。

『叫我周叔！哪！』指着端菜进来的一位年

轻妇人说，『叫她周姨。真名是曾敏菊。』

那周姨把菜放在餐桌上说：『叫什么周姨！

我姓曾，叫我曾姨！』

我姓曾，叫我曾姨。

046

"你哪来那么多书？"周先问。

"唉！以前还多。"序子说，"这算点什么？"又说，"你书架那么多书还说我多！"

周先埋头在序子书里，"……不要羞我了！都是些想得到的老板子。你这些书才是书，有的听过没见过；有的听也没听过……"

序子见书架上有《定盦文集》《两当轩集》《白居易集》，心里很是感动。还有整整一套《曾文正公全集》，真不容易。湖南人中十个当官的九个都一套随身，既可显耀，又能压惊。

序子指着这集子问周先："你还真看它？"

"我才不看咧！"

"那？"

"叔叔的。"

"光曾国藩这块招牌，就累死我们湖南多少当官的。"序子说。

"听说蒋委员长精通曾文正公。"

"他精不精通和我们有什么关系？嗳？你怎么一下子就一根杠三颗星了？你以前在中央军校混过？"

"不，不，我原在衡阳念衡州师范，来泉州叔叔这里才穿的军服。保送到沙县训练团半年，建瓯军训队半年，永安教导团半年，得了个中尉衔。今年在这里才升的上尉。"

"那还是有个叔叔好。"序子说。

"我受训都是前三名。"

"那还是有个叔叔好！"

"事实虽然如此，你话可不好这么说。"

"旁边没有人，说说无妨。"序子说。

"你呢？你怎么弄的？"周先问。

"问我呀？在集美我也是靠叔叔进的学。我回回考试都倒数第一、第二、第三名，三年留了五次级。我看不起课堂那点学问。时间都花在图书馆那些闲书上了；还打坏了人……"

周先把话沉在喉咙里说："那是很对不起你叔叔的啰！"

"其实我在集美读的书，比他期望我读的书多得多，他不清楚而已。让他失望、难过、没有面子又是真的。所以说我这一辈子欠他一笔永远说不清的账。"序子说，"也是怪，在集美，你叔叔教高中，和我也不是那么熟，他怎么也对我那么好？世界上做叔叔的真怪……"

"怕是你叔叔和我叔叔原来关系不错。"周先说。

"你想想看，你叔叔会不会把我找你叔叔的事告诉我叔叔？"序子问。

"既然关系好，告诉是难免的了。"

序子急了，"这，这不就见鬼了！哎！我就怕我叔叔晓得我的行踪。"

"对你讲老实话，我今天二十三岁，我还没见过你这么天不怕地不怕的人。人已经离开你叔叔那么久了，胆子反而小起来。我问你，你还有什么好怕的？"周先问。

"你不懂。不是怕。我只是觉得没面子。让他得意我仍然翻不出他如来佛掌心。"序子说。

"我认为他根本不是如来佛；你几时让他扣住了？你呀！你倒还真像只一个筋斗十万八千里的孙悟空。我佩服你，我是个软人，缺少你这种拼劲，我没有你的出息。"周先说。

"你不要这么讲，你是好人，我听了心里难过。"序子说。

"你不生气，我说句老实话，调皮的伢崽我见多了。带着书调皮的伢崽你是第一个。"周先说。

吃完晚饭，离开公馆回团部宿舍时，周叔发了一句话："明早一上班，到我办公室来。"

出门之后，序子问周先："这句话是对哪个讲的？"

"你真好笑！"周先说。

"那就是我了。要我到办公室做什么？"

第二天，周先带序子一早进办公室，周叔坐着，序子和周先站着。

"你字写得怎么样？"周叔问。

"很普通，练过一些碑拓，离开朱雀到了集美就没空了，还是小学底子。论书法，我们朱雀出过几位……"

"你刻过油印的蜡纸钢板吗？"

"没刻过。见过。"

周叔对周先说，请朱主任进来。

朱主任进办公室，周叔对他说："这青年名叫张序子，以后跟你做点文书工作。"又转身对序子说："以后你就跟朱秘书主任，安排什么做什么，听他的交代。"

朱主任脸颊长得像蜻蜓品类，深度近视眼镜，弯着腰把序子带出办公室，安排了一张不小的桌子，告诉序子："我名叫朱慕陶，是团部的秘书主任，这里的工作承上启下，简单。你暂时刻刻蜡纸钢板，每天就这么顶多一两份发到各区乡社的公文通知，刻好后交郭士握和崔力他们油墨滚筒印出来。不麻烦。做惯了很是顺手。你可以自己安排时间。有事外出跟我讲一声就行；忙，不讲也行。你去准备一下，下午上班吧！"

跟周先回到屋里。

"晓不晓得你当了什么官？"他喜气洋洋地问。

序子摇头。

"上士文书。"周先说。

"唉！这哪算官？"序子笑起来，"在我们朱雀城，街上一捆一捆随便捡。"

"一个月三块八你街上捡得到吗？"

"钱这个东西，一不靠运气，二不靠天分，只看它愿不愿意找你。"序子说。

"这话你哪里听来的？"

"自己嘴巴里头出来的。"序子说，"上士文书，一个月三块八，足见我并非路上所捡，也非为人聪明，只是命巧。"

"你读的什么怪书，让你这么想？"周先问。

"天底下没有一本怪书讲这种学问的！"序子说，"——那位朱主任，我觉得他和我之间是不是产生了点什么误会？"

周先抢着说："他对你那么客气照顾，你太不厚道了。要不是我亲眼所见……"

"就是这个问题！就是这个问题！他老人家犯不上对我这么客

气。我只是担心他以为我是你叔叔的私生少爷……"

周先听到这话不敢笑出声来，全身趴在被窝上发抖。

序子从下午开始，俯着脑袋在桌子上刻蜡纸公文。

往下传达的公文内容也明白简单。上交兵源的规定日期啰，注意饮水卫生啰，冬季新兵源服装之分发补充啰，流行疾病防治啰……

序子第一次坐在办公桌前办公是比较得意的。

写蜡纸钢板这件事情上也比较顺手。蜡纸上头原本印着横直暗格子，顺着往下书写自然是整齐划一的；连自己也佩服怎么会写得这么干净利落？

说是"写"，也不尽然。手捏着支硬钢笔尖尖隔着层蜡纸在网纹钢板上走动，一跳一跳，比"写"要难多了；后来有人改称为"刻蜡纸钢板"也不怎么合适，它其实又没有"刻"那么费劲。

不管怎样，序子反正有点得意。他可以写信回家说明办公厅里拥有自己一张带两个抽屉的办公桌，眼前他就坐在这里"办公"，暗示自己长大成人已是不可动摇的事实。

序子规规矩矩坐在办公桌边已经刻了三天蜡纸公文，并且随刻随交给底下郭士握和崔力印发了下去。时不时站起来，微笑，弓着手臂左右转弯，学着大人办公辛劳自得其乐捏捏手指头诸般表情。

有天下班以后先问他工作得怎么样。

他说："可以！"

可以是可以，也有美中不足的地方。序子想，自从有了孙中山的民国、蒋介石的民国，公文程序都是如此这般地干巴巴、面无人色地往下传达。为什么不想一想，弄些生动活泼的艺术方式改变这

『——那位朱主任，我觉得他和我之间是不是产生了点什么误会？』

周先抢着说：『他对你那么客气、照顾，你太不厚道了。要不是我亲眼所见……』

『就是这个问题！就是这个问题！他老人家犯不上对我这么客气。我只是担心他以为我是你叔叔的私生少爷……』

我只是愿心他以为我是你叔叔的私生少爷。

种落伍的局面，以便调整上下的情感关系？

自从有了这个设想之后，序子把所有的美好愿望都投泼在每天的蜡纸钢板上，在"等因奉此"和"事由"之间，用了大量篇幅创作了不同的艺术作品，几几乎成为张序子《美术日报》专栏。

每天发下去的公文和通报，照例要留一份贴在办公厅门口左边布告牌上。这东西很少让人有兴趣浏览的，没想到某天早晨让周团长这老贼眼瞥到了，他大叫起来："这是做么子？你们喔式搞的？"

衡阳人腔调一经提高，其效果完全跟京剧演员皇城根吊嗓子一般呛人心肺。登时引来里头办公的所有受惊的人群。

序子从容不迫，临危不惧。他一点也没有"好心当作驴肝肺"的委屈和惶恐，像个旁观者探奇地伸着脖子。

"赶紧把这些发文收回来！"周团长雷吼。

"来不及了！"朱主任说，"已经半个多月！"

"呀！呀！呸！"周团长掉头就走。

撤下张序子文书职务做老百姓。张序子不敢去团长家吃三餐。团长说："叫他来！！！"

"你讲讲看，你在公文上画画做什么？"周团长满脸怒气，心里想笑。

"讲实在话，我是为国民兵团好。"序子说。

"要是高头见到这些公文，你想会把我怎么样？"周团长问。

"不会怎么样的，顶多当作笑话。"序子说。

周叔、周教官、周团长"哈"的一声坐回靠椅。

（几十年后在香港时常见到紫熙二叔，偶然提到此事，他说："你简直让周景颐叔变成笑话。他写信向我诉苦，我回信给他：'这回轮到你了。'"）

撤销了刻蜡纸钢板工作，序子的上士文书封衔和三块八待遇原封不动。老老实实做了先副官的见习员。这名义编制上是没有的。

《旧约全书·约伯记》第三十二章厄里乌发言：

我年龄小，
你们年龄大，
故此我退缩畏惧，
不敢在你们面前表示我的见解。

序子也有诗云：

大家心安理得就是，
各过各的日子。
各想各的事。
做坏的多往好处想，
做好的也没什么了不起。
不可能大家一辈子聚在一道，
铃子一响各奔东西。

从此序子跟在周先后头，到过石狮、安海、青阳，远一点的有金井、东石检查工作……一个地方有一个连长，一个连长管一批抓来的壮丁。这些壮丁都关在跟监牢一样的囚房里。

连长们各姓各的姓，做的是一样的工作。不准抓来的壮丁高声吼叫、低声啼哭，给他们吃，给他们喝，给他们拉、撒、睡，并且严防他们逃跑。到时候重兵押解到"补训处"去训练成真正的"兵"。

序子纳闷，这样的兵怎么打仗？

壮丁这时还穿着便衣。到什么时候才穿上军衣变成兵？序子没问。

周先既然是上头来的，他们之间谈的当然就是这些事。办完事晚上就吃喝，大说大笑。原来都是熟人。

吃完饭就让序子给大家剪影，画画。序子很受到尊重，周先感觉很有面子，大家也十分惊喜，说剪影比照相还像，真是神得很。巡视一遍半个多月就回泉州。

泉州城大街有一间布店名叫万昌隆，柜台很高，铺面堂皇宽阔，是周先常去的地方。老板姓曾，跟他很是不分彼此。少老板也叔侄相称。柜台五六个体面伙计见到周先大驾光临，马上盥洗茶具，泡上新茶，尊敬程度令人艳羡。

周先带序子到万昌隆，介绍给曾老板说："……张序子，我叔叔以前的学生，湖南同乡。"

去多了，又说："他会画画，会剪影。"讲明白什么是剪影。"不信试试。"于是就给曾老板和少老板各剪了一张，都说和真人一样，奇怪奇怪。日子一久，店上老少各人都得了一张。

曾老板有一天试探地问周先，序子会不会画——比如说，财神爷，福、禄、寿三星，南海观音……

周先顺口问了序子。

"有纸，有笔墨颜料，有时间，有房间画案，那是可以试试的。"

连长们各姓各的姓，做的是一样的工作。

不准抓来的壮丁高声吼叫、低声啼哭，给他们吃，给他们喝，给他们拉、撒、睡，并且严防他们逃跑。到时候重兵押解到「补训处」去训练成真正的「兵」。

序子纳闷，这样的兵怎么打仗？

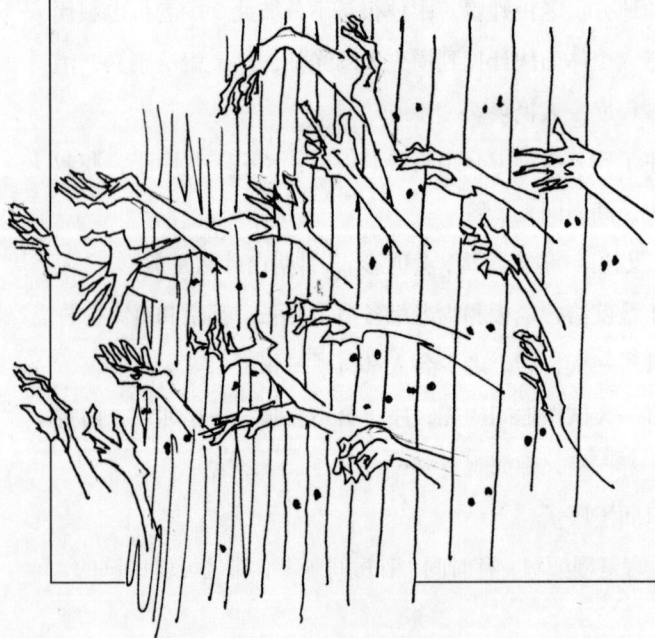

不准大声吼叫，低声啼哭。

056

序子狮子大开口。他记得住朱雀城侯哑子那一套本事。

"有，有，有，我们后头书房桌椅都是现成的。笔墨纸张颜料请开个单子我们现买。只要小张先生腾得出时间……"

周先轻声问序子："到底行不行？不要随便答应。"

序子说："简单得很，三两天的事。"随手开了一张买东西单子给曾老板，"东西买好以后，通知一声，我就来。"

走到街上，周先仍然小着嗓子和序子商量："要是后悔，现在还来及转身……"

"哎呀！是不是现在我们去抢银号？"序子火了，"看这个好玩事被你弄得猴头猴脑！"

没想到万昌隆的后进是这么大的院子，花木扶疏还有楼道。上了二楼，一间挂着竹帘子三面窗的书房，设备比序子想象中丰富得多。旁边还临时铺了一张床。

"画画，画起来不是一天两天的工程，小张先生来回走动很耽误时间，我看就住在这里算了。画完，几时想回去再回去。我还懂得文人安静的道理。需要什么，按一下铃子就会有人上来。"曾老板转身对周先说，"要不，你也搬来这里住几天，跟小张先生搭个伴？"

周先连忙手舞足蹈地拒绝了，"谢谢！谢谢！我军务在身，这哪成？这哪成？……哈哈！谢谢，谢谢。"

中午，厨房送饭上来，六菜一汤，曾老板陪着吃了。饭后，周先告辞离开，曾老板陪着下楼。

留序子一个人在楼上。

环顾四周，万昌隆的采购是个内行，四尺宣纸和马利牌水彩、广告彩都分别买到了，不容易。还真找到张画画毛毡。笔筒的画笔也很齐全，狼毫、羊毫，细、粗、长、短都有，算是非常之难得。

这位曾老板把张序子真当作画家来款待了。

序子壶里倒出一杯茶送进嘴巴。一股浓浓的透心凉带着典雅的茶味直钻肺腑。他想到朱雀城爸爸的好友、画家胡藉春伯伯在作画之前应也有这份举动。他那么雍容、高雅，握起一支笔横在空中思考。序子闭起眼睛想这些事，再睁开眼睛时看到左首墙上一面镜子里头的自己。"唉！我的天。"序子哀叹，"你、你怎么还是个小孩？你吓了我了……"

序子明白，自己将来无论长成什么样子，绝对不走洛阳桥"美术车轮"老板裴卡索留长头发在脑后的路子。他当了男人几十年已经失掉信心；他不明白自己艺术的不长进不是短头发害的；自然，长头发也救不了他。

序子拿着铅笔在小拍纸簿上打稿，他准备画一张单独的寿星老头试试笔墨颜料。右手拿拐杖，左手托寿桃。黄袍子上团花也圈了个寿字，定了稿便正式动起笔来。整张四尺宣，没想到太阳没落山便已经画好了。

悬在柜头上，曾老板上楼来陪吃晚饭，看呆了。序子说有个朋友会刻图章，一幅画落了款盖上图章才算正式完成。画好画过两天去拜托这位朋友。

曾老板兴奋地要请先来看，序子说等明天画完福禄寿再请不迟。

序子想定的主意不错，用朱雀家乡年画单线勾勒的手法，加上侯哑子画风筝的颜色渲染，果然十分顺手。这种年画式的中国画，只要心中有底，背出来就是！甚至可以一边哼歌一边画。

这位曾老阁把序子真当作画家来款待了

环顾四周，万昌隆的采购是个内行，四尺宣纸和马利牌水彩、广告彩都分别买到了，不容易。还真找到张画画毛毡。笔筒的画笔也很齐全，狼毫、羊毫，细、粗、长、短都有，算是非常之难得。

这位曾老板把张序子真当作画家来款待了。

晚上窗外有圆月，一边赏月一边睡，序子好笑，今夜的月亮原本是眷顾天下人的，这时候只有我一个人静静领会了。不出声，用颗心跟它说话。——告诉它，没过过眼前这种日子，从来没有。这床，这软绵绵的像云端的白被窝；饭、菜、汤；耳朵边都是好心好意的话；像神仙下凡让人景仰……桌子上的颜料、宣纸，随你怎么画就怎么画，不花你一个钱……（伸出手来摸摸脸，这两天是不是长胖了？）

耳边小溪流轻轻响，映着月亮的粼光……

"醒啦！"曾老板探进个笑眯眯的头。

序子赶紧起床。小伙计已经提了桶热水放在洗脸架边，盥洗完毕，一起吃早粥。有油条，还有白糖……

伙计又送上茶来。

"刚到的'水仙种'，你试试看可不可以？"曾老板说。

序子赶快申明："曾老板，我这人一点也不懂讲究，你莫糟蹋好东西……"

"你免客气，我已经叫人去请周副官今晚上来这里吃晚饭，你请安心画画，我不打扰了……"

福禄寿，比较费工夫，时间都花在小配件和装饰图案上，下午四点多也就画完了。

五点多，曾老板陪着周先上楼来，看到悬在柜头的这两幅画，像挨了冷枪，定住了。

"画得这么正经，我真没有想到……"周先对序子说。

"什么意思？正经不正经是什么？"序子问。

"像真的画家画的画。"周先说，"没有一点不像。有的人画一辈子画也画不出像画的画。在墙上挂不起来。你这画左看右看都行，能挂！"

周先这狗屁话，序子听不出好歹；不晓得曾老板听了会不会误会；幸好狗日的补充了两句："这幅福禄寿，裱了可挂在前堂门面上；这幅寿星可挂在后屋客厅中堂，很有个样子的。"

"我看，这意思好！"曾老板说。

"那底下还准备画什么？"周先问。

"一张财神爷，一张观音。"序子说。

"正好！那可多谢了小张先生。观音供在家母的佛堂，财神供在账房，再合适不过。"

晚饭仍安排在楼上，账房先生和少老板也被叫上来作陪，算是热闹的了。可惜周先和序子滴酒不沾，席面稍微显得生疏。不关事的。

两天时间，序子把观音和财神爷都画好了。

观音站在海波上，右手拿着净瓶，瓶里插着杨柳，序子自己都感动起来。财神爷画得饱满，跟他老人家的名字很相称，都算是颇为切题的东西。四张画就等着题跋盖图章。

序子告诉曾老板需要上一下街找朋友刻图章，可能赶不回来吃饭了。

走在大街上，满满地吸了几口海风，真好闻！他故意装着什么事情也没做过的闲人样子，不让人家认出他就是刚画完四张画的角色。其实，满街的人根本无人理会他，鬼晓得他干了什么。

到了报馆门口，传达见序子那副模样不让他上楼，喊了张人希下来。

"哎呀！好些日子没见面，你到哪里去了？"人希问。

"我在给人画画。"序子说。

"什么？画什么画？"人希问。

"福禄寿、寿星、财神爷、南海观音……"序子说。

"哈？没想到，没想到，你几时学会画这些的？"人希问。

"小时候家乡看惯的东西，随时都背得出来。找你是四张画都画完了，只欠题跋盖章。我哪里来章？只好请你帮忙。"序子说。

"这简单，要得急，你跟我回家马上动手。"两人边走边论，"先来颗名章，张序子，单独来颗压角的'张'字，然后来颗闲章。你有现成的闲章句子吗？"人希问。

"我老家有好多盒旧图章，看不懂。没有注意。你怎么想就怎么做吧！"序子说。

"你也姓张，'百忍堂'如何？"人希问。

"哈！太多了，到处都是'百忍堂'。"

"我屋里有颗'清闲自得'旧章，清末的东西，就它吧！"人希说。

"行！"

在巷子里转了几转，人希说到了。

矮墙矮门进去，青石板和小鹅卵石铺成的院子，几丛南竹和两棵银合欢做出片片阴凉影子。伯母从屋里出来，人希介绍了序子。

"啊！你讲的就是他啊！想不到你这么小小年纪！正好，我买到新鲜'蚵阿'，晚饭就吃'蚵阿煎'。里屋坐，我给你们弄茶！"

进了小堂屋。两人挨一张矮桌子坐下来。

人希指指东南西北，"楼上是书房、睡房。我妈住楼下。后头是厨房，对面是我的'匠屋'。"

矮墙矮门进去，青石板和小鹅卵石铺成的院子，几丛南竹和两棵银合欢做出片片阴凉影子。

伯母从屋里出来，人希介绍了序子。

「啊！你讲的就是他啊！想不到你这么小小年纪！正好，我买到新鲜「蚵阿」，晚饭就吃「蚵阿煎」。里屋坐，我给你们弄茶！」

你讲的就是他啊！

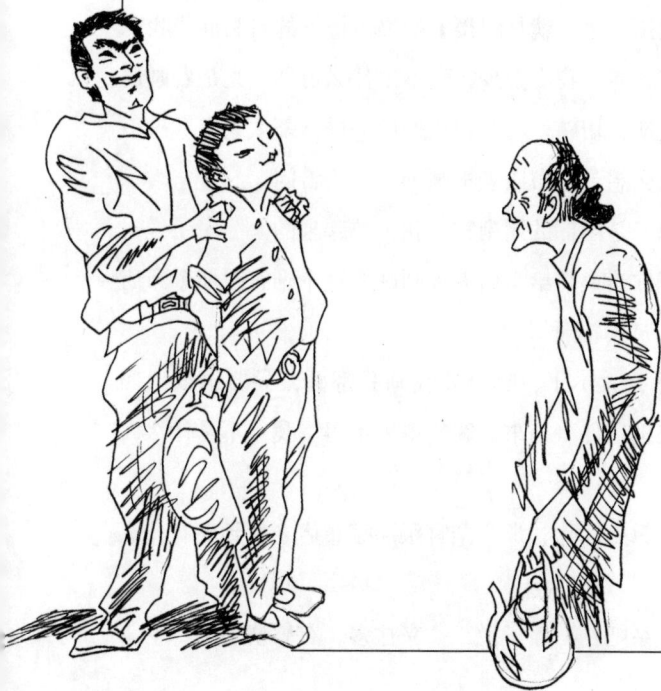

"什么是'匠屋'？"序子问。

"弄图章的地方。看看去吧！"

墙上挂满锯、锉、锤、凿；一张厚木桌子配了张厚木凳子。桌面有工具匣。一扇大窗。左首边一架老书柜，堆满金石参考图记。进门右首边几块粗细磨石，一口木水桶领着一口大浅口木盆堆混着干泥浆狠狠咬着地。沿墙根上下印石图章原料。这架势的来历看来有些年月了。

"你屋没有大门，也不好下锁。"

"来过小偷，绕了一圈又出去了；有回还放了一口袋番薯在院子。看我们两母子穷，反过来周济我们……"

出了"匠屋"回到堂屋喝茶。

"我除了上报馆，每天就是跟楼上的书、楼下的石头混。我也画点画。画画要有眼界，我交游少，画不出什么道理。光是看画册是没有用的，要交谈，切磋。朋友跟我处境一样，都太老实。……咦？我问你，你怎么想到给布店老板画画？"人希问。

"原来不认识，是团部的周副官带我去熟起来的。"序子说。

"他凭什么把你当人情给布店老板画画？这个副官跟那个布店老板是什么关系？"人希问。

"哎呀！没什么大不了，哪个要我画我都画，只要出纸出颜料。那布店老板很把这件事当事，客气得了不得。我又不是什么大画家……"

"不不不！我只是问你，那个副官跟那家布店老板到底有什么关系？"人希说。

"哎！感情关系吧？"序子说，"来往多了有感情了……"

人希跳起来，"对！就是这点，为什么来往多？你说！"

序子说："是呀！人和人，为什么有的来往多？有的来往少？来往少有什么坏？来往多有什么好？是呀！来往多了有感情啦！当然有感情啦！怎么会没有感情呢？来往多，又没有感情，那来往干什么呢？"

"好！以后再说。现在刻图章！"

两个人重新来到匠屋。人希说："四尺宣，图章不宜大，八分可以了。抽屉有现成的。"取出几块让序子选。

序子笑起来，"白送石头，白送刻工，我还选什么？不选！"

人希治印跟有些人不太一样，他只是拿平刀后刃在石面上轻轻做些或有或无的笔势，心里头存个字影子就动手了。有的人用毛笔在石面上写了又画，画了又写，没完没了地修改。他不，他一气呵成。来一刀，去一刀；回头稍微拨弄拨弄，像理发师最后在人额头上颈脖背耳根后头轻轻拂过，似有似无，余音袅袅那温存的三两刀。

没有这三两下，不算完成。气不顺，心里不好过。一种艺术功力的回荡。

"张序子"三字是朱文；"张"是白文；"清闲自得"闲章是朱文。打了样子，各自包扎妥当。

人希说："你那布老板朋友印泥未见得买得好，你把这盒小朱砂印泥先拿去用，用完还我就是。"

说完就抖掉身上石粉，洗手，进厨房帮伯母的忙。刚给伯母挥手撵出来，序子乔张做致又钻进去，也被嚷了出来。

自古以来，客人只要一进厨房帮忙，主人都没有好下场。所以只听见伯母在厨房说："三个人的饭，没哪样忙的。自人希长大到现在，天天帮我洗碗，我会有什么好忙的？"

人希跟序子坐在矮桌子跟前等饭吃，这时来了只长毛大黄猫，公然选了张凳子跟两人一起对坐。很难见得到有如是之大的长毛猫。像狗，狗没有它肥。

人希指指厨房，"我妈喂的，架子很大，不搭理人。晚上睡在她脚底下。一吃饭，它就找张凳子坐着——给我添了很多麻烦。我一上街，两边街上养猫人家就会责问我："你看你，弄得我们整街猫娘都生黄猫！'怎么是我呢？修辞很有问题！"

伯母端出饭菜，好大一盘"蚵阿煎"，还有鲜鱿鱼仔汤，炒青菜，卤猪头肉。自己跟前倒了一杯酒，又给人希倒了一杯，序子跟前一碗白米饭。

"少吃饭，多吃菜，人希常不在家，剩菜不好收拾。"说完找来一个猫食钵，夹了两三筷子"蚵阿煎"，又倒了点酒在里头，搁在桌脚，叫猫下来吃。一叫，果真下来。

"这猫比你大，爱喝点酒，快二十岁了！"伯母对序子说。

老人家信口讲的话犯不上争论的。这类即兴之言一点恶意都没有，也算不得知识和教训。听起来温暖、甜蜜。家中只人希和大黄猫陪她，不提猫提什么呢？

吃完饭人希收拾碗盏诸般食具进厨房，传来洗涮之声、入橱之声，脱围裙出来对序子笑着说："你是个小傻瓜！是个忠心耿耿的小傻瓜！人把你卖了你还多谢人家。"

伯母听不明白，问人希："弩港向米？ [1]"

---

1 你讲什么？

人希跟序子坐在矮桌子跟前等饭吃，

这时来了只长毛大黄猫，公然选了张凳子跟两人一起对坐。很难见得到有如是之大的长毛猫。像狗，狗没有它肥。

人希指指厨房，「我妈喂的，架子很大，不搭理人。晚上睡在她脚底下。

一吃饭，它就找张凳子坐着——给我添了很多麻烦。我一上街，两边街上养猫人家就会责问我：『你看你，弄得我们整街猫娘都生黄猫！』怎么是我呢？修辞很有问题！」

这猫比狗大，爱喝点酒。

067

序子有点委屈，"不至于吧？不至于吧？他们心意你没亲眼见到，对我一直都好……"

"好！好！好！有朝一日把你当壮丁卖了。"人希说。

"信米浪埋撞丁爪讲浪？[1]"伯母问，"埋伊呀？[2]"

"妈，没有卖不卖的事，是随便打的比方。序子有事忙着要赶紧走，没有空和你喝茶了，他人小古仔多，让他有空来陪你讲。"回头问序子，"是不是？"

序子忙着说"是"。多谢了伯母，怀揣着印章印泥，径自回万昌隆。

出了巷子口，序子忽然发现人希那只大黄猫趁着酒兴正在房顶上跟一群母猫调情寻欢，太色情无耻了！感觉真是不幸之至，像自己的独生儿子变成西门庆那么难受。幸好我没有养猫，不会受到如此这般伤害风化的羞辱。

酒这东西，连猫都不放过。我以前在朱雀就晓得猫能喝绍酒。酒铺的老板不时地倒些酒在猫盆子里。猫喝得吱吱响，从容不迫，自自然然。受得了白酒是今晚亲眼见到大黄猫的表演。日本人夏目漱石写过一只没有名字的猫也是喝酒的，不过是啤酒，还因此喝醉啤酒掉在一口瓮里淹死了。夏目漱石大概也是个不喜欢猫的人，喜欢某一种动物的人是不会把它往死里写的。

猫这种动物非常不将就别人。甚至认为它才是房子的主人，而主人是它养的"猫"。它对人爱理不理，出门从不跟人打招呼。不

1　什么人卖壮丁？这么怕人？
2　卖他呀！

小心踩了它尾巴，毫不迟疑它就会反身给你一口或一爪。

狗不是这样。狗给人百分之一百二的信任和谅解；包括你的落魄和绝望，它都在你身边。你不嫌弃它，它永远不嫌弃你。猫共安乐，狗共患难。

野猫饿不死，它爬梁上房，翻墙倒瓦，树顶的鸟，洞里的老鼠，上上下下，多了好几层混食的立体机会；狗不行，它只能浮游在平面几何的地上。人有的是大世界，狗的世界只有你。一旦遭你遗弃，怀抱着高尚情操踯躅于荒草颓垣之间，毫无生活前途可言。

所以狗在闲书上有许多故事，猫没有。

古意大利皇上颁布过一道法令："杀猫者死！"那是因为曾经有过鼠疫而给老鼠吓怕了的缘故。

埃及有猫的木乃伊，鬼才晓得其中道理。不说它。

大街到夜凉飕飕的，秋天该来了。

万昌隆关了店，里头的小厮笑眯眯开了门洞说："老板等你好久，叫我讲你知，他回屋了。"序子点头"喔喔"，便往里走。上楼之后反手关了门，开灯，放下手中的印章和印泥，卷起袖子，摊开福禄寿这张画看了看，开始磨墨，磨，磨，磨，构想如何写才是。按老口诀，写了"福禄寿全"四字，题"湘西张序子作于泉州"。寿星这张题"仁者寿"；财神写了"心存至善，财来有方"；观音写"慈航普度"。都写完，认真盖了图章。四张画分别挂在柜头，看了又看，觉得马马虎虎，不好不坏，还可以……

大清早，曾老板把家里人都叫上楼来看画，讲清楚这张准备挂哪里，那张挂哪里，讲到"慈航普度"这张观音的时候，曾老板他妈马上向观音磕起头来。

"还早还早，等我送去裱画店裱好了挂在佛堂再拜。"

大家围着圆桌子吃早饭，老太婆对张序子特别有话讲："你这么远到我们泉州来。你这么小有这么大本事。你晓不晓得自己的生辰八字？你爹妈是做什么的？你祖上有好多田地？你有好多兄弟姊妹？你家里给你定过亲没有……"

反正大家这顿饭是为张序子这个人和四张画来的。

张序子对这些人、这些事、这些话，又不是鸣镝响箭，见多听多，都当作流泉漱石、蒙昧好意，淡淡谢过了。

众人下楼，曾老板看序子在收拾桌面，便说："放着，放着，让底下人弄。"一个道谢接一个道谢，关照有空多来往，不要见弃，算是一家人那么熟悉……

送到门口，再了见，行礼如仪地告别。

晚上吃饭，周叔问序子："这几天不见，哪里去了？"

序子兴高采烈地讲了所有的经过，还补充一些感情细节。只见周叔越听越变了脸色，龇牙咧嘴停住吃饭，对着周先老兄嚷起来："你带他上'万昌隆'做什么？"

"我以为……"

"你以为什么？你以为什么？"周叔气得仿佛面临集美当年砸碗场面。

"那我以后注意！"周先兄心里已经明白错在哪里。

"这还注意个屁！"周叔大声挥斥！

序子拥有王伯当年熏染过的"临危不惧"的慧根，何况根本不明白周叔怒从何来！把碗里的饭粒一颗颗收拾干净，乖乖站起来走

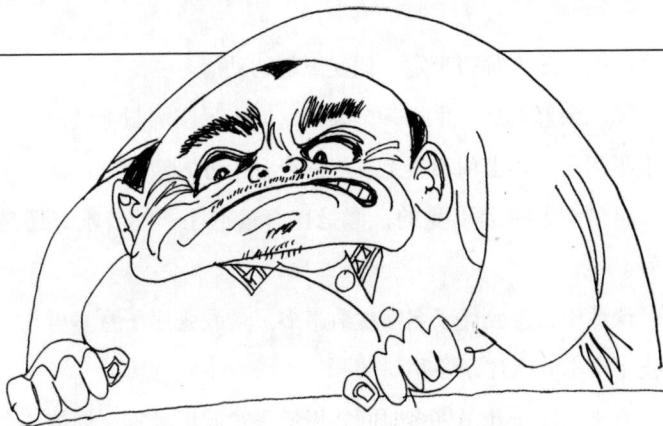

你带他上万昌隆做去庆？

晚上吃饭，周叔问序子："这几天不见，哪里去了？"

序子兴高采烈地讲了所有的经过，还补充一些感情细节。只见周叔越听越变了脸色，龇牙咧嘴停住吃饭，对着周先老兄嚷起来："你带他上「万昌隆」做什么？"

近靠墙的一张太师椅坐定，伺候下趟的动静。

周叔余怒未息，手指一个暗号，周先兄跟周叔上楼。上了楼，又干吼起来，关上门窗楼上发出的声音十分野蛮。

事情看起来是严重的，像是在商量把序子炖着吃好还是烤着吃好。

谈话中，提到序子名字次数最多。"我张序子堂堂男儿，今天又扰了谁啦？"序子不怕。

原来，序子花了好多时间才慢慢喜欢起周教官、周叔这个人的。

他固然长得一点也不好看，心里又叠着集美的那些阴影。来到国民兵团，管那么多的人和事，仍然凶神恶煞，样子一点也没有改进。

没想他见到序子，马上叫周先让郭士握到浮桥搬行李，又一直把序子叫在家里吃饭。油印事件发那么大的火，序子以为这下子坐班房了，不然，又挂牵序子几天不回家吃饭。

他像个灵官菩萨，面恶心善。有讲究，不是个凡人。

这回怎么搞的了？周先带序子到烟馆抽鸦片烟了？到窑子嫖堂板婆了？到赌场去推牌九、耍博凯了？到酒馆去呼朋唤友搞醉八仙了？没有呀！周先也是爱读书的老实人呀。

讲得明明白白在万昌隆画画嘛！听得好好的，一下子翻了脸。画画怎么样了哇？万昌隆怎么样了哇？周先怎么样了哇？我张序子怎么样了哇？

怎样、怎样，又怎么样了啦？

王伯说过："不清楚的事，不要乱动乱摸！"

这一盘响动只闹在家里。团部一点声音也没有。序子不清楚这到底算是公事还是私事的皮绊。到团部，反而鸦雀无声了。

在宿舍，在过道，周先不跟序子说话，故意躲着。有时擦身而过，序子昂扬站着好笑！"侄少爷，什么事，讲点出来听听！"序子心在呼唤。

一定有事，就明明白白发生在我们四个人之间——周叔、曾老板、周先、序子。

序子再回去吃饭就没意思了，也尴尬，不去了。

人希约了序子在洛克咖啡店见面，庄启、贺努、黄怡君都来了。序子交还了印泥，人希收回在手提袋里放妥。

序子原本不打算讲画画的事，人希讲了。人希一讲，底下的事序子就不能不讲。这一讲，引出了大家都觉得这件事有意思。

"哎呀！其实再清楚不过。国民兵团每年要给抓来的壮丁做衣服，一人一身，上百上千的壮丁。既然选上了万昌隆，万昌隆不发财才怪。"

"这类暗盘，彼此的进出很大！"

"不提粮食，光是饭碗、筷子、绑腿、草鞋……哪家承包了，数钞票都来不及。"

"你听见他们之间谈过这类交易的话没有？"

"没有，从来没有。"序子说。

"那，平白无故拉你去画画，这是什么意思？"

"哎呀！周先和他们有交情，顺口谈得来不就画了嘛！现成的好纸好颜料、笔墨，手就痒了。"序子说，"画几张画算得什么？人家那么客气地招待。"

"画剩的颜料笔墨纸砚，你带回来没有？"

"人家花钱买的，怎么好意思带？"序子说。

"唉！可惜，他们留下来有什么用？原以为让你带回来，给我们画几张。那，这四幅画，他们给了你多少润笔呢？"

序子不耐烦了，"怎么好意思动不动就要钱？"

"你不好意思，他生意人应该懂这个意思。货物出手有不要钱的吗？他们欺侮你小你老实，他们装傻混账，果然让他们混过去了。四张四尺宣纸的画，好多钱让他们混账了。"

"那四幅大作裱好悬挂之后，我们大家应该去祝贺祝贺吧？"

"我可不去！我以后都不会去！"序子说。

"不去正好！他们之间的勾当，就不喜欢第三人插手。"

"我晓都不晓得，插什么手？"序子不高兴了。

"正是怕你晓得。他认为你已经晓得了！"

幸好幸好，国民兵团里头一点动静也没有。

序子在小食堂打饭吃，也没人理会。有天中饭时候，郭士握告诉序子，有个小讨饭在门口找了他好几次，没让他进。序子说，是当年集美学校老校工的儿子，老校工死了，送到开元寺难童教养院入学，好孤凄，就盼有个人亲近……

"他现在就蹲在大门左边。"郭士握说。

序子出门带西鼎到大街面摊子吃了碗面，"没让你进国民兵团是对的。我正遇到麻烦。"

"大不大？"

"过去了。"

"那老和尚总问起你。"西鼎说。

"你怎么说？"序子问。

"我讲你在国民兵团当官，他问多大的官？我说上士文书，他说，呵呵呵！画不成画了……"

"你看他身体好吗？"序子问。

"老样子。"西鼎说，"问你就是想你。你打算几时看他？"

"马上走！"

不走百原寺了。序子跟在西鼎后头往温陵养老院，又叫不二祠，又叫小山丛竹书院那边走。

来到好大一圈地方，有树，围墙，鹅卵石铺的路，一定有很多可看的地方，顾不上了。进到个小院子，靠墙一长条小石凳，一张窄小石头桌子，没有人坐在那里。

老和尚在小屋看书。这屋小到只搁得下一张板床，一张小书桌，一把座椅。

序子鞠躬，叫一声："法师，我看你来了。"

"嗬嗬，序子来了。"

"他在国民兵团做事。"西鼎帮助说明。

"你还刻木刻吗？"和尚问。

"没时间，也找不到大板子。只有画画。"序子答。

"画什么画？"和尚问。

"烦人！……"序子说，"也不想烦你耳朵。"

"喔！是的，不想讲就不讲。"法师说。

"我很可能要离开泉州了。"序子说。

法师问："离开了，到哪里去呢？"

序子想到佛门两句话，笑了，"'来处来，去处去'，法师啊！

我只想离开，没想到去处。"

"没想到的那个去处就是去处。"法师说。

"法师，我多么舍不得离开你。我如果将来哪年哪月见到我爸，我要亲口告诉他我见到过你。不是写信，写信传不出我的真嗓子。"序子说。

"那好啊！见到他请替我问好！"和尚说。

"法师，原谅我以前的冒昧，好不懂事，好不礼貌！好鲁莽！好不知天高地厚！朋友都笑话我……"序子说。

"算不得事的。"法师说，"认识你是缘分。"

"我那么不好，你还愿意写张字送给我吗？"序子问。

法师转头看着序子，微笑说："好啊！怎么不愿呢？记住，一个礼拜以内来取，别晚了。"

回来的路上，序子原本不说话，见西鼎走路，才发现他还穿着夏天的单裤单衣。

"你还有衣服没有？"

"以前跟你讲过了，都是华侨衣，大了穿不上。"西鼎说。

"那冷天怎么办？"序子说。

"管他怎么办！"西鼎说。

序子心里好笑，"这家伙比我还行！"

街上两人各吃了碗"扁食"，让西鼎回去了。告诉他这几天行动可能有变化，以后浮桥傅升那边打听消息。

序子去找人希，门口人说他们都在洛克。到洛克见到人希和其他熟人，还有几个生人。

序子就告诉大家刚才从弘一法师那边回来。老人家住温陵养老院，不在百原寺了。

谈来谈去大家就绕到序子给万昌隆那四张画的话题上来。序子小小年纪画得出够资格装裱水平的画，很不简单。

序子一点也不喜欢大家再提起画画那些事。周叔发这么大的火一定有他的道理，这段日子骚扰他这么多，还给他带来烦恼，心里很对不起……

和人希轻轻商量了一下，回浮桥傅升那里去住你看好不好？"哎呀哎呀！你早就应该想到这么办！当然，当然，国民兵团哪是你待的地方？快搬快搬，我让庄启跟贺努帮你……"人希叫来庄启、贺努，明天晚上跟序子到国民兵团搬东西……

序子又说："我想我还是应该写封信给周叔，多谢他这几个月对我的照顾。请原谅给他添的麻烦。对不起。"

人希说："这种事原可以不写。要写就写。你有什么对不住他的地方？对这类人，你根本犯不上抱歉！"

"今晚我也不想回去，可以的话我到你家住一晚，顺便写信明天好送。"序子说。

"好嘞！我们可以秉烛夜谈。妈见你会十分高兴，办事要紧，那就走吧！"

伯母见到序子果然高兴，只是来不及把饭菜弄得好一点。人希说："自己的孩子一样，将就着吃吧！"

那是。

吃饭上楼，序子进书房见那么多书，吓了一跳。可惜要走，要不然又有一两年的书好看。

人希说，右首抽屉有纸和信封，你先写信，我下楼帮妈收拾下东西。

序子写信给周叔。

周叔：

　　向你告别，我走了。

　　这几个月得到你慈祥关怀照顾，我永远不忘。给你添的麻烦，深感对不住，请你原谅。

　　敬祝你工作顺遂，身体健康。

　　顺问曾姨好！

侄　张序子　敬上

月　日

又一封给周先兄。

周先兄：

　　我决定离开，你一定会以为然。

　　你是读书人，也是老实诚恳的人，我心里一直尊敬你，我们这几个月纯真的友谊真值得永远纪念。谢谢你。

　　祝身心康健

弟　张序子　敬上

月　日

人希端了茶具上楼来，序子让他看信。看了，他觉得好，"你这人总是情愫绵绵，其实，人一辈子有好多正经事情值得关心，处处用感情不免分散精力。"

"我没有想到感情不感情的问题。"序子说，"我是想，自己做了让人难过的事，总应该讲声对不起吧！"

"你看你这个人冇出息的样子。你讲你对不起谁了？帮人莫名其妙地画了几天画，石头落水还见过圈圈，看不出一点多谢的影子之外，连该送的润笔提都不提……"

"哎！你扯这些做什么？你根本不晓得底下的事。"序子说。

"喔！底下还有什么？"人希问。

"画完画那天回去，吃晚饭的时候，周叔问我这几天不见回来吃饭到哪里去了，我就眉飞色舞地开讲起几天来艺术活动经过，没想到周叔听到一半忽然变了脸，雷霆大发，把他侄儿周先骂得没有地方钻。那空气真出人意料地肃杀可怕。我完全没料到一场欢喜会落到这种悲惨结果。"

"哪！明白了吧？你这四张画捅开了他们和万昌隆的关系于光天化日之下，从此大家都晓得国民兵团派了个'著名大画家'帮万昌隆大布店画了四幅大画，讨他们的好！"

"这样哈！人希，你听我说，我把这些事告诉你，你就别写文章，别外传了好不好？照你这样说，他们这做法的确很有点苟且，之间有见不得人的举动，说来说去又传回他们耳朵里，我也不晓得底下又会弄出什么事。"序子说。

人希说："你不想想，这些狗屁事我能办吗？我是报馆的小小编辑，中国的国民兵团和报馆不都是一路货？纵使我神通广大，一两篇文章搞倒了国民兵团团长周景颐；上头又派来个吴景颐、郑景颐、王景颐来，还不是照样抓壮丁，吃空额，勾结奸商弄钱？你怎么办？中国有一两千个县，县县都有国民兵团，你怎么搞得了？你有多大本事？"

"照你这种讲法，好像有点前途茫茫的意思！"序子说。

"也不尽然，最好的办法就是有朝一日把他们一锅端！"人希说。

"那要等到哪年哪月去了！"序子说，"还有个日本强盗跟他两头夹。"

"所以吵，做一个中国人首先要活得端正，头脑清楚。"人希笑起来，"还要活得长，等得起。"

"我看，你这个人还可以。"序子有点佩服他。

"到时候再说了！"人希伸了个懒腰，"不过，对付对付那个万昌隆布店还是有办法的。这叫作'打草惊蛇'战术，《孙子兵法》里头没有用过的办法。"

"你对付万昌隆做什么？"序子着急起来。

人希神气很认真，"我看你的头脑是有点问题。那四张画你白画了？弄得如今落拓江湖，流离失所，不就是他弄的？你受到剥削居然还处之泰然，安之若素；好像工厂工人给老板做了一个月工拿不到一分钱，居然说老板不给钱有道理，老板人好。你太不像话了。"

"哎！这事情会惹怒国民兵团周叔叔的。"

"惹怒？我料他一点也不敢惹怒。要是他敢惹怒那就好了。他只会一声不响，跑得远远的，干瞪眼。"人希昂扬之气直冲云霄。

序子发愁得很，"这要钱的办法好像不大说得通。"

"说不通？我问你，你口袋里拿出五块钱让我看看，你有吗？我猜你口袋最多只有两块钱。你帮万昌隆画的四张画起码值二十块钱。是你的钱放在万昌隆那里你懂不懂？明明自己的钱你不敢拿。说不通？哪个和哪个说不通！"人希生气了，"你岂有此理之极！"

"好，好，你不要动气。这方面我缺少经验又没有胆子。你想吧！我怎么好上门向人要钱？原先就没有跟人讲清楚。"序子说。

"什么清楚不清楚？有我嘛！你无须出面。"

序子说："那明天我在你楼上看书，晚上到浮桥搬家，你看好不好？"

"好！就这样办！"

序子起床下楼，伯母告诉他人希早走了。下午三四点钟转来，关照他一定在家里等，不要出去。

伯母安排序子吃了"含志卖"[1]，"喔践""妥倒令"[2]佐餐。吃完自己收拾碗筷在厨房洗了，擦干净桌子。正要上楼，伯母叫他："你帮我院子晒晒'妥倒'，会吗？"

序子捋起袖子笑着说："听你的。"

两个人从后屋提出四麻袋带壳花生，铺在院子里，用长把耙子擀平了。序子问伯母："这花生你哪里来的？"

"我后屋那半亩地栽的。你上楼做事去吧，底下的事我自己办，收花生时你再帮忙。"

1　番薯粥。
2　花生仁。

序子上楼，环顾一圈，四架齐房顶的书架都是书，也有报章杂志。这份家底子，起码要稳稳当当二十年攒积才办得到。一张高背椅，一盏落地灯，一张搁脚凳；坐进去，灯一亮，脚一伸，书一展，"人希呀人希，原来你这个孝子有这么好个去处。"

人希的藏书分三大类，第一类是各种辞典，第二类是诸子百家杂书，第三类是中国现代文学和翻译名著。

序子巡视一过之后，随手取了几本杂书放在靠椅边小桌子上，打开落地灯，脚一伸，享起清福来。

《南海百咏》《史咏集》《古逸民先生集》三种合在一起的集子。宋朝一个名叫方信孺的福建莆田人写广东一些地方的诗。宋朝一个叫徐钧的兰溪人咏历史人物的诗，一共写了一千五百三十首也即是写了一千五百三十个人的历史感觉，内中其实只剩三分之一，其余都残缺了，所以在序言中有这么遗憾的话："虽残缺之余犹为艺林所重也。"翻一翻，从周代人君威烈王开始写到诸儒、卜子夏、田子方、段干木、孟轲，到诸子的荀卿、屈原，一人一首，一首一评，写屈原：

"托兴妃嫔疑亵嫚，幻言神怪似荒唐。若无一点精忠节，未必文争日月光。"

这是屈原吗？写到哪里去了？可能是活得不耐烦的产品，看样子"为艺林所重"之言有点失实，不会重到哪里去的。不看了！

《古逸民先生集》也是宋朝人一个小集子，作者名叫汪炎昶，江西婺源人，集子有诗，有文，有附录，据说也是"为藏书家所罕"。看诗，看文，看附录杂件都很平庸，值不得用那个"罕"字，大概都因为是宋朝人的缘故，不看了。

《东汉文鉴》，石壁老人，陈鉴编。从光武朝到献帝朝著名文人的文章，读不下去。

《群书通要》是一部有趣的杂书，没事家中坐的员外，可以笑眯眯地看半个月，此书是元朝至正年的重刻本的翻印，里头东一句、西一句的文章十分好玩。比如"寿老类"开头一段：

（余发种种。老人自称曰——已——矣，卢蒲嫳曰余发如此种种余奚能为子雅曰彼其发短而心甚长。《左传》）

这么一条一条开下去。

（冉冉将至。）

（日薄西山。）

（老无能为。）

（廉颇遗矢。廉颇既老饭斗米肉十斤披甲上马以示可用赵使郭开曰廉将军虽老尚善饭然与臣坐顷之三遗矢矣。）

带在身边，晚上翻翻，会一直笑到梦里的。

《元风雅》。

政权落在元朝人手上，文人作诗的口气应该有点特别。希望能闻到一点异味。萨都剌是元人，赵子昂不是元人。元人写东西反而自自在在，不是元人的诗人讲事用情到底怎么样？霎时间还看不出来，几个序言的支支吾吾倒看出点味道。

这些书以前没见过。太多，不翻了。

中国新文学包括翻译的书不少。俞平伯、叶绍钧、冰心、曹禺、巴金、茅盾、鲁迅、王西彦、王鲁彦、沈从文、沙汀……克鲁泡特金、巴枯宁、高尔基、杜斯退益夫斯基、玛亚柯夫斯基……翻都来不及翻了。还有杂志……落地灯照着，眼皮合上了，猛然吓了一跳，狗日的长毛大黄猫跳到腿上来。这么一压，起码有十五斤。

你想做什么？啊！在我腿上睡觉！你把我的大腿当床，你这么想当然一声招呼都不打地公然在我腿上呼呼大睡。喔！我明白了，你把我当张人希，你天天如此，年年如此。他一看书你就上来跟他一起。你觉得你是他的猫，他应该伸出双腿让你当床。你了不了解我并不认为你是我的猫！我从我认识你那天起就把你看成是猫中之西门庆、西门大官人，你晓不晓得西门庆、西门大官人是谁？他是宋朝至今无人能比的大色魔。屋子里头养了一大帮老婆、小老婆，平常日子还去勾引四邻八舍的不正经妇女，就像你这只老猫精在房顶调戏各方母猫一样。

你是猫，你占了做猫的很大便宜。你干了伤风败俗的丑事从不见人管束你，你让十几只年轻母猫生下几十只黄毛小猫崽也没有受到应有的法律追究；母猫们也不会揪住你不放硬拉你去做 DNA 检验（请原谅我提前几十年用这个科学名词）而向你要赡养费和子女教育费。你根本没有尽到做丈夫做父亲的责任。

西门庆跟你做过同样的勾当，给人骂了一千多年。他倒是尽过一些为夫为父的责任，道德上比你强得多。

猫抓老鼠这广义的说法，对你完全不适用。你老实说，抓过老鼠吗？你身广体胖，养尊处优，哪年哪月哪天抓过半只老鼠？

我最看不起你的地方你晓不晓得在哪里？

你自以为可爱，一身又黄又亮的长毛和一张大扁脸。体重十五斤或二十斤，为猫界少有。人的爱好你根本不明白。养宠物有时是因为它长得丑、长得怪才喜欢的。你就是属于这一类。

我今天跟你谈这些知心话是觉得你对我还算信任，把我的双腿当床睡了两个多钟头。你不明白的是我的双腿经你这么一睡之后麻木得已认不出是自己的腿了。

如果你听不懂人话，我这话就算白讲！

其实，我和你也少有交谈的机会。我只是觉得天底下你算是运气最好的猫。你生长在人杰地灵的闽南泉州而不是广东广州。听人说，广州大街上饭馆门口挂着招徕的广告牌上大字写着："本日生宰老猫公！"就你的外貌和体重来看是最合适"生宰"标准的了。

广东的筵席上，提供给你上场表演的机会最多，比如"蚝油猫片"；跟响尾蛇联袂演出的"龙虎斗"；跟赤练蛇、乌龟联袂演出的"玄武龙虎汤"……你不亲身去到广东，就无法体会你在广东受欢迎的程度。但我劝你还是以不去为好。广东人对于"吃"的原料，是不分敌我的。

伯母叫序子下楼吃中午点心，老猫以为是叫它，噗的一声跳起来下楼去了。序子好不容易站起来，调整了将近一分钟的双脚和双腿，下得楼来。原来是"米线汤"。伯母说："DING 俄，青菜夹单波！[1]"序子连忙答应："唔汤凯 KI，憋磨，并贺咯！[2]"

刚放下碗，人希兴冲冲回来了。伯母回到厨房给他也下了一碗米线汤，序子又坐回来陪他。

"要润笔的信也好了，等下我们上楼看。——你一个上午在楼上做些什么？"

---

1 中午，随便吃一点！
2 不要客气，伯母，很好了！

"看你的藏书，坐你的靠椅，照你的灯，享你的清福，和你的西门庆老猫公谈经论道。"

人希指指正坐在旁边凳子上的老猫公说："这老家伙什么话都听得懂。"

人希吃完米线汤两个人上楼，人希取出信封展开让序子看。

万昌隆宝号

曾庆轩先生台鉴：

我们是泉州从事新闻事业及文艺活动的"海燕文艺社"成员。

近闻泉州国民兵团团本部周先副官雅约本会同仁张序子先生为贵宝号作画之举，不胜欣赏先生独到之鉴赏功力。张序子先生天才横溢，风骨开张，技艺高妙，素为我辈敬佩。今先生府上拥此佳作，定满堂生辉，生意兴隆，帆乘无极也。

张序子先生于贵宝号后楼奋笔五昼夜，成画四幅，曰"福禄寿"，曰"南海观音"，曰"财神爷"，曰"寿星"。

按传统旧例，四尺之宣纸，为二乘四尺之实际尺寸，实为八市尺。四幅画作总计为三十二尺。按艺术市场标准，张序子先生画作每尺润笔费五角计算，四幅作品应为十六元整。唯此佳事传播泉州艺坛已近一周，同仁等甚感诧异，画家张序子先生至今未收到贵宝号丝毫反响及应得之润笔费，未知理由何在？抑或不明寄件地址？抑或为不法宵小半途所窃，尤有甚者或系贵宝号视此艺事来往为儿戏，不足挂齿？循此，特修函奉闻，以求解释。普天之下，虽财路无情，然道义有眼，不可不知也。

贵宝号以风雅著名泉城，谅不致悭吝此区区小数而见笑于

我辈同仁。切盼回复，顺问

　　绥安！

海燕文艺社

张人希

黄怡君

庄启　贺努

致意

年　月　日

　　（来件请寄本市中山公园东侧三松庐　海燕文艺社转张序子先生收）

序子不太相信这封信的力量。

"值这么多钱吗？颜料、宣纸都是人家出的，还有几天来的款待……"

"你不提纸张颜料还好，一提我就有气。你想嘛，他们克扣那些东西舍不得给你，留着做什么？生意人天生无可救药！"

序子指着信稿发笑，"吹成那个样子……"

"不吹哪能来钱，这世界上……"

人希提议下象棋，序子根本没有兴趣。

摊开棋盘，人希让他吃子，序子情绪逐渐开展，一路杀将过去，慢慢觉得象棋也并非完全不好玩的东西，尤其听到人希失子的叫声，于是整个身心就完全投入到胜利在望之中，还静悄悄地设计了一个巧局，"双马挂角""将军抽车"。正在兴奋的末颠之时，人希懒洋洋说了一声"双炮将"。回头一看才晓得后方空虚，毫无动弹余地，上了人希大当。人希成熟，自己浮躁幼稚。

"再来！再来！"

"不来，不来，我早就认为费这种脑子没有知识积累，不值得。"序子说。

"你哪能处处积累嘛！"人希说。

两个人下楼收花生。

"还要再晾两次，里头难干。"人希说。

说话间，贺努、庄启两个人来了。人希对厨房喊："妈，多两个人吃饭！"

庄启也跟着对厨房叫："不用了，伯母！不用了！吃过了！"

各人扛了个麻包进屋放妥，两人到厨房门口向伯母问好。四人一齐上楼喝茶。

人希问："信发了？"

庄启说："发了。"

"你估计曾老板收到信会有什么表情？"贺努问。

"这很难猜。"人希转身问序子，"你呢？"

"我最不会想这类事情。"序子说。

人希说："收到信，他会费点时间去想。个中人，前前后后，利害关系……"

序子也把写给周叔和周先老兄的信让两个人看了，也说写得扼要。

匆匆忙忙吃了晚饭，三个人准备出发。人希关照："交了信，搬了行李，简简单单，千万不要激动，不要节外生枝。序子在浮桥住定，两个人赶快回来，有话明天讲。这里两块钱，三轮车来回，不要省钱了。"

三个人来到国民兵团门口，见到郭士握，序子告诉他要走了。郭奇怪好好的怎么要走？贺努和庄启跟着进去，刚好先吃饭回来。

"几天不见哪里去了？"先问。

"我要走了。"指着贺努和庄启说，"是我的朋友，来帮我搬行李的。这两封信，一封给你，一封给周叔回头再看。我永远忘不了你们。给你添好多麻烦，让你为难，真对不起。代问曾姨好，我来不及见她了。"

除了书没几样行李，刀具木板零零碎碎东西放在纸壳箱子里捆定，两个人帮忙掮到门口去了。

周先问："那你，那你到哪里去？"

"以后再讲。"序子说。

周先紧紧抱了序子一下，站在屋子当中，眼看序子走了。

三个人门口叫来两部三轮，一部双人，一部单人，往浮桥涌金里进发。

这路远，好不容易来到十二号，傅升、傅斗两兄弟见到序子，二话没说，跳起腿叫："快快！虾姑在等你们，她快要死了。这么巧你赶了来。快走快走，你的东西我帮你收拾！"

序子对贺努、庄启两个人说："洛阳桥朋友那边家里出了大事情。有话等回来说，转告人希一下……"

提了自己常用的棍子跟傅斗就出发了。

傅斗说："人都散了，哪里找人？没想到你能赶回来，这么巧！虾姑还留着一口气等我们。快！就我们两个人走吧！天亮前应该赶得到洛阳桥。蔡良派来报信的人刚走你就来了，天让你回来的……"

什么都顾不上了，天黑成那个样子，只有眼前这条路是亮的。

"你，你再讲一遍，到底是怎么一回事？"序子说。

"我也不是很清楚，来报信的人说要我们到过洛阳桥的这帮人赶紧回那里去，虾姑快要死了，要见我们一面，留到一口气等我们。我两兄弟这时候哪里去找人？有的在德化，有的在南安，有的在永春，我两兄弟总要有个人在铺子里，没想到你来了……"

"虾姑她什么事？你没有听错吧？她身体这么好，她怎么会死？她还这么年轻？"序子问。

"我们来不及问，蔡良也没交代全，就是通知叫大家一齐去……"傅斗说。

这段路程，蒙着眼睛走，蒙着耳朵走，蒙着心走。什么都不看，把梦赶开！只管动腿，棍子拄地连珠响，没想汗，没想累，没想口干，没想吸气。虾姑你莫死！你等我来，虾姑你莫死！你等我来。我马上就到！

洛阳桥，洛阳桥，你快缩短点，快！快！不缩短点就闪开！

泰昌顺到了，泰昌顺到了，铺子好多人，后院也好多人，见序子、傅斗进来都让开一条路，进到屋里，蔡良扑到他俩面前，指着床上躺着的虾姑，"姑呀！姑，傅斗从泉州来了，张序子也从泉州来了，你看，你看！"

序子走到虾姑床前，"虾姑，我是张序子，我看你来了！"

虾姑睁不开眼，摊开手掌捏住序子的手，轻轻地一下一下地碰着床沿。

"虾姑，你知道我和傅斗连夜赶来了，真的赶来了，你听到我们的声音了，我们哪里想到你会病呢？我们赶来了！"序子脸挨着

泰昌顺到了，泰昌顺到了，铺子好多人，后院也好多人，见序子、傅斗进来都让开一条路，进到屋里，蔡良扑到他俩面前，指着床上躺着的虾姑，「姑呀！姑，傅斗从泉州来了，张序子也从泉州来了，你看，你看！」

虾姑，我是张序子，我看你来了！

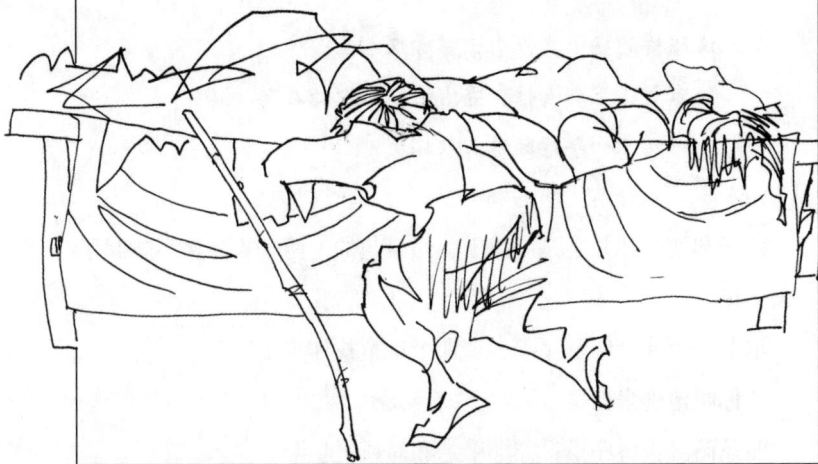

虾姑手臂，慢慢地虾姑手松了，手变凉了。

周围的人开始大声哭起来。

三个孩子趴在虾姑床沿两边。

一个老太太在序子耳边轻轻地说："没想到她等了你们一天一夜，真等到了！"

序子和傅斗两人腿脚受了伤，幸好请来了医生连夜挑泡，吃药敷药。来不及参加虾姑入殓礼和跟着灵柩上山，坐在屋里听殡丧音乐和炮仗逐渐远去。

蔡伯也病了，两个人没能见到他。

没想到虾姑二三十年凄凉孤寂的生涯里这些孩子会成为她唯一的知己和安慰，相识相处的时间那么短暂，朦胧的愿望随风而去，她失落掉的是她从未拥有的东西……

她死在强壮的心肌梗死里，那天上午还在海滩晒鱼，没相信世上会有意外……

洛阳桥的杨小真，白云塔旁叹人生……

城市之夜里新女性，香雪海归来没处存。

（一九三六年悼阮玲玉歌词）

序子和傅斗几几乎是一路上爬回泉州的。两个人一声不响睡了一天一夜。

早上一个伙计叫醒序子，"那个难童找你来了。"

"你叫他进来！"

西鼎俯身告诉序子："那个老和尚死了！"

"哦！原来他就是这么说的‘一礼拜之内’，唉，和尚和尚，你早定好时间了……"

序子走进厨房天井，脱掉臭熏熏几天没换的底衣裤，成个屁股拉胯真身，旋开自来水莲蓬，把肥皂从头到尾拭个够。腿还肿，脚周围的泡有的还没结疤，这一冲，全身都醒转来了，都活过来了。擦干身子，换了衣服，告诉西鼎："我们可以走了！"

"善男子！根清净故，色尘清净。色清净故，声尘清净。香味触法，亦复如是。"（《圆觉经》）

序子拄着棍子前头走，西鼎后头跟着，没人看得出他们是赶路还是赏玩风景。

"死"这个东西是一点也没有讲头的。不是逃避，更不是进取；怕也没用，更不存在欢喜；说它永恒当然靠不住，说它从此泯灭也不见有人信；说它有灵魂，世界怎么装得下？说是没有，却是不少神棍靠它吓人谋生……

序子腿脚实在痛，他又晓得不走不行。按和尚规矩马上就要烧掉，见不到他一面就会一辈子咬牙切齿地后悔。活到这么大，他很少有机会后悔，顶多两三次……后悔多了对身体对学业都有害处。

双十国庆节，虾姑去世，你洛阳桥搞国庆做什么？真是不懂事。一礼拜时间连死两个人，都是世界上最重要的人。太幸灾乐祸了！

一路上慢到如此程度也算走到了。这地方以前人都叫不二祠。和尚侧身向外头卧着，一点死相都没有。屋子里不少打点的和尚来来去去，还有个像鲁智深的和尚很引人注意。（后来才认得他，是

『哦！原来他就是这么说的「一礼拜之内」，

唉，和尚和尚，你早定好时间了……』

弘一圆寂

个有德行的和尚，名叫"妙月"。听别人传说，弘一说过他会成正果，也见过他写的颜体，拳头握笔，很工整。）

序子见桌子上挨墙靠着很多纸卷，其中一卷上写"张序子居士嘱书"，序子上去拿了，被一个和尚制止，扫玉兰花那和尚证明如此这般，便让序子拿了。

序子鞠了个饱躬，走出禅房，走出不二门，回身对不二祠又鞠了个躬，直回浮桥涌金里。

西鼎路上提醒他："你这次没有哭。"

"那，不是该哭的地方。"序子说。

大家在洛克咖啡馆见面。

序子详详细细地讲完了洛阳桥告别虾姑和不二祠告别弘一和尚的经过，还取出弘一的书法给大家看。

> 不为自己求安乐，
> 但愿众生得离苦。

赞美和唏嘘之声响彻一片之后，人希忽然站起来，举起一个信封问大家："请看这是什么？一块不多，一块不少，十六块，张序子'润笔费'！"……

且说，万昌隆布店曾庆轩老板忽然收到泉州海燕文艺社来信，打开一看，觉得是封"敲竹杠"的信。见多了，不理。喝了两口茶，继而一想，这是个本地文艺团体负责的联名信，且点明是舆论界的身份，口气明目张胆，又故意带出国民兵团周先的名字，暗示他们清楚我彼之间的关系。这狠辣手段不可不防，便写了一个便条让伙计送到国民兵团周先手上，要他马上到万昌隆来商量对策。不想回条却是："本人公务繁忙，不克分身造访。画事已了，其余琐事，望贵宝号善自处理为盼。张君序子离职已数日，去向不明，无从奉告……"

你看，你看，没想到来这么一手。翻脸不认人，绝情到了这种地步！他哪里知道周先的好意和受到的委屈。

"小事一桩，息事宁人，几时没打发过叫花子？"曾老板吃了个哑巴亏。

封上十六元，派人送到中山公园海燕文艺社。

唉！人世间多少好意糊里糊涂都让造化弄混了……

张序子得了这笔巨款之后，付了两块五角茶钱做了这次聚会的主人。（人希这个建议真好！）

还有十三块五安安静静躺在口袋里。你不晓得，人有了点钱心里多么舒服自在！

冷天快来了，眼前大事就是帮西鼎这个浑球买衣服。他什么都不在乎，就算是没有过冬的衣服他也死不了。这是真的。他会蜷在被窝里不食不动像野兽冬眠一样熬过去，或是躲在大厨房灶眼旁边不扰人地窝着。他活得过来的，他从小跟爸爸就是这么仰仗自己活下来的。他受过蔑视也不太看得起羞辱，像株硬石头缝里莫名其妙长出的小草，谈不上任何方面的关注而活得自在逍遥。他孤独到这份佯狂却只有八九岁年纪。

"走吧！我想我们去买套冬天衣服。"序子说。

"你呀？"西鼎问。

"你！"序子说。

"喔！涂山街那头好多衣服摊子。"他说。

"摊子不行，手工不好，针线马虎，要上好铺子。"序子说。

到了好铺子，伙计又嫌两个人身份。

"买什么？买什么？"口气像对付伤兵。

换了一家又一家。

"到底买不买？"西鼎问。

"你看他们那脸！"序子说。

"买衣服管他脸做什么？"西鼎说。

进了一家大铺子，序子指着西鼎问："有他穿的棉裤棉衣没有？"

过来一个伙计，打量了序子，再打量西鼎，"他呀？"

"他怎么样了？"序子问。

"几岁了？"伙计问。

"几岁怎样了？抓壮丁呀？"序子说，"买衣服看大小，管他几岁干什么？"序子嗓子大起来，"你帮他做媒是不是？"

那伙计笑起来，里头的人也跟着笑起来。

格子上取出一套中山装棉袄在西鼎后肩比了一下。"差不多。"那人说。

"要大两号的。"序子说。

"大两号不合身。"那伙计说。

"不只今年穿，明年后年都靠它。拿大两号的。"序子的话斩钉截铁。

大两号，裤子口高到胸脯了。

"没关系，可以卷裤脚。"序子说。

序子把裤子、衣服摊在柜头上查看线路、扣眼，认为针线还过得去，一共四块二，伙计正要打包，西鼎问："衣服有没有红颜色的？"

"扯淡！"序子对伙计说，"别理他。"

又买了两套卫生衣裤，两双袜子，一共七块二。付了钱，走出门外，西鼎高兴地偷偷问序子："钱哪里来的？"

序子在做心算，十三块五减七块二，还剩六块三。

过了两天，序子又找贺努帮忙到西鼎难童教养院把两大包华侨衣物运到浮桥涌金里摊在地面上，让人希约报馆的一些人来选购。都是些英国、法国毛呢料子做的上等衣物，一下子就挑得一件不剩。现钱现货，居然卖了四十六块钱。大家眼睛睁得好大。

序子请人希带西鼎到银行去办了一个手续，取回一个本子。序子告诉西鼎："收牢这个本子。从现在到长大，你都要靠它了。有事找人希叔。"

「要大两号的。」序子说。

「大两号不合身。」那伙计说。

「不只今年穿，明年后年都靠它。

拿大两号的。」序子的话斩钉截铁。

大两号，裤子口高到胸脯了。

天凉了。

闽南天气一凉起来，和别地方很是不同。

周围的街宽阔爽朗了。人和人讲起话来特别清亮。早起，用不着加多少衣服，抖两抖就出门了。

不落树叶子。

序子不喜欢别处的秋天就因为落树叶子。落得满地都是，弄得树枝上光秃秃的，好像大澡堂子里站着几百个一丝不挂的老男人等你检阅。

闽南的树换叶子都是静悄悄的，各换各的，像女孩子们躲在屋里换衣服一样，看不出季节变化的惊扰，仍然到处都是绿。

就这个样子一直到海上起风，天气才会有点认真冷起来，提醒大家该罩上件夹衣或是薄棉袄了。讲究的时新人（那时候叫"体育人"），套上件高领子或红或白的羊毛衣，见面的时候，嗓子里相互闪出点令人快活的洋气。

泉州很古很古就跟外洋沾着关系。也并非说张家、蔡家人缘上至今还找得出唐朝、宋朝当时的瓜葛。问人，普通老百姓也不见得一五一十地说得清楚。不过这类感觉用打听的方式是得不到的。如果你是个有心人，稍许注意一下眼前你站立的地方，脚底下踩着的通下水道的葫芦眼很可能就是唐朝宋朝留下的古物。

就这个样子一直到海上起风，天气才会有点认真冷起来，提醒大家该罩上件夹衣或是薄棉袄了。讲究的时新人（那时候叫『体育人』），套上件高领子或红或白的羊毛衣，见面的时候，嗓子里相互闪出点令人快活的洋气。

讲究的时新人·套上件高领羊毛衣.

你多走一段路到一个叫作"法石"的地方去看看。你马上会自觉是个古人，你精神和肉体已不能动弹。

它太古，太庞大，太结实。历史在它面前无所作为，千百年来迎着太平洋岿然不动。

这座将近两里长的花岗岩城堡其实是座货运大码头。要多大的楼船群来承受它的货运？想想当年的繁华也让你来不及吞口水。

你坐在随便哪块大石头上都是只蚂蚁。你也只能以蚂蚁的心地面对眼前的景致。你头顶上是几十米高的大榕树群，晚上运气好有机会让你看到树顶上黄豆大的月亮。

你前面和脚底下就是太平洋。眼前一切都过去了，叫不回来了，连云樯橹，灰飞烟灭，剩下这搬不走的大石头城坡和远处的海神庙。

在泉州，你的朋友，路边擦身而过的陌生人，都是现代人。他们都有远古的血脉和遗传因子。一位有学问的学者的一本什么书上说过，闽南话里的"哇"（我）、"努"（你）、"伊"（他）都是唐朝话。

这让人听了很"盖涎"[1]，一点也不错地证明泉州人来头不小。

古时候泉州名"刺桐"。书上说："筑城时环植刺桐，因名。"

这就莫名其妙得很了！这算什么给一座城取名字的来由呢？如果把刺桐当"市花"一直叫下去那还说得过去，眼前又不见提起了。刺桐又不是什么了不起的奇花异草。

"刺桐，豆科。刺桐属，名见《本草纲目》。又名'梯沽'，又作'梯姑'，名见《中山传信录》。又，日本称'刺楸'。"

---

1 过瘾。

这座将近两里长的花岗岩城堡其实是座货运大码头。要多大的楼船群来承受它的货运？想想当年的繁华也让你来不及吞口水。

你坐在随便哪块大石头上都是只蚂蚁。你也只能以蚂蚁的心地面对眼前的景致。你头顶上是几十米高的大榕树群，晚上运气好有机会让你看到树顶上黄豆大的月亮。

你前面和脚底下就是太平洋。眼前一切都过去了，叫不回来了，连云樯橹，灰飞烟灭，剩下这搬不走的大石头城坡和远处的海神庙。

"刺楸，五加科，五加属，生于山野中，落叶乔木，高至数十尺。嫩木有刺甚多，至老则刺脱落。叶掌状分裂，有长叶柄，互生，初夏枝梢开花，花小，黄白色，排列如伞形，木材供小细工船具木屐等之用，又嫩叶亦可食，名见《救荒本草》，亦名'山桐'。"

抄这段书，越抄离题越远，不抄了。这跟遍地古迹的泉州城刮不上边。算不算文化的一个意外？我看是。

跟泉州人道古论今，只要天气好，摆上小茶桌子，沏壶滚烫的铁观音，无论身份年岁高低，他们会把自己所知满柜满屉地倾倒给你。不尽兴的地方，他们会要求你原地站着不要动，用一种打架的口气说："你等着，我叫我哥哥来！（或爸爸，或叔叔，或邻居。）"

泉州人这种认真对待文化的快乐程度，你很难有机会在别处遇到。千百年形成的文化教养——宗族绵延的甜蜜关系，社团节奏，明晰的礼貌层次，道义的严格共识，友谊的崇高认知，这种令人艳羡的抑扬顿挫的观念和温馨日子，铺排成一块宽怀、丰饶、遍地幽默感的沃土。

这土地产生过李卓吾，也出现过蔡六舍。好久没听到人谈蔡六舍了。看官，你知不知道一个世纪多一点的时候泉州有个蔡六舍？不知道？不知道活该！……

也记不起前头哪段文章提起过冬天夜里大街旁，高墙深巷里的杂鱼担子。总是令人念念不忘。

前挑是一个火炉子，炖着一深锅热汤。一盏矿石灯照着，周沿一圈木板子上陈列煮熟了的稀奇古怪各种颜色的海鲜，大小螺蛳；骨头长在外头的螃蟹、箱鲀、龙虾、虾爬子；骨头长在里头的杂鱼；一根骨头都不长的海蜇皮；满身是刺的海胆；放在暗处还亮着绿光黄光的蛇鳗；身怀剧毒的河豚，一切的一切都料理好了，天下太平，吃进肚子里打五个筋斗也死不了人。这个摊子妙就妙在五颜六色的危险之中能找到清吉平安，险中取乐。

外乡人不管走近走远看这摊子都觉得像个卖玩具的，光凭眼福就舍不得走。一旦打听清楚更舍不得走了，都要坐下来吃两口毒物试试。嘴巴还不停地问："原来吃下去七孔流血的鱼是哪种？"

"让人吃了断子绝孙的鱼是哪种？"

摊子老板最讨厌的就是这类人，咬牙忍住笑说："这有个服不服水土的问题，本地人没有事，外省人不敢说。一个月后才看得出来！"

……

老板五十来岁，面目清秀，嘴唇上微微两撇淡胡子。他不太像个做生意的人。这类好玩的生意只有冬天做，所以他是从从容容。顾客就周围几十个住家或商号熟人，小板凳不够甚至自己也带着一张来。从小一起长大，互相都叫着乳名。这生意好在大家都心甘情愿地拥挤于街头巷尾的寒风之中，说点无聊的话，从容地喝那口子酒。人物品类杂陈，无论地位高低、贫富差别，图的只是一种顷刻间的平等融洽之乐。这习俗由来已久，陌生人不容易参与。

洋铁皮高筒半斤装酒吊子汤锅里温着。一人面前一个酒杯，几个人挑了海味让老板转身砧板上切了，放进铁丝兜子里埋进汤锅氽了几下，顺手加两勺辣油，让他们吃了。

这场景落在序子眼前始终是个高罕的谜，很想插进去试试。问人希，他说："哈！开玩笑！我们都只能远观你怎么混得进？你又不会喝酒。不喝酒，怎么搭得上话？一个人坐在那里吃碟海鲜，哪里都办得到的事，犯不上往那里凑热闹！"

"我讲的是一种情调。"序子说。

"唉！你住久点，泉州处处情调，你慢慢体会吧！"

苏国重来信说，认识一个厦门美专毕业的工艺美术家廖季德，他在计划一个艺术事业，需要一些从艺的人，让序子这帮人在泉州过完年到德化来参加这份工作。

序子把这封信的意思跟几个熟人讲了。蔡良正认真料理他的泰昌顺，小小年纪，要把虾姑留下的大担子扛起来，没指望到德化去了。傅升、傅斗也走不开。要看刘鲜林和周见文怎么样了？依人希和贺努、庄启的意思，还是以不去德化为宜，对学问没积攒，泉州有很好的图书馆，序子还没见识过，应该去一去。反正吃饭居住问题不大，泉州比德化文化环境强得多，多想想再说。

序子也觉得是。

有天听人说涂山街一带热闹起来，街两边都搭了席棚子，张灯结彩，准备卖"蚵阿煎"。家家户户会做的一种菜肴，为什么要扩而大之弄到街上去？说泉州"蚵阿煎"是世界第一好吃的菜肴，张序子是赞成的。

好夸张！为了"蚵阿煎"，全城人都跟着吼！

人希说："你听没听过外国有西瓜节、板栗节、啤酒节、蘑菇节、奶酪节……一样的事情嘛！哪里的东西出名就搞什么节，一种社会性的'得意'嘛！这事情从古就有的。有时候年年搞，有时候一两年来一次。这是我们泉州湾的盛事。"

"这样讲我可能好过点。"序子说。

庄启说："我舅舅这几天正忙这些事，跟几个朋友搭了个大棚子，盼着人去凑热闹咧！"

"他做鱼生意的吧？"序子问。

"哪儿呀，卖连史纸、毛边纸的。他是个大乐人，回回都拉一帮朋友参加，还弄得有点小名气。我看，今晚上大伙吃他去吧！"

人希说："这不太好意思吧！开张就吃他？经得起吗？"

贺努说："经得起，经得起，买串三百响放放就行！"

大伙走到街上，还真是人山人海，庄启舅那棚子不小，接近三个门面。摆了四张方桌、十六张长板凳。见到庄启带朋友来，正想笑，炮仗就响了。七八个伙计迎进了客人。

人希轻轻问庄启他舅舅姓什么。姓颜。要不然变成一句老话："吃人东西还不知人姓什么。"

"颜伯！颜伯，有什么事吩咐我们做的？"人希假客气。

颜伯是个胖子，高踞在平底锅边，手握大锅铲比画："免！免！什么都妥当了，欢迎各位光临，请坐呷茶饮酒，尝尝我'蚵阿煎'的手艺。"

庄启算是半个主人张罗起来。

序子没想到有这么大场面。背后七八个木桶都是新鲜蚝，摊子前陈列着各种绯红的大螃蟹、大龙虾、雪白的鸡鸭蛋、麻油、花生油、酒坛子。晾杆上挂着大块新鲜猪肉和刚发好的鱿鱼、墨鱼。前后左右拥着一捆捆青蒜、芫荽、葱绿，大玻璃缸里雪白的番薯粉，灶前罗列五味调料跟蚝油虾酱瓦罐。两个小胖子在帮忙切菜。

大平底锅边一大坨猪板油正热闹冒烟。

序子瞧着这阵仗有点吓人，担心很多不清楚的"万一"来了怎么办。

对于"蚵阿煎",序子所知很浅。他只听说做"蚵阿煎"以小蚝仔为上,味足。颜伯的手势重,动不动就几勺子油下去;青蒜番薯汁下手真狠,说时迟,那时快,新鲜蚝仔倒进锅底无异火山爆发,烈焰四射,借着火势这力,旋转几个乾坤之后忽然一下子温坦起来,颜伯脸上显出微笑,锅铲温和地抚弄正在轻轻呼吸的"蚵阿煎",看它们鼓动着小油泡自我嫩黄之后,洒上重重的胡椒粉和盐水(不用酱油),剥开大螃蟹取出蟹黄捏碎在面上,翻炒一轮,端正在一个大青花瓷盘里,盖上满满的芫荽,送到台面席上。

倒酒!

颜伯在炒锅那边刚弄妥一大盘红烧螃蟹、一大盆文昌鱼炒米线哈哈笑着端过来跟大家干杯,转身又忙去了。生意太好,棚子坐满客人,他待不住。

谁都待不住。街上看热闹的人鼻子闻着"蚵阿煎"的香气能稳得住魂魄吗?

这场面不像生意,整条街根本就找不到输家。竞争的题目简单,炒出一盘家家熟悉的"蚵阿煎"而已,成本价格大家熟知,手艺差距有限,更无从中伸展聪明取巧的余地。所以这活动进行得特别公平、宁馨与快乐。

在大街尽头有块不张灯结彩、不搭棚子的露天地方也摆着几十张小桌子和一些小板凳,点着矿石灯,人影幢幢,热闹程度跟亮灯地方完全一样。他们更自由,更随和,更体己。除"蚵阿煎"之外,还有各类蚌壳、螺蛳、小品鱼鳖虾蟹供人品尝。(这场合从来就有,不是别开生面的新创造。)喜欢清爽安静点的人,便选了这里。

坐在颜伯棚子席上高谈阔论的有这么几个人:张人希、庄启、贺努、黄怡君、刘鲜林、张序子、傅升、傅斗。没有什么中心内容，没话找话。

"是哪个发明这类棚子弄热闹的？"傅升问。

"发明剪刀，穿裤子的那个人。你问他好了！"刘鲜林说。

"嗳嗳，不要这么挖苦人好不好？"傅斗说。

"我看过一本美国文学家马克·吐温写的《赤道环游记》，借一个老科学家的嘴巴介绍澳大利亚一种动物鸭嘴兽，是个怪东西。一半时间在水里，一半在岸上，鸭子嘴巴鸭子脚，全身长着豹子毛，又像雀儿一样生蛋孵蛋，孵出的小东西自己喂奶吃。"序子说。

"我以前也听人说过，没有序子那么详细。问题不仅仅是这个鸭嘴兽。奇的是世界怎么会弄出这么个怪杂种来？"庄启说，"好像开玩笑开出来的。真没道理！"

"听说身上还长着致人死命的毒针。"序子补充。

"不是没有道理，只是眼前我们还没本事看出这个道理来。一种东西的出现，总有一天会明白充分的道理的……"黄怡君说。

"人有枉杀，而天不枉生是也！"序子心里造句没读出来。

有的话，是在醉饱中说的，清醒后记得住的有限。多谢了颜伯，说好酒后去散步看花市的，却想不到走反了方向，来到一个围了圈子的"高甲"场子外头，凭兴致闯进去，让几个看场子的恶汉给轰散了。没醉的序子一手一个搀着傅斗、傅升兄弟回到涌金里十二号。

最懊恼的莫过于张人希，回家时连开门的妈都不认得了。上得楼来不急着睡，挺着胸脯硬要画画。把珍藏多年的十几张老宣纸取出来摊在桌上，一张张画将起来。浓墨艳彩，人物花卉，山水鱼虫，拳脚相加，谁也不认得谁。天亮醒来满目疮痍，遍地哀鸿，捶胸顿

鸭嘴兽

「我看过一本美国文学家马克·吐温写的《赤道环游记》，借一个老科学家的嘴巴介绍澳大利亚一种动物鸭嘴兽，是个怪东西。一半时间在水里，一半在岸上，鸭子嘴巴鸭子脚，全身长着豹子毛，又像雀儿一样生蛋孵蛋，孵出的小东西自己喂奶吃。」

序子说。

足地可惜那些纸，痛恨自己混蛋之至。

事实并非如此，几十年后捡出来当作笑话讲时，序子却发现是人希兄从未有过的雄强佳作。乱石崩云，惊涛拍岸，气势雄强得十分了不得，张张都是好东西。

（奉劝诸君有朝一日进入此中境界时，前后都要从容冷静，珍惜这种天籁难得作品。千万不要一时兴起，毁于一旦，后悔来不及。）

这段夹缝时间里头，把该走的地方都走了，开元寺不用讲，承天寺、崇福寺、西湖，就差清源山那边好多地方没有去。说不出理由的没有去。后悔吗？不后悔。世界那么大，没去过的地方有的是，后悔起来几条命都不够！不过当时要能去一下多好……这叫作缘分。

序子记得有个什么公园。

像个残废人。

那公园根本就没有搞起来。原先上头是有弄个公园的意思的，拨出的那块地名字也叫开了。没想到经费没有继续发下来，跟着长官换了人，来了个不懂风雅无趣的接任，地方也就荒了。

曾经打算学别的地方弄出点规模，发奋栽了一二十棵桃李杏花，十来丛竹子，草地各处安排十来张让人休憩的铁靠椅。都算是有派头的设施。眼前铁靠椅已经让人偷走，剩下的桃李杏花孤零零各处立着。

想不到的是，这些桃李杏花到春天居然开出花来。一些轻狂男女来到跟前，硬把开满花朵的花枝扳在手上，贴脸照相留念。然后掉头不顾地走了，花撒满一地。

想不到的是，这些桃李杏花到春天居然开出花来。一些轻狂男女来到跟前，硬把开满花朵的花枝扳在手上，贴脸照相留念。然后掉头不顾地走了，花撒满一地。

硬把花枝扳手上

论公园，还是老一点好。尤其是哪家原来有规模的旧址最好。让人有摊开沉思空间的机会。序子根本就没去过北方，他认为"乐游原上清秋节"的"乐游园"应该就是那种样子。大到很多人上去之后都感到荒寒孤独。孤独是诗意的命根子。热闹的诗不好作，也不好看。

昨晚上做了个梦，满地都是龙舌兰，陷在堆里头出不来。它不像仙人掌，不至于令人那么绝望。那年尤贤给人甩在仙人掌围墙里头，记得是学校用吊车起重机救出来的。

龙舌兰尖尖很厉害，舌子旁边的刺也并不是不厉害，这是原先没料到的，所以和陷在仙人掌里一样。刺刺相对，任何躲闪都无异自杀。

半夜醒来一身汗水，以后睡觉要先想想，少做这类的梦。有的梦自己是抓得住的；躺在床上闭起眼睛，眼珠子向上翻，你做的就全是往上爬的梦。上房啦！爬墙啦！腾云驾雾抓月亮啦！眼珠平视，就跟平常过日子一般，没有特别动静。眼珠子朝下，那可是恐怖万分，眼看自己从高空一层层往下跌，楼房也好，云层也好，高山也好！贴近山底下了，又换了几层更深的底，跌个没完。

梦完全随眼珠子决定。眼珠子换个方向梦就变了。害怕，害怕就赶紧醒，醒了心跳，拍拍胸脯，没事了。

泉州的军队都是保安队，不是中央军。这地方近海，日本军队说来就来，不来是因为他不想来。中央军也犯不上留在这里和他们对着干。连福州、福清、长乐那一带日本兵也是有时来，有时去；来来去去像好玩一样，不怎么认真。

福建省会原在福州，一下子搬到西部的永安山里头去了。福建是个仗打得不多的省份。日本鬼想到它，便各处来丢几颗小炸弹意思意思。

要不然，几个晚上的"蚵阿煎"的闹热，日本飞机来打个圈，几千人亮晶晶五里长的夜街往哪里跑？不就一塌糊涂了吗？

凭什么就认为日本飞机不会来？（说不来还真的不来）就那么放心落肠地搞起"蚵阿煎"大会串呢？好悬乎的日子……

非洲大平原上，母狮子追杀羚羊，其他羚羊照常吃草不以为意。羚羊啊羚羊，应该远远地跑开才是，还有下一次啊！或者那时候就轮到你了，不想一想？犯不着想，到时候再说。完了！

国重搭一个名叫王世第的人带信给刘鲜林，叫他领一帮人到德化去。周见文、张序子之外，泉州本地有吴弗、赵显龙、贺凡；永春有谢章；溪尾有祝有善；诗山有郭长在。

"这他妈麻烦了！让鲜林一个人怎么去找？"序子说。

"都是熟人，一顺就带走了！"周见文说。

"这些人干什么的？"序子问。

"三教九流，乌合之众！和你差不多。"周见文笑起来。

序子不信苏国重的朋友那么复杂，撇了一下嘴。

"怎么走法？是不是各走各的？"序子问。

"当然，我们不能一路跟刘鲜林他拉壮丁！"周见文说。

张序子到报社去跟人希几个人说了，又去关照李西鼎，别再惹人讨厌平平安安过日子，毕业后好回集美念中学。（集美老规矩如此。）

李西鼎不信序子真走，清楚之后，便扯住序子连哭带打，闹累了才松手。

序子凶他，"闹呀！闹呀！怎么不闹了？要是你那天不在街上碰到我，你还不是一个人过日子？你怎么能跟着我呢？我也要长大呀！等大家长大了就好办了。哪个不拖累哪个了。比如说，我当了团长那时候，你就可以当我的马弁。身边挂连枪盒子炮，由公家开伙食、发饷……"

"咦？你当团长，我才算个马弁呀？"西鼎不满意官小。

"讲吧！想当什么？"序子说。

"军长！"西鼎说。

"喔！军长？好，军长就军长！西鼎你听好，我这次跟大家到德化是去当工人，学烧碗、烧盘子、烧茶壶，这是个混日子的办法，一时做不了官。你懂吗？"序子说。

西鼎说："懂。我只是想赖赖看，你带我走也说不定。"

人希几个人约序子到洛克咖啡店坐，喝咖啡。

"我们几个人谈了一下，你到德化是浪费青春，犯不上。你讲你到德化搞不好再讲，明知道做瓷器跟你一点关系都没有，哪能搞得好？到德化去觉悟，为什么眼前不在泉州觉悟。——泉州是闽南文化都城，最合适年轻人长大。民心风俗温暖善良也都是出名的。——大家就是舍不得你走。不走好吗？"

"苏国重一番好意，他做事认真。那头都准备好了，不去对不住人……"序子说。

"唉！劝不动你了！"

"唉！那就眼睁睁看着你走了！"

"听说你连被窝行头都丢了！我们几个人凑起来送你一床。"庄启指着身边一口行李袋，"都在里头，花式好不好多包涵！有空来信。"

序子请人希转达向伯母多谢，"我忘不了你那个家。"

"那只大黄猫（西门庆），不知道对它说什么好。"

"还有那个顽童李西鼎，麻烦你多帮忙管着。其实这家伙本性非常自爱，好管。"

苏国重转了些钱下来。刘鲜林带八个人，一路伙食费连带永春上车要花钱。多拿些。

周见文和张序子，两个散兵游勇，熟门熟路，一路打滚也滚得到德化，钱就花少些。序子身边还剩钱，不着急。

大部分书籍、板子，都存放在涌金里十二号。十百年这地方也最是稳当可靠。只带走木刻刀。

序子想，泉州、南安、永春、德化这一路人都很文化，爱和生人搭腔。一听到你是外省人，就高兴赶前几步，不会说国语的年轻人也要勉强凑两句："朋友，朋友，努细朵罗浪那？请到哇厝呷杯苔再行啦！[1]"

脸皮厚的远方人，跟到家里，运气好，混上一顿午饭是常有的事。

亲热，信任，好客，也要家底子过得去。成天计较颗米来往，自家妻儿凉浆水饭，哪能来这种随意慷慨兴致？

---

1 你是哪里人啦？请到我家喝杯茶再走吧！

几年间，序子荡漾于闽南地区，仿佛点数自己手指头那么自在。

刘鲜林前天已经带着王世第、吴弗、赵显龙、贺凡四个泉州人出发了。还准备到溪尾约祝有善，诗山带郭长在，永春邀谢章……到德化县中山路徐曼亚先生住处会合见苏国重。

周见文是个乐人，见什么都有兴趣，这就对了，和序子优哉游哉地哼着唱着上路。

序子的行头难得有如此这般辉煌。人希他们乐捐的被窝成套设备把序子的身份从流浪人提高到旅行人的地位已经十分显然。外加一个日本军用水壶挂在旁边（这东西天晓得泉州满街都卖）。战场上死人身边捡来的？抑或俘虏身上剥来的？一种战利品的性质。这水壶外边有个套，可以烧水煮东西兼做饭碗，也是轻铁铸成。挂在身边，走一步轻轻发一下响声，很是赏心悦目。

问题是，这类东西要打胜仗才能捡得到。我们福建几时在哪里打过能捡这么多水壶的胜仗呢？有没有可能是日本军队换新装备处理的旧军用物资，经过平潭或涵江走私过来的混账东西呢？听说平潭和莆田的涵江常有走私船舶跟沦陷区那边互通有无，这就他妈的之极了！

序子顾着自己跟自己谈话。

"你这个包袱打得十分难看。"周见文说，"麻绳子缠得一点章法都没有。"

"无所谓！"序子说。

"哪能无所谓？捆得好，背在背上轻松愉快，不勒颈根。一辈子的事……"周见文说。

"你以为我一辈子背这个包袱？你看你自己背的比我大得多。"序子说。

"我的包袱？"周见文兴趣来了。他停住脚步，卸下背包，呼的一声包袱就打开了，"你看，我被窝里装多少东西！你看我怎么打包袱的！"几下子背包又捆好了，"你呢？你打开给我看，你才几样东西，包得这么复杂，打不开，捆不拢！背不舒服。"

"看起来你是对的，是个老江湖。教我吧！"张序子实话实说。

周见文教了序子，非常简单。背在背上真正清爽松动。序子说："真是多谢，会一辈子受用。"

两个人重新赶路。序子学到的不止是打包袱手艺。"好心好意的教导要听仔细，不要动不动就以为人家在扫你的威风，不怀好意。"

几个过路人都停下脚步看这两个年轻人的热闹。甚至还有个人认真前来讨教，觉得这办法好，实用。

"我是官桥人。我爷爷在乡里办了间'碧秀小学'，三十多年了，现交给我爹办。我在德化师范读了一年半，回家我爸翻我作文哈哈大笑！这'碧秀小学'怎么放心交给你？我晓得这下子坏了，的确不行，不够格接受这个祖传学校的班。"周见文说。

"不够格不做就是。"序子说。

"我不行，只我一个孙，我是要负责的。一百多孩子没有书念可不是个小事。我爷、我爸、我妈忙不过来，他们也一年比一年老，正等我毕业以后帮忙。所以我准备上永安考省立永安师范。路费、生活费都没着落，这次跟大家去搞瓷器，看看能不能半年间赚点上永安的车费和学费。"

"我看你肩膀上扛着一副童养媳的重担子。——挑着担子读书真不幸。"序子很认真地叹口气,"不过,好心有好报,办一间好小学胜造七级浮屠。'你无畏施众生,得大自在力。'上天不会辜负你的。"

"你这个'屙蓝浪',千里万里跑到我闽南受苦所为何来?要是我,早垮了。你凭什么活得下来?今天不愁明天?你病过吗?痛过吗?哭过吗?恨过吗?怕过吗?你们'屙蓝浪'都是这样吗?"周见文问。

两个人走在路上,一问一答。

序子摇晃他那根精光的棍子,得意起来,"呆!呆!呆!怎么说这种傻话?我哪点跟你不一样?我告诉你,我哭起来比哪个都响,如雷贯耳,轰天震地。哭是爱的大开方。做一个人要经得起哭;哭的是地方……"

周见文背的东西多,走累了,卸下包袱,选了块路旁舒服石头坐下喝水。问序子:"你想过死吗?比如说,苦得不想活了……"

"我会游泳,跳下河死不了的。咦?你个混蛋!我们来到这个世界才十几年,你舍得死呀?要死你死。——你怎么想到死?只有一样我会死。春天来了,战壕边上有朵小黄花,我伸手去摘,够不着;手再伸出一点,还够不着;上半身刚探出战壕,天空啪的一声,狗日的狙击手把我打死了。(这场面是仿雷马克《西线无战事》最后的一个电影镜头。不是我发明的。)除非替国家打仗,我不会自己找死。"

两个人又开始起身赶路。

"有没有人欺侮过你?"周见文问。

只有一样我会死。春天来了，战壕边上有朵小黄花，我伸手去摘，够不着，手再伸出一点，还够不着，上半身刚探出战壕，天空啵的一声，狗日的狙击手把我打死了。

"对手人多，力量大，跑不掉的时候——"序子说。

"那怎么办？"周见文问。

"韩信一样地受胯下之辱呗！韩信一辈子只受过一次胯下之辱在历史上就出了大名；我一百次胯下之辱不声不响。"

"为什么？"周见文问。

"我自小懂事！"序子说。

"恨他们吗？"周见文问。

序子说："你太看重对手，把他们放大了！不值得。我们年轻有的是时间，等也可以等死他！"

序子边走边哼。见文问他是不是唱歌。

"这不叫唱，是我自己脑中的萦回。"序子说。

"那算什么？"

"品尝以前唱过的歌。"序子回答。

"大声一点，不是我也可以听到了！"见文说。

"这东西没有哆、咪、咪，只有节拍，难听。等于我在看书，翻书页。只有我自己明白。"序子说。

"那你现在翻什么书？"

"嗯……永安音专校长卢前的一首《永安之夜》，他是个大词家，写得好，由学校一个白俄大提琴教授尼哥罗夫谱了曲。这俄国人了不起，通透中国情调。像宋朝当乐正的姜白石配得那么妥帖。"（有人又说姜白石没当成乐正。）

见文拿出本子叫序子帮他把歌词写下来。序子不干，"满身汗，这破环境怎么写诗词？到德化，哪个时候弄到好纸，规规矩矩给你写一张。"

周见文根本不是这个意思，他说："我又不是向你求字，我从来喜欢诗词，既然你讲得这么好，就想记在本子上。有空念念，有空看看。你见过卢前吗？哪！是不是？你也没有见过。你卢前都没有见过反而向我摆架子，好像你就是卢前。犯得着这个态度？"

"你怎么不准我说眼前没意思呢？背包袱赶路有诗意吗？不要生气，起来赶路吧！这样吧！眼前你别忙着记，我一边走一边唱给你听，等到德化有时间我给你写在本子上。"序子走前，见文走后。

燕溪水，

缓缓流，

永安城外十分秋，

潮生又潮落，

"下渡"照孤舟。

吹南管，

长夜何漫漫，

有人正依栏。

明月好，

好月共谁看？

一笑回头问"吉山"

山中明月几时还？

萧萧木叶袖生寒，

山不语，

水向东流去，

写出愁人句，愁人句，

今宵没个安排处。

……

唱完了，后头没有反应。

"好吗？"序子问。

"这个歌应该是个抒情慢调，你背着包袱往前走，唱得好像进行曲。"见文说。

序子笑起来，"是的，是的。我忘形了！快步根本唱不了抒情曲。"

"不过，还是听得出好！"见文说。

"你那样说，我好过点；我不单是佩服那个卢前，还一直忘不了尼哥罗夫。想想看，用大提琴拉出这曲子，会是个什么派头？"序子说，"好曲子要有好歌词配，两方面搭在一起才有灵气。你听这个——

"'生死已到最后关头，生死已到最后关头。亡国的条件，我们绝不能接受。中国的领土，一寸也不能失守。同胞们，向前走，别退后。拿我们的血和肉，去拼取那敌人的头！牺牲已到最后关头！牺牲已到最后关头！'唔，你也会唱！这歌一开口就热血沸腾，全靠歌词歌曲融在一起。你说是不是？"

"是！"见文说，"还有个歌也不错：

"工农兵学商，一齐来救亡。拿起我们的铁锤刀枪，走出工厂田庄课堂，到前线去吧！走上民族解放的战场。脚步合着脚步，臂膀扣着臂膀，我们的队伍是广大强壮，全世界被压迫兄弟的斗争，是朝着一个方向。千万人的声音高呼着反抗。千万人的歌声为革命斗争而歌唱。我们要建设大众的国防，大家起来武装，打倒汉奸走狗，枪口朝外响。要收复失地，打倒日本帝国主义，把旧时代的强盗杀光。"（大概是"国防文学"作品吧！哈哈！）

这个歌几乎是两个人从头到尾的合唱，像上操一样大步往前走着。

"有的歌和歌词其实都非常好，唱起来晃荡肺腑，只有三两字把人逗得非笑不可。你听过苏联的《祖国进行曲》吗？"序子问。

"听过，好歌呀！我也会唱呀！它怎么样了哇？"见文问。

"你听嘛——

"'我们的祖国多么辽阔广大，它有那无数的田园和森林。我们没有见过别的国家，可以这样自由呼吸。打从莫斯科走到遥远的边地，打从北海走到太平洋，我们可以自由地走来走去，好像自己祖国的主人……'听出问题吗？"

"没有呀！不是很正常吗？"见文说。

"'我们没有见过别的国家，可以这样自由呼吸。'你告诉我，除了苏联，世界上哪一个国家的老百姓不可以自由呼吸？'我们可以自由地走来走去，好像自己祖国的主人。'当然是自己祖国的主人，为什么'好像'，既然'好像'，那就不是真正的主人。"序子说。

"真是个事。可以想办法写个信到苏联去，让他们改一改。"见文有点着急。

"你懂俄文？你认识斯大林？你有他的地址？"序子说。

"那写个中文信到重庆苏联大使馆转交。"见文说，"大使馆起码有人懂中文的。"

"你胆子不小。"序子说。

"改个歌词的问题怕什么？"见文说。

"哈！蒋委员长的戴笠正等着你。"序子说。

"戴笠是干什么的？"见文问。

"专门抓共产党的。"序子说。

"我又不是共产党，怕什么？"周见文其实是怕了。

"等弄清楚的时候，你周见文早变作周见鬼了。"序子说。

……

走了两里地两个人都不说话，还是周见文先说："其实呀！我平时很少唱歌的！"

……

序子说："是了，是了！喜欢就唱，不喜欢就不唱；戴笠又不在这里……"序子没说完，周见文又追了他两里路。

"我最不喜欢上诗山这道长坡，见它就愁。有时候做梦也做到它，弄得我一枕头汗。"见文说，"到诗山歇了吧！"

序子也觉得好，"它不是陡，是长。一眼望不到底的长。有几道弯弯，来点变化也好嘤！土地也干燥，这算什么土？砂不砂，岩不岩……"

好不容易走到图书馆，两个人嘘了口气，晓得再一百来步就下坡了。

一排客栈，选了间大点的进去了。是那种没有房只有床的大敞厅。序子和见文选了两张贴靠木板墙的床，背包塞进床底，手杖挨房柱搁定。

各人分别取了口木头洗脚盆到灶房打了热水洗脚。

老板过来问："哪里到哪里？"

"德化师范上学。"序子回答。

清清楚楚，老板"哦"了一声，回头指着灶边几张矮桌子，"吃饭在那边！"

序子也"哦"了一声。

周围十一二个人，除了挑脚的，还有个坐轿子的人夹在里头，鹤立鸡群，戴着眼镜，不太自在。看样子是少出门，想跟人搭讪，又不会。

序子悄悄告诉见文："看到那个人没有？他正在那边'表独立兮'。不要理他，很快就会过来，你等着看好了。"

两个人坐在张靠窗的矮桌子前吃饭。

芥菜汤，笋炒肉片，烧带鱼，炒豆干，"喔践"。序子到灶边要来两颗红辣椒顺着菜吃。

"小朋友！吃晚饭啦！什么菜呀？啊！好菜好菜。——你们上哪里去呀？"那人自己坐下了。

序子和见文闷头吃饭，互看了一下，想笑不笑。

那人荷包取出香烟，晃着腿，点燃抽起来，"我姓王，叫我王科长就可以了。"见序子咬辣椒，"哎呀！你这么吃辣椒要不得的，伤胃，上火，刺激视网膜，不好的！"

序子把芥菜汤倒在饭碗里，见文也学着来。大口大口地喝，打嗝，嘴巴像猪一样弄出很大响声。

两个人吃完饭，故意挺起肚子往椅背一靠。

那人赶紧递过香烟来。

"本小朋友没这个坏习惯！"序子开要起来。

"啊！是的是的。年轻人不抽烟好！"

"那你刚才又递烟给我？"序子问，"找我们有什么事？"

那人说："我是想问问你们二位，明天是不是可以一起出发上路？"

"跟你一起出发上路是什么意思？"序子问。

"包括我两个抬轿在内的一大帮没有文化的下等人走在一起，实在非常无聊——"

"喔！你坐在轿子上，我们跟在后头一路上陪你王科长聊天解闷。你也不问问我两个是干什么的？"

"一看就明白你两个是读书人。"王科长说。

"我们读完书后来又做事了。"序子说。

"在哪里做事？"王科长问。

序子说："永春殡仪馆来回运死人。"

王科长一听蹦起来，往回就走。

序子喊老板："请泡壶好茶来。"

第二天一大早，客栈人走光了。

序子结了账，告别老板，两个人背着包袱向永春进发。

路上见文笑对序子说："你那两下真狠，弄得他颠三倒四。"

"这类狗杂种多的是，不止王科长一个。出口闭口'下等人'，当个科长就这种口气，要是当了厅长、省长还得了！看他那副贱相，恨不得踢他几脚！"

"踢是不能踢的，旁边还有两个轿夫。"见文说。

"哈！你以为轿夫会帮他？才不会咧！拿钱请来的轿夫跟他毫无痛痒。天下轿夫最喜欢看热闹，回去还要四处宣讲。从古时候起，没听说轿夫还兼保镖的。"

"那倒是！"见文说，"他称我们是'小朋友'。"

序子朗声曰："'五鹿岳岳，朱云折其角'[1]，'小朋友'就'小朋友'吧！哈！哈！哈！"序子学京戏腔调笑起来。

走到马头洋，见文不讲话了。

"你不讲话了？"序子问。

"是吗？我自己不觉得。"见文说。

"有事吗？"序子问。

"事是有一点，过去了！"见文说。

"讲讲看，既然是过去了。"序子说。

"我有个未婚妻在这里，我爷爷送她到福州念高中，认识一个福州本地人，不要我了……"见文说。

"后来呢？"序子问。

"没有后来。"见文说。

"那男人叫什么名字？有地址吗？"序子急了，"这么大的事你还懒洋洋……"

"爱情的事，不好勉强。过去好几年了……"见文说。

"不行！"序子说，"到马头洋要会一会！"

周见文笑起来，"我都行，你怎么不行？人在福州，你会哪个？……当时，我剩了半条命，肝肠寸断，爷爷才让我考德化师范的。我想通了，不过就这么一回事。人家结婚儿子都生了……"见文劝序子息怒。

"你他妈真没有出息！"序子狠狠走在前边，"到马头洋不要

1　典见《汉书·朱云传》。

停，快点过去！不喝茶，不吃饭，不休息，不他妈的什么什么……"

……

"你呢？你有过这类事情没有？"周见文问序子。

"我？"序子从来没碰过这类问题。

"比如说，未婚妻、女同学、女朋友、相好……"周见文提醒他。

"我呀！嗳！是呀！嗯哼！我没有怎么想过？……我小时有很多表哥、表姐、表妹……我有个大表妹，我上长沙找我父亲经过沅陵城门洞还碰见过她一面，我没机会说话，我心里怦怦跳。多少年想起，我心里还跳……我集美也有很多女同学，个个都好看，人也好，见我留级都可惜难过。一个名叫洪金匋的同学，她丈夫在什么县做官的，至今我还时常写信给她，她给我打气。我有个小表妹叫躺妹，我带她上公园。月亮底下到幼稚园看菊花满天星，后来没消息了，又听说她死了。我很少有空想这些事。你今天不提，我哪年哪月才想一回……"

"你什么什么呀？七零八碎说些什么呀？这哪儿算个什么事呀？东一句西一句！你还真把这些宝贝放在心上？"见文很看不起序子的材料，"你太自我感动了！"

序子自己一比较，讲的这些东西，"成色"是没有见文的足，就不出声了。

"快到永春了。我姑住五星街，到我姑丈家歇一晚，明早再上德化。眼看到了，急也犯不着急。"见文说。

"天这么早，多余留一晚。赶到镇上，买到票就上德化，何必多留一天麻烦你姑？"

到了永春汽车站，下午果然剩下半车的票，落得舒舒服服上德化去。就近街边叫两碗面吃了，抹嘴上车。

这条路，见文和序子两个都熟。过了不到三个钟头就到了。下车背起行李走一段路过桥，不几步左拐弯进中山路找到徐曼亚先生店门。

徐先生个子不高，下巴很大，长了短黑胡子，嗓门洪亮，"那帮人上午进山去了，你两位在我这里住一晚再说，明天我叫人带你们进山。放下行李，喝杯茶。街上好多饭铺菜馆，什么都有。我先带你们上楼到卧房看看。"

楼板很响，楼房很大，有书柜、书桌。墙上挂着徐先生穿西装留长发半身照片。右手拐进另一个大房，又是书柜、长桌子。前后玻璃窗，后窗可看到野外。前窗临街，要上两级台阶。有小书桌、书架和单人床。

徐先生关照可一人睡床一人搭地铺，"一晚的事，哈哈哈！"详细指点了厕所方向之后，径自下楼去了。

序子新被窝，睡床；见文搭地铺。端正之后，联袂下楼上街用晚餐。

序子老江湖，一到街上，先买了盒火柴和一根蜡烛。

一个老太太的饭铺，清爽之极。她一个人管这摊生意吧！端来一小钵子"含志卖"，一盘咸笋，一盘咸芥菜，一碟子"喔践"，从从容容回灶房去了。在一盏小油灯底下吃这顿晚饭真安静。

"你说说看，刚才徐曼亚先生说'那帮人进山去了'是什么意思？"见文问。

"什么意思？有什么意思？'那帮人进山去了'不就是'那帮人进山去了'，还要什么意思？"序子好像比见文明白。

徐先生个子不高，下巴很大，长了短黑胡子，嗓门洪亮：「那帮人上午进山去了，你两位在我这里住一晚再说，明天我叫人带你们进山。放下行李，喝杯茶。街上好多饭铺菜馆，什么都有。我先带你们上楼到卧房看看。」

131

"一个'厂'不设在德化城偏偏设在'山'里是什么意思？"见文的嗓子有点干。

"不要急！明天见到廖季德和苏国重一问，都清楚了。大凡安排一个特别事情，总有些特别道理。就我个人有限的知识来看，比如讲，水的方便啦！取瓷土的方便啦！烧窑的方便啦！燃料木材的方便啦！它不是烧三两个瓶子、茶壶、饭碗，是烧上千上万东西。一座大行当的进出吞吐我们都不太懂，这不是过日子，是开工厂……"序子说。

"那我就跟到你看啰！"见文说。

"我们一起看吧！"序子说。

回到徐先生家，把留的店门关了。上楼进屋点燃蜡烛铺被子。马上吹熄钻进被窝。

不到十分钟，序子听到见文不停在地板上翻身打滚，跟着序子也打起滚来。

"见文，你晓得是什么事？"

"全身痒。你痒吗？"

"痒。"

"你别动，我起来点蜡烛照照。"

点燃蜡烛掀被窝一看，"我的天，满被窝跳蚤！"

"抓吧！"

"抓了往哪里放？"

"掐吧！"

"那么多怎么掐？"

从脚到头顶，全身没剩一处好肉。连脚后跟那么厚的脚皮都咬

不到十分钟，序子听到见文不停在地板上翻身打滚，跟着序子也打起滚来。

「见文，你晓得是什么事？」

「全身痒。你痒吗？」

「痒。」

「你别动，我起来点蜡烛照照。」

点燃蜡烛掀被窝一看，「我的天，满被窝跳蚤！」

我的天，满被窝跳蚤

133

得进去。

两个人坐到天亮，不停地用衣服全身掸，嘴巴皮和眼泡都肿了。

徐先生叫序子、见文两人下楼吃早饭。

厨房外头摆了张方桌。一个年轻女人端了粥钵子和菜出来。徐先生介绍："这是内人。"

"徐师母好！"序子站起来招呼。见文也跟着站起来叫一声。

三个人吃饭。徐先生问两个人哪里来的。

序子说："他叫周见文，官桥那边的。祖父、父母都是教育家。我是湖南人，原在厦门读集美，后来转学德化师范，一个误会离开了。在泉州朋友那里住了段时间，现在回德化工作。平日画点画，只是喜欢，说不上好。"

徐先生问序子："你父母呢？"

"他们都在湖南，以前师范学校学的都是音乐美术。抗战了，他们生活很是困苦。"序子说。

"是的，理想给耽误了。譬如我吧！厦门美专毕业后一直想改良家乡的陶瓷面目，一抗战，什么都谈不上了……"

见文说："我们以前听人说过徐先生。一个人，单枪匹马，很屈才地奋斗。"

"是吗？是吗？几时听人说的？你看！你看……"徐先生兴奋起来。

这时进来一个人。徐先生说："他叫阿喜，带你们进山的。"

两个人赶快扒了两口，放下碗连忙上楼卷行头。

徐先生送到门口说："进城就到这里坐坐。告诉廖季德，过几天我进山看他。"

出门左拐这条路序子是熟悉的。很快就走到街尾，一些散坡和稀疏树木，左首一座祠堂，往前一座大庙，现在是难童教养院。再往前右首的斜坡就是前头文章里说过的，玲珑大观音、福禄寿三星和关云长诸菩萨制作和展览的要地了。

全世界这么著名的大雕瓷作品就出在这么一条小斜街上，真是让人很难相信。

不信也要信。

在伦敦、纽约、彼得堡、三藩市、悉尼、柏林的展览会、博物馆、皇宫看到过这些珍品的人，不一定有福气能见到德化伟大的民间艺术家们——长胡子、短胡子、青年和一些漂亮健壮的妇女的艺术活动；他们都是人，不是神。唐、宋、元、明、清……多少代人活生生的一天又一天的日子。

走上这道斜街的尽头就是没完没了的绿野了。看到一层比一层淡蓝的远山。正要往山径右拐的时候，苏国重和刘鲜林迎面而来。

"我们进城接你们的。"他说，"吃早饭了没有？"

"徐先生招待过了。"见文说，"还有多远？"

心中有事，再好的风景也咽不下去。

脚底下的高低，软硬；拐过几十几道弯弯翻了多少个坡？没有人这时候想做算术。

苏国重开了口："见到徐曼亚先生了？"

"嗬！跳蚤吃了我们一夜！"见文说，"根本谈不上睡觉，拿衣服像掸蚊子一样掸了一夜……"

"他街上这套店面好大，都空了！"序子说。

"这人一肚子理想，好像半空中掉下一个寡妇，落在德化这块地方。"苏国重说，"好孤单寂寞！"

"他应该出去！到北京，到上海！"序子说。

"他哪舍得德化，家乡连着他的血、他的根！——你看过他墙上挂的书法吗？"苏国重问。

"没注意。"序子说。

"一流！"苏国重说，"天分特别高。这个人还特别不甘寂寞，前些年出过一本书，在班房关了半年。"

见文说："写一本书就要坐班房？"

"你晓得什么书？书和书不一样。他觉得孙中山先生写的'三民主义'还不够透彻，他来了本《四民主义》加以补充。'民族主义、民权主义、民生主义'之外，加了个'民由主义'，民众要有自由。不自由谈三民主义都是空话，老百姓没有保障。"国重说。

"太好了，太对了！"见文说。

"国父孙中山的文章别人不可加减分毫，违背了，就算犯法。像你公然叫'太好了'，若当时站在县政府大门口，也会拉你进去。"国重说。

"那徐曼亚先生受没受过酷刑？"见文问。

"有罪隐瞒，不招供，才会坐老虎凳、上夹棍受苦刑。徐先生就那么一本书，摆在公堂之上，事情全写在上头了，不存在隐瞒问题。白纸黑字，就看算不算个事，罚他个什么程度。

"民国以后已经不时兴打屁股，何况与徐曼亚先生的风度和气质极不协调。如果罚他五百大洋，他又是个怀才不遇的艺术家，榨干也出不了五两油，等于大旱之望云霓。最后还是让他坐两月班房完事。他是为了'主义'坐的牢，精神显得十分高昂，两个月很快就过去了，出狱之后收到慰问信堆积如山，足足可以为他砌一座堂而皇之的烈士陵墓。"

四人山上转了个下坡大弯，迎面一座祠堂。进了祠堂，没想到所有熟人都在那里。其中一个面生的中年人应该就是廖季德。这人长得相貌十分，橄榄色皮肤，头发卷曲，眼睛是眼睛，鼻子是鼻子，沉静文雅，很有个样子。听说也是厦门美专毕业，学的是雕塑。序子喜欢雕塑。

苏国重介绍了序子和见文，他点一下头。王世第带序子和见文到东边房间安排了床位。

见文轻轻问序子："你看，怎么一回事？说的那个厂，不会是这里吧？"

"大概是了！"序子虚虚地答应。

"这怎么办？什么设备都没有。"见文说。

"等着看……"序子说，"我也有点糊涂……"

从建筑来说，这祠堂动人。材料扎实，高低起伏很有变化。这祠堂姓什么？想问阿喜，阿喜不声不响走了。（直到今天，七十多年，还不知道这祠堂是哪家的。）

跟廖季德讲话的只有国重。其他人在自己房里弄东西，聊天。序子把被子拿到石头天井抖跳蚤。见文坐在摊好的床铺上低头咬指甲。序子弄完自己的，又把见文的拿到院子里去抖。他晓得见文这下子心事重起来……他有事。

台上西边进去大房也是木地板，铺了四张床，再往西过去是厨房，好大。一座大灶，灶上一口大锅，大到能够煮一只全羊。靠墙一架大案板。三合土地面。靠南一个大花格子窗。一个门。出门七八级

从建筑来说，这祠堂动人。材料扎实，高低起伏很有变化。这祠堂姓什么？想问阿喜，阿喜不声不响走了。

这祠堂
动人

台阶往下走，原来厨房座基有一股活泉，围着一圈石头，池里池外长满鲜草。泉水发着响声往外直冒，池外这小鹅卵石院子很有古意，蓝天在上空映着。光这个院子，不敢说别人，序子是可以留下了。

做饭的，是三个刚从泉州来的志愿军。（眼前还叫不出名字。）他们在熬一大锅番薯粥。番薯品种不算好，白白的，松松的，糠糠的那种。米下得不多，一个人用长柄锅铲来回地铲，怕它粘锅。其实犯不着的，那么稀的粥，火小一点，不铲也可以。

另一个人在切芥菜，满满一案桌。旁边一个盐罐在等着它派用场。不见油瓶。油瓶哪个看到吗？

晚餐开始，没有一个人使用正经的碗筷调羹。全祠堂十二个人三分钟内，把满满一大锅稀粥顷刻化为乌有。包括一整钵子有盐无油的芥菜。

饭后苏国重宣布伙食团轮流值班小组名单和作息时间：全体人员六点起床（伙食团值班成员提前一小时），八时早餐，十二时午餐，晚六时半晚餐。工作时间八时半上班，十一时半下班；下午一时上班，六时下班。九时熄灯。

见文拉序子到祠堂外边，"你现在身边还有多少钱？"

"五块多一点。"

"借我三块。"

"怎么样？真要走呀！"

"你无所谓，我不走不行。"

序子给了见文三块。

第二天大清早个个肚子有问题，在田坎上的茅室外边排队。序子远远看见周见文背着包袱出来跟苏国重说话。国重拍了拍见文肩膀，看他走了。见文没跟廖季德打招呼。

大家都嚷着昨天晚饭不卫生，有细菌，要不然不会个个拉肚子。序子说："哎呀！什么卫生不卫生？菜没有油，多年的肚子不习惯。"

大家想了想，觉得可能"对"。

廖季德进城。国重也没叫大家上班。上个屁班！都坐着还是站着闲聊。

"国重！你讲讲看，他要你约我们来做瓷器，影子也没有。"胖子吴弗说。

"吃饭的碗筷都没有，还瓷器？"小个子赵显龙说。

瘦子贺凡说："吴弗你不要生气，我告诉你，日子这么过下去，哪天回泉州，你妈会把你当我！"

"喂！周见文快刀斩乱麻，走得狠，果断！他口袋里大概有几个钱。我口袋空空，是你叫来的，你叫廖季德发点路费给我吧！"永春的矮子谢章说。

苏国重说："这地方我也没有来过。廖季德告诉我有一单大生意，不设厂不行，地址已经定了，要我找人。我心里高兴，就找你们了。到这里一看才明白，那单大生意接是接了，三千多套食具包括茶具。设计方面他是内行，他是雕塑专业，'成型'驾轻就熟，问题是他带一个生产班子完全外行。他没有想到你们这帮人来了还要吃饭。亏得他临时托人去挑米买菜……他被吓住了，不知如何是好。他是个十足的艺术家，十足的知识分子。眼前，我们只好将就他一点，原谅他一点，同情他一点。眼前他已经把做瓷器的事撇在一边，专门去奔跑大家过日子的事了……"

"喂！喂！苏国重！你把我们老远带到德化，我他妈不是专门来同情廖季德的！"脾气本来就不好的祝有善从厨房蹿出来大叫。

苏国重忍住委屈，"我这样讲大家看好不好？既然来都来了，住几天，看几天，底下廖季德怎么布置、怎么安排再说，当作来德化是准备进一个特别的学校……怎么样？"

怎不怎样也只好这样，有什么办法！

国重轻轻向序子诉苦，序子说："让火烧你和廖季德的屁股。至于我，我跟你同生共死。我对眼前所有发生的事情都觉得有意思，都好看，都新鲜。要打架，我会帮你；至于廖季德，我就不帮了……我的意思是，你根本用不到帮廖季德着急，他是自找。你也插不上手。眼前你能做的是当一回'甘草'，中和一下药性；把大家的气头转一转，谈一点诗书呀！谈一点人生故事呀！唱一唱歌呀戏呀……"

国重迟疑，"这事好是好，难开头。"

"不难不难！我们找刘鲜林来商量，他爸是戏班子的，最会静中取闹。"序子说。

中午，喝完粥之后不久，廖季德回来了。队伍很大，将近二十挑石膏担子，说过几天还要挑瓷土来。另外几个人挑的大米、芥菜，三根木柱子粗的大竹笋。另一个人背来饭碗盆钵、两把筷子。放下东西收下脚力钱都各自走了。有人问看见买油回来没有，另一个人回答："灶头那眼药瓶装的不是？"大家见了想笑。

另外四个年纪大的像是先生的人，一介绍，果然是先生。跟廖季德坐在上头桌子那边喝完一壶开水，说是带大家集合去参观一家几百年老作坊。

田埂上走了三四里路，山窝里几间瓦棚。进门之后，那些先生跟几个屋里头正在拉坯的老头子打招呼，老头子们放下手艺站起来搭话，都是熟人。

原来老头在老旋盘上拉仿宋瓶子的坯，说是"高头"订的。

一起来的老先生给廖季德谈拉坯的"老旋盘"的讲究。廖季德心不在焉地晃着身体；序子却是一点一滴把这些话默记心头，准备回祠堂认真写一篇作文。觉得这讲话要紧得很。德化瓷器的历史和前途，从来都决定在这个古老的旋盘上。

廖季德呀，廖季德！这是德化瓷艺的命根子，你不好好听，仔细看，是什么？你迟早会后悔的，除非你一辈子不做瓷器！

老先生又领大家去看烧瓷的窑。有单独一座的，有三两座连在一起的；还有叫作"一条龙"几座连在一起顺上山去的。正好有人装窑，乘机可以看个仔细。

原来瓷坯都要安放进一个大陶质罐子里烧，并不是直接放在窑层里烧。这陶罐有个名字，土音读作"诵"或"送"都行。这是以前想象不到的。

听说烧窑点火的时刻也有很大的规矩，不能这样，不能那样，要不然就要出问题。烧一次窑下的本钱很大，制坯费，柴火费，包括请老师傅掌窑看火势……稍有差错，身家性命都赔进去了……像一场赌博。

千百年来，唐、宋、元、明、清，德化人就是这样起起伏伏熬过来的。人说德化人脾气丑，不好相与。想想看，一辈子两眼盯住老转盘，两手掌握拉起的泥坯，心里默会所有产品尺寸的一致，烧窑的火候掐准的时间，火焰的颜色，刹那间"停火""封窑"，这时刻你去打搅他，嬉皮笑脸瞎厮缠，他能不对你炮仗点火吗？他能

田埂上走了三四里路，山窝里几间瓦棚。

进门之后，那些先生跟几个屋里头正在拉坯的老头子打招呼，老头子们放下手艺站起来搭话，都是熟人。

原来老头在老旋盘上拉仿宋瓶子的坯，说是『高头』订的。

久别名山怅梦到，雕南往北已七十三年、只能根据记忆画出来，比例、尺寸都已经不准确了，请原谅。

143

对你温柔亲爱吗？性命攸关的事，别说他，我若在场也会给你狗日的两耳巴！有枪就顺手毙了你！

严峻的日子孵化出严峻的德化人。

回到祠堂，各自洗脸擦身子，都不说话。

那几位大先生和师傅走了。廖季德送到门口，也不留人家吃饭。话说回来，这样的饭他敢留人吗？

几个人在厨房看大笋，说一辈子没见过，像树干一样粗，笋头这部分不老吗？还能吃吗？

序子有经验，说千万不要先剥笋壳。笋壳上的毛毛粘在手背、脸颊，痒得你十天半月不得脱福。要拿柴火把笋壳上的毛毛炙燎一下才行。又说，吃一根剥一根，有笋壳包住不发馊。

引起一阵欢呼，一人多高的大笋，从根到尖，处处鲜嫩如童子鸡。切了三分之一下锅，加盐一炒，晚饭多了一个菜。另一个下粥物当然还是芥菜，丰盛的二菜一粥！人们居然把油忘了。放了没有？放了。你不见那"眼药瓶"的油少了一半？

用完晚餐，时近黄昏，众人的忧愁不管有没有月亮都跟着来了。虽说今晚上是初十五。

诗曰：

> 风的手抚遍你亲切的脸。
>
> 在这最令人难堪的夜晚。[1]

1　《里尔克抒情诗》"月夜"第二段末两句（张索时译本）。

几个人在厨房看大笋，说一辈子没见过，像树干一样粗，笋头这部分不老吗？还能吃吗？

序子有经验，说千万不要先剥笋壳。笋壳上的毛毛粘在手背、脸颊，痒得你十天半月不得脱福。要拿柴火把笋壳上的毛毛炙燎一下才行。又说，吃一根剥一根，有笋壳包住不发馊。

笋不马上剥壳

又诗曰：

> 遥怜小儿女，
>
> 未解忆长安。[1]

这帮小家伙没来由地被拢在一起。犯得上大老远到德化来跟这个陌生人廖季德同甘共苦吗？苏国重还关照对他要有同情心，说廖季德也跟大家一齐吃没油粥菜，从无怨言，要我们感动。屁！屁！屁！空待着我们，不理不睬，恰似把我们当作漂洋过海放在底舱的"猪仔"……都这么想，都这么说，越熬越受不了了。

跟着，泉州的贺凡、溪尾的祝有善、诗山的郭长在第二个礼拜五也悄悄走了，说："过这日子不值得！"

刘鲜林晚上唱"南曲""高甲"也留不住。

留住的人也不是特别想留。一类是再看看，到底能不能把这种正经事情搞出个眉目来；一类是没地方去，哪里都一样；一类像张序子。他对那位老先生讲的瓷器行当发生了特大兴趣。他一点都不烦，不厌。当然，如果菜里头能见到一点点油水，那眼前的世界暂时就没有什么可遗憾的了。

序子眼前最有兴趣的是埋在地面上的老旋盘座。它是德化古瓷艺术的命根子。

一根削尖脑袋的硬木柱子埋在事先挖好的圆泥坑里。

另一根稍粗的硬木柱子掏空三分之二，倒扣在尖柱子上。加了

1　杜甫《月夜》。

一圈藤柳条做成的圆盘，留下六七寸宽的圆柱头做"拉坯"的重要部位。

内槽顶上安装一个耐磨、有圆尖陡坑的小瓷座。

看起来粗糙简陋的老旋盘，它要求的物理、几何学的精确度，一点不比钟表制造业差。埋柱尖夯土的力度，倒扣的木柱内槽的光滑度，"绝对垂直"，"绝对圆平面"，一千几百年前至今，从来的高标准。它达到的现代精确水平，古代的人眼、人脑、人手早就面向现代。

为创造"立体圆"到"平面圆"的劳动绵延一千余年。活泼瓷艺的圆舞曲终于自德化波响及全世界。

新闻报道打捞深海沉船，最让收藏家、考古家流口水的莫如德化瓷器。

序子一点也不喜欢俗子们赞美德化瓷的譬喻：

"玉一样的莹澈！"

"象牙似的洁白！"

德化瓷就是德化瓷，各有各的仪态。"随朝窈窕呈倾国之芳容"，谁都比不上谁。德化瓷的白，像幽梦一样缠绵。

老旋盘旋转的动力是手掌和脚掌，现代工厂转盘的动力是电。手工的准确和机器的准确不一样，很不一样！

序子告诉国重准备写一篇作文，国重告诉他别写了，不会有时间了。明天开始做瓷器方面的工作。

七个人，两个人煮饭，剩五个。

两个人"舂碓"，踩碓，把碎石膏舂成细末；另三人各在一块平石头上砸碎大石膏送到臼边。

序子眼前最有兴趣的是埋在地面上的老旋盘座。

它是德化古瓷艺术的命根子。

一根削尖脑袋的硬木柱子埋在事先挖好的圆泥坑里。

另一根稍粗的硬木柱子掏空三分之二，倒扣在尖柱子上。加了一圈藤柳条做成的圆盘，留下六七寸宽的圆柱头做『拉坯』的重要部位。

内槽顶上安装一个耐磨、有圆尖陡坑的小瓷座。

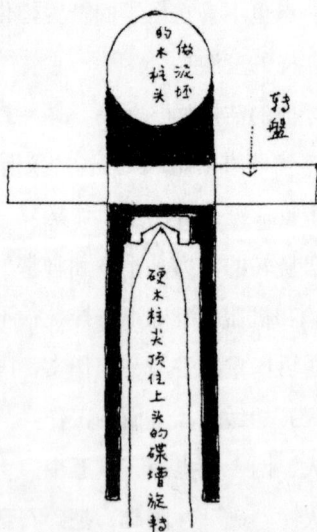

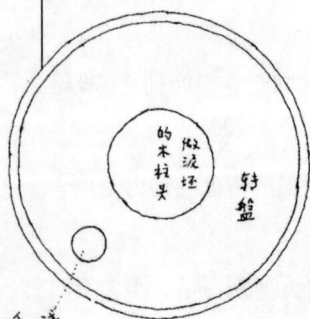

春碓工作，个子轻的人很吃亏，要用大腿使劲加全身体重往下踩，每晚的下半身麻得像别人的。胖子只要懒洋洋一脚一脚往下踏就行，毫不费力。吴弗对这工作最是当行，序子配上他可算倒了个大霉。

五天后，把所有春细的石膏粉用筛子筛细，装回十几个大厚纸口袋。筛剩下来的粗石膏粒进臼再春，再筛，直到认为"可以"为止。

每天晚饭过后"炒石膏"。这工作有点吸引人，用长铲子慢慢搅动，眼看石膏粉在锅里像液体流动起来，满锅面鼓起水泡，像开水沸腾一样。其实全是假象。它只不过告诉人："可以起锅了！"

每晚炒这么两回，要到深夜。

为什么大家愿意挤在一起炒石膏呢？

"像吃饱饭的人大家坐茶馆的意思吧！像一群沙雏吃饱鱼虾之后聚停在河滩上的意思吧！是一种没意思的意思。"谢章说。

"你讲我们吃饱饭，像这个、那个？"赵显龙说。

"你是不是想我再讲一次你没有吃饱？"王世第问。

"你看你们扯到哪里去了？讲出的话，兜都兜不回来！"国重说。

"哎！说实在的，要是我有把弹弓，周围这么多野鸽子、斑鸠，每天打这么三两只，什么问题都解决了。"谢章说。

序子说："是啊！是啊！怎么原来没想到？明天哪个进城，带几条车胎橡皮条回来。"

"托廖某人是不行的。这人最没趣！"吴弗说。

"有没人愿意找他试试看？"赵显龙问，眼睛看看苏国重。几个人眼睛也往苏国重看。

说苏国重没有听懂。你信吗？

"可以两方面进行；明天我去找根好树杈子。那方面再研究。"序子说。

"嗬！今晚上的，晚会，那么热烈，要是，有点夜宵，就更好了！"吴弗说得吞吞吐吐。

"吴弗，不要出鬼主意！你就是不放心那一堆番薯。简直是'朝三暮四'的猴子。不想想，七个人，一人一块，起码六七斤消耗。明天早饭，粥里头不见番薯还是自己吃亏。"国重说。

吴弗惋惜地叹一口气，"唉！可惜了这一炉热灰。"

吴弗一讲，大家已感到煨番薯的香气四溢，各人暗暗咽一口口水，收拾好石膏粉，静静回房睡觉去也。

第二天，廖季德忽然要召开全体大会。

所谓大会，不过连他在内八个人耳。

没想到他从房内搬出两套共十几件实心的茶具与食具主体和零件泥坯子出来。每件坯子已经画好"中线"。讲了翻石膏模子的原理。如何用黏土按"中线"先堵住一半，涂上肥皂水围上蜡纸，倒进石膏液，凝固之后，再翻注另一半的步骤和过程。言简意赅，声调平和，态度从容。

要紧之处是一听就懂。

院中几口高身大缸子原来都有用场，装水的，装黏土的，装瓷土的，装石膏粉的。

七个人各分到一个部件，开始行动起来。

奇怪的是，从来没有接触过这种工艺，到晚上歇工的时候，居然没有弄出一件废品。

做好的部件，一一排在长条木板子上，木板子两头搁在矮条凳上，要让它们慢慢子阴干。太阳一晒就变形了。

这时大家才明白，天底下的茶壶，"壶嘴"和"壶把"原来是后安上去的；茶杯的"杯把"也是后安上去的。

第一阶段做的这些石膏模叫作"母模"。

就这么一件一件往下做，足足一个多月。打雀儿、找树杈的事也耽误了。这事虽不打紧，眼看每个人的大腿、小腿开始浮肿起来，手指头往腿上一按一个坑，好久才浮起来。

王世第有天忽然大叫一声："我绑行李的就是橡皮条！"

序子在山上跑了大半天，还是在远处的山脚下看到一棵"蓝阿布 M"树[1]才停下脚步。

不高的树干有一枝合适的极对称三叉树枝，爬上去把它砍下来。不吹牛，让你们见识见识什么是最好的弹弓架！

在祠堂外把没用的上下枝都收拾干净，静悄悄回到自己翻模的工作台前。

几个早晚，做出一具旷世轻型弹弓，隆重地交给谢章，并关照："让你用。东西是我的。"谢章认真地点了头。他看出这无声火器的分量，只差烫上"中国克虏伯兵工厂制"九个字。

绑上王世第义捐的橡皮条，当天上午神枪手谢章就打下一只野鸽、两只斑鸠。

厨房值班刘鲜林上溯前两代长辈都是厨师，对这三件神物使尽

---

1 番石榴树。

这时大家才明白，天底下的茶壶，「壶嘴」和「壶把」原来是后安上去的，茶杯的「杯把」也是后安上去的。

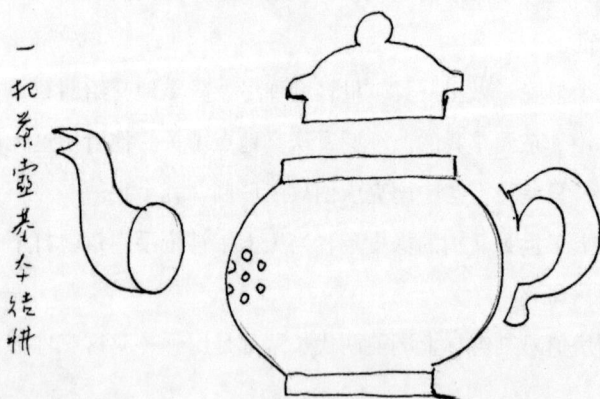

一把茶壶拳李德帲

不高的树干有一枝合适的极对称三叉树枝，

爬上去把它砍下来。不吹牛，让你们见识见识

什么是最好的弹弓架！

在祠堂外把没用的上下枝都收拾干净，静

悄悄回到自己翻模的工作台前。

几个早晚，做出一具旷世轻型弹弓。

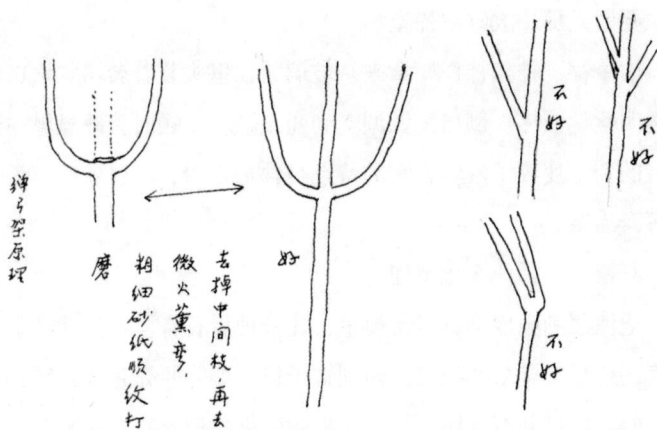

弹弓架原理

磨

去掉中间枝，再去

微火薰弯

粗细砂纸顺纹打

不好

不好

好

不好

153

了祖传解数，加上后天的智慧，竟然把满满一大锅混浊绝望的番薯汤变成上天下凡的稀世佳馐。

第二天大清早个个肚子有问题，在田坎上的茅室外边排队——都嚷着昨天晚饭不卫生，有细菌，要不然不会个个拉肚子。序子说："哎呀！什么卫生不卫生！加了新油水，多日的肚子不习惯吧！"

大家想了一想，觉得可能"对"。

这就叫作历史的重演。

昨晚最不安的是廖季德。喝进第一口粥猛然一惊，不信，再喝一口，觉得敌情严重。站起来，掏出钱包检阅，钞票平安无恙。犹自纳闷：可口东西定藏祸心！看看周围，人人神态安详，面带和平微笑。奇怪！

突然而来的幸福让人猝不及防，生危机之感是常有的事。

序子默默观察廖季德，觉得他十足是一块幽默感的沃土。

模子阴干之后，正式开始"灌浆"成型工作。

要紧是那一大缸湿瓷土。

廖季德"神鬼神样"拿来一玻璃瓶，里头装着名叫"水玻璃"的透明化学液体。倒出三五调羹到瓷土缸里，顿时菩萨显灵一般，整缸的瓷土变成了液体，它的特点是含水量少，可以流动，最适宜做石膏灌浆。

石膏灌浆是什么意思呢？

把泥浆满满地倒进石膏模里，几分钟后石膏模边沿就结了一层厚壳，把里头剩余的泥浆倒回到缸子里。那层厚壳越来越轻，慢慢地、轻轻地打开石膏模，一个完整的瓷土器型就亮在你眼前。有时器型粘在石膏模里不肯出来，你温柔地拍拍石膏模也就出来了。

一个石膏模可以连续灌三次泥浆。之后放在木板上阴干。换同样的石膏模子继续工作。就这样来来回回在许多模子里灌浆，阴干，再灌浆，再阴干，各种产品就出来了。

第三道工序是在茶壶上"打眼""装把"。茶杯上装把，要严格"对位"，不然就变成俗话所云的"歪嘴茶壶"。

祠堂上上下下摆满放泥坯的板子，热闹之极，稍微让人有一点"工厂"的喜悦。

谢章隔不几天出去一次。或是白天，或是晚上，每次出门无论如何总会带点东西回来，至少一只麻雀甚至一只野兔。

"谢章呀谢章！下次你打只老虎回来我也不奇怪！"马屁如此拍法也没人说他过分。眼看浮肿病人渐渐少了。

祠堂左首边一里多地山洼里有一处两窑连着的作坊。廖季德叫大家把泥坯子往那儿搬。怎么搬法？手撑起来，两人帮忙抬一板泥坯放左手，再抬一板泥坯放右手在田坎上跨步走。

责任与荣誉两感，叫这七个人觉得即使手臂断了也要把两板泥坯送到窑场。难以相信，半路上有人真想到死。

这期间来了廖季德离婚的姐姐，带着三个孩子。大女儿七八岁，二儿子五六岁，抱在手上的孩子不知是男是女，岁数也不明白。在楼上住，第一天骂跳蚤多，第二天骂饭不好，第三天骂弟弟养这么多人，游手好闲，白吃饭，白拿工钱……

这姐姐长得不难看，说她好看也不过分。漂亮人眼睛尖，骂起人来顷刻能找到很多根据。

跟弟弟一比，悬殊就大了。弟弟求她："姐呀姐，别这样讲，别这样讲！"

手腕一点不
许动，还要快
跟着走，
半路上有人
真想死。

祠堂左首边一里多地山洼里有一处两
窑连着的作坊。廖季德叫大家把泥坯子往
那儿搬。怎么搬法？手撑起来，两人帮忙
抬一板泥坯放左手，再抬一板泥坯放右手
在田坎上跨步走。

姐姐几句话，点醒了在场旁听的大众。

工钱？是呀！我们没有拿过工钱。便追着要几个月的老账。要不到工钱的胖子吴弗、小个子赵显龙、名厨后裔刘鲜林便卷上铺盖一路破口大骂，跨出这座消耗他们半年青春的祠堂大门，扬长而去。

姐姐准备开小灶，要个人跟着进城办货扛东西。没人理，累得廖季德一个人来来往往很是可怜。

小灶在屋后办起来了。

留下的苏国重、张序子、谢章、王世第四个孤臣孽子帮着廖季德支撑这半壁江山。

"笑得最后，笑得最糟！"序子想。

这么巧！徐曼亚先生来，廖先生进城了。

"只一条路，你怎么没碰到他？"

"我到窑上拐了一下，怕这时候过去的。"

"嗯！"

徐先生轻轻问国重："上头来来去去那女人是谁？"

"廖的姐姐，离了婚，带三个孩子奔廖来的。"国重说，"要不要上去见见？"

"我看不用了。我也不等了，坐坐歇歇就回去，也没什么事……看样子你们也闲得很。听说已装完窑了……怎么还没'点火'？"徐先生问。

"没有柴。"国重说。

"我的天，子都不齐，这棋怎么下？你看这廖！"徐先生说，"还拖住你们这一大帮子人？"

"已经走了一大半，没剩下几个。"国重说。

徐先生心不在焉，翻看序子床上那本《国际人物漫画》，"咦？人手画的！哪个画的？"

国重指指序子。

"你几时画的？你还真不简单！"徐先生说，"这么厚的一本，用了好多工夫……"

"集美图书馆，一两年时间。"序子说。

"《大众木刻》上，他老早发表东西了！"国重又加了一把料。

徐先生搭住序子肩膀，"哪，我还真是看不出！……那你到这里做什么？"王世第递过来一漱口缸热开水给徐先生，让他慢慢坐在床沿吹着气喝。

"这水好。不像是井里的。"他说。

"崖壁里流出来的。"序子说。

"怪不得！我就说咧！要是告诉我那帮朋友，为这股子活泉，他们明天就会带'铁观音''铁罗汉'来作诗！哈！真没想到！"徐先生说完，捏着漱口缸起身便去看水。

到了泉水小院，徐先生把漱口缸慢慢放在地上，对着涓涓流泉肃穆起来。

随后把漱口缸子还给国重，转身走出祠堂侧门，"我回去了。告诉廖一声我来过就行。这局面我看维持不久了。廖太天真，除了雕塑什么都不会，接人家这笔定钱，怎么下台？坯子装了窑，一根柴火都没准备，天下哪有这款烧窑的？要是我，非死不可！……好，我走了，刚才约朋友喝茶的话，是赞美的感想，不算数！这局面怎喝得出兴味来？以后再说了。不必跟廖提起。那副小肩膀再也加不得斤两了……"

大家目送他绕山弯过去了。

序子觉得徐曼亚先生论廖十分准"的"。搞艺术怎能如此"艺法"？一个老实人能把自己弄得人人讨厌也属难得。他自己跟大家挨苦，有样吃样，没摆过架子；在平时这作风称得上是同甘共苦的好人了；眼前个个一样，算不得出众。

「这水好。不像是井里的。」他说。

「崖壁里流出来的。」序子说。

「怪不得！我就说咧！要是告诉我那帮朋友，为这股子活泉，他们明天就会带「铁观音」「铁罗汉」来作诗！哈！真没想到！」徐先生说完，捏着漱口缸起身便去看水。

到了泉水小院，徐先生把漱口缸慢慢放在地上，对着涓涓流泉肃穆起来。

160

加上来了这位实物不看、专注阴影的姐姐。可惜她的发狠和诅咒都是歪炮，成就不了廖的事业，且有帮忙撤台的危险。说序子这帮子都是歪梁斜柱。可不？没这几根破木料，廖季德岂不早坍台了？

她痛恨弟弟手底下的这帮强梁，眼看厨房一口袋一口袋大米的消融，坐吃山空。她根本没想到，那一两千翻注的泥胎坯子是用什么东西变出来的，又怎样送到窑场去的。

她不清楚天下万物连细菌虫都要吃东西，何况乎人！人要吃东西才能干事情这个道理怎么会让她大吃一惊？

序子有点可怜这个白长得漂亮的离婚姐姐。

"你！"那姐姐叫人。

"你叫我？"序子问。

"唔！到上头来！"那姐姐说。

序子走到台上站在她面前。

"你叫什么名字？"她问。

"张序子！"

"张戏子？这名字真'派 tiang'[1]！"

"我爸爸给取的。"序子说。

"你爸爸做什么的？"她问。她一口厦门腔。厦门腔在闽南，就像牛津腔在国际一样受到青睐。

"土匪！"序子回答。

"土匪？你是土匪崽？"

"嗯！"序子回答。

1　难听。

"你妈呢?"她问。

"土匪婆。"序子回答。

"你是哪里人?"她问。

"屙蓝浪。"序子回答。

"屙蓝浪?怪不得!怪不得!"她站起来抱紧小儿子,"你们一屋子人怎么过日子的?"

序子慢吞吞诚恳老实地回答:"你问我们一家过日子呀?嗯!很简单。平常日子杀几个人,烧几间房子,碰见过路的抢他们一点东西而已。我们一家人胆子小,老实人,别的大事情都不敢做……"

那姐姐抱起小儿子,拉起两个大点的赶紧进屋去了。

廖季德买菜回来已是黄昏。进屋没多久,大笑着跑出来,手指头点着下面看热闹的,弯腰说不出话……

开天辟地,没见过廖季德这种笑法。

第二天廖季德叫张序子跟他进城办事。

什么事?什么意思?不叫别人光叫我?是不是昨天讲话吓了他姐姐半路上要算计我?或者是他听了高兴要奖励我?或者是他也有点害怕想弄个清楚真假?或者是他想做媒把寡妇姐姐硬嫁给我?或者是把我拨出来专门为他姐姐当厨房大师傅?或者是他这一屁股烂账把我送给人家做抵押?或者是早已写好遗书放在上衣口袋里,半路跳进哪口鱼塘要我做个目击证人?或者是有计划把我们一个个卖到壮丁队,换点以后的经费?……知人知面不知心,凡事不可不防。要论半路上他要算计我的问题,眼前就应该做些打算。让他走前头,我走后头;让他山沿走,我傍山走。至于动手,我左脚一钩,右手在他背脊一拍就下去了。他个子单,不费事。

序子不能不东想西想。廖某突如其来的好意，所为哪般？

廖走在前边，讲话头也不回，好像序子在他前头。"你昨天跟我姐姐讲这么多话做什么？"廖问。

"我？我什么时候想跟她讲话？是她叫我到台上逼着我讲的。她问一句，我答一句。"序子跟在后面说。

"你应该讲真话。编那些鬼话吓人！"廖说。

"你以为你姐姐胆子小？只是见识浅而已。我们的世界和她们不一样？动一动就吓一跳。昨晚上你不也笑了吗？"序子说。

"唔！是这么一回事。小时候，她胆子比我大……"廖说，"读书分数也比我高。"

序子说："见识和读书根本是两回事。"

走着谈着进了城，来到徐先生店门口。

序子这才看清楚，徐先生的店面清一色的美专毕业老学生派头。大风景照片框，当年学校时期优秀作品。沿墙根几张西式椅子、茶几……

徐先生出来，廖把序子交代给他。自己要去陶瓷研究所取些东西，顺手给序子五毛钱，要他上街理发、吃面。

这事情妙得很出意外，不带渣滓。

徐先生关照序子快去快回，以便畅谈艺事。

"那个剃头匠脾气不好，喜欢生气骂人，你少理他。"

序子进了理发店，觉得这铺子还不太有资格称作理发店。小，臭，潮，理过几天的头发踩在脚底下软软地冒出馊味，加上几只母鸡在地上找东西吃，边啄边扒，气氛很不庄重。

不过，也不尽然。店里设备了一架可以倾斜下来修脸、取耳、自由升降高低的新式机器椅子。不晓得剃头师傅要剃多少个人头、多少年的不眠夜才实现的这个梦想。（听说这东西还没有国产。）

这椅子像一盏明灯亮在那里。

第一次坐进这弹簧椅子理发的客人都会感觉新鲜有余而胆量不足，仿佛一下子让一个美国胖婆娘搂进怀里。

序子坐进这张椅子。

"你呀？"五十多岁的理发匠一见到序子就心烦。

"我怎么啦？"序子问。

"三角钱，晓不晓得？"理发匠问。

序子点头，口袋掏出三角钱放在镜台前。理发匠伸手过去拨了一拨。

"什么头？讲！"理发匠问。

"平头。"序子说。

自此以后，铺子里只听见理发匠的剪刀响，墙四周居然还有点回声。按道理讲往常一般的理发铺子总会有帮聊天的闲人坐在那里的；就这家没有。没有是因为今天特别地没有还是天天都如此地没有那就不得而知了。

一间剃头铺，就那么空廊廊子的两个人。

"寂寞呀！沙漠上似的寂寞呀！"鲁迅书上写着的那个盲诗人爱罗先珂的诗曰。

"寂寞呀！剃头铺里的剪刀'咔、咔'声呀！"序子诗曰。

手推子推完再用细梳子梳、小剪刀来回弄。功夫实在做得很到家，再不说几句话就没有机会了。

"师傅，你的手艺还真是做得细！"序子说。

这铺子还不太有资格称作理发店。小，臭，潮，理过几天的头发踩在脚底下软软地冒出馊味，加上几只母鸡在地上找东西吃，边啄边扒，气氛很不庄重。

不过，也不尽然。店里设备了一架可以倾斜下来修脸、取耳、自由升降高低的新式机器椅子。

……老子还没稿过鸡巴玩意？

"唔！"（很好，没有生气。）

"师傅！你是哪里人哪？"序子问。

"广西桂林！"（很好，没有生气。）

"你老人家怎么那么老远跑到德化来呢？"序子问。

"还不是抗战弄的！"（你看，也不见生气。）

接着两个人到墙角洗脸盆那边洗头。

又坐回原位用毛巾擦干。

"你老人家家乡有田产吗？"序子问。

剃头师傅在序子脑壳上铲了一记，"我他妈有田产，还老远跑来这里搞这鸡巴玩意儿？"

序子脑壳挨了一下，想笑也笑不出，就去吃面。剩下的两角钱不多不少刚好用完。

回到徐曼亚先生店里，讲了挨铲的事，徐先生一点都不感动。"是的，有时候他还对自己生气……坐吧！坐吧！我是想问你，以后你怎么办？你坐下讲。"徐先生问。

"以后说不上，眼前在哪里我都无所谓。你看，清清楚楚廖先生给困住了。我也不清楚他跟那些委托人怎么谈的，拿了人家多少定钱？我们做的那批东西顶不顶得账？还没烧出来，烧出来合不合格？要是散了伙，剩下他跟他姐姐和三个孩子留在祠堂怎么办？有人怪他不负责，不懂得照顾人，他连自己都不会照顾，太苛求他了。天晓得！——他不叫我走，我想，我不太好走。"序子说。

"这样你看好不好？我帮你向他问问……"徐说。

"别，别，别！一问等于告诉他我要走。"序子说。

"我是这个意思，如果你要走，就到我这里来，住你住过的老地方，饭菜再不好也算个饭，全家一起吃。我后院你没去过，有座烧'釉上彩'的'小座窑'，以前还存了一些白瓷器堆在那里，茶具、大小盘子，你可以拿来画这些东西。颜料和'乳香'都是现成。一窑顶多烧那么十件二十件，画满一窑烧一窑，非常好玩。你不嫌弃的话，我一个月给你两块零用钱。几时高兴几时画，外出游玩，在家看书都由你，你看怎么样？"徐先生一气呵成。

"好嘛！有什么不好？到时候再说，眼前不能开口。"序子说。

"那我们后面看看吧！"

来到后面，过厨房天井又一个带宽回廊的院子，一座"小座窑"，沿回廊一圈架子，摆着白瓷。

"你看，就你一个人的世界。窑工随叫随到。"

玻璃柜取出一个大黑瓶子，"乳香，调各色颜料的油料，很香，价钱不便宜。"

又介绍一瓶一瓶颜色灰褐的粉末："这是黑，这是黄，这是红，这是绿，这是棕……看起来差不多，烧出来才分明。这个不担心，到时候一讲就明白。'小座窑'不费柴，八百度火候差不多了。只要一个通宵。"

回到前厅，徐先生端来一壶茶，两个茶杯，一个崩嘴茶壶。

"你笑了吧？"徐先生说，"裁缝师傅穿破衣，瓷器铺用破茶壶！"

"我没想到笑，我没觉得好笑！"序子说。

接下来，起码有两个钟头听徐先生讲他的"厦门美专"。这个教授、那个教授，法国、英国、美国、意大利。这个女同学、那个女同学，没一个麻，没一个疤，没一个长胡子，没一个秃子……个个红颜悦色，好脾气，好声音……越走越远的爱慕，好意，"音渐不闻声渐悄"的缥缈……

张序子是徐先生多年难遇的一个如此这般耐力强劲的静听者，最理想回忆的药引子，一座兀然不动、倾听苦衷的"悲伤墙"。讲到口滑的时候，徐先生两眼向上睬、满嘴甜糯的口水。命运奇幻地把他扔回故乡成为艺术"孤哀子"，怎不让人心痛？

"厦门美专"在厦门哪里？序子一点都不知道。

所有"厦门美专"的女同学，都成为徐曼亚先生梦中的宠姬。男同学呢？天晓得，怎么这么多？常常碰到，第几期的，第几班的，第几组的。廖季德就是晚他好几期的陌生同学，这次烧瓷才有来往。

廖季德好晚才赶回徐家门口，进到店里，该吃晚饭了。真吃了顿晚饭两人才往回赶。

廖手上提了个软布包，"我做的蒋委员长浮雕，还差一点快做完了，回祠堂我教你怎么做完它。你小心提着，我刚喷过水……天这么快黑！……你走前头，我眼睛不太好……你理过发了，面也吃了吧？剩下的钱你留着，不用找给我了……"

序子提包走在前头，没有说话。

"这半天，徐曼亚先生跟你说什么了？"

"他后院有个'小座窑'。"序子说。

"'小座窑'？没什么用的东西。"廖说。

……

"两个人走夜路，你可以讲点什么东西。"廖说。

"小时候，我家乡模范小学后头都是乱坟，后来到集美读书，搬到安溪，由城里搬到对河的后坡，也是满山乱坟，我捡过几个骷髅头，洗干净了放在床底下，星期天取出来看看。"序子说，"现在我们路边也有这么多坟，不晓得捡不捡得到骷髅头？我还真想捡几个回去。"

"你，你捡它做什么？"廖问。

"咦？你们美专不是都要学解剖吗？"序子问。

"那，那是模型，不是真人的。"廖咳嗽。

"真人的好得多，晚上还会发磷光。"序子说，"我家乡的祠堂，同姓的人死了，有些缘故还不能上山的，就把棺材停在祠堂那些房间里，用两张长板凳架着，叫作'停灵柩'。有时一停停几年，有时一停停十几口，多了就重叠起来。那味道浓得能呛死苍蝇，经久不散。

"棺材抬走之后，空出的房间要住人的话，起码要大开窗子十几二十挂炮仗、硫黄火药轰过才行。

"甚至还说，住进那些房间的人，半夜三更会有东西在你脚板心底下吹气，扒在人肚脐眼上吸魂浆。"

"我讲你，你不能说点别的吗？"廖说。

"能！怎么不能？"序子说，"比如你走夜路，后边若是有只手搭在你肩膀上，你千万不可回头；只要用手狠狠往肩膀上拂打就行。左肩打左，右肩打右。一回头，就会咬你喉咙，后悔也来不及。"

"嗯，我想，我想我走前头，你走后头吧！我步子大，我们可以快点到家……"廖说，"嗳，嗳！我讲你那个张什么，你是不是有点口是心非？一路上你怎么专讲那些东西，你是不是故意？"

"嗬！……我以为一路上说点精灵古怪你会高兴，走起路来提神醒脑……原先也是你叫我说的。哎！那就不说了……"序子不再出声。

天上有几颗星，周围一片黑，只听见两人的脚底板响。

贴着脸前的那一抹深灰是路，像往悬崖下掉。

好不容易回到祠堂，序子告诉大家全部进城经过。

半夜听廖季德敲他姐姐的门，"姐呀！我把床铺搬你屋里来住。"

大家听了偷偷笑个半死，说这狗日的真有出息！

序子跟廖做了几天"蒋委员长"浮雕，眼看就要翻模倒浆。

谢章又打了一只兔子回来，序子用朱雀办法做成一顿很好吃的菜，不放粥里头了。廖家姐姐闻香过来，掀开小锅子看，便回去骂廖："还买肉给他们吃！看你把他们惯成什么样子？"

国重忍不住了，"做一个人不要刻薄成这份田地，什么时候我们吃过你家一分钱的肉？我们等于是自生自灭在为你家做事。你晓得是为什么吗？我们以为是在帮廖季德先生完成一个理想，当然我们也相信会得到应有的报酬。我们吃了两个多月芥菜大笋粥，大腿一按一个坑，拿过你一分钱吗？你自己看，我们的头发都长在一起了……"

"哈！"姐姐嚷起来，"真没有良心。我弟昨天才给这姓张的五角钱理发、吃面，居然一点找头都没有；还要装神弄鬼吓我们！"

国重和大家笑起来，"装神弄鬼？你放心，鬼也惹不起你。求你和廖先生，赶紧弄到木柴把那窑瓷器点起来吧！算是我们最后出的力气。弄完就走，一秒钟也不留！"

回头国重找了序子，"不要理他们，狠就狠点，什么'蒋委员长'，明天回德化找徐先生去。我有空会去看你，你自己要保重，要进步！

『做一个人不要刻薄成这份田地，什么时候我们吃过你家一分钱的肉？我们等于是自生自灭在为你家做事。你晓得是为什么吗？我们以为是在帮廖季德先生完成一个理想，当然我们也相信会得到应有的报酬。我们吃了两个多月芥菜大笋粥，大腿一按一个坑，拿过你一分钱吗？你自己看，我们的头发都长在一起了……』

看这局面，你想我们能留好久？'落花有意随流水，流水无情恋落花'，几个月光阴，一场噩梦……"

第二天一大早序子卷铺盖的时候，谢章要求他借《国际人物漫画》，想最近临一本做纪念，回永春之前到德化还他。序子对着眼睛把集子交给他。（遗憾的是序子一辈子再也见不到那本集子和谢章。）

原来徐曼亚先生有块招牌挂在过厅檐上的，很旧很暗，墨底石绿字，自题"嘘艺堂"三篆，看意思对自己一生很有些惶惑不安。

到地的头一天，序子只穿一套短裤和背心，用石灰、硫黄粉彻底跟跳蚤做了一番殊死决战，扫下五大提桶垃圾送到垃圾站，并点火烧得叽喳响。再喷上两盆石碳酸水，大开窗户，前后楼房顿然让序子自己显出一种"廊庙江湖姑妄语，恢奇磊落不凡才"的气派。（此联系故乡田名瑜世伯之作。）

徐先生一上楼，也感动得了不得，像访问别人的房子，"啊哈！我也有地方画画了！"

后房这么大，有张比床还长的大案桌，两长排木靠椅。原先打算做什么的？不好问，眼前做画案绝对当之无愧。

没想到徐先生马上搬来毛垫子、大小毛笔和笔筒、墨和砚台、水盂、调色盘、颜料盒跟一大卷陈年老宣纸、铜镇尺、大小水勺……中年艺术之火的熄灭没料让序子的光临重新点燃。他怎能意识到自己艺术半途枯萎只是由于孤单寂寞？

"这两天你别动手，先看我的！"

第二天清早，序子躺在床上仿佛看到一个人影在动，赶紧起床，原来是徐先生正在对案上一张四尺宣纸凝神。手上摊着的那支"抓笔"已经蘸满浓墨。

序子顾不及洗脸刷牙，倒套上后鞋跟蹿到徐先生背后站稳。就像司马相如《长门赋》里说的"舒息悒而增欷兮，蹝履起而彷徨"那个意思。这傻相原来古时就有。

徐先生原说画画，手上抓笔的架势又是写字的意思，使着千百斤力气缓慢地在纸上上下左右运行，艰难得像一匹驮着重物的驴子在爬一道斜坡。闭着气，那慢动让人看了着急。整张宣纸给这些纷乱的长、短、粗、细、弯、弧笔道弄出像火山爆发喷出条条火焰，又像毒蛇四处蜿蜒飞舞打算吃人。

序子有点害怕，"徐先生，你没有事吧？"

"我有什么事？"徐先生也问。

"那你这是搞什么？"序子问。

"兰！"徐答。

"看不到兰花！"

"'华光画兰不画花，以其寂寞故也'。"他说。

"你在画兰草？"

"唔！"徐先生放下笔，满头大汗，颓然坐在椅上，好像踢了一场足球，嘴角两边往下垂。

序子像脑门挨了颗炸雷，"我的天！徐先生，你早说画兰草，我就换个脑子想了。这种兰草我家乡南华山山洼里就有。那么强，有力量，那么拗，那么乱，那么没有条理，那么挤，那么拼命往外挣扎，那么野气横生。你不那么画就不是山里兰草，你画得完全对。

你说的是兰，笔底下其实是书法。这幅画是本笔法大字典，撇、捺、钩、横、直、弯、点、挑、拐……无一不全，是口万宝盆。里头有《爨宝子》，有《龙门二十品》，有《泰山刻石》，有《张猛龙》，有《西狭颂》，有《石门颂》，一定还有好多我没见过、我还不懂的东西。我原以为你在鬼画符，现在明白你在点化我……先生，明天你还画吗？"

"我等下就画！"徐先生说。

"徐先生，徐先生，为什么你不出去？你看你把自己耽误了，你都快老了，像我沦落故乡的爸一样……"序子心里有点难过。

徐先生站起来，撑撑手拐，铺张新纸在桌上，转身对序子说："我画一张带花的兰给你看。你可以默会细想，当成修养。长大以后或可放在其他学问上。眼前你犯不上学。你学这些和你不相干的东西，年纪轻轻就梅、兰、菊、竹做什么？对你用处不大，你说是不是？"

这幅兰花的确是用神之作，什么墨分五色之讲究都在里头，就那么淡淡七八笔。那兰花淡到不能再淡，全在于徐先生笔头上的功夫。甚至感觉到兰花透出的幽香。

"徐先生，你心里有画不完的构图啊！"序子说。

"构图是熟能生巧的东西。一个画家怎么可以永远重复自己？"

于是徐先生画得兴起，一张又一张，忘记了自己，忘了周围的世界……

"你看，我糟蹋了这么多几十年留下的好纸，要不是你来，我怎么想得起这些纸张和笔墨？有朝一日我死了，不懂事的家里人拿去引火或擦屁股都说不定。你想吧，唐、宋、元、明、清的画家，每个人都画了几千几百，岂止是传世的这十几二十张？还不都是后世不懂事的世俗行为等闲了！你根本用不着奇怪，世界就是这个样子扮弄的。"徐先生忙不停地埋头画画，不停地唠叨。

"徐先生你休息一下吧！我给你泡壶茶去。"序子说。

"不用不用，我自己来，你怎么晓得茶叶在哪里？"徐先生放下笔，蹿下楼去了。

徐先生很快上楼端来一壶茶和两个茶杯，嚷着："'茶，泡茶，泡好茶！'你听说过这个故事吗？"

"听过！"序子回答。

"我家里的确有很多种茶叶。平常过日子和招待客人就用普通茶叶；高兴时候或是来了知心朋友就拿上等茶叶。好茶招待俗子，对不起茶叶。来！今天，你尝尝这个！"徐先生笑眯眯把茶水在茶壶茶杯之间进出来回了几趟，弄得浓浓的才正式倒进杯子，"我不搞'功夫茶'那一套，搞来搞去，真正进口的没有多少。"

徐先生倒了两杯，把自己那杯先抿了两口，满脸苦皱，像不小心喝了毒药的样子，接着展颜问序子："是好吧？"

"好茶喝了长聪明。"序子心想，慢慢抿这杯神品，认真地点头。

"不再糟蹋好纸了，明天我们正式开工。"徐先生说完就收拾东西。

桌子上三十多个小碟子，全是画低温釉的颜料。单是红、黄、蓝、绿、黑、赭，就有各种色调的讲究，为了照顾序子这个新手，徐先生在碟子旁边各贴了张注了名字的色标，让序子运用得十分方便。

画什么好呢？徐先生这么想；序子也这么想。徐先生像父亲看着幼儿学走第一步的神气。

序子用细笔在调色碟上调了个加赭的浅蓝，在大白盘子边上画了株小小的兰草、兰花和兰根。

"啊！你画我的兰草做什么？"徐先生问。

序子不回答，旁边又画了一株。

"嗳！你这是？……"徐先生迟疑起来。

又画了第三株、第四株、第五株，直到画满盘子……

徐先生嘘了一口气，看着满盘子变化各异、原属于他的兰草。

他双手把盘子举到面前，又回头看了看序子，"你用黑色签个小小名字在空处吧！唔……要小、小、小……"徐先生笑起来，"真没想到，你会画我的兰草。你怎么想到用我的兰草画盘子？你还真在动脑子。不过我想，你不会总是用兰草画盘子吧？画一个就够了，是不是？"

"是的。"序子说。

序子在街上见瓷器店卖的调羹上画的每一只麻雀，很是简练活泼，便买了几只回屋里用毛笔临摹。站的，飞的，伸脖子的，低头啄食的……画得滚瓜烂熟。又去街上写生真的麻雀。于是又画了满满一盘麻雀。徐先生看了快活得了不得，认为是了不起的杰作。问序子还能画什么？

序子说："世界那么大，怎么画得完？"

序子一天画一样东西，喜鹊啦，青蛙啦，蜥蜴啦，蝌蚪啦……一个盘子一个样，居然烧了一两窑。

搬出两座玻璃柜，并排当门摆着。画好的东西斜搁在柜子里，早晚引来好多人看。

难得徐先生站在旁边讲解艺术之外还介绍没有露面的画家是个

非常年轻的人。这活动居然给他早晚带来无穷乐趣。

序子认识"嘘艺堂"对街过去五六家门面雕樟木箱铺子"友木斋"的小雕匠刘可久，原是个初中毕业生，十四岁学艺三年刚满师，描得一手好稿子，雕工到家。老师傅很重视这个左右手。刘可久跟序子有很多共同的东西好谈，打底稿、雕刻技法……

刘可久很佩服序子走的地方多、见闻广博。这是很少能从另外人嘴巴听得到的。只要得空，两个人就会见面；不是他到他那里，就是他到他这里。

刘可久给序子讲解雕樟木箱的三十八种人物和二十四种花鸟套路；九九归一计算法和六八二分规矩。又讲男女老少开脸法和行七坐五盘三半之类人物口号，服饰"代代归明"的讲究……

序子劝他写成笔记文章留给后世，只凭口授迟早失传。刘可久说他不会写。

"你初中毕业都没有作过文？"序子说他。

"作文我会，写这个不会。"可久说。

"这样吧！我可能会这点文事，腾个时间你讲，我帮你写出来留着。"序子说。

可久说好。

可久人长得俊，两道飞起的长眉毛，粗黑头发，亮眼睛，直鼻梁，薄嘴唇。最可惜的是那一对手臂太长，好像觉得放在哪里都不够地方。再加上不知从哪个铁匠铺偷来这双大粗手板！才多少？哪！才十七呀！你看你！

"我看我什么？问问这条街，哪个'扳腕子'赢过我？你说呢？"

可久低头笑着举起一双手。

可久是诚实人，不吹牛。

"我没来德化，你平常日子做什么？"序子问。

"还不是刻箱子，把货运到汽车站。约朋友钓鱼呀！下象棋呀！你说呢！在德化还有什么新鲜事让我们玩？"

"看书吗？"序子问。

"以前看，后来找不到书，习惯了，也就不看了。"可久说。

"我有一点书放在泉州，要不然可以借你看了。"序子说。

"借不得！我翻书习惯不好，手粗，没看完，书就翻烂了。我脑子不进书，如果有你在，说不定不是这样。"可久说。

"我也很久不看书了，这不好！"序子说。

"没有什么不好。我不是活得好好的吗？不读书的人有不读书的活法，都活得好好的。你说呢？"可久说。

回到"嘘艺堂"，徐先生看到序子，"哈！我叫阿喜四处找你。哎呀！你不晓得来了多少人！内行外行，都称赞你好匠心。贺喜我识得你这匹宝马，我哪里当得起是伯乐！我又不能听到这话不当回事，心里实在高兴。我就想告诉你这件事。我们吃饭去吧！你师母今天杀了鸡。"

师母比徐先生年轻很多，序子不想打听这类原因。序子和她没说过话。不做饭菜的时候她就抱孩子，那孩子很小，不像一岁大。师母时常笑眯眯的。

吃饭半中腰，徐先生怀里取出三块钱交给序子，"怕你平时要用钱，先给你这个月的。"

"不是说过每月两块吗？"序子数钱。

"不，不，三块，三块！"徐先生说，"年底了，花钱的地方多。"

吃完饭，徐先生余兴未尽，上楼来又跟序子聊天。

坐在床沿上问序子："你这基础怎么来的？唉！要是早几年十几年，你稍微长大点，能进厦门美专，又不知成什么面目？"

"我成不了什么面目。我晓得我自己，我是个游手好闲的忙人。我还摸不着头脑。我没有用好整坨整块的时间，幸好在先生这里才条条理理做些事。不专一，也没有目的。"序子说。

"那些参观的没亲眼见到你本人，要不然会更欣赏你……"徐先生说，"有没有想过，下一场画什么？"

"眼前是想一个画一个。不光是散，还不好收。另一个大问题就是，想到了，有没有本事画得出又是个问题。或者，拿纸多打几份草稿？不在盘子上涂来改去可惜颜料？画什么，怎么画，都十分扰人。"序子说。

"明天我就到纸铺，跟他们熟，纸头纸尾找些来。再给你买两支铅笔。你看，两个 B 的还是六个 B 的？"徐问。

"打稿子两个 B 的合适！"序子说。

正说到这里，外头有人敲门。

"我去！有的人你不认识！"

徐先生带得一伙笑声上楼来。"哪！哪！都说要认识你！"徐先生说。

赵、钱、孙、李、周、吴、郑、王，百家姓头两句的七八个人。（随便猜的，徐先生的熟人。）

"嗬！嗬！嗬！那么年轻！"杂七杂八声音。

"嗬！嗬！嗬！湖南人了不起！"七零八落自己坐下来。

徐先生下楼又上楼，提了个不认识的大茶壶，一摞茶杯。

"都是我的老朋友，本县附庸风雅人士之精华！"徐先生手一挥。

序子站起来向各人行礼。

都是老家伙，都瘦。有的光下巴，有的长胡子。个个满脸皱，好像来参加皱纹冠军比赛。

一个老头举杯对序子讲泉州话："你来德化好呀！"干了，接着低声嘀咕："曼子！你这是什么茶叶？"

几个人跟着举杯。

序子展颜起立多谢，坐下。

老家伙们眼睛看着序子开始讲德化话，像一群早上等待喂食的鸭子，对着主人呷呷叫。叫的是什么意思？序子完全不懂。

抽烟喝茶，热闹起来，都为对序子好感。

徐先生忙着翻译：

"他们说你有才情！"

"他们说你的画清雅可观。"

又说："这地方怕留不住你，我看得出。不管怎样，你要多留点东西在这里。"

"他说要写两首诗送你。他说你'玉树临风'。"

序子笑起来，用安溪话回答："哇细含志淋蓬。[1]"

大家吃惊序子讲闽南话，都笑起来。

"你早讲闽南话，我们就有的谈了！"

"我是民众教育馆的馆长秦秀臣，你有空来坐，我们茶叶比曼

---

1 我是番薯临风。

子家的好。我们馆里有书，你要看就来借。"

"明天请你到我的菜馆喝酒，想吃什么做什么。"

另一个人马上响应，"说好几时？我们大家都去！"

另一个人打岔，"去不得！去不得！他有两个女想嫁给序子小先生……"

于是说话人闹成一团。又一位老人说："敝姓车，车巨然。明年春天天气好的时候，我们到周围山上走走，雅集一番。德化名山多，双鱼、凤翥、大洋、妙峰、大旗、登高、薜萝、黄龙，上百的名山奇峰、道观庙宇罗列其中；环抱县城的长河叫作浐溪，其他幽雅水流也有二三十道。德化的山水说起来是很深情的。我从小至今没去过外头大地方，只在家乡教私学为生，很晓得一点这里的风土人情。"

序子尊敬地说："是。"

说来说去，大家还是有点生分，话慢慢少了，便都告辞散去。

只听见楼梯一阵狂响，夹着其中的木屐声都像是客人们一个个在往下掉，十分稀罕有趣。

徐先生送完客人又上楼来，"真是，真是，看他们好器重你……嗯！明天你打算做什么？"

"明天？明天我想去民教馆找秦秀臣秦先生，借几本书。"序子说。

"喔！那好，这人健谈，可以跟他聊半天。见你来，他不会放你走的。他是个杂家，无所不知，为人趣怪；不喜欢的人，半个屁也不给！那你就早点睡吧！……天凉了，被子要盖好，容易伤风……"

下楼去了。

序子八点多钟上民众教育馆找秦秀臣先生。出门右走，过几十家店面再右拐，快近大桥头时左拐，一条人少的巷子走不了多少步，就到了一个叫作"有风景"的地方，也可以称作"文化区"。一间油盐杂货店兼卖时新杂志报章的铺面，两家做木屐的门对门作坊，一家南纸铺，一间公共茅厕。从这个间隙空间可看到河岸高处坪坝上一大一小两座瓦房，是家不怎么见人影的私立小学。操场那根冷啾啾的旗杆上也不见挂东西。

前边是金合欢、银合欢、凤凰树、相思树和一些拉杂灌木组成半里多长的绿胡同。

晨雾拂面，初阳映眼，好空气直往鼻子里钻。

路上的雀儿也不怎么怕人。

砌成花眼的矮砖墙一路约约见高，落在路上的叶子根本没人想到会去扫它，就这引得序子想找个大石头凳坐一坐，慢慢欣赏这一透到底的感人的索寞景象。

远远有人上来了。

哈！是秦秀臣先生，背上还背了个老太太。

"家母！"秦先生轻轻放老太太坐下，"我每天背她散步。"又转身对老太太说："小张先生是画家。"

老太太笑眯眯听着，没说话。

序子想："'背她散步'是怎么一回事？"又对秦先生说："先生，我今天来民众教育馆借书。"

"好，好，好！不急不急。我歇歇，歇完了我们一起回去。"秦先生喘着气，抚着他妈妈肩膀说，"她九十七了，走不动了，每天早上都要出来。除了下雨、刮风。——好姆妈！我们回家啰！"

砌成花眼的矮砖墙一路约约见高，落在路上的叶子根本没人想到会去扫它，就这引得序子想找个大石头凳坐一坐，慢慢欣赏这一透到底的感人的索寞景象。

远远有人上来了。

哈！是秦秀臣先生，背上还背了个老太太。

『家母！』秦先生轻轻放老太太坐下，『我每天背她散步。』

家母散步

转身背起老太太，抬头对序子说："请把拐杖给我。"

秦先生一手拄着拐杖，一手抱着老娘的膝弯。序子有的是力气，眼见这状况岂能无动于心？秦先生对序子讲泉州话："我看得出你有力气，你年轻，你想帮我的忙。可惜你不懂，她是我的娘，她只要我背不要你背；我也七十一了，我老娘天天早上起来看水、看山、看云……

"这世界不能没有我，我要没有了，天底下剩下这个老娘哪个管她？她只听得懂我的话，吃我给她煮的饭、泡的茶。她的世界除了我，再也没有身外之物了。她在年轻时候死了我爸。我在年轻时候死了孩子的妈；孩子今年算起来也四十多了，在九战区薛岳那里，好久好久没有消息了。人生就是如此，世上娘是最亲。唉！真是相依为命真是珍宝。"讲到这里，秦先生换了换手，继续走上坡路。

秦先生嘴巴唱出小小声音。

"秦先生，你唱什么？"

"不是唱，是吟。"秦先生说，"遇见你，让我想起《诗经》里的《凯风》，你读过《诗经》吗？"

"读过一点。"序子回答。

"什么叫作'一点'？这不是读书人口气！"秦先生说，"饭，你可以说吃过一点；一个人肚量有限，那'一点'，人即能得之于大约。书，浩瀚无边，你之'一点'未必彼之'一点'；这种回答，是在冷淡人。"

"我只是想说对《诗经》理解得很肤浅。"序子说。

"肤浅啦！有兴趣啦！不太懂啦！这都比较切题。与人问答，不可语言在前、头脑在后；要头脑指挥语言，人才活得筋实。——

我再问你，你喜欢《诗经》吗？"

"还不懂得喜欢。"序子说。

"《诗经》是最惹人喜欢的东西，喜欢它之后，天文、地理、哲学、经济、博物、人生、爱情、文学、艺术、历史、政治、民生、战争……各行各业脉搏就无有不精熟的了。对你眼前的日子，就更懂得多角度地欣赏，眼光更锐敏，心胸更宽容。"秦先生大口地喘气。

序子劝他到地再说话可以省点力气。

"我、我、我一边说话，一边赶路最是增加活泼。你想吧，要是一声不出走这段路，会成什么光景？……总之，每天只要你有空，我给你讲《诗经》，从《周南》的'关关'开始到《商颂》的'挞彼殷武、奋伐荆楚'。三年之后，你闭着眼睛随便上哪间大学讲《诗经》去，要是窗户不爬满人，你回来我这个馆长让你做！"秦先生说完这段话自己觉得好笑，便狂笑起来。

序子找不出理由也跟着大笑。

回到坡上的民众教育馆，秦先生跟他妈住楼下东南角尽头两通透房里。秦先生关照序子先各处走走看看，等他安顿好妈妈饮食再来跟他招呼。

这民教馆不小，楼上是朝南的畅楼，看书读报都在上头，摆得下八大张读报看书的桌子；靠北一溜藏书室，很有规模。另有单独楼梯上楼，读书人无须从楼下办公室穿堂而过。

坐在任何一张椅子上，都能居高临下开怀欣赏德化城垣及山水景物。还有一样别致之处，墙上没挂孙总理和蒋委员长肖像，不见"革命尚未成功，同志仍须努力"对联，也没有分列两边的国旗和党旗，很原始、很天然的样子。

序子四处观赏完了之后下楼来到秦先生住处，见秦先生正坐在小板凳上给老娘喂食。

老娘原来就长得乖，很听话的样子，甜甜的脸，垂下眼眉，仰着嘴巴一口一口吃着"含志卖"。

她坐的这把大藤椅垫着许多软东西，像个大鸟巢。当年，儿子该是在这个窝里让她喂大的吧！这藤椅好老了，像青铜铸的。

> 南丘高树上的乌鸦窝，
> 晴雨都在那里。
> 春天，雏鸦张大嘴巴。
> 爹娘忙着绕树飞翔，
> 衔来食物喂儿女长大。

> 小乌鸦长大的时候，
> 爹娘老了，
> 趴在窝里不能动。
> 年轻的儿女忙着绕树飞翔，
> 衔来食物喂养衰老的爹娘。

序子正写着一首诗，见秦先生走近，便把小笔记本放回口袋。

"好！我们现在上图书室。……你告诉我，想看哪类书？……我认为眼前你最好看些外国翻译小说……杜思退益夫斯基[1]的《罪

---

1 现译作陀思妥耶夫斯基。

与罚》、普希金的《甲必丹的女儿》[1]、高尔基的《我的大学》、屠格涅夫的《猎人日记》、果戈理的《死魂灵》……"秦先生介绍。

"我大都看过了。"序子说，"有的部头太大，我时间不充裕，让他吓住了。比方托尔斯泰的《战争与和平》、高尔斯华绥那一大摞家族小说……"

"你哪里看的？"秦先生问。

"集美。"序子说。

"你是集美的？"秦先生问。

序子点头。

"古代文学你未必要看。"秦先生说。

"暂时不看了。"序子说。

"你看点现代文学怎么样？比方说，鲁迅的，茅盾的，郭沫若的……"

序子赶紧说："我看过鲁迅骂人的书，前前后后为什么生起气来？挨骂的人为什么等着挨骂？怕他干什么？多大的事要这么骂？'天皇皇，地皇皇，我家有个夜哭郎，过路君子念一遍，一夜睡到大天光。'我眼前还不曾懂文人吵架的高深学问，我头脑还到不了那一层。我想那意思就是这意思和那意思不一样之后产生误会或不误会的结果。——茅盾写的书我看过一页，那是上海生意人做生意的事，很深，脑筋进不去；好像高尔基的书《母亲》，我只恨自己没有诚意，头脑撞门撞出个疤还进不了门，辜负圣贤，十分对不住人……"

1　现译作《上尉的女儿》。

"听你这些话，弄得我头绪好像有些乱。你在说什么呀？你自己上楼进图书室挑吧！"秦先生说。

书很多，秦先生不说话。

线装书，平装的，精装的，墨香、樟脑香、牛皮胶臭、烂木头臭、老鼠屎臭、油甲虫臭混挤在一起，居然还有两位先生坐在里头办公，了不起！

序子选了三本精装硬皮书：一本《叶绍钧散文集》，一本《俞平伯散文集》，一本《郭沫若日本日记》。厚厚的，重重的。按规矩填了表，担保人是秦先生，客客气气出门，狠狠吸了几口仙气。

有本《林语堂散文集》没有借，序子不喜欢"林语堂"三个字，"淋雨糖"在朱雀城没人吃。

秦先生陪序子回到屋里，借了个布口袋把书装了。序子摸了摸婆婆的手，向婆婆告别。来到门口再向秦先生鞠躬再见，转身下坡。

到"友木斋"找刘可久，告诉他到民众教育馆跟秦秀臣先生说的话，还看到他快一百岁的老妈妈。

"那秦秀臣是德化出名的孝子，要是在前清，早给他竖贞节牌坊了！"可久说。

"嗤！贞节牌坊是竖给女人的。"序子说。

"有没有'孝子牌坊'？"可久问。

"不清楚！"序子说。

讲到鲁迅喜欢骂人，可久没听说过，只晓得他弟弟是个汉奸周作人。

"不至于吧！鲁迅这么硬的脾气，平白无故弟弟会当汉奸？"

序子不信，"他弟弟你听说他是干什么的？"

"也是北大教授，很有名的文学家。"可久说。

"唔！这要去请教秦秀臣先生了！——你哪里听来的？"序子问，"不清楚的事情最好不要乱传，会出大事，找你算账后悔晚矣！你想嘛！哥哥姓鲁，弟弟姓周！周瑜、鲁肃各有所姓，虽在一朝办事，说是兄弟岂非笑话！……遗臭万年的汉奸帽子不是随便戴得的。小心说话为是！"

回到"嘘艺堂"，序子又把当天经历重复一遍。

徐先生大声地说："周作人什么东西？他当然是个王八蛋大汉奸！"

"他怎么能跟伟大思想家鲁迅同日而论？——咦？你怎么这么晚还不知道鲁迅？鲁迅在厦门大学教过书，在你们集美学校演讲过。你简直白活了十几年！岂有此理之至，你这个聪明人……"

"这么讲来，鲁迅跟周作人真是亲兄弟了？"序子虚心地问。

"不奇怪！一母所生，哥哥是英雄豪杰，弟弟是历史渣滓，天底下有的是！"徐先生说。

"喔！"序子感叹。

"'喔'什么？你要多读点鲁迅才行。"徐先生说。

序子说："读是读过一点，也晓得新木刻艺术是他提倡的。总觉得他今天骂这个，明天骂那个，骂的那些话我又不大懂，就觉得他只是个脾气不大好的文学家。只把它当文学读，没把它当'意思'读。"

徐先生问："你讲的那个'意思'是什么意思？"

"我？我能有什么意思？我只是以为文学大概可以分成两类，

一类'好玩'，一类'有意思'。'清明时节雨纷纷'好玩；'我自横刀向天笑，去留肝胆两昆仑'有意思。谭嗣同这两句诗是临刑、就义时的慷慨心胸。

"培养人长志气的文学算'有意思'的文学，让人看了聪明活泼的文学算'好玩'的文学。益智和手艺方面的书是另外回事，不属于我讲的范围。"序子说。

"你佩服谭嗣同，就更应该认真读鲁迅。如果谭嗣同是你们湖南的南岳，鲁迅便是中国的泰山。"徐先生说，"你知不知道，鲁迅是我们中国今天的大思想家。"

"谁选他的？"序子问。

"不需要人选，你慢慢就知道了！"徐先生说。

"徐先生，你读过谭嗣同的《寥天一阁文》《莽苍苍斋诗集》吗？那种心胸真是难以想象。"序子问。

"还没有机会见到。"徐先生老实说。

"那你瞎说什么谭嗣同是南岳？"序子有气，"谭嗣同是人，不是山；后人比前人，张飞比李逵，没有个准头的。时间一长，'非同类项'性质增加，不好比了。'洪波涌起''代有才人出'，各显神通。——你让我最不明白的是'大思想家'这个词，为什么思想这东西还分大小？"

"当然分大小。"徐先生说，"一个人读的书多，经历多，见识广，学问大，文才、口才好，头脑敏锐，深透人生意义，讲公道话，有勇气有胆识，经得起煎熬，大家佩服他相信他……"徐先生说。

"我看，你是在讲你那个鲁迅！"序子说。

徐先生微微笑。

"你的意思是，中国就那么一个？"序子说。

"眼前是。"徐先生说。

"会不会有朝一日来个更厉害的把他制了？"序子问。

"骚扰可能，制服不易。他活的时候多少人想搞他。你不是说他喜欢骂人吗？不骂行吗？他不单抵抗，有时还进攻；他不单一对一，有时还一对十……对付暗杀，对付打官司，有时一边逃亡一边骂。……"徐先生说。

"老头儿这么多料！过几天上民教馆借几本他的书看看。"序子说。

"未必借得到！"徐先生说。

"怎么借不到？他又不是异党。"序子说。

"你去试试吧！"徐先生说。

序子准备画四个老虎盘。一盘一只，张牙舞爪，凶猛非凡。想是这么想，未必画得出。打了一张又一张草稿，还真的画不出。

街那头饭铺有只老瘦猫，翻来覆去都在睡觉，没一点虎气，不好依靠。街上徘徊再三，走过草鞋摊子，见到空在那里的草鞋架耸肩昂头颇具虎势，赶紧对着它加上想象勾了一沓草稿，回到屋里重新认真揣摩，居然弄出七八张老虎定稿。事情一下子变得容易多了。把草鞋架子画稿收起来，免得让人发现威猛的老虎形象来源于草鞋架，引出笑料。

四天都在画虎盘，引起了徐先生兴趣，乘势也画了十几个兰草和梅花盘，凑成一窑烧了。

两天之后，"嘘艺堂"门口像涨了潮水，来了许多热心观众。

序子准备画四个老虎盘。一盘一只，张牙舞爪，

凶猛非凡。想是这么想，未必画得出。打了一张

又一张草稿，还真的画不出。

街那头饭铺有只老瘦猫，翻来覆去都在睡觉，

没一点虎气，不好依靠。街上徘徊再三，走过草

鞋摊子，见到空在那里的草鞋架耸肩昂头颇具虎

势，赶紧对着它加上想象勾了一沓草稿，回到屋

里重新认真揣摩，居然弄出七八张老虎定稿。事

情一下子变得容易多了。把草鞋架子画稿收起来，

免得让人发现威猛的老虎形象来源于草鞋架，引

出笑料。

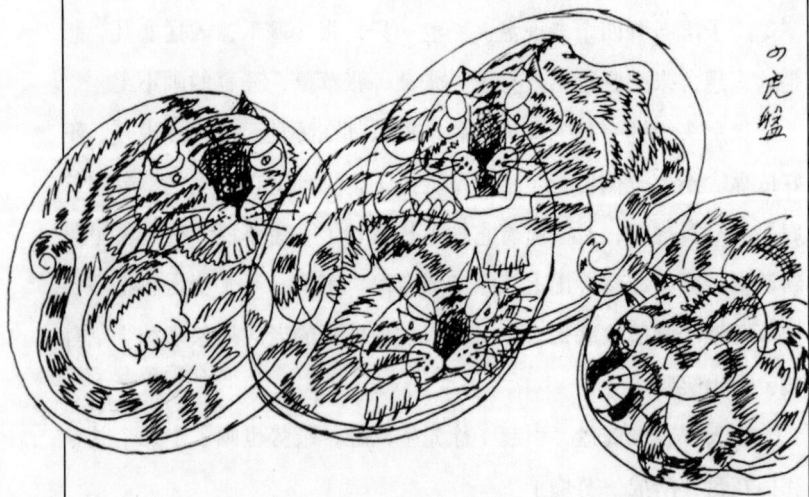

四虎盘

192

内行人称赞这四只虎盘"深藏奇趣"。序子好笑，来源于草鞋架，哪能不奇？

得意的是徐先生，贴精神出出进进招待茶水，顺带讲解说明，嗓门都弄沙了。

刘可久也来看，告诉序子的确画得好。一齐去到"友木斋"坐。序子告诉刘可久这几天的事情。"民教馆借的叶绍钧、俞平伯、郭沫若三部厚书看完了，很顺畅。叶、俞两位的书很温暖，说事情不动肝火，读此书像跟伯伯坐在春水船上。真难得两位那么平和，要什么样的人品气质才写得出这种人品气质的书？怎么想？怎么用词？什么语气？怕是先得从自己为人做起。是件难事。郭沫若在日本过日子，住在小街上，省吃俭用，举重若轻的从容，跟妻儿共享人伦之乐，妻子这么好，儿女这么乖。日本老百姓这么好相处，小街道这么安详温馨。只有一样放不下心的，国家这么多事，干吗还不赶紧回去？真急死人！"

又讲到鲁迅："徐先生没见过他又很熟悉他，看样子是读过他好多书。既然把他讲得这么好，引起了我的兴趣，要到民教馆去借几本看看；他又说不可能。不可能是什么意思呢？还说不信让我去试试。那意思他早就明白了，故意让我去碰钉子。"

可久说："鲁迅会不会是共产党？"

"我看不会。要是，国民党不早抓了？"序子说。

"我听说国民党是想抓的，可惜总抓不到。"可久说。

"既然是这样，总该有人照顾照顾这个老头子才行。"序子说。

"我看会有。"可久说，"可惜他前几年就死了。"

序子说："我以前根本不了解他，只晓得他提倡新木刻艺术，应该讲跟我有密切关系。这老头好像比其他弄文学的老人家都行！的的确确很不一般。"

"……看了你那套木刻刀，觉得钢火马马虎虎不怎么样。这方面我比你懂得稍微多一点。等过些日子我自己打一套让你看看。"可久说，"我有不少铁匠朋友，有空带你到他们那里走走，天地不一样，讲话听起来新鲜……我还有个朋友，名叫朱文仁，就在你上民教馆半路上那座半死不活的私立小学教国语；实际上喜欢美术。人非常老实本分，这都是很靠得住的人。我有时找他钓鱼。他也喜欢书，新旧都来得。你喜不喜欢钓鱼？"

"我坐不住。"序子说。

"哪！这等于我问人喜不喜欢吃牛、羊、鸡、鸭、猪、鱼肉，问遍了，他回答'我吃斋'一样。等于问人喜不喜欢放枪，他回答'我近视'一样，都是个绝情、没意思到极点的回答。"可久说。

"我不同。"序子说，"我可以陪在你旁边看书。钓到鱼，我跟着叫好！……哎！我问你，你认不认识卖木头的？"

可久笑起来，"我满屋都是木头，一辈子泡在木头里，能不认识卖木头的？说吧！什么事？"

"你弄不弄得到几块大些的干梨木板和枣木板？弄得到，我在德化可以刻几张木刻。"序子说。

可久跳起来，"好事！你晓不晓得？樟木箱子有时候要镶嵌些细雕，用的全是枣、梨、黄杨、白果之木。木料干不干，在我手上不算问题，要几时干它就几时干。从此以后，你一辈子刻木刻的木板我包了。嗳！我们还应该把朱文仁拉来刻木刻。你当我两个人的先生。说！行不行？'先生'难听，叫'师父'也行！"

"哎呀！叫什么师父先生？有了木板刀子，大家一起动手画刻就是。——我想今天正好没有事，我们上民教馆去还书，顺便借几本鲁迅的书，路过朱文仁小学看看他。你看行不行？"序子回去取书，用秦先生的布包袱包好，放在只草提篮里。可久便跟序子一起上路了。

到了民教馆，见到秦先生，想去看看老婆婆，秦先生说："睡了，免了！"便一起去还书，问起鲁迅的书，办事先生说有，带三个人到书架那边：

《会稽郡故书杂集》

《古小说钩沉》

《嵇康集》

《小说旧闻钞》

《唐宋传奇集》

《汉文学史纲要》

《域外小说集》

《现代小说译丛》

《现代日本小说集》

《小约翰》

《小彼得》

《艺术论》

《近代美术史潮论》

......

还有些书到哪里去了？

秦先生觉得诧异，来回翻了两次，转身问那位先生，那先生说："县党部来了通知，把其他那些收了。"

"几时的事？"秦先生问。

"起码是大前年了。"那先生说。

"呵！呵！呵！他走了！"秦先生学着"萧何月下追韩信"麒麟童的腔调号叹起来。带序子和可久下楼了。来到路上，秦先生指着天说：

"天哪！有没有鲁迅，都会引起愤怒！"又附在序子耳边叮嘱，"不急，等我一本一本慢慢偷给你看。"

秦先生站在坡上，捏着序子还来的包袱皮，看序子提着原来准备装书的空草篮，两个人走远了。

左首转小路来到小学操场，一个好颜色的年轻女人抱孩子走过来，"看，看！舅舅来了，舅舅来了。"

序子问可久："叫谁呀？"

"叫我。"可久把序子介绍给她，"我的好朋友张序子。"转过来对序子介绍："文仁的媳妇刘慧梅，我们同姓，所以她女儿叫我舅舅。"

刘慧梅把孩子交给可久，"他在河边钓鱼。我给你们弄茶去。"

这女孩一岁多点，跟她妈像一个模子扣的，真难得见的好样子。

端来茶壶茶杯放在矮方桌上，倒了茶，接过孩子抱了也挨边坐着说话。

"晚饭别走了。"慧梅说。

"自然，我们晚饭能走到哪里去？"可久说。

左首转小路来到小学操场，一个好颜色的年轻女人抱孩子走过来，"看，看！舅舅来了，舅舅来了。"

舅舅来了！

序子听了这话好笑：晚饭自己怎么会走来走去？

"文仁晓不晓得我们会来？"可久问。

远处文仁搭腔："你们不通知，我怎么晓得？不过'河'晓得。你们看！"文仁举起钓来的鱼，起码三斤多，有鳜鱼和鲫鱼。来到跟前，可久介绍序子，文仁说早听到讲了，一边说一边进屋洗手。两个客人跟进厨房看有什么帮忙的。

灶锅在右首，油盐酱醋及各种作料罐搁在厚窗子口里。水缸在灶后已经挑满，砧板架在灶头。举措十分顺手。

屋左边楼梯背后堆着煮饭炒菜的木柴和干草。一家三口大概睡楼上。可久已经动手剖鱼。慧梅开始淘米洗菜。文仁抱孩子和序子回到屋外坐回桌边喝茶讲话。

"我看你们住灶房上面不太安全。"序子说。

"这学校也住不久了，迟早要搬。"文仁说。

"我看你还是早搬早好！"序子说。

"那是。"文仁说。

可久剖完鱼也出来坐定。于是就讲起木刻的事。

"好啊！我一辈子喜欢的是美术，教了国语脱不了身。眼前，学校三个董事，一个上桂林，一个上永安，一个死了。我们几个人挂在教育局半死不活，这时候做木刻最合适，有的是空。"文仁说，"问题是哪里弄刀具材料？"

可久既负责刀具又料理木板，并且认为算不上麻烦事，这就非常之妥当了。

慧梅端出饭菜，动静很大。煎鱼、鱼汤和鱼饼，韭菜炒咸蛋，白米饭。孩子放进椅架，四个人开始吃饭。

序子讲了自己一生的遭遇，大家听了摇头点头。

文仁也讲自己一生的苦事，哥哥文义被抓壮丁从此没有消息。爸爸如何伤心如何死，妈如何伤心如何死，自己小小年纪如何千辛万苦进的城，如何读的书……

慧梅讲自己跟文仁都是葛坑人，以前不认识。说葛坑属德化不如说属尤溪县更近。好多人家都喜欢她。这个不嫁，那个不嫁，进了德化城读书就嫁给这个矮子同学朱文仁。自己边笑边讲，好不得意！

"不矮！不矮！文仁怎么算矮？他秀气！要矮，我们不都是矮子了？是你自己长得高而已。"序子说，"你们德化人品貌都是一流，你看你的文仁，你看可久，都是一表人才。不是吕布，便是赵云……"

四个人都不会喝酒。

慧梅说："我爹会喝，是个大酒鬼。奇怪的是，喝了一辈子，坑坑洼洼跌了上百次，没有一回重伤过。要不是别人扶他回来就是自己爬回来。所以醉鬼有两个特点：一个是再怎么醉也认得回家方向；一个是醉得家里人一个不认识只认得家里的狗，叫得出名字。狗在前头呜呜叫，他就在后头跟着爬。他在哪里狗都闻得着。有时半夜不回来，就叫狗出去找。……我家那只狗叫'哦喝'，怕现在还在。我爸死了多年了。"

"狗这种东西有些动作是怪。我以前有只狗，不管远路近路，一定找茅房拉屎。当然，会给瞎子领路，会照顾小孩，会放羊，这是大家都晓得的。"可久说。

序子满肚子关于狗的议论，忍在肚子里不说，只说酒："酒是种最奇怪的东西。世界上最有趣的人把它当宝，世界上最恶的人也把它当宝。味道古怪，不酸、甜、苦、辣、涩，圣人也定不下它到底是什么味道。说文雅一点，'失态之液'吧！——

"它让你不该笑时笑，不该哭时哭，不该怒时怒，把诚实和扯谎都弄得没有价值。把搏斗变成拥抱，撕咬弄成亲嘴。乱得孙子自称爷爷，爷爷甘做孙子。文盲谈哲学，哲学家牙牙学语。

"它又是一种'泛爱之液'。随便找个理由都能喝它。请听我背首老歌词：

> "刮风、落雪；下雨、天晴。
>
> "忧愁、绝望；生气、高兴。
>
> "胜利、失败；热闹、伶仃。
>
> "勤快、懒惰；结婚、离婚。
>
> "欺骗、上当；失恋、相亲。
>
> "生娃、死人；月亮、星星。
>
> "春、夏、秋、冬，罪犯临刑。"

文仁说："我家三代人都住在山里头，没听爷爷和老爸提过'酒'字。跟'酒'从未发生过关系。"

可久说："像你这种人，世界上少。"

序子上厕所去了一下回来，重新拿起碗和筷子，指操场这块不小的地方，"你看，空在这里，真有点可惜。"

"也有人来踢足球的。"文仁说。

"城里人常到这踢足球，常备队有时候在这里练操。喔，对了，我忘了讲，就是前天，那个姓什么的联保主任……"慧梅顺手指着对河那条朦胧小巷子，"住'羊巷'哦！那个蔡映雄和当保长的什么他表弟——"

"祁福顺。"文仁说。

"对了，两个人在这里绕圈，东看西看，跟我没话找话讲，称赞乖妹长得好，又问你到哪里去了，这里买菜方不方便。"慧梅说。

"他们来干什么？"可久说。

"怕是来打这块地的主意。"序子说。

文仁说："不可能的，他们哪有这权力？这地是县政府的。"

"流氓地痞、游手好闲的人哪里都去，不用睬他。"可久说，"正经事不要忘了。这几天我就到铁匠铺去弄刀子，讲定了，你当师父我们当徒弟，一准备好就上课，不可'蛇'了！"

饭总算吃完了。文仁接过乖妹抱住，其他三个人收拾好盘盏碗碟，慧梅重新泡出一壶茶来。

大家回到原来位置故意重重坐下，显示上天赋予年轻人满足和倦慵的权利。

这时，月亮出来了。

没见过这么大的月亮。真是！真是！穿着满天星斗缀成的彩裙普照尘寰。四个年轻人如果这时候抱头痛哭一番，丝毫不显得对世界唐突。

不须问哭的理由，不须向谁解释，以及它的昨天和明天、后天……

年轻的苦难，惊恐，快乐，友谊，爱情，流离，劳累，道义……让世界上所有的老人在回忆中都感觉曾经美丽和富有过。

大家回到原来位置，故意重重坐下，显示上天赋予年轻人满足和倦慵的权利。

这时，月亮出来了。

没见过这么大的月亮。真是！真是！穿着满天星斗缀成的彩裙普照尘寰。四个年轻人如果这时候抱头痛哭一番，丝毫不显得对世界唐突。

月亮出来了。

吃早饭时徐先生问，鲁迅的书借到没有？

序子报告见到的书名。

徐先生得意地说："是吧？我说得对吧？有好思想的书都收了吧？你报的这些书名都只是些文化闲书，比方说，那本《近代美术史潮论》，他是从日本那头翻译过来的，美术派别，画家名字，自己都还不太清楚，文气也显得仓促，只以为赶紧翻译过来对国人有用……这些书看不看都无所谓。另外那些书，看的人越少越好，所以收起来。我早就晓得这些书你借不到，没想到连馆长秦秀臣都瞒了。"

序子说："这几天我跟两三个朋友说起刻木刻的事，朋友不单会做刀子并且还无条件地提供木刻板。不过做木刻刀子要费一些时间，我想趁这时候画几个有意思的盘子。想到几个内容：《聊斋》是一个，唐宋传奇是一个，汉魏六朝人故事是一个……"

"好呀！好呀！你找到没有？说来听听。"徐先生叫起来。

"书没借到，这两天还要上民教馆找秦先生，向他请教……"序子说。

"你这下子要碰'人物'了，你以前画过人物吗？"徐先生问。

"我原本就没画过什么，说起来倒是人物画得多。"序子说。

睡在床上，走在路上，坐在桌子边，画没动手，想起当年看过的书上插图，《西厢记》《西游记》《水浒传》《三国志》《江湖奇侠传》，凤竹，上官周，任渭长，陈老莲，一个个在眼前浮出来。古人今人画人物，有个共通毛病，场面讲究，人物表情呆板。好好一幅画，让人弄傻了。只有上海的漫画家有这种把人物画得生动活泼的本事。序子画人物，是在《上海漫画》上醒悟的。

来到民教馆，向秦先生说起在盘子上画古人故事的打算，老人家二话没说："上楼找广益书局出版的《世说新语》，里头有的是人物和故事。没打标点的文言文，要仔细读。"

借了这部书往回走，可久站在半路上。

"你在这里做什么？"序子问。

"等你！"可久说，"出事了！"

"什么事？"

可久说："慧梅那边有麻烦！"

"文仁呢？"序子问。

"也缠上了！"

"咦！事情真的来了。"序子摸摸头，龇了龇牙，"走！看看去！"

可久说："去不得，人还没走。先到我那里再讲。"

两个人回到"友木斋"。

"讲吧！怎么一回事？"序子等着。

"不是要做木刻刀吗！约好文仁去和一个打铁朋友见面，还没走到操场，老远见到那个联保主任蔡映雄和保长祁福顺正指着鼻子骂文仁，慧梅抱孩子在旁边哭。文仁想讲话不让讲，还挨了一个耳巴……"可久说。

"有没有看到两个身边还带了人？"序子问。

"就他们两个。"可久说。

"后来呢？"序子问。

"让文仁、慧梅坐下了，一下指手画脚，一下苦口婆心。两个人低头哭，孩子跟着哭……"可久说。

"你一点都听不见？"序子问。

"一点都听不见。"可久说。

看情势这分量不轻。

……

两个人到街上吃了碗煮米线，回来，各人横躺在一张椅架上。

可久说："我本来约好文仁去找我一个年轻铁匠朋友，他功夫好精巧，空手能做机器齿轮……"

"这时候，讲这些做什么？"序子说。

……

"我晓得你手腕有劲。"序子说，"今晚上你要听我的，不叫动手不能动手。把白衬衣换了。荷包所有零碎东西留在家里。鞋带绑紧。准备两根短硬木棍。我回'嘘艺堂'，吃完晚饭找你。"序子起身走了。

徐先生一个人挺在堂屋喝茶，晃着腿，见序子进来，"有外省人要买'四虎盘'。"

"不卖！"序子说。

"当然不卖！……你看到秦老头了？"徐先生问。

"唔！"序子举起《世说新语》放到茶桌上，上楼去了。

"太好了，《世说新语》，有画头，太好了！你怎么想的？太妙了。"徐先生说。

序子一个人坐在铺上，连怎么想都不想。

走在路上，棍子袖在手臂里。天那么黑，天不像天，前两夜那么好的月亮和星空，一下子让厚厚一床棉絮罩住。

"你看，两个人和孩子会不会让他们抓走？——房子周围，有没有埋伏？——三口人还活着吗？……"可久一路发表幻想。

序子说："眼前最好让想东西的脑壳干干净净，不受打扰，好对付要来的事情。"进"文化区"往前走，过了几间铺子，来到可久上午等序子的地方。定了点，下坡，远远看到屋子楼上有微弱灯火。两个人深草丛里蹲下来。

"我往前走，你离我远点跟着。我去敲门，里头会问'哪个'，听嗓音是不是文仁和慧梅。要不是，回头按原路轻脚快跑。不要管我，我在后头。"

可久点头。

轻之又轻地走到离屋二十步左右地方蹲下来，眼睛、鼻子、耳朵全用上了，确定屋外没有哨岗。

"离我十步，捡块石头贴墙站着。"序子关照。

序子上前轻轻敲门，里头不应。

再敲。"哪个？"里头应了，是文仁。

"我，张序子。"

听见两口子下楼，开门。

灯下一照，吓得序子后退两步，才一天不见，两口子像换了张灰皮。

关门坐下，序子问："什么事？"

两口子只睁大眼睛。

"说呀，你！"序子叫。

"联保主任蔡映雄和他表弟祁福顺保长来通知，我哥哥朱文义在陆军七十九师火线上当了逃兵。高头已经下文到县里转葛坑乡公所，通知我三天内往县里报到送部队去应补。他两个还说有办法救我……"文仁说。

"有救不就好？你们还怕什么？"可久说。

两口子不听可久这话还好，一听脑壳往桌子不要命乱撞说："你们不晓得啊！"

序子连忙叫可久一齐拉住。两口子一脸血。

可久也大声哭起来，"你两个看到下的'文'吗？你两个赶紧到教育局去请局长帮忙讲公道话，快到国民兵团去找团长求情吧！……越快越好！我这条命，拿出来怎样帮助你们都行，你们讲！……"

序子说："你两个上楼睡去，我们走了。明天是明天的事，不该忘记你们还有个乖女儿靠你们养大。想开点，我们都年轻。"

序子拉可久走了。

路上，序子说："我们没有任何门路、任何本事插手帮忙。你有吗？没有；我有吗？没有。眼看好兄弟受苦。我们认输。明天早点到这里来蹲着，做个现世证明。"

两个人蹲在一堵老墙的芦苇丛里，连文仁拖板凳的声音都听得见。两口子坐得远远的，不像是吃过饭的样子。慧梅已经不是慧梅，慢拖拖地正拿着小碗喂乖妹东西。

八点，九点，十点，十一点，蔡映雄一个人来了。文仁没理仍然坐着。慧梅放下碗匙起身抱着孩子跟蔡映雄走进屋去。不一会孩子哭了，文仁冲进屋去把孩子抱出来，满身草。文仁一边给孩子掸草，一边放声大哭。

序子按住可久，"千万不要动，一动我们都完。"

一阵子蔡映雄出来了，走到文仁坐的地方，上衣口袋掏出一张纸，在文仁面前晃了一下，扬起手，用火柴点了说："看到了吧！我说一句算一句，七十九师的事取消了，不用去了。以后有什么麻烦要帮忙的，到对河羊巷口找我、找福顺都行，一句话。"说完扬长而去。

可久又要蹦起来，序子轻轻按住对他讲："我们回去吧！有话以后再说。人给人，哪怕是生死朋友，都要留点空余、留点生疏、留点面子。你说呢？"

回家路上，两个人一句话没说。其实，序子全身抖个不停，心里喊着："王伯，王伯，出事情了！"

序子想起烧小窑的后院有几颗前清时候放炮用的实铁炮弹散在墙角。每粒两三斤重。序子捡了一粒用擦精瓷的旧羊皮包了，绳子扎牢，带回楼上放在桌子底下。

捡了张老旧纸，用左手写了"奸人妻者死！"五个大字折好放进上衣口袋。用右手写了给徐先生的多谢信"多谢恩情！永勿相忘"放在砚台底下。整理好所有杂物行李之后，去到文仁、慧梅那里，"明天以后，没有人再欺侮你们了。……我们以前不熟，没有来往过，也不知道名字。"

到对河汽车站买了明天去永春的票。

到"友木斋"找到可久，"我们从不认识，从未见过，也不知道名字，更不晓得下落。"

天黑，序子坐在羊巷口等。眼见喝醉的蔡映雄摇摇晃晃进了巷

天黑，序子坐在羊巷口等。眼见喝醉的蔡映

雄摇摇晃晃进了巷子，轻轻跟上，抡起羊皮铁蛋

照后脑就是一下，扑腾倒了。

照后脑就是一下

209

子，轻轻跟上，抡起羊皮铁蛋照后脑就是一下，扑腾倒了。取出五个字的那张纸塞在他脖颈间。可惜只断了他右肩锁骨，没打中脑壳，没听到啵的一声。看看流了一摊血，热热的。走出巷口，将铁蛋远远扔到河心。

别了，德化，我所有的亲爱！

（一年左右，跟战地服务团巡回演出经过德化，听说挨打的是保长祁福顺。蔡映雄疯了，是两个多月以后自己死的。可能是那五个字吓的。

"凶手没有抓到！"

怎么能叫"凶手"呢？多难听！）

天没亮，黑不溜秋把行李交给车顶上的搬运工人，放心看他捆扎实了。进车子按号码坐好。

什么都不想。没有离别情绪，不心跳，不累，不看旁边人，不讨厌他们抽烟、咳嗽、吐痰。不讨厌妇人奶孩子的气味，不讨厌孩子啼哭……

车子开了。

这条路往返多少回了，总觉得像个生疏地方。也许是在这地带遇到的苦经历；也许是那几个让自己刻进骨髓的好人把自己弄麻木、弄残忍了……

很适应这不停摇晃的世界，像只摇篮。自己小时候睡过那只摇篮应该还在老家楼上，酱色的，一闪一闪的光向远游人打招呼。沟边翻了一部车，空的。受伤人、死人都救走了，剩下它朝天孤零零地翻着白眼留在那里。自己这部车子很难讲翻不翻。要翻了，又会有几个钟头闹热。该救的都救走了，留下我这个孤魂野鬼没人认领，就地挖坑埋了。从此世界上没有我这个人。朋友们以为还在哪地方好好活着；家中老小顶多只怪我好久不写信。当然，最好翻车的时候大家都平安无事只死我一个人，被压在传动杆底下断了颈骨，流出脑浆当场气绝，不漫延惊动全车人和他们的亲戚六眷断肠伤心。我这么混想，你千万不要以为我有伟大自我牺牲精神。我只是

最好翻车的时候大家都平安无事只死我一个人，被压在传动杆底下断了颈骨，流出脑浆当场气绝，不漫延惊动全车人和他们的亲戚六眷断肠伤心。

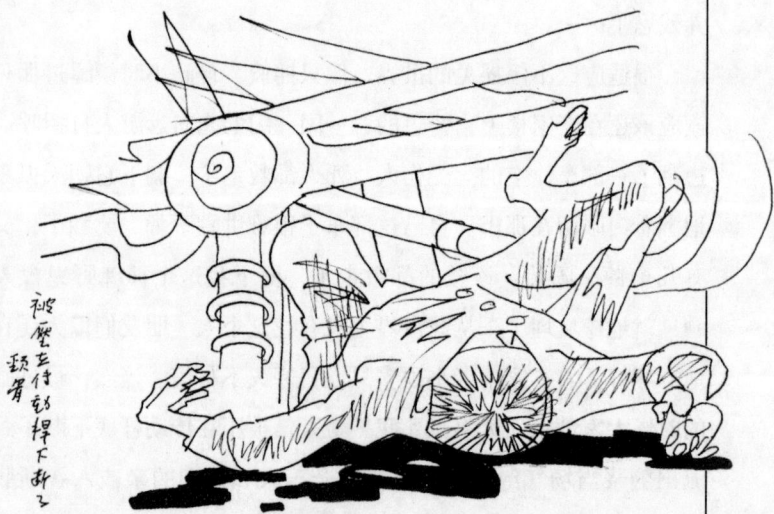

被压在传动杆下断了颈骨

一个人坐在颠簸的车子里消遣无聊，不花本钱的自我吹牛，自我娱乐。何况这部车子精神抖擞，司机气韵生动，丝毫没有翻车倒霉迹象，更何况世界哪能这么巧，想它翻它就真翻？

不过也难说，道路上杀机四伏。国民党的军车横冲直撞。亮他们的美国机器好，汽油足，脾气大，随身还带着枪，道理都在他们那边。死的机会多很多，碰到这类事就善恶难论了。你说是不？车子到永春五星街，序子眼看天色还早，领了行李背起就走，赶到诗山再说。

住进那家老铺子，老板还认得，"怎么？学校放假了？"

"转泉州有事。"序子洗了脚，倒掉水把脚盆放回墙角，顺便门口站站。

这一站心里好笑，"诗山，诗山，来回过路的，十个人九个辜负你的雅号了！"

右首边这条几里路直下的斜坡，不免为明天大清早的起步感到舒服。

怎么跟诗山结了缘？常常梦见它。有时还跟别的故事连在一起（直到几十年后的而今）。莫名其妙得很。

睡到半夜醒了，序子东想西想。到泉州是不是先到浮桥傅升、傅斗那里？当然，不到那里还能到哪里？人希过后再找，不好先打搅他。他是孝子，赖在他家于心不忍。过洪濑不去"园内"看看苏伯伯一家？看看漾景先生和他一柜子不让摸的宝贝？不去了。国重不在，突然的惊动不好。这一回到泉州，那个小混蛋李西鼎马上会闻风而至。朱雀城叫这种人作"绵缠"，普通话是不是叫"赖皮"还不敢说，从好处看未尝不可以称作对友谊的"执着""忠实""信任""坚韧"。如果说他有什么缺点的话，顶多是个无爹无娘的"穷人"和跟穷沾在一起的脏习惯、没教养的小动作而已。这些所谓的缺点毫不足道，花几张钞票就可以扫得它烟消云散，晴空万里……

唔！床边来了月亮。这和古时候跟王伯在"木里"头一个晚上那个爬进窗子的月亮一个样子。王伯王伯，今晚上你在哪里？你有没有空想我？我有时候其实不太愿意让你想我，有时候又愿意你如果在场就好。我现在在诗山，明天我就背着包袱一路下坡，"……即从巴峡穿巫峡，便下襄阳向洛阳"，经洪濑、丰州，进泉州到浮桥涌金里了……

人有时候会莫名其妙地寥落。没打败仗，没人负义，没花前月下扭扭捏捏肉麻失魂；朋友见了也问不出个所以然；停止了想象力；一副参加追悼会假装沉重的首长脸孔；球类比赛的中场休息。这种情绪关头最是伤人元气，要赶紧醒悟过来，把情感的逻辑性重新梳理一番。这里头没有"穷""饿"的困顿问题。穷饿对于人生有积极意义，有进取基础。暖饱没有。肚子饱了，懒洋洋，那才最没有出息……怎么？鸡叫了！天亮了！

大清早，序子起床，洗脸刷牙，跟老板结账，两碗豆浆三根油条吃了，水壶里灌满茶，背上包袱，拿起手杖，跨出店门。

天气真好，满山雾，迎着曙光下坡，满胸肺新鲜空气。想起印度那本不太厚的《摩奴法典》第四卷三十七段几句话，一路走，一路笑，"永远不要注视旭日、落日、蚀日、映照水内或运行中天的日头。"[1]

---

1 马香雪转译——生计、戒律，九十一页。

人怎么能逃避太阳呢？从古到今全世界的人都在太阳光芒底下过日子，包括写法典的摩奴本人。尤其是在晒太阳出名的印度国。对于云游四方的张序子来说就更是难以遵循的了。

两千多年前印度的摩奴先生为什么要把拒绝太阳写进法典里去呢？序子庆幸没活在那个时代的印度。

是不是一个人智慧丰富了，权力阔大了，年岁增长了就可以倚老卖老、信口开河起来呢？

年纪大的聪明人有的是。中国有大把胡子的老子、孔子；希腊有苏格拉底、柏拉图，他们胡子都不短，年纪都在七八十上下，写的书其中信口开河之处或然有之，要紧的都不是"法典"；不成"典"就不至于夺人性命。顶多顶多是种教诲人们规矩的东西。更多价值重点在益智，提神醒脑之余甚至非常有趣好玩。

匆匆走过洪濑长街市，只买了包"乖农改"吃。要不把这三个字翻成普通话，你一年也猜不出我吃的是什么。"乖农"是鸡蛋，"改"是糕，"乖农改"就是"鸡蛋糕"。在闽南话羽翼下，普通话永远不够用。

诗山那条斜坡直到洪濑才算走平了。街尾茶棚子边上讨了个长凳头半边屁股坐下。不认真坐出样子，只是不想花钱，老板心里明白。包袱卸在左腿边，水壶里倒出诗山泡好的浓茶喝了。

"苏伯，伯母，大哥大嫂，大姐，二姐；漾景先生，师母，我洪濑经过，这里向你们问好！不来打扰了！"序子远望南边一带平川朦胧的层层村树，站起来背起包袱，提起手杖，向泉州方向嘘了一口气。

"唉！我又来了！"

回涌金里，傅升、傅斗像捡到金子一样。

见了张人希那几个，对序子的观感是："瘦是瘦了点，不过人长高了。"

半年多来，除了不能讲的那件事情之外其余都讲了。不怎么好笑的也让他们笑了半天。

这几个人也懂事，关于奉劝序子别去德化浪费青春的那些善言丝毫不提，有种浪子回来就好不伤自尊心的意思。序子也有自己的理由：幸好去了，要不然那三小口怎么对付得了那个末日？

双方都是赢家，世界竟如此美好。

人希问序子，在集美是不是有个先生叫吴廷标？

"是呀！"

"他听说你在泉州。"

"那讲的是半年前的事吧？他打听我了啊？"序子问。

"你那个吴廷标先生在泉州中学教美术。"人希说。

于是序子便到泉州中学去看望吴廷标先生。

（现在要特别向看官诸君说明一件事。写书的本人如今已过了九十岁。平生有个特点，记人的姓名特别清楚。本书引用的名字除了怕打官司吃亏个别名字稍有变动之外，全系真名。地名则不然，糊里糊涂。当然也不能完全怪我。九十余年，我经历几百个城市，处处都有中山路，原来老名字很有讲究，很有诗意，很容易记，一下改了名字，都变了。怎么办？头脑搅乱。只记得地方风景特点，和名字凑不在一起了。查地图也没用，新公路如蜘蛛网，脚走到哪里粘在哪里，动弹不得。总而言之，对于地名，我都不太拿得准。说这么一大堆废话，全是为了去泉州中学找吴廷标先生。）

在涂山街大道西某处拐弯，路经两边都是草药摊子的街。这摊子跟别地方草药摊子不一样，卖的都是相同的草药，檐下悬着奇怪的大手术刀具和钩抓。问起来，本地朋友都扪笑不言。（几十年后至今我也不愿讲明。）

再过去是一座老石桥，走一段带檐的河街便是野外大路。

泉州中学原来在城里，抗战才疏散到乡下来。（序子跟吴先生住了十几天没有到学校去过。）

吴先生跟学校好几位先生住在一起，是座非常讲究的华侨房子。房主人在南洋没有回来，十几二十年，留下老母亲和儿媳妇管这座房屋。周围的谷子、花生、黍米都是婆媳俩种的，所以一年四季两个人忙得很是家常。

楼上下门窗上安的是带磨口的厚玻璃（本地称作"水晶玻璃"），栏杆、墙面、楼板、门窗都是国外加工运回来的，装扮得严严实实。人在里头过日子显出富贵气，动作自然有点谨慎庄重架子。

吃午饭时候，吴先生向各位先生介绍序子："这是跟我学过画的张序子，无处投胎的美术孽障。"

席间众人"嗬、嗬"发声，抽象表示欢迎，事后无不交头接耳，探秘搜奇。不到三天，几几乎连张序子的胎盘线索都找到了，成为神聊的中心。

大家喜欢序子的原因是好奇。没见过一个外省青年有这么多奇怪的经历。

序子不吹，真要吹他们也信。

数理化先生十分欣赏序子说幸好科学家也是猿猴变的。

英文先生喜欢他考试从来不及格而能谈莎士比亚、费尔汀……

吴廷标先生爱听序子讲述自从分别以来的许多零零碎碎包括德化那多少位可爱老头子的雅言善行，他那么认真聆听，轻轻点头，微笑，跷着二郎腿，双手安放膝上。

"吴先生，过几天我就走了！"序子说。

"你到哪里去呢？多住几天不妨事的。你看，大家都喜欢你。"吴先生说。

"趁喜欢的时候走好，讨厌才走就费神了。"序子说。

吴先生笑起来，"不走！不走！眼前不提'走'字。你可以刻木刻……"

"眼前定不下心！"序子说。

"你可以进城走走，找找朋友，一天、两天再回来。你的事，也让我帮你想想。"吴先生说。

天气总是特别好。序子有一天帮房东阿婆阿婶在院子晒黍米，铺开竹席垫子，把黍米倒出来摊开，隔时候用耙子翻一翻。阿婶泡了壶茶放在场边的小桌子上，还有两盘炒米饼。阿婆叫序子坐下休息。

"努细屙蓝浪。"阿婆说，"哇乍沾养咯！"[1]

"努屙蓝立几爿贵洪？"[2] 阿婆又问。

"紧洪！紧洪！吉慢里！"[3] 序子说。

---

1 你是湖南人，我早知道了！
2 你湖南离这里多远？
3 好远，好远，最少一万里！

"哇！挂洪！"[1] 阿婆说。

（底下对白全改写普通话。）

"你屋有多少兄弟姐妹？"阿婶问。

"我排行老大，底下还有四个弟弟。"序子说。

"姊妹呢？"阿婆问。

"生一个死一个。我原有一姊一妹。"序子说。

"你爹妈做什么的？"阿婆问。

"都做过小学校长。"序子说，"办教育的。"

"你出来多少年了？"阿婶问。

"民国二十六年至今，五年多了。"序子回答。

"为哪样不回家？"阿婆问，"一个人在外头飘荡？"

"抗战，家里穷了，回家也没有路费。"序子说，"外头走来走去，长见识也多学问！"

两婆媳交换一下眼色。

婆婆说："我们要和你商量一件事。"

"和我？"序子奇怪。

"是。和你。"媳妇说。

"只要我做得到的，帮得了忙的，就请讲吧！"

阿婆说："你晓得的，我只有一个儿子，过番二十多年没有回来。你这个阿婶马上就五十岁了，没生一个儿女。眼看我们一天天都老了。"她手臂轻轻四周一挥，"我这个家大不大，小不小，好愁啊！以后的香火哪个来帮我们接？怎么办？是不是？"

---

1 哇！这么远！

序子跟着一想，说："是。"

"你讲'是'，是不是？"阿婆问。

序子奇怪地站起来，"我不讲'是'，讲什么？"

阿婆对阿婶说："他讲'是'了。"转身又对序子说："你刚才讲了'是'，你听进我的话，你把你卖给我们好不好？你讲！"

"我？我卖给你们？怎么卖法？我自己怎么能卖自己呢？这么大的人。你们买我以后怎么办？我怎么办？……"序子说到这里，坐下来回头一想，人家是一番好意，境界就那么大，两婆媳怕是好几天前就看上我了，别伤她们的心，要好言相慰……

阿婆以为序子快答应了，连忙说明："……我们都想好了，请'中人'和你的吴先生跟那个魏先生当保一起到乡公所找林乡长开证明画押签字，我们当场给你两千块钱（两千五也可），到祠堂去领个我们蔡家名号，从此你是我们蔡家子孙，为我们蔡家传宗接代，叫我作婆，叫她作妈，叫你在南洋没见过的爸作爸。从此以后，这周围田产楼房都是你的。你在这里结婚生子养老做寿星，儿孙绕膝。我们有天不在人世，过年过节，只要你带领子孙到祠堂和坟前为我们奠几杯酒烧几炷香就行……"说着说着低声抽泣起来。

序子连忙安慰她们："阿婆、阿婶，我好多谢你们两位喜欢我，看得起我。我其实没有你们想的那么好。我很'派色'。你们泉州人拜菩萨良心好，忠厚老实，我不是你们心里想的合适人。我这个人太调皮，喜欢到处跑，不安心留在一处。我是湖南人，脾气恶起来不认人，管不住的。你们把那么大的事情交给我是相信我，要不对你说老实话，就是欺骗你们，就是丧尽天良。你们明白吗？"

"喔！你不卖啊！"阿婆说，"我们好喜欢你，怎么不卖呢？"

阿婆对阿婶说：「他讲「是」了。」转身又对序子说：「你刚才讲了「是」，你听进我的话，你把你卖给我们好不好？你讲！」

序子慢慢起身，免得惊动两老的情绪，回到吴先生房内。

吴先生问哪里去了。

"帮房东老太太晒黍米。"序子说。

"神气好像不一样。"吴先生说。

序子一下子松弛地喘了一口大气，"老太太要买我做她蔡家的儿子。好认真！把我吓得……幸好我还算懂事。好家伙！差点摆不脱身。"

序子原原本本讲了一通。

"哈！看上你了。"吴先生温情地说，"我们闽南妇女日子平安富裕，多少代过去了，精神其实都是很凄凉的。你想吧！每个家庭都有男人'过番'，留下年轻妻子在唐山，一年，十年，二十年，一天一天眼看老去，守着'贞节'两个字。教育有限，除传宗接代还能往哪里想呢？——嗳！要是她们家有个女儿，我倒是不反对招你做上门女婿……可怜！她们原来一心想养只鹅，没料到来的是一只过路孤鸿。分不清啊！……唔，好意应该多谢。等我找时间向她们解释解释。唉！让两婆媳伤心失望，于心有愧……"吴先生沉思一刻忽然变了口气，"你讲嘛！你问问自己，你做我们闽南女婿有什么不好？"

序子吓得跳起来，"我？我什么都没说呀！"

星期天早晨，吴先生远房侄儿吴长庚从"泉中"过来看他，两颗小兔牙，细条，一脸嫩肉。

进门就指着序子对吴先生说："他的事情跟蒙正小学校长谈过，

说可以。下学期课还早，阿痛欧紧揣所在，勤踩赶紧干局朵挨揣！[1]”

吴先生对序子说："我原是想先给你找个地方安顿下来。"

序子说："好！多谢！"

"暂时就这么定了啊！"吴长庚这句话是对三个人说的——自己、吴先生和张序子。然后对序子自我介绍："我，吴长庚，泉中三年级。"

吴先生对长庚说："你可以带序子到学校看看。"

"没什么好看的。星期天，四大皆空，遍野岑寂，鸦雀无声，仅白头门警三两闲坐谈其校董耳！"长庚摇头摆尾之后对序子说，"我们进城算了！"

于是就进城了。

路上序子问长庚城里有没有认识的人。

"我是泉州人，能少？就怕你嫌多。你呢？"长庚问。

"有一些。"序子说。

"你看，今天找我的'他们'，还是找你的'他们'？"长庚问。

序子想了一想说："今天跟你！"

"哈！你不讨厌就行！"长庚说。

"是些什么人？"序子问。

"哎呀！"长庚说，"还不就是些'人'，你在我们闽南不少日子，哪种人你没见过？你都快变成闽南人了。"

"变闽南人难！"序子笑起来。

"有什么难？你连厦门腔、安溪腔都分得清……"长庚说。

---

1 学校有很多地方，随便选一间住都可以！

"表面！"序子说，"我还摆不脱安溪腔。要认真研究起来，闽南话可以写本很厚很厚的大书。光是骂粗话，我至今还不过仅得之于万一。比方讲，'含志'这两个字，原来只是种块根食物的名词，怎么又变成粗话呢？因为它形状像'蓝搅'。恶意相向时，骂人说：你咬我'蓝搅'！这好懂！有时转换成：努呷哇含志！（你咬我番薯！）这就不单好懂，并且带有艺术性了。

"办一件事没有成功，为找一件东西空手而返，人问起来，双手摊开说：含志啰！也即变成北方人说的鸡巴啦的意思了。这类语言的转换，让外方人脑子拧好几个弯。

"瞎子，闽南话读音作'清明'，什么来头？怎么这样读法？大概是个古读法的'暝暝'吧！《辞海》《辞源》《中华大字典》里都找不到'暝'这个字，在我的印象里又的确有这个字，只好用'睛瞑'代了。《淮南子》里头写过的。莫名其妙得很，你们闽南话夹有梵音，马来音，古汉音，这个音，那个音。比方，番石榴叫作'南阿布 M'，跟'南无阿弥陀佛'应该有点牵连……"

长庚说："哑巴，闽南叫'哀搞'，屁股叫'卡[1]冲'，麻风叫'太糕'，黄皮果叫'UM Pang'，凉粉籽果[2]叫'O guil'、芒果叫'Sua Ar'，这些东西有没有可能也是外国进口货？"

序子说："这我哪知道？我只是对这些东西很有兴趣。我觉得你们闽南简直满地黄金，好玩之至，信口随风都咬得到快活。可惜我没有读大学那方面的脾气，要不然我就会写出一本本《辞海》那

---

1 卡读平声。
2 薜荔。

你咬我「蓝搅」！这好懂！有时转换成：

努呷哇含志！（你咬我番薯！）这就不单好懂，

并且带有艺术性了。

努呷哇含志！

么厚的书来。我只有发点感想的本事。你什么都问我，你以为我是谁呀？"

大约有一连保安兵正唱着抗战歌曲过桥，引起桥栏杆边坐着的闲人好笑。

唱的歌没有哆唻咪发索……只有一个"哆"调一口气唱到底，像背书一样："中国不会亡，中国不会亡，你看那民族英雄谢团长……"[1]

日本鬼打来了，你空口唱"不会亡"就不亡了吗？我的天老爷……（没几年有人把"不会亡"改成"已经强"也引起大家的好笑，问："几时'强'的，还来得及吗？"）

这些兵衣衫褴褛，营养不良，自然中气不足，脚步蹒跚，还要一路"不会亡"喊过去，真是让人怎么笑得出来？

两个人一路走一路交流感想。

"我从小在这里长大，闻惯了泡在河面上这些大木头的酸臭味，街两边敲铜打铁的响声，不认识的街上来来往往那几张熟脸，那些太阳，那些雨，那些苍蝇，那些字写得不好的招牌，当然还有刚刚过去的兵……你想，我会爱它们吗？好久以前，跟家里人在槟榔屿住了半年，天天回想的尽是这些怪东西……"长庚说。

"人，都是一样。要不想娘，就是想它。我们家乡有些杀人犯，远远逃不就算了，到老千辛万苦还要回来，躲在家里，没几个晚上就给抓住，送到刑场挨这么一刀。是命，也是冤家。各人有各人的'彼岸'。"

----

1 《歌八百壮士》。

进城左拐弯，是中山路大街，近新府口一家名叫"可意楼"的菜馆，上到二楼。

这菜馆不小，瓮声瓮气。从老板到茶房都认得长庚，一脸笑容讨他好。长庚的派头也变了，叫上茶的老伙计附耳过来讲了几句，老伙计唯唯点头下楼去了。

小伙计又奉来四盘果脯糕饼点心。

序子按住惊讶，一副见多识广的神气，跷起二郎腿喝茶等看下文。

楼梯响，老伙计带上一个四十多的人，见到长庚，上前几步说："星期天，你进城了！"

长庚对序子说："他是辛先生，在我家里帮忙做事的。"转身对辛先生，"不要告诉我爹妈。今晚上晚，我不转屋了。——你去把刘谭客老人家接来，还通知许焉仁、胡提、王诗艺、何正传他们也来；若是刘先生还要多带哪个就让他带哪个，你脸上不要有表情。"

"晓得了。"辛先生答应完转身下楼。

序子看完半张报纸工夫，辛先生和伙计扶着位老头上楼。长庚赶忙扶到靠椅坐稳，拉序子来到跟前介绍："这是刘老爷爷，本城有名的书法家谭客先生。——他叫作张序子，湖南人，青年画家。"

老头子"啊啊"叫，笑着说："书法家不敢当，大食客当得起。有请必到。长庚他爷爷，他爹，他，我吃了他们一家三代，至今还吃，面不改色。人说我一身都是毛，满脸毛，为了吃肉喝汤方便，我一天刮两回胡子，这谣言你信吗？长胡子有什么奇怪？达尔文、加里约、托尔斯泰如果都剃光胡子，全世界你哪里认他们去？试问，长胡子跟吃饭喝汤有什么关系？——啊？对不起。"转身面向序子，"请问，你这位年轻画家画的哪类画？"

序子连忙摇手说："不敢当，我只是喜欢欣赏，没学过画。"

"欣赏，欣赏也要点本事。——还喜欢什么？"老头问。

"读点杂书。"序子说。

"读杂书也不简单！读些什么杂书？"老头问。

"在学校，我英文不好，偏向看翻译的；至于中文方面，我是抓到什么看什么。老人家提过的我也想办法找来看，找不到就没有办法了！"序子说，"有时候运气不好，好书当前，连摸都不让摸……"

"怎么一回事？你见过什么好书？几时的事？哪里的事？"老头问。

"没多久，顶多半年前吧，在洪濑园内，有位苏漾景先生。楼上一柜子原版李卓吾，打开柜门，连走近都不让！"

刘老头蹦起来，"哈哈！你怎么遇到苏二？你怎么这么运气？你还看到什么？看到他写的李卓吾稿子没有？哈！"

"你老人家认得漾景先生？"序子问。

"我小时候的同学。他哥哥早死了，我们叫他苏二。李卓吾的版本数他搜得最齐。家产全荡在里头了。刀子搁在颈项，也不让人看。孤寒之极。省吃省穿，一到泉州总是吃我们的，不记得哪年哪月他请过客。写的文章从不公开，也不刻版，一肚子文章怕要埋进黄土。无儿无女，那一柜子宝贝放在让人不安心的地方……怪也是怪！他怎么会喜欢你这个'屙蓝筋那浪'[1]？嗯！你运气……"

---

1 湖南娃娃。

老头说。

"等过几年，抗战胜利了，我们还相约上各地访书。"序子说。

"唉！那就要看你们的缘分了！"老头有点伤感。

上来个瞎子师傅给老头按摩行功，弄得他龇牙咧嘴哼哼不停。

这景观序子是第一次看到，觉得人类发明这种社会时髦行为太有意思了。明明瞎子的手指头在他背胛肌肉使劲瞎捅弄得他痛苦万分，传统规矩又教训这是对他的筋络血脉流通有益。反常的受刑快乐现象让序子实在难忍，便起身征询瞎子意见，是否手腕上的功夫可以稍微轻点？

瞎子翻着大白眼说："那怎么行？轻了他会笑！一笑，泄了元神出大事哪个负责？"

"哦！哦！明白了。"序子回归原位，腾腾心跳。

这时候楼下哄哄咙咙上来许多人，见到刘老头，大家向前鞠躬打招呼，伙计把瞎子搀下楼去。

"你们各位来做什么？"刘老头问。

"长庚叫我们来的。"众人回答。

"刘爷，怎样你不顺手约几位老人家来？"长庚问。

"有什么好叫？花子虚、谢希大、应伯爵之类的人烦！"

"哦！"长庚回应。

安席了。刘爷上位，长庚左，序子右，辛先生在长庚和老头后首留了个宽三四寸的角落搭张茶几，偏了副杯筷，便于招呼刘老头。其余人各坐各的没有讲究。

刘爷面前专门一把壶，饮的是"绍兴加饭"。一个高身酒杯，周围荔枝酒，没有说的。

桌子上所有菜肴都由五十来岁留撮小胡子名叫"阿可呀"的端上来，他是老板。原应该有个正名，刘老头和长庚只用这个叫法。

满桌吃货大家都熟，炖猪脚、炒猪肝、肚尖汤、烧鸡烧鸭、炒牛肉、红烧黄鱼、鲜蛏汤、炒米线、炒面、大螃蟹。要不是长庚在，除刘老头外，这帮人还真难见到这种规模。

留小胡子穿西装的画家许焉仁举杯向刘老头敬酒，"刘伯，我们虽然都住泉州城，见到你还真难。我这里向你老人家敬一杯。"说完一饮而尽。

"喔？你呀！你这个'五枝须'[1]！你现在当面向我敬酒，背后画了一张全身毛猴子参加美术展，还故意把猴脸照着我的相片画……"刘老头嚷起来。

"没有的事，这是别人造谣，挑拨我俩的感情！你千万别信。"许焉仁拼命解释。

"挑拨我俩的感情？我俩有什么感情？朋友把画的相片都寄来了，你不是画我画谁？就是我的像！"老头大叫。

"绝不像我！"许焉仁申辩。

"绝对像我！"老头抢着说。

"绝不像你！"许焉仁也有点生气了。

"绝对是我！"老头号叫。

长庚慢吞吞地说："既然这么像，许叔叔送给刘爷挂在大厅算了。省得以后上照相馆。"

这么一说，两个人都清醒了。大家都笑起来。

1　好色之徒，或起码是个欢喜贴近女性的人。

「喔？你呀！你这个「五枝须」！你现在当面向我敬酒，背后画了一张全身毛猴子参加美术展，还故意把猴脸照着我的相片画……」刘老头嚷起来。

绝对是我！

231

许焉仁说："刘伯喜欢，明天我就送上门去。"

"我要那幅猴子才见鬼咧！"刘爷赶紧拒绝，喘一口大气对许焉仁说，"我饶不了你的，你等着。现在先罚你五杯。快！"

眼看许焉仁笑弯了腰，不换气地喝了那五杯罚酒。

刘老爷自己忍不住也满杯，擦擦嘴，指了指杯子，辛先生赶紧倒满。

老头心胸根本就不留气，转过身来举手一扫，"你们！你们！我肚子里都有本账。哪个还要敬酒？来吧！"

一个叫作"阿肥"的精瘦汉子，穿着一件南洋亲戚带回来的彩色夏威夷衫，大名叫何正传的站起来说："刘伯、刘伯，我敬你这杯非常纯洁的酒。我从小就崇拜你，认为你的书法在当今只有于右任先生勉强可以跟你坐在一条板凳上。其余都不足道。我愿意穷一生的光阴追随左右研究你伟大的书法艺术。朝夕为你铺纸研墨做老书僮。这点诚意全闽南人都可以证明。"

刘爷听了这话，咧嘴大笑，"努阁风姑校！¹装善人！两块钱买我一张条幅，卖到厦门'崇景阁'七块钱是不是？说！是不是？罚五杯！喝！"

阿肥红着脸喝了五杯坐下，刘老头自己也干了一杯，辛先生在后头又给添满。

剩下光头诗人王诗艺和医生胡提没有站起来。

刘老头低头睨视这两个人，阴险地微笑说："胡提！胡提！先喝五杯，不要我点了……"

1　你这个吹牛精！

胡提说："刘老头，我没惹过你！"

"没惹过我？我和你爹开玩笑，你帮你爹报了什么仇？"

胡提一听这话，蹦起来哈哈大笑下楼跑了。

"跑？跑？这个'帅卡冲克'[1]，我向他要安眠药，他爹叫他给我泻药，弄得我半夜跑到天亮，厕所门都撞破了！我非告你俩爷崽不可！毫无医德之可言！"

剩下一个王诗艺含着一口菜捏着筷子对着刘老头傻笑。

"好笑，是吧？看样子我们两个的事虽不成其为瓜葛，研究研究倒还是可以的。你写你的庄周蝴蝶的关系把我连上做什么？谁都晓得蝴蝶当然是毛毛虫变的，蝴蝶做不做梦你跟老庄商量去嘛！你故意引诱读者问我是何居心？底下的一些论调我甚至真认为你是在影射我。什么天气凉了，劝人要加衣，加衣不如加毛衣。动物之毛可制毛绳，毛绳能制毛衣；企业家应进一步研究地球上尚有何种多毛动物未被利用和饲养发展之类诸问题……"

王诗艺睁大眼睛越听越奇怪，一脸的慌张，"……没有呀！我只写过庄周与蝴蝶，从来没有提过你和毛毛虫之类的关系，更谈不上企业家发展毛业纺织的问题。这简直太荒唐，我绝对没写过，我可以赌咒！"

"你没写，鬼写！"刘老头嚷起来。

吴长庚忽然大笑，站起来说："刘爷，我晓得哪个写的！"

"那你说！快！"刘爷说。

"你！你自己写的。酒喝多了，口滑，顺嘴就发挥出来，止不

---

1 小男妓。

住了。"

长庚这么一点醒，满堂跟着就哄起来。原先那个逃跑下楼的胡医生也赶上楼来，一齐举手要刘老头偿还冤债，罚酒若干杯……实际上刘老头耳朵早已失灵听不见了……

这种没题目找题目的闹法，想再上紧发条已经没有力气，应该各回各家才是道理。一个动身，个个下楼出门，跟着这个盛会也就散了。

刘爷爷仍由辛先生护送回府。

序子和长庚当然要出城赶回泉中乡下。

好长一段路序子长庚都不开口，低头闷声。天很暗了，面前的路还是认得出的。郊原一片虫声，两人对着草丛小便，虫声一下停止。

长庚说："真怪，我们小便，干它们什么事？"

"你淋了它们一身一脸尿，还不干它们事？"序子说。

路上，序子关照长庚："亮东西不要踩。"

"萤火虫会飞，不怕的！"

"这时候哪里还有萤火虫？是另外一种不会飞的亮虫。"序子说。

"我问你，路上你一直不说话？"长庚问。

"我是在纳闷，你他妈小小年纪，一上'可意楼'这么呼风唤雨？出名老头，社会人士，怎么一叫就来？"序子说。

"'可意楼'是我家的。"长庚说。

又说："这些人，只在小角落里热混，社会上都不是很活动的。"

又说："我爷爷、我爹的熟人，我是跟着熟的。要都来的话，怕没有百八十？"

越走越黑，没有月亮没有星，路边房子不点灯。

两个人好长一段路不讲话。长庚走前，序子跟后。不讲话并不等于不讲话。两个人懒得发声，用心交流。一问一答，探讨闲事。一边静听双方的脚步……

两个人走在同一条路上，共同去办一件事，年龄差不多，爱好一致，刚刚一齐吃过同样的东西，饮过一壶的茶，忽然走成操兵一样的拍子，想一样的东西，甚至由此同时一齐打哈欠，打喷嚏，大小二急，对某件事一齐产生愤怒和欢喜。这现象心理学上叫作"特定条件环境中双胞胎意识"现象。

这现象常发生在好朋友之间，父子、母子之间，兄弟姐妹之间，情侣之间不奇。更多是发生在尊卑之间，领导和被领导之间，尤其在敌我之间——比如代表民主阵营的伟大拳手乔路易跟法西斯阵营希特勒派出的伟大拳手施姆林。

那场比赛，开赛之前忽然两个对手面对面同时打了个大喷嚏，引起满场大笑，事后又感觉非常奇怪。那时候就有人说是"……双胞胎意识"现象。

至于苏联的文学家高尔基在一九三六年六月十八日逝世；被称为"中国的高尔基"我们的文学家鲁迅先生也逝世于同年的十月十九日，时间晚了三个月零一天。两位"高尔基"的逝世却不是"特定环境中双胞胎意识"现象，只能说历史上的巧合。他二位缺乏"双胞胎现象"的各种条件。

走着，走着，序子问长庚："你那位刘老头到底是个怎么样的人？"

长庚说："我爷爷的多年好友。前清是个举人那类的东西。肚子里书多，脚板走过好多路，游江浙，闯南洋，熟孔孟老庄，也谈孟德斯鸠。朱熹称赞泉州是'海滨邹鲁'，他大叫与他无关！我爷爷当年做海关头头时邀他做事，他回信把我爷爷大骂一通。爷爷收到这封信哈哈大笑，爱不释手，说有骆宾王《讨武曌檄》水平……"

"他平常靠什么过日子？"序子问。

"看样子不紧迫。起码有几十上百亩地吧？他那种书法怪，怕不容易靠它养活。"长庚答。

"呷'阿昏'[1]吗？"序子问。

"最反对了！"长庚答，"没有子女，成天跟邻居小孩子玩，有人甚至大半天把婴儿托付给老两口。"

"这老头好多可爱地方。趣味尖锐，缓解迅速，是个胸怀宽坦、拿捏得住自己的贤人。实际上他好孤独！"序子说，"我真希望有更多机会去接近他向他求学。老人家东西多。"

"你看出来了。他住处就叫作'鸦噪楼'。他很欣赏在老鸦声中间过日子，不怕骚扰。'蝉噪林愈静'——不明白这算什么境界？"长庚说。

"算不得什么境界。拿世俗、吵闹做扇屏门做扇墙图个清醒而已。"

"今晚回去，明天你准备做什么？"长庚问。

"跟你叔叔说一说，跟大家道个别，后天我该回泉州了。"

"回泉州？还是我来带你到蒙正小学找间房子住吧！"

"好！"

———

1 黑烟，就是鸦片。

236

"以后怎么打算？"

"我原先看到报纸上说这里什么司令部有个战地服务团招考团员。虽然是瞟的一眼，心里总是天天想它。要有仗打，还不如上战地走一趟好。后来说是误传。战地服务团确实有，只是没有招考。你既然介绍我去蒙正，教一两学期美术也未尝不可。"序子说。

长庚停住脚，看看天，"怎么一回事？天亮了！怎么会天亮了？不到十里路，走了我们一个通宵！你看！你看！"长庚指着右首边这幢老农屋周围，"我两个人把屋子周围的草都踩平了。踩出一条路来了。我们就是绕着这幢屋打了整通宵的圈……"

"你走前，我走后；你熟我生，我只顾跟着你。"序子问长庚，"这里离泉中还有好远？"

"起码还有四里。"长庚笑得蹲在地上。

"昨晚上我们几时动身的？"序子问。

"让我算算，九点起，十点，十一点，十二点，一点，两点，三点，四点，现在顶多四点半。我两个七个钟头才走了五里路，按道理不到永春也到诗山了。你晓不晓得我们碰到什么了？"长庚问。

"是不是'鬼打墙'？"序子问。

"我们泉州不叫'鬼打墙'。是树林里头的'草花婆婆'喜欢我们，留我们玩个通宵。信不信？一个通宵，脚不起泡腿不酸，都这么说的。"长庚伸脚给序子看。

序子说："我以前不晓得在哪本杂志上读过谈'鬼打墙'的文章，大意如此：产生这状况必须要有几个条件，一、黑夜，二、饱食之后，三、一定程度的疲劳，四、夜深人静。这种情形之下，人体中保持平衡的脑垂体机能处于半休眠状态。道路的倾斜，脚步左右的

长庚停住脚，看看天，『怎么一回事？天亮了！怎么会天亮了？不到十里路，走了我们一个通宵！你看！你看！』长庚指着右首边这幢老农屋周围，『我两个人把屋子周围的草都踩平了。踩出一条路来了。我们就是绕着这幢屋打了整通宵的圈……』

高低，都影响处于朦胧状态人的行为。'脑垂体'一旦偏侧，失去平衡的人的脚步马上左倾或右倾从而紊乱了直行意识。视力给黑夜蒙蔽，见路就走，终于形成绕圈的万里途程。点醒意识的是视力的恢复正常，天亮了。"

两人走回泉中剩下的这五里最是辛苦。

老先生说："我们一辈子没遇到的，都让你们碰上了。"

"完全陈腐之言，你以为老子喜欢鬼打墙？"序子心底向他们微笑点头。

序子睡了一个上午，醒来已经午饭。饭间有人说起弄到几斤鲨鱼肉，不知如何摆弄。序子说："是不是放心让我用湖南湘西办法试试？"

这话刺激了大家的好奇心，连连说好。序子便到厨房去探查虚实。厨房阿姨笑眯眯捧出鲨鱼让序子欣赏。

序子没想到鲨鱼竟然是一坨银灰色的方肉，毫无鱼的概念，干巴巴的，像块整整然之石头。

阿姨也说从来没有弄过这种菜，有点怕。

序子狐疑的是，这么大一坨肉究竟是鱼的哪一部分？慢慢凑近闻闻，一股硝磺气味直冲鼻孔，仿佛隔墙正在打无声炮战。

要把这东西做成一盘菜！话已经出口了。

阿姨问序子："你做过吗？"

"我见都没见过。"序子答。

"不怕，我旁边帮你。"阿姨说。

"不是怕，是在想这东西怎么做法！"序子回头看看阿姨，原来她也是个美人。凸脑门，厚头发，长眼梢，好笑容。吃了她做的近十天饭没看她一眼，真对不起。

"我做做看！"序子起身把鲨鱼切成两拇指大小的小方块，足足一钵子。又发现鲨鱼骨头那么脆嫩，兴趣上来了，想法焕然一新，先把骨头切成蚕豆大小的碎颗，用料酒和盐腌了个多小时，居然好大一碗。心想，闽南怕没有这种方式对待鲨鱼骨头的吧？

锅子烧热，下了半碗芝麻油，将鲨鱼骨头倒进锅底烹脆，下花椒盐，和弄之后来两匙砂糖"封口"。什么叫"封口"呢？这是一种讲究，让鲨鱼骨头给稀薄的糖焦包住，等下混进鲨鱼肉汁内时，仍然保持自己的鲜脆。朱雀城饮食传统中颇为流行，是一种口味感觉的演释。

骨头起锅还带着喳喳响声。序子筷子夹了一颗，吹两口气放进嘴里，妙到谈不出话来。又用锅铲挑起几颗放在瓷羹里让阿姨尝尝。她一进口，把自己吓住了。不信是鲨鱼骨头变出来的，那么清香脆嫩！做贼一样轻声对序子说："想不到，想不到，真想不到！舌头都嚼掉了！你口味真细！"

接着序子开始摆弄鲨鱼肉。烧半锅水轻轻把鱼肉放下稍微打个滚，马上捞到凉水里泡分把钟紧紧身子。鱼肉跟猪牛羊肉不一样，肉身飘袅，经不起搅和。

烧热锅子，香油下手得重，先放干辣椒，再放切好的半斤五花猪肉片，再花椒大料，半碗调好的豆腐乳汁，再酱油，再老姜青蒜，再五六头不剥老皮的大蒜，再半块陈皮，再半调羹砂糖，再满满一调羹辣椒粉。——（你刚才放了干辣椒怎么又加辣椒粉？那是香，这是味。）轰轰烈烈热火朝天之际，倒进鲨鱼肉。使用宽尺寸锅铲如大军启行，巍巍然、皇皇然地从容翻动。色调匀称之后，加凉水二指（切忌开水），盖锅。汤熬到一指时铲入大砂钵细焖。那碗油烹的鲨鱼骨头妙物，上席前千万记住不快不慢和在砂钵子里头去。忘记了，可是一失足成千古恨！

先生们这顿酒，为了这钵子鲨鱼，从六点吃到九点多钵底见天为止。吃得先生们颠三倒四，阿姨也好笑得了不得，忘记回家给两个读书的儿子做晚饭。说世界真是怪，一桌子先生让一个年轻人哄了。

快十点的时候众人才散。序子见阿姨一个人忙，想到她半夜回家走好长一段路，明天一大早还要赶来做早饭，便说："阿姨，慢慢地做，我这边帮你，我反正也没有事。"

"哎呀！多谢你，孩子！"

序子帮她卸圆桌，整齐椅子，洗盘碗，倒垃圾，扫大厅和洗刷厨房。

"阿姨，你孩子多大了？"

"一个念泉中附小五年级，一个念泉中一年级。"

"他们爸呢？"序子问。

"哈！过番了。"阿姨答。

"那你日子就稳多了！"序子说。

"稳？六年没收过他一分钱。一辈子只得他六封信。可能遇到意外也讲不定。幸好我也是泉中毕业，老校长总是关照我，他说明年让我到附小任课。儿子读书都是学校帮助的。我愁什么？"阿姨说。

"你这样想就好了！不少过番的忘了祖土。"序子说。

"世界复杂，外头也不是遍地黄金，他们有他们的苦处……"

"阿姨，其实你可以重新结婚，你是个大美人，又有学历，还怕没有人要？"序子说。

"美人带着两个儿子呢？带着丈夫的老妈呢？"阿姨双手撑着扫把头开玩笑。

"你还养你孩子的阿婆？"序子听得头发竖起来。

"怎么样？把老婆婆扔到街上讨饭？求新男人收养我两个儿子？怎样？为了报男人的仇？为了爱情？为了那个狗屁的幸福？……"阿姨放下扫帚要回家了，"小张先生，多谢帮忙，再见！"

"阿姨！我明天一大清早就走了，忘了问你贵姓？……"

阿姨静静下楼，她有钥匙，回身把大门反扣了，咔嗒一声。

一早起来，序子把阿姨的话讲给吴先生听，他很是佩服，唏嘘了一阵。待得先生们醒来，回忆昨晚那一大锅鲨鱼炖货时，无不欢呼叫妙，热情过分程度如蒋委员长光临访问。其间的区别只在于有无政治含义。这判断方式跟数学上的"正反比规律"很是接近。

按一般生活常规，酒食方面美好感受和印象，在人的一生中最是难忘。动不动就会搬出各种掌故来做衬托或譬喻。昨晚那一大钵子鲨鱼炖货既然出之于十八岁天才张序子的神来之笔，那么，在赞美过程中，就免不了要麻烦唐朝十八岁"得句投囊"的诗人李贺，《滕王阁赋》十八岁的作者王勃，十八岁过世的《千里江山》一画的作者王希孟，若有若无，美丽优雅的、自绝于人民的英国十八岁诗人查泰顿出场作陪了。

文人素来最舍得赞美，而最害怕掏钱。

赞美有如满肚子学问得到上厕所一泻千里之乐；掏钱只能获得

抽肠割肉的现实之痛。

先生们兴高采烈准备早餐赞美会发言腹稿之际，天才张序子正背着行囊奔赴于泉州浮桥涌金里十二号半路上。

> 秋兰兮青青，
>
> 绿叶兮紫茎。
>
> 满堂兮美人，
>
> 忽独与余兮目成！ [1]

到浮桥见到傅升、傅斗，好像他两个人天天坐在那里等他一样，接下行李背包，泡茶，一群人围了上来。

从哪里说起呢？

一，二，三，四，大家听到吃中饭。

序子问："李西鼎来过没有？"

"哭了一场，叫我们转告你，他回集美上初中去了。"

"有没有留下通讯处？"

"什么都没有。"

"有没有要我的通讯地址？"

摇头。

"的搞星隔米间！ [2]"序子沉重地骂了一句，舒了一口长气，问傅升，"你晓不晓得中山路有间菜馆叫'可意楼'？"

----

1 《楚辞·九歌》中《少司命》篇。

2 这狗生的东西！

"听人讲过，'呕镭浪呷米间隔所在。'[1]"

"他们那里有电话，六三八，叫他们转告吴长庚，我这几天在你这里等他。"序子对傅升说，"叫他来这里找我。"

傅升踌躇，"要是他们不肯转怎么办？"

"敢？"序子神气之至。

升、斗两人让序子吓住了。序子笑起来。

这两天闲下来就给伙计们剪影，剪一个像一个。有的人还搀老伯老母前来，老人家以为这手脚跟算命有关，还自动报了八字。

吴长庚到了，大家介绍了一下。长庚觉得升、斗兄弟这里很有意思，自在在在。"要不是上课远，你住这里比蒙正校本部里头有意思！你打算几时见朱校长？"

"明天吧！你想办法跟他约约。"序子说。

"不用约，他天天在那里。那就明天搬过去。"长庚说，"今晚看戏去吧！我晚上在你们这里睡。"

序子问什么戏。

"话剧《古城烽火》，司令部战地服务团演出的。几个人去？我现在去买票。"

"一个、两个、三个、四个、五个。"

"还有我！"

"好，六张票。晚饭最好早点。"

"早到什么程度？"

"四点多一点不妨，戏七点开锣。"说完长庚走了。

1　有钱人吃东西的地方。

"人物！"傅斗看着长庚背影说。

"他讲的那个战地服务团怕就是你原先想报考的那个战地服务团吧？"傅升问序子。

"司令部，他讲的什么司令部？"序子问。

"福建省很少中央军。除了省保安处的司令部，还有个厦门的日本帝国司令部，你看是哪个？"傅斗问序子。

"我问你正经话！那么你看，战地服务团是归保安司令部管的？"序子问。

"战地服务团要不归司令部管，它自己就是司令部了。"傅升说。

"那么几时才上战地呢？"序子问。

"有仗打才有战地，没仗打演戏就是战地吧！"傅斗说。

序子心想："大概也就是这样吧！"回身整理原来留在这里的东西。一些老木刻板，画稿，"唉！要是还在德化，可久的友木斋会有好多梨木板给我的。"木箱子底下怎么垫了一条底裤？闻了一下，"唔，没洗过！"放回原位。"不该把它跟这些书放在一起，一晚都不行居然半年。唉！太不像读书人了！"提起来丢进红木盆。

"就等你。"

"啊！炒面！蚵呀汤！"

大伙围上就吃，边吃边论。

"好多人抢票，估算这戏不难看。"长庚问序子，"你熟不熟顾一樵？"

"我熟田汉、夏衍、曹禺、吴祖光。头回听到他的名字。"序子说。

"剧场门口有人讲顾一樵是个名人，不单是个戏剧家，还是个科学家，还有这个家、那个家！"长庚说。

序子说："提这些没有用的。看《牡丹亭》《长生殿》《西厢记》的人，没几个问作者名字。"

"和名字一起看戏的大多是专门家。"

"看戏的人大多不是专门家。"

"要是有名角，他们看名角。"

"也有在里头混热闹。"

"还有扒手偷东西。"

"还有一坐进椅子就睡觉的。"

"我讨厌带小孩看戏的人。"

"路很远，我看，现在该走了。"

"碗，回来再收拾吧！"

"留在家里的，管管就行。"

六个人叽里呱啦地用了四十五分钟走完好长这段路。

门口满是人。戏院子修理整顿过，四围安了柱灯，草木上都喷过药。受过训练的人在文雅收票。进到过厅，墙上挂着"请大家重仪表、守秩序、抗战必胜、建国必成、小心扒手、请勿大声喧哗、不可随地吐痰"的美术字。大堂地面后高前低、一排排互连着的讲究椅子。舞台上紫红天鹅绒幕帏，横额"闽南战地服务团公演大会"，左侧竖长幻灯打出《古城烽火》系列有关说明。

让所有人感觉辉煌的是四盏不怕费电花钱吊在天棚顶上的大灯，加上吵得让人死而复生的大喇叭播出抗战歌曲。俗语说："不吵不热闹，死活吵到老。"

怪不得忘了名字的古希腊大名医会说出这么几句振聋发聩的话："在活火山脚下出生的胎儿，往往能成为帝王或大富豪！"

后来的几百年不断有也是忘记了名字的历史学家们纷纷写出几寸厚的考据证明医生的诊断无可争议的准确："杰出人物产生于不断的巨响中""奴隶们也必须以巨响稳定"。

蒋委员长们听到这类即使是谣言的传闻，也微微含笑认可。

演出开始，忽然全场灭灯，随着灯光逐渐明亮，布幕徐徐展开。一座十分华丽古典的中国大厅堂展现于观众眼前。

出场人物有男女侍仆，穿着清朝全套行头，龙钟不堪的老衰翁、少爷、奶奶、中国走狗、日本军官，和一个行动自如、一下中国人、一下日本人、实际是地下工作者的俊男斗法经过。三幕戏中所有人都傻在他面前，只有他潇洒自如直到胜利。

真痛快！全场观众鼓掌，大声叫好，两角五分钱花得值。落幕，开幕，演员们谢幕，落幕，又开幕，主角谢幕，又落幕。观众满脸笑容回家。

戏台上杀日本鬼真容易！日本鬼真这么蠢就好了。

回家路上大家很少说话。一个人清醒过来问，怎么还没有给长庚票钱？长庚自己除外，大家一人二角五，要还长庚一块二角五。

长庚说："算了吧！"

"一定要还！"

一定要还半路上又不见掏钱。

回到家里这事大家累忘了。

第二天吃完早饭，长庚带序子上蒙正小学，大家说再见，忙着握手，也没人提一块二角五的事。

出场人物有男女侍仆，穿着清朝全套行头，龙钟不堪的老衰翁，少爷，奶奶，中国走狗，日本军官，和一个行动自如、一下中国人、一下日本人，实际是地下工作者的俊男斗法经过。

三幕戏中所有人都傻在他面前，只有他潇洒自如直到胜利。

满屋光 袁湘

248

进了蒙正小学，院子拐来拐去果然很大。见到朱唯卓校长，那么矮小，像个老校工，戴的眼镜上一层雾，不晓得他看不看得见东西。长庚一介绍，手也不握，帮着提上行李就走，来到操场拐了一个弯，一排带二楼的房子，说："张先生上楼，喜欢住哪间住哪间。楼下有茶水室，工人放假不烧水。看，这里好多热水壶，可以到街上茶馆买开水。茶叶店就在茶馆隔壁，两家饭铺在茶叶店左右。一讲是学校先生，他们更是和气。"说完又弯腰看壁橱，打开告诉序子，"这里有茶壶茶杯，可以泡茶。"转一个身，"开学还早，课程有时间谈。学校里外清吉，没出过事，请放心居停。门锁和钥匙在书桌里，出门钥匙随身就是。"

龇牙笑了一下，跟长庚、序子点头转身走了。

这个校长，这个穿灰布制服的泉州人，唉！学生再老，怎么能忘记你呢？

序子和长庚搬行李上楼，住进有东南窗的四号房。齐窗都是相思树，黄黄小花已经开过了，幽香的影子还在。

校门外两家小饭铺，一家叫"招财"，一家叫"路边"。长庚对序子说："先'招财'吧。"进了铺子一看，才三张桌子。小胖子老板对长庚说："我见你们从学校出来。"

"他是下学期开学的先生。"长庚介绍。

小胖子说："就你们两个人，我随便做两三个菜你们吃吃算了。"

长庚说："好！"

内老板端来个小小木饭桶、碗、筷、调羹，顺手递来一壶茶、两个杯子。她也不瘦。

"你怎么不问问我们喝不喝酒？"长庚故意挑事。

内老板回身把两人从头到脚看了一遍，撕开脸庞笑将起来，"算了，那三两个小菜，喝什么酒？我这里是十字坡，要不老实吃饭，酒里下上蒙汗药让你们喝了，拖进后屋开剥做人肉包子……"

老板端菜出来听到这话笑成一团，"不，不要见怪。她是学校三年级的级任老师。"

于是两口子坐在矮桌子边上陪他们吃饭聊天。

听说序子是湖南人又在集美读过书，很是好奇和尊敬。老板问："我是陈进益，她叫蔡九娘，都是蒙正朱校长的老学生。这条街的'东正茶庄'老板，那边挂'路边'招牌的饭铺老板，'喝乐'茶园老板都是蒙正前后同学，朱校长当年教过的学生。做学生的东南西北一闯，五年，十年，又都贴回这条街上来了。世界上的大学、中学、小学；大学、中学同学都是狗屁蛋，只有小学生最记得同学，最记得先生，像娘亲一样。你说是不是？"

说话的嗓音太大，把茶叶店的老板高达、另一间饭铺"路边"老板林鹿远、"喝乐"茶园老板周拙，都招引过来了。

原都是爱读几本的人，平常路边见面也谈这书那书，这回拢在一起有点特别。"喝乐"茶园的老板说："与其这样还不如到我茶园去畅怀一番的好。"

进益和九娘原有点舍不得，眼看拗不过大家兴致，便也跟着去了。

到了茶园，除九娘端坐竹椅之外，男士都半靠着躺椅。茶几上摆着各项干果蜜饯、西瓜子、南瓜子。小伙计各人面前送上高杯盖茶。

没想到昨晚上的《古城烽火》在座的全都去了，足见泉州人的文化爱好有一定高的程度。

"戏就是戏，认真起来就不好讲。比方说，有的人根本就是去看热闹，看完你问他，他还反问你戏里头讲的什么，他真的不懂。你告诉他这是抗战戏，他'哦！'的一声，气死人！"

"对剧本我有点看法，一帮不太可能聚在一起的人硬把他弄在一起凑成一个故事，等于鸡兔同笼的算术！"

"你也不能这么说。天下动乱，谁和谁碰在一起都是可能，偶然碰到偶然，就是故事。故事讲给人听，不单爱听，还可以卖钱。会写的人写出戏来，就可上演。很简单的事情嘛！世界上只要有好奇心，就不怕没有编故事的。张家长，李家短，是是非非，天下有的是爱听是非的人。"

"所以人这个东西，坏透了！"

"你扯到哪里去了？昨天你老婆跟你舅子说了你什么啦？吵得一条街震天雷响！四邻不安！"

"一个戏，写得普普通通，没有人看。就拿你家昨天这件事来讲吧！你老婆跟你舅爷说了你找野婆娘的事，你舅爷脾气不好，不答应，要上门找你算账讲理，这只算是个吵得四邻不安的小问题。要是加上你找的那个野婆娘的丈夫也要来找你算账，恰好你出门不在家，野婆娘的丈夫见到你舅子以为是你，当胸就是两拳。你舅子是个杀猪的，怎忍得住徒然挨生人两拳，顺势把那个野婆娘丈夫拦腰抱起，像杀猪一样按在长板凳上……"

"干令老母！我哪里有这种烂事？昨晚上是为儿子考中学跟家里人吵起来的。我舅子根本就没有在场。我舅子哪里是杀猪的？你怎么可以信口造谣我有男女关系毁我名誉？我舅子在教育局，你去问你身边熟人，他听到这话，一定饶不了你！太岂有此理！……"

"哎呀！我这是打个比方，阐述编一出剧本加油加酱的原理，才能生动感人，引人入胜。"

"感人个屁！你再说我非揍你不可！"

"你看你这出戏，还可以把你刚才对我说的漂亮台词写进去。'感人个屁！你再说我非揍你不可！'让你激动成这个样子，还说剧情不生动感人？你懂不懂？法国十七世纪的大喜剧家莫里哀就是一天到晚在过日子里找题材、找人物、找对话。熟人、生人，喜欢的、讨厌的，好听的话和屁话。二十年间，编了二十一部流芳百世的喜剧！"

"昨天晚上的《古城烽火》，我最喜欢、最敬重的是他们的演技。让我佩服的是那个扮演清朝遗老的王清河。"

"扮演七八十岁老头子不难，大街小巷有的是参考资料。真正全尾全须的清朝遗老今天已经失传，没有活标本了。枯槁、腐朽、僵化又能缓缓行走的活尸，低哑的嗓音，廿几三十排座位那边听来也像耳语那么清楚。什么神力魔法？我整晚在想王清河这些问题。"（那时候没有音响设备啊！）

"王清河多大年纪？"

"三十不到吧！"

"哪里人？"

"就泉州吧！"

"布景、服装、道具，一个大厅堂的排场，花好多钱吧？演几天？卖票本钱收得回来吗？"

"哪里招来的人，国语我看都算可以了！"

『干令老母！我哪里有这种烂事？昨晚上是为儿子考中学跟家里人吵起来的。我舅子根本就没有在场。我舅子哪里是杀猪的？你怎么可以信口造谣我有男女关系毁我名誉？我舅子在教育局，你去问你身边熟人，他听到这话，一定饶不了你！太岂有此理！……』

『哎呀！我这是打个比方，阐述编一出剧本加油加酱的原理，才能生动感人，引人入胜。』

我咖视育这穗烂事。

"我看有些人不像本地的，福州那边啦！长汀沙县啦！惠安、仙游都有。"

"你怎么晓得？"

"有回街上看到他们男男女女出来买东西，讲什么话的都有。衣服穿得怪，料子像是外国的，皮鞋闪亮，他妈薪水一定不低。"

"难讲！这类团体拿不住标准。马屎皮面光，出门不打扮会犯军纪的。"

"里头男女能够结婚吗？"

"怕不行！不方便，女的结了婚，个个大肚子，排队行军，怎么见得人？"

"不让结婚也不行，皇宫的宫女到年龄也要外放。养到老有什么好？"

"有长得好的，听说是给长官预备的。"

"哈哈，还不是哪个官大给哪个。你讲的话有道理。到外头找遭遇敌情怎么办？万一碰到日本间谍川岛芳子可就倒大霉！还是自己培养方便安全。"

"我不怕！这事情最好让我碰到。听说她长得漂亮，又很潇洒活泼，我没有国家机密，家谱、生辰八字、小学作文簿都收起来，在我这里她捞不到任何东西。我就会警告她，我早晓得你是日本间谍，除了老老实实跟我还有一口饭吃之外你别无出路。"

"要是蒋委员长和戴笠抓到川岛芳子，川岛芳子一口咬定她是你老婆，你怎么办？"

"嗯！说说好玩，哪能是真事！"

看看天色已晚，大家还在绕着圈子说废话。长庚告诉序子明天再来，起身走了。

序子晚饭还在"招财"吃，也没有别的客人，吃完饭九娘和进益跟序子继续喝茶聊天。

序子觉得刚才吵的那场大架很有意思。

进益说："你是头一回看，觉得有意思。我们天天看，天天听，鸡叫狗叫一样。不过，那个大讲写剧本的林鹿远了不得，你不要以为他也是个开饭铺的，他是个菲律宾回来的华侨留学生，很有学问，很会讲笑话，还会拳击。人家背后说他是'半唐番'，不对的。他父母都是泉州人。他至今还是个单身光棍。和气，都是开饭铺，比我们大，从来不争抢客人。"

"他这样开玩笑惹人，万一打起来怎么办？"序子问。

"不会的，打不起来的，他有办法，他兜得转。要打，他也不怕。这条街他有好多徒弟。那个奠仪纸扎铺老板一家也是老实活泼人，没想今天让林鹿远挑起火来。平时，林鹿远讲笑话，他也笑的。"

"你们这条街，他妈真怪。"序子说。

"热闹还没来。要是开学那些先生都回来之后，他那间'路边'饭铺晚上可就热闹了。"九娘说。

九娘对序子这个人特别有兴趣，过往的生活、家乡、风景、人物，两壶茶过去了，序子讲话也算个能人，听得两口子神魂颠倒。九娘甚至还哽咽掉泪，发誓哪年哪月只要剩口气一定上朱雀城走一趟。序子趁机伸了伸懒腰。没想到长庚雇了辆双人三轮车忽然赶回来了。

"怎么样？哪家失火？"序子问。

"不要开玩笑，马上跟我走！"长庚说。

"什么事？"

"洛克咖啡店，有人等你！"序子看身边这个长庚满头大汗。

九娘两口子站在门口茫然送行。

到了"洛克"，上了楼。靠窗口的咖啡台一个人坐着，是个大人。脸有点暗，长头发，两腮和下巴刮过胡子留着青痕，深额后头的亮眼睛和气善良，厚嘴唇，中等偏高身材。站起来握手，低到不能再低的清亮嗓子。啊！明白了，王清河！

"啊！我是王清河。"

长庚想介绍已经来不及。

王清河穿着一件毛料旧格子衬衫，套着一件宽大暗灰色的毛绒夹克。

长庚多叫了两杯咖啡，推开他先前喝过的空杯子，问王清河："再来一杯怎么样？"

王清河点头说好。

"我们以前没见过面啊！"王清河说。

"我见过你，你当时忙，没有看我。"序子说。

王清河微笑。

咖啡来了。

"听长庚说，你看戏很讲究。"王清河轻言细语。

"未必像他说的。只是喜欢。"序子答。

"他讲过你很多事，你是他叔叔的学生？"王清河说，"你想考战地服务团？战地服务团哪里要考？我们正缺你这种弄美术的，很急，想来不就来了。你看呢？"

序子心跳得厉害，"不行了，真可惜！我答应蒙正小学了。唉！

就差两天，人生机缘真是奇怪！"

"是的，真是个机缘问题……不过，你不见外的话我想问你，如果摆在面前两样东西让你选，你心里实在愿意选哪一样？"王清河问。

"我选信用！"序子说。

王清河往椅子背后一靠，"哈！是的……"

长庚急了，"还没有发生信用问题。没有下聘，没有拿钱，没有签字，只是一个遗憾而已。事情是我拉的线，我屋跟蒙正关系深，我去解释不就行了！"

"朱校长这么好、这么好的人……"序子低下头来，"我自己不好意思……"

"我去办吧，连行李都不要亲自搬，我叫人就是，免得见了朱校长不好意思。今晚上回你的'涌金里'去吧！我先走了，咖啡账我楼下付了，谈完你们走你们的……"

……

王清河舒了口长气说："好！现在我们来谈谈《古城烽火》。"

"我哪敢和你谈戏！"序子嗫嚅着，"我没有谈的角度和身份。"

"你有基础。"王清河说，"我看得出来。"

"啊！我记得契诃夫讲过作文章的一句话：'要不美丽，便是有用。'两样东西合在一起就了不起。"

"你看！"王清河说，"你还讲你不会说话？这不是角度是什么？"

"不是我说的，是契诃夫说的。"序子挣扎。

"你在理解，运用！"王清河看着序子，"你在想什么？问题都解决了。"

"我在想长庚这个人。"序子回答。

"他怎么啦?"王清河问。

"天底下竟有这么一种人,书不念,放下功课白帮人家忙。做了好事面不改色。他像只走单帮的蜜蜂,是,走单帮。飞来飞去采花蜜,采回去放进随便哪只大蜂窝里。人再把它倒进大缸,它根本不关心那些蜂蜜的去处、放在哪个缸里……这人长得毫无圣杰之貌,甚至孱弱,一行动就满身大汗。……"序子大发感慨。

"不!不!不!他功课很好!体育满分,从不走私,不夹带,不讨好,不自卑。全学期扣分最多的是旷课分。我认识他的级任先生,他的爹妈,对他一点都不遗憾,不发愁。"王清河说。

序子问:"你讲讲,是这个人怪,还是泉州人都怪?"

"泉州怪人有的是,可惜都不爱出风头,所以你不知道。"王清河说。

"老的我认识几个。"序子说。

"吴长庚就是候补怪老头。"王清河哈哈大笑。

第二天大早,有人运来行李,附了一张纸条:"序子兄,我去上课。行李存'洛克'。你上午自己安排活动。中午我来和你吃饭。朱校长处,'招财'饭店陈进益、蔡九娘处均已代为告谢。餐费已付清。下午二时整,我们到司令部门口,王清河兄准时带我们进战地服务团去办入团手续。"

长庚办事这么细心周到,这本事不知怎么养成的!古人教训:"不轻言谢"。高尚德行之下,一个"谢"字岂不显得轻薄了!

借机会到报馆去看望张人希几位老兄,又一齐进了"洛克"。

老板熟了，指着行李向序子打招呼。序子多谢一番。上楼坐定，序子前前后后讲了一番几天来的经历。大家向序子举杯祝贺有了正式着落。

朱校长他们都认识尊敬，刘谔客先生只是听说，其余的人就不太清楚了。吴廷标先生的侄儿吴长庚是"可意楼"的少东家，他们面色显得将信将疑。这类问题，序子不敢擅自解释。

后来大家又谈到最近公演的《古城烽火》话剧，看法居然很是接近，都觉得在那个清朝公馆里进行抗日斗争有点特别，也称赞王清河是个奇才。正说到热闹当口，吴长庚满头大汗上楼来了，老板绕前绕后地陪着。大家感觉气氛是有点不一样。序子介绍了张人希、庄启、贺努、黄怡君，长庚一个个鞠躬握手，抱歉泉中进城路远，来迟了一步。老板接连递上三条热手巾让他擦汗，又介绍他爸爸是谁，他爷爷是谁，某某人、某某人。（序子都不清楚。）大局终于稳定下来。

想象不到的是，吴长庚居然读过庄启的诗、贺努的文章和黄怡君的小品，更是熟悉张人希的金石书画，并且如数家珍，一一道来，温存善意的神色，让这四位文艺界代表人士十分十分之惊讶感动。

"本来是邀序子在街上摊子吃碗东西就走的，我看，时间还早，各位一起就在这里随便吃点吧！"

打完招呼转身向老板轻轻嘀咕几句，又转身征询一番："西餐散食怎么样？这里弄不出什么正式东西，真不好意思！"

序子连忙说："哎！有什么来什么吧！大家这么熟，我们又要赶时间。"

伙计上楼来摊开局面，换上刀叉餐具杯盏。跟着三大盘猪排、鸡排、牛排罗列桌子中央,两大钵红菜汤、烤面包分列四围,黄油果酱,六个人就座吃将起来。

奇怪的是,居然鸦雀无声,没人开口说话。

忽然,长庚站起来对大家说:"各位请继续用餐。时间到了,我和序子要马上走,非常对不起!对不起!用完请各自便。"

下楼前对老板说:

"打电话告诉'雷啊',我刚才在你这里。"

"晓得!晓得!"老板说。

赶到司令部门口,王清河果然站在左首卫兵旁边,看到他两人,手一招,带他们往里走,卫兵向王清河喊"敬礼"。

树,宽阔的石板路,花丛,空无一人的大厅堂,穿过大草坪,又是大厅堂,又是石板路,又是树。一丛一丛,左右两边是二层办公楼,这么多楼干什么?又是石板大院子,来到一栋办公楼面前,沿走廊进一间办公室。里头坐着一个人,领章两杠两星,中校。起立上前和序子、长庚握手。王清河介绍中校说:"这位是汤总干事汤观澜。"

转身介绍序子:"这位是张序子。这位是他的朋友吴长庚。"

汤观澜四十多岁,很和气,声音也很温文:"欢迎你参加我们的战地服务团……"底下说了许多废话之后接着说:"请王清河指导员带你去办一些手续,并通知庶务员安排寝室床位,领取制服和生活用品。王清河指导员顺便介绍一下团内各位互相认识认识。"(很抱歉,我忘记当年战地服务团有没有"同志"的称呼,好像有,又好像没有。)

填了入团表，姓名籍贯年龄男或女之类，好像没有民族、党派这些栏目。

填表的时候已经围了好多团里看热闹的男女，看起来序子年龄最小，听到女人们轻轻说到双眼皮单眼皮问题。（狗日的老子又不是"显郎"[1]。）

王清河叫来一个名叫黄金潭的勤务兵去帮序子搬运行李。吴长庚说：

"那我就一起回去了。我带他去'洛克'，行李才认准放行。几时有空想约我就到'洛克'通知一声。"

长庚就这样走了。那时候朋友分别连握手都少。搭搭肩膀，拍拍手臂而已，哪里有什么拥抱这类肉麻动作？

每间寝室起码有十张床位，听说床板没有臭虫，序子很是惊喜。领来两套从里到外的黄色毛质制服、帽子，及各种打扮猴子用的装饰配件。另外两套非常正规的绿灰色军服军帽。最遗憾、最伤脑筋、最一筹莫展的是不发皮鞋。要知道，皮鞋是全身装备中最能显示身份的黄金地段。没有皮鞋，一切意义和光芒顿失。序子眼前口袋里的存款还远远不够买一只新皮鞋的左脚或右脚的皮鞋后跟或皮鞋尖尖。

集美同班同学林振成当年投考中央军校之间赠送的那双汽车厚橡皮轮胎凉鞋，至今仍然是序子惊世骇俗的骄傲本钱。很难容忍也很难设想正当张序子全身穿上崭新庄重战地服务团呢绒制服时，脚底下套着的竟然会是一双厚汽车轮胎橡胶凉鞋。

1　看女婿之谓。

序子坐在行李未曾运来之空木板床上愁思百结。一位跟他年龄差不多的团员过来询问他有什么困难，他诚实地说了出来。那团员听了也想不出解困的办法，便坐在木板床上陪他一齐愁闷。

后来序子轻轻向他打听，如果平常日子不穿团服而穿军服，行不行？

团员说："为什么不行？平常日子本来就穿军服，你看我。"

"不穿皮鞋穿布鞋行不行？"序子问。

那团员伸脚让序子看，"我现在穿的就是布鞋。"

序子跳回地面，"那我有什么好愁的？"

那团员也跳回地面自我介绍，"我叫颜渊深，泉州人。"

早晨天没亮听到起床号。众伙紧急洗脸刷牙完毕赶到后头大操场集合。升旗，唱党歌，精神讲话，早操。

原来司令部里头兵不多（守卫的兵是各团部轮流派来值勤的），大部分是些穿军服的文职人员。

副司令名叫柯远芬。正司令黄珍吾在西部深山里的沙县"省保安处"当处长，那才是个正职。"正司令"是个挂名。黄珍吾是蒋介石黄埔一期的"十三太保"之一。他巡回视察闽南时序子见到过，广东海南岛人，半边脸长白斑疮。

柯远芬是个军人样子，棕色皮肤，眼睛从额底深处看人，身材矮小而匀称，肌肉结实，处处看出严格训练的威严规致。和地方的老军人派头完全不同，是蒋委员长新熬炼出来的一种冷钢。序子断定这人自出娘胎没有笑过。他是广东梅县人。

柯远芬每天都要精神讲话，口才和文采不行，短短十分钟起码掺六分钟沙子："这个，这个，嗯，这个，这个，这个……"

除早操、三餐之外，他对"战地服务团"看都不看一眼。

白白养这么一帮不到战地服务的"战地服务团"干什么？

三餐饭在大食堂吃。一听吹号大家各就各位，十来张圆桌子，一桌十二人。四大盘菜，一小脸盆汤。各人到饭桶装饭回来端坐等待柯副司令到来。咯！咯！皮鞋声响。

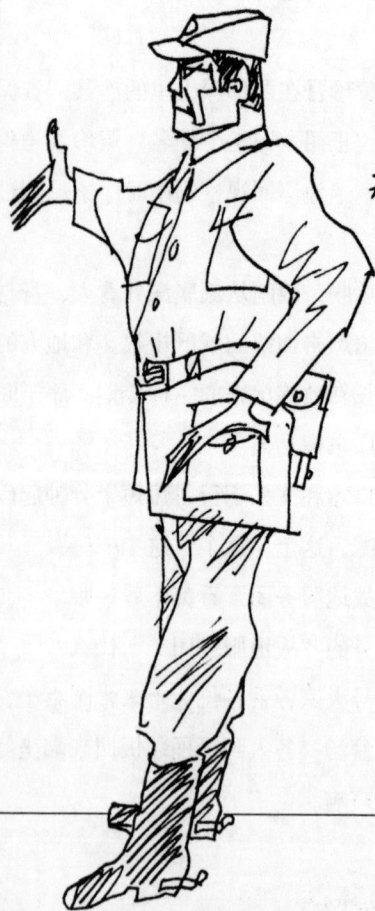

柯远芬是个军人样子，棕色皮肤，眼睛从额底深处看人，身材矮小而匀称，肌肉结实，处处看出严格训练的威严规致。和地方的老军人派头完全不同，是蒋委员长新熬炼出来的一种冷钢。序子断定这人自出娘胎没有笑过。

一种冷钢

264

"起立！……坐下。开动！"值星官大叫。

柯副司令吃完之后大家有没有起立？忘记了。

或者柯副司令吃完，大家起立送走了他再继续往下吃？不像……

有没有可能在规定的五分钟或八分钟把饭吃完，值星官大叫"起立！散会"的？

或者是以柯副司令什么时候吃完什么时候叫起立的？唉！记不得了。

过年过节大聚餐的时候不用起立。

回宿舍的路上，王清河问序子："汤总干事和你谈了什么没有？"

"没有呀！"

"会和你谈的。你要做些准备。"王清河说。

"不晓得他要谈什么，无从准备。"序子说。

"你心里准备有一次谈话就行。"

"那是。"

果然，还没有走近团部门口，汤观澜站在那里等他。

王清河装着没事走过两人面前。

汤带序子来到办公室，自己坐定还叫序子坐在旁边。

"我们还没有正式谈过话。战地服务团的主要工作是抗战宣传。演话剧啦！唱抗战歌曲啦！也有美术活动。我们这个团，话剧有负责人，有导演；歌咏有负责人，有指挥；美术也应该有负责人，就是没有。所以我们欢迎你参加到团里来工作。你年纪轻，阅历不够，做不得负责人，只能做队员，这点你心里是清楚的。你这个队员还不是普通队员，话剧、歌咏演出要画海报，平时要在大街小巷刷写墙头抗战标语口号，还要参加歌咏队、话剧演出，临时当个群众角色。既有独当一面的工作，又要腾出身来参加大家一起活动，负担比较大。能者多劳嘛！是不是？所以特别评定你为甲级队员。伙食除外，每月薪津七块五角。觉得怎么样？"

"可以嘛！"序子说，"当然可以，这不可以还有什么可以的？"

"还有别的什么想法吗？"汤问。

"想法嘛，倒是有。比如说，我们这个战地服务团既然标明了'战地'两个字，总是应该上战地去服务才行嘛！我就是这点放心不下。"序子说。

汤总干事笑起来，"这点你用不着发愁。迟早会有机会上战地的——我倒是想问问你，你以前参加什么社团活动没有？"

序子开心地回答说："当然参加过！我们集美学校社团活动多到不得了，几几乎我都参加了。歌咏队啦！《血花日报》啦！乐队啦！乐队我吹小号，吹得不怎么合乎标准，被先生撤下来了，不过总算参加过是不是？还有刻木刻的木刻协会，我有张木刻在永安的《大众木刻》上发表过，标题叫作《下场》，描写日本侵略者深陷泥沼动弹不得的下场。嗯！多了！我还得再想想。啊！对了，我还参加过血花剧团的演出，演过一出名叫《一群小瘪三》的独幕剧，当然，那是比较幼稚的活动，演技是谈不上的，至于……"

"嗳！你听我讲，我问的是你有没加入过什么政治方面的团体？比如……"汤问。

"参加过！当然参加过！宣传抗战，一个人怎么弄？当然政治得很！不政治怎么团体？"序子说。

汤总干事坐在大椅子往后一靠。"我问的是你比如说有没有参加过国民党、三青团或者共产党？我指的不是一般泛泛社团。"汤总说。

"你早这么问我也不就早说了？我怎么谈得上参加国民党？你晓得这等于要三岁儿童赛跑五十米。三青团这方面我们集美也热闹过。家叔就是这方面的干事长。我也奇怪他对我为什么提都不提一声？也许像抽鸦片上瘾的长辈不希望下一代子女抽鸦片一样是个隐痛的教训呢！还是嫌我不长进不够资格参加三青团？安溪离泉州这么近，很方便的，你可以写封信去问问他到底是怎么一回事。至于共产党这个问题，我告诉你，你这个人太老实。你想想，我若真是个共产党，我能告诉你我参加过共产党吗？在我们集美，共产党不叫共产党，叫异党。做异党你以为是个好玩的事呀？危险之极！要从容不迫跟大家混在一起，装得越普通越好，让人一点也看不出是异党身份。就譬如说你现在就是异党，我一点也看不出痕迹一样。我读过福尔摩斯侦探小说，做异党比福尔摩斯难多了，那小说是编的；做异党是真的，提心吊胆，随时有机会挨杀头枪毙……"

汤总干事摆一摆手，"好啦！今天说到这里为止。我要特别提醒你，现在是国共合作，共同抗日，你不要到处去说杀头枪毙的事。心里不要有这不利于团结抗战的想法。另外，我年纪比你大，要奉劝你一句，你的思想紊乱，出语之所以散漫也由于读书过于杂芜这个原因。我一辈子遵循蒋总裁教诲，潜心恭读孙总理著作，稍得宽余就浏览《曾文正公全集》以作侧修，不让光阴等闲过去。人生最阻碍个人前进发展道路的恶习莫过于嫖、赌、饮、吹；如今流行在社会上千百种文化污秽杂书报章，引诱人们误入歧途的那些东西，无异于文化上的嫖、赌、饮、吹。所以我们今后的任务非常繁重，既要抵御外侮，又要清除邪门歪道。也就是蒋总裁归纳出来的两句口号：'抗战必胜，建国必成'。你看，这八个字意义多么深远！今后你也要端正态度，从这个正确出发点做出些成绩来……"

序子说："你讲的这些话，我听起来不晓什么原因，觉得特别准确，特别响亮！简直一针见血。我就是你指出的一个文化上的嫖、赌、饮、吹分子。我这些年不晓得什么原因，就一直喜欢看社会上那些被你骂过的污秽杂书，越看越有味；我相信你一定也看过，不看，怎么能懂得它有那么大的毒性？幸好我看过，所以你一骂我就懂，就能拥护。

"我还有另外一个大毛病就是完全不喜欢看正经书典。我过日子、工作和看书都是从趣味出发，有意思的才看，没意思的不看。不过没意思的这些书也有它的用处。我把它们放在枕头底下，睡不着觉的时候翻它两页就能安然入睡。越正经的催眠功效越大，甚至一行没看完就能软瘫床上，灯也忘记吹。

"这个毛病还附带另外一个毛病：正经话、长辈们的教导从不过夜，忘得一干二净。有意思、好笑的话一辈子铭刻于心。"

汤总干事在打着大哈欠里头说完这句话："……行了……你走吧……"

出门老远看见王清河坐在台阶上。序子原原本本谈完了过程，王清河偏头靠在墙边咕咕发笑。

明白张序子美术工作的特点之后，分得了一个单独房间。床铺都搬进来了。一张画画的大桌子、椅子，加上杂物架子，石灰袋、颜料袋、牛皮胶、熬胶的火炉子、罐子、炭、瓦锅，大笔筒里插着

『我年纪比你大，要奉劝你一句，你的思想紊乱，出语之所以散漫也由于读书过于杂芜这个原因。我一辈子遵循蒋总裁教诲，潜心恭读孙总理著作，稍得宽余就浏览《曾文正公全集》以作侧修，不让光阴等闲过去。人生最阻碍个人前进发展道路的恶习莫过于嫖、赌、饮、吹；如今流行在社会上千百种文化污秽杂书报章，引诱人们误入歧途的那些东西，无异于文化上的嫖、赌、饮、吹。所以我们今后的任务非常繁重，既要抵御外侮，又要清除邪门歪道。』

行了，你走吧！

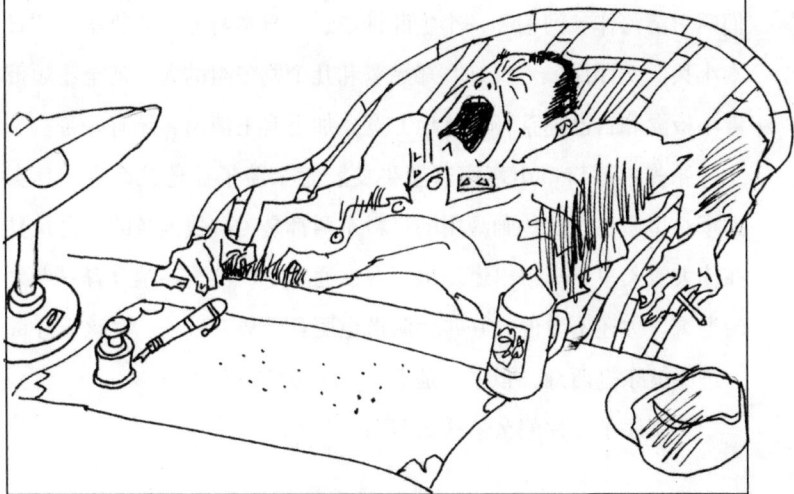

269

大小长短毛笔，猪鬃、羊毛大小排刷放在架子上，各种白色和颜色纸张一卷卷放在架子高头，面粉口袋……这都是工作，需要序子街上一件件费神费力采购得来。序子是房间的主人，其实称作"画室"也未为不可。独揽天下的快乐自此处开始，赶忙写了好几封信给父母报喜，"儿如今有了自己的天地，过着自己的日子。"

领来一个热水瓶，街上带回一把上面刻有"可以清心"的紫砂壶和四个茶杯。两个洋铁盒，一装"水仙种"，一装"铁观音"。

战地服务团成员地域成分容易清楚。闽南（包括仙游、莆田）、福州，以及省里培养下来的戏剧专业人员。这类人杂里咕嘟，各省人都有。序子自己有时也弄得糊里糊涂，口气上居然也：

"他们福州人。"

"他们外省人。"

好笑！

吃完晚饭，王清河总带着几个泉州本地人到序子房里来坐。他们叫王清河作"河伯"，小生薛钟华、"日本特务"陈哲华、"日本小兵"颜渊深，"汉奸"郑贻宽和几个剧务组的人。甚至还顺带着小板凳和自己的茶杯。这地方宽，加上有王清河，还有好茶。

原先，还口口声声说这屋牛皮胶怎么盖了盖还这么臭，其实大家心里明白，这些画画用的材料东西都是为抗战预备的，臭是臭在伟大意义里，臭得出道理也就习惯通融了。甚至还孕育着一点政治温馨。你还不要说，好些女队员也愿意顺势夹进来。女孩子好奇，一进屋就东翻西翻，张序子是主人，不方便不高兴——

"张序子，你怎么带这么多书？"

河伯就缓缓地对她们说："湖南人有个特点，喜欢把'银纸'[1]藏在书里头，你们取了他的银纸，你们是客，他是主，你们让他为难了！他不好意思说出口。"

那些女的笑着赶紧把书放回原位，缩手问序子："真的呀？真的呀？张序子？你哪来这么多钱？"

也有一个不翻东西跟河伯和大家坐在一起聊天的女队员名叫蔡宾菲的。

她像宓西尔[2]的《飘》开头第一句话写的：

"那郝思嘉小姐长得并不美，可是极富于魅力：男人见了她往往要着迷，就像汤家那一对双胞胎兄弟似的。原来这位小姐脸上显然混杂着两种特质：一种是母亲给她的娇柔，一种是父亲给她的浓重。因为她母亲是个法兰西血统的海滨贵族，父亲是个皮色深浓的爱尔兰人，所以遗传给她的质地难免不调和。可是质地虽然不调和，她那张脸蛋儿却实在迷人得很，下巴颏儿尖尖的，牙床骨儿方方的。她的眼珠子是一味的淡绿色，不杂一丝儿的茶褐，周围竖着一圈儿粗黑的睫毛，眼角微微有点翘，上面斜竖着两撇墨黑的蛾眉，在她那玉兰花一般白的皮肤上画出两条异常惹眼的斜线。就是那一身皮肤，也正是南方女人最最喜爱的，最要长着这样的皮肤，就要拿帽子、面罩、手套之类当心保护着，舍不得让那太热的阳光晒黑。"

宓西尔写"郝思嘉小姐长得并不美"，其实是虚晃一枪，底下一大段所宣叙的全是多角度夸奖郝思嘉的美的元素。看过费雯丽演

1　钞票。
2　现译作玛格丽特·米切尔。

的电影角色就会明白。蔡宾菲也有点这意思。

这意思并不等于蔡宾菲长得和郝思嘉一个样子。蔡宾菲的皮肤不白，属于阴凉柔和那一类；没有酒窝，十六岁的郝思嘉因为酒窝招来的麻烦，蔡宾菲优雅地摆脱了。她冷隽微笑着，像是来自另一座森林。

（我欣赏宓西尔在《飘》上写的第一句话，人，有更深刻的内容，不止"美"。她指的是郝思嘉；我补充了第一眼的蔡宾菲。世界这么大，还有多少种可爱女孩子可以补充进来我不知道——古时候的，前不久的……

郝思嘉背后紧跟着一大串南北战争故事，足足两大厚本；蔡宾菲背后也有一大串抗战八年故事，没有人写。我们很快就分别了，也不再见面，几十年后我在泉州认真向老朋友们打听，都不认得她……好凄凉，此是后话。）

蔡宾菲长得像"拉斐尔前派"画家罗赛蒂的妻子伊丽莎白·埃沙洛·西达尔。她经常做罗赛蒂的模特儿。典雅，有教养，从容大方。蔡宾菲比她更纤细，更东方。她跟河伯亲近是因为河伯是她爸的好友。她该有二十三四了吧？

序子很少见过身材、轮廓、谈吐这么优雅的人。

她长着长睫毛，看你的眼神仿佛隔着一条朝晨的雾河。

她跟河伯坐在一排，也转身过去浏览了一下书架，慢慢取出一本德莱塞的《嘉丽妹妹》微笑地问："一个礼拜，行吗？"

序子点头拿旧报纸给她包了。

人遇到美，有时是爱，有时是肃穆崇敬。

序子一点也不喜欢任何人冒犯这种境界。

蔡宾菲

宓西尔写『郝思嘉小姐长得并不美』，其实
是虚晃一枪，底下一大段所宣叙的全是多角度夸
奖郝思嘉的美的元素。看过费雯丽演的电影角色
就会明白。蔡宾菲也有点这意思。

这意思并不等于蔡宾菲长得和郝思嘉一个
样子。蔡宾菲的皮肤不白，属于阴凉柔和那一类，
没有酒窝，十六岁的郝思嘉因为酒窝招来的麻烦，
蔡宾菲优雅地摆脱了。

拉菲尔前派画家罗赛蒂的妻子伊利莎白·埃什里男·西达尔

蔡宾菲长得像『拉斐尔前派』画家罗赛蒂的妻子伊丽莎白·埃沙洛·西达尔。她经常做罗赛蒂的模特儿。典雅，有教养，从容大方。蔡宾菲比她更纤细，更东方。

美，是一种神会，一种闪电似的觉醒，雕刻于终生不忘的心碑之中，一种带檀香味的矜持。

"我认识张序子不只是因为他会画画。他懂戏。我又不是因为他懂戏而是他既懂戏又是我们团里正需要的美术人员。这个'屙蓝筋那浪'不单我一眼看了佩服，总干事一眼看见也就舍不得放他走。他肚子里'米间'[1]不少，我一下还看不全……张序子，你讲我介绍得对不对？"

序子说："多谢你介绍我进战地服务团，我哪里有你讲的那么妙？我'紧派色'[2]，你这样讲，进团不到三天，我变成个'风姑校'[3]了。"

"哦？你是屙蓝浪？"

"哦！这么远，你怎么来的？"

……

大家抢着问。

他的眼睛，他的耳朵，他的头发，他的鼻子，他的皮肤都是话题，都引起女孩子兴趣……河伯对女孩子们说："他的'古'很多，今晚上时间不够，我来不及讲了。以后让他自己讲给你们听……"

张序子并不太接近女孩子。所有的女队员都比他大。他也费神找合适的话题跟她们瞎扯。当然，有朝一日他会无师自通的。

看样子河伯有意今晚上找这个机会让大家认识序子。

序子提热水壶来回上灶房打了两次开水，心里原想，又说我房

1　名堂。

2　很不好意思。

3　牛皮精。

子牛皮胶臭；臭都臭了，人又不走。原来如此。

第二天带颜渊深上街买写墙头标语的毛蓝颜料。他是个温和好事的怪人，天生灵通"报耳神"，消息稳、准、狠。他说："高高在上管我们的政训处主任上校黄先义喜欢蔡宾菲，把蔡的男朋友陈逊——很有学问，拉小提琴的专家，我认识他——关起来。就在我们团部隔两幢房子的临时班房。黄先义比河伯还大，起码四十岁。蔡宾菲根本不睬也不怕黄先义，她爸爸在泉州文化界很有地位。黄先义一点办法也没有，惹不起她而又爱她，这就麻烦了。《黎明戚继光》这出泉州本土作家乐哉先生新编的话剧里头有句'你个老兄！癞蛤蟆想吃天鹅肉'台词，这原是两个打鱼人的对话，黄先义审查之后非常在意，居然下令不准排练演出，成为文化界的暗流笑话。说主题含混不清！'抗倭'和'抗日'只是历史时间距离。都是打日本，哪有'不清'的道理？"

总之，心里有鬼的人最容易见景生情。

又听说陈逊跟乐哉先生是熟人，心里头更是认为那句台词是专门对付他的，认准这个情敌，便找了个理由把陈逊关起来。什么理由？这当然费了好多心思。比如定他是共产党，方便是方便，起码要有点证据，何况现在是国共合作期间，双方都很较劲的时候，随便不得。只好先关起来再找证据。

这顶帽子对陈逊尤其不合适。他从小拉小提琴，斯文有名，手指尖尖，轻言细语，很少交际。随便哪个人跟他谈两句话便彻底明白，他什么"党"都不是，没有任何"党"会要他。

说他暴行，这范围就大了。枪、刀、石头、棍子、徒手，文雅人也办得到，可惜在陈逊身上办不到。为什么办不到？问题在于他根本没有必要从事这件暴行。他不急，不烦不愁，蔡宾菲早就实打实爱定他了，他暴行干吗？

黄先义说十一月廿八日晚上七点在新府口弄子拐角有人打他一石头，没有打中之后逃遁了，这人身影跟陈逊一模一样。

有时间、有地点这就好查。

陈逊十一月廿八日下午三点钟在乡下泉州中学礼堂表演小提琴，六点多跟泉中的音乐先生和几个熟人在食堂吃饭，九点多朋友们才一起送他回家。

奇怪的是大家都不急，好像在等着看一场热闹。

案子问不下去，又不能久拖。

"嗳！"序子问，"民事纠纷怎么由军队关押？"

"冤枉人的事，军队不关，哪个敢关？"颜渊深说。

"你认为军队抓两个人关关算不得什么？"序子问。

"那地方叫临时羁留所，不叫监狱。平时军队里头的小官犯点小问题等候处分的地方。神不知鬼不觉。"颜渊深说。

"要是上头晓得了怎么办？"序子问。

"不会晓得的。真晓得了，顶多自己进去三五天。"颜渊深说。

"你看陈逊怕不怕？"序子问。

"这就是黄先义的打算。不过，看样子陈逊好像不太怕。在里头还拉小提琴，《牢狱之歌》拉给自己听，小夜曲拉给蔡宾菲听。"颜渊深说。大家笑笑装着没听见，外头听来，战地服务团弦歌之声不绝于耳。

"没有生命之忧的话，这样玩玩倒还是可以的。"序子说，"我那些报馆的朋友不晓得晓不晓得这件事？"

颜渊深说："这类事情最好不是由你嘴巴传出去。"

"爱情这东西怪！只要有口饭吃，有几本书做底子，就敢抵挡好多穷凶极恶。若是蔡宾菲家里穷，为一家挣饭吃的话，她嫁给黄先义未始不是个好出路。偏偏她不穷，能保持那一点爱的纯粹。"

"所以人的爱没有动物的爱纯粹！"颜渊深说。

"你那种'纯粹'其实是配种关系。我讲的'纯粹'是锁和钥匙的关系，不合适的钥匙开不了锁；勉强开锁，钥匙断在锁里。黄先义这类人的动作只能算是配种欲望的原始表达。一把不合适的、生疏的钥匙想强行开锁。"序子说，"这算是人和动物不一样的地方。黄先义是半个兽！"

"那你讲，中国旧社会'父母之命，媒妁之言'的婚姻，兽在哪里？"颜渊深问。

"兽在父母。"序子说。

"父母的婚姻呢？"颜问。

"兽在旧社会！"序子说。

"那我们蒋委员长和宋美龄女士的婚姻兽在哪里？"颜问。

"兽在《三国演义》的周瑜打黄盖屁股，一个愿打，一个愿挨。"序子答。

"假定蔡宾菲嫁给黄先义的话，得了势，一步步往上爬，很有可能做我们战地服务团的团长，大家岂不是有很多方便？"颜渊深做个鬼脸说，"叫河伯劝劝她，让她回心转意……"

"这狗屁话你敢回去对蔡宾菲讲吗？"序子想捏他耳朵。

……

两个人买完颜料回来，燕哪在序子门口等他。

燕哪是女队员那边的勤务兵。她穿老百姓衣服，也不参加所有的排队集合，自己在房里开伙。

序子开门进了房，燕哪衣服口袋里取出一封信交给序子，"宾菲要你把这封信交给陈逊。你不准看。"说完走了。

序子捏着那封信不知怎么好。

"让我看看。"颜渊深伸手过来。

"讲好不准看的！"序子闪开。

"只看信封！"颜渊深说。

序子递给颜渊深看了，信封上没写名字。

颜渊深说："怎么交给你呢？我才认得陈逊嘛！应该让我交才对嘛！"

"你这人嘴巴多，怕你靠不住。"序子说。

"那我给你做个把风的！"颜渊深说，"我跟你一起去。"

走在路上，颜渊深问序子："你说，这算不算情书？"

"火烹焰燎还'情'？"序子说。

拐个弯就到羁留所，小小一座长方形院子原来不知是干什么的，尽头搭了瓦顶，安了个木地板，竖了十来根细铁条，就关陈逊一个人。颜渊深一把抢过那封信上前几步交给陈逊，侧着脑壳对陈逊说："先不要看信，等我们走了再看。宾菲要我告诉你，快了，现在是黄先义自己在着急，怎么掩盖做过的手脚。社会上好多人都准备写信给柯司令告黄先义。他现在日子不好过。宾菲要你看完信把它烧了。注意饮食，晚上蚊帐子要罩严，免得蚊子咬了发'寒热'[1]。

1 打摆子。

279

拐个弯就到羁留所，小小一座长方形院子原来不知是干什么的，尽头搭了瓦顶，安了个木地板，竖了十来根细铁条，就关陈逊一个人。颜渊深深一把抢过那封信上前几步交给陈逊，侧着脑壳对陈逊说："先不要看信，等我们走了再看。宾菲要我告诉你，快了……"

280

你们见面快了。我走了，你要处处小心。"

序子侧着耳朵一字不漏地完全听清楚颜渊深对陈逊讲的话，好像他是宾菲派来的密使。

那囚室一点囚意都没有。自带的卧具盥洗用具热水壶漱口杯兼茶杯，还有小提琴和书，墙角燃着熏蚊子的盘香……还有口对付大小便的带盖痰盂。

颜渊深挺着胸脯向序子一挥手，两人昂扬地走出小门。

没过几天，陈逊真的放了。

序子看到河伯的微笑。宾菲请假出去大半天，还带花生和糖饼回来。吃过晚饭十来个泉州人又约到序子牛皮胶臭的屋里喝茶。

宾菲的话也不多，短短介绍了一下跟陈逊见面的情形，又谈到黄先义派副官找陈逊谈过话，问他的恋爱观。

陈逊对他说："有也不告诉你！"

又问他对宾菲的态度。

陈逊对他说："以后你就清楚！"

又警告他："你这样很危险！"

陈逊说："不怕！"

后来没有再找他。

讲完这些话大家就喝茶吃花生糖饼。

宾菲忽然指着颜渊深说："你个小鬼家伙！偷看我的信！"

颜渊深说："没有！"指着序子，"不信你问他。信一路上都是他拿的。偷看也来不及！"

"是不是？"宾菲问序子。

序子说："是。见到陈逊他才一把抢过去的，还对陈逊讲好多安慰打气的话，我听得清清楚楚，一点不假！"

宾菲告诉大家："这小鬼头要不偷看我的信，他对陈逊讲的话怎么会和我写的信完全一样？陈逊一句一句背给我听，连挂蚊帐都说了，笑得我们要死。"又回头问序子："我拜托你把信亲手交给陈逊，你怎么让这鬼家伙交？"

"他说他和陈逊比我熟，有另外的要紧话要亲口对陈逊说。他的确没有偷看你的信，我担保他完全一片好心。"序子说。

河伯插了句嘴："哎！哎！没有别的，外头听到些好消息，想抢个头功而已！"

团里准备演出冼群的《烟苇港》，上下午谈剧本分配角色，对台词……序子到排练室逛了一下，眼看没自己的事，领了剧本回房里躺在床上看了一遍，写得不怎么样。差点睡着，穿好制服上街，心想："幸好自己不会演戏！"

序子一辈子喜欢读剧本而不喜欢当演员上台。读，能够随意揣摩角色，安排气氛场合；上台是一切听导演的，自己做不了主。上台之后为什么手脚动弹不得？嘴巴里头像塞了个蛋说不出话。以前在学校就有人劝序子应该惭愧。"不会上台不是道德问题。"序子认为。

街上看到一路卖水仙花的。人家客厅桌上摆一盆水仙花，就显得这人家有分量，要不是有钱便是有学问，一家人和睦亲热，都是好迹象。坏脾气人家绝不会刚打完架就去买一盆水仙花回来供着……

以前序子没有机会凑得那么近看水仙花。处处让人觉得好，又香。一头干巴巴的大葱苞，倒点水养着，三两天出根冒芽，二十天长叶见花。把一个生命秩序井然地安排在这么庄严简短过程中，幸好是亲眼看见，大自然真伟大到永远摸不透。

"我买那小盆子水仙。"

"不卖！"

"我是真的要买，老人家。"

"努细唔细策哇调缸？"[1]

"不是，老人家你不要生气，我一辈子头一回这么近看这些花，我真想买。"

"笑话！你长这么大头一回看水仙？你在哪里长大的？"

"我是湖南人。"

"那你一口闽南腔？"

"我来闽南五六年了。"

"啊！派色，派色。你买苞[2]回去自己泡吧！这开过花的三五天就枯了，所以不卖给你。"

老人家起身帮序子选了个花头多的，收了四角文。

序子回团部，院里闹哄哄。

原来剧务组的那几个壮汉跟街上团管区的兵打架，说是赢了，却是个个受伤。

汤总干事围着团团转，低着嗓子责备，叫人取纱布、橡皮胶布、

1　你是不是找我麻烦？或是挑衅。
2　水仙头。

「啊！派色，派色。你买苞回去自己泡吧！这开过花的三五天就枯了，所以不卖给你。」

老人家起身帮序子选了个花头多的，收了四角文。

284

红药水，又敞开喉咙问："有没有认识跌打医生的？"

"有！"颜渊深回答。

"快！"汤总干事喊。

颜渊深一溜烟跑了。

受伤的不是从火线上下来，看不到炮火壮烈痕迹，却是气势十分昂扬——

"他过来就是一拳，没有打中，我给他胯裆当中一脚，脑门再加上一脚，下巴两拳他就倒了……"

"我拦腰抱住一摔，没想到那家伙就起不来了。我顺手一瓦钵扣在脑顶！"

……

满嘴喷出的尽是胜利花朵，只赢不输，打架理由一字不提，个个神气都像战场下来让华佗割臂的关公。

看热闹的围成一个桶。几个男女满头汗水正忙着救死扶伤的神圣工作，拥挤之间序子感觉有只手腕搭在肩上，歪头一看是宾菲，便待着一动不动，免得惊醒这番信任。心跳得快碰上牙齿了，还闻到一股温暖的头发味。

这状况有好久呢？不清楚，希望它一百年，也可能三分钟。

这边正看得热火，门外颜渊深那头又一路嚷进来："闪开！闪开！"

一个五十来岁、手执铁禅杖、哈哈笑着的胖和尚，后头跟着个十一二岁挑药箱的小沙弥大步地走来。

颜渊深向汤总干事介绍："这是崇福寺的妙月法师。"

总干事敬了个礼，妙月法师合掌作揖。

总干事略略讲了几句，妙月法师便开始治伤。已经包扎妥当的那些人他不管，只叫背胛、手腕、脸颊、大小腿脚受伤的轮着过来一一看过。伤重的是背胛挨了两棍的家伙，叫他脱光上衣，露出背胛，药箱取出三四种不同的干草药放进嘴巴嚼碎，吐在一个杯子里，瓶子里倒出一些药酒，手指头在里头搅了几搅，喝一小口，喷在背胛上。伸开手掌从上到下贴着背胛轻轻慢慢滑动。再喝一小口酒，重复一次。大家看了都"哇"的一声叫起来，原来手掌经过的地方完全变成深紫颜色。

"不要洗，不要抓，十天半月就好了。"

其他人也是用杯子里的剩草药酒依法做过，也关照伤处不要见水不要挠。

当时匆匆忙忙的印象就是如此。他喝完递过来的一漱口杯凉开水，带着管药挑子的小沙弥一阵风地走了。

他怎么长得这么和气，这么和平，这么让人尊敬喜欢？

果然不到半个月，所有受伤的人都好了。好了就好了，少有人再谈起妙月和尚和那个挑药担子的小沙弥。

不晓得什么原因，序子常常想念他。人又不熟，也没有过交谈，缘分就是缘分，包括温陵养老院（不二祠）晚晴室、弘一法师圆寂时偶见妙月的那一刹吧？说来，这是第二次见面了。只有两次不说话的见面缘分，印象却是紧紧咬在心头，真像一个梁山下来的文明鲁智深！

他比鲁智深尺寸稍微矮短一点，扛着几十斤重生铁禅杖，序子忘了鲁智深随身带不带禅杖。妙月一路哈哈笑着走来，序子不记得《水浒传》里的鲁智深有没有跟人笑过。妙月法师会医病，后头跟一个五十来岁、手执铁禅杖、哈哈笑着的胖和尚，后头跟着个十一二岁挑药箱的小沙弥大步地走来。

着个挑药箱的开心可爱小沙弥。鲁智深懂不懂得医术？有没有收留过小沙弥徒弟？鲁智深傲岸鲁莽，妙月宽厚妩媚。鲁智深唠嘈尘世只跟酒坛子接近，妙月普度众生，活在百姓之中。

弘一法师说过他终究会成正果。

序子跟颜渊深去过一次崇福寺。周围很多古柏，一圈高大的红庙墙头门东向，正庙门南向，左右砖墙面有许多浑圆小洞，是妙月法师"铁砂掌"练出来的。庙门前场地面上青砖缝里长满青草，萧疏得令人产生静穆禅意。正殿不算宽阔，左右有很大的回廊和禅房。序子两人打听到妙月法师外出，有点遗憾，没想到懊恼之处恰是妙月法师的禅房门口。隔着木墙和玻璃窗，看到房内壁上挂着妙月颜鲁公体的书法。

颜渊深告诉序子，妙月不单写颜，而且是拳头握笔慢中锋，一个字起码两分钟，很见功力。

寺内僧人不多，也少香客。两人信步慢慢走出寺门，又转身摸摸那百十来个"铁砂掌"手指头捅穿的圆洞，心里增加了另一种佩服。渊深说："可惜那天我没有提醒你看他的手。伸出手掌像一层盔甲。'铁砂掌'从不洗手……"

走在路上，渊深告诉序子："你晓不晓得他惠安乡下有个老婆？听说过吗？"

"不可能吧？"序子傻了。

"很普通的事，熟人都知道。听说佛门有这么一派，他就是这一派的。"

"那怎么能在泉州混？"序子说。

颜渊深睁着大眼睛，挺起胸脯，好像讨老婆的是他："能！正大光明，怎么不能？哪！给你讲个故事：有一次，在惠安家中，半夜强盗把他两头水牛牵走了，他提起禅杖就追。偷牛强盗开了两枪，他连忙回头就跑，说：'拳法挡不住子弹的！'"

"那，这和尚是非常有人性的大和尚了，怪不得弘一法师说他会成正果。"序子轻松起来。

（最近有幸读到关于妙月法师的材料，说他是安海人，并且跟南少林拳有重要紧密关系。看图片，崇福寺已是座很宽敞的宝刹了，不像我少年时——七十三年前去过的地方。新材料上没有提到弘一法师说妙月法师"有朝一日会成正果"的话，也没有提到妙月法师擅长颜体书法的话。弘一法师的话当年我不止一次听泉州父老谈过，妙月法师握拳颜书是我亲眼所见。我觉得以后还是提一提好。至于他老人家是安海人抑或惠安人，结未结过婚，当然应该按照今天的专家调查的材料判断作准了。

七十多年过去了，妙月法师的风神我还能清楚记得，趁脑筋和手指还未僵化把他画了出来，表达我对这位妙人、神人的尊敬和怀念。）

领到七块五的饷，和颜渊深上街，三块五买了双高统皮鞋，黑的，顺带一盒黑皮鞋油、鞋刷，四块钱没有了。颜渊深说这皮鞋不经穿，有机会到莆田涵江或是福州买，那里有讲究的。

纸铺买了一张宣纸，四尺的，裁成八开。对着开花的水仙写起生来。序子用的是工笔画手法，轻轻地赋上颜色，一共画了四张，按规矩盖上图章，钉在板子上引人看。

一下子河伯要了一张，蔡宾菲要了一张，福州女刘崇淦要了一张。

刘崇淦是省里戏剧训练班培养出来的，一身胀鼓鼓，浓头发，长眉毛长眼睛，鼻子也好，可惜牙齿稍微龅了一点，很得体大方。她说："序子，序子！写上'崇淦大姐惠存'！写吧！写这里！"

"你怎么知道写这里？"序子有点佩服。

"我爸也是画画的！"刘崇淦说，"他看了会说你好！"

又一个女的叫刘淑德也拿了一张。四张画就完了。

颜渊深后来质问："刘淑德又矮又黑，你怎么让她也拿一张？"

"什么意思？"序子认真了，"你看人这么看呀？你妈不好看就不是妈了呀？你妹不好看就不是妹了呀？你这么势利？你麻个皮！"

跟蔡宾菲走得最近的泉州人傅芳丽也赶来要画，没有了。序子舍不得剩下的四页纸，没有说："你等着，我明天给你画一张。"而是让她坐下来，"你不要动，我给你剪个影。"

"什么叫剪影？"她有点怕。

"等五分钟就知道了。"序子说。

剪到一半，旁边就有人欢呼叫好："太像了！"

序子剪完，涂上黑墨，贴在一张白道林纸片上，上写"芳丽"，下签自己的名字、年、月、日。

大家抢着看。

"太像了！和相片一个样，你怎么弄的？"

"你看睫毛、头发还有卷出来的……"

傅芳丽有点不好意思。真好笑，你有什么理由不好意思？怎么会轮到你不好意思？

这反响比水仙画还高潮。水不水仙花根本算不得怎么回事了。

说张序子是小妖怪，做得出这种事。从此以后什么人见了他都要求他来一张，序子有点烦，也慢慢习惯了这种高兴。

《烟苇港》的导演叫作钱大猷，浙江上虞人。人说他非常年轻，到底有多年轻序子估不出来。也是省里头下来的。

看不出他是架子大还是生性严肃还是脾气不好，还是满腹经纶？没见到笑过，哪怕微笑。

跟大家谈剧本的时候也没听出过稍微独到一点的见解，他自己演主角"小秃子"。这主角写得很夹生，是主角又毫无作为，满场的男女老少却跟着他转。彩排的时候笼着秃子头套，十九岁的抗日英雄，唱着不伦不类、无聊之极的歌：

> 小秃子乖乖么！
> 一呀十九岁。
> 今年还没有，
> 娶呀娶媳妇。
> 夜晚上床啦，
> 冰呀冰冰冷。
> 衣裳破了哟，
> 没人补。
> 衣裳破了哟！
> 没呀没人补呃呃！

让日本人打死的时候也尴尴尬尬，引人发笑，悲愤感受起不来。

剧本是导演挑的，序子不知道其他演员有没有参加挑剧本的权力。导演指手画脚没有功劳也有苦劳地忙了近两个月，河伯按照剧本分派扮演一个老头子角色，本本分分，没说过一句题外的话。序子觉得奇怪，发现剧本的什么问题共事的人应该一起讨论解决才是。河伯高明，序子都看得出的问题他岂能看不出？他从头到尾一声不出，是客气？是胆小怕事？是戏剧界的行规？眼看这个戏马上公演。

序子画招贴广告，下半张纸上画芦苇，写上三个大字"烟苇港"，小字演出单位、日期、地点。上边大半张纸画戴着头套的钱大猷挺起胸脯、义薄云天的肖像。他很满意，说"像"。

序子一口气，三天画了十张，全城东西南北贴了。

水仙花开了十几天，差不多了，花秆叶子开始枯萎。序子剔除枯秆和叶子，擦干根苞湿水，用报纸包起来。

福州人甘培芳问："你留它做什么？"

"明年再养。"序子说。

"养不活了，没有用了，里头空了。水仙花开完花就完蛋，明年买新的。"甘培芳说。

问颜渊深，渊深点头。

"你他妈就是会点头！"序子骂他。

"什么、什么呀？哪个像你留干水仙根到明年的？你问大家好了！"颜渊深叫起来。

那是真的。序子长了个大知识。

汤观澜总干事叫大家集合到排练厅，政训处主任黄先义要来训话。

黄先义要来演讲？怪了！有意思，这意思"埋帅"[1]！

排上五排凳子，不晓得哪里弄来座小讲台，很是个正经样子。搁了个带盖茶杯，里头放了好茶叶，特开热水五分之一泡涨，等候主任上台之后再加热水享用。

全团人员四十多人到齐坐定，汤总干事站在门旁边喊了一声："起立！"

黄先义主任进门，上台向大家敬了军礼，扬手说："请坐！"

晃啷一声果然大家坐好，演戏的行当特别会做配合，也许是因为兴奋。

黄先义上校主任以前没有见过，先入为主的印象对他有点残酷，以为青面獠牙，这回第一次见面也还可以嘛。

身材匀称，哔叽制服上下配搭得零件齐全，皮肤偏赭，戴眼镜，鼻子正常，嘴唇稍厚。嗓门粗沉，不太让人讨厌。脸是蚕豆形的，中凹上下凸，比起朱元璋比例稍远，没有失常。

汤总干事先做介绍："黄主任今天拨冗下团来给我们训话很是难请到的。黄主任军务繁忙，这次前来，是兄弟几次请求的结果。黄主任学养丰富，几十年来投身党国，公而忘私，在我们闽南早已传为美谈。黄主任的训话十分珍贵，望各位务必谨记心头，以做指路明灯。"汤总干事介绍完毕之后，侧身邀请黄主任走近讲台。黄主任开始发声："兄弟黄先义，这次特别来和诸位见面，谈不上训话，只是来与各位共同切磋一些问题，各位都是知识界人士，兄弟说对了谨供参考；说得不对请多加批评指教，不要客气。

1　不能小。

293

"现在是中华民国三十一年年底十一月……"

汤观澜附耳："十二月。"

"哦！不错，十二月。

"这个抗战大时代前途非常光明。世界大局势也非常乐观，德、意、日侵略轴心势力已日暮途穷。今年的世界军事形势较之去年尤有极大进展。蒋委员长年初到缅甸视察，并命令美国十四航空队掩护远征军作战。我国在缅甸的远征军攻占仁安羌之际，解救了七千名为日军围困的英军。英美两国十月间正式通知我国政府，声明决定放弃在华的'治外法权'，和其他有关系的权益，择日正式谈判。接着加拿大、挪威、荷兰、阿根廷也通知我国放弃在中国的特权，准备择日谈判。这都是我们的伟大领袖蒋委员长领导抗战众望所归的结果。美军在太平洋对日作战逐岛取得胜利，我军为了友军整体战略措施经常做'转进'的配合，这是非常必要的。同仁们都必须提高这方面远见的认识，不可因一城一池的得失而减弱抗战必胜的信心。

"兄弟少小从戎，中央军校毕业迄今，'而立'已过，'不惑'未及之时，'虽未能远入夷荒，洗荡巢穴，亦且快国仇之万一'，这正是兄弟眼前跟岳武穆忠君爱国相同之心理。'寇仇未灭，何以家为'是兄弟在蒋委员长伟大训示下处理家庭问题具有的深刻认识和理解。

"兄弟是漳州人，无兄弟姐妹，只高堂老母年近七十孤生于故里。兄弟军务倥偬，不克随侍在侧，思之心如刀割。……心如刀割……"黄主任开始掏口袋摸手绢擦眼镜，戴上取下又擦，擦了又戴，"我，嗬！嗬！嗬！我黄先义一生报、报、报效党国，我有什么办法？我、我都快四十了，你以为我是好色之徒？你以为我堂堂上校黄先义会强占民女？我是这种人吗？呀？你哪里晓得我黄先义的苦？我也是人嘛！嗬！嗬！嗬！"

万万没想到黄主任当众号啕起来。晴天霹雳，全场人被吓傻了。本来一团正经的训话忽然悲苦起来……汤总干事连忙喊定阿哇和黄金潭两个勤务兵上来架住黄主任，"慢，慢，扶好！扶到我房间去，放在床上。快叫军医，快！"又反身关照大家安静。

大家早就乐得安静了，一声不出，用睁大的眼睛思索这突如其来的变化，品味里头的奸妙。

河伯轻轻和序子耳语："这是种病，叫'花癫'。该结婚的年龄结不了婚，心里存在大压抑，容易犯这病。女人犯这病，一结婚病就好；男人犯这病，不可救药，一篙子到底。"

"送到外国可能医得好。"序子说。

"外国发花癫的人，多的是！"河伯说。

有人问："我们还坐在这里做什么？"

另一些人回答："是呀，我们坐在这里做什么？"

便都散了。

序子和颜渊深、陈勉勤、甘培芳、郑贻宽还不想散，便到汤总干事房里去探奇。

军医已经来了，正给病人打针，只是黄主任他喉咙"猴、猴"作响不知怎么办，怕是堵着断了气就不好。

序子说："把膝盖抬起来，弯起双腿，后脚跟抬一抬，前脚掌抬一抬揉揉脚心，来回做几次试试。"

口气很老成，"病急乱投医"，不妨试试。

万万没想到黄主任当众号啕起来。晴天霹雳，全场人被吓傻了。本来一团正经的训话忽然悲苦起来……

黄先義演讲

黄金潭和阿哇照着做了几回，没想到黄主任嘴里真的喷出痰来，喘两口气，居然坐起来了。

汤总干事多谢序子，"你怎么懂得这么好的医术？"

序子说："我们家乡小孩拉不出屎都这么做。"

……

汤总干事忽然嚷起来："咦？这么多人？你们怎么进来的？"

《烟苇港》公演之后，的确不怎么样。

报纸上有一些评论，讲好的不多，讲坏的不敢。故意地吞吞吐吐，序子看出他们委曲的文采。泉州人的修养永远令人难忘，绕着弯子骂得你眉开眼笑，褒贬的功夫怕是来自源远流长的唐宋。团里到底有几个人看得懂、几个人有兴趣都不清楚。导演应该心里明白，汤总干事应该有所体会，也都难说。

原来河伯在洛克咖啡馆和人希这帮人早就是老友，要是把他们的谈话记录发表，会是一种公允的评论，他们之间好像早有默契，谈完的话水波不兴。

"你呢？"人希问序子。

序子说："戏，不能光拼'七巧板'，找个漂亮意义，找个好题目，男女老少，工农兵学商，酸甜苦辣一番。'庖丁解牛'，要有牛才行！钱导演动不动就'斯坦尼斯拉夫斯基'。你要有'戏'才'尼'得出来！我也不清楚他是不是真的读过'斯坦尼'，在排练场，他一提我就心跳，替他难过。"

颜渊深说："你在场又不出声。"

"我敢吗我？"序子说，"我算个'蓝搅'！"

河伯不出声地弯腰大笑。

人希问："听说你剪影把他们降住了！"

"算不得什么降了，多认识几个人，生人变熟人而已。"序子说。

颜渊深抢着说："连那个姓刘的上校军法官都送茶叶给他。"

"老实讲，我对这个刘老头很有兴趣。山西人，高高瘦瘦的个子，见人眉开眼笑，轻言细语，和善慈祥之至，很难想象，下手批斩条、枪毙人的竟会是他。所以上医院看牙碰见面目凶恶的那个刘医生的时候，我就会满腔善男善女心肠谅解他，给他默念《往生咒》。

"刘老头要我做两件事，剪影、画观音菩萨。影剪了，观音不画。不包庇他的苟且忏悔。那面目凶恶牙医假如要我给他剪影和画观音像的话，我两样都做。只把观音改为耶稣就是。他是西医。"

大家好笑。

黄怡君说："恶相和恶性各有所主。你们那个柯副司令就是个相恶、性恶两全的人。那脸长得跟庙里判官一模一样。"

"军人总不能慈眉善目，长得像座观音。社会职务要求相貌角度各有不同。军人长得恶点不妨，威风！我认为。"河伯说，"记住一点，不要'恶'到老百姓脑壳上来就行……"

颜渊深说："也有弄得颠三倒四的。柯远芬之前有个大把年纪的杨副司令，腰都挺不起来，走路一蹿一蹿，大约是高头当作闲差事安排下来的。小眉小眼，讲起话来，一出声句句都像小咳嗽，没有人听得清楚明白。

"他也经常冒火发脾气。副官摸着性子，一看启动，赶紧脸盆里掬一把热毛巾递过去，老头接过毛巾蒙头一抹，笑脸跟着热劲拨云而出，阴霾顿失。

"也有参谋、主任之类被叫去训斥挨骂的。

"隔着一张大会议桌，骂不尽兴还要动手打人。按规矩领导训斥必须肃立恭听，对付这位杨老令公大家有另外一些经验，动一动，躲闪几下是不碍事的。在巴掌拳头或茶杯打过来时顺着桌子绕圈逃跑。满肚子愤怒的老人家绕桌子穷追这是常事，追赶不着之时便对逃跑人员吐口水。直到追不动、吐干口水为止。所以大家都挺怀念这位慈祥的老领导。"

"嘁！这算什么领导？一点威信都没有！"庄启说。

"他后头一定有人。想想，中央高头有没有姓杨的？"贺努问。

"有个杨永泰，起不了什么作用的半死人。其实高头有人也不一定非姓杨不可！"人希说。

庄启问河伯："你们那个黄先义怎么样了？"

"不怎么样。睡在医院病床上。"河伯说。

"相思病！"人希说。

"单相思病！"黄怡君说。

"很可能是发花癫！"贺努说。

河伯抬了抬手，"我早说过！"

"要是在别处，宾菲怕就逃不出这只魔掌了。黄先义自己也不想想，怎么忘记身在泉州，都是闽南人？你看，病了不是？"怡君感叹。

"差劲！蠢！"人希说。

"可以了啊！人希。要是聪明，蔡家大小姐不就遭毒手了？"贺努换了个题目问，"你们看，柯远芬会不会听到消息？"

"当然会。口头的、文字报告的。只看打报告的是哪方面。仇

「……按规矩领导训斥必须肃立恭听，对付这位杨老令公大大家有另外一些经验，动一动，躲闪几下是不碍事的。在巴掌拳头或茶杯打过来时顺着桌子绕圈逃跑。满肚子愤怒的老人家绕桌子穷追这是常事，追赶不着之时便对逃跑人员吐口水。直到追不动、吐干口水为止。所以大家都挺怀念这位慈祥的老领导。」

杨付司令吐口水

300

人对头写嘛，油盐酱醋一加，很难说得清黄某人是个什么下场。老交情写嘛，我要是柯远芬就会有如下指示：'嗯哼！知悉，应遵医嘱善自调养，公务暂由余副主任代行。柯远芬、年、月、日'。军队里热热冷冷都看运气好坏决定。柯副司令跟老令公杨副司令不一样，不吐口水！部下见到他都战战兢兢。这是实话。"颜渊深说。

"今天司令部好像搬到洛克咖啡馆办公来了！"河伯伸了个懒腰说。

序子回到自己房里头，看到满屋属于自己管辖的东西，很有点占山为王的派头。屋子是大了一点，有时候还要成为聚会场所。坐在床头想了几想，把靠两个窗子中间那头拿石灰包垫出一个宝座，空布口袋铺上。空子弹箱子左右各叠出个灯台，放两盏煤油灯在上头。面前排六口硬皮纸箱，把问剧务组陈烈借来的紫帘幕条叠起来铺上。河伯这伙人来了，好有个俨然的桌子。在外头和走廊上见到能当凳子的东西都可以顺手薅进来：公家的，谁也说不了谁。有主的，拿回去就是。

河伯来，就让他坐主位，讲事情方便。河伯不在，左右两盏灯点上，自己坐上去看书，享受点僭越之乐。

觉得这日子越来越有意思了，可以找点题目刻木刻了。心里就在想念德化的刘可久和朱文仁、刘慧梅两口子和小女孩，晓得他们一定在熬着紧张的动荡，也不敢写信去问问："平安了吗？"

友谊就是朋友之间的快乐和担心，情感在不断相互填补，纯洁得比白还白，比透明还透明，真好！

很多东西有一点臭马上就引来大堆苍蝇，唯独牛皮胶臭到这步田地居然没有一只苍蝇光顾，其中道理很值得研究，说不定对抗战有点科学贡献。当然，这东西放在人住的地方终究不是办法。自己泡惯了不以为意，万一到生分人家做客，鼻子好的主人一下就闻得出你身上的怪味，那是很尴尬的。

甘培芳敲门进来，问他什么事。他说："昨晚半夜有'夜鹰'叫听到没有？"

"夜鹰？"序子童话书上经常看到，真东西既没听过也没见过，"你见过？"

他说："嗯！"那是见过。

"你昨晚真的听它叫过？"序子问。

他也"嗯"。

"声音怎么样？"序子问。

"好听，嗓子小小的。"培芳答。

"长得怎么样？"序子问。

"灰灰麻麻，个子小小的。"培芳说。

唔！序子想，都是"小小的"。要是手边有一本《辞海》或《辞源》就好了，一查就明白。

（多年以后查了一下《辞海》，"夜鹰，即蚊母鸟，详蚊母鸟条"，查"蚊母鸟条"："……属鸟类鸣禽类，长约一尺八寸……《唐国史补》云：'江东有蚊母鸟，亦谓吐蚊鸟，夏则夜鸣，吐蚊于丛草间。'蚊母鸟常张口食蚊，世因误为吐蚊也。"

后来又查一部台湾版的《二十一世纪世界彩色百科全书》（中文版），关于夜鹰条说的是："夜鹰目的一种……已知约有七十种，喙短，但口裂大。由于夜行性，因此眼睛非常大……夜间飞行捕捉昆虫，全长约二十九厘米……"

后头说的可能比前头说的准确。一尺八寸未免过大。"小小的"二十九厘米、发出"小小的"鸣声比较合适。一尺八寸的身材起码可作公鸡吼了。

我这样查字典抄东西有"獭祭"之嫌，不抄了。）

至今从没见过一回夜鹰，更谈不上听过夜鹰叫。

甘培芳一走，颜渊深冲进来，说："你看你，还坐着享清福！司令部搬家了，命令下来了！半个月搬完！"

"是不是要打仗？"序子从宝座上跳下来问。

"什么打仗？搬仙游。你赶紧收拾东西！"渊深说。

"我什么通知都没接到，这一大堆家业怎么收？怎么运？我一个人！"序子说，"狗日的甘培芳进门只和我谈夜鹰，一点没扯搬家的事，你说他是不是别有用心？"

"哎呀！快！我刚听来的消息，好多人都不知道，甘培芳哪里知道？我走了。"渊深说，"还要去告诉河伯他们。"

渊深一走，序子清醒过来，笑了一笑，环顾四周，好不容易打扮的这个安定局面，"公家了，没什么可惜的，没什么好慌的，说走就走，原本自己就是江湖人。明天赶紧去洛克咖啡馆请他们转电话给长庚，要长庚转告吴先生，要长庚一起去涌金里见那帮狗蛋，跟他们哭一场。再找人希他们好好坐坐。十天，不要说它长，很快就没有的。

"麻烦是还有些东西放在涌金里，带还是不带？书，梨木板。还是带好！这一辈子怎么说得定还见不见得到傅升、傅斗？

"要是全带了，岂不像个王孙公子的规模？顾不上了，像就像吧。"

想到这里，没料汤总干事进门来了。

"听说了吧？十天之内全团跟司令部开拔仙游。你赶紧把美术组公家东西收拾好归到剧务组陈烈那边去。自己的那些东西捆好也搬过去。从容一点，也不用急，时间还早。费力气的东西要金潭、阿哇帮你，就讲是我讲的。"

这样一来，序子倒真的不慌了，约人希几个人先到洛克坐了半天，讲东讲西，甚至讲到夜鹰，人希说："哎，'阿罗觉'嘛！很普通的东西，不就是半夜三更树上叫的雀儿嘛！这里春夏天多的是，也是候鸟，灰灰麻麻，画眉、黄雀差不多大……"

没过多久，长庚满头大汗赶到，听说序子要走，站着傻相十秒钟。在他，序子离开是很大的突然，原来以为跟他有几年好待的。马上打电话给涌金里，约齐那帮人到洛克咖啡馆来。现成的这帮人也别走，顺势让泉中通知了吴先生。序子回服务团拉来河伯跟颜渊深。

涌金里的傅斗、傅升来了，洛阳桥的蔡良来不了，刘鲜林来了，赵显龙来了，贺凡来了，王世第不在家，谢章、祝有善、郭长在、苏国重谈不上来。洛克二楼人挤满了，起码十五六人。

序子人不大，跟这么多人有交情，什么原因？谁都"唔沾痒"！[1]

河伯跟吴廷标先生原来也熟，加上序子和人希，四个人坐在一块。

隔座的傅升忽然伤心起来。

---

[1] 不知道，不清楚。

"傅升，别这样！仙游和泉州又不是天涯海角！"序子说。

傅升说："你不懂。我们一家好看重你，舍不得你走！"

"可以多写信嘛！"

"写信没用……信不经老的！我们一起过的那段日子再也不会有了……"

序子打诨说："你想我的时候看看天，看看云，我在那里；我想你的时候也看看天，看看云，你在那里。我们一直看到老；不管多老！"

"老了以后，路上相见都不认识。好残忍！"

"不会的！'问姓惊初见，称名忆旧容'嘛！"

吴先生对序子说："多为老百姓做点实际事情，多看书，少管闲事。把木刻紧紧抓起来。"序子认真听进吴先生的话，点着头。

这顿自由散餐吃得很安静深情，还有酒、咖啡、汽水。大家都知道是长庚请客，好多谢！

（抗战胜利后，吴长庚一家搬到美国加州去了。这是一九四六年在厦门集美同学告诉我的。那时候有人说"美国很远"，有人说"还可以"，此生终究没再见长庚一面。）

散会惜别之后，序子跟傅斗、傅升兄弟回涌金里收拾存在那里的东西，伤感情绪如检点亡友遗物，三个人一声不出。

找了部三轮车运回战地服务团。

看起来大家对于换防这些事不怎么紧张。序子单枪匹马闯惯了，原不应该当回事的，只是管辖着一批公家的美术财货，责任在身，算是情绪有点异常而已，说是兴奋也未为不可。行李、书籍、画具都归在一起了，贴上大写的彩纸标签，在黄金潭那边登记转送到司令部辎重部门去。

汤总干事告诉大家要走三天。第一天惠安，第二天枫亭，第三天仙游。顺口又赞了一下洛阳桥，露出些外行充内行的马脚，瞎说洛阳桥在"洛水之阳"。扯到哪里去了？关照出发时穿普通军装。出发早晨在操场集合，喊立正，向右看齐，向前看，向右转，齐步——走。出司令部门口左转，往惠安那边进发。出城之后总干事叫散队，自由行军，前后保持联系就行。

这条路，序子闭着眼睛都能走。过太上老君身边时，心里一直抱歉："怎么让他老人家日晒雨淋呢？"一会儿踩过卧在地面那半边"试剑"石头时，雄心顿发，挺胸而过，迎着海风，岳飞的气派都出来了。

"序子！你在做什么？"一看是河伯跟一群女孩子走在后头，连忙答应。

"我真希望是这么一剑劈的！刺桐风雅、萃于一州。你看，到处都是！"序子说。

河伯说："我们看多了，就不当回事了。"

"河伯，老实讲我实在舍不得泉州，命定是奔向它来的。不仅仅是朋友，还有好多要紧的所在都没去过，比如图书馆。听说那里的藏书非常多，真是永远的遗憾……"序子说。

"你年轻，有的是时间。"河伯说。

"唉！我不晓得将来老在哪里？"序子说。

"我们欢迎你到泉州来老！"蔡宾菲领头带着一帮女孩子在后

太上老君

这条路，序子闭着眼睛都能走。过太上老君身边时，心里一直抱歉：「怎么让他老人家日晒雨淋呢？」一会儿踩过卧在地面那半边『试剑』石头时，雄心顿发，挺胸而过，迎着海风，岳飞的气派都出来了。

头嬉闹，"帮你'撮摩'[1]！'唔瓦朵 ke 屙蓝'啰[2]！"

序子不理她们，紧走紧走，来到洛阳桥头了。

"喂！序子！上洛阳桥了！你不停停？序子！"河伯大叫。

序子笔直地往前走，理也不理后头一大帮人跟着。进了大街，来到泰昌顺大鱼行门口。伙计有认得他的，连忙到后院叫出蔡良，一见序子，下了三级石阶，一把抱住流出了眼泪。

"我都认不出你了！"蔡良说，"这回你到哪里去？"

"战地服务团调防去仙游。"转身介绍跟着的男女，"这是我团里的同事。"又转身告诉大家："这是我的老朋友蔡良。"又转头问："伯父在后院？我去看看！"

蔡良说："阿爸去涵江，过几天才回来。"转身叫伙计搬小凳茶桌子来，就在铺子门口喝茶，又关照赶快去买点心，"请坐，请坐，免客气！"

大伙想拒绝已来不及。泰昌顺门口登时像开张那么热闹。

街上好奇众人都凑过来看这帮陌生男男女女。

河伯静悄悄端起茶杯喝了一口，瞪大眼睛，"这么好茶！"

序子举杯对着西边的远山轻轻说着："虾姑，虾姑，我看你来了！你若在世多好……"眼泪滂沱流下来，呜咽不止。蔡良也跟着哭在一起。

团里的人见这光景也不方便马上插嘴打听，只管低头吃点心喝茶。

1　讨老婆。
2　不回去湖南啰。

河伯纳闷，"这湖南孩子跟洛阳桥，哪来这么深的情分根底？"

蔡良正张罗大家住宿一夜和晚饭问题，说："神仙也邀不来的客人。"

序子说部队打前站在惠安已安顿好了，军事行动，准时赶到。

这才千谢万谢地告别洛阳桥的蔡良，整装上路。

这一路上话就多了。

女孩子会问，搭话的是序子。

光朱雀城就讲了七八里，再长沙、上海、厦门，再安溪，再德化，再南安，再泉州，再德化，再泉州，还夹了洪仲献的洪厝，蔡元明的安海……

女孩子们又听了二三十里路才醒过来，看到序子满头大汗才问："张序子，我们大家都空手走路，你包袱背的是什么？"

"书，木刻板。"

"什么叫木刻板？"又七八里。

"你有女朋友吗？"

"没有，我有老婆。朱雀家乡叫'望郎媳'。"

"啊？那你几时结婚的？"

"五岁！"

"你老婆多大？"

"十六！"

"那你十二岁离家，你老婆二十三？算到今天，二十八了？"

"是的！"

"有孩子吗？"

"有。"

"多大了？"

"我大我儿子六岁，照理讲现在也该讨老婆了，没听我老婆来信讲起……"

"你老婆在家乡谋什么事？"

"战地服务团。"

"啊？那里也有战地服务团？"

"蒋委员长管的地方都有战地服务团。"

"那边的战地服务团做什么事？"

"打仗！火线上抬伤兵，战地服务嘛！"

"抬伤兵？"

"嗯！抬伤兵。"

"哪里抬？"

"长沙保卫战，新墙河，泊罗那几仗。"

"后来呢？"

"原先火线上抬人家，后来火线上让人抬回来。"

"怎么了？"

"断了两条腿！"

"……后来呢？"

"后来呀！后来回朱雀了。"

"后来呢？"

"战事转移，日本兵走了。她当了省参议员，常请到长沙开会。称她作'无腿女英雄''上半身女英雄'，朱雀城选她做妇女会长，给她竖牌坊，有热心人还要把我名字刻上去，我谢绝了……"

"慢！慢！你等等。听你这么讲下去，怎么好像越听越像是瞎编的？"

"当然，当然是瞎编的！路还剩这么远，不编长点，怎么走得完？"

"你个张序子，吓得我一身冷汗。你老实讲，从哪段起是真的？哪段起是编的？"

"你心好，你还希望里头有一段是真的。除了我这个人之外，没一段是真的。全是假的，全是编的。"

"为什么要编假的？"

"真的不好听，又短，一下就讲完了，没意思。假的可以要多长有多长，专挑好听的讲，大家听得流口水，忘记走路的累。"

"你要是事先交代一下，底下要讲的全是瞎编的故事，或许我会好过一点。"

"不，不，你绝不会好过。把故事捅穿，最不好过。人天生喜欢假作真讲，跟故事心跳、伤感、愤怒，大团圆，大遗恨，加油加酱……所以戏剧有'编导'，新闻有'报道'，官场有'领导'，学问就在这个'导'字上……"

序子手一举，"你看惠安城到了不是，世界还有个'导游'。"

前前后后人都来到县政府，行李都放在操场上，总干事和姓石的县长一齐过来和大家见面，讲了话，请大家不要客气。

有什么好客气的？首先他自己就不客气，没讲几句话就溜了。我们想客气或者不客气都没有用武之地，分配了房间，各人提起行李在床位上铺了。

吃过晚饭，大家端了搪瓷缸子在草地上喝茶。

有人建议谁、谁唱个歌。

河伯轻轻说："唉！都不小了，做什么游戏？"

序子说："有女孩在场，越老越想做。"

果然，出来个从没导演过戏的张导演唱了个"儿歌"。

听说这人资格老，六十多点。很多人都是他的晚辈，见他都鞠躬，事后没人想他。脾气乖张、多疑，自信眼光犀利，可惜派不上用场。喔！对了，他是坐轿子的。今天有几个人坐轿子，算算看！钱导演，罗干事老婆，江指导员，王清河应坐轿子而不坐，汤总干事应坐轿子而不坐。坐或不坐轿子的人都没出声，张导演坐轿子也没出声，所以这时候出来唱个歌露一露，让人多想到一点他。

一个人铁着脸直着嘴巴，发声分贝相当于猫量，歌词是赞美小蝴蝶和花朵的，手指轻微地在胸前习着兰花，腮帮的青胡子不停晃动。这时候唱歌，完全没有必要。

那些女孩子们都低头不太好意思欣赏，男人喝茶抽烟不当一回事。歌唱完了有人以为他还在唱……自自然然人们各自围成一小圈、一小圈自己谈话。

宾菲对序子说："我早看出你在瞎编，我一路看你怎么编下去……"

河伯说："不容易！序子顺口编故事一点不慌这要点功夫，老婆、儿子的岁数也算得快！你在学校算术分数是不是比较高？"

刘宜男说："我最可怜他老婆！"

河伯对刘宜男说："我听得出来。"

"要不拆穿，你准备怎么编下去？"宾菲问。

"从几个方面都可以。你想嘛！老婆在湖南做英雄，儿子长大了。我在这里。三个人都有自己的天地场面。可以独自，可以交错，恨的，爱的，战争的蔓延，社会的变化，人生的悲欢翻腾。这么扯下去，甚至到抗战胜利，我不只是爸爸，还当了爷爷或太爷爷……"

"唉！可惜，你若留在泉州，跟陈逊两人会谈得来，他就是一天到晚找人谈文学……"宾菲说。

"我不行！根底不牢靠。读书这东西讲究严格。我读书浮面而过，顶多得点小聪明。认真读书才能增长学问。"序子说，"他小提琴功夫扎实，看出硬实修养。——嗯？障碍扫除了，你们两个人怎么还不在一起？"

"我们之间还有点点你料不到的小故事，以后有机会再对你讲。"

河伯说："他们之间的问题又是另一番深刻。宾菲的毛病也是闲书读得太多，有时鹤立鸡群，有时自我欣赏，他两个的人间烟火闻得太少，不如你张序子。"

序子笑着叹一口气，"……人间烟火当不得饭吃啊！"

"话兜转来讲，我问你，你到底有没有女朋友？"宾菲问。

序子说："我前些日子跟一个朋友谈起这件事。他详细讲女朋友对他不义的经过，我听了非常愤怒，他讲完了反问我有没有过女朋友。我说我有过表姐表妹，也有过女同学。他笑我瞎扯淡，'那什么尺寸？'我对这类学问眼前还比较'木'。不过也不是没有看法，比如《红楼梦》里头那位宝贝少爷贾宝玉如果活到现在，碰到他我可能要弄他一下。他是颗老鼠屎，放在哪里都是祸害，都是负担，都是厌物。尤其对女孩子伤害性大。女孩子们，我特别提这个'们'字，女孩子们心头那根线全让他一个人提着。干吗呀他？凭什么呀？

"大家说曹雪芹这部书写得好，精，美，细，提拿得起，撒得洒脱，有本事。不过我总觉得那一圈女孩子太像龚定庵《病梅馆》中那些梅花树了。虽各有姿态，却是曲扭万分，'文人画士之祸之烈至此哉！'……我不喜欢对女孩子用这种态度。我不希望世界是那样的！"

河伯笑起来说："你去买个电喇叭，爬到大观园房顶上，拉开嗓子号召大观园所有年轻女子，不分小姐丫环，配合造反老前辈焦大，再拉上贫下中农代表刘姥姥和板儿等人，在大观园搞一次翻天覆地、旷古未有的大革命，把贾政、贾母、凤姐、贾宝玉这帮人打翻在地再踏上一只脚，叫他们永世不得翻身。功成之后，你亲率这帮队伍直奔梁山水泊，条件许可的话，把宾菲这帮战地服务团女团员一齐捎带上。眼前，梁山最缺的就是长得好看点的女战友。"

颜渊深嚷起来："你把宾菲裹胁上山，陈逊可饶不了你。"

"一起去呀！陈逊参加铁叫子乐和领导的梁山战地服务团嘛！"河伯指示。

"那我呢？"颜渊深问。

"你呀？你这种人才，要是大观园不垮的话倒也容易安排，可以帮助焦大在大观园大门口停车场做个调度员。现在既然上梁山入了伙，那就在梁山外围'点'上孙二娘铺子厨房里学做人肉包子吧！"河伯这么胡诌乱扯之后忽然醒悟，"坏了！对不起！明天要早起赶路，耽搁了大家洗脚早睡，再见！"拍拍屁股走了。大家也跟着走了。

（第二天走的路，几十年后没留下一点印象，以后还走过好多回，至今仍是记不起来。目的地名叫枫亭，土音读"烘蛋"，是泉州去仙游大约二分之一的标志点。自枫亭起，讲仙游、莆田话了。这种特别语言由枫亭蔓延到仙游、莆田海滨小城涵江为止，序子印象里算是一道语言直线。其实周围还有面的关系，没有走过，不敢随便乱说。）

莆仙话是一种非常特别的语言体系，像莆仙人的长相一样，给人平和温柔委婉的感觉。

从惠安到枫亭、枫亭到仙游目的地这两天给人的风土人情印象非常稀薄，也完全违背张序子性格留心周围细节特点的常规，好奇怪，为什么？

不管怎样，总算到了仙游。

司令部驻地原是一座中学，占半壁山坡，像是专门腾出来让司令部用的。其中夹杂一两座可能更早的庙堂，所以一大片朝南斜坡的楼房。

战地服务团安排在快到山顶最后的一座二层楼下。楼上是政训处的办公楼。这楼下好大，足足容下全团人马的工作和生活。排演厅在楼东尽头，楼西有门，右首上山，直走二十步右首是幢古庙四合院改建的办公楼，左首是带走廊直下几十级台阶的司令部大餐厅。不下台阶直走十几步是有几十口蹲坑带矮墙的男厕。女厕在哪里没印象。

下台阶走廊两边平坡各有一棵大梅花树，一红一白很是惊人。

大楼中间才是大厅。门外左右几十米浅花坛栽着大圣诞花树。序子头一回领略圣诞花竟然有树般大的栽法，还摘过几片夹在信封里寄回湖南的。大门直下一层层的，几乎是不尽的曲折台阶，左右两边往下走才是重要的大小办公楼，直到四个站着岗哨的大门口。大门口笔直一百多米长的林荫大道衔接着进城的大横路。

建筑群掩映在浓荫里，很有个样子。

分配了房间。序子名正言顺一间大单间,其余的夫妻房、领导房、老资格房,才轮到十个八个住一间的单身汉房。女的没有领导,只分老嫩,她们运用天生具备的自我调整本能把选择同伴关系做得滴水不漏,天衣无缝。黄金潭和阿哇从辎重队领回的行李和大小装备、各种杂物东西很引起一些热闹,不乱不漏,没有引起纷扰。

序子这一下对自己的运气佩服得不堪之至,他的房间只比排演厅小三分之一,跟泉州的那房一样,也有两扇大窗门,好得很,所有材料工具都撒开了,有个放处了。不该缺的东西以后会有。比方工作台、椅子之类。日子一久,熟能生巧,桩桩件件都会自己走来,不急不急!

总干事汤某人讲了几次话,序子佩服他和河伯这回行军身先士卒,没有坐轿子,人本身也温和体贴,好多地方看出他是个办事情的人。要是多读点他骂过的那些书的话,他会更好。楚河汉界,天生办不到,可惜可惜!

序子自己安排了自己的工作日程。先到城里四处走走,做个微服私访行动。

仙游这地方很特别,司令部出去一百多米林荫道之外顶着的这条丁字形大路直通城里,没有城墙,一直往西,再往西,再往西……五里、八里,或是十里。两边尽是喜气洋洋的商店,百端杂陈,无一遗漏。有牌坊,有上下坡,有井泉,有叫卖,有铜铁敲打、磨面、鸡鸣狗吠各种市声。有佛道香烛、糖焦、土洋丝烟、肉气鱼腥、酒楼厨炒、纸钱烧祭多类气息。左右巷陌只县衙对面通向体育场之石板道稍大。

"体育场"又名"公园",远处有人工所挖荷塘。塘中有亭,之间曲桥连之。六七月或偶得雨水一二寸储之，日出即干，故某人谓亭为"念荷亭"，池为"忆荷坪"。体育场东部尽头为稻田，贴迎薰路。

体育场北背街处有洋式建筑"县党部"，传统建筑"干部训练所"（或系古建筑改建），绿柳深处为"民众教育馆"。迎薰路一带民房全是黑瓦白墙。

序子初步踏查一回县况之后，预计十天之内可完成全县标语工程，请黄金潭叫人做了一架极轻便一人高小木梯。斜挂内装牛胶瓶、毛蓝、土红、土黄、黑烟、石灰、大小笔刷的大口袋，右肩扛小木梯，左手提两只空洋铁桶出发。

"抗战必胜，建国必成！"

"打倒日本帝国主义！"

"打倒日本，收复失地！"

"还我河山！"（放大岳飞手迹。）

"保卫大福建！"

……

费时不止十天，认识街上好多人。中午还有送茶水的。后来又加写了一条："军民一条心，抗战无不胜！"

有天收工回来离司令部四五十米的路上，遇见拥着七八个保卫的柯远芬司令迎面而来，序子扛着东西没手敬礼，只好站在路边。

"哪个部分的？"柯副司令问。

"战地服务团的。"序子回答。

"干什么去了？"柯副司令问。

"大街上写墙头标语。"序子回答。

"怎么一个人？"柯副司令问。

"两个人做起来不行。"序子答。

"要注意军容！"柯副司令说。

"嗯？"序子不明白。

"军容！"柯副司令说。

"忙，东西多，顾不上。"序子说。

柯副司令没有生气，端详了他一下："什么名字？"

"张序子。"序子回答。

"戏子？怎么起这个名字？"柯副司令问。

序子没有出声，心里在骂："你个狗日的，又说老子戏子！"

柯副司令走了。

过了一天，汤总干事被柯副司令喊去了，回来说："副司令批评我，让你一个人辛苦，要我给你加人帮忙，看样子欣赏你，讲到你时发笑。"

序子说："事情办完了，不要人帮忙。没什么好笑的！"

"哪个部分的?"柯副司令问。

"战地服务团的。"序子回答。

"干什么去了?"柯副司令问。

"大街上写墙头标语。"序子回答。

"怎么一个人?"柯副司令问。

"两个人做起来不行。"序子答。

"要注意军容!"柯副司令说。

"钟几哇哚来啰！"[1] 几个人在嚷。

序子不明白，那是个什么庄叔叔？从来没听说过。

颜渊深一边跑一边说："你当然不明白，他走的时候你还没有来！"

大家都拥进汤总干事屋里，庄叔正跟汤总说话。

"埋了？"汤问。

"埋了，碑都打了。"庄答。

"你哪里来的钱？"汤问。

"卖了那把小提琴和萨克斯管。"庄答。

"亏你走得出来！"汤说。

"演一辈子戏的人，这简单！"庄答。

"幸好你没有孩子。"汤说。

"是，有也不怕！"庄答。

"你休息去吧！"汤说。

"好！"庄说。

大伙跟庄叔走出汤屋，被安排在一间单人房里。

宾菲把序子介绍给他："湖南人，画画的。"

----

1 庄叔叔回来啰！

"啊！好年轻！"庄叔说，"我叫庄敬贤，吹鼓手。"说完了自己笑起来，声音像竹刷子刷砂锅，"沙！沙！沙！"

宾菲带几个人走出房来，"让庄叔叔整理东西吧！"

"要不是棕皮肤，一脸皱纹，厚嘴唇，细长眯眼，他很可能是个美男子。"序子发表感想只说庄叔风度不错。

"什么很可能？本来就是嘞！在厦门，那一脸皱纹和沙嗓子无人不晓。他不仅仅是个沙喉咙歌手，还是数一数二的小提琴手、萨克斯管手、手风琴手、六弦琴手、出色乐队指挥。那时候我们女校高班同学就迷倒在他一脸的皱纹和沙喉咙上。唱到哪里就跟到哪里。你想嘞，在泉州演出话剧换景的时候，由他在幕前唱一两首歌，沙嗓子在你耳朵边巡回盘旋，远近都听得见，男女老少鸦雀无声，连我们后台工作人员都贴着幕布偷听。同一首歌，换了个人唱，区别那样大！

"他抱着手风琴或六弦琴出场，直立幕前，向观众微笑敬礼，然后歪着头，像个淘气的孩子。"宾菲说。

"他从哪里回来？"序子问。

"厦门！他妻子死了。"宾菲说。

"明知山有虎，偏往虎山行。他有胆子在真日本兵面前晃荡，不简单！"序子说。

"当然，不简单。为了世界上——唯一的，爱——妻子……"宾菲有点伤心。

"你见过她？"序子问。

宾菲点头，"好朋友，好娴静，好美的仙女……"

"善哉！善哉！庄叔是个幸福的风流种子。"序子说。

"怎么能叫风流？庄叔一辈子不风流，正派，三十多岁的人，厦门岛长大，出南洋，上杭州、苏州、北京，连烟酒都没沾过。要说酒，音乐倒有点像他的烈酒，一辈子泡在这种特别烈酒里头不省人事……"宾菲说。

序子对宾菲说："其实呀，你要嫁人的话，嫁给他最合适！"

"咦！你这个狗蛋，你总是乱出主意把我嫁来嫁去！你根本不懂得人生。好人归好人，嫁不嫁谁是另一回事，哪！你见过没见过？有的女人错嫁给她认为的'好人'，一辈子陷进深渊，永世不得翻身……"

序子说："你这话有点深刻——坏人嫁坏人，坏人嫁好人，好人嫁好人；有钱嫁有钱，有钱嫁讨饭，讨饭嫁讨饭，讨饭嫁有钱；读书人嫁文盲，读书人嫁读书人，文盲嫁文盲，说到底都靠不住，都不安全。一句话，最可靠、最实在的是两个字，'运气'。天下最大牛皮吹不掉'运气'，金银财宝压不塌'运气'，'君子之泽，五世而斩'，时刻一到，说完就完。它走了，哭都哭不回……'运气'找你，挡都挡不住……什么'举案齐眉'，什么《浮生六记》，刹那烟云而已。记得李清照、赵明诚两口子吗？又是诗，又是词，又是古董字画，天下风流无双；到时古董文物沉于江底，赵明诚去世，李清照千挑万挑，挑了个流氓混蛋张汝州嫁了（有人说他不只贿官而先前还是个杀猪屠夫）。结婚不到百天，居然动手打起李清照来。书上讲他对她'百般虐待'，还真是难以想象。那么多倒霉事怎么会降临到这么了不起的才女身上？厚厚一沓飘零身世，那时候，周围的同志哪里去了？那些所谓的狗日好朋友哪里去了？……再伟大的词人也是个弱女子，这如何是好？"

『记得李清照、赵明诚两口子吗？又是诗，又是词，又是古董字画，天下风流无双；到时古董文物沉于江底，赵明诚去世，李清照千挑万挑，挑了个流氓混蛋张汝州嫁了（有人说他不只贿官而先前还是个杀猪屠夫）。结婚不到百天，居然动手打起李清照来。书上讲他对她「百般虐待」，还真是难以想象。那么多倒霉事怎么会降临到这么了不起的才女身上？』

再伟大的词人也不过是个弱女子

"好啦！好啦！从今天起不读书了，不排戏了，等天上掉'运气'吧！"郑贻宽喊起来。

序子说："我只是想告诉你们，'天下有至乐？无有哉！'的证据。"

"说了一大堆，等于没说；听了一大堆，等于没听。大家忍住点，不要发脾气，好合好散，聚散有度。快吃中饭了。"颜渊深说。

"哪，哪，听我念两句：钱是钱，书是书，都是纸印的；汗是汗，泪是泪，都是水变的；爱是爱，恨是恨，鬼晓得它怎么弄的？"

宾菲笑起来问："哪本书上的？"

"我自己的。"序子得意非凡。

"找张纸把这几句话写送我。"宾菲说。

"不敢！"序子说。

"你画画都敢，写字反而不敢？"宾菲问。

"画遮得住丑，字遮不住丑！"序子说。

"不怕，你写！"宾菲说。

"是你不怕，还是我不怕？"序子问。

"你自己听听，你讲你多滑？"宾菲庄重起来。

序子没理她，笑着走了。

大家都去吃饭，吃完饭，阿哇各房通知下午两点半在排练场开会。

到时候，机关不大还真塞满一屋人，四十多五十不到。说老实话，有的人序子还真不认识。

汤总干事讲两件事：

"一、……我是弄军事的，文艺这方面还真不熟，玩不过来，闹笑话，得罪人。几次上报告望换换，总算有着落了。我想不久上头会有专门人才派下来领导这个团，一定会把这个团兴旺起来。我心里矛盾，喜欢这种文艺环境，舍不得离开，自己又是个外行，没有办法。这事情就谈到这里。

"二、下一段工作准备排两个戏：《国家至上》和《妙峰山》，各位看看排哪个好？大家讨论讨论。"

年纪大的张先生说话了："眼前我还不大清楚，排这两个戏《国家至上》和《妙峰山》是怎么决定的？是哪位先生首先提出来的？为什么要排这两个戏而不排这两个戏之外另外的戏？"

"啊，啊，这没有什么关系。这是这几天我跟几位先生聊闲天聊出来的结果。如果张先生看到有新的好剧本提出来，大家讨论同意，那就更好。"汤总干事说。

"问题不在剧本而在于决定的方式。为什么决定这两个剧本的时候我不知道？"张先生问。

导演钱大猷站起来了，"哎呀！我拿着剧本找你几次要和你聊聊，你总是说你拉肚子、咳嗽、夜梦太多没睡好，你看你看你……"

河伯摇着头说："张伯这次参加这个会也就不容易，很宝贝。眼前手边的现成剧本也不多，又急需要赶紧排新节目跟老百姓见面，张兄要是提出新剧本来，趁这时候大家赶紧看看，我看那就是太好了……"

"我也不是反对这两个剧本。这两个剧本我也没有看过，谈不到个人体会。换句话说，我也并非因为反对这两个剧本而说出我刚才说过的话。我最近因为忙也没有注意社会上有没有出版新剧本……"张先生说。

演员薛钟华说："你看，底下我们应该怎么办？你是不是可以抽个空看看这两个剧本？"

"我眼睛不好，看书慢。我也考虑会耽误大家。我看，大家决定哪个剧本就哪个剧本吧！开会嘛！我趁个兴致贡献一点自己的意思，我也是个吃粮点卯报效祖国的人……咳咳咯，咯咯咳……"

颜渊深偷偷跟序子说："老狗日就这么报效祖国。他就怕大家忘记他活在世界上还有口气。公家养这类宝货最费精神，最花钱。"

"世上好多老人堪怜。'不信芳春厌老人'嘛！"序子说。

"也有好多老人堪埋！"颜渊深说。

"耶？耶？你也有爷爷的。"序子说。

"没关系，我爷爷早死了！"颜渊深说。

大家一致赞成先排《妙峰山》。王清河河伯执导。鼓掌。同意。张一明没说不好，低着脑壳用沉默生气的方式赞成。

汤总干事接着介绍新老同事。

老的介绍完介绍新的。

姜何之、靳亚瑶夫妇。姜何之是沙县省艺训班的教官，任本团指导员。

罗乐生、白聪夫妇。罗乐生，沙县省艺训班音乐组毕业，任本团音乐干事。

刘崇淦，沙县省艺训班戏剧组毕业，任本团话剧组甲级队员。

张序子，厦门集美中学肄业，中国木刻协会会员，任本团甲级美术队员。

庄敬贤，厦门著名音乐家、声乐家、乐器演奏家、乐队指挥、话剧导演，任本团音乐指导员。

……

熟人不一一介绍了。

"我想请教一下。"说话的是音乐干事罗乐生，"庄敬贤先生是哪所音乐学院毕业的？"

大家注意这突然一问。

庄叔茫然站起来，"问我哦？高中毕业之后没福气再进学校。"

罗干事问："那庄先生的音乐知识、乐器技巧、指挥修养从何而来？"

庄叔回答："算不得修养，自己混出来的吧！五线谱、作曲、对位、和声、配器、演奏，见一点学一点。当年鼓浪屿住的时候，隔壁一位奥地利老先生名叫哈兹曼，好多年耐烦我难得他教过我……是我的恩人。"

"哦！是个洋琴鬼吧？"罗干事说。

庄叔连忙解释："哈兹曼先生是位著名的流亡音乐家，不是洋琴鬼；我是，没饭吃的时候在夜总会吹过萨克斯管，指挥过小乐队。"

"唔……怪不得。"罗干事满意地坐下了。

散会，颜渊深追上序子，"你讲，这狗日的罗干事找庄叔麻烦是什么意思？"

"很简单！"序子说，"庄叔是指导员，官比他大，不服气！"

"他以为他是省里下来的！"颜渊深说。

"省里下来又怎么样？陈勉勤、刘崇淦同他一样省里下来，都规规矩矩，本本分分……"甘培芳跟上来说。

三个人又追上河伯。河伯问："三位有何贵干？"

"罗干事……"颜渊深抢着说。

『哦！是个洋琴鬼吧？』罗干事说。

庄叔连忙解释：『哈兹曼先生是位著名的流亡音乐家，不是洋琴鬼；我，是，没饭吃的时候在夜总会吹过萨克斯管，指挥过小乐队。』

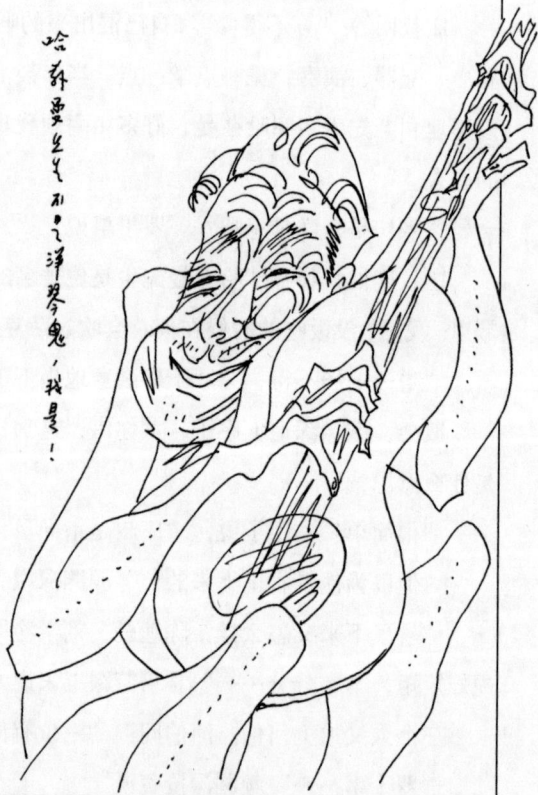

哈兹曼先生不是洋琴鬼，我是！

328

"喔！喔！喔！我正在为他发愁。《妙峰山》，陈哲华、薛钟华角色都定下来了，只有你们那个罗干事的角色没有定，官小了，怕他生气……"

三个人笑了，河伯不笑。

河伯问序子："这回你上场演个角色好不好？"

"不行，不行！绝对不行！你不知道，我一上台就完！"

"所以要学嘛！要锻炼嘛！当个小副官怎么样？"河伯问。

序子说："我一上台就要小便，就不知所云，你不要开玩笑，我说真的。你要相信，会耽误大事。不行，河伯！绝对不行！"

"上台只有一句话，就一句话！多一句也没有；说定了，当小副官！"军令如山，序子不再哼哼。

序子还是定不下心，晚上走到河伯房门口想再申述一番他不敢上台的理由，又怕讲不清楚，没有敲门便又回屋了。他也并非完全没有上台的经验：在集美跟杨振来、容汉祥他们演过《一群小瘪三》。怕或就是因为那次吓的也说不定，急成今天这么一种病。

王清河河伯做导演又兼演王老虎这个主角。蔡宾菲演女主角华华，陈哲华演杨参谋，薛钟华演秘书，庄敬贤演保安队长……

主角妙峰山山寨主王老虎是个民间抗日领袖，英国留学生，北京景山大学教授。王老虎领导五百人的部队消灭过两千日本鬼子。这个队伍缺乏粮食和军火，还时时刻刻受到国民党摧残和迫害。第一场就是王老虎被国民党捉住准备送到省城处死半路上因交通受阻而暂住小客栈的戏。（戏就不接着讲了。只是有两个感想。一、国民党那时候真蠢，被指着鼻子骂的戏还让演得挺欢；二、那时候的戏也真好写，只要抗日，英国留学生、大教授当山寨主，五百人杀掉两千日本鬼子，怎么写都行，不怕没有人看。）

戏排了近两个月，要公演了，大家都很兴奋，只有张序子一个人惶惶然。

不清楚是第三幕还是第四幕，张序子担演的小副官奔向站在山头的寨主王老虎，还是杨参谋，还是什么什么秘书报告，前面还是后面、左面还是右面发现敌人……只一句话，卡在喉咙里了。

领导温和地开导小副官，生怕吓傻了他："你说呀！哪方面出什么事？说呀！"

"咯，咯，咯，咯！"张序子木在台上快要断气了。

王清河大声喊叫："关幕！甘培芳换衣服上！"

幕启，甘培芳一句话爽爽朗朗接上这出戏的命脉。

（这一句话序子至今仍然想不起来。当然想不起来，要想得起来，七十三年前就用不着尴尴尬尬地木在台上了。）

当然，以后《妙峰山》的小副官是甘培芳。

好多好多天河伯路上遇见张序子都作青白眼。（他里里外外从未用此种态度对人，他太绝望了，太"哀莫大于心死"了……）心底下往各个角度责骂自己——

"我永远、永远一辈子不要再见这个小魔鬼！

"我自己就是个忠言逆耳的老混蛋！（他忘了向他进忠言的正是张序子。）

"我当时腰皮带上挂的若是真枪，早一枪崩了他。（枪是木头的，山寨主也是假的。）

"我，我……"

"我"不了几天，他就跟张序子和好如初了。张序子明显地不是小魔鬼而是个实实在在的、有自知之明的忠良将。

正在这个时候，省里头派下来的王淮驾到。

按照他后来零零碎碎介绍的自己，现在把他写在下面：

王淮，山东济南人，有个干妈在湖南新化。七七卢沟桥之后，三个好朋友（他、徐洗繁、许超然）从济南跑到武汉投身抗战参加鸡公山干训团受训。（鬼知道"干训团"有多大？）王淮学音乐，是音乐家沙梅的学生。许超然和徐洗繁学戏（话剧）。王淮又学音乐又学戏。三个人毕业以后分配到教育部的戏剧教育队二队做队员。教育部这么大的一个部底下有两个戏剧教育队，一个叫一队，一个叫二队。一队分配到西北地区，队长向培良；二队分配到东南地区，队长谷剑尘。听说向、谷两个人都是话剧界前辈。

剧教二队到福建演出之后准备巡回到别省去的时候，福建省要求把王淮留下。可能是他为人好，可能是他既弄音乐又懂话剧，就成为福建省里头话剧界一个能做事的专业人才。

战地服务团既然叫作"团"，王淮来到，就改"总干事"为"团长"，职位也是中校。汤总干事找到替身，高高兴兴地搞了个聚餐会，讲了一番实在的欢迎话办完"移交"走了。汤总干事待人还算不坏，离开战地服务团没人背后骂他，恨他，也没人想他。他淡，没留过"爱"在团里。

他走了，好像到另外一个世界过日子去了。其实他就在我们附近办公。这种人多的是。

一个人在爱和恨之间不留痕迹，也算难得。

你看看，麻烦了，又多一个懂音乐的。不晓得罗乐生音乐干事怎么想？王淮也是上头下来的，牌子响得很，来头不小，年纪不上不下三十左右，块头大，对人和气可亲。罗干事有没有兴趣像对付庄敬贤那样向王淮团长来一次下马威的请教？

王淮坐在观众席上看过一场《妙峰山》的演出，明显地欣赏王清河河伯的调度艺术和演技。庄敬贤动作的节奏十分潇洒，他感觉这个集体很有可取的地方，放眼一扫，包括一群有待发掘的男女老少各类妙人。

钱大猷、杨肇、罗乐生、姜何之夫妇、刘崇淦是王淮以前永安、长汀、连城、沙县的熟人和部下，怀带着早已调整好的关系在等着他。

来的那天，阿哇和黄金潭帮他搬行李，一大箱子全是书，他从阿哇背膀抢下来自己扛上台阶进了屋。

大家都笑话他对阿哇说的那句话："你老人家放手，让我自己来！"

阿哇才二十出头，自小受苦才显得亏瘦，像个半百的人，尤其是那头白发。王淮那两句话笑得阿哇自己蹲在地上惭愧得起不来。别个自此以后也经常称他"老人家"，叫惯了有时也应。

王淮来，也看不出什么轰动，只是大家碰头见面笑容多了一些，早上聚议的时候来得快些。

张一明老先生在第一次见面发言会上叫了一声"王谁团长"，引起笑声之后，王淮连忙站起来说："怪我！怪我！请大家看看我写的这个淮字，言旁水旁不分，太潦草。张先生，对不起。张老，我以后会注意，请原谅！"

以后过的日子里，张一明常对人说："王淮不当团长，谁当？"

王淮有次问颜渊深："你们三个小家伙是哪里人？"

"我们哪三个小家伙？"

"哦！对不住，我问，你、张序子、甘培芳。"

"甘培芳是福州人，我泉州人，张序子朱雀人。"

"朱雀？朱雀在福建哪里？"

"湖——南——湘——西！"颜渊深故意把四个字咬得很长。

"张序子怎么到闽南来了？"

"你问他去！"

吃过晚饭，王淮到序子门口敲门。

"进来！"

王淮进门，没想到一房子人，男女老少俱全。

"你们都在这里？"

河伯说："老规矩，老习惯，闻牛皮胶……"

王淮不太明白，皱了皱鼻子。

"请坐，请坐。"序子搬来张椅子，倒杯茶放在王淮面前。河伯指着序子告诉王淮："他在讲《琵琶记》——"转身对序子说："接着来……"

"到三十九出李旺唱的'心忙似箭走如飞，历尽艰辛有谁知'的'知'字，要卷着舌头唱'喋'字音，底下的'夜静水寒鱼不食，满船空载月明归'的'归'字听了才舒服。

"唱到四十二出'……只愁恩不到双亲，空辜负，这孤坟'的时候，我们大家都哭了，想到自己身世和戏文相同……"

王淮开口想问，河伯说："张序子在说当年他小时候跟父亲和伯叔们听《琵琶记》清唱的情景。"

"吓！张序子这记性！"王淮觉得是件事。

序子赶忙解释，那是不好读书的结果，并非好事情。

"所以我奇怪哟！《妙峰山》那小副官两句台词在台上竟差点把我毁了！"河伯说。

"你家里是弄'戏'的？"王淮问。

"不。教小学的，也弄音乐美术。"序子答。

"哦！父母？"王淮问。

"是。父母。"序子答。

过年了。

政训处公告牌上巴了一张手写的文告，娟秀的毛笔小楷，不具姓名。

过年须知

所谓过年指的是旧历年。老百姓从来不把新历年当"年"。

新历年像二房小老婆生的，叫起来不抻抖。

新历年跟外国脚拍子走路，配合潮流，有它的用处。毛病是它不能配合中国大自然节气的讲究，和老百姓切身农事没有关系。既不科学，也紊乱了春夏秋冬，弄得中国人一年之中要过两个"年"，十分滑稽好笑。

政府衙门也只好板起脸孔来张灯结彩装着高兴迎接新历之年，赔老本放假三天，倒是让大小官员占了个不疼不痒的便宜。

不过我看，所有中国人，不论官阶大小，身份高低，工种性质，贫富区别，男女老少，过起年来，都喜欢过旧历年。

旧历年东西多，是血统亲妈，有遗传关系。除夕前准备，办十五天年货，就是玩了；年初一开始到正月十五又半个月，前前后后，足足整月，不是玩是什么？你说。

所以心里是没有新历年的。

到了旧历年，你看家伙，整世界都是笑容。联曰：

锣鼓喧天全系自发，穿红着绿都为开心。

满城奔跑孩子闹，通衢荡漾筵席香。那时候你看，醉鬼称雄，赌徒卖命；娇姥姥擦脂抹粉，骚爷爷染发簪花；各奔前程，齐弄风流，都为的辛辛苦苦熬了十二个月份的这个"年"。所以，只要是活物的，眼前兴致都撒开了。

我是仙游人，懂得一点点仙游传统文化和风俗习惯，写下来供各位参考。有些忌讳，也提供大家回避注意。

一．过年期间，年初一、二、三，三日，仙游城五里长街之上，有随意往返参加疾走或奔跑之彩马出租，根据路程与时间长短互议价钱。交往公道，不会吃亏。

彩马浑身满挂大小铜铃铛，骑上马背疾走，像一个小乐队随行，让人感觉十分逍遥自在。特别要提醒的是从来没有乘骑经历的人，万万不可贸然尝试这种激烈运动，外行人很难控制陌生马匹的脾气。稍不小心就会暴跌于地，头破血流，断手折脚，甚至毁失身体重要部位，变成太监，没灭婚姻机会，切断传宗接代后路……另外还有一个小小提示，上马之前，非常有必要提前入厕清理肚肠内之大小二便，方可上马，踩稳马镫，以免奔驰于五里长街之时，前后颠簸俯仰之间，众目睽睽之下闹出笑话。

二．仙游地方历史悠久，文化厚重。宋朝徽宗时期出了两个姓蔡大官、大书法家，都是仙游人。你想，了不了得？

（一个姓蔡的写了《元祐党籍》，又是名著《水浒传》中头号显赫角色。《元祐党籍》一共写过两次，头一次写好之后刻成石碑立在庙堂之上，天理不容让雷打了。打了之后再写再刻。本老头至今珍藏着一册拓片，放在玻璃橱里。

是一份黑名单，当年最重要文化名人都被罩在里头，等于宋朝的"反右运动"的右派著名文化人名单。规模和质量都十分相当。听说二刻的那块石碑保存在博物馆里，"文化大革命"期间，没想到被"造反派"彻底毁了。这次不是雷打而是人砸，真是这么有趣，这么神奇，这么可惜！

另一位姓蔡的主建了一座长达五华里的洛阳桥。可能它太长太大，"文化大革命"期间，那些"造反派"可能有过想砸它的念头，大概是缺乏本事和胆量，所以洛阳桥千余年来至今还迎着海风雄跨泉惠海峡两岸为百姓服务。

一个姓蔡的是害人的大官，一个姓蔡的是有益老百姓的大官；一个留下了一本害人记录，一个留下了一座方便老百姓的大桥。都姓蔡，都是仙游人。我只常听说造桥的大官是仙游人，没听过写《元祐党籍》的这个大官也是仙游人。大概是仙游千秋万代子孙不想要他了！）

仙游文化至今还留存好多厚重的东西，"莆仙戏"就是其中之一。五里长街之上，今天沿街小场地搭了六座戏台，公演"莆仙戏"免费供人欣赏。午后二时为第一场，晚七时起为第二场，三日共六场，场里场外必定拥挤不堪，希望各位同志入场时千万小心自己随身钱包，免为宵小所乘。扒手小偷处处有，年年有，要知道寰宇第一大扒手"鼓上蚤时迁"就是两位蔡姓大官的同朝人。

（本老头洗手间架子上有瓶消毒药水，上头印有赫赫杀菌效果，可除掉细菌百分之九十九点九。其中漏网的那个"一"，我特别有兴趣，特别佩服它怎么竟能活下来？今天的百货商场，有没有对付"一"的专门药水卖？要是两种药水都掌握了，岂不是百分之百的细菌都消灭了。

那个"一"，有点像眼前追捕的贪官。细菌好防，贪官难除啊！）

三．中午一时以后，各乡灯笼入城。游龙彩凤、狮子老虎、麒麟大象、花卉虫鱼、文房四宝、香纸蜡烛、锣鼓吹打，炫人耳目。

主演和跟随队伍三两千人，足足把一条五里长街加旁边通衢塞得满满，不能动弹。

望各位在场热心同志发挥军人天职，协助疏理。

锣鼓喧天、炮声震耳之际，最易发生火屑飞舞喷溅于人群之中的不幸事情。花衫、彩裙、衣领、裤裆都是惹火之物，产生"连营"或自燃危险。火海一片，践踏奔命，呼娘叫爹，极乐世界变成人间地狱……

奉劝携带幼儿之父母，最忌夹杂盲目欢乐人群之中，以免重演此类悲剧，是为至要。切切。

四．过年期间，五里长街左右两边，新添各类酒、食、汤、茶、糖果、饼干、蜜饯、果脯、烧腊、熏烤、时新鲜果、瓜子花生、核桃香豆摊子，大约二百有多。

望我同志切实注意饮食卫生，警惕肚肠，不受这类繁杂之好吃东西诱惑，从而感染不必要之毛病。以下为余小调查之报告：五味糖、粽子糖以东正街"陆芳斋"口味最正。绿豆糕、芝麻花生糖春饼、杠糖，中山路"应庆和"饼食有限公司出品，规矩、可靠。定然麻饼认明正义路"福记"红包标，上有店主肖像者为真，其余冒牌货无肖像，红色印刷不纯，皆假。油酥饼分甜、咸二味，黄包为甜，蓝包为咸，都是"成和"出品，味极好。而"成和"又卖牙粉、洗衣板和油纸伞，不知何故？脆皮鱼片、脆烤鱿鱼片、海泥花生、黑瓜子、白瓜子当然上斜街"张炒记"第一，精脆无比，没有别家可以代替。

以上过年有关材料，谨供各位看了消遣开心。

有心人书　年　月　日

几个人在观读，有王清河、张序子、王淮、颜渊深、郑贻宽、甘培芳，另外三两个别科室不熟人员。

王清河感慨起来："原来不想进城，这下非进城不可了！"

"这算什么文章！东一句，西一句！"郑贻宽说。

王淮摸了摸鼻子，听几个人说话。

"哎！我想去问问哪个写的。"颜渊深说。

张序子看这文章，觉得文笔自在，很有两下！

"怎么公然巴在布告牌上，主任查起来怎么交代？胆子不小！"甘培芳说。

"我上去问问作者是谁。"颜渊深说。

"你问问，有没有底稿？"序子说，"嗳！我跟你一起去！"

"政训处就那个高个小孩值班？其余人哪里去了？"序子问。

"怎么'小孩'？他都快十九了，是个收发员，名叫宋成月。"颜渊深说。

"你认得他？"序子问。

"见过，不熟。"渊深说。

那人果然不矮，起码两米，"我早就见到你两个了，上来干吗？"宋成月问。

颜渊深问："怎么不办公？就你一个？"颜渊深打官腔。

"明知故问，星期六，加上年三十，明天礼拜天。星期一再说。"指指张序子，"他贵姓？"

"张序子，弓长张，秩序的序，孔子的子。"张序子回答。

"我问你了吗？"宋成月斜眼看着序子。

序子对了一眼，"文章写得还可以，架子摆得早了一点。"

"你怎么晓得是我写的？"宋成月问。

"'星期六，加上年三十，明天礼拜天，星期一再说。'一个人值班，政训处空无一人……还有什么比写文章更好玩的？"序子笑起来。

"你不是本省人。"宋成月说。

序子点头，自己找了张椅子坐下。

"怎么到闽南来了？"宋成月问。

序子讲了自己简单家事。

"怎么离开集美的？"宋成月问。

序子讲完集美图书馆的因缘，自己沉吟起来："我是个画虎不成反类犬的'犬派'。"

「我问你了吗？」宋成月斜眼看着序子。

序子对了一眼，「文章写得还可以，架子摆得早了一点。」

「你怎么晓得是我写的？」宋成月问。

「『星期六，加上年三十，明天礼拜天，星期一再说。』一个人值班，政训处空无一人……还有什么比写文章更好玩的？」序子笑起来。

我问你了吗？

宋成月哈哈大笑，"和你很相像，我也是个'犬派'。这地方原就是我的母校校址，有机会我会想办法找我的材料让你看……"

颜渊深问："两位讲得口干，要喝茶请下楼。"

"喔！对，到我房里喝茶去！——不过你在值班……"

"值什么？楼门一锁就行！"成月说。

来到序子房里，成月没想到这种规模，美赞了一声。序子弄好茶，三个人喝将起来。

"你这么张贴，主任看到……"颜渊深问。

"没有异党色彩、汉奸论调，什么好怕？也只是抒抒情，等下我会扯下来的。"

"我喜欢你文章的袁中郎味道！"序子说，"抓得住，铺得开，生生熟熟。我问你，你怎么能安于做收发？"

"职业像父母，没有选择余地。"宋成月说。

"怎么搞的？听你说这些话，我觉得有点狗屁？"序子说，"起码是个和狗有关系的'犬儒派'论调。我真不相信你是这么想。"

"我就是羡慕你们战地服务团，你们命好！"成月说。

序子说："你把冻结当作'好'。我和你不一样，一不合适就跑。一辈子在跑着找'好'。"

"你有没有办法把我弄进战地服务团？"成月问。

颜渊深夸张地打量他："你这个丈多高的身段吓人！"

成月嚷起来："怎么一回事？我顶多一米八七。你们战地服务团又不是卖布的，招人还用尺量？"

"讲得好！就这句话，我愿意帮你试试——嗯！不过你实在是高了一点。为什么你要长得这么高呢？要晓得长得高对另一些人讲就是一种讽刺和侮辱。我们团里有个杨肇才一米四五。他见到你就一定心里产生自卑……"序子说。

"我不惹他，他烦什么？"成月说。

渊深帮他讲话："日子久了就习惯了。"

"我想我还是回去值班好，心里虚虚的……"说完走了。

序子找河伯说了又去找王淮团长说。

"怎么你们这帮人都是初中留级生？"王淮笑着说。

"也有高中留级生、退学生，陈哲华、陈勉勤他们……"颜渊深帮着嚷。

"你呢？"王淮问。

"我高中毕业。不过是张假文凭。"颜渊深说。

"实际是什么？"王淮问。

"林惠初中国文教员。"颜渊深说。

"还有什么？"王淮问。

"瑞华私立女校数学教员。"颜渊深说。

王淮傻看着他。他问："底下还剩一点，要不要讲？"

颜渊深接着讲："抗战了，我们这帮人书都读得零零落落。覆巢之下，难剩好蛋。"

王淮费了大劲，把宋成月调过来了。没想到王淮心里头也欣赏他的怪文章，叫他在团里当小秘书，发个文，起个稿什么的。也曾经想过让他演出时当群众。有人反对："太鹤立鸡群了。""太突兀了。"只好作罢！

完全意料不到钻石般的特长出现了。原来他是本活鲜鲜子的

"莆、仙博物大辞典"，有关莆田、仙游古今历史文化、社会现状、古今人物、软硬饮食、风俗仪式、交通知识、商业关系、油糖粮食布匹针线金银铜铁油电采购线索，无一不晓。且和当地文化新闻界人士多有结交。你看你看，一个活宝贝埋没在政训处文印科收发室多么可惜！

没想到他在战地服务团发挥的能量竟然是：$E=mc^2$。

爱因斯坦万岁！

战地服务团多一个宋成月跟没有宋成月太不一样了。陌生、距离、猜忌、幻觉，逐渐有了化解的基础，找到了极大的可能性。

过去战地服务团的演出，动不动就找商会会长、副会长帮忙推销戏票，有点临境压人的意思。商会会长、副会长早上刚坐进办公椅，一听见战地服务团某人前来拜访，便会一溜烟往后门开溜，速度比"逃警报"还快。这类事情延及县银行、乡镇公所、教育局，甚至国民兵团和底下具体动手抓壮丁的单位。

那些人说，不怕看戏，只怕"包场""推票"。

是啦！是啦！战地服务团也有苦衷。好长一个时期排出一个戏，没有人看。不找地方银钱流通机关"帮场子"还能找谁？

其实，老百姓也不是不喜欢看戏，甚至喜欢看得很。一是不晓得哪里有看戏的场所，二是不晓得演的什么戏，三是不晓得戏票钱贵不贵。

他们总不能上司令部来买票嘛！

像婚姻一样，世界上爱情并不寂寥，多少怨尤的少男少女也都是只为不晓得哪里买票……

"穿花蝴蝶深深见，点水蜻蜓款款飞"，谁的诗？谁的诗？忘

一溜烟往后门闹溜

过去战地服务团的演出，动不动就找商会会长，副会长帮忙推销戏票，有点临境压人的意思。商会会长、副会长早上刚坐进办公椅，一听见战地服务团某人前来拜访，便会一溜烟往后门开溜，速度比「逃警报」还快。这类事情延及县银行、乡镇公所、教育局，甚至国民兵团和底下具体动手抓壮丁的单位。

记了。那正是宋成月忙的那点可爱天分。

宋成月联络了仙游五里长街上十间铺子代售戏票（给了好处），每有新戏，由张序子分别画出广告贴在店门，也给这家店铺增添了新鲜色彩和内容。

戏好看，买票又方便，有时候甚至还发生"黄牛票"现象，王淮听了表面生气，心里暗暗高兴。

"出头了！不用再去压迫商会会长了。"

天理报应，风水轮流转。商会会长这种人类居然主动打电话来，隔着根长电话线都看得见笑容震动，给王淮团长，给宋成月，问："请问，还有没有多余的票？求你帮帮忙。我这边人追得急。"

归根到底，"场子"总算耍开了。

准备排《国家至上》，老舍、宋之的著。

由王淮导演。不晓得他哪来的回族各门把式修养，大家一声不出地听他摆了两个上下午的剧本。

宋成月挨序子坐着，递了张小条子过去。"没我们的事了！"

"嗯！"序子像只蚰蜒慢慢起身。

两个人出门来到街上。仍然人在挤人，难得松动。

成月说："这叫'年味'。"

序子说："意思不大。"

成月说："在这里挤掉晦气，换来福气，嘿！男人赌摊子上输几张票子，农村妇女进城让人捏一把摸一把，生气归生气，这几天总是不兴追究的，这是过年……"

序子说："这我总觉得不太好，家家都有姐妹，做什么欺侮人？

在我们家乡这么做，非死人不可！"

"那就言重了！我们找个摊子喝茶吧！"成月说。

"什么茶？"序子跟成月坐下来，"什么茶？"

一个老太太端两个大盖碗茶盏出来，揭开盖子，里头盛着些蜜饯、芝麻、花生、核桃炒果子碎和类乎茶叶的干草片，提开水壶来一冲，盖上走了。

"什么茶？"序子还在问。

"告诉你仙游话也不懂。叫它'年茶'行了。"成月说。

"这有点像《水浒传》里头王婆卖的那类。《东京梦华录》孟元老讲得非常详细。我就希望每朝每代有一两个孟元老这类的人把当时过日子的实际情景写下来，一代又一代，缩短今古认识距离，就不这么隔膜了。"序子端起大茶盏揭开盖子喝了一口，吓得一跳，"咸的！"

"甜的也有。要她另泡一盏就是。"成月说。

"不，不！咸的也行。当时没想到就是。"序子说，"这回味厚！让我慢慢来。"

成月指着老远牌坊那头，"看见没有？知不知道？那个老太太穿深红袄是什么意思？"

"这弄得出什么意思？"序子不懂。

"意思很大。哪！你用眼睛横扫一遍，满街上有多少穿红袄的？"

序子看了一眼，"你不讲不注意，还真不少。不过红颜色杂了一点，不那么纯粹。"

"怎么不纯粹？深红、大红、桃红三大类。你分分看，道理就在里头。"

序子仔细一看，真这么回事。

"不晓得是哪朝、哪代、哪位老祖宗玩的'服装改革'，一家祖父母、父母、夫妇、儿女俱全的，穿深红；一家父母、夫妇、儿女俱全的，穿大红；一家夫妇、儿女俱全的，穿桃红。"成月说。

"这也不值得让人高兴到哪里去。'家大有家大的难处'嘞！没有这种条件的人世世代代也都习惯了，难堪不到哪里去。像我这类外地来的人最多感觉一时新鲜；只可怜那些无依无靠鳏寡孤独的人相形之下，增加了不少凄凉。"序子接着说，"我根本不欣赏这种风俗奇景。只可以容忍。"

"唉！是这样，是这样。你以为凡是穿红衣的老的小的个个都心满意足呀！她们的日子还是她们的日子。她们的恶婆婆还是恶婆婆，小媳妇还是小媳妇。红衣服改变不了自己任何处境，不是吗？——我问你，'犬儒学派'是怎么回事？"成月问。

序子问成月："你问红衣服和'犬儒学派'有什么关系？"

"不是不是！我那天听你提'犬儒学派'，一晃而过没听明白……红衣服问题已经讲完了。"

"'犬儒学派'我只知道大概，是古希腊一个老家伙提倡的。他名叫'安德善'。他主张自己管自己，无须振作。提倡得过且过，以理想为羞，七情六欲为耻，一切都不放在心上……我不懂英文，翻辞典知识范围有限，就只这么一些。凡是碰见懒洋洋不知所谓的吹牛人，就从这个角度看他，训他。'犬儒学派'我一知半解，还要找多些书查查……"序子说。

"那他到哪里找饭吃？"成月问。

"书上没见提到。"序子说，"这还真是个事……吹牛皮、讲空话的人也要吃饭……所以想，由于没有提到吃饭、穿衣和周围过日子的起居环境和生活条件，我有时甚至怀疑世界上是不是真有'犬儒学派'这东西？有没有安德善这个人？好像手里紧紧抓住一张钞票担心它的真假一样，读书最怕读到'假书'，尤其最怕读到写得比自己水平还差的书。——你笑什么？"序子问。

"每天大清早集合升旗你听柯某人演讲，觉得水平比你高？"成月也问。

"读书可以自由选择，听演讲由不得你！"序子说，"领人军饷，听人演讲。"

两人逛到卖门神喜钱的地方，声音很响，围了好多人。远看那些挂着的木版年画，像是漳州泉州那方面来的，没听说莆、仙地方有印木版年画的作坊。卖喜钱的铺子跟卖香纸蜡烛一起，有很精致讲究的作品，价钱不便宜。阔气的店铺老板也抢着买来挂，很显得堂皇气派。看样子本地没有这类水平的作坊……莆田、涵江那边有没有就不晓得了。

再往前走一二十步，成月指着一家二楼挂着红灯关着门面的铺子告诉序子："裱画铺，平常日子不少内行、外行在这里指手画脚评论褙在墙上的字画，甚至还会吵闹起来。跟瓷器铺最怕狗打架一样，这里的黎老板也防这一着，听到话语反常，就连忙让伙计把这些评论家请到街上去。字画跟瓷器一样，都是经不起拳脚的贵东西，惹不起的！"又问序子："你晓不晓得，我们仙游出著名画家？李诘、李霞、李耕、黄羲……"

"黄羲先生是我老师。"序子说。

成月没想到。"真的？真的？几时的事？他是个人物，你晓不晓得？了不起得很！"成月说。

"在集美，他教过我，对我很好！我一直想他。"序子说。

"听说他到外头云游去了。他常常在家的。我们马上就到他门口了。——哪，看，'青云第'，那就是黄家。"

也因为过年关了门。

用普通的毛蓝刷的板子墙已经褪色了，门梁上一横排短木板，"青云第"三个字就直接写在上头，很大的三个字。门面没什么格局，三个字也不成格局。弄不清用意何在？

"这门面是你黄羲先生的弟弟的竹器铺子。原来应该是做竹床、竹书架、竹椅手工的，大概生意不好，每次我过他门口，只见他俯在地上织晒谷子的竹席。很是辛苦。

"你晓不晓得黄先生有没有家室？"成月问。

序子摇摇头，两眼望着蒙昧的"青云第"三个大字，原应该有块清雅的楠木匾额才是。

先生四方游徙，顾不上了。

他现在在哪里呢？

大街上这股人流，有谁会瞟一眼"青云第"呢？

"喂！喂！喂！街上各位愚蠢的狗男女听着，'青云第'是我张序子的老师、大画家黄羲先生的家。现在我命令大家听我的指挥，正步——走！行注目礼！"

如果张序子不怕大家把他碾成齑粉的话，他早就这么喊了。他眼下肃立于街边好笑——"人，真不是个东西，罗马的尼禄、亚历山大、秦始皇、希特勒，包括我自己，凭什么让人家走正步？行注目礼？过这点虚瘾有什么好处？”

"你在想什么？”成月问。

"我在作诗。”序子笑。

"作完了吗？”成月问。

"还没开始。”序子说。

"你打算站在这里作下去还是去吃点东西？”成月问。

这可能算个五里长街的尽头，一个大顿号。那边虽还有小细毛毛街，成不得气候了。

这地方是个回环着的大斜坡，好多精彩店铺都集中在这里，洋广杂货包括大布店、大百货和一座三层的"庆云楼"大菜馆。

"上楼去吧！”成月说。

"贵不贵？”序子问。

"你想，仙游这地方，贵，卖给谁？”成月说。

序子纳闷，"既然这样，这生意怎么做？那么大的三层楼？”

"所以你自己看嘛！有没有放空的桌子？”成月说。

"这么多人，哪里来的？”序子问。

"田地多，物产丰富，文化深厚，人性勤劳，土地肥沃，海陆两宜，朴素的丰隆、莆、仙两地百姓占了大便宜。你看，眼前正是收甘蔗榨糖时候，可惜没有空，要不然我带你稍微出城走几步看看，从近到远，冲天糖气，遍野都是榨蔗大棚，热闹得简直像个工厂林立的外国工业社会！”成月说。

"老实说，我特别喜欢这地方，可惜就是远了一点。从这里到团里，刚好是东西两头，你看你们这地方多折磨人？五六里这么一条蠢街！”序子说。

"吓！还别说，要不是过年，你的那位老祖师爷——你先生黄羲的老师李耕，十天有五天会上楼来吃一碗馄饨，跋拉一双棉鞋，后头跟一群孩子。他老人家从不嫌远……他也是喜欢这处所的。"成月说。

"你见过？"

"我们地方见这类老人家，不像大地方见名人那么稀罕，有为卖小东西物件不晓事的人还跟他吵架。老头子撒开手脚吵得非常认真。七十多岁的人，真是难得。"成月说。

"我告诉你，当今中国画画的，我最佩服拜倒的是李耕这位老人家。（至今依然！）他的弥勒佛、罗汉古今少见。人和人真有一种缘分隔离，见不着就永远见不着……"序子说。

"你有的是时间和机会，怎么把话讲得这么早？"成月说。

"你等着看好了！"序子说，"有心没有用，还要机会凑巧，手上宽裕，时候合适，形势适宜……"

（比如丰子恺先生，我从小灵魂就受到他人格力量的感染。抗战时在江西信丰县，听说他在萍乡，几乎要向他奔赴。抗战胜利后，我有两年多在上海，在中华全国木刻协会里忙于个人"进步"之中，把一切都抛在脑壳后头了。以后的时空又处于那个大家共同的困境之中……又比如邵洵美先生，他是表叔的好友，他的熟人都是我以后常相来往的前辈或老大哥。我的艺术品位从他往日耕耘的文艺田地里得到大量的滋补，扩大了眼界。竟然没有去拜望他老人家的念头。

我好多年前文章里找出一个命题，叫作："年轻人时常错过老人。"

你们那位老祖师爷

『吓！还别说，要不是过年，你的那位老祖师爷——你先生黄羲的老师李耕，十天有五天会上楼来吃一碗馄饨，趿拉一双棉鞋，后头跟一群孩子。他老人家从不嫌远……他也是喜欢这处所的。』成月说。

直到自己今天成为幽姿之后才发现另一个命题："老头子时常错过自己"……）

成月叫堂倌端来一大盘猪油软煎的红糖年糕，一壶滚烫的铁观音，两个人安静下来了。

《国家至上》安排角色的时候，后来《北京人》安排角色的时候，王淮都想到过序子。反对最激烈的除王清河之外还有序子自己。王淮指着序子鼻子，捶着自己膝盖说："你说你多可惜，你看你这副样子，不高不矮，不胖不瘦，最合适《国家至上》年轻人××，《北京人》的曾霆。你记性怎么就那么没出息？"

序子解释，不是记性，是"上场慌"。

"慌也不至于慌得那么不正常嘛！平常的谈吐、记性那么好，简直好得特别。谈吐那么眉飞色舞，怎么一上场就会弄成这么毁灭性的局面？"

"说老实话，我承认没有救药好不好？凡有角色再不要想起我不就行了！你是新来的领导，我也不是老资格队员。幸好我才砸了《妙峰山》第一锅，前车可鉴。我也从没打算在演艺舞台出人头地。我上不了台又不是病，我查过书，只称为'简易性健忘'，或'迫它性健忘'，或'选择性健忘'，是一种大脑活动现象……"

王淮问："你哪来这么多怪名词？"

"当然是我自己编的。"序子说。

"你瞎编名词，我们怎么交谈？"王淮问。

"你小心一点不就行了！"序子说。

《论健忘》，又名《健忘论》，张序子之真身作。

记忆是人类大脑髓体中的一种活动形式，在大脑整个活动中地位不高。（远在思维、感官反应、情欲激发、毛发指甲生产调度、内分泌诸般液体生产及浪费耗损协调作用、血液管道交通检查、神经线路检查、突发性创伤急救、信息管理、痛痒之雷达站报警、系统监管——之下。）在人体中，记忆属于外交部情报储存性质的办事机构。只对外（指体外），不对内（指体内）。

"记忆"这部门只"对外"，不"对内"，指的是它的业务专长只负责储存人类生活、经验、学识的资料，是个纯粹的文化学术单位，不关系五脏六腑和其他部门的运转情况。出了毛病，上医院各挂各的号，各找各的医生照透视，开方子吃药。

有一个问题，我十分郁结。

小时当顽童挨长辈训斥的时候，总是要我们"用心好好想一想"。

骂人不仁不义的时候，就指着他问："你是何居心？""你良心何在？"

电影里日本鬼子骂人："你良心坏的大大的有！"

忘了是哪位夫子论人（大意）："其心不正，则眸子眊焉！"

那时候的人都以为人是用"心"思想的。

现在明白了，人思想是用"脑"。

新社会称文人是"脑力劳动者"。对了。

对是对了，不清楚的是，今天医学界尊敬的"脑理学家"们为什么还容忍名不副实"心理学家"这块老牌号呢？你说好玩不好玩？我悄悄告诉你，叫惯了还真不好改！

好！按下不表，回到正题上来：《论健忘》。

不知是哪位聪明人归纳老头子们的三个特点：

一、刚才、昨天的事情记不住，几十年、几年前的事情清清楚楚。

二、讨厌儿子，喜欢孙子。

三、大处大方，小处小气。

朋友见我老了，就说我也具备了以上三个特点。

我看不见得。若说老头子们分别各有以上三个特点，那还说得过去。

我说我吧：

第一条比较像我，不过不全面，并且其间还有很大区别。

比如说，几十年前朋友、同学的名字，容止、声音十千八百我都记得住。街道地形地貌也记得住（这点长处时常让朋友惊讶），可惜一到街名就不行了，绝对记不起。

二、不是特别讨厌儿子，也不是特别喜欢孙子。他们来看我，高兴，一起谈有趣的事物，吃喜欢吃的东西。走了，走了就走了，下次还会来。交通方便，各人都忙，无所谓。

我有个老同乡熟朋友，那时候他下放在北京远郊区劳动，每到周末就骑着破自行车往城里赶。有他的一首诗的末句表达了这种精神："八十里外奔孙来！"

请你闭起眼睛想想当年类似的朋友还在村道上骑着破车顶风赶路的神态，甚至是当年的自己，你感动不感动？

我不至于。家人互相的牵挂是牵挂，"我不思，故我不在"尔尔！

三、我没有什么大处可以大方，也没有什么小处可以小气。生活圈子像背着一间小屋的蜗牛，生活速度像一只正在丈量的"尺蠖"，局面小得不堪！

别说谦虚，也别说骄傲，只是求实。（告诉你一个秘密）鄙人脑中深处保留着一块颇宽阔的看不起人的空间。

对不起，扯远了。那些聪明朋友没有提到老头子们还有第四个特点。

四、老头子说话越扯越远，不知所终。

这就是我，我自我揭发。以上的啰唆可以为证。

好！回到《论健忘》。

我认为健忘不是一种"症"，是一种生理上的保护本能，与那个大脑皮层里的"抵消规律"一个性质，社会价值极高。

我说不是"症"，而"脑理学家"说是。所以我要抄很长一段专家的论文证明他是正确的，我也没有错。他说的是科学，我说的是人学。

《DSM-IV 精神疾病诊断准则手册》以三个诊断要件来界定健忘症：（一）学习新资讯的能力损伤或不能回忆过去所学的资讯或事件；（二）在社会或职业功能上已有显著的损伤，比起患病之前的水准差很多；（三）记忆力损失，但不与神志昏迷和痴呆症同时发生。记忆力之损失以自发性的记忆为最大，特别是在被要求回忆新近学习的事物，但患者应没问题回忆刚接受的一连串资讯（如数字）。假如有的话，则可以表示他的注意力不集中，应改诊断为神志昏迷。假如患者有其他属于痴呆症的认知缺陷（如 aphasia、ataxia、agnosia），也得改诊断为痴呆症。

在健忘症发生之前，患者感迷惑，失去方向感，虚构某些情节来填补所忘记的事件空隙，严重者虽失去对时间与地点的方向感，但对自己的方向感，不像有些痴呆症患者，是没损伤的。由于患者常不察觉或不承认自己的记忆有缺陷，因之对人冷漠，对事不关心，或事前没动机，脑外伤、中风，或一氧化碳神经中毒等可引起急性健忘症，而长期药物滥用、长久性神经中毒，或长久营养不良可引起慢性健忘症。此症通常是由酒精与麻醉品所引起。酒精健忘症在过去被叫作 Korsakoll 氏精神病。

上面所探讨的昏迷症、痴呆证、健忘症，其起因已被确定是脑伤，其治疗也是医学问题。深入探讨非本人能力所及，因此，有兴趣的读者请参考医学上的著作……（如《变态心理学》，二九七页，叁，健忘症。林天德著）

这和我看事情的角度和性质完全不一样。

老年的健忘这东西太妙了。

昨天做过的事情、见过的人、讲过的话，完全记不起来。哪个饭馆吃过什么东西也失掉了余香。像沉默的鱼活在水草之中，浮游翩翩，知足乐也。人生可痒不可痛，这种境界只有达到一定年龄才够得着。

一个几十年前老学生来家讨便宜，"您老人家前天亲口答应过我的。……这样，那样……"

"哦……哦……哦……有这个事吗？在哪里见过你？"

"……简简单单，顺手之劳……你就签个字吧……"

"哦……哦……哦……你记不记得一九六八年七月十、十九号下午，几？几点，我记性不好记不清楚了，你一个人来我屋里抄家，拿走我三本相册，里头有好多我过去重要的熟人，你，你看，多可惜，他们都不在人世了，我再也看不到他们了……你今年怕也七十多了吧？……"

第二天早上，女儿问我昨天下午来的那个"造反派"学生叫什么名字？她来干什么？

"谁呀？谁来过啊？"我问。

健忘是什么？

一种安全感的表现，踏踏实实对于眼前生活自信的生理反应。

往日蒙受的侮辱、遭遇的践踏体罚、流淌的鲜血和眼泪，痛心的离别，断肠的思念，贫困的折磨，被凌辱群体间可笑的互相咬嚼，所有这些人性的沦丧行为，都是激越的情感波涛。怎么忘记得了？像铭文铸于铜鼎彝器里，历史刻在石头上。

强大的忍耐维护深刻的记忆。

健忘是一种社会性的时空闲适游戏。

反常的时代不可能有这种兴致。

"你敢健忘？"

"逼、供、信"在旁边笑眯眯侍候着。

雨过天晴了，调皮年轻人说有的老头子"健忘"是装的。说"有的"就不是全部。老头子除了装健忘还装别的，好玩的小动作装装无妨。大部分老人家的健忘应该是真的。

我小时候见我婆就是这样。晚上米面担子从门口过，母亲叫进院坝里来。家里人多，一人一碗。祖母头先吃过一碗了，正擦完嘴，见桌子上又端新的来，以为自己还没吃，从容地又吃了一碗。那时候的面碗不小，老人家吃完打了个大嗝。问她怎么一口气来了两碗，她生气说："你们亲眼看到我吃的一碗，怎么是两碗？要两碗，不把我胀死了？"

她爱摆她当年做姑娘家时候的事，"……那时候东西便宜，一个通眼钱一碗面都吃不完。现在叫面动铜圆，动光洋，啫！啫！啫！"

老人家个子小小的，两碗面下肚还睡得着觉！不简单！

一九四九年，广州解放了，我跟大家从香港到广州去参加"华南文代会"。坐一段火车到罗湖，下车走一段铁轨路过桥到深圳，再上火车到广州。电影界、文学界、戏剧界、美术界、音乐界，好多好多人，住在当年广州最高的十八层楼的"爱群酒店"。里头有位八十多岁的老油画家李铁夫。他太老了，老到曾经在日本参加过孙中山先生的"同盟会"，原来在英国是学"侦探"的，没想到后来跟大油画家"莎金"学回来一手好油画。很穷，没有人买画。看到以前那批老熟人都成为党国元勋，狠狠断绝了这份关系。九龙城一个老朋友借给他一间养猪的猪圈住，门口挂了块小木头牌子："九龙侦探学院"。跟他学油画的陈海鹰一个人照顾他。

这回回广州开会，领导人叶剑英、赖传珠、冯白驹、萧向荣、朱光……都过来和他握手，晓得他是个正派老革命党分子。

他风度翩翩，一身英国装备，剪裁手工都好，材料结实，几十年前的东西不显得旧。他没结过婚，没有家，说："冷水冲凉好过讨老婆。"

我们同住一层楼。会场回来，吃过晚饭都喜欢聚在他房间里。和气，话不多，有问必答（有时答非所问）。

他称戴季陶是"契弟"，"科仔"（孙中山先生的儿子孙科）是"阿斗"，汪精卫是"嬲人"，蒋介石是"虾饺"。

什么是"虾饺"？

"唔话你知！[1] 丑到极！"

（我在广东生活了这么多年，问过许多广东精仔，李先生骂蒋介石是"虾饺"的含义何在？至今不明。）

跟他谈话，同意他就说："丫A！"

不同意，他就不理，不出声。

一次他问广州画家黄笃维："你最近碰到邓演达吗？告诉他，我那口放在他家里的油画箱有急用，叫他派人明天送到这里来。"

邓演达，国民革命军最早的政治部主任，第三党（农工党的前身）的领袖和倡始人，一九三一年被蒋介石枪杀。现在是一九四九年，十八年过去了……（黄笃维哦哦作答，没有点破。）

李先生多少年一直活在回忆的浪潮里，眼前仿佛得到一点乐观的诗意衔接，不具体，很不具体……

可以了。你还指望八九十岁的老头还能干什么？

世界上有没有可能制造一种健忘药品供大家服用呢？比如说，悲伤太过的人就不再悲伤；仇恨的人就不再仇恨；失恋的人不那么忘魂了。像喝过"孟婆茶"一样，债主吃了，忘记我向他借的那一大笔买房钱！！！

外国上帝呀！中国菩萨呀！快保佑出现一个像发明"伟哥"一样聪明、有益于人类的旷世药物学家吧！越快越好，急急如律令，化解我燃眉之急。

……

（全文完。版权所有，翻印必究。）

—

1　不告诉你！

王淮问序子："你到哪里去了？"

"我哪里都没去，就在房里睡着了。"序子说。

"大白天睡什么觉？"王淮问。

"做梦写文章。"序子笑起来。

"什么文章？"王淮问。

"好怪！梦里头的文章，把过去当作还没有来，把没有来当作昨天。东拉西扯，瞎编瞎造……"

"你叫宋成月来，我要你两个人去办一件……"王淮话没说完，宋成月推门进来了。

"你看！"王淮说。

"我看什么？"成月问。

"正要找你！"王淮说。

"我也正要进来报告。"成月说。

"先说你的事。"王淮说。

"仙游有位陈啸高先生，要请我们全团哪天下午到他家里去喝茶聊天，要我来问你，去不去？定个时间。"成月说。

王淮大叫一声："啊！见鬼！"目瞪口呆，大笑起来，"你问张序子，看我刚才是不是叫他找你，一起去办一件事，你问。"

成月问什么事。

"就是想要你们两个去问问陈啸高先生有没有空，让我几个人去拜望他。"王淮说。

"陈啸高通知你了？"成月问。

"我自己想的，没有任何通知。"王淮说。

成月也嚷起来："这不就是见鬼了！"

世界上就有这种巧鬼事。

序子问："这人做什么的，这么重要？"

成月说："前些年从上海回来的戏剧家，两口子都是本地人。男的以前上海大学毕业，女的以前厦门美专毕业……"

"哈！"序子说，"'江上舟摇，楼上帘招。'蒋捷这两句词真有着落了。"

王淮说："就明天下午两点吧！成月你一个人马上去跟陈先生回个话，快！"

序子也跟着去了。

大路上才走几步，还没进街，左首拐弯。一堆老龙眼树底下穿过。

成月告诉序子："这里古时候原应该有房子街道的，荒了。从这批老龙眼没栽算起到今天，起码也是三两百年前的事。左右两边还有墙痕、墙脚。那时候仙游起码该和莆田一样有城池规模的。现在显得漫漠。大概有十个八个历史原因吧！哪！哪！你顺脚底下前后左右看过去，是不是曾经有过大街？迎薰路那头第一幢房子照以前讲，应该是这条大街半中腰的住家吧！我们脚底下不见影子的街道跟那边的房子连起来，再往左右前后想一想，够古的了。要不然区区地带怎么会冒出五个状元和四个宰相？你以为这些大官是野草里长出来的？

"人的大名虽然留在历史书上，可惜当年孵出大官的那些房子不见了。水冲了？火烧了？人拆了？荒坍了？总得有个原因的吧？

"哪，迎薰路这两扇大门叫不开的。住着一位搞京戏班子的关先生，北方人，大个子，声音洪亮，待人和善，是陈先生从上海带来的朋友，有一住不走的意思。夫妇两人和一个二十来岁的儿子。

还薰古路

『这里古时候原应该有房子街道的，荒了。从这批老龙眼没栽算起到今天，起码也是三两百年前的事。左右两边还有墙痕、墙脚。那时候仙游起码该和莆田一样有城池规模的。现在显得漫漠。大概有十个八个历史原因吧！哪！哪！你顺脚底下前后左右看过去，是不是曾经有过大街？

迎薰路那头第一幢房子照以前讲，应该是这条大街半中腰的住家吧！我们脚底下不见影子的街道跟那边的房子连起来，再往左右前后想一想，够古的了。要不然区地带怎么会冒出五个状元和四个宰相？你以为这些大官是野草里长出来的？』

这关大娘和关师兄是从上海一齐过来的还是关先生写信从北方叫来相聚的那就不清楚了。不清楚就不清楚，别人家的事，弄这么清楚做什么？

"大门要开也开得，如果碰到要紧事情的话。平常另外有个小门，进出尽够方便。门里头有一圈房间围着一块砖铺的场地，正北一个大堂。

"陈先生有陈先生的打算，那么远把关先生一家带回仙游，一定有他远大计划要办。他是个有学问、有理想也有点钱的人。

"我把你带到迎薰路，是让你认认陈先生家大门。真要见陈先生还得往西踩过田坎顺民房墙脚往公园那边走，到公园边上，敲他们家的后门。"

……

"哪！到了！敲吧！"

"敲什么？"序子问。

"敲这扇大门！"

序子拍了几下，不见响动。

"嗳！你看你这小手手！使劲呀！"于是成月自己拍给序子看。也不见响动。

"这门太厚，要找个东西！"他四周一转，捡来坨鹅卵石，没敲几下，果然里头有人答应："哪个？哪个？别敲了，来了，来了！"开门的是个阿姨。阿姨先不跟人说话，反身看了看门，"你看你们！敲门怎么拿石头呢？门框角上不是有铃绳吗？拉一拉里头就听见了。你看你，把新漆的门撞了几个坑，哼！哼！"

序子心里直讨饶，不是我，不是我，是他！没说出口。

两个人跟阿姨走进屋内。

穿淡蓝普通旗袍的陈夫人跟两个人和颜悦色谈话："啸高不在家，有什么事告诉我是一样的。"

成月说战地服务团明天下午两点钟准时来，大概三十多人，团长王淮先要我来报告一声。

"好，好！好！欢迎欢迎！"

和夫人告别时，两个人才发现刚才经过的花园是一片老龙眼树林。给阿姨吓得缩着脖子走路，什么都顾不上看。

成月回来老实报告了王淮。

"哎！你看你们……什么颜色漆？"王淮问。

"长江二号绿。"成月说。

"快叫黄金潭今天给人家漆回去！啊！先把门修好。"

"跟城门一样，铆了钉。砸不坏的。"成月说。

"喔！还想砸几次？"王淮说。

三十几个人在门口站了七八分钟，准两点钟成月拉门铃。陈啸高先生自己开的门，跟大家打招呼。王淮介绍了各人，啸高先生介绍了夫人："吴淑琼！"

没有喧哗，大家跟着陈先生夫妇走过龙眼园子、廊子，来到客厅，分别坐下。

阿姨一个个送上茶。大小桌子上分别摆满了糖果点心。夫人吴淑琼笑着说："请各位随便吃点，不用客气。"

张一明老头就地吐了一口痰，接着又吐了一口，总算破除了一点清寂，正要开口说点东西，被王淮抢先了："我们很早就想来拜望陈先生和夫人。两位是我们戏剧界的同行前辈。记得在武汉时听许幸之先生说起，陈先生跟他在上海的一些戏剧活动……"

"喔！你认识许幸之？"陈先生说。

"我那时在武汉鸡公山干训团受训，我先跟沙梅先生学音乐，后来转到戏剧班组，听田汉先生、欧阳先生、洪深先生的课，毕业分配到教育部向培良、谷剑尘先生的演剧队。培良先生带一队到西北去了，我留在二队跟剑尘先生才到福建来。——在武汉跟幸之先生和不少戏剧界朋友常在一起，听他们讲当年上海电影和戏剧界的活动，让我们十分向往。"

啸高先生兴奋地站起来，提了提裤腰带（以后熟悉了，才明白这是他的习惯动作）。"看看！看看！"对夫人说，"要是那年我们在武汉多好！"

于是，气氛活跃起来。团里人也没听王淮讲过自己这么多话，都很兴奋。

啸高先生开始给人的印象也起了变化。

他穿着一身旧瓷蓝布中山装，个子中等偏矮，眉毛清秀有余，脑门发达，头发虽然茂密，可惜皮肤并不鲜艳。体质只能维持健康，没有给人强壮印象。眼皮耷拉，不明白它是伏盖朴实还是伏盖聪明。（吴先生！吴先生！你在天之灵说说，我讲的陈先生对不对？莫笑！）

大家的胃口也好起来。

小天井三口特大花盆，开着绯红的蜡梅花。那么粗那么老的树还劲头十足。

一明先生又开始吐痰，准备讲话，没想到又被河伯占了先：

『我们很早就想来拜望陈先生和夫人。两位是我们戏剧界的同行前辈。记得在武汉时听许幸之先生说起，陈先生跟他在上海的一些戏剧活动……』

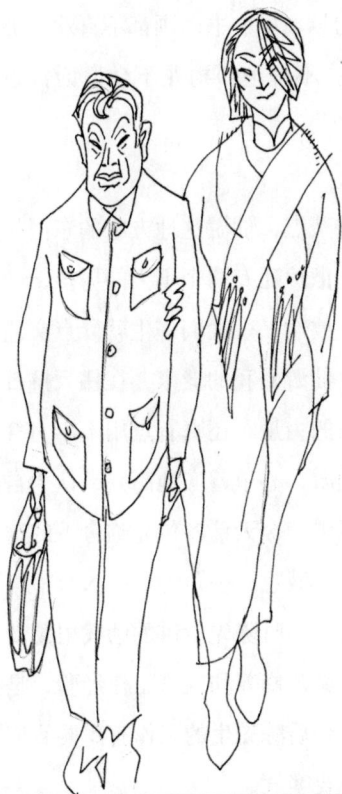

陈氏夫妇

"陈先生，你天井这三盆红梅怎么长得这么好？"

"我不会栽花，祖上留下的。我小时候它就这么老了。喜欢它的邻居和熟人有时候来料理它，讨论它，给它加些这个那个。我们在外多年，它也就这么活下来了。"陈先生接着说，"有人讲，这树跟这些房子一个年龄。这房子多少年龄我也不清楚。大概、大概是、大概是很老了……"说着，说着，自己也笑起来，"你们看，我这个人，意思不大……"

吴先生正跟那群女团员坐在一起，她对大家介绍陈先生："是，是，是，他是个老呆，连本行的琴、棋、书、画都不喜欢。那三棵梅花见他经过，都把身子背过去不理他！梅花不会说话，心里明白的。"

听了这话，大家都笑起来。

陈先生说："请各位多用些茶点，仙游这地方吃的东西就这水平了。我这一家四口，包括我和淑琼还有两个不大的男孩，一个叫摩得，一个叫理得——哦！还没放学……我们一生就弄点文艺工作，没有很大的出息。从上海回来，仙游是我的老家，在伟大抗日民族解放战争里，总想贡献一份有限的力量。还真有点用不出力气的孤独感觉。听说战地服务团来到仙游，心里着实地高兴，认为自己贡献一份即使微薄的力量就不再孤单。今天请各位光临舍下的这个小小茶叙，就是表达我们这点友谊的诚意……"

王淮带头鼓掌，说了几句话："听陈先生讲的话我很感动，认识陈先生是我们的荣幸。陈先生文艺修养和戏剧工作经验，是我们今后请教的宝库。望不吝指教。今后陈先生的工作有需要我们服务的地方，请尽管提出来，千万不要客气。"

于是大家又鼓掌。

陈先生起立问客人有没有兴趣看看房子。大家说好。于是两夫妇前头带路，先往客厅右廊走。

"这是我们两口子的卧室，很见笑，太简陋！"

人一半进了卧室，进不去的站在走廊。

一张双人床，卧具、床头柜，看得出都是上海带回来的。高脚带花罩子的煤油灯、大衣柜，都让人看了一辈子忘不了。靠窗一张大写字台，有墨水瓶、牛皮桌垫子、台灯，和带卷腿的高背椅。光靠钱不一定买得到，还要眼光。

窗子玻璃上还加了铁纱窗，以防蚊虫自由进入。

窗外满是耀眼的红绿花草。

墙上挂了一幅带玻璃框的横幅山水，上写"啸高吾兄"，落款"王一亭"。王一亭是上海出名画家。被称"吾兄"，证明自己也不是没有来头。文化生活的讲究就是如此。

出卧室顺走廊进入南头大地板房间，我的天，张序子吓傻了。他忘记了周围，他以为只有他一个人。

南面是大玻璃窗，东、北、西三面墙，从天花板直落地面都是玻璃柜，都是书。普通的、硬壳子的……

张序子仿佛身陷重围，仿佛掉在一口满是鳄鱼而让鳄鱼慢慢逼近的池塘之中。张序子轻轻呻吟着："王伯呀！我要死了……"

颜渊深叫醒了他。

序子尾随大家去东走廊参观摩得、理得两个儿子的卧室，六七岁、七八岁孩子自己料理自己的生活方式让大多数女团员抢在前头啧啧赞好。这跟豪强门户的少爷小姐拿金银堆砌出来的生活方式不

出卧室顺走廊进入南头大地板房间，我的天，张序子吓傻了。他忘记了周围，他以为只有他一个人。

南面是大玻璃窗，东、北、西三面墙，从天花板直落地面都是玻璃柜，都是书。

普通的、硬壳子的……

我的天，张序子嘴傻了

一样。眼前的水平她们有朝一日或许还够得着，办得到。厨房也进去看过，烟囱好，空气清爽，地面干净得可以打滚，阿姨也爽朗有礼，没有说的了。（开门那回不算。）

大伙又回到客厅坐下。

陈先生让阿姨把关先生请过来。

很容易。关先生从梅花南头打开小门就过来了。

陈先生介绍关先生是老朋友，以前在北方组过班子，京剧界的老把式，远道而来帮忙，建立一个专演"莆仙戏"的剧团。现在还只在口头和书面上计划，正式成立之后就全靠关先生一个人和他的公子支撑了。

王淮上前跟关先生握手，"我是王淮，山东济南人，战地服务团的负责人，以后请多指教。"

"吁呀！"关先生紧紧抓住王淮肩膀，"我关瑞亭，聊城乐平铺的，天涯海角碰到家乡人，你离家好久了？"

"好些年了，抗战，忙得把家都忘了！"王淮说。

"涕泪纵横，简直涕泪纵横！真没想咱们家离得这么近……你知道吗？我五十多了……"关先生说。

"正当盛年，不急，不急！有的是时候！"王淮说。

所有人等着两人唏嘘完毕起身，陈先生带领大伙回到老龙眼园子。

"这里有六亩多地，准备改成一个剧场，坐北朝南。南头是戏台。遗憾的是经费有限，做不成剧院了。让好多长椅子露天日晒雨淋觉得可惜，没有办法……"陈先生说。

"你的意思是这些百年老龙眼树都不准备保留了，好大的损失，你不可惜？"人问。

陈先生笑笑说："人过日子总是那么算来算去，将就达到过得去的水平就可以了。尽善尽美的标准是太平年月的事。现在是抗战，是打日本，宣传抗战，挖掉几十棵老果树，把可惜变成可喜，就是值得。希望不变成可悲就行了。你想，没可能会变成可悲嘛！有什么道理变成可悲呢？是不是！"

团里每星期有三个早上练歌。

罗乐生指挥，庄敬贤手风琴伴奏。

罗乐生、白聪两口子平时很少出门，像一对埋伏在暗角里的蜘蛛，猎物粘网才猛冲过来。——这说法有问题。一、公母蜘蛛从来没有住在一起的家庭生活；二、公蜘蛛跟母蜘蛛"上床"（这是我套用流行的新词）期间，照例让母蜘蛛慢慢一口一口吃掉，而往往都是公蜘蛛自动送上门的。这种微妙的生理、心理活动，如果把它人格化，放在类似罗密欧、哈姆雷特身上，让莎士比亚另写一个典型出来，这会很有意思……对不起！我跑题了。我为什么会跑题呢？写着，写着，蜘蛛的日子比罗乐生干事的日子更有意思一点吧！

罗乐生、白聪两口子不像蜘蛛，只能像他们自己。

他们两个只跟住在隔壁的张序子接近，而且是笑容可掬地接近。一次罗干事敲张序子的门："我，罗乐生，可不可以进来？"

"请进，何事见教？"序子问。

"是这么一回事，我们是邻居，又是天天见面的好朋友，我就不客气地说出来了。你是了解我的，白聪这个人的脾气你也是晓得的，她从不跟无聊的人来往。眼前，我要报告你一个大喜讯，她怀孕了，已经三个多月。所以，我们要请求你帮忙办一件事，而且觉得只有你才能办得到！……"罗干事说。

"什么事？说吧！"序子说。

"我问你，早晨你几点钟上灶房打开水？"罗干事问。

序子想了一想，"总是在起床号没吹之前吧！"

"太好了！太好了！你打开水是不是可以顺手多打一壶？"

序子不太明白。

"哪！是这样，我晚上提前把热水壶放在你门口左首边，你第二天清早顺便多打一壶回来，也放在我房门口左首边。你是举手之劳得到日行一善的快乐，白聪是因为你的帮助终生感激不尽。怎么样？行还是不行？"罗干事问。

"噢！行吧！"序子说。

记得是三个多月后，序子和几个人下乡回来，早上练歌时迎头罗干事给了他两句话："你滚到哪里去了？害得白聪三天没有水喝！"

序子开始听了一怔，"你是说我呀？"

罗干事指着序子鼻子，"不说你说谁？你个失信的混蛋！"

大家围拢序子问是什么事。序子几句话讲明白了。大家眼睛都盯着罗干事。

"张序子派出去有事，你自己不会打开水呀？你到哪里去了？"

罗干事面子不好下台了，过来要教训序子。序子闪开转身反手就是一拳，打在他右后腮帮上。幸好有张椅背垫着他没撞在地面，一声不出，好不容易站起来。白聪不知利害地听到声音追进屋来要跟序子辩理，让罗干事拉住，两人一颠一颠回房去了，临走放了句话："不是你走，就是我走！"

这话序子听起来还真有点怕人。他喜欢战地服务团这个环境，

罗干事面子不好下台了，过来要教训序子。序子闪开转身反手就是一拳，打在他右后腮帮上。幸好有张椅背垫着他没撞在地面，一声不出，好不容易站起来。

幸好有张椅背垫着

刚来，一下子还不想换地方。这、这还真有点麻烦。

剩下大帮人都在说罗干事的不是，也怪序子不该帮这类不知好歹的人打开水。白聪哪里怀胎呀？六个多月了，肚子一点不鼓。她怀不怀胎跟你张序子有什么关系？……

一拨人对张序子产生了特别兴趣。手脚怎么那么快？竟然把高过他几几乎半个头的人一拳撂倒。是偶然还是必然？又问张序子的拳脚出自哪门哪派，练过多少年。

最兴奋的当然是甘培芳、颜渊深、陈勉勤、郑贻宽，包括黄金潭、阿哇。他们无异于重新认识张序子。薛钟华、陈哲华、许埔、陈烈这帮人心里有数，等着看热闹。

老帮子河伯、张一明、钱大猷、姜何之……没有态度。最后还是河伯出了声："唉！团长今天上头有会没有来！"这话不痛不痒。

张一明老头竟然跟着说话："小小的事，不会这个那个的吧？"

女班的蔡宾菲大义凛然，"张序子打得好！可惜打少了。要是我，加踢几脚也无妨。世界上这种人太不讲良心了。大家一个团里，客客气气，要不然，算什么呀！上头来的，上头来的吃人呀！蒋委员长干儿子呀！哪个爱走哪个走！张序子不能走！张序子走，我们大家走！"

那帮女队员跟着吼起来！

于是所有的人都笑开了。

一天过去了。

两天过去了。

三天过去了。

什么响动也没有。

团部西门口走廊那头装了座烧开水大炉子，楼上楼下所有人打开水都上那里去，都说方便赞好。

也没再听人说哪家人要走或要别人走的气话。

张序子打前、打后都不留痕迹，跟以前过日子一样，增加了人对他的亲近。

"大他七八岁，我怎么会跟他计较呢？人对人总要宽容留点余地才好吧！"罗干事阐述他的人生道理。

开水炉子像座会响的快乐纪念碑，凡有路过的人，它就会招呼："喝乎？喝乎？"

宾菲对序子说："你傻！你要改这个毛病。你一辈子会为它吃苦头。你改不掉的！其实这算不得毛病！人一辈子总是时常在为自己的优点受苦受难。佛是这样，耶稣是这样，好多刑场上挨枪子的是这样。——看你这副傻相，一不配喂老虎，二不配钉十字架，三不配上刑场，你有没有想过，长大后做什么？"

"嗳！没来由的日子你想它做什么？做好眼前的事，过好眼前的日子。我对你讲老实话，我还真为你和陈逊以后的事担心。两个精彩的人、聪明的人、漂亮的人忽然间变成夫妻了。天天在一起，分分秒秒在一起；想不在一起都难。聪明话听够，漂亮脸看透，不听也要听，不讲也要讲，不看也要看，你烦不烦？你们怎么办？"序子说。

"嗳！过日子虽然是有点像你讲的一件又一件，也不一定像你讲的凡事那么硬邦邦。日常生活的柴米油盐、朋友应酬、生儿养女可以分散注意力，又还有些人生经验和书本里的幽默感协调紧张关系……我们是人，哪能不过人日子？"

团部西门口走廊那头装了座烧开水大炉子，楼上楼下所有人打开水都上那里去，都说方便赞好。

开水炉子像座会响的快乐纪念碑，凡有路过的人，它就会招呼：「喝乎？喝乎？」

"万一陈逊捶你怎么办？"

"你看你这人，刚讲三两句正经话就偏题，你以为个个都是你们喜欢打架的湖南人？"

序子手指罗乐生窗口，轻声地告诉宾菲："他不是湖南人，是你们福建人！"

阿哇通知大家练歌。

原来一开始讲好是练歌的，让前头那些事耽误了。

罗干事神色自若。除了右后腮好大一块药棉胶布。

庄敬贤抱着松开的手风琴坐在靠背椅上。

王淮坐在旁边，翻架子上一页页歌谱低声问他："每首歌你都五线谱？"

"是，我习惯把和声跟喜欢的配器都写下来，简谱不方便。"

"这，添你好多麻烦！"王淮说。

"不麻烦，晚上弄这些事最好。"

歌咏队列三排站着，女在前，算高音部，二、三排中、低音部。每人手上捏着份油印简谱。

罗干事面前也有歌谱架子。他面容俊秀，满头黑发，四肢匀称，手指修长，是实实在在没有话说的漂亮。（他老婆难看得我不想形容；一张仿佛不长鼻子、眼睛、嘴巴、绿绿的大扁脸，她家是有钱人，自以为可以看不起这个，看不起那个。她讲话不出声音，让人一辈子忘不了……）

契诃夫的《樱桃园》里苏尼亚对万尼亚舅舅说："我知道我长得不好。人家就会说你的头发好看，耳朵好看，脖子好看……"（大意如此，手边无书。）

罗干事是真长得好，不是苏尼亚式的自谦。

他有音乐天分，感觉细腻，可惜在沙县受训那半年时间太短，带着几本厚厚的油印讲义（大部分是"抗战歌曲"）就贸然毕业了。五线谱都没有摸过，一切匆匆忙忙来不及，不留丝毫喘息学问的时空；还差一点把贝多芬、莫扎特、肖邦这些外国名字打落在半路上。

他一直依靠"上头派下来"的这点威风和长得漂亮的自信支撑岁月。

他每天对着大镜子和简谱练习指挥。（那时候没有电灯，谈不上音响，寂静无声的音乐行为十分悲壮。）

足堪怜悯的是他对于音乐知识的贫乏并不感觉遗憾。

今天要练的歌叫作《……太平洋》？《兴起呀！太平洋》？或《太平洋、太平洋》？（日子久远，记不清楚了。）

序子对这首歌印象深刻的原因是难唱，不单难唱，还很难听。

歌词简单，"太平洋"三个字从头喊到尾。

"……兴起呀！太平洋……怒吼呀！太平洋……你波涛汹涌……太平洋，你（什么）！（什么）太平洋，（又说到大西洋，什么什么关系？有没有提到里海、黑海？忘记了。）你狂风卷起万丈波涛，你太平洋，我太平洋……"

低音部"太平洋"……

中音部"太平洋"……

高音部"太平洋"……

什么事嘛你这样喊？仗是在陆地打的，满太平洋都是日本兵舰，珍珠港美国挨揍还没有缓过气来，英国放弃了香港，日本打完菲律宾再打新加坡……日本鬼正在开心的时候，你帮着嚷干什么？这时候太平洋跟你有什么关系？

庄敬贤晓得这曲子有些问题，他不说出口，只是奋不顾身地想挽救这场混乱局面，把手风琴拉得几乎两丈长，像一个弹痕累累、鲜血满身，骑着匹烈马的将军在火线奔驰。他不停地蹦起又坐下，在马背上咬牙切齿、头发冒着火星……

是不是"太平洋"心血来潮的作者想试试巴洛克晚期那位亨德尔的《弥赛亚》味道？一路"哈你罗柚"到底，弄一点沉郁辉煌、单纯抽象？

他晓不晓得亨德尔这种腾空回旋的"曲式"不是音乐娃娃想做就做得到的。闪念不是作品。

人家《弥赛亚》是手摸不着的"宗教"抽象，你是具体之极的"抗战"。中国老百姓吃你这一套吗？

序子看到王淮在轻轻摇头，最后把头撑在膝盖上。

完全意料不到的事情出现了。

在过分激动的音乐浪涛中，罗干事右边嘴角开始流口水。

这口水不是普通口水而是一尺多长飞舞的涎液。

看样子这东西由来已久。罗干事跟着节拍习惯地用手掌或指挥棒把涎液掸到周围去。

这当然难为了那排成三排的合唱队员。他们又要唱歌，又要躲闪口水形成的紊乱队形，让自己闯出祸来的罗干事看了非常生气，把指挥棒扔在地上。

合唱队里的老资格们说话了："你讲你有什么好气？你选了这么一首连自己都调度不开的怪歌。你又不停地掸口水——你看，你

在过分激动的音乐浪涛中，罗干事右边嘴角开始流口水。

这口水不是普通口水而是一尺多长飞舞的涎液。

看样子这东西由来已久。罗干事跟着节拍习惯地用手掌或指挥棒把涎液掸到周围去。

太平洋！太平洋！

382

看弄得我这一身——"

河伯出来说话了："前几天，我家流苏坊街那头有家人家结婚办喜事，高高兴兴热闹了三天，第四天老婆闹着要离婚。什么事要离婚呀？受不了丈夫打呼噜，像一个人在耳朵边喊口号。三晚上睁着眼睛到天亮，一辈子怎么受得了？有人就劝她去找媒人算账，讨个公道。媒人说，我媒人只管进洞房前的事，洞房后的事自己负责。做媒人的又没有跟新郎先睡一觉的规矩……罗干事的口水问题跟打呼噜一样，以前的磕绊就算了，只看以后怎么办。罗干事，我说得对不对？"

"这跟我有屁关系？"罗干事大声嚷起来。

庄敬贤辛苦地站起来把手风琴松了气，扣紧扣子，坐回自己的位子。

序子想起当年可怜的芹菜孃孃打呼噜的事，笑不出来。

"这样吧！"王淮说，"《……太平洋》这首歌不好搞，弄得罗干事很辛苦，很费力，停下来吧！歌咏团的工作很重要，不能停，我也参加一份吧！成月，麻烦你下午赶一赶，把《巷战歌》刻出来晚上分给大家，明天早上唱《巷战歌》，罗干事歇一歇，我来指挥。"

大家"啊"了一声，高兴地散了。

一大早，罗乐生来找王淮："我怎么办？"

"什么怎么办？"王淮问。

"音乐。"罗乐生说。

"什么音乐？"王淮说，"不是很好吗？你的感情，你指挥的台风，大家都知道的。"

"《太平洋》停下来了。"乐生说。

"当然要停下来。"王淮说。

"音乐运动还要不要提高?"乐生问。

"什么呀你?提哪个的高?老百姓根本没听懂你唱的什么东西。又那么难听,喜都不喜欢,你提高个屁!——本事就那么点点,成天耍嘴皮子,练说法,编新名词,唱高调……谁讲得漂亮谁赢,你讲你烦不烦?"

"我一晚都睡不着。"乐生说。

"你以为我睡着了?你看你那个《太平洋》,还有你那些口水。马上到圣路嘉医院去检查到底是怎么一回事。彻底弄清楚。一边指挥,一边揩口水,你怎么上台?"

乐生以为讲完了,转身要走,王淮叫住他:"你那个脾气。第一次在沙县见到你才几岁?比那个张序子大不了好多吧?那时你就不合群,讲这个不好那个不好,就是你好。你像只一身刺的刺猬,永远永远享受不到人间温暖。人和人要诚恳,要懂得感恩多谢,不可以把人用完就扔……好,不讲啦,快去圣路嘉挂号,回来找潘副官报账,实报实销,说是我讲的……记住,一个人来到外头混日子,三山五岳,能人多的是,小不丁豆的张序子那两下让你长见识了吧?想想看,是他对不住你,还是你对不住他?好啦!走吧!"

王淮是他的老教官,不乖不行。

成月接到油印歌谱差事,颜渊深、甘培芳、张序子马上贴上来帮忙,又刻又印,半天工夫就搞完了。一齐送到庄敬贤老叔那里。庄叔接过一看:

"哪，哪，这才叫音乐咧！你们快走，我马上把和弦弄出来，明天早上你们看家伙！"

所谓"明天早上"就是大家聚集在排练厅的现在。

王淮对大家说："庄指导员一个通宵把《巷战歌》和弦谱子弄出来，真不容易，现在请他先给大家拉一遍听听。"

"带唱吗？"庄敬贤问。

"当然，当然！"大家叫起来。

庄叔拉开手风琴风箱，十根手指头像螃蟹爪子一样，一边贴在按钮上，一边贴在键盘上，用劲地压出一阵响亮、饱和的长鸣。大地颤抖，忽然出现隆隆的炮声，夹杂划破长空的呼啸之后的爆炸……接着密集的机枪和步枪迎面扫来。坚实、轻微的步法紧扣着庄敬贤沙喉咙发出宽阔沉重的第一声："脚尖着地。"

接着第二句："轻轻呼吸。"

第三、四句："紧捏住武器，掩藏着身体。"

这时候，庄敬贤掩在手风琴背后露出半个脑袋，满是皱纹的脸庞像一堵老墙，眯缝的双眼像两扇燃烧着的窗子。

"从黑暗的深巷，从荒凉的墓地，从破旧的窗口，从高耸的屋脊。"

轻快到沉重的节拍，缓慢到急促的脚步。

"我们爬行，我们偃息，我们静听敌人的足音，我们防御敌人的偷袭。"

这时候的庄叔的沙嗓子在手风琴前后左右盘旋，活像一个饱经炮火锤炼的沉着、机智、狡猾的狙击手，容不得半秒疏忽：你不要它的命，它就要你的命。你不是一个人，你是全国；你每一枪都是全国。瞄准之后就开枪，打它的脑袋，打它的心脏。让它们的尸首、它们的血肥我们的田……

"看吧，国土失去了三分之一。听吧！枪炮震破了天和地。千万人炸成肉泥。千万人做了奴隶。谁无父母？谁无儿妻？昨夜一堂共欢笑，今朝生死各东西。这是血海的冤仇，报复责任在自己。

"我们要以猛烈的巷战，争取抗战最后的胜利！"

庄敬贤双手高扬起手风琴，伸长脖子沙嗓子最后喊出那几句，火焰熊熊，几几乎把全身点着了，实际上满身汗水，瘫在椅子上，手风琴吊在腿间。

空寂了几秒钟，忽然全场鼓起掌来。

序子眼看罗乐生走到庄叔跟前站着，以为他有几句屁话要讲。没有。只手搭在庄叔肩膀，看他的头发。

王淮说："强烈的泛音处理得好！明确肯定的节拍结合在一起，一气呵成，真不容易。——哈！你的歌，喉咙，真是神仙嗓子。——哈！很难说，你活在这个世界，不晓得来晚了还是来早了——总之不该是今天。——哈！我代表'今天'欢迎你！"

王淮好像要庄叔收他做孙子。

王淮平常不讲"大众化"，实际在做"大众化"。他把费脑子的事做得轻轻松松，可能他费过脑子。

比如每回演出之前，他都会一首一首耐烦向观众讲解歌词的内容。（有的人从来听不懂歌唱的内容。其间居然有人提问，这更好。）

大家明白之后，听起歌来容易进心。没有想到观众把王淮这种做法定了个名称叫作"说歌"，叫王淮作"那个说歌的人"。凡有新歌，王淮就会提前说明一番，也引来鼓掌。

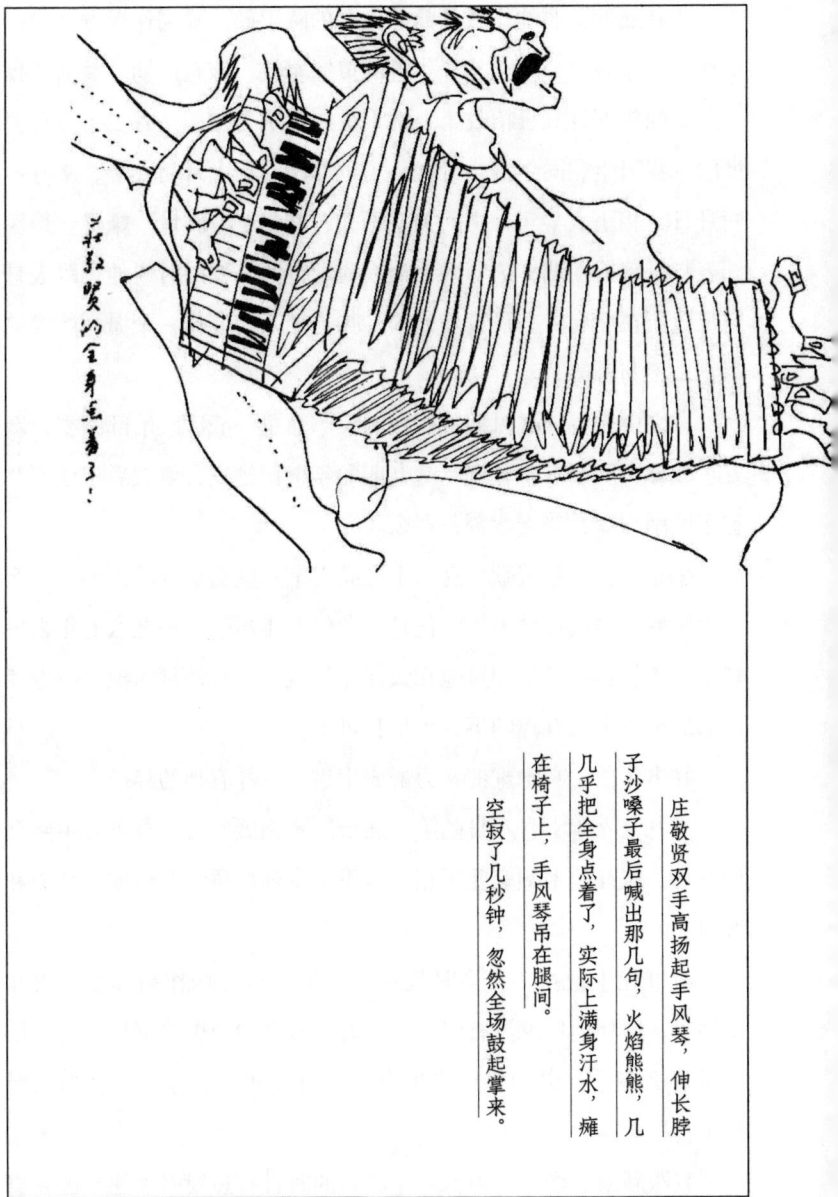

庄敬贤双手高扬起手风琴，伸长脖子沙嗓子最后喊出那几句，火焰熊熊，几乎把全身点着了，实际上满身汗水，瘫在椅子上，手风琴吊在腿间。

空寂了几秒钟，忽然全场鼓起掌来。

《巷战歌》曲的作者是鼎鼎大名的陈田鹤。歌词作者方之中，参加了"左联"，一九二五年进的黄埔军校，该是四期。黄埔军校一九二四年五月五日招收第一批学员。列宁是当年一月二十一日去世的，我出生在同年的八月九日（也即是农历七月初九），幸好不同月日，相距大半年，之间关系不大，避免了"转世"嫌疑。得豫三表叔是黄埔四期，这明确无误。我记得两三岁的时候他还跟表哥们带我玩在一起。去了黄埔回来，味道变了，变作一个潇洒严肃的军官，不苟言笑了。

　　方之中先生抗战时期曾担任国民革命军一战区政治部编委，新五军教导大队军事总教官，一九四〇年奉调延安，解放后担任河北省军区副司令，兼天津警备司令。

　　想想看，《巷战歌》这一手漂亮文笔，这么出众的头脑，怎么多少年后会当兵打仗去了？他是一九〇七年出生，一九八七年去世。好个老寿星！如果早知道他在天津，找机会去拜访拜访他，听他谈谈掌故该是多么有趣的事，可惜！可惜！

　　好多年前，听木刻前辈力群先生讲过一件有趣的经历。

　　一九三六年十月八日的第二届全国木刻展览会，鲁迅先生到会场参观，跟几位木刻家照了相，这里头有陈烟桥、黄新波、林夫和曹白。

　　力群先生说："我当时就在旁边忙着写会场作品标签，没几步远嘛，照相他们就没有叫我。你看，多大的历史遗憾！我当时忙，也不怎么在乎，以为鲁迅先生有一段时候才走。你看，就那么错过了！"

　　我跟新波、烟桥、力群先生以后的时日有过很多来往，也一直

一九三六年十月八日的第二届全国木刻展览会，鲁迅先生到会场参观，跟几位木刻家照了相，这里头有陈烟桥、黄新波、林夫和曹白。

力群先生说："我当时就在旁边忙着写会场作品标签，没几步远嘛，照相他们就没有叫我。你看，多大的历史遗憾！我当时忙，也不怎么在乎，以为鲁迅先生有一段时候才走。你看，就那么错过了！"

鲁迅参观全国第二届木刻展。

欣赏那张生动活泼的历史性照片。唯独没见过林夫和曹白先生。

现在要说的是曹白先生。

曹白先生不姓曹姓刘，是力群先生的舅子。原名刘平若，力群先生夫人刘平杜的哥哥。

曹先生在中国早期木刻艺术活动中是位领军人物，跟鲁迅先生来往十分密切。他不单从事木刻创作，还写小说和诗歌，参加过鼎鼎大名的延安文艺座谈会，后来一直在新四军工作。

抗日战争胜利后，不再有曹白的名字在文化界浮动了，说是"蒸发"也未为不可。

"反右运动""胡风反革命事件"跟他毫无关系，虽然他的入党介绍人是"胡风分子"彭柏山。

他忙着在上海当官。职务梆硬，碰得破人脑壳：

两淮盐务……

上海军管会财金接管处处长。

华东局财务委员会办公室副主任。

谭震林的秘书。

堂堂大丈夫刘平若、曹白更名"冯二郎"。解放后的上海滩，办正经公事的人无人不晓这位冯二郎大爷！想想，这不是"革而优则仕"是什么？

"四人帮"服法后，刘平若、曹白的文章一下子又乐呵呵地出现在上海滩杂志报章上了。年轻人哪里会晓得冯二爷这几十年来的忧乐根底？

二〇〇七年逝世，享年九十三岁。又是老寿星一个。

这些当年驰骋文坛、艺坛的风云人物，解放后在另外的岗位上也弄得这么有声有色，所有行迹让后人谈起来也都不免口舌生花。有诗为证：

"上国随缘住，来途若梦行。浮天沧海远，去世法舟轻。"[1]

几个老头聚在一起时说：

"未必这样诗情画意！"

"他们走运是事实。"

"我们老老实实文艺一辈子，才算浑身是诗。"

"若当年留在文艺界，还不跟我们一样！"

"我怎么觉得自己不像你们这么激动？"

"延安四大怪之一的塞克是另一种混法……"

"再怎么样也别像萧军……你们记不记得延安早时候有一个温涛？还有一个戴逸浪？"

"谁？谁呀？"

"刻木刻的嘿！鲁艺之前的……"

"后来呢？"

"鬼晓得他们后来！"

王淮遇见罗乐生："你那个医院的事怎么样了？"

"没有发现什么所以然的那个医生。"乐生说。

"口水呢？"王淮问。

"我抄了一段你看——"乐生交上一个纸条。

——人之唾液分泌靠神经控制。一般与食欲有关，甚至望梅亦

1　唐代钱起诗。

可分泌。但喜、怒、悲、亢不应有其分泌。有可能控制唾液腺的神经与情感中枢发生某种异常联系，故有情绪亢奋之时口水溢出现象……

"我问的是医得好吗？给了药吗？"王淮问。

"他给我把了脉，让我张开大口看里头，病历上写下你看的这番话。我问他，是不是小时候'口水包'让人捏破了？他不懂，我详尽地做了解释，他仍然不明白世界上有一种'口水包'这个东西。他不理我，叫了下一个病人，我就出来了。"乐生说。

"我看你是不是去看一趟中医，药吃不好，扎个针灸之类的东西试试。"王淮说。

"不，不，不，不，绝对不看中医。绝对不……"乐生变了颜色，全身抖起来，"我可以辞职，离开战地服务团，绝对不扎针灸，绝对不！扎针灸，毋宁死！"

王淮笑起来，"你看你，好像我把你怎么样了。你说你怎么这么爱死？我告诉你一个看人的秘诀，动不动讲死的这类人最胆小，最怕死，你就算一个！你的毛病就是活得很不认真，轻率。一天到晚跟人争庄重、争分量，你捞到什么了？人家怎么看你？你那块'上头来的'牌子值几个铜板？社会上都要看真家伙！想到你这点我就有气，这么多人面前不好说。——不晓得是你老婆耽误你，还是你耽误你老婆，两个人成天闷在房间里像轮流孵蛋一样，一点人气都没有。连打壶开水跟张序子都闹得翻天覆地。你讲，你占了便宜没有？日子这样过法有什么意思？"

有人过来了，是宋成月，"陈啸高先生那边来人说，龙眼树都刨光运走了，一片地，坑坑洼洼，欢迎我们去看看。"

"看陈先生派头，这才像个办事的人！你就便去通知一下，哪个分得开身的都一起去看看。我在篮球场边上等大家……"转身问乐生，"你去不去？"

"去！"乐生低着头说。

于是两个人慢慢往台阶下走。没想到一下子来这么多人，八个、七个，十个、九个，十四个十五个怕也不止。这一叫，不又多了？多了就多了吧！一伙人从县政府门口左转弯直走到公园，斜直角拉过去。围墙已拆掉一大半，老龙眼锯了，根刨了，两三亩地像大炮弹轰过的战场，"战地服务团来了！"序子看见这光景好笑。

陈啸高先生不像陈先生，吴淑琼女士不像吴女士，活脱一对随土而出的陶俑。

"棚子那边有水，口干了自己倒。我们马上就来！"说完放下铁锹奔回屋里去了。看情势，铲土、拉车、平地的怕有二三十人。地方大，不见得够。幸好腊月天雨少，要不然挺麻烦的。

陈先生两口子换洗了出来，延引众人到客厅里去。

"小心，小心！脚上的泥巴！"大家招呼着。

陈先生、吴先生连连招呼："别客气，顾不上了，顾不上了，泥巴以后再论！"

阿姨提了口大茶壶进来，橱里取出两沓茶杯摆在客人面前，倒了茶。

陈先生问阿姨："摩得、理得，讲好了来见客人，怎么不来？"

阿姨说："叫过了，都不肯来，说忙！"

吴先生对大家说："学校请了假，在园子里帮忙平地挖土。"

大家听了一怔。

围墙已拆掉一大半，老龙眼锯了，根刨了，两三亩地像大炮弹轰过的战场，『战地服务团来了！』序子看见这光景好笑。

陈啸高先生不像陈先生，吴淑琼女士不像吴女士，活脱一对随土而出的陶俑。

像大炮弹轰过的战场

"哀民生之多艰……"张一明颇有体会，大点其头。

"老狗日的，犯得上这么深刻吗？"颜渊深轻声对甘培芳说，甘培芳又轻轻转告序子。

"别这么样，让老头听见了。他这么想已经不容易！"序子说。

"陈先生，如果你不讨厌的话，我们来帮几天忙怎么样？"王淮问陈先生。

陈先生没说不好，也没反对，也没说欢迎，"来就来吧！"

王淮说："这样，上午九点钟准时到，我们自带中饭，星期一开始，星期六结束，先干六天试试。"

"好嘞！"陈先生说。

接着王清河几个人又说到吴先生以前演过话剧的事，希望客串几出的邀请。

吴先生就说："我愿意参加，我国语不标准，带仙游腔，要请多多包涵指教……"来来去去。

说到这里，园子外头滚进一大一小两个哈哈笑的大泥球，一溜烟往左厢去了。大家叫："喂！喂！喂！"

陈先生说："洗澡去了，不用理他们。"

人马回到团部，没有人对王淮的自作主张、让大家去做一礼拜的劳工表示反对。这类决定原是应该问问大家的。

对甘培芳、宋成月、颜渊深、张序子这类人说来，去做一礼拜劳工无异于换一种玩法，何况大义凛然之极。（那帮女的如何看就不清楚了。）

对陈烈、许墉、任天明、陈可、陈畅、刘随……这类人，他们是奉献的主力，何况看法跟王淮从来具有不约而同的一致。事先无须商量，事后乐观地默会。

王清河优雅地欣赏。庄敬贤沙着嗓子大笑。

郑贻宽、陈哲华、薛钟华、陈勉勤、钱大猷、杨肇、罗乐生、白聪夫妇……欣然地服从。

姜何之、靳亚瑶夫妇，沉默接受。

张一明老头说"好"。他清楚自己坐轿的身份……

黄金潭、阿哇、燕哪跟在潘副官前前后后忙起来。他们天生喜欢团里发生任何红黄蓝白黑新鲜事情，准备妥当大板车一具，事先运载军用开水炉灶及饭食用具到陈家院子安顿妥当。潘副官跟大厨房打好招呼办妥伙食关系，以便黄金潭、阿哇每天中午来回运送。

陈先生和王淮都能理解三四十个人六天劳动的伙食分量，实事求是都不客气，就这么定了。

出发早晨，在操场排队。各类脾气的人居然都愿参加。这段路程约莫两里，考虑到男女老少身体条件，女、老走前，青壮走后，向迎薰路出发，步伐相当感人。

"是不是可以唱点歌？"张一明在路上问。

陈哲华说："力气省点就省点吧！"

"我这是鼓励士气的问题！"张一明说。

"哦！"有人回答。

……

王淮走在前面按捺队伍速度，没有说话……

宾菲轻轻对他说："陈先生这种知识分子，中国还真不多……"

王淮说："多是不多，也不少。我们不知道而已。"

......

张一明老头再提议唱歌已经来不及了，眼看到了陈家后院那块地方。

陈先生和一些人正在填坑平土，队伍来到，放下铁镐过来欢迎。

王淮上前打招呼，解散了队伍，跟陈先生商量工作安排。

张一明老头站立小土坡上作怀古望远之思："珠玑满目，古苍龙虬之林，刹间化为灶底柴薪，不亦悲乎……"

"不，不是这样，张先生。这些木材全运回我乡下放着，是做家具的好材料，怎舍得烧？"陈先生说。

其实，最费精神力气的第一期刨树根工程已经弄完，眼前剩下的推土回坑二期工程虽不简单，终究好办得多。

主力是推土回坑和夯实地面的工作。

其余的人肩挑两筐，哪里缺土补哪里。挑不起担子的用背篓来回走着。两三个一辈子没碰过泥土的女士居然端着小脸盆扒在坑沿拿着小铲子一勺一勺往下拨土，使尽自己的力气。没人说她们不好。把专注过的仪容弄得认不出自己。

王淮跟主力队伍忙在一起，拉大石碾子，打四人大夯，喊着号子……

陈氏夫妇静悄悄拿着软尺和标杆在周围丈量，想是计划戏园子和戏台的土木建筑方案。

住前院的关先生早就刷开了局面，茶壶茶杯一崭齐摆在长桌子上，休息哨子一响，人们都蜂拥上来，所有滚茶热汤冒着蒸汽供奉在各位面前。除有用的茶叶"铁观音""水仙种"之外，关先生还把山东老家有益心肺爽声润喉的方子熬出汤茶请大家饮用。果然味道十分，喝得精神百倍，都嚷着要他的方子，于是写了一张又一张忙个不停，"金枣、麦芽、佛手、甘草、薄荷、陈皮、薏米、山楂、蜂蜜。"

"啊！喔！……啊，喔！"敬贤叔对关先生说，"你这汤茶对我喉咙特别有用。你听！啊！喔！喝！喝！嗬——嗬——浪里珠是不是？滚圆是不是？"

"那敢情好！我屋里有现成的，回头送你几服！"关先生说。

难得是黄金潭和阿哇拉来的伙食。这还真是有点感动人。两里多地，棉被严实裹住，菜饭居然还冒热气。亏得他们！

"存心做好，没有做不好的！"张一明不知从哪里钻出来说。

豆芽菜汤，肉末炒粉条，豆腐干炒肉片，煎带鱼，炒芹菜，芋头豆腐乳。

金潭、阿哇在墙角井边打水招呼众人洗手洗脸，又转棚子里分发筷子饭碗。

陈氏夫妇跟大家一样地上选了块砖头坐着吃饭。

王淮说："哪个明天借条水平仪来，用绳子标标高低，把这块地面先摆平了。再继续填土，大夯小夯一齐上，各处补补土，老天爷下场雨，让它自己陷一陷，天晴再补补土，就可以填沙子、三合土了。"

"明天早上，我借了两头牛和一副大石头碾子来帮忙，后头跟几个人补泥巴就行。场地弄好我就围墙，门口盖间卖票的，一段墙做广告牌，老远就看得见。墙沿还要打扮一圈下水道，免得淹了场子。

"南边戏台，我看一个月盖得起来。到时候要有个戏演就好……"

这话王淮听见了，也可能陈先生就是故意说给王淮听的。

王淮放声对低头吃饭的人说："有没有胆子一个月弄一部戏出来？"

"哈！开玩笑！筹备放个屁也要半天时间！"

"那要看是什么戏。"

"开张，打泡戏还真不敢含糊！"

"为了陈先生，怎么也应该！"

"《雷雨》！"

"《日出》！"

"《家》！""《北京人》！""《原野》！"

"怪也怪！曹家大爷招牌子底下的硬通货总是让人念念不忘，也不想想自己手底下有多少货底！"

"哎！人不要妄自菲薄！前些日子报上登贵阳一间什么难童小学过年唱贝多芬第九交响乐的《欢乐颂》咧！戏是让人演的、看的、歌是让人唱的、听的。感情来去，最好是不带身份架子。人总爱担心这个那个太多！有兴趣，有实力，做了再说嘛！"

王淮看着大家："怎么样？"

"《原野》！"王清河说。

"理由！"王淮问。

"角色少，故事讨人喜欢，带序幕一共才四场戏、两个景。戏好看，台词顺口好记。"河伯说。

"哪个导演？"王淮问。

"你！"王清河说。

"哪个仇虎？"王淮问。

"我！"王清河挺起胸脯。

大家笑起来。

有拍掌的，有叫好的。还真是喜欢他们两人的戏。

"当仁不让"，即便是吹捧，即便是事先没听见商量，几个老资格们脸上也没有愠色，觉得是难得一见的实事求是的决定，也是一种义勇之举，向陈先生致敬最好的表示。

第二天牛车果真来了。那么大的牛，好威风。拉来的石碾子比一个人还高。只这么走一圈，地就陷下半尺。大家跟着前后填土，起劲地吆喝，牛也跟着活泼起来。

这么玩了两天，工兵营听见消息，又开过队伍来补了一天收尾工程，那可把这个园子弄得通体筋实漂亮了。

两边讲好。

陈先生马上动手修围墙和剧场大门、戏台。王淮动手排出《原野》这场戏。各人分头就忙起来。

第二天早饭过后开会安排了角色：

仇虎——王清河

白傻子——杨肇

金子——刘崇淦

常五——姜何之

焦母——吴淑琼

焦大——陈哲华

……

王淮说："先这么定。到陈家当面再邀请吴淑琼。"

"这么漂亮的陈夫人，你也不先问问她肯不肯演这么老丑角色？

说不定还会生大气……"杨肇说。

"嗬，嗬，到时候看，到时候看！"

最后一天的工作，大家做得细细的，连三叶草、车前子、虎耳草都拔了，有人就说："别拔别拔，留点在墙脚好看的。"

王淮、王清河跟啸高先生夫妇在客厅谈事。

"演，演，当然演！告诉他们，世界如此计较就没有戏了。我多谢你给我这么重的角色。我演过繁漪，演过侍萍，就没演过她，这太好了！我要试试。啊！好重的分量！在上海我看过好多回焦母，各有不同的演法。我，我要试试自己，清河先生'去'的是仇虎，我要多和你谈谈。我们是'仇人'，是悬崖边生死相搏的人物，了不得的事！等我几天把剧本读好，再请二位过来细细讨论。"吴淑琼说。

……

颜渊深和宋成月跑遍了仙游城书店，连老板自己看的都搜罗了才七本。于是拉来潘副官、郑贻宽、刘宜男和张序子两个通宵，刻蜡纸钢板印出《原野》剧本。早上送到王淮手上还冒着热气。

分发给大家，自己叠好订成本子。张序子附带奉送好纸拓印的木刻封面——一张可怕的仇虎脸，下书"原野"二字。

"这张仇虎不错，你几时刻的？"王淮问序子。

"昨晚到今早晨。"序子说。

"我看陈家墙上大广告就用它吧！"王淮说。

"嗯！我试试看！"序子心里号角齐鸣。

给吴淑琼发了一套制服，头两天派宾菲和芳丽到迎薰路去接她。门卫熟了，就自己来了。

头次在排练厅对台词之前，王准介绍说："以后大家叫吴大姐。你们——"对张序子，"——这一类人不准叫大姐，要称吴先生，听清楚了？"

"清楚了！"不相干的人也跟着答应。以后爱怎么叫就怎么叫，都很感情。

吴先生办事认真，八点半准时来到排练厅，弄得自由散漫惯了的几个男人倒贴地守起纪律来。

刘崇淦扮金子，其实演都不用演，原本一身长的就是金子的肉。那嗓门，那眼睛眉毛，那扭劲……

看河伯上戏本身就是一种趣味行动。别听他"对台词"的时候温文尔雅地承上启下，在抚摸语言棱角。一上台那股肃杀，就像换了个人，让你提着口气吐不出来。循着他由一个人变成另一个角色的路迹闻下去，你慢慢就会懂得，即使是一只"戏狗"有朝一日也会修成正果有个人样的……

可惜河伯不是一本大书在书店买回来可以慢慢领会，可以来回地读到通透为止，你可以放在身边爱翻就翻。他是个人，只让人静静地去默会、欣赏。

眼看现在他要扮演一个复仇的恶人了，你等着，你不会失望……

曹禺先生一辈子写那么多城里戏，只有一部《原野》写乡里。乡里有野景，有雾，有白天，有晚上，有树，有阴森的寂静的风景。

秋天的傍晚。

大地是沉郁的，生命藏在里面。泥土散着香，禾根在土里暗暗滋长。巨树在黄昏里伸出乱发似的枝丫，秋蝉在上面有声无力地振动着翅翼……他背后有一片野塘，淤积油绿的雨水，偶尔塘畔簇落簌落地跳来几只青蛙，相率扑通跳进水去，冒了几个气泡……巨树前，横着垫高了的路基，铺着由辽远还不知名的地方引来的两根铁轨……

地面依然昏暗暗，渐渐升起一层灰雾，是秋暮的原野，远远望见一所孤独的老屋，里面点上了红红的灯火。

大地是沉郁的。

戏从这里开始。他为那些人的出场预备得多细心！

张序子对这个剧本里所有的人没有一个喜欢；而又是他喜欢的所有人在演这出戏。

杀个把人，犯得上用这么多心思吗？

世上所有戏文都引人烦愁，好像过真日子还嫌烦愁太少。

最难演的怕是那个瞎子老太婆。演吊死鬼容易，剪张大红纸含在嘴巴里当舌头，白无常穿白衣，黑无常穿黑衣，慢慢走来就是。没故事陪着，一点作用也没有。

跟仇虎唱对台戏的是个青光瞎的六十岁老太婆。她穿着白长衣、灰布褂、黑坎肩，手捏着粗重的铁拐棍出场，是天生下凡来对付仇虎的。

狠对狠，却是各有狠法。

大家都等候吴先生饰演的这个毒老太太看她如何出招。她对不对付得了王清河的仇虎？替她捏一把汗。手法、技巧、修养跟不跟得上？……她好看的容貌会不会成为扮演反派角色的拖累和障碍？

万万没想到跟王清河戏路紧扣得那么好！她禁忌泼辣喧嚣的解数而走着从容温婉的步伐，两人紧咬着台词专注得像两条眼镜蛇在无声地、绷着毒牙互相咬嚼。远看还以为是两位英国淑女在喝下午茶。

所以，当瞎子婆受到仇虎撺掇双手捧出被自己一铁棍砸死的孙子的尸体走出房门时那静寂的战栗片刻，把排练场所有的人都吓哑了。

不一定大喊大叫的道理提高了看戏的口味。戏原来可以这样演的。

陈先生那座戏院子弄好了。

公园斜路过去，一列大灰砖墙，中间玄关式的大门，有台阶、雨廊，右是卖票处，左是一面大白墙，预备画广告的。真气派，演一出戏换一次广告。

舞台坐南朝北，很宽大，实心的，蹦跳不生响动。

剧场当然露天。天气好才演，下雨不演。演到一半下雨的事也是有的，那就打伞各自回家。带伞是为了回家，不是为了看戏。这地方没有专门打伞看戏的习惯。

预备了五六十张长凳，每张可坐五六个人。这里看戏都习惯自己带凳子，说是坐起来"熟"。散场的时候你看得到一路上都是凳子，仿佛凳子走路。

那五六十张长板凳天晴下雨都在剧场露着，因为吞吐日月之精华很得了些好处，显得包浆十足，特别精神。空手前来看戏的人跟它们分得清张哥李弟。这是后话。

演出《原野》这档事让好多人开心。序子是其中之一。

三米高的白粉墙上要画一个仇虎的人头。

名不惜一铁棍打死了自己的孙子

当瞎子婆受到仇虎撺掇双手捧出被自己一铁棍砸死的孙子的尸体走出房门时那静寂的战栗片刻，把排练场所有的人都吓哑了。

犯得上画这么大吗？犯得上的。什么叫作广告？广而告之之谓也。隔着老远的田野、公园，小了，怎晓得是乜嘢东东？

当然，还有个秘密的理由是"过瘾"。什么时候有机会让人尽情地在新白粉墙上画一个大脸而不挨骂的？人生快乐的道理就在这里，有如长官结婚，部下放肆地闹新房不受处罚一样。这机会十分难得！

序子从前晚上起就开始检阅自己的部队——五彩颜料、大提桶小水盆、毛笔刷子、糊糊牛皮胶、抹布草纸、汗巾草帽、颜色粉笔和小刀加上寸步难离的小木梯子。

世上好多事情只能一个人做。比如喝汤，比如放屁，比如做梦。我刻木刻画画，就不喜欢有人旁边插嘴。你可以等我完事之后再大放狗屁，臭一点也不妨。

我最不佩服拿作品到处求人提意见的人。

你自己千辛万苦熬出来的东西怎么可能一点自信都没有？

假！

难以相信是人间文艺行为！

你不是"虚心"而是"心虚"；一种心理的化缘、求饶、讨好。

（画完画、刻完木刻寄给好朋友欣赏，是另一种欢喜。）

序子扛着家伙出门走到大路上碰到黄金潭。

"我跟你去！"他说。

"我一个人行。"序子说，"你忙你的事，等下找你找不着！"

黄金潭抢过东西，"找不着就找不着。"

于是走在路上的变成两个人。

"我老实告诉你黄金潭！我喜欢自己一个人做事，不喜欢旁边

仇虎当现

三米高的白粉墙上要画一个
仇虎的人头。

犯得上画这么大吗？犯得上
的。什么叫作广告？广而告之之谓
也。隔着老远的田野、公园，小了，
怎晓得是乜嘢东东？

站人！"序子说。

"我帮你忙，不出声就是，你当我没有不就行了！"黄金潭说，"你当我是一头'乖叽'就行了。"

"什么叫作'乖叽'？"序子问。

"我家里喂的一头驴。"金潭说。

"你有驴？你哪里人？"序子问。

"永春。"

"你平白无故养驴干什么？"

"怎么平白无故？驴帮家里做好多事。——嗯！前几天'乖叽'生了只小崽，我还没给它起名字。"

"哇！多大？"

"就狗那么大！"

"哈！一头小驴，我几时跟你回家看看！"

"啊！那有什么看头？"

"唉！嗳！要是团里准养东西就好，我就养头驴！"

"养驴算哪样养？"

"你不晓得驴的可爱！"

"天下可爱也轮不到驴。蠢头蠢脑的。"

"唉！像你们这心好铁！你以前干什么的？"

"长大了让人抓过壮丁，后来抓过别人壮丁。"

"你不是个正经兵。"

"是正经兵早死了！"

"你上过战场？"

"上过。枪一响，我溜了。"

"给抓住不毙了？"

"所以咿！"

"后来呢？"

"有什么后来呢？回家养妈啰！"

"靠什么养？"

"那就多啦！我不识字，往不识字那方面养就是啰！比方找几个朋友市场上抢点，偷点，也卖过壮丁。不在本地卖，要卖就卖远点，免得让人认出来。"

"那你多危险！"

"熟了就不危险！半路上找块枪够不着的山爿一跳一躲就是。"

"你看你找死处玩！"

"这钱多，一趟够老老实实过半年。后来力气不够不玩了。"

"那怎么办？"

"找几个熟人挖坟。运气好，能分到好东西。可惜大家都不认得字，好碍事。"

"挖就挖，谁碍了你？"

"你不懂！男的东西少，女的东西多。半夜三更只好摸碑。叉两腿的是女（夫人，女），平屁股的、当中竖一条的是男（公、将军），底下两个字不管（之墓、灵位……）。"

"怎么挖？"

"头北脚南。坟不挖新，碑越旧越大越值钱，按坟位东挖一边，碰到棺材撬开先摸头，簪子、凤冠、耳环，运气好还有步摇、项圈、手镯。细心老手摸得出嘴巴里的翡翠牙、金牙，也有个规矩讲究不取牙的，说是给她留个吃饭家伙。要不然一张口咬住你手指头就麻烦了。要留点余地。左右手镯、金、玉、犀角象牙都说不定，戒指之类左手有右手一定也有，那西边就另外开沟动手。

"身边周围若有东西，四方开起沟来就发大财了。

"男有男的值钱所在，顶戴、朝珠、扳指和随身腰带、笏板之类甚至还有宝剑铜锤。至于瓶、壶、陶瓷瓦罐也就随手砸了。"

"你们这帮强盗混蛋简直该剥皮抽筋！"

"哈哈！我只是把自己遇到和听到的一起讲送你听！那时候一听到鸡叫马上就要收拾家伙背起包袱走百十里山路赶回家睡大觉。没空顾到爱惜这个那个。我们都不认字，带着东西路就走不远，遇不到识货的，钱要得急，东西便便宜卖了……"

"你自己动手挖过人家多少坟？"

"大大小小一二十总有吧！"

"你说你们多坏！"

"坏不到哪里去的！好东西埋在土里才坏！"

到了，大门口左边一面大白墙。

"你想干什么？"

"画它！"

"画什么？"

"你等着看。先说好，从现在起，不要跟我说话，不要帮忙，就那么坐着看，一声不响。听见没有？"

黄金潭点头，垫了两块砖坐着。

张序子拿根细棍棍绑了支淡蓝粉笔在墙上画大框框小框框，退几步看看，近几步画画，一直这么来回。放下粉笔棍棍，开始用淡墨水勾一个大脑壳。就这么一个大脑壳。小梯子移来移去，人上上下下。再加浓墨，再加淡墨……有点累，口发麻，顺手抓水壶过来凑着嘴喝了，回头不见黄金潭。心里好笑，不让他说话也是受罪，溜就溜吧……

黄金潭提了两三个大包回来了，打开一看有钵子有碗，筷子调羹，地上一铺开，很有个样子。

"我让大厨房弄的，告诉他们：你在画墙，柯副司令都晓得。一个人上上下下很是辛苦，'弄点好吃的，听到吗？'听到了。你看这菜，这汤，这饭。你吃你的，我不说话。"

"我不工作的时候可以说话。"序子说。

"啊！可以说话。那我就问你，你画这么大脑壳的卵人做什么？人不人，鬼不鬼？"金潭问。

"团里排这个戏，叫《原野》。里头主角仇虎就是他。画凶一点好引人注意，多点人看。"序子说。

"走夜路，灯一照，还真吓人。"金潭说，"世界上我最恨就是你们这些写字画画的！"

"无仇无冤，恨他做什么？"序子问。

"他会，我不会！"金潭说。

吃完饭，收拾完东西金潭又走了，冷不瞅一会儿又提一热水壶茶来，"叫你喝茶，算不算'说话'？"

"嗳！说老实话，多谢你这么辛苦劳神。"序子放下笔刷子接过他的茶杯，"画画这事是一笔一笔想着画，想的时候就没有办法分神搭话了，有时候就显得对不住人。其实哪个不喜欢讲话呢？"

"是，是，是，这个意思我懂。不管想什么，都不喜欢别个搭腔。"金潭说。

"那你就自己坐着看！我接着画啰！"

下午四点多钟，序子拉了拉左门框上的线，阿姨认得序子，让他把所有东西存在门洞里，明天早上再来。跟黄金潭两个人就这么回家了。

家里人也刚排完戏正准备吃饭，顺便夹在队伍里跟王淮说了工作，王淮说"好"，看都没看就说"好"，那是信得过序子的意思。"明天还要去做一天。"王淮又说"好"。

吃完饭，序子一个人坐在房间里。

"……头发像乱麻，硕大无比的怪脸，眉毛垂下来，眼烧着仇恨的火……"几句话在序子脑壳里翻腾，那仇，那恨，像坨烧红的大火球，滚到哪里哪里燃烧个透！一味之狞笑，蔓延胜利，欢歌火势，不顾后果，不求结论……

好抽象！好哲学！好历史！

它为世界所有的不公煽风点火，扬眉吐气。

一位手无缚鸡之力的曹先生居然淋漓尽致地写出报仇雪恨的大篇章、大寓言。好狠！好毒！好痛快！我不清楚他晓不晓得自己写的是一个永恒的寓言，让所有的恶人都看到报应！

写这个剧本他才二十七岁！

一晚上序子累得躲在房间里不想见人，偏生一帮男女要看热闹，拥进来喝他的茶。

"我说，序子序子，你手下总要留点情才行，画得我这么丑我怎么见人？"河伯说。

"你哪里听说我把你画得丑？"序子问。

"《原野》封面木刻，是不是你弄的？说！是不是？"河伯问，

"你让我以后怎么'撮摩'？"（河伯故意这么说的，其实他家里老早有老婆了。）

序子连忙解释："这哪叫丑？那是初稿。真家伙明天才出得来。我的艺术水平不够，我就怕跟不上你的角色。眼前你看我好心跳！"

"开玩笑！别在意。你画得再丑我也不怕。"河伯说，"有人看见你在陈家门口画墙，专画一个人头，我想怕就是画我，排戏忙，老实说，我真想看，看你把我画成什么样的大恶魔？"

"我尽量画得有意思，招引人家愿意前来买票看戏，何况又是陈先生剧场开张……"序子说。

"你该找个人在旁边帮忙，打下手。看你一个人好造孽！"陈馨说。

"我！我！我！"黄金潭蹲在屋角猛然站起指着自己胸脯嚷。

序子指着他说："金潭老兄帮我大忙，好细心！亏得他！"

明天是礼拜天，敬贤叔、宾菲、芳丽、齐扬、渊深、培芳……要跟着去看序子画画，中午茶馆喝茶吃点心，"罗汉请观音"，不要序子出钱。（"罗汉请观音"就是大家各出自己一份，夹带免了观音那一份。"观音请罗汉"就是大家不出份子，专吃观音的，由观音一个人请客。）

序子连忙说不好不好，明天最后一天要集中精神把事情做完，分不得心，也不要人看。求你们！求你们！

大家见序子这么认真，算了。大家出房门的时候，王淮正巧进来。

王淮坐椅子上问序子："累吗？"

"有点！"序子答。

"他们来干什么？"王淮问。

"说明天要去看我画画，请我喝茶。我叫他们不要去，我忙，顾不上他们，会影响我，他们同意了。"

"一番好意！"

"是一番好意！"

"一个人行吗？"

"多亏有个金潭！"

"嗯，那你好好休息，明天整天的累。"王淮拍拍序子肩膀走了。

跟黄金潭一大早到了陈家门口，序子拉了门上的线，开门的竟是陈啸高先生夫妇。

吴先生说："那么早来？"

"不算早，你看，太阳升到那头了。"序子和金潭搬东西，落定了，陈先生开心地说："没想到你画那么大的头！"

"大点好，引人注意！"序子说。

几个人一齐笑起来。

阿姨搬来两张小板凳和一个小茶几，又提来一大壶热茶和几个茶杯，倒满了。

"今天是星期天，我们都正好休息。"陈先生说。

跟着摩得、理得也出来了，转了一阵，他们根本没想到墙上的大脑壳会是眼前这个张序子画的。

理得问："我哥哥说，这个大头是你们的人画的？"

序子点头。

"你们？你？"理得问。

序子指指自己，又指指画，又点头。

理得对哥哥皱眉头，哥哥走开了。

两兄弟自己说仙游话，对序子说闽南话，理得说话嗓子有点沙。

"你给他写过生吗？"吴先生问。

"喔！我没想起过，我想我应该写个生或许会好一点。"序子说。

"不，不，这已经很好，像，生动，就这样好。"吴先生说，"画下去，就这样画下去。"她一直盯住，退前退后，"你在哪个学校学过？"

"在集美中学，初中没毕业，二年级……"序子说。

"画？"吴先生问。

"黄羲、朱成淦、吴廷标三位先生教过我。"

……

吴先生和陈先生两口子自己讲起仙游话来。

"为什么不读完初中？"

"让图书馆的书耽误了！上课变得没意思。"序子说。

"可惜！"陈先生说。

"不可惜！"序子说，"幸好！"

"你是哪里人？"陈先生问。

"好多人问我，我想我应该印本说明书：本人湖南朱雀人，父母办教育，双双失业，于故乡困穷。本人由家叔带来福建厦门集美中学，不好读，离校四处流浪至今。"

"我问你，你生气了？"陈先生说。

"不会的。问我这类事情的人太多，照顾不过来。"序子回答，"这是我的感想。"

陈先生说："我们不说话了，你动手画你的画吧！"于是两口子认真地坐下看画。两个孩子也悄悄凑上来，四个人有时候轻轻交谈。

序子开始勾墨线，点醒周围轮廓，头发眉毛、胡子部分先涂上蓝底，再按照毛发生长规律用墨线一层层描出有趣的旋律来。

没想到看热闹的人越来越多。有好多呢？序子在梯子上看不到，是闻出来的。

哄，哄，哄，一股热气。

背后这些人不懂画，懂礼，默默地看。小孩刚想嚷一两声就给捂住了。

序子上上下下换颜色、洗笔，金潭忙着接应，序子下地看画面势头，人们也懂得闪让。

年纪轻轻不打稿子画这么大的画，很有点佩服奇怪，加上画面人物那么凶恶有趣，连序子这个人都喜欢起来。

中午时候，金潭告诉序子要回去打饭，吴先生忙说已经准备好了，只看在这里吃还是进屋吃。陈先生说："就这里吃吧！"

观众听说要吃饭，也就笑着慢慢散了。

金潭和阿姨搬来张小饭桌，摩得、理得兄弟带序子进屋洗手，好像小孩子跟足球队入场那么神气。

不讲菜、饭、汤了，六个人把饭吃完，阿姨和金潭收拾干净之后一起坐下喝茶。

"除了画画，你还喜欢什么？"吴先生问。

"我不是画画的，我是刻木刻的，来战地服务团混饭吃才画画。"序子说，"至于喜欢方面，那当然是看书。"

"看书？看什么书？"陈先生问。

"看和读不一样。古时候的文章要读，读了，想事情、作文章有条理。现代的书，包括外国的书那就天花乱坠了，妙透了。它就帮你懂得世界，扩大眼界。我好像觉得，有句混蛋话，'天下无不是的父母'应该改作'天下无不是的书'。书，都好，看你如何看！"

"哪个教的你这些看法？"陈先生问。

"没有哪个。或者是胃先生，或者是我爷爷。有人不知道，看书是不能有党派的，有党派起码你少看一大半书。"序子悄悄地说，"战地服务团以前那个姓汤的总干事就说孙中山、蒋介石、曾文正公之外的书都属于文化上的嫖、赌、饮、吹……好可怜！"

陈先生两口子听了好笑，"你可怜他做什么？"

序子接着说："古人读书的标准'五车'，五车竹简、木简能有多少？十本都不到，五个火车皮还马马虎虎可以……"

陈先生问："你们团里有多少人喜欢读书的？"

"都说自己忙。讲不好。"序子卡着指头，"宾菲算一个，河伯算一个，王淮算一个，成月算一个，有，有，有……聚在一起，算是几个喜欢谈书的人……"序子笑起来。

"你笑什么？"陈先生问。

"我想到我们家几百年住在孔夫子文庙隔壁，人家就说我全家人个个有学问，其实我上课最不行，留级留得在学校很出名。……我怎么会不喜欢书呢？我只是不喜欢禁锢。学校是靠规矩打分的。他们不清楚我在图书馆得的益处也是学校的恩泽。"

陈先生说："学校只是学校，它可顾不上更多的周到。你们集美算是了不起的了。……唉！你那么喜欢书，为什么不到我家里来呀？

从上海我们带回来一些书,放在那里都没有人看,你来看嘿!来嘿!"

天哪!天哪!陈先生竟那么自己开口了!

"上回你请我们做客的时候,我到过你的书房了,见过那些书,我们不熟,我哪敢看!我做梦没见过这么多书……"

吴先生说:"等这盘事大家忙完了,你到我家来,慢慢看这些书……"

序子提起个小颜料桶,赶快爬上梯子,要再站在地上,就会忍不住高兴得大哭一场的。

画了一阵,陈先生一家几时走的都不知道。梯子周围又来了些看热闹的,一位高大潇洒的汉子过来握手,"你好!画家!我姓陈,陈骏驹,你叫我'对马'好了。我也是弄文艺的,本地人,家就在街上,有空请到我家里坐坐,你画得真好,真流畅,很创见!"

序子学着大人家客气地说:"不行!不行!很幼稚,工作需要,献丑献丑!"

"对马"笑眯眯握完手,走了。给序子一个非常清新、温厚的深刻印象。

(和陈骏驹只有过一二次交谈。想想,人生竟然如此奇幻。一九五三年,他在北京中央广播电台工作,找到大雅宝胡同宿舍来看我,真是相见如梦寐,不知从哪儿说起。一个运动接着一个运动,我们从此又断了联系。他和善宽阔的容颜一直让我铭刻于心,难以忘记……他一生一定有很多动人的故事,不然,不会从遥远的南方小城到北京来工作的……)

仇虎满头丰厚茂盛的毛发,起伏的肌肉,直到额角深处复仇的小眼睛序子一笔点出来,大家哇的一声叫好,连序子自己看来都有点害怕。

"原野"赫然两个大字写在画面左右上角。"三幕话剧"、演出日期、演出单位写在画面之下。放下毛笔，好多人围过来撒欢，拍肩握手。（幸好那时候没有手机，要不然拍起照来可就给大伙埋了！）

回家路上，金潭走前序子走后，两人背肩都驮着东西，序子问金潭："你他妈今天什么事都没做，怎么弄得像是只剩一口气……"

"是，是，一点不错！你忙你不累；我、我看你脚颠在梯子上，我、我怕你一下摔下来，我怕我一下子来不及抱住你，我一分一秒都盯住你，都绷住劲，我，我，我……"进了团部他才把最后这句话讲完。"……我伤得不轻……"黄金潭说。

墙上广告画完，王淮动了个念头，《原野》的海报，让宋成月到石印铺弄三张"汽水纸"来，序子画三幅套色版交石印铺印出来就成了。序子休息。

《原野》海报印出来很耀眼，满城贴，轰动之极。几个卖票点不停地派人来嚷票不够，添票！这真是远远超过高兴的高兴。

有的老乡不清楚《原野》什么意思，以为就是画中人的名字。小孩调皮不听话，便指着画说："我叫原野下来了！"

这个戏，一共演了八个晚上，场场满座。好是好，开心是开心，上场的人都快顶不住了，快坍了。

当时你不在场不知道，迎薰路到晚上半边天都是亮的，光看天就够了，半空冒出一笼彩气。好多老人家都没见过，说是吉祥之兆。

战地服务团在街尾头大街三楼聚了个庆功餐，陈氏夫妇和两个孩子以及关先生父子都请到了。好多居民认得出是演《原野》的，都想围拢来看。这光景以前是没有的，像上海那些大地方追明星的阵势。

夹在这个场合中，王淮团长对大家说："请注意，我介绍吴娟女士给大家认识，她是我们战地服务团新来的成员，大家鼓掌欢迎。"大家鼓掌欢迎。

二十二三岁，安静，平和，不像个没有分量的人。究竟干什么的，看不出。很快地她跟几位福州籍女孩子坐在一起了，她也是福州人。这人不眉飞色舞，不叽喳，让人犯不上对她产生初识的警惕心。

这场合好像是给包下来了。问陈烈，他说是。

任天明、许塘、陈哲华几个人卡在楼梯口看管出入。

胖子刘随站在张椅子上温和地宣讲：今天是本战地服务团专门的聚会活动。原来在这里用餐的诸位客人朋友，用餐完毕之后请自动下楼不要在此停留，多谢多谢！

剩得三几个油皮赖脸老油子想混在角落里看热闹的，也让专演反派角色的演员软哄硬劝地弄下楼去了。

没想庄敬贤叔早就叫人带来了提琴和手风琴。关先生带了笛子，摩得、理得两兄弟带来根德国木头竖笛。这才明白原来这个会是预备好的。

司仪是薛钟华，他说请大家随便喝茶用点心，一边欣赏节目。第一个节目是庄敬贤的手风琴演奏《野蜂飞舞》。这曲子是俄罗斯音乐家里姆斯基－科萨柯夫根据普希金小说《撒旦王的故事》作曲中的一小段子，描写一群大黄蜂从海上飞来。

不大像一群大黄蜂从海上飞来，要是真从海上飞来，这么大的海面，来来去去，人耳朵怎么能听得那么清楚盘旋有致？不过只是一两只野蜂子不小心偶然串到人家讲究的屋子里去了的意思更贴切。飞来飞去找不到出去的门洞和窗洞的那点可爱而又活泼的狼狈相。

就那么两只野蜂在书房里飞，原以为十分好玩，看看这里，看看那里，这么多书藏在书柜里，还有书桌和椅子、台灯、墨水瓶和垫子、笔筒，沙发里坐着一个九十岁的看书老头，一根头发都没有的老光头。他害怕，他以为野蜂是为了他的光头准备刺他一下而来。他跳起来叫人，没人答应，急忙从屋角取出一根手杖在空中追舞。他老人家眼睛看不清，只听得见声音，也很可能打破了什么玻璃器皿，野蜂飞走了，他躺在沙发里喘气……

野蜂绕了四五个弯来到餐厅。餐厅真大，中间一张大餐桌，头尾两张椅子，两边各六把椅子，天花板上一盏大吊灯。餐桌上已经摆好餐具，各式酒杯。蜡烛台，大花瓶有鲜花，今晚上很可能有个热闹的宴会。野蜂在餐厅绕了三个大圈，又在鲜花瓶上绕三个小圈，从十四张雕花的椅背后——掠过，做了两个失望的翻滚来到正冒着好闻和不好闻热气的厨房。肥胖的厨娘和精瘦的厨子听到声音连忙叫着嚷着拿起铁铲和擀面杖追赶。野蜂根本不喜欢厨房讨厌的复杂气息，连忙从迷雾中穿出来，好不容易飞到一个憩静的地方，喔！卧室。天花板、四周满贴着没有香味的虚伪的开花墙纸。大床铺着讲究的卧具，地面有宁馨的毛毯。小床挂着蚊帐，睡着个漂亮的小女孩。小女孩听到野蜂的声音醒了，要坐起来看。

不得了，有人喊蜂子进房了，别叮着宝贝。小宝贝坐着别动！快打！快打，找苍蝇拍。苍蝇拍在哪里？昨天还看见嘛！啊？啊？扇子也行，它在那儿，沿天花板飞，打，打，宝贝别哭！别掀帐子，你看它往窗子那边飞，好，让它飞，它要出去，它在窗边飞，别打，

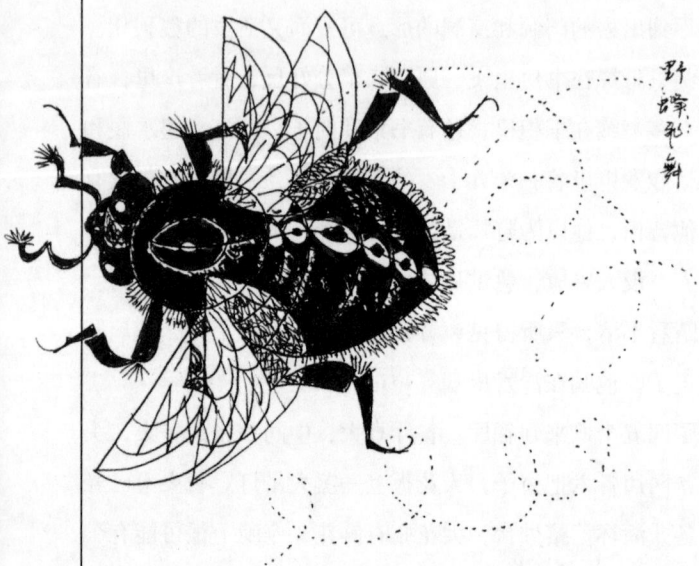

野蜂飞舞

不大像一群大黄蜂从海上飞来，要是真从海上飞来，这么大的海面，来来去去，人耳朵怎么能听得那么清楚盘旋有致？不过只是一两只野蜂子不小心偶然串到人家讲究的屋子里去了的意思更贴切。飞来飞去找不到出去的门洞和窗洞的那点可爱而又活泼的狼狈相。

别打，开窗，让它出去，开开！喔！我的天，它出去了。嗬！嗬！我的天！吓死我了！

庄敬贤一口气拉完这首曲子。熟悉这曲子的都说拉得少见的流畅回环。头一回听这曲子的都说："真像！真像！"

底下轮到陈家两个儿子摩得、理得上场。吴先生一边一个把他们两个抚弄到前台之后回座位去了，让他们傻站在那里。

哥哥摩得瘦瘦的，长得像个女孩子；弟弟理得戴着顶大鸭舌帽，大额头全被遮住了，沙着喉咙对大家说："我哥唱个《故乡之恋》，我——"

跟着大家逗他，"你，你什么？"

"我，我陪我哥哥，我吹笛子。"

他认真吹了一句前奏，点头提醒哥哥开始。

哥哥唱：

　　我愿再回到我的故乡，
　　回到那多时不见的老地方。
　　故乡的田园和故乡的风光，
　　我，在何时何地都不能忘。
　　让我再回到那可爱的故里，
　　回到那多时不见的快乐地，
　　再看一看祖先留下的田园，
　　再温一温故乡的甜蜜……

哥哥口齿爽朗，理得伴奏的歌曲温暖得让人心酸，众人低头聆听好久才想起鼓掌，叫好。

两人惊呆了，站着不知如何是好。吴先生赶快上前把他们拉回身边坐好。众人不甘心，动了感情，还要两兄弟再来一个。两个人轻轻跟妈妈商量了一下。这一下胆子大了，又走回原来的地方，有点笑容，理得说："这回我唱《丁香山》，哥哥吹笛子。"

哥哥接过笛子，吹了两句前奏。理得唱起来：

记得我呀！小时住在丁香山里，
现在老想回到那里去玩玩，
玩一玩，
玩一玩，
丁香山！
记得一天早上起来寒风飞雪，
不一会儿罩住一个高山。
多好玩，
多好玩，
丁香山。
我真要马上回到那小山，
赶快！
赶快！
赶快上丁香山，
在山里住，
在山里玩，不出来！
去呀！

去呀！

再回到丁香山呀！

理得越唱越开心，完全忘了不好意思，咧开嘴巴大声喊唱。哥哥也吹得十分起劲。这个歌跟前个歌不一样。前个歌有点让人心痛，这个歌好，快乐完全摊在理得脸上。也有女孩子流了眼泪，那是因为理得可爱。

理得唱歌跟哥哥不同，稀里胡噜，伸着脖子，很重的节拍。唱完了，大家鼓掌，激动。他咳嗽，吴先生让他喝水。

接着是关先生的清唱表演。

关先生摸摸头说："唱个什么呢？省了锣鼓，就《古城会》关公的戏吧！昆曲，吹腔，一板三眼，我试来来！也不知道行不行。"

他儿子关迎祥吹笛起调，他唱了。

……勒马停缰珠泪掉，

青龙刀斜挂在马鞍桥。

曹孟德虽待我恩高义好，

上马金，下马银，美酒红袍。

官封到汉寿亭侯我的爵禄不小，

难道说大丈夫忘却了当年的旧故交。

今日里在古城我们兄弟会了，

三兄弟全不念我们桃园结交，

罢！罢！罢！忍耐了，

弟兄恩义就一旦抛，

理得越唱越开心，完全忘了不好意思，咧开
嘴巴大声喊唱。哥哥也吹得十分起劲。这个歌跟
前个歌不一样。前个歌有点让人心痛，这个歌好，
快乐完全摊在理得脸上。

下得马来，我把人头来割掉，

桃园失义在今朝。

唱完之后，大家鼓掌，显得不怎么带劲。听这个用笛子伴奏的吹腔陌生，若是"二黄""西皮"就顺耳多了。这段《古城会》有点像诗朗诵，若真是诗朗诵或许会好点，可惜它又是戏，习惯就拉大了。

王淮认为不然，说关先生的《古城会》极见功力，端到北京、上海哪里都说得过去。真讲究，可惜一身本事浪掷天涯。咬字、行腔、板眼、顿挫，我们搞音乐的该步步捡拾，耽误了，可真是错失良机。我想该跟陈先生商量商量，请关先生来战地服务团上京戏基础课……

王清河、庄敬贤领略到这是个好主意，要赶紧办，难得的缘分。

大家向关先生敬茶，劝关家父子多吃点心。

颜渊深偷偷告诉序子："关先生那双大脚穿的是双单布底鞋，唱戏使劲时候，脚指头在鞋里不停地拱动。真是特别。"

"你这个混蛋总是过后才讲！"序子训他。

是不是大家约好专吃点心不吃重食的？（馄饨、煮面、炒面、炒粉、煮粉、炒饭……之类叫"重食"）弄得个老板又开心又慌张，指挥小伙计厨房跑断腿，端这弄那，好像讨好和讨饭一样性质。

没那回事！赚钱不带笑气还行？

下一个节目是蔡宾菲唱《淡淡江南月》，庄敬贤小提琴伴奏。

宾菲天分高，上天给她很多东西是别人没有的。讲究的柔声唱法，刺到人魂里去了，像在你耳朵边轻声说话，像你不管是二十岁还是五十岁都躺到儿时的摇篮里变成了婴儿听一种温暖爱抚的声音，加上庄敬贤袅袅轻烟似的小提琴伴奏——

　　　　淡淡江南月，

　　　　照微波荡漾，

　　　　绿柳依依。

　　　　溶溶江南月，

　　　　像娇嗔的爱人，

　　　　紧锁双眉。

　　　　啊，祖国，我的母亲！

　　　　你的儿女们，

　　　　安息在你的怀里。

　　　　悲惨江南月，

　　　　照着遍地的战马奔腾。

　　　　悲凉江南月，

　　　　照着汹汹的杀声震野。

　　　　啊！祖国，我的母亲！

　　　　你的儿女们，

　　　　遍体染满了鲜血！

　　　　我们抵抗，抵抗，抵抗！

　　　　抵抗强暴的欺凌。

　　　　啊！祖国！我的母亲！

　　　　你的儿女们，

　　　　要贡献生命给你！

要贡献生命给你！

　　沈从文以前讲过："美的东西总是让人伤心。"

　　宾菲唱完，大家仿佛在一齐默送逐渐远去的钟声，舍不得醒悟过来。好久才喘回一口大气。

　　（这词曲的作者：曲，汪秋逸；词，杨友群。是非常密契，几乎是不可分的合作者。《淡淡江南月》是《江南三唱》中的一唱，另外两唱是《夜夜梦江南》和《烟雨漫江南》，都是抗战时期流亡知识青年行囊中的珍宝。

　　当时，这三首歌曲也被人非议，说它是"抗战尾巴"的典型，像调皮小学生涂改不及格分数被捉住那样无可奈何……唉，年轻、思乡、生死存亡的悬崖边沿，有什么办法呢？一切为了抗战。原谅了吧！包涵了吧！

　　它们是真的歌！要不然，七十多年了，我这段老木头怎么还能一字不漏地唱它呢？）

一大早众人在排练场谈戏。

都说这回《原野》成功是因为班子整齐，角色个个拿得出手，配合得恰当。

"流畅！简直一气呵成！"张一明都称赞，确实是难得，还说，"就算是端到重庆让曹禺先生自己看看，都会没有话说。……演、导都行，干净，爽朗，步步扣得紧……"

吴淑琼说："一铁棍打死黑子的时候，每到这个要紧关头我就呛嗓子！'哦！黑子，我的黑子！'变作拖长的干号，出不来情绪……"

"不，不！这样好！我还以为是你故意安排的。一种粉碎性的死亡跟摩擦的声音。尤其是你以后差不多十秒多钟的休止符，那种留下的真空处理得恐怖极了……"王淮说，"想到这一刹那，我现在毛孔都还会竖起来。"

吴淑琼听了想不到的夸奖，大笑起来。

序子觉得她这种笑虽然少见，倒是当之无愧的。

河伯也说："跟她配戏很得益处，有一些新念头顺势而出，油然而生，台词一下子活起来，咕！这东西是化学关系还是物理关系？以前碰到这种场面，一个老太婆面对生死，一定中气十足地大喊大叫。以为这才是激情。生命交关，想想看，可能吗？满肚子怨毒、满肚子杀气的六十多岁瞎眼老太婆，能喊得什么高调来？要喊，只能喊给自己听。明白自己是只绝望的老困兽，刚杖毙了自己孙子，亲耳听到噗的一声……她已经来不及诅咒这个世界，更来不及考虑如何惩罚自己……这一铁棍下去，任谁，谁，都不重要了……"

"世界上只有两类戏，一类是大团圆，一类是遗憾和绝望。我喜欢大团圆，让人活着有个盼头，让人笑着离开戏园子……世界已经够苦的了……"序子说。

"咦？看戏你还这么认真？"颜渊深转身又对刘崇淦说，"我若是曹禺，就痛痛快快让你在焦家堂屋里跟仇虎拜完天地一走了之。到另一个世界过好日子去！"

"那你快写封信给曹禺，要他改一改。"崇淦说。

"我知道他在哪里？"渊深说。

"我知道，我知道。四川重庆，国立剧专！没有邮票我这里有……"崇淦说。

吴淑琼对崇淦说："这出戏还真亏了你。你的口齿和身段是一种天分。《原野》这部戏里头，除了你金子之外，都是行尸走肉。你毫不相干地被裹挟在一场死亡仇杀漩涡中。你从头到尾都演得灿烂、亮丽，天生的潇洒，没有做作，没有嘶叫，带着饱满的生命力，自自然然，像一颗流星天边去了。让人存了个希望，这流星没有陨落，她应该在别处找到安生的沃土……"

崇淦笑着说："你跟河伯把情绪轨道都帮我铺设好了，我顺着你两位的步子跟上就是，没想到会这么流畅，自己演得这么顺利舒服……我要多谢几位老师了！"

王淮说："所以说嘞，这一盘的导演我能做得这么轻松，都得力于大家的理解一致。我最怕把这出戏演漂亮了。我随时都提防'梅耶荷德'味……现在是抗战，是跟老百姓长相厮守的日子，我紧紧把握住泥土气，我不让这出戏豪华，我也没有本钱豪华，我们不搞洋夸张，也不搞土夸张，没想到机缘这么好，这么短时间居然一气呵成。不是自吹，让我们骄傲一次吧！我们这次的《原野》还真是，嗯！真是有点不错！

"底下我给各位透个风，很可能我们有个时间比较长的巡回演出。各位大脑里先打个底，帮着考虑考虑，带什么戏码子出门？戏码子够不够？不够怎么办？"

"喔！还有件事值得讲一讲，张序子这次《原野》广告招贴画得挺不错，仇虎的脑袋很吓人，个个都要买张票来探个究竟。《原野》受到欢迎有他一功。"

吴淑琼说："我们墙上张序子画的那张仇虎大脸，啸高不让抹掉，说画得好，要永远留在墙上。叫人把右边也修块白墙，新广告往右边贴就是。还交代我转告序子，有空去签个作者名字。还说哪天约序子到画那边去照个相做纪念。"

没想到河伯跟宾菲他们听了这话嚷起来，要序子请客。序子吓了一跳，不明白被人说了一两句好话为什么就要请客。你们是大人，我张序子比你们小多了，你们明明大人哄小孩！我哪来这么多钱请客？

序子也不晓得哪里学来这手本事，装着什么也没有听见。讲他好话的，要他请客的，一律耳边风！一律如听"二更夜哭郎"，不理不睬……

幸好吴先生说了话："刚才王淮说要巡回演出，我看剧目怕是不够。有的戏我看可能还拿不出手。明摆着是还要排几个新戏。眼前走不走我看不是问题，要紧的还是剧目。我也不晓得说得对不对，各位多动动脑子找找，看重庆、桂林那些方面最近有什么新剧本？"

薛钟华说："陈白尘的《乱世男女》怎么样？"

姜何之说："热闹是热闹，我们全团的人数把潘副官、黄金潭、阿哇加进去都不够。开玩笑！"

"要不？再端个曹禺先生出来，《家》，怎么样？"陈畅说。

"要真把《家》弄出来可就轰动我们全东南了！你要办得到才行啦！你《乱世男女》人数都不够，还《家》？"任天明说。

王清河说："要我说，我还是坚持请曹禺先生出山，《北京人》！人不多，十三四个，要戏有戏，要人有人，三个场景，怎么样？"

"《北京人》我觉得可以不妨试试，换一种口味。当然讲老实话，我一听提到《家》，也是心花怒放。老百姓看了也一定颠三倒四，乐不可支。我看这样办，要不是《北京人》，就是《家》，行不？"任天明说。

吴淑琼说："我两个戏都赞成。你们几位管事的可以认真算算细账，大家要不争一口气把两个戏都赶出来？"她回头看看张序子，"咦？你看你，好端端一个人，一表人才，怎么每出戏你都没有份？我就认为你应该上上场。"转眼问大家，"为什么？比方，如果我们上《北京人》，他简直一个天生的曾霆……"

听了这话，河伯第一个跳起来，"吴大姐淑琼女士，你的话没有错，我们这位张序子在好多剧本里都绝对是个'天生'的角色。你派他去银行押运钞票金条，派他去守卫炸弹仓库，他也都是绝对靠得住的一块材料。就是千万不能派他上台演戏。哪怕他是练了两个月的一句台词，上场也会忘得一干二净，让几个演员呆在台上生不如死。这方面，这方面，你绝对不能对他寄托希望。我吃他的苦吃大了……如果不信，天下所有导演都会气死在他膝下……"

吴先生听这话吓了一跳。

大家却是哄堂大笑。

吴先生问序子："是这样吗？"

序子说："是！我跟河伯是仇雠！"说完，四个家伙挤在一起笑。这四个家伙成天混在一起，颜渊深、甘培芳、张序子，又新添了个宋成月。

不迟不早，快散会的时候，潘副官闯进来，手捏着十块钱，叫声："张序子！这里签个收。十块奖金！"

"真的？"序子把钱接过了。四个人往外跑。

河伯嚷着："怎么把钱交给他了？应该交给我！你看，你看，请客的事黄了！走慢点！走慢点！"

戏决定下来了，排《家》。二十八个人物，都塞进去了。

他们忙他们的，说是准备在福州露一手。那还早吧？

序子跟吴先生上迎薰路和陈先生拍照，照相馆的人十分尊重陈先生，看得出来很把这张仇虎的像当回事，左一张，右一张。序子希望照相馆的人看得出作者是谁，并且产生一点惊讶。可惜没有。或者以为是陈先生本人画的，那就糟蹋圣贤了……

吴先生留下序子午餐，白薯稀饭、咸带鱼、豆腐乳，陈先生、摩得、理得，五个人吃得很自在。吃完饭摩得、理得上学"再见"，陈先生、吴先生带序子进书房，"那边有小梯子，你上下随便看。

把带走的书名写在那本练习本上，下次送回来时勾掉就行。这个小提包可以来回包书用……出书房记得扣好房门。"说完走了。序子站在梯子上手脚发麻，先借了上下两本韦尔斯的《世界史纲》，他听说过这部书了不起，是本硬头书，在集美翻过。人有时应该看点板脸孔的东西，像找正正经经的人做朋友一样，犯不上一天到晚嬉皮笑脸。

序子从书架子上取下这两本书下到地板上站稳之后，心里头跟香烛铺走出来一样，除一味供奉神佛的虔诚之外没有别的念头。

一大早起来，序子带着《世界史纲》上册走出团部门口来到左首石阶下边小松林里。林子高头不远有口讲究的孤坟，一圈石凳和一张石桌，平时少人来，看书最是适宜。

序子这年纪从来不管露水。叶子上掉下来的，裤子坐上去的，月亮底下在房顶一直睡到天亮。清早半个人高的深草里翻鹌鹑蛋，等于下半身水里泡过，穿白布薄单裤的话，半路碰到熟人很不好意思，以为他穿着玻璃裤子。夜露和朝露味道不一样，一类淡甜，一类酽口。不信的话，以后碰到这情景的时候试试就清楚了。

序子坐在石凳子上，书翻到第二页，看到："……为什么日本在半个世纪之前还是个诗情画意的地方，还是个浅薄手笔下的传奇世界，还是个几乎和另一个行星一样遥远的诙谐喜剧的乡土，而现在却正以巨型战列舰在地中海上巡逻呢？为什么沙皇帝国会像梦一般消逝了呢？……"有个人静悄悄上来了。

（原来所读应是梁思成先生早年翻译，现冒用吴文藻、冰心、费孝通先生新译，谢谢！）

序子这年纪从来不管露水。叶子上掉下来的，裤子坐上去的，月亮底下在房顶一直睡到天亮。清早半个人高的深草里翻鹌鹑蛋，等于下半身水里泡过，穿白布薄单裤的话，半路碰到熟人很不好意思，以为他穿着玻璃裤子。夜露和朝露味道不一样，一类淡甜，一类酽口。不信的话，以后碰到这情景的时候试试就清楚了。

序子三年纪从来不管露水

"你是张序子！你早哇！"原来是吴娟。

序子抬了抬头，又点了点头，有点烦。

"你在看书呀！什么书呀？"

序子横竖觉得看不成书了，举给她看。

"《世界史纲》！你看《世界史纲》？"吴娟没想到。

"找到哪本算哪本。这地方，你以为找一本书容易呀？"序子说。

"那是。亏你找得到。不容易。不光是人挑书，书也挑人。韦尔斯原来就不是写历史的。他写过一百多两百部小说，忽然间写起历史来了。所以写起历史就特别活泼生动。《世界史纲》学问渊博、通俗，是世界公认的好书。真对不起，也的确让我奇怪！我好像冒犯了你……"吴娟又说。

"这种文言文体你还有兴趣？（梁思成译）"吴娟问。

"不怎么'文'，跟《阅微草堂笔记》和《聊斋》差不多。我在集美图书馆摸过一下，不认真。现在一看，那么好，没想到从恐龙写到第一次世界大战才两本书，清楚明白，怪不得人家说，世界上聪明人只有两个，死掉的是'所罗门'，活着的是'韦尔斯'。"序子说。

"你还看过韦尔斯什么书？"吴娟问。

"记得有一本叫作《莫罗博士岛》……当初我还以为世界上有两个'韦尔斯'。"序子说。

"讲什么的？"吴娟问。

"……一个老科学家在一座岛上养好多野兽，每天活剥它们的皮，换来调去做实验，动物们很痛苦……后来有没有闹革命，忘记了……看得糊里糊涂……写痛苦的书我都记不住……"序子说。

"不记就不记！没什么了不起！"吴娟低头看着序子，"你鼻子怎么样了？你怎么一直不停挖鼻孔？"

"痒。还有鼻屎。"序子说。

"哪来这么多鼻屎？又不是鼻屎矿。我告诉你，鼻孔越挖越大，长大了两个鼻孔朝前，十分难看。挖多了容易发炎，影响呼吸系统。很多男人都有这些毛病，当众剔牙，对人打嗝，咬手指甲，挖鼻屎，晃腿，拔胡子根，喝茶漱完口才咽下去，这都是没有教养十分不文明的行为。做惯了自己不以为意，忘记了跟大家在一起生活的礼貌。——该吃早饭了，我们下去吧！"

序子走前，吴娟走后。序子没答应吴娟的说话是与不是。吴娟说："序子，序子！你看你坐了一屁股露水。"

"是的，是的，不要紧，露水干得快。"序子说。

"你那么喜欢书，我身边也有一些，几时你来看看。"

"好嘞！"序子说。

他们都在忙《家》的事。宋成月和序子没有份。

两个人在走廊遇见颜渊深和甘培芳，他们两个明明早已套到了角色，故意装着不在乎的神气过来卖温存，听说成月和序子两个人要上街，急了，"我们正对台词，你们要上街？我们一点也走不脱，你们不能等等呀？呀？下午上街不行呀？呀？"

"我们上我们的街，和你们有什么关系？"成月说。

"当然有关系！怎么能说没有关系？那十块钱奖金你们要匀着点，不可以一下子花完了，要不然，我们怎么办？"

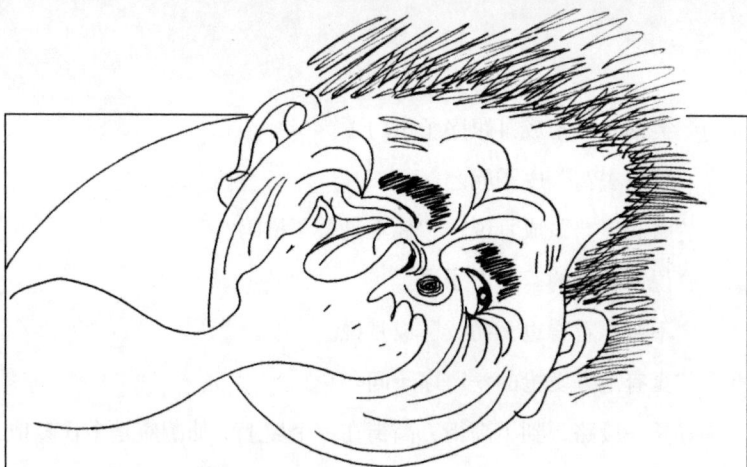

你怎么一直控鼻屎？鼻孔会越挖越大的。

「我告诉你，鼻孔越挖越大，长大了两个鼻孔朝前，十分难看。挖多了容易发炎，影响呼吸系统。很多男人都有这些毛病，当众剔牙，对人打嗝，咬手指甲，挖鼻屎，晃腿，拔胡子根，喝茶漱完口才咽下去，这都是没有教养十分不文明的行为。做惯了自己不以为意，忘记了跟大家在一起生活的礼貌」。

"笑话！"宋成月跟序子出门了。

"哪里去？"序子问。

"跟我走。"成月说，"你不是要买枪吗？"

"说说好玩的。"序子说。

"不买，看看也无妨。"成月说。

"真有地方卖枪的？"序子问。

好长一段路，到了高街，高街在一个坡上。仙游应是个丘陵地，一个坡一个坡的。

一个铁匠铺，门面不大，一座炉子，一座风箱，一墩埋在地上的砧柱。

老板是个高个子，尖鼻子，尖嘴，尖眼睛，两只手腕露着筋肉，居高临下瞄准你，像是随时有个好笑话讲给你听。

"你讲的是他？"问成月。

"嗯！"成月说。

"说说玩的，打兔子斑鸠这类东西。"序子说。

"你摸过枪？"他问。

序子点头，"算不得认真。"

"唔……"他转过身去慢慢走了一圈，捡出根六角形管子递给序子看。

"这钢管子不错，五十米够得着。连托子一起七块钱，做不做？"

序子说："我还没有想好，这么快决定个事？"

他弯腰伸手过来要摸序子鸡鸡，"让我看看你是男是女？"

序子顺手一劈闪开了。

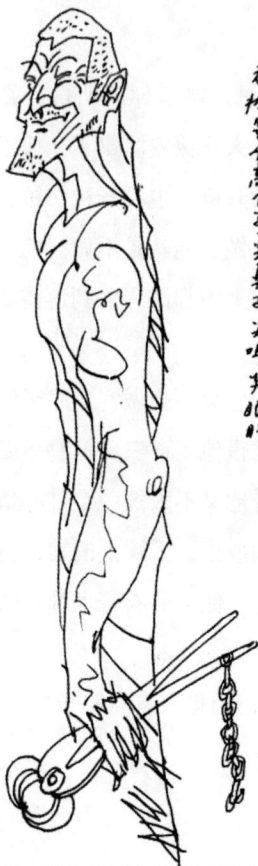

好长一段路，到了高街，高街在一个坡上。仙游应是个丘陵地，一个坡一个坡的。

一个铁匠铺，门面不大，一座炉子，一座风箱，一墩埋在地上的砧柱。

老板是个高个子，尖鼻子，尖嘴，尖眼睛，两只手腕露着筋肉，居高临下瞄准你，像是随时有个好笑话讲给你听。

老板是个高个子，尖鼻子，尖嘴，尖眼睛

441

他在空中剩了个手势。

"你还真有两下！"老板说。

"在我们团里，没有人敢惹他的！"成月说。

"你生气了？"老板对序子说，"收你六块！"

"用不着！七块。"序子画了张马枪枪托子图样给他，交了三块定钱。老板指着墙上挂的牛角火药盒子，"半个月后你一齐拿走。"

回家路上。

"这狗日的真邪！"序子说。

"不，不，一点不邪！非常有意思，熟了你就明白。在土匪窝里混了十几年，手艺特别之巧。一伙人让保安队剿了，擒下山来，审问的时候他说他是修枪的，从来不会开枪，也没开过一枪，算不得土匪。他说他地雷做得特别好。要他做，他就是不做。免得炸伤政府自己抗日军队。'你看，你们一路上山都没有踩到地雷吧？'后来就把他放了。"

"你想他既然会做火枪，真的手枪他会不会做？"序子问。

"起码他要装着不会做才行。谁晓得他半夜三更地窖里做不做？要不然很多人都会找他了。不过，我看他又不太像一个甘心情愿老实过日子的人的样子，手指头戴的玛瑙戒指，手腕上的表，也没混混有敢到他门口站一站的胆子。他妈、他老婆衣着也都整整齐齐，要不然凭什么啊？你说。"

"人和人各有各的衣禄，敞开这块门面也要有点胆子。"序子说。

"不光是胆子！"成月说。

"老板姓什么？"

"好像是姓宣。"

"哪个宣？"

"宣传的宣。"

"嗳！宣景琳的宣。"

"宣景琳是干什么的？"

"中国最早演电影的女演员。"序子说。

"你认识她？"成月问。

"她比我妈还大！和我婆差不多。"序子说，"她演电影，我还没生！我问你，这老板叫什么名字？"

"叫宣奎，这名字少人叫。有次我带军械处周副官找他修零件，见他打收条写过。狗日的字写得不错。街上大人都叫他'宣七'，我叫他宣叔，可能还有人叫他别的。人叫人，各有各的。"成月说。

在小馆子吃午餐，成月吃一碟炒面，序子吃饭，叫了一碗蛏汤。

"你看这蛏汤，表面浮了一层七彩珍珠光，蛏肉里头一定包含特别的营养。"

"哎呀！我已经听你讲过七八回了。你刚才一叫蛏汤，我就准备听你开讲七彩珍珠光，你怎么回事？"

序子说："可能是我衰老的预兆。老头子总喜欢把一件事当新鲜事讲一万次，悲哉！危矣！'故踟蹰于短垣，放庸音以足曲'，不得了，好多事未办就长使英雄泪满襟了……"

"论这个局面，你讲个不停，这顿饭钱是你出还是我出？"成月问。

"你想出你就出！"序子说。

"我纵使想，实际也办不到！"成月说。

五毛钱虽然不多，也是个数目，付了。序子心中微微一震。成月每次从吃货店出门，总是气宇轩昂走在前头，让人以为回回做东的都是他。这毛病不好劝，也难改。

回到团部，序子跟成月散了。开了房门冷飕飕的，床上一躺。

买了根枪。干什么买这根枪？成月讲了铁匠老宣的神话？他那双手不简单，他那副脑子，那张嘴都不简单。一辈子不会上当，不会受欺侮，不会饿肚子。终生硬朗朗地活到死为止。他也没说怕死，没说不愿死，没说喜欢死。死来了，他就跟着走了。这人背后有好多"古"。挖他嘴巴里的"古"不容易。造"古"的人不讲"古"，靠讲"古"吃饭的人才讲"古"。不过看起来老宣是凭兴趣做事的人，跟靠饭碗做事的人不一样。这回见面，他，成月，我，哪个都不讨厌哪个，互相都有点喜欢。他手底下做出的枪一定也不会错，看那点谈吐，那点眼神，不光只为了那七块钱的。我也不俗！没跟他讲价。

这根枪跟着我干什么呢？每天调节下机能，不那么呆板，不那么单调。当然，前几天王淮谈话，他问怎么把木刻放下了。正往这边想，成月把老宣和鸟枪插进来了。也好，有空往后山走走，要不然哪辈子才晓得后山背后那么大块地方长什么样子？木刻当然要刻，说刻就刻，这几天就动手。

有人敲门，进来的是吴娟。

"你上午哪里去了？团里出了大事。"

"跟成月上街订鸟枪。团里什么事？"序子问。

"姜何之跟杨肇打起来了！"吴娟说，"动了东西，打得头破血流。"

"姜何之那么大块，杨肇怎么打得赢？"序子说。

"所以哕！两个人都拼了命，没人敢劝。"吴娟说。

"打就打，怎么可以动家伙？"序子问。

"幸好王淮赶回来。"吴娟说。

"为什么呀？"

"姜何之想让他老婆靳亚瑶演鸣凤。"吴娟说。

"不都是决定好陈馨演的吗？"序子说。

"是呀！杨肇也是这意思多说了两句，陈馨秀气，小巧玲珑，演鸣凤再合适没有。姜何之不高兴了，大家也说角色艺委会定好了的，怎么好改。姜何之把气发在杨肇一个人身上，骂他矮子多怪。杨肇被冤枉想挣扎讲理，挨了姜何之一花瓶，就打开了……"吴娟说。

"现在呢？"序子问。

"什么现在不现在？大家不答应，说姓姜的太恶。这个、那个两方面都送医院了。"

"角色动了没有？"序子问。

"不可能动的。"吴娟说。

"是嘛！陈馨演鸣凤最合适。就是嘴角稍差一点距离。曹先生剧本里讲鸣凤命苦，嘴角微微朝下的。陈馨这娃没一点不快乐，鼻子尖尖顶着个小翘嘴，一对亮眼睛动不动就笑，一脑壳黑头发，雀儿嗓子，她怎么苦得起来？好玩吧？让她演，更增加苦孩子的深度。靳亚瑶做姜何之老婆也七八年了，人倒是长得还可以，二十七八的人到底还是在蹦跳上显得勉强，年纪摆在面前的嘛！吴娟，你等着看热闹好了，这一架打不下来。姜何之两口子看样子要卷铺盖了，他不像罗干事。两口子是很顾面子的人。这些举措明显干了众怒，角色安排是艺委会决定的，他自己也是成员之一，早不提出来，这叫王淮、老钱、王清河怎么办？见鬼了！可能是老婆半夜三更逼的。天底下的男人最坏事的是怕老婆之后失掉常态。"序子说。

"你话有些道理。这反应是有些不正常。"吴娟说，"现在有空，看我的书去吧！"

"好！"序子跟吴娟进她的房。

"你也是一个人住，真不坏！"序子说。

窗子底两个书架，尽是书。

"你哪里弄来的书架，挺讲究的。"序子让这些吸引住了。有巴尔扎克、司汤达、《失乐园》……

《失乐园》《失乐园》……"我从你而来，是你肉中之肉。"

"你说什么？"吴娟问。

"《失乐园》里头夏娃的话。"序子说。

"你读过它？"

"嗯，在集美。里头很多让人伤心断肠句子。'我们真的非离开不可吗？其后谁来照料这园中之花？''别那么悲观，乐园本非为你而造。'"

吴娟说："记性真好，你这样读书，真不辜负书。"

"记性这东西怪，不是什么都记得住。有的有名的书，半句也记不住。"序子看见了《红楼梦》。

"怎么有《红楼梦》？"序子问。

"《红楼梦》怎么啦？"吴娟问。

"好无聊！"序子说。

"耶？吓！"吴娟颇为惊讶。

"书里头的人无聊，看书的也无聊！"序子冷飕飕地说。

「你哪里弄来的书架，挺讲究的。」序子让这些吸引住了。有巴尔扎克、司汤达、《失乐园》……《失乐园》《失乐园》……「我从你而来，是你肉中之肉。」

我從你而来，是你肉中之肉

"你怎么能这样讲？你认真看过吗？"吴娟问。

"犯得上认真吗？没有办法认真。就那么一窝人，好吃懒做，为一句话，一件小事，怄半天气，鼻涕眼泪闹成一团。一群老小女人围着一个少爷团团转……"序子说。

"我不跟你争。试想想，好多有学问的名人，站在不同地位上都在谈这本书，要不好，会这样吗？"吴娟说。

"这也没什么了不起，有学问的人有时候很幼稚。好比《红楼梦》是一张麻将桌，四个人拢在一起的原因，目的只在乎麻雀耍乐，并非为了某种崇高东西取得一致一样。记得以前读过一本鲁迅的书，他说过一些跟《红楼梦》有关系的话，头脑是比较清楚的：'单是命意，就因为读者的眼光而有种种：经学家看见《易》，道学家看见淫，才子看见缠绵，革命家看见排满，流言家看见宫闱秘事……'好玩得巧，鲁迅还是在我们闽南厦门说这些话的。"序子说，"小说这东西怎么当得真？小说不就是小说？甚至有的老头子，一讲起十二金钗就哭，溷浊艳羡，以为自己就是众望所归的贾宝玉，好玩。"

"你呢？"吴娟问："要是你在大观园，够得上哪个？"

"我？我能算哪个？要不是焦大就是薛蟠，他两个还算比较纯洁……"序子说完往外走。

"咦？你怎么走了？不是找书吗？"吴娟问。

"我看看陈馨去，不知她有没有碰到麻烦？"序子说。

"好！我也去！"吴娟说。

经过廊檐下吴娟说："前几天我们几个还议论，你张序子跟陈馨倒是天生一对。"

序子说："你们媒婆市场的话都作不得准！"

陈馨跟人上街去了。见到颜渊深、甘培芳几个人扒在窗口窥探东西，也过去一窥，不免哑然失笑起来。姜何之果真如张序子预言，动身走了。王淮、钱大猷、王清河、庄敬贤几个艺委会的人站在两口子旁边假仁假义地挽留送行。

还是江湖赌气的那句老话："你不走，我走！"其实真有实力，走不走是用不着说这句话的。何况天底下还有个起码的公道人心撑着。

吃过晚饭，河伯说明天是星期天，星期六晚上没戏排，要张序子拿两块钱出来请客，自己又偷偷拿出一块钱补充，让颜渊深、甘培芳上街买两大口袋海泥炒花生回来，在排练厅弄个茶话会，爱来的都来。

序子一把茶壶不够，金潭提了两把洋铁大茶壶来，各放了一把粗茶叶。不少狡猾人带了自己漱口杯在序子房里茶叶盒抓了一把茶叶到走廊水灶那里泡了，再专心回头来对付两大簸箕的花生。序子见了不在乎，茶叶贵不到哪里去，算不得狼心狗肺的意思。

河伯开言："要张序子拿两块钱奖金请客，大家多谢他。

"我先讲艺术委员会的事情。王淮团长有会，交代我代表他讲一讲。第一件：巡回演出改了路线，先去莆田、涵江，剧目是《国家至上》和《原野》。以后去不去福州另外考虑。第二：《家》的排练不停，有演出也不停。三八节以后出发。……"

话正讲到这里，王淮回来了，说出了大事，东边不到二十里一个村子（七十多年前的事，村名忘了，记得在县城东北边），全村让老虎群"洗"了，十几只老虎横扫全村，百姓和牲畜损失很大，司令部已派特务营下去救援。

"这怎么说起？是怎么一种阵火？"张一明老头问。

"长这么大，没听过'老虎洗村'。"

"怕是有人伤害了他们的老虎崽。"

"这么冤冤相报，几时才弄得完？"

张序子说："前两年我住在泉州浮桥朋友家里，三只老虎过河，有人还开了枪，我当晚还听到枪声。"

"那是会有的。"

"这么看，华南老虎繁殖得还真不慢。前些日子莆田小学先生带学生远足旅行，山洞里不是还抓到过小老虎吗？听说南安那边还有老虎拖人的事。"

"我们后山根本就没有围墙，老虎半夜三更过来衔一两个人走，晓都不晓得！"这是女的仗着人多说出的话。

"笑话，司令部还会来老虎？"

"老虎可不管司令部不司令部，碰到人就咬，一口王参谋，一口张副官，它哪管这么多！"

"你们身上那手枪，老虎来，管不管用？"女的问。

"当然！"

"什么当然？步枪要没打到要害，三两枪都不顶事，我这是指一只老虎而言。要是一群老虎上来，开玩笑！唬！你还有人样？……"

眼看茶话会让老虎搅了，有人想把局面兜回来，哑着嗓子喊大家剥花生喝茶，甚至有人提议庄敬贤带大家唱几个歌。

"嘿！嘿！唱什么唱？本来没事，一唱反而把老虎招引来了。说是说十几二十里路，呼一声就到！"

蔡宾菲叫起来："什么老虎呀？胆子蚕豆大，还战地服务团！

日本人来了怎么办？好好一个茶话会搞得像个追悼会，真没意思！留这一摊花生、茶杯？"说完，带几个女的开剥起来。

男的见了也跟着活回来。

一个女的问："老虎吃不吃花生？"

一个男的说："你还要讲老虎？"

"讲老虎和怕老虎是两回事，我讲一个大家听了不一定好笑的笑话。一个人对朋友吹牛皮，说自己最不怕老婆，老婆见到他像见到老虎一样。老婆正巧站在背后，问他：'你是老虎，我是什么？'这人赶快说：'你是武松！'"

五个人听了大笑。十个人想笑没找到根据，其余的人不清楚武松这时候来干什么。

女的其中一个又问："老虎吃不吃花生？"

"老虎吃不吃花生跟你有什么关系？"一个男人说。

"人呢？吃哪种人？不孝子孙？"女人又问。

"不见得。"一个男人回答，"不孝子孙跟贪官一样，肉臭，味道难以下咽，光咬不吃，咬死扔在臭水沟里。——老虎真喜欢吃的是年轻女人，肉又细又嫩，骨头脆滑爽口，容易消化……"

女的听了这话骂起来："消化你个头！你见鬼了，老虎吃你老婆，吃你妹！"

男的说："我没有老婆没有妹，只有战地服务团好多女同事，老虎要吃随便挑吧！"

这人让女人们围住了，弄得一身花生壳，一身浓茶。

年纪大的人几时走的都不清楚，留下这帮年轻的混世魔王真正开始玩起来，什么老虎不老虎哪里放在心上。

吴娟和序子坐在窗口看热闹。

"竟然玩成这样！"序子说。

"不这么玩叫他们怎么玩？"吴娟说。

后来，没人请没人邀，女人们自己轻轻唱起歌来：

"顿河的哥萨克饮马在河流上呀！有个青年痴痴地站立在门旁，因为他想着怎样去杀死他的妻子，所以他靠在门边暗自思量……"

这歌在简单讲一个故事，古时候的俄罗斯男人动不动把妻子杀了，做妻子的生活十分悲惨。她哀求晚一点杀她，免得吵醒孩子和左右的邻居……

女声柔声四部合唱，谁听到都会安静下来。

这歌声像一阵微风把人们吹向一个远之又远从来没人去过的河边。

像流云，无数不定的孤魂在河岸游徙。

为了今夜，为歌者，为听者，为所有的往日和未来。

这许多年轻温柔的喉咙……

像蒲公英朵朵小伞飘浮远去，

不知所终，

没有记录，

无从寻觅……

吴娟也会唱，静静地跟着。

这起伏的哀音，所有听歌的男人都老实了。

三八节县里想有些活动，要战地服务团帮忙。王淮答应晚上举行个音乐会。白天呢？白天怎么办？

后来，没人请没人邀，女人们自己轻轻唱起歌来：

『顿河的哥萨克饮马在河流上呀！有个青年痴痴地站

立在门旁，因为他想着怎样去杀死他的妻子，所以他靠在门

边暗自思量……』

故伎的哥萨克边饮马边唱

妇女会的人说三八节大会之后有个救济难童的义卖会，本县的老书法家、老画家亲自参加义卖。有人不赞成，说白伤筋骨，写字谁都不服谁，还有人买？

"那好！"王淮问大家，"咱们来什么？"

河伯指着张序子，"剪影，一张五角！"

王淮看着序子，"你行吗？"

序子说："三角也行。"

"我不是说价钱，是问你有没有把握？"王淮说。

河伯说："怎么没把握？"他指指大家，"都给剪过了，没有不像的，要不然，你马上试试！"

王淮说："那怎么办？算参加了？该准备什么？"

序子说："简单，买几张黑卡纸，几张白卡纸，到时候我画张广告就行了。"

宾菲说："到时候我帮忙打下手，收钱，开票。"

崇淦和陈馨都嚷着也要帮忙。成月、渊深、培芳说："既然有银钱出入，多几个男人在边上还是安全得多！"

全国几千个县，就像地面山坡上的石头块，你随便掀块看看，底下都爬着些受到惊扰的小活物，不翻石头就看不到。人世间的活动也如此，要"掀"，不"掀"就看不到。

本县有地位的名女人，都会从一年之初的"三八妇女节"这天开始露脸的。（有人说自"惊蛰"开始，不确！）穿上自己得意的衣服，拿起珍贵的手提包，你不用担心到时候她那一脸横肉顺不过来，只要一上主席台，个个登时慈眉善目，变成南海竹林的观世音菩萨。这事情非常自然，你年年都来的话，很快就习惯了。

台上这些尊贵的夫人女士用不着介绍，跟台下年年招呼来的街坊妇女一点关系都没有。你介绍这是县党部书记李双十的妈，这是团管区团长刘黄埔的夫人，这是县政府秘书主任赵北伐的妹有什么用？这些妇女年年上这儿来为的是过节领两斤挂面、半斤红糖的票，她们耐心地一边给孩子喂奶，一边听台上婆娘哼哈。问她，她会清楚告诉你，今年"扫把节"比往年好，站岗的卫兵都嬉着笑脸，没打没骂的。会也开得快，大家省事，孩子没把上两泡尿，就完了，好！

县党部这座大厅弄成书画展览会场实在十分合适。左右两扇厚玻璃门进出之余还有个讲究的洋式玄关。这建筑简直是按教堂格局做的，怪诞，别致。墙四围高窗户隔断间居然留有挂画的暗架。一幅画用叉子一撑就挂上了，省了人好多工夫。

仙游历来雅人文士众多，收藏讲究，一声展览邀请，纷纷送来，真是了不得的热心。展品不乏自称宋、元、明真迹而让人摇头的。也不要紧，展毕各自领回，互不干涉，不积怨尤。

今人作品不少，李霞、李诘、李耕、黄羲、张英……各见讲究，传承着仙游画派千年不断的香火。怪也怪，宋代两位政治文化大人物蔡京、蔡襄都是仙游人，影响不可谓不大，而仙游千百年来美术传统却蕴藉地在疆域之内保持精微，不作远游，何耶？

书画展览会变成老朋友们难得的大聚会。同在一个城里却是多年不见，借这个机缘悟出一个老朋友们应该多见面的道理，几个人因此订下来一年春、夏、秋、冬四会之约。几个人走着、走着，看见一个房间门口贴了一张夺目广告，上面写着：

救济难童

　　每位五角

　　义卖剪影

底下贴着几张不同脸形男男女女黑影子样本。

　　老头子们站在广告前研究这些黑影是怎么弄出来的。要不要先描个头形再剪出来，或是先用灯盏照出个影子描下之后，按图缩小再剪出来？费不费时间？麻烦不麻烦？鲁莽不鲁莽？最后能得到什么后果？都在几个老头细心探讨之中，跃跃欲试而悬疑万端……

　　有个老头子伸着脖子往里窥探也不得要领，"可能是个理发店。听到一位妇女按着个小孩子的头说：'不要动，不要动，马上就好了！'"

　　"不可能！不可能是理发！"另一个老头说。

　　于是，几位老头子大着胆子一齐拥进了剪影室。

　　蔡宾菲忙着招待，"请坐请坐！要一个一个轮着来！"

　　"我想问一问，你们的所谓剪影到底是怎么一回事？"

　　宾菲说："是这样的，请坐在这张椅子上，不要动，最多三分钟，这位张序子先生就可以在一张黑纸上把尊容剪下来。我们会把它贴在一张白卡纸上，并由张序子先生亲笔签名盖章作为纪念。"

　　"一定像吗？"老先生问。

　　"怎么说呢？一般地讲，很少有人说不像的。"宾菲说。

　　"那好！我剪一张试试！"老头正正经经坐下了。

　　剪到一半，周围的老头儿开始发笑。

　　"笑什么？"老头儿问。

"太像了！你那张嘴，那几根胡子。"

不到三分钟，大家举着签了名盖了章的剪影说："你运气好，难得碰上这么高的手艺！"

于是张三一张，李四一张，一口气序子剪了七八张，宾菲开了发票，收了钱。

老头子说：

"让我看看你那把剪刀！"

剪刀看了。

"让我看看手！"

手看了。

"不简单！！！明天你还在吗？"

"在，在，跟展览会共存亡！"

另一位挺文雅的老头子哈哈笑着说："明天带我家里人来！"

序子问剪了多少人。

吴娟说："四十还多！"

陈馨数数存根：四十二。

序子摸摸手指头。

"怎么？手指起泡了！"宾菲说。

"剪刀把太薄，磨的。"序子说。

"等下找些丝线缠一缠。"吴娟说。

"张序子，我看你不简单，就剪这么两下，一天赚二十一块钱，十天二百一，一个月六百三，当团长了！"陈馨睁大个眼睛。

序子说："明天剪五十个，赚个师长的钱！后天再赚个蒋委员长的钱！"

"别闹！赶紧回团吃晚饭，换制服，晚上文庙演出别迟到。"蔡宾菲领着大家匆匆走了。

歌是天天早上练的，有庄敬贤、罗乐生两个带着，时时刻刻都端得出来，出不了事。

音乐会是为"三八妇女节"开的，当然不收票。三不三八节，老婆不一定清楚，大多是家里的男人领头带进文庙，图个热闹，晚上没事，有这么好个去处！

台上亮堂堂，歌唱得齐，唱得雄，这些健康快乐的良家妇女也会生发慷慨的，跟着打拍子，挺起胸膛喂奶。

碰到混声合唱就不太习惯，以为表演之前头头没有把这些嗓子管好练齐，前后乱加穿插，颠三倒四，就烦，就不耐，便不顾场合跟前后左右的同伴交流闲话起来。

女声独唱，学院派讲究多了一些，出了些怪声，她们马上护紧孩子，不让吓着。一些特别的歌词，也会引起大笑，跟着嚷道："想什么？回家盖住被窝想吧！嗬！嗬！嗬！"

……叫我如何不想她？

女郎！回家吧女郎……

我不——（扭一扭）

我不回家，

我不——（扭一扭）回，

我爱这暖风吹……

今晚这音乐会不可能出这种事。王淮为每首歌打了招呼，做了说明，交代清楚。这是一。事先挑选适合大众口味的歌，这是二。

不光是唱歌，还加了些别的花样，这是三。妥妥当当，比上演一场戏不晓得省多少精神。

舞台左边垂下一长条节目表，有的不按规矩只按习惯写出歌名，比如《大刀进行曲》就直写《大刀向》，平常唱歌，领队从来叫"大刀——向！"然后就开唱了。

一、《长城谣》（合唱）

二、《大刀向》（合唱）

三、《太行山上》（合唱）

四、《黄水奔流向东方》（合唱）

五、《淡淡江南月》（独唱）

六、《张老三，我问你》（对唱）

七、《我的家在东北松花江上》（合唱）

八、《搜孤救孤》（京剧、独唱）

九、《铁蹄下的歌女》（独唱）

十、《牺牲已到最后关头》（合唱）

歌，没有人不熟，都是听它长大的。有时台上开口，台底下就一片和的声音。庄敬贤手风琴、小提琴从头到尾伴奏，累得开心。有两三个歌罗乐生指挥，动作轻曼，不见掸口水，众人庆幸。庄敬贤用手风琴或小提琴指挥，见出生动活泼场面。

最让人想象不到的第八场节目的京剧《搜孤救孤》，演唱者竟然是张序子！你看他从年初一到年三十，从早到晚没露出一点点唱京戏的蛛丝马迹，简直太阴险了。

你看他从容不迫地走到台口，向观众一鞠躬，搓搓手，左右环顾一下，再回身向锣鼓点头招呼。锣鼓一响，京胡二黄原板起调，张序子扣得准准地唱出第一句："娘子，不必太烈性，卑人，言来你是听……"

大家一听，都傻闷了！

他几时跟特务营的锣鼓和京胡吊过嗓子？这不是见鬼吗？不是讲他上不得台吗？不是讲他半句台词也记不住吗？眼前完全一副余叔岩老把式的从容吞吐。大家让他这整整一段唱腔迷住了。

"赵屠，二家有仇恨，三百余口命赴幽冥。我与那公孙杵臼把计定，他舍、命来你我舍亲生。舍子搭救忠良的后。老天爷，不绝我的后代根。你今、舍了亲生子，来年必定降麒麟。千言万语她不肯，不舍娇儿难救孤身，莫奈何，我只得双膝跪，哀求娘子舍亲生。"

张序子唱完，巴掌鼓得最响的是战地服务团全体同仁自己人，觉得天上丢下个宝让他们捡着了。

王清河大嚷："二黄导板回龙转原板，'百虎大堂，百虎大堂！'快！"没人理他。"接下去唱！接下去！"没人理他，没人理他。"《铁蹄下的歌女》！刘宜男上！"

最后合唱完《牺牲已到最后关头》，谢幕！

回团吃夜宵，口里不停咽着张序子的《搜孤救孤》，"瞒着大家！！！"

张序子乐得懒洋洋地耍潇洒，王清河河伯因为喜欢京剧，自己打了六折身份去找序子："你几时会的京戏？喷口那么好！哪里来的？"

"根本没学过，只在家乡跟老人家混过一段时候。哪敢讲'会'？听讲究的老人家咬字行腔，发生兴趣而已。"

"那你哼得出几出？"河伯问。

"十出八出总还可以的吧？"序子答。

"都'余'？"河伯问。

"嗯！我们家乡老人家都钟'余'。讲老实话，'余'讲究，有谈头。"序子说。

"那马、谭呢？"王问。

"都好。只是讨论得少。"

"旦呢？"河伯问。

"没有说的，梅先生。"序子说，"家父青年时期在北平听过。我又常听家父说起。"

"令尊受的时新教育，而对传统戏剧兴趣又那么大……"河伯说，"是个怪人！"

"这大概也算是一种不偏废的好处。我们晚辈得益就比较多。"

"有人还认为是一种遗害。"河伯笑起来。

"知多则不偏。对文化温存一点好。"序子打了个大哈欠。

"你明天还要去义卖，早点睡去吧！"

蔡宾菲、吴娟、陈馨和黄金潭几个老班底出发的时候，王淮关照金潭上大厨房打个招呼，准备点好饭食就近借陈先生家里做了，端到剪影义卖处去让几个人吃，免得来回倒腾，安安心心把事情做好。

几个人说说笑笑来到县党部门口，见到操场那边陈家剧场墙上仇虎大人头，问序子："几天几夜画这么个大人头，你图个什么？"

张序子说："图的就是有地方画画。你们哪家几时有大墙，喊一声我就来！"

进到礼堂，几个文人在卷书画，收拾展品。一位热心人转告张序子："谢老先生一家大清早就来了，等你给他们剪影。"

几个人连忙到屋里跟谢先生打招呼。

谢先生一家都在医院做事。两口子年轻时候从美国留学回来哪里都没去，一直留在家乡医院当医生。儿子、儿媳也是医生，科室不同，外科内科，几乎把医院包了。两个孙女、一个孙子都在念小学。（后来知道他们跟摩得、理得同学。）看样子长大逃不了做医生的命。

谢先生见到张序子，赶忙过来打招呼，还介绍夫人和公子以及孙儿孙女，认为见到张序子是一种荣幸。宾菲和吴娟也过来接应，招待大家坐下。

谢先生问序子先前在哪所艺校做的研究，序子很快地答应"从未进过专业学校"。谢先生又说家中藏书中法朗士、乔治·桑、狄更斯都有剪影，"序子先生假日有空请来舍下喝下午茶欣赏。"序子答应"谢谢"。

谢先生的公子小谢先生说："家父对文学艺术都十分爱好，有时自己也动手装帧一番，这回先生的剪影带回家去，他老人家有事忙了……"

序子"喔！喔！"回答。

昨天给老谢先生剪的不算，今天一共剪了老夫人一、小谢先生夫妇二、孙儿孙女三，共六人。老谢先生连宾菲代贴的白纸都免，只要了一张序子签名纸，其余准备带回家中自己设计收拾。付了三块钱，手拉手地走了。

谢家大小走了之后，不见人来。是不是那些人以为剪影的事只有一天？

"这也难说。——你招贴上有没有写三天？"吴娟问了这句话自己又出去看那张招贴回来自己回答，"没写！怎么会忘了写三天呢？"

"写了三天，不来还是不来！"序子回答。

"那总比不写好！"陈馨说。

话到这里来了一群人，大约十来个，指手画脚地问："你们除了光会剪这种黑影之外，还会不会画像？"

宾菲问这些人："你想画什么像？"

"人就这么坐下来，简单几笔把人就画出来，要跟这剪影一样，画谁像谁。"

宾菲轻轻问序子："行吗？"

序子说："要看谁，比如他就行。"

"行！"宾菲告诉那人，"一块钱一张！"

那人说："剪影才五角，简简单单这三两笔就要一块？"

"这里没有说给人画像，是例外，平常还不止一块！"宾菲来架子了。

大家从容的，这人看了看宾菲脸色，"好！一块就一块，不像，我可不给钱！"坐下了。

序子取出块写生板，夹子夹紧图画纸，铅笔在纸上打了个大椭圆圈——

周围人就哈哈大笑起来，说："不用画了，不用画了，像了！像了！"

一个小圆鼻子，一根长人中，一张厚嘴唇露出两颗小兔牙，两扇大耳朵，几根长在脑后的头发。

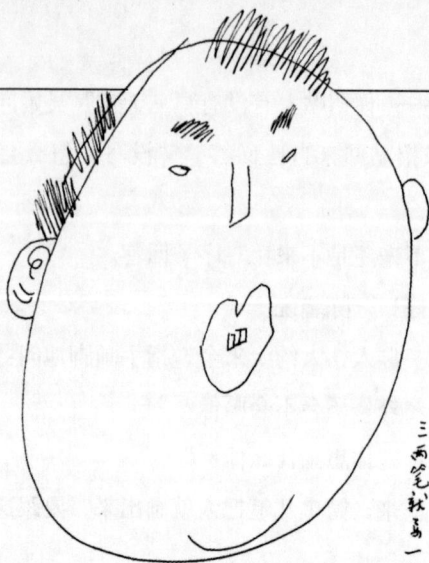

三两笔就弄成一块？

序子取出块写生板，夹子夹紧图画纸，铅笔在纸上打了个大椭圆圈——

周围人就哈哈大笑起来，说："不用画了，不用画了，像了！像了！"

一个小圆鼻子，一根长人中，一张厚嘴唇露出两颗小兔牙，两扇大耳朵，几根长在脑后的头发。

"行了！行了！两块钱都值了。"有人抢过去捏在手上，嚷着要序子签名盖章，并且写上"且福"两个字，还不交给本人，"且福"去抢也不给。就在这时把一位女士也按在椅子上，叫她别动。

序子认真画起来，眉清目秀，很规矩的一张写生。那人热心又抢在手上，要序子签名盖章写上日期之外，加写"玉英"两个字。这人从裤袋取出皮夹子拿出两块钱交给陈馨，告诉她说："最好的结婚礼物，我送的！又省钱，又有意义！"

之后，仍然要序子剪影的多，这东西别致，讲起来也神奇，于是序子就不停地往下剪，一个接一个。

中间，有个老头子出了一件事，认为序子把他的下巴剪长了，可不可以改短一点。

序子说："改短容易，短，就不像了。"

"你改你的，我短我的，像不像我自己负责！"

序子剪刀一改，不像了。老头自己也觉得不像，连旁边看热闹的也认为不改好。老头问序子："你看，怎么办？"

"我怎么看？我不是劝你不改吗？"

"你是剪影的，明知道会不像，你还改？"

"你刚才不是说，像不像你自己负责吗？"序子说。

"一点不错，我说过我自己负责，负完责之后，不是还得你改，你不改谁改？"

"怎么改？"序子问。

"重来一张啊！"

序子心头闷气再剪了一张老头。

老头接过剪影，看了看，还是摇头。

序子问他："长了？还是短了？"

老头生气："下巴是你剪的，剪长剪短还问我？"往外就走。

"还没给钱！"陈馨叫，"两张都拿走了！"

几个人看着老头儿逃跑很好玩。

"故意的！"吴娟说。

"我看是，明知我们不生他的气。你看他头脑好活，翻过来、转过去都是理。"宾菲说。

"要是一年四季，天天都碰上这种人，别活了！"陈馨说。

"这机会不多，难碰！不过我倒是希望一定时期有机会碰一碰这类老头子，可以多角度地锻炼自己。"

说到这里，闯进一个青年，戴眼镜的文士，"有没有看见我的狗？"

"什么狗？"序子问。

"一只，嗯，三只，年纪不大的，一岁多点的。"那文士说。

"没见。"序子说。

"没见哪？"说完往外走了。

"要丢了，可真有点可惜！"序子正说话间，黄金潭挑饭菜进来了，后头跟着三只矮脚"哈巴"。

"刚才它们主人还来找，好着急。"序子说。

金潭说："它们一直在陈家厨房里，我还以为是关先生家养的，不当回事。"

"你看！刚才是主人找狗，现在狗又不晓得上哪儿才找得到主人。"宾菲说。

"主人，主人慢点来吧！等我多抱抱它们！"陈馨抱完这只抱那只。吴娟叫住她："吃饭了！快去洗手！"

序子瞟过这三只狗，一只妈领着一儿一女。是种"万年杂"。什么叫"万年杂"？就是你别希望它们有一点纯种希望，杂到不能再杂，杂到铁打的再也不动摇的"杂"，"杂"定了，再也配不出别的样子了。

这也好，这类狗适应性强，懂得看人脸色，有危机感，能预知人讨厌它，宰割它两秒钟之前逃得无影无踪。纯种狗不会，跟不懂事的沙皇家族一样，只有坐以待毙的本事。

几个人摆开架势正要吃饭，那主人找回来了。狗看到主人也不怎么招呼，因为蒸腾的饭菜太过重要。

黄金潭对那人说："这里有碗筷，你要没吃就近吃吃算了，找狗找了半天。"

那人哪好意思动手，赶快说："我？啊！不！不！"

金潭说："眼前，你带不走的！"

"我等一下吧！"那人说。

这状态当然有点怪。

序子问："你家住哪里？"

"嗳！就党部后边，绕过弯就到。"那人回答。

"怪不得！"序子扒了两口饭，嘴巴胀鼓鼓的。

"我们家小，关不住它们。原来还多，这狗娘生了六只，好不容易送走四只，剩下两只。"那人说。

"这狗你还送人啊？"陈馨问。

"你要呀？"那人问，"你真要呀？"

陈馨马上看着序子。

序子仍然低头吃饭。

"要不就要了。要那只白花母的吧！"

吃完饭，三只狗都喂了。那文士抱走母狗和小公狗，留下小白花跟着陈馨。摆摆手说："老妹再见！老妹再见！"

"你怎么就要了？"宾菲问陈馨，"你怎么喂？"

"张序子答应的！"陈馨说。

"你要了？"吴娟问。

"嗯！"序子说。

"你'嗯'又不见你说话？"吴娟问。

"我一出声……我原来不想出声的。对于狗，我有很多认识。我想到眼前我还没有资格碰狗。不是没有饭喂它吃，是没有胆子养它。狗待人真心，我眼前的日子那么飘荡，怕有朝一日对不起它。你们跟狗没有很深的交往，不懂人间之外的这些狗事。我懂得很，既然要养那就养吧！要来的悲欢离合就承受吧！"序子说。

"听你这口气，子曰不是子曰，佛不是佛，教不是教，道不是道，主义不是主义，你什么呀，你？"宾菲斥他。

"前两年见过弘一法师，我一点也不敢对他谈养狗的事。达尔文说起弱肉强食的时候，我马上想到轮回、报应的因果关系。人这么残忍地对待周围生物，让上天安排疾病、天灾、战争、善恶报应、天崩地裂惩罚他们吧！要知道最后，都是穷人遭罪，首当其冲。有钱有势的偏偏挨不上。你想，天上人间，哪个讲得上公道话？做得上公道主？想，想到绝，绕好多圈，总是不死心。"

"你为了养狗，扯这么一大堆废话。看外面一大堆人等你，还剪不剪？"陈馨抱着狗着急起来。

"讲归讲，剪归剪，要剪的，是吗？"吴娟问序子。

还真不要说，那么多人喜欢张序子的剪影。圣路加医院有个女护士，昨天剪了，今天换了发型，又来剪了一张。

当然，还出了些麻烦事。

一对六岁大的双胞胎女孩，齐齐坐在椅子上，她妈要序子把两个人剪在一起，说是一胎所生的喜事，也算美谈，却是说定只肯出五角钱。

陈馨说不行，不能你说好多就好多。那边妈决心很大，还有家人帮着，不答应不走，僵住了。陈馨眼珠一转，对女孩妈说："剪影规矩是按鼻子算钱的。一个鼻子五角钱，两个鼻子一块钱。不要鼻子的，那就不算钱吧！剪不剪？"

"剪！"那妈说。给了陈馨一块钱。

这时候来了颜渊深，他来干什么？这么忙的时候。

颜渊深看到狗，问陈馨："这狗好看，哪里买的？"

陈馨说："没要钱，人家送序子的。"

"还有没有？那人呢？"颜渊深问。

序子一边剪影一边对陈馨说："他喜欢，给他就是。"

颜渊深一闪，"我问一下不行？你晓得我天生怕狗。"

序子问颜渊深，这时候来有什么事。

"成月妈不舒服，请假回家照拂去了，临走告诉我，那做枪的宣师傅要你有空去一趟。"颜渊深说。

"你看我眼前哪能分得出身？要去也得后天。"

"后天不就后天？你自己的事，别个抢不走。"

颜渊深陪着讲话，又喝茶。剪到最后一个人，陈馨算完了钱，比昨天少。那个剪两张跑了的老头不算，画像的两口子算四个人，三十七人，才十八块五。

"少就少吧！累了我们张序子。怎么办？收摊吧！还剩明天一天！再费神一天啊！序子！"宾菲说。

颜渊深找来扫把，对大家说："你们出门口站一站，我把这里清一清。省得明天早晨来的时候再生灰尘。"

一路上回来有说有笑。颜渊深问抱狗的陈馨："这两天剪影钱放哪里？别打落了！"

"放哪里？用得着放吗？大家早分了。"陈馨说。

"分，我想你大概不敢，寄回家倒有可能。孝女偷钱的故事你们听过吗？"颜渊深说。

"陈馨，你离他远点，他手脚不干净。"宾菲说。

"不怕，我钱包挂在狗肚子底下，狗一直盯住他。"陈馨说。

回到团部，好多人都过来跟序子说话。

序子房里，几个人围着，狗自己淡定得很，闻来闻去。宾菲和燕哪很快找来一个藤筐子，陈馨拿来张淡蓝小棉毯叠起来铺上，问狗："你该叫什么名字？"又转过身来问序子："它该叫什么名字？"

"老妹！"序子说。

"这么难听！"陈馨笑。

"它主人就叫它这名字。"序子说。

"你怎么晓得？"陈馨问。

"叫过了，你没注意！"序子说。

"老妹，老妹！过来！"陈馨一叫，果然过来，大摇尾巴，很当一回事。

序子房里，几个人围着，狗自己淡定得很，闻来闻去。宾菲和燕哪很快找来一个藤筐子，陈馨拿来张淡蓝小棉毯叠起来铺上，问狗：「你该叫什么名字？」又转过身来问序子：「它该叫什么名字？」

「老妹！」序子说。

「这么难听！」陈馨笑。

「它主人就叫它这名字。」序子说。

「你怎么晓得？」陈馨问。

「叫过了，你没注意！」序子说。

「老妹，老妹！过来！」陈馨一叫，果然过来，大摇尾巴，很当一回事。

老妹过来！

471

序子吃完饭顺便带回一小盒饭菜，另一个小缸子装水，给老妹吃得很自在。

再带它下台阶在左边林子走走，让它知道无聊时候这里有不少可以舒怀的去处。

吃完晚饭之后，序子晓得有人要来房里探奇，事先热水壶打满水，再泡一壶好茶等着。于是这一帮人真就来了。河伯领头，宾菲、陈馨、芳丽、瑞丽、齐扬、许埔、天明、渊深、培芳……要写还可以写一大堆跟着进来的人。

这帮里头的男人，一个晚上，香烟头可以堆满尖尖子一饭碗。开头当然讲的是剪影和生意，有宾菲、陈馨这些人帮忙插嘴，增加很多生动性。比如那个剪了两张影不付钱的长下巴老头跑掉的场面，那双胞胎妈恶狠狠的场面，语言反复劈刺，拼杀，记性不好是难说得生动的。千万不能小看陈馨十步之内取人首级的小嘴巴片子，"我故意要个迷魂阵，要那个占便宜的恶妈吃招上当。"

"啊！啊！陈馨你听我说，序子剪影是做好事救济难童的，我们帮忙也都是做好事，都有个好存心，以后不可以常常想到迷魂阵那类东西……"河伯说。

陈馨叫起来："河伯！河伯！你什么呀！我对付的是些不讲理的事呀！我们忙成什么，她中间插一杠子横在那里搅扰我们呀！你不在场，你不看看张序子剪影累得那傻相！"

宾菲一下笑起来，"对呀！河伯你明天排不排戏？你参加最后一天剪影活动好不好？"

"正好我可以陪你们一天。"

"我们就缺你这样的人帮我们掌舵。看你在我们就不慌。"陈馨说。

"哎呀! 顶多, 你们不单调!" 河伯说, "好啦! 张序子张序子, 我们算账的时候到了, 你瞒得老夫好苦。"

"什么事呀, 河伯?" 序子问。

"你神不知、鬼不觉地唱起京戏来。何时开始? 赶快从实招来。说得好, 本帅放你一马。说得不好, 板子伺候!"

"我到陈先生家借书, 遇见吴先生, 谈来谈去谈到京戏, 兴趣来了, 特务营那个老谢谢营长有锣鼓行头的, 那天忽然也来了。他是唱黑头的, 便一齐顺便上特务营, 他们要我哼两句, 我就哼了这么两句, 他们认真了, 关先生跟王淮商量保密几天后要我上台。你想, 我这两下子自己哼哼还可以, 怎么可以上台? 差点昏倒在台上。" 序子说。

"不然, 不然! 你神清气爽, 从来没有让人看出有昏倒台上的意思。说老实话, 你上过台, 不只是清唱, 就差点没有'下海', 老实说, 是不是? 关先生都估计你上过台。"

"到此为止。我只会哼几出, 板眼都还弄不清楚, 绝对没有上过台, 这是第一次, 可以赌咒, 对灯、对蜡烛、对月亮都行。人生大小事都犯不上说谎, 河伯!"

河伯傻了, 序子无须动板子了。

河伯忽然轻言细语请求序子, 眼前是不是来一段什么给大家听听。

没有京胡!

"是, 是, 没有京胡。嗯, 自己人不在意, 你看呢?" 河伯说。

"河伯呀河伯, 你真把我当回事了! 我实在不行呀! 我, 我、我、来什么呀？《文昭关》？《乌盆记》？《琼林宴》？《搜孤救孤》？还有那个、那个《打渔杀家》？那个《沙桥饯别》？其实我看来一段《乌龙院》吧！这比较有意思。我讲的不是宋江，我讲的是余叔岩先生本人，他那时正倒嗓子，倒到要绝望的时候居然缓过来了，在要好没好那期间录的这段音。有的地方像声嘶力竭地挣扎，简直称不上是戏。又居然能让人体会得到那一点水分十足的滋润，那点味。我不能这么唱，我照着来非挨耳巴不可。我试试，到地方再说一说。

"（四平调）'宋公明打坐乌龙院，猜一猜大姐腹内情，莫不是茶饭不遂你的口？莫不是衣衫不合你的身？莫不是邻居们得罪了你？莫不是妈儿娘（妈儿娘这三字是扬声腔，像十里高空中孤雁一声。真难为了他。仔细忖摸，那点暗哑的回环还真不是人间的东西）打骂不仁？这不是来那不是，莫不是思想我宋公明？'

"五句'莫不是'说透在变了心的阎婆惜面前，老宋江自作多情、一厢情愿那点英雄的忠厚。余先生把这则唱腔处理得懒洋洋，从容不迫来迎接马上就到来的血腥杀戮终极。……"

河伯称赞序子："我们不光喜欢你唱，还喜欢听你讲。这个角度的讲法也新鲜别致。外省人的外省口味究竟不同。"

"导演处理大局，演员处理自己。要是演员也顾及大局，剧团就不是一潭止水——或死水。"刘宜男说。

"我一点也不喜欢京戏，一个字哇哇哇哇两分钟……"陈馨说。

齐扬也点头。

"过几天，关瑞亭先生来跟我们上京戏课，大家认真听下去，会有收获。京戏不光是门高级娱乐，还是一座大学问矿，一呼一吸，都在'讲究'里头，能体味到艺术的精致。宾菲、芳丽，你们觉得怎么样？"河伯问。

"是你这个意思，我希望关瑞亭先生多来几次，我想我们这里快变成一个艺术学校了。这好！"芳丽又对陈馨和齐扬说，"你们不该先关起大门来对待一种学问。古人说开放心扉。听一听新鲜东西嘛！要不然怎么叫迎接新的学问呢？它是为我们好，不是害我们……"

序子也说："心理学家说，人对新东西总是一肚子敌意，怕不安全。"

颜渊深说："林肯要解放黑奴，黑奴还抵抗咧！"

"你才是黑奴咧！"陈馨骂颜渊深，"你姐是阎婆惜！"

"呔！呔！怎么回事？我说道理，又没有骂你，你这个小丫头！"颜渊深急起来了。

"别吵！砸我的茶馆啊！文明点嗬！"序子叫。

河伯对陈馨和齐扬努努嘴，张大一下眼睛。两人缩起脖子笑一笑，不则声了。

大伙吃完早饭就动身，一路谈笑。有河伯参加好像添了个什么重要节目，其实没有。其实没有又好像有。一个好的带头人就是这么给人朦胧的欢欣。

大操场一片晨光。人在雾里，鼻子眼睛都分不清，却又认得出谁是谁，便跑过去叫唤、亲热。女孩们常有这类爱娇的兴致。男的不，男的会从雾霭里慢慢走过去，走到近边，轻轻拍拍臂膀，不慌不忙说些该说的话。

在党部门口，大伙看到陈啸高、吴淑琼先生一家，摩得、理得服装齐整跟在旁边。

"'莆仙剧团'这几天在研究成立的事，分不开身，本来前两天我们就该来的。——序子真是辛苦了！没想到你还有这一身绝技。我们一直都想来趁趁这个热闹，今天最后一天不来不行了，哪哪！是不是我、我，让我先剪第一个？"

进了剪影室，陈先生规规矩矩坐下了，接着是吴先生、摩得、理得。

吴先生付了两块钱，陈馨收下，宾菲开了收条，吴先生取了张纸把剪影包了，对序子说："配好框子，再请你签字！"

陈先生说："真像。我们仙游人不能不喜欢你。你看，今天来的人不少，知道这是最后一天，难得的机会。——我们不打搅了，过两天见。"四个人走了。大家送送都来不及。

"看看！"河伯扬着手说，"人家陈先生怎么办事？明确，简洁，有情有理。不浆泥，不纠缠，办完就走。这是由于条理分明、心中有数的缘故。——就算写剧本，遇到这种人，你怎么写？闭起眼睛回忆回忆，你哪里找去？就在眼前。"

序子想，河伯这题目出得还真有点道理。这类人物怎么落笔？神貌平常，表达方式淡泊，而出手又那么慷慨果断，一座百年大菜园三两句话变成剧场，耷拉着眼皮懒洋洋就那么决定了……

几个小学老师，带来一班级的几十个孩子来参观。老师们都不清楚"剪影"是怎么回事，带着孩子在剪影室绕了个圈，要孩子们向正在剪影的张序子叫一声："哥哥好！"

孩子跟着叫起来："哥哥好！哥哥好！"

宾菲、陈馨、崇淦、河伯、渊深一大帮狗男女也跟着喊："哥哥好！""哥哥乖！""哥哥实在辛苦了！"

序子哈哈大笑，"叫叔叔！叫叔叔！"

"哥哥太老！叔叔太小！"河伯边说边笑。外头不知道出了什么事，直往里瞧。瞧也瞧不出个所以然，也没什么好看头。

四五个年轻尉官进剪影室来了。长得都很英俊，哔叽料子的军装，行头配备讲究，像是路过的中央军，"请问，我们可以在哪里剪影？"

宾菲回答："就在这里，就是这位。"

剪影的军官向序子敬一个军礼，坐下了，笔直的胸脯、两眼向前，仪态庄重。

旁观的同伴问："你戴着帽子？"

"啊？"剪影的军官慌乱起来，河伯马上说："军人戴帽子好，军容整齐！"

影，剪完了，十分相像。年轻军官捏着自己的剪影一直微笑观看。另一个军官跟着坐下。就这么一个一个，剪了五张。付钱的时候，稍微话多的一位指着第一位剪影的军官说："他的剪影要寄到云南昆明的未婚夫人那里去的。"

"是的。"那军官还留在微笑中坦然回答。

这时候，人缝里，更确切地说，人群的下半身里钻进两个孩子，一个五六岁大的姐姐，一个三四岁大的弟弟。姐姐说："妈妈叫我带弟弟来剪影。"

宾菲问她："你妈妈呢？"

姐姐说："妈妈有事，她要我们剪完影在这里等她。她等下来。哪！五角钱！"姐姐把钱交给陈馨。

几个小学老师，带来一班级的几十个孩子来参观。老师们都不清楚『剪影』是怎么回事，带着孩子在剪影室绕了个圈，要孩子们向正在剪影的张序子叫一声：『哥哥！』

孩子跟着叫起来：『哥哥好！哥哥好！哥哥好！』

宾菲、陈馨、崇淦、河伯、渊深一大帮狗男女也跟着喊：『哥哥好！』『哥哥乖！』

『哥哥实在辛苦了！』

陈馨问："你的呢？"

姐姐摇摇头。弟弟坐好了，乖，一动不动。

序子问弟弟："妈妈为什么不让姐姐也剪一张？"

"嗯！"弟弟说。

序子再问姐姐："妈妈为什么不让你也剪一张？"

"嗯！"姐姐回答。

弟弟剪完从椅子上下来。序子把姐姐抱上椅子说："姐姐也剪一张。"

姐姐说："我没有五角钱！"

"这一张不要姐姐钱的。"序子说。

"喔！"姐姐听明白了，乖乖地让序子把影剪完。

宾菲贴好两张剪影，签了字，交给两姐弟。年轻妈妈来了，宾菲告诉姐姐的剪影是送的。文雅的妈妈轻轻说声谢谢，带孩子走了。

宾菲和几个女孩都在谈论那两个姐弟长得真好，安静，甜蜜，可惜没有时间亲亲他们——妈妈做什么的？小学先生吧？爸爸呢？称赞序子做得对，没有惊动那个女孩，不猜摸那五角钱谜底。世上好多美事是不猜谜底的。

这时候午饭来了。是王淮、黄金潭、阿哇、许埔、任天明担挑加上双轮车子推来的。

"顺便看看序子和大家。啊！不简单，今天是第三天。"王淮起身看见几个年轻军官，"哦！哪里来啊？"

几个年轻军官敬礼，"我们调防路过，听说有文艺活动，还有剪影，就赶过来趁热闹。同志不是本地人吧？"

"不是不是。我是济南人，青岛读的书，鲁西部队待过，抗战在武汉开始从事文艺工作。最近调来闽南不久。"

其中一个叫起来："我也是山东临清人。"

"是的，抗战少不了山东人。"王淮笑起来。

颜渊深说："我好像记得，你们山东临清，好像出什么非常特别的东西……"

那人跟着纳闷："……出什么咧？是不是大萝卜？"

"不是，不是，绝对不是，比大萝卜重要得多，啊！对了，出金银眼的大长毛波斯猫！"

"都点明是波斯猫了，怎会出在临清？波斯就是今天的伊朗，跟你们临清一点关系都没有。"成月说。

"临清出金银眼大长毛白猫是个铁打的事实。我在泉州就亲眼见过。一只眼睛黄，一只眼睛蓝，说是哪年哪月哪个人从山东临清弄来的。而且是一公一母，繁殖至今。你几时上泉州，我可以带你到我朋友家亲自去看。"颜渊深顾自己说话，把王淮和那位山东年轻老乡的交谈给搅了。两个人傻在两边，等待波斯猫和临清猫的归属问题圆满结束。

"我的问题是金银眼长毛猫既是从山东临清购的，你完全可以说是山东临清长毛金银眼猫，而根本无须乎口口声声提波斯两个字。或许我可以告诉你，今天的伊朗，往古称谓的古波斯还不一定拿得出长毛金银眼大白猫来……"颜渊深说到这里，还转过头问王淮的那个山东老乡，"……你说对不对？"

那山东老乡赶忙摇手说："呵呵，这方面我不是太、太、太十分清楚。"

不知什么原因，为了金银眼大白猫，大家一边吃饭一边居然分

「都点明是波斯猫了，怎会出在临清？波斯就是今天的伊朗，跟你们临清一点关系都没有。」成月说。

「临清出金银眼大长毛白猫是个铁打的事实。我在泉州就亲眼见过。一只眼睛黄，一只眼睛蓝，说是哪年哪月哪个人从山东临清弄来的。而且是一公一母，繁殖至今。你几时上泉州，我可以带你到我朋友家亲自去看。」

临清出金银眼大白猫

成两派混战起来。

那几位漂亮尉官几时走的也没有人注意。

吃完饭，这批女孩子当然不应该还要王淮团长收拾碗盏，当真也好，假装也好，总算把剪影室的气氛还回原形，让黄金潭、阿哇和燕哪把餐具运回去了。

王淮说："剩下这半天你们忙吧！我们回去还要研究莆田涵江演出节目的那些事。河伯你看住他们，我们先走了。序子，再努力半天！"

"不要说'看住他们！'我不敢当！他们看住我，我老老实实让他们看住。"河伯说。

那帮人笑着走远了。

接着又有五六个人前来剪影。河伯一旁陪着聊天，正是十分和乐的时候。

门外进来一个人，陈馨差点叫出声来。

看他手里捏着一沓黑色薄纸，说是前来有所贡献。

"谁呀？"河伯问。

陈馨悄悄附在耳旁，"就是昨天剪了两张影，说下巴太长不给钱的老头。"陈馨叫老头："老人家，有什么贡献？你先把昨天两张剪影钱还了！"

"我要是说出这个贡献，说不定你们还要倒找我几十块'找头'！哪！听好！你们剪影用那么厚纸，一回才剪一张，我这种薄纸叠起来剪，一剪刀下去，起码十张八张，所以我今天来，别的不说，先给我剪一沓让我拿回去再说。"老头说。

"你还有没有别的贡献要讲？"河伯问。

"就这一点就够你们受用一辈子了。"老头说。

"这不是跟窗花剪纸和禧钱的老办法一样吗？"河伯说，"两件事。一、把昨天两张剪影钱付了，免得这女队员负责。二、可以为你剪十张八张薄纸的影，一张五角照算。任天明、许墉关门！别让人出去。"

话没说完，人不见了。

你还别说，老头在这上面真动脑筋。

序子还没有走到坡顶宣七叔铁器铺子门口，就听见人在吵，宣七看见序子来到连忙说："不信你们问他！"又扯住序子说："我讲我做一门冲天炮，前头安个座位，可以到月亮上去，他们不信！"

"多大的一门冲天炮？"序子问。

"三层楼高。"宣七说。

"什么做壳？"序子问。

"铁壳。"

"要是瞄得准，怕是行。你里头放什么？"序子问。

"硝磺火药。"宣七答。

"硝、磺，炭粉比例可一定要搞对，要不然冲力不够，反倒像炮仗横炸了。"序子说。

"那当然，这方子我会配。"

"你可以装个管方向的尾翼，像开汽车抓紧驾驶盘，对准月亮那个方向。当然，有的问题我眼前还没办法帮你考虑好，比方说，晚上，你看得见月亮，白天你怎么办？你往哪里开？还有，你带多少粮草？你晓得月亮离仙游好远？最后、最后，完了！你别去了……"序子忽然断了腔，"玩别的吧！"

"呀？不行！我这个人做事从不半路歇手的。你讲，凭什么我不去？你狗日的前言不搭后语！"

『你可以装个管方向的尾翼，像开汽车抓紧驾驶盘，对准月亮那个方向。当然，有的问题我眼前还没办法帮你考虑好，比方说，晚上，你看得见月亮，白天你怎么办？你往哪里开？还有，你带多少粮草？你晓得月亮离仙游好远？』

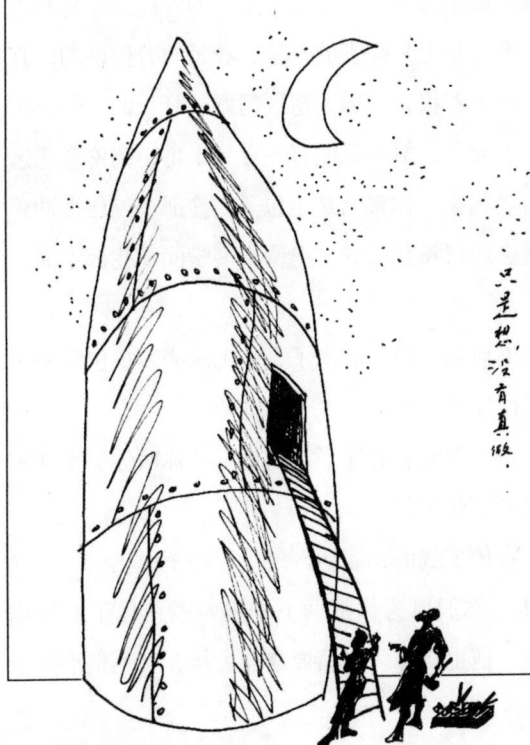

只是想没有真做.

485

大家也等着听。

"我忘记想到月亮之后你还要回来的问题。"序子说。

宣七笑傻了，"是呀！怎么回来？我怎么没想到还要回来？"

看热闹的跟着嚷起来："哪里没想到？你早就想好了。你存心就只做单程打算。月亮上的嫦娥年纪轻轻，正打着单身等你！"

宣七抢起把铁锤子扬了一圈，"再不滚，老子送你们见嫦娥！"

众人登时笑着散了。

"你真以为我会到月亮上去？"宣七问。

"你这类人总会有这类想法。几十年前我们湖南湘潭有个出名的铜匠，拿锤子敲了个铜皮大气球，放飞到浏阳河上空的时候绊到河里，后来没有本钱再做第二个了。怎么飞起来的？放什么药？没有人再提起。至于你刚才想上月亮去的办法，我是顺着你讲的。真实根本办不到。前些日子看报，德国人造了门好长好长的大炮，准备从巴黎打伦敦。了不起了，射程只能有一百二十里；离伦敦还远去了。人家德国是科学国家，你宣七是土包子，你那个三层楼冲天炮上天不到五十米就会炸得粉身碎骨。里头好多学问你我都不懂，谈何容易？"

宣七稍微拉了几下风箱，炉火起来了，坐上水壶，很快泡来一壶茶，自己倒了，又给序子一杯。

宣七低头抿了一口，斜眼看着序子，问他："你跟你那个姓宋的，文不文，武不武，干什么的？"

"战地服务团，宣传抗战的，演话剧的。"序子说。

"哎！宣什么传？你们以为你那两下子人家就信你了？把你的话当真了？你玩他，他也玩你。当兵要拿命去换，又不是小孩子，没那么容易上当的。我们年轻时候当兵，北洋军、北伐军，每个月发饷拿的是光洋，能正正经经养家，那才叫当兵。"宣七说。

"我们宣传抗战，不是骗人当兵。听说你也上山当过土匪？"序子说。

"我那是被请上山的。光洋响，不算兵。那，哼！"宣七说，"今天你们自己看看，找人当兵要用抓壮丁的办法，那怎么打得仗？更谈不上打胜仗！有首歌就是那时候当兵唱的，听我给你来一段：

一天哪，

又一天，

孩儿，冻得真可怜，

人说当兵好赚钱，

回来不够做衣穿。

……

"我不清楚你是站哪边的，所以不好和你多讲。"

序子奇怪，"哦？你还有'边'啦！"

"没有'边'，那还算人？"宣七说。

"那你这一边有哪些人？"序子问。

"老百姓哪！"宣七说。

"那一边呢？"序子问。

"老蒋呀！那还用说？你看他怎么打仗的？像是跟日本人赛跑……"宣七看看左右，声音越来越小。

"你怎么啦？"序子问。

宣七舒缓一下底气，挺直漂亮腰杆，走到墙边，取出那根原来讲好的六角形钢管，朗声曰："这一米管子我要截掉三十厘米，要不然太像个乡里土把子了。加四十厘米枪托，总共一米一，不长不短。你那个枪托样子画得好，合在一起真像个克虏伯厂出的。

"眼前要给你安个好后膛，重螺丝再加铜焊，安上'猪母奶'（猎枪上扣底火帽的部分）才保险——先让你看看扳机，你凭良心说，讲不讲究？你搂搂试试。前两天我告诉那个姓宋的叫你来你又不来，要不然这枪你今天就可以背回去。

"今天你老老实实坐在旁边看我收拾这枪膛。枪膛不整齐，子弹出去就不规一，散。唰的一把出去满天星找不到祖先。子弹按规矩出五瓣花、八瓣花、十二瓣花，找准在五十米外散开。内行一看墙面点子，就晓得都是我宣七手艺，别人做不出的。"

宣七一边说一边做。他拉起风箱说："我现在要烧红枪管子，凉了好锯。这管子钢好，不烧锯子锯不下。"钢管子经不起风箱几扯就烧红了，宣七亲手把它扯到炉台上，用小钢锤轻轻敲着管子，让一些小铁屑震下来，两三秒的刹那。

眼看宣七手捏的是根烧红的钢管，序子大叫一声："你的手！"

宣七一闪，把管子甩在炉台上，"你他妈嚷什么？我手？我手怎么啦？你他妈这么爱管闲事？"

"那是烧红的铁，我以为你忘记用铁钳子。"序子说。

"我你妈要忘了拿铁钳子，我你妈还吃这碗饭？"宣七顺手吊着左手，接过厨房拿来的一大碗酱油走到门口屋檐底下，顺左手掌淋了下去，掸了一掸。

旁边人低声告诉序子："你不提他没事的！提了他才有痛。你看，都是泡！"

"宣七叔，真对不起，你看，我还真是罪过。我太不懂规矩了，你看，你不用再做这杆枪了，算我没交定钱好不好？"张序子睁大眼睛就差心没跳到口里。

"你这个人姓张是不是？我没有说过我讨厌你们两个人。我说过没有？没有吧！是不是？有的人不用开声，我一见就讨厌，平白无故笑脸向我，敬我'白金龙'，'白金老'？把你妈嫁给我都不理。这类人天生一副贱相。你们两个不同，是读书文明人，让我敬重。

"今天你老老实实坐下看我收拾枪膛，你少说话，我问一句你答一句，不问不答，免得我分心。这是工人周围的规矩。你没见过认真做工的人，我又没有事先打招呼，怪你不得。我对你发的气，你其实听得出，不是对你。

"我左手掌几十年结的是'耐火茧'，秒抓秒放，焦焦疤疤，积了一层烧不坏的怪皮。比普通凡人耐火习性经久一些。你一点破，变回'凡手'了。原来只是一种不知不觉的本事，好像半夜三更睡觉让人吵醒，不容易睡得回去了！看样子要过好长的日子才能把这手本事捞得回来。

"枪照做，做得还要讲究。你看准了，我不是土匪，土匪也要讲信用。我一天土匪也没当过，当然更讲信用。你以为我会耍赖？我说话不算数吗？我是这种人吗？"宣七说。

宣七见铁管凉了，把它弄到工作台上大铁钳中夹紧，锯下三十厘米，细细锉平七十厘米长的这段管口，度准口径，套上螺丝"扳牙"旋了个非常齐整的螺丝，松下来右手握着送到炉口。这下左手戴了厚布手套，捏着枪管，把螺丝那头烧红，仔细地看了又看，烧钢管子经不起风箱几扯就烧红了，宣七亲手把它扯到炉台上，用小钢锤轻轻敲着管子，让一些小铁屑震下来，两三秒的刹那。

眼看宣七手捏的是根烧红的钢管，序子大叫一声："你的手！"

宣七一闪，把管子甩在炉台上，"你他妈嚷什么？我手？我手怎么啦？你他妈这么爱管闲事？"

旁边人低声告诉序子："你不提他没事的！提了他才有痛。你看，都是泡！"

仙你妈嚷它庄？

490

香供神一样竖起来在一个水桶里"淬火"。

给铁器"淬火"我就不讲了。一来我是外行，二来这动作不好讲，件件手势不一样，目的是恢复原来的钢性。

宣七关照序子明天用不着来，他要一个人静静地对付浇铸后膛模子的钢水，做螺丝母，焊铜；做"猪母奶"，安好枪托。

"你后天来吧！带足四块钱，听到了？"宣七说。

回到团部，遇见吴娟。"你哪里去了？病了是吧？"摸了摸序子额头，"唔，还好，没有烧。你到哪里去了？弄得这副神气？快回房里再说。"

"什么神气不神气？我上高街买枪去了。"序子说。

"买枪？你买枪做什么？"吴娟问。

"你以为我杀人呀？鸟枪！"序子说。

"买枪就买枪，好像挨人家扁了，灰头灰脑……"吴娟说。

序子哈哈笑起来，"一点不错，真搞得我灰头灰脑。那个做枪的老板名叫'宣七'，是个怪人，讲话阴一句阳一句。那双手、那副脑子，巧得还真是让人惊讶。你想，我亲眼见他左手捏着根烧红的铁管子，替他着急，叫了一声。他扔下铁管，狠狠训了我一餐，什么丑话都骂出来，像是我害了他。"

"鬼叫他捏红的铁管！"吴娟说。

"你现在骂他可以，当时我哼一声都不敢。"序子说。

"你讲讲，这铁匠哪点东西把你降住了？"吴娟问。

"是呀？哪点东西把我降住了？"序子说。

"问你呀！"吴娟笑起来。

"让我想想——大概觉得这铁匠像我们朱雀人。怪！脾气磊落，不拖泥带水，动不动还来点江湖玩笑，不过分。想事敏锐，钢火足，不带渣滓。跟这种人做朋友靠得住，当徒弟就惨了，保证一辈子不得翻身。想得到他一身曾经风、雷、水、火，看他表皮又仿佛在怯生生、蹑手蹑脚过日子。跟他来往可想象是一幅画。有色彩，有光影，让人看不透的风景。像谭嗣同的两句诗：'绝无图画处，时有好江山。'你看他艺术修养好精致！艺术这东西像佛，尊敬它、喜欢它就看得到；忽略它、不喜欢就看不到。"序子说。

"经你一说，找天我还得跟你去见识见识这人！"吴娟说。

"去不得！"序子说，"他不喜欢女人！"

"见鬼了！他不是他妈生的？"吴娟问。

"他已经后悔了！"序子说。

"看你信口瞎编！"吴娟说。

"反正我不会带你去的！"序子说，"一般地讲，枪火铺都忌讳女人。"

"你哪来这么多陈腐东西？"吴娟说。

"别的我不敢讲，这方面你要信我。我就是从你讲的出陈腐东西的地方朱雀城出来的。那里的水土和风俗习惯把我养大。远看起来那地方很土，鲁莽、粗俗，甚至原始，其实还有不少道理值得尊敬。比方我刚才对你讲的不准女人这样那样，它初衷是在尊贵妇女，保护妇女，不让妇女接近战争和战争工具，远离死亡。规矩定下来，久而久之，变成神秘和怪诞程式和当然律。我们那地方判断道德和生死，有自己严格的界限。一点都不苟且。

"军阀内讧和抗战，把我们的生活基础动摇了，好多热血青年和仁人志士白骨疆场，影响了当地风水质量和人格质量。

"你不知道我的朱雀城是几个民族合居的地方，要多美有多美，四季有好听的声音，四季有好看的颜色，四季有好吃的东西。

"你等着吧！只要我没牺牲，抗战胜利了，我陪你到朱雀看看，去住一段时间，我一点一滴地给你介绍，每一个角落，每走一步都不放过，我熟得很……必定让你信服和喜欢一些事情……"序子说。

吴娟笑笑，"唉！小弟小弟，要真有那么一天多好！"

"这念头一点也不奢侈！"序子说，"只要我稍微长大一点，比方说，我的画、我的木刻能卖得出几个钱，我就把你呀、宾菲呀、芳丽呀、崇淦呀，甚至陈馨这帮人都请到朱雀去……"序子开始讲梦话，"眼前不行，我一个月薪水买张到福州的汽车票都不够……"

"你怎么专邀请我们女的？"吴娟问。

"喔、喔，是的。当然还有渊深、成月、培芳这些狗蛋们……"序子说。

"序子呀序子，你可以邀请所有的人到你的家乡去做客，唯独我去不了。"吴娟说。

序子果断地说："这没有道理！你又没嫁人，家里没有孩子牵绊，到那时候，铁路轮船通了，我可以跟王淮建议到那里搞巡回演出，连路费都赚回来了。"

"你以为我们在这里一辈子？说声'散'到时候大家也就散了。劳燕分飞，哪年哪月才再见面？"吴娟说，"你的世界全是童话……世界好像随时等着侍候你……真愿你能到达自己设想的彼岸。哎！哎！到时候别忘记一直欣赏你是个有意思的弟弟的我这个姐姐……"

"犯不上这么动感情讲话的！刚才我挖的是一条信口开河的'河'，不是计划也不是理想。理想和计划是焊在脑子里的东西，我还没有。我没有使命感，我一直认为自己不太有出息。我只是喜欢这个世界，我来到这个世界不容易。这么多有趣的人，各有各的样子、脾气。我到处流浪，黄昏时候快要走近一个城市的时候，远远看着它，总是眉开眼笑的新鲜；离开它则从来没有失望。我一气呵成这种好感。

"苦难光临，能跑就跑，跑不掉就熬。朱雀人从来就是这样。如果我碰到坏家伙对仗，一对一不干。我比他们贵重，起码一对十。这机会需要有一点点等待和韧性的按捺。"序子说。

"……所以我羡慕你，你在天上……"吴娟说。

序子皱起眉头，正正经经问吴娟："吴娟我问你，你到战地服务团来干什么？你根本不是我们这一路人。又不演戏——当然我也不演戏，这是另一个问题。读那么多书又不文学，不唱歌，可能你根本就不喜欢音乐。进得团来不见高兴，不见难过；不讨好，不嚣张，不委屈，也不害怕，只跟你福州几个女孩来往说话——我也算是让你挑中的一个。"

"说得对！"吴娟微笑。

"凭什么？"序子问。

"觉得有意思。"吴娟说。

"我也不晓得团里那些人说你些什么。"序子发愁。

"不理！"吴娟说。

陈馨推门进来，看见吴娟，"吓！你在这里！颜渊深到处找他，好像孤儿找娘。"

"你把我老妹带到哪里去了？"话没说完，老妹扑上身来，又叫又舔，弄得序子一脸口水。

"快点！序子，你那盒杠糖放哪里？让我吃几块！快！"陈馨一边说一边翻。

渊深进来了，"王团长叫我找你半天，要你马上去。"伸脖子告诉陈馨："——在枕头后面格子里——他像是从邮政局给你买了什么东西，好大一包……"

序子起身要走，"邮政局不卖东西的。"回头对吴娟和渊深说："你们帮我看好这女魔，我马上回来。"走了。屋就在隔壁。

序子敲门进王淮房，他正在看书。

"你哪里去了？我叫渊深找你。"王淮问。

"我在高街订了根鸟枪。"序子说。

"哦！——我问你，你认不认识木刻家'陈庭诗'？"王淮问。

"没听过。"序子答。

"'耳氏'呢？"王淮问。

"沙县《大众木刻》上登过他木刻。"序子说。

"他是我朋友，熟人。我托他给你买了几块梨木板，现在寄来了。"王淮说。

序子没想到，应该说"多谢"，只说"好！好"，见桌子上一个贴着邮票的木箱，很是震动，"我买鸟枪了，眼前拿不出这么多钱，先放你这里再说，等下个月……"序子小小讲了一番德化故事给王淮听，叫他保密。

"送你的，拿走吧！"王淮说。

序子抱木箱回房，渊深居然泡了茶，跟陈馨正忙着吃东西。老妹在脚跟捡碎屑。吴娟看书，没有动嘴。

陈馨蹦起来说："太好了！又一箱，快打开！"

「他是我朋友，熟人。我托他给你买了几块梨木板，现在寄来了。

序子没想到，应该说「多谢」，只说「好！好」，见桌子上一个贴着邮票的木箱，很是震动，「我买鸟枪了，眼前拿不出这么多钱，先放你这里再说，等下个月……」

序子小小讲了一番德化故事给王淮听，叫他保密。

「送你的，拿走吧！」王淮说。

元)你的·拿走吧

496

"莆仙剧团"成立了。

找拢来好多老人，吹、拉、弹、敲、唱的。

这些被人忘记的人，自己几乎也把自己忘记了，听到这消息，个个茫然成一个样，笑得一个样。有的随身还带了往日的家伙，有的只带来一张嘴。

关瑞亭先生和公子关迎祥忙着张罗全团一切生活琐事，等于当总司令的人眼前只能当班长教士兵开步走，打仗放枪放炮的正经事留在遥远的以后再说了。

分配了宿舍，安排好伙食，接下来是上街补充乐器。这是专门又专门的事情，容不得别人僭越分毫。

看官您不知道，天下音乐家在乐器店挑选乐器的那份派头、那份矫情最是引人入胜，简直可以当成戏剧演出观看。场面大的甚至还能卖票。花的时间远远超过小鲜肉奉陪名女人上名店挑选手袋的时间。那种对乐器毒辣的狠劲也跟名女人对付手提袋的狠劲完全一样，不存在丝毫的爱心，只是一种纵欲现象。

（有人说："你呢！你呢！你不也买乐器吗？你不说自己？""我什么呀？我买任何乐器不出廿分钟！""那你是弱智，你是在买窝窝头！哪有买乐器不试不挑的？"）

演员这方面就比较难讲。小丑、花脸、须生、老生、老旦，年龄幅度较长，好维持，好弄；只有花旦、青衣、刀马旦，年纪一大就得叫"停"。你不能自己说"可以"就"可以"，观众不答应的。满脸皱纹、白发苍苍、驼背躬腰、行动蹒跚的老人家怎么能担当花旦爱娇角色？你不可能要求观众慈悲为怀："可怜我近八十，让我扮演《拾玉镯》的孙玉姣吧！"要晓得这是看戏，不是"卑田院"

的施舍。

花旦之难找有很多原因。

一、老了就不能演，前头已经讲过。

二、蒋委员长抓壮丁，演花旦这种妙年龄最为合适。好不容易班子里培养出一个花旦，一下子就给抓走了。

三、戏班子没有抵抗力，抓谁都行，所以也抓"小生"，花脸合适也抓花脸，小丑合适也抓小丑，衙门机关、大中学校有的是壮丁，没有敢抓，因为靠山也是蒋委员长。

小地方戏班子经不起抓，三抓两抓，班子也就散了。

花旦当了壮丁就会被顶押到前线去打仗，祖国土地上血流成河的那些血河，其中也流着演员们的血。

在沦陷区，高风亮节的梅兰芳、程砚秋先生跟日本狗强盗誓不两立，告别了舞台红毯，毅然地留起胡子，拿起锄头种地去了。他们有骨气、有头脑、有眼光，能估计到侵略者迟早灭亡投降。

小地方的演员不够这种水平，有这种水平也没有这种环境和条件亮相自己的抱负，戏班子一散，只好改行卖花生炒豆，与家人各自散灭在胡同小巷之中。

陈先生和关先生父子好不容易把这些大小杂事弄得圆和起来，也是他们运气好，天上掉下来一个青衣、一个花旦。（枫亭那边一个班子刚散。）

关先生像和尚洞房花烛夜那么高兴，很快地，戏园子的锣鼓就响起来了。陈先生找来几个很扎实的老戏本子让关先生先排着，自己又写了一个《活捉张雄南》现代戏本子预备。战地服务团的人也为他们高兴，常来常往地庆祝。关先生向王淮不停地抱歉说原本要去团里讲京戏的。"你忙，你忙，别客气，忙完了再说！"王淮认真地回答。

一共是六块三十二开大小的梨木板，三分三厘三的印刷标准厚度。摊开在床上，真是伟大得没有话说。

一股味。这股味是熟悉的。一段大木头泡在小河里用铁钩子钩着别让它跑掉，两三年后提上来，锯成木板，干了就是这个味。经此一泡，永远不再开裂，不再变形，那味也就这么留到永远。平常人不会习惯这种味道的，暖暖的，臭臭的，有点脚豆豉味。虽没有自己脚豆豉霉香的亲切水平，却减弱了别人脚豆豉味的敌意。序子对木板说："我久闻大名，要跟你厮混一辈子了，我不会亏待你的。"

"刻个什么好呢？"序子自己问自己。

走到大门口台阶上坐下。

"刻个什么好呢？"又问自己。

陈馨和几个女孩上来了。刘宜男、齐扬、陈可几个。

女孩子平常走在一起，总是把漂亮女孩拥在中间。（有钱有势的女孩有时也走在当中。这局面不稳定，常有改变，另议。）

这几个女孩说不上哪个比哪个漂亮。好看的女孩各有各的好看。鼻子小一点的、直一点的，头发浓一点的、淡一点的，皮肤白一点的、浅一点的，眼睛黑一点的，眉毛重一些的、弯一些的，眼梢长一些的、眯一些的……

脾气野一点的，文一些的，娇一些的，热一些的，冷一些的，原因可能是年龄相差不多才走在一起。

没有见她们找罗乐生那个大绿扁脸老婆玩过。

女孩跟男孩不同的地方很多。男孩相处互相摆着大蒲扇，呵呵哈哈，不留心眼，有时候互相生气大打一架之后马上还会好回来。女孩拥有自己情感作息领土，小心守卫奇妙法则而不跨越。她们天生懂得尊重各自敏感界限。这本领并非后天学养的结果，而是伊甸园中老祖夏娃亚当的真传。不这样不足以安全自己、美丽自己、快乐自己。稍微留心就可以发现，她们这套完整的修为精致极了，讲究极了。

"张序子，昨天那木箱装的什么吃的？"陈馨站在石坎上问。

序子顶着太阳坐在门口看她的脸，"你这个丑丫头，把我的杠糖吃得一块不剩，你问问宜男、齐扬、陈可，你说你残忍不残忍？嗯？慢点，让我想想，我给你刻张木刻像好不好？"

陈馨惊愕了，不知怎么一回事，"什么像不像？"

"走！到房里说。"序子把四个女孩子带进了屋。大家嚷"臭"。

"臭什么？木刻板的味道。就是昨天运来的那一箱东西。"序子说。

陈馨听来没意思，"走吧！"

"别走，让我画完木刻像稿子再走！"序子叫起来，"我给你刻张木刻不是小事情！"

"拿点什么来吃吃？"陈馨撒泼地问。

"不都给你们翻光了嘛！这么吧，画完稿子我去买。行吧？"序子说。

"一定？"陈馨问。

"一定！"序子说。

"好！画吧！怎么画？说！"陈馨安稳地坐下了。

"我只刻个半身，就画个半身。"序子说。

坐定之后，陈馨皱着浓眉头横扫序子一眼，"画像一点！啊！听见吗？"

几个女孩听这蠢话，都笑起来。照相馆也没这样说的。

都屏着气看序子动作。

序子觉得这群女孩子的气味注意起来还真有点好闻，可惜让木头和臭牛皮胶打搅了。

"悲剧！"他好笑。

眼看快画完的时候，善心的序子跟陈馨打招呼了：

"我跟你讲，画稿是快画完了，至于请你们吃点心的事，我明天才办得到了。为什么今天办不到呢？今天我还要把稿子复写到木刻上去，还要用墨线定稿，一些复杂手续要一口气办完才能够动手刻成木刻。明天呢，我正好要去高街取枪，顺便就把糖果点心买了，一起带回来！"

"你讲你到高街去取什么枪？"陈馨问。

"我订了根打猎的火铳枪，明天去取！"序子说。

"那正好我们明天跟你一起上街，上茶楼把点心吃了算了。"陈馨说。

"不行！那怎么行？上茶楼我没有那么多钱，我请不起。"序子说，"加上枪火铺的规矩不喜欢女人上门，你们不能跟我一起走！"

"怎么？你赖账了？"陈馨哇啦起来。

"唉！明天你们在'高升'等我，一人吃碗油面茶行吗？"

"不行！刚吃饱饭，哄小孩子呀？吃油面茶做什么？"

"宜男，麻烦你出去找一下颜渊深，让他帮我买一趟吃货，好吗？"序子说。

这时，进来个河伯，"我喝了点酒，口干，来讨口茶喝。——你们在研究什么事？很隆重的派头！"

陈馨说："张序子找我画像，说是要刻个什么。画完请吃东西。"

河伯接过画稿端在手上，对陈馨说："什么画稿让我看看，嗬！这像的确画得好！太漂亮了，神气都出来了，应该请客，还要刻成木刻，太应该请客了！"

"你看，河伯都说了，你跑不掉的！"陈馨对序子大叫。

序子说："我跑什么呀我跑？只是上庆丰楼我请不起，钱不够！"

"什么什么？谁请谁呀？哪个的主意？颠三倒四，'紊乱了供求关系，影响社会生产力正常运转'。人家给你画这么一幅好看的像，还要刻成木刻，还要送你，居然反过来要人家请客，你是土匪绑票呀！"河伯说。

"他自己答应的，不信你问大家。"陈馨感觉冤枉。

序子努努嘴，轻声对河伯说："是我自己原先答应的，怪不得她！不过也亏得你那两句拗口东西的点化，救我于水火，弄通了'施人'和'受施'分寸。"

"什么？什么呀？简简单单的事，讲得这么复杂！有这么复杂吗？他要画我，我不干，他说请大家吃东西，我答应了。你个河伯，灌饱一肚子尿来这里瞎扯！我欠他什么呀？我是土匪？绑他张序子的票？你这个老仇虎才是土匪咧！"陈馨挨上去呵他的痒，河伯大笑大叫差点跌在地上，他还真是有点醉了，顶不住陈馨骚扰，不太有反抗力气。

陈馨这个野丫头动作麻利，把大家都看傻了。

序子一个下午加一个通宵，把陈馨刻出来了。自己觉得刻得实在好，可惜还得等到上街取枪顺便到石印局去要一点油墨拓印出来才见分晓。石印局认得序子，那次印《原野》招贴画已经混得很熟。

谁也不知道序子刻出一幅杰作，他的表情跟凡人一样，好像大官换了老百姓衣服下乡私访，一种不露声色的权威式的快乐只有自己知道。

（陈馨呀陈馨，我在向你问好！你身边还留着我给你刻的那幅木刻像吗？你看你那时候多漂亮！不管你眼前童颜鹤发还是皱纹满脸，你都是曾经有过美丽高峰的丽人。人生就是如此，年轻和美是留不住的，就因为留不住才那么珍贵。我们是同年，我九十三你当然也九十三了，我还真想打听如今你在世界哪个地方？你有多少亲人？多少朋友？你看不到这一小段信息时，周围有没有人看得到？会不会转告你？或是，你已经早离开这个世界，没有什么亲人，一个人埋在被人遗忘的山上。那么，还有我在想念你。我有天也不在人世之时，书上这些字留下了。我们一起在书里藏身……）

序子刻完木刻一身松。钱放在夹衣的口袋里，扣上扣子，信步往高街那头走。路过艺美石印局的时候，暂时不跟里头的人打招呼了，免得分神。这一段路不短，六十岁的人怕要走半天。快到宣七铺子的时候，只听得轰的一声响，看见宣七单手举着的枪口还在冒烟，笑着站在门口，"你的枪在欢迎你！"

这枪做得真没有话说，镀了蓝，装了皮带子，枪托还垫了块带齿的胶底。枪管下头扣了根漂亮粗螺丝通条。墙上取下两个带皮挂扣的牛角盒，盒盖就是量杯，一个装火药，一个装铁砂。两样东西都装满了。

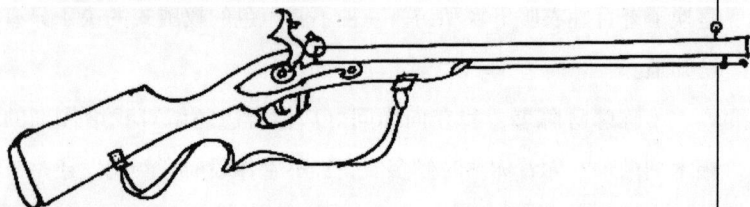

模仿的美为说说

这枪做得真没有话说，镀了蓝，装了皮带子，枪托还垫了块带齿的胶底。枪管下头扣了根漂亮粗螺丝通条。墙上取下两个带皮挂扣的牛角盒，盒盖就是量杯，一个装火药，一个装铁砂。两样东西都装满了。

宣七叔收下四块枪钱说："连定钱三块，共七块收讫。这两个牛角盒白送，不要钱。你坐下，等我烧壶水泡茶，不要马上想溜。古时候买卖刀枪都是一辈子交情。下回有空你来，我给做套压底火铜帽的冲子。底火配方你记一记，盐酸钾、雄黄各五，胶水调稠滴在铜底火里头。调多少用多少，不留底，免得出意外。火药买现成的，自己做危险，不教你了。底火这东西哪里都买得到，先买点再说。"

序子告诉他，最近可能跟团去福州一带个把月，回仙游再来看他。问他："你喜不喜欢我画些东西给你？"

"画什么？"

"比如说秦叔宝、财神爷、观音之类。"

"我要他们干什么？"

"那么梅花、菊花、荷花呢？"

"挂起来占了好几面板壁，我这里火星子大，一下子给烧了，也耽误墙上钉钉挂东西。"

"那你喜欢什么？"

"钱！"

"我看你算不得喜欢钱的人。"

"不是不喜欢，是不会弄。"

"嗯，那是，这东西最不好弄。"

"本来想和你去喝一顿茶，吃点东西，看你坐不住，怕是心里有事。那你就走吧！相交和朋友，就是坐半天大家不讲一句话，也是有意思的。"

"光你这一句话，就有嚼头！那我就走了。"序子里手地枪口朝下"枪上肩"，腰间左右斜挂牛角盒，轻松告别了宣七叔。说是说以后经常来看他，不晓得什么缘分，彼此这一辈子就这么完了。

东正街陆芳斋买了三两粽子糖，顺中山路至应庆和买半斤绿豆糕，上斜街张炒记买两斤海泥花生。本来脆烤鱿鱼片非常好吃，贵，不经吃，这帮女孩子面前，序子想都不敢想。

过艺美石印局，里头的年轻伙计见序子全身披挂很是佩服。序子向老板说明来意，讨个空罐要了点油墨就告辞走了。石印局的油墨最是严格讲究，平常的油墨拓印出的木刻，边上都泛出一层黄油。石印油墨保险。

回到团里，人正在排练厅忙，只老妹绕着序子欢喜。进了屋，序子把吃货收稳在各处保密地方之后，慢慢踱到排练厅。没人注意序子进来，挨墙拖张凳子坐下，仿佛早就坐在这里没出去过。

当然还是那个鬼丫头陈馨最早发现序子，明明她还在戏中——

……这是梦啊，三少爷！您喊不得呀！三少爷，我求您！求求您！你别喊，你一喊，梦醒了，人走了，就剩下鸣凤一个人，孤单单的，您再叫我怎么过呀？[1]

她还在跟觉慧说话——眼睛就瞟过来了，她知道序子刚进屋。

河伯叫停。河伯觉得陈馨的这个鸣凤气势仍然太盛，"你已经不是陈馨，记住你是丫头鸣凤，是个大悲剧快要到来的鸣凤，你要埋进头脑去想……"

陈馨脑子眼前根本不进油盐。聪明人掉在爱情里都会糊涂。她从未谈过恋爱，是个没尝过爱情悬崖边沿之苦乐的人。

样子长得一点也不悲剧，要她去演悲剧，这悲剧可算到头了。

---

1 《家》第二幕，第一景。

戏排了一整天，河伯叫散。

颜渊深、宋成月、甘培芳跟序子看枪，丫头们问买的糖食，没有一个人问木刻，多可恶！

几个人看枪，说好。序子打招呼，枪口不要对人。人说："空枪怕什么？""就怕万一！"序子说。

序子取出油墨滚子和一块小玻璃板，挑出点油墨，油墨滚子在玻璃板上来回滚动，再滚到木刻板上去。一张宣纸轻轻覆盖到木板上双手抚匀，用根短短光滑圆木棍在纸背耐心细细磨拓，直到隐隐约约看到画背后的影子。一张木刻就算拓印完毕。

陈馨双手举着木刻像说："还真是有点像。"

齐扬说："不是'有点'，是'很'。"

宜男说："把你的恶劲都刻出来了。"

陈馨对序子说："给我了呀！"

"好嘛！我还要拓印好多！"

"那你给我签个名，写上年月日。"陈馨还有点板眼，"我把它跟你给我的剪影放在一起'留为纪念'。"

讲到这里，她醒悟过来，"你买的东西哩？"手指头在嘴巴上晃了几下。

几个女孩也跟着嚷。

序子说："马上吃晚饭了，半中腰的时间吃糖食，意思不大……你们现在出去，趁这时候让我多印几张木刻，免得糟蹋这些油墨。"

大家觉得有理，就都散了。

序子关照陈馨："木刻上的油墨没干，不要卷，就那么双手指头捏着，回房先用图钉按在墙上再说。"

陈馨点点头，没出声，像端一碗水那么小心，举着木刻跟大伙走了。

吃过晚饭，序子先去打满热水壶开水，泡好茶，洗干净茶杯，老妹一直出出进进跟着，序子坐在床沿上看它，"你自己想想，你祖祖辈辈就在仙游城长大，连你妈都没去过城外。你见过你婆吗？没见过吧！你见过你爷爷吗？没见过吧！"老妹很认真地听讲，"你看，我今天买了这根枪回来，你如果是猎狗就好了，可以跟我上山。我看，你怕连山都没有上过。这怪不得你，你怕连我这种人都没见过。我这种人是把你当狗的。有的人从来不把狗当狗，你这种狗其实也并不把人当人，跟哪个算哪个。我们朱雀的狗跟起人来，跟一个算一个，一直跟到老。我们那地方的普通狗，主人上山，个个也都能在山上跟两圈。要是真的赶山狗，那你见到就没说的了。不过，我哪天上山，还是会带你去试试的。不带你带谁呢？只好带你了。你要有点精神准备，我不是存心扁你。对于你们，我见得太多了，是科学问题，不是种族歧视。"

一帮人进来了，不是渊深、陈馨他们。

"听见你在说话，人呢？"宾菲问。

"没有人，我是跟它说话。"序子指狗老妹。

"什么问题？"宾菲问。

"人生问题。"序子说。

"听说你帮陈馨刻了张木刻像，她自己当宝钉在墙上，让我看看，喔！"宾菲转身见绳子上夹着好几张，捏住看了一下，"唔！说良心话，刻得真好，比剪影更有意思。你把她那副脾气都刻出来了。"

芳丽、淑德几个人，连燕哪都跟着说：

"看那眉毛！"

"那副翘嘴！"

"那眼神！"

"怎么不帮我刻一张？"宾菲问。

"要是昨天碰见你，就先刻你了。我原来怕她不肯，还答应请她吃东西，好笑不好笑？"序子说。

宾菲嚷起来："太好了，还有东西吃！"

"河伯讲了公道话！"序子说。

"什么公道话？"宾菲问。

"请客的应该是陈馨。"序子说。

"你自己先答应的。"宾菲说。

"那是。"序子说。

"还是你该请客。"宾菲说。

"我没有答应你，我原先答应陈馨也有点勉强。"序子说，"后来想想，答应了就该办，还是买了。我钱用完了，只买了一点点。"

"东西呢？"

"收了，等她们来！"

"用不着等了！"宾菲说，"有什么好等的？"

"那不好，这样，对不起人。"序子说到这里，陈馨这帮人进屋了，"你看！来了吧！"

陈馨问："什么'来了吧'？"

"说你。"宾菲说，"张序子给你买的东西，你不来，他死不拿出来！"

"当然，当然，你们吃了，我没有钱买第二回，不收起来怎么行？"

两伙女人势力盯住张序子取东西。眼看他从柜顶上、床底下、被窝里、皮鞋里，底裤裹着的、袜子里藏的，一包包取出来摊在桌子上。

老妹也跟着上蹿下跳忙得像只救灾狗。

"哎呀！哎呀！你怎么把吃的东西放在底裤里？"

"哎呀！哎呀！你怎么把吃的东西藏在袜子里？"

序子解释："袜子底裤都是刚洗，没穿过的！"

"那皮鞋呢？你说你脏不脏？"有人骂。

"放的是花生、核桃、瓜子带壳的、不直接进口的东西，收藏东西是一种学问，跟强盗小偷这类人物做斗智游戏……"

两派女性坐下来吃点心喝茶了。她们吃得那么不顾一切，完全忘记刚才对序子不讲卫生的指责了。

"序子，你讲讲，别人把你的东西偷偷吃了，你难不难过？"

"你说我难过什么？我是因为吃不下才把东西收起来的。若是吃得下，我早吃了，就轮不到他来偷了。我把东西藏起来而他有本事偷得到，我会笑，会觉得他比我有脑子。我有意再把东西收一次，他又偷了，更让我佩服。我在团里看个个脸色、表情，一点都找不出嫌疑相，从容不迫，纯洁得比我这个失主还纯洁。我几几乎不相信世界上会有小偷这种动物。"

陈馨说："你活该这么蠢！"

"你懂个屁！"序子说。

"序子、序子，你讲你几时给我刻木刻像？"宾菲问。

"最起码明天你们排完戏之后。"序子说。

两伙女人势力盯住张序子取东西。眼看他从柜顶上、床底下、被窝里、皮鞋里，底裤裹着的、袜子里藏的，一包包取出来摊在桌子上。

老妹也跟着上蹿下跳忙得像只救灾狗。

『哎呀！哎呀！你怎么把吃的东西放在底裤里？

『哎呀！哎呀！你怎么把吃的东西藏在袜子里？』

序子解释：『袜子底裤都是刚洗，没穿过的！』

你洗你的脏不脏？

"什么明天？马上画！"宾菲说。

"开玩笑，这么一盏洋油灯？你以为我是神仙？"序子说。

"加两根蜡烛不就行了吗？陈馨这张像，不也是灯底下刻的？"宾菲说。

"慢点！你刚才说加两根蜡烛？"序子问。

宾菲说："是呀！你没有我有。芳丽你回房取两支蜡烛来……"芳丽走了。

序子说："这我倒有个想法，干脆就画你拿着根点燃的蜡烛，像个女耶稣教人士。"

"什么'女耶稣教人士'？像个圣母。"宾菲说，"你真刻得出就好，那会有意境的。"

"试试吧！"序子叫宾菲右手撑着脸，侧过身去，靠着桌面，洋油灯远一点对面照着，蜡烛点燃只是做个道具，白墙衬出个灰调子。另一根亮的蜡烛照着序子画画。

凡事事先有打算，做起事来安心。

看闹热的人懂理，一声不出。眼见这张画慢慢像起来。序子来不及自己高兴，心里发颤，预计刻出的木刻不会太坏。宾菲的性子真沉得住气，没一次回头。

画完了，大家说不只像，还很美。这根蜡烛摆得有味。宾菲问几时动手刻。序子说："再慢慢不到哪儿去。"

大家散了。老妹蜷在窝里，眼睛偷看序子。

"你乖！睡了吧！明天有明天的事。"

序子吹熄了两根蜡烛，捏灭棉芯，收在抽屉里。洋油灯放回桌上照着，拿起画稿仔细端详一番。

"像不像算不得什么难。尺寸拉对了就像了，这跟地质局丈量土地一样，弄准要紧尺寸。若是要土地长出个春、夏、秋、冬来，那不是地质局的事。

"宾菲这副脸的春、夏、秋、冬在哪里呢?

"你比如说，陈馨这人简单，你马上可以决定她是个暖烘烘的春天：花呀，鸟呀之类的……

"宾菲不是春天，更不是夏天，秋冬更谈不上。

"她像一片透过道道幽光的高耸森林，长满绿苔的小山岩，静静清泉和细瀑，长着苦蕨、凤尾草和虎耳草的小涧缝和透明的浅浦。

"跟感觉距离很远，几几乎不像感觉。（什么话? 不是感觉是什么? ）以前说她是罗赛蒂、米莱斯'拉菲尔前派'里的人物，这是对的。有时也想到给《莎乐美》做插图的那个比亚兹莱。那种落寞孤寒的典雅风格，这就冒犯了。不过为什么常常想到宾菲跟比亚兹莱有关系呢? 一点也不喜欢宾菲跟二十多岁就死了的比亚兹莱接近，他会带坏了她。"凭什么这样讲? 序子也不清楚。

把稿纸复写到板子上，描好墨块和灰调子。陈馨和宾菲这两张稿子难分得出哪个好哪个差，各像各的，神气也把握到五、六、七、八、九分。

累了，不能动手刻了，勉强刻下去没有不坏的。

司令部通知派战地服务团三个人去参加县党部举办的"抗战爱国大会"。大部分人赶着排《家》，问了没戏份的张一明、吴娟和张序子。张一明老头一听"爱国"二字就跃然而起，好像早就准备扑上去。吴娟默然点头。张序子龇牙五秒钟。

三个人到了县党部，一两百人坐在那里。张一明老头代表其他两个人签了"到"，公公然坐到第一排长椅子上去了，表示战地服务团的来头。

　　吴娟和序子选了第九排椅子坐下。

　　县党部那个姓什么的书记正在讲话，用的是国语，讲得很艰难，外地人没法听懂，本地人根本不理不睬。

　　序子发现他鼻毛很浓，大把地从两个出口钻出来。为什么一个人的鼻毛竟然会这么茂密，让人感觉上嘴唇长着一撮胡子。比斯大林的小，比希特勒的大，在上嘴唇一掀一掀随着讲话的拍子，加上他脖子瘦长，喉结在活泼地上下跳动，很分散听演讲者的注意力。

　　原先讲的是抗战救亡的问题，不晓得怎样一下子滑到蒋委员长身上去了。说蒋委员长是爱国的模范，看样子是打算讲哪个官大哪个就最爱国，称起来，"国"好像没有蒋委员长分量重，是蒋委员长一个人在打日本，在种田，在做生意，在做公务员，在学校当老师，在纳税，在缴公粮，在挖煤，在开火车，在驾轮船……在当爱国华侨，在妻离子散地逃亡，在挨日本飞机轰炸……

　　做这种演讲看样子是全国一致的行动，小小的县党部是发动不起来的，也没这个胆。所以这个姓什么的书记讲得魂不守舍、毫无头绪也是难怪。这时候没有人可以帮他的忙，对他伸出挽救之手。他身不由己地语无伦次。他不具备把无聊的题目变得光彩夺目舌底莲生的天分。

　　序子轻轻对吴娟说："他眼前最缺乏鼓励，如果你兴致不坏，不妨试试对他做些微笑、专注点头或类似'横波'的反应，他一辈子都会记得你，你很快就会得到回报。散会之后见到你，他有尾巴

序子发现他鼻毛很浓，大把地从两个出口钻出来。为什么一个人的鼻毛竟然会这么茂密，让人感觉上嘴唇长着一撮胡子。比斯大林的小，比希特勒的大，在上嘴唇一掀一掀随着讲话的拍子，加上他脖子瘦长，喉结在活泼地上下跳动，很分散听演讲者的注意力。

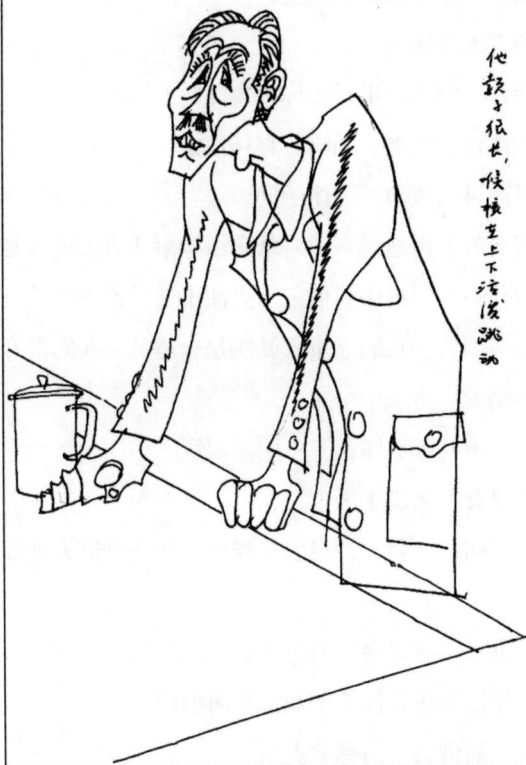

他头子很长，喉核主上下活泼跳动

一定会大摇尾巴，问你在哪个机关工作，担任什么职务，哪座学校毕业，今年多大了，你是他的知己。

"这类人很寡情，很孤寂。一天到晚只吞嚼酸涩之极的单调党义词汇，周围同事也是甲、乙、丙、丁同穴獐鼠。快乐和不幸跟太极图运转相似——'你的快乐即是我的不幸，他的坎坷却成我的坦途。'"

"你几时这么想的？哪来这些句子？"吴娟问。

"自己编的。"序子回答。

演讲完毕，人散了，三个人走在路上。

序子挑动张一明老人讲话。

"明叔，那个姓什么的书记讲话，你听得懂吗？"

没有回答，脚板踩得地面啪、啪响，直往前走。

"是不是你觉得演讲很浅薄？"序子问。

"闻屁！"一明老叔大声地说，"对从事话剧事业者来说也是一种体验，问题是为什么专门选中我们三个人而不选其他三个人？"

"终究还是要选三个人。我们三个人其实是合适的，我们没有戏，他们都忙。"吴娟说。

"看样子，你今天很有收获啰？"一明老叔说。

吴娟笑笑，"那要看怎么说了……"

回到团里也没人问问："会，开得怎么样？"像一封信丢进邮筒之后的小小惶惑。

序子遇见河伯，讲了"演讲会"的感觉。

"当然是这样。你以为还有抽奖游戏？"河伯说。

遇见王淮，讲了"演讲会"的感觉。

"对不起你们，花了宝贵时间。大家太忙，没办法，生活掺好多这类沙子……"

吴娟问序子："你写过文章吗？"

"文章没写过，作文做过。在集美得过奖，在德化受过奚落。"序子说。

"作文其实就是写文章。你可以写一点东西向报纸投稿。"吴娟说。

"吓！那可不敢！"序子说。

"不妨试试，文章不合适，报馆会退回来的。"吴娟说，"好多文学家都是投稿练出来的。"

"让人家退回稿子多不好意思！"序子说。

"写文章锻炼头脑，退稿子锻炼脸皮，要经得起才行。我觉得你头脑怪，记性好，眼睛尖，不写文章可惜了！"吴娟说。

"我记得，我有个表叔是写文章的。在北平还是上海。"序子说。

"喔！喔！"吴娟说，"你有没有换的衣服，我帮你洗洗。"

"不行不行！我自己会洗，你看，你看！"序子拿洗过的衣服让吴娟看。

吴娟哈哈起来，"你看，你看，你洗的这衣领、袖口，黑不溜秋，哪像洗过的？让人看到就笑死了。交给我算了，不要不好意思！"

序子木然地站在房中间，"我想，你有空可以教教我怎么洗衣，还有这一大方面其他的事。以前做小孩的时候我学过好多应该自己做的事，离开家之后才晓得还有好多东西没学到，比如这个洗衣、补衣服的来回线路……"

"还有洗脸要洗耳朵后面、脖子和下巴，洗头发不要留肥皂水在脸上脖子后头……"吴娟说。

序子明白有的事都让她看到了。

"你们对这方面的事情，有的是从小娘老子没教育，有的是粗心大意，有的是懒，有的是天生喜欢脏……"吴娟说。

"我也听别人说过，你们女人也有好脏好懒的，只是她们一出门就掩饰得很好，把男人能看得到的部位弄得很干净，像是从来没有脏过的样子，纯洁得像个仙女。是不是有这类人？"序子问。

"你有几对袜子？"吴娟问。

"说起袜子我最头痛。没穿几天就破，袜底破还能将就穿几回。袜面一破就算咬碎银牙也救不了你。我最愁就这两件事，皮鞋没穿几天就断了面子，袜子没穿几天就破了脚趾，毫无救药。"序子说。

"你补过袜子吗？"吴娟问。

序子摇头。

"街上有卖'袜楦'，木头的，也有上海的'纸袜楦'，买回来一晚上可以补两三双。"吴娟说。

序子很认真地回答："几时买一对回来就好！"

"'袜楦'没有左右脚，买一个就行。"吴娟说。

序子开始动手刻宾菲像。

吴娟问他："是不是你觉得刻宾菲比陈馨难？"

"有一点。"序子说。

"是人和人的问题？"吴娟问。

"大概是。"序子说。

"那你刻你的，我走了。"吴娟说。

又一个下午和半个早晨，宾菲像刻好了。

序子把它拓印出来，双手捏着拓片坐下对宾菲的灵魂说："把你刻好，才晓得我是个伟大的木刻家。你是'蒙娜丽莎'，我就是'达·芬奇'。你不'微笑'仍然是'蒙娜丽莎'，我不长大胡子仍然是'达·芬奇'。我送你一张拓片，你留到永远。你最好把它装在一个玻璃镜框里，我估计以后你也走不远，你跟着你那位提琴家好好在泉州过这一辈子。我不行，我翅膀痒，非飞不可！我不单觉得你漂亮得少见，性情也是少见。我不相信以后还会遇见和你一样水平的人。如还能见到你那是好事，见不到，想起你也美……行啦！"

序子打开门，走到宾菲的房门口，砰！砰！砰！

门开了，序子举起木刻让宾菲看。芳丽、宜男、淑德都拥进来。

宾菲接过，"有点意思。你多印两张给我！好不好？"

序子点头。

几个人说："太像了，真好看！"

"唔，像我其中的一些部分。真不错，我拿去让我爹看，看他怎么说。"宾菲又指指序子脑门，"你有这个，我说你有这个。小小年纪，你怎么活过来？怎么长大的？我要请你吃东西，不，没意思。我有本谢肇淛的《五杂俎》送你吧！掉了线，你自己重新弄弄！不算珍本，光绪版，很好玩的书。"

"行，多谢！这样好！"序子说，"我今天忙，我还有事，我走了……"序子启步。

"等等，你木刻刻完了有什么好忙的？坐坐聊聊。"宾菲说。

"我要上山。前些时候买了杆打猎的火铳，放着放着一直没有动，今天试试。"序子说。

"你也真好笑，别的小孩买了玩具，恨不得马上回家试试。你还真能熬，忍住这么多天不声不响，小孩真沉得住气。"宾菲说。

"我走了，你老人家好好养神，听你这口气，弄不清你老人家为什么老得这么快？昨天是我姐姐，今天是我婶婶，明天很可能是我阿婆了。我希望你天天像我画的那么年轻，不要老得这么快，免得明天我认不出你了。"序子说完，开门就走，留一些笑声在屋内。

回到房里对老妹说："马上出发！"

枪膛里装一瓶塞子火药，塞一个小纸团用通条轻轻顶实，再装一瓶塞铁砂子，再加小纸团用通条顶实。腰皮带上左挂牛角火药盒和军用水壶，右挂牛角铁砂盒。斜背挂包，内装干粮、"底火"小铁盒、草纸、六件刀。

老妹是条聪明狗，它早看出今天要有个什么特别动静，显得兴奋骚动。

走出右边走廊再右拐，就是上山之路。

序子穿的是好友林振成所赠之厚车胎底万年牢大凉鞋，显得健步如飞。

一路坡上全是方桌大小的石头。序子有个想法曾对王淮说过，用两年时间把它们开凿成一座座握枪匍匐准备进攻的战士。王淮微笑抚着序子肩膀说："两年之后你晓得你在哪里啊？"

（几十几十年，那条走廊和向右拐的山，山上的石头和王淮的讲话，还常在梦魂中浮游。唉！那些石头还在吗？）

老妹那么兴奋，它真以为自己是猎狗，上下不停地绕圈，它走的路数比人多好几倍。

这山坡也算不上怎么特别秀气，沙质土壤伏驮一些龙舌兰和野

回到房里对老妹说：『马上出发！』

枪膛里装一瓶塞子火药，塞一个小纸团用通条轻轻顶实，再装一瓶塞铁砂子，再加小纸团用通条顶实。腰皮带上左挂牛角火药盒和军用水壶，右挂牛角铁砂盒。斜背挂包，内装干粮、『底火』小铁盒、草纸、六件刀。

老妹是条聪明狗，它早看出今天要有个什么特别动静，显得兴奋骚动。

出发！

尤加利。稍微注意就发现其中有些讲究！大凡山坡边沿有一棵大些的尤加利，顺着它的小山沟就长着一群小尤加利，瘦晃晃的，像一位穷妈妈带群苦孩子。一坨坨灰黑石头原来无穷无尽，庆幸原来的打算没有动手，要不然几辈子也雕不完。

人有时对自己也幸灾乐祸，"做啰！做啰！看你那副卵相！妄想雕一座山的石头？"

火铳子枪口不能朝下背，要不然半路上火药铁砂子全倒得精光。

这山看起来不算低，一层一层直往上冒。序子找到一个小绿荫石头上坐下，老妹趴在序子脚边休息，两个人都累了。序子取出水壶喝水，再用手掌窝窝盛水静静让老妹喝了。老妹喝完水看了看序子。

太阳大，天气热，头脑发昏，美感都受到影响。其实眼前坐歇地方的风景还可以看得下去，树不少，合欢、洋槐和身边这些尚堪坐卧的石头，再回身远望山底下那一大片亮光，要是古人，早就有诗出来了。

"江上柳如烟，雁飞残月天。"序子这时候莫名其妙地想到温飞卿。眼前光景跟温某人一点关系都没有。远远那一片亮光根本就不是江上，青天白日之下和残月见鬼去吧！老半天鸟屁都听不见，还雁飞？……恨！恨！

"老妹，你说是吧！"

老妹见序子起座也站了起来，摇摇身子。

这一回合，老妹跟在序子身后了。它觉得犯不上原先那么激动，何况也不明白序子究竟想干什么事。

走呀，走呀，只听见脚底下沙沙响。

跟老妹语言上的交流机会不多，两个人大部分时间都在太阳底下。要晓得薄薄的头皮最怕晒太阳，晒多了会傻！

他们又走进一个绿荫胡同。

忽然树顶上飞起一个东西到前头树枝上去了。

"老妹！有东西！不要响！"序子轻轻卸下肩膀上的火铳，口袋盒子里取出一枚底火安在"猪母奶"上，扳起撞机，一步一步顺着矮树丛来到一个最合适瞄准的地方，轰的一响，惊天动地，树顶站着的东西橐的一声掉在地上。序子赶上捡起一看，是只大公斑鸠。

"老妹！"

老妹哪里去了？序子茫然环顾四周不见老妹影子。

"老妹！老妹……"

老妹从两三百米远坡下颤巍巍地弓着背回来了。

它毫无准备地听到轰的一声，它是狗呀！人也会吓得半死。

序子提起斑鸠扔在老妹面前让它端详，告诉它，这是斑鸠，就是轰的一声把它打下来的。我们今天上山就是为的这个。

老妹开始害怕，伸出好长的脖子闻斑鸠，慢慢凑近了，用舌头轻轻舔斑鸠的血。最后张开嘴巴准备咬将起来，序子连忙捡起放进口袋：

"别急，别急，这就叫打猎。你等下接着看，还有机会，一而再，再而三，三而四。枪一响你还会跑，跑一阵子习惯你就不跑了。哎！对不起，忘记你还是位女士，真难为你，你已经很不简单了！——嗯，我们吃午饭吧！"

午饭有糕，有饺子，有包子，还有水。这次老妹饮水是就着壶嘴喝的，不简单！

"你累不累？"序子问它。

不回答，光摇尾巴，那就是不累。

序子一边装火药、砂子，一边跟老妹谈心。

"其实你不用害怕和惭愧，任何人都不是一生下来就胆大的。新兵头一回上战场，炮声一响，天摇地动，吓得尿裤子、筛糠打战是常有的事。旁边的老兵会照顾你，鼓励你，教导你。敌人过来了，当你举枪瞄准，自己听到自己打出第一枪的枪声，摔倒的敌人死在你三十米、四十米面前，你讲你还有什么好怕？

"战场上，炮比枪吓人，那是大声喊着要人死的声音，震得地都动了，熬得过才算豪杰。

"我根本犯不上和你讲这些话。你听得懂百分之几都成问题。得胜营幺舅的那些狗跟你完全不一样，打猎的零碎动作教都不用教，天生就会，省了人好多训示。

"火铳子内膛没有来复线，所以声音咋呼，听起来不入耳，吓人。你跟我日子这样过下去，也不晓得听到枪响几时你才会不跑……

"我和你不一样，从小听放烟花爆竹长大，看砍脑壳枪毙人，跟幺舅、三表叔玩耍过枪械，胆子总算过了关。不过我不想吹牛，我从来没上过真的战场，真炮一响，不晓得自己到底有几分怕，这要到时候才摸得清，眼前随便乱说不算数。"

既然已经打到东西，就证明前途谈不上不光明。一群伯劳嚷着叫着从头上飞了过去。序子不打伯劳，小，有一点点腥，骨头硬，夹在斑鸠肉里乱了正味。它吵，见人树底下经过猛然齐声大叫"鸡脚！鸡脚"，连别的雀儿都一齐惊走了。

讨厌！也告诉人会有热闹。

乌鸦、喜鹊、鹭鸶都不行，肉骚得怕人。老鹰也打过，一时的冲动，背回家不好收拾。

走运最好是碰见兔子和野鸡。仙游这地方市集上常见有人卖狐狸、黄鼠狼皮，这东西多了，兔子野鸡就少。

话就是这么一路往下想。走过几大排荆棘林子，几座野坟堆山坡，一处曾经有过房屋而今荒草颓垣的废村，开始发现山脚下有人烟了。开心的是斑鸠叫。序子蹑手蹑脚躲进一棵刺蓬底下，瞄准正在忘乎所以认真求爱的斑鸠。

序子低头看了看老妹，它似乎有了点会意。

枪轰然一声，公斑鸠囊的一声掉在地上。

序子回头见老妹仍然站在远处，哀叹一声："哎呀哎！你怎么又跑呢？你说你！"

老妹这次跑得比较近，听序子一叫，很快地走回来了。

序子捡起斑鸠放在老妹面前。

它闻一下斑鸠，看一眼序子，又闻一下斑鸠。

序子重新倒进火药和砂子在枪膛里。

"走吧！"序子说，"老妹呀老妹，起码你应该明白，枪一响就会有东西从树上掉下来之间的关系。关系，你懂不懂？别再跑了！你一跑，你晓不晓得我好失望！

"你太不成熟了！"

听了这话，老妹夹起了尾巴。

"你真的听懂了，我不信。"序子自问自答。

"你不信，对它又讲个不停？"自己训自己。

两个人找了个小林子底下休息，吃东西，喝水。看起来老妹累了，不太吃得下东西。它才是只刚长大的小狗，高高兴兴跟你满山跑，还是位异性，还不停地受到你的责备，一句委屈都没申诉，你说你们"人"！

"老妹！老妹！我说你乖！是只好狗。"老妹听了这话，脑袋贴在地上摇摇尾巴，"你才第一回上山，你已经很了不起了。你又不是猎狗，凭什么随便向你提出猎狗的要求？对不起，实在不好意思，你高尚的品质我一下子没有领会出来。你只是不会说话，其他的德行你都具备。对女性来讲，你不仅仅贤淑，对我自己来讲……可能是不学无术……好吧！我们走吧！该回去了。就这样下山绕回去。你看，两只肥斑鸠，都是公的，这回了不起得很。回去听他们捧好话吧！

"下坡又下坡，绕个弯还是下坡，像鲁迅讲过的那几句："在我的后园，可以看见墙外有两株树，一株是枣树，还有一株也是枣树。"这说法可以无限制地连绵变下去，"我屋里头坐着一个矮子，另一个坐着的还是矮子。"再可以变体为："你已经很无聊了，那个人比你更无聊。"……下坡你脚步要慢一点，我怕你收不住脚一路滚下山去。你看，底下有个村子，可能还有大狗，不要怕，有我。我们绕村子外边走，不进村，狗不敢在外头咬人的。慢！……慢、慢，你看到那个干树枝了吗？上头停了好多麻雀，数都数不清那么多，二十、三十，我的天！你看，我来搞他一枪。这回你别动，你看，我开枪了。"

轰！

麻雀像秋天的板栗直往下落，也有飞走的。只见老妹忙着一只一只叼过来放在序子面前，序子数着捡进背包：

「慢！……慢、慢，你看到那个干树枝了吗？上头停了好多麻雀，数都数不清那么多，二十、三十，我的天！你看，我来搞他一枪。这回你别动，你看，我开枪了。」

轰！

麻雀像秋天的板栗直往下落，也有飞走的。只见老妹忙着一只一只叼过来放在序子面前。

像秋天的板栗往下落

"十四只了，太好了。回去有我们好看的了。"这才想起枪响的时候老妹居然没有跑，"老妹老妹，你怎么没跑？叫？叫？不单没跑，还帮忙捡麻雀。老妹你不是猎狗是什么？当然是猎狗。老妹你听我说，人到了产生你这种成就的时候往往就会骄傲。你是狗，你不会有人类这种邪恶的劣根性。当然也不是心存谦虚的问题，你天生心地平和，不需要用道德修身之类装饰自己给人家看。我谈到哪里去了？我们已经走了一个椭圆形的大圈，从司令部后头自南往北上的山，再往东走这么长一段路，打完麻雀再慢慢偏南下山，看样子我们要往西绕了，绕到司令部大路口再进司令部。今天我们这样走法，怕有十二三里了。"

老妹心里明白，人这类东西常常自说自话，只要不发气，不大声呵斥，都很容易相处。至于说些什么犯不上多费心打听，大部分是没有危险的。

门口站岗卫兵见到序子背着火铳子猎枪，带着老妹走进大门，挂包胀鼓鼓的，心里都有好感。若是能动，他们早已过来看看了。可惜只能嘴角露出点点微笑。

序子进了团部，正要推自己房门时，一帮女子就发现了。另一帮也发现了，男的也夹进来。那个陈馨大声嚷："老妹呢？老妹呢？"老妹贴在角落里，累得只能动动尾巴，眼睛看着陈馨，不想站起来。

序子一只只取出猎物，引起一阵欢呼。成月说："交给我来弄。"燕哪一把抢过去说："弄什么？你会吗？"把挂包提走了。

序子只谈老妹听到第一枪、第二枪和第三枪的经过和背后山上一带不怎么样的那些观感。

河伯说："这样一来，好像应该有人买酒请客了。"

宾菲说："我来吧！算我多谢序子木刻。哪个出力气上街？"

渊深和成月接了钱走了。

序子去燕哪房里，见她真弄得有条有理，"你以前弄过？"

"我以前男人就是猎户。"

"怪不得！"序子说，"这些东西要紧的是不能沾水，不能洗。一沾水就完。野物里除了鱼，都忌水。"

芳丽问："打回来，不洗，多脏！"

燕哪哈哈大笑，"我告诉你！芳丽，凡是野物，都吃一个'脏'字。比如要是打到野鸡，你还得挂两天，等它有点发臭的时候，做出来吃了才香。"

"嗡！"芳丽和崇淦几个都恶心起来。

"鲨鱼要大油豆豉、辣椒、桂皮、八角一齐炖，它一上岸本身就有一点阿摩尼亚味，那种霉香味非常特别，世上任何佳肴也代替不了。"河伯说，"要是世界上吃的菜都一个味，人还有什么活头？"

序子说："我朱雀家乡，还留存一种很古典的遗风，一代代一小派人至今还传承嗜吃专门发瘟的小死猪肉。特别的做法，特别的吃法。当地对这十几个人远远地善心好意地回避和敬畏，街上远远遇见，便会轻轻告诉同行：哪！哪！那个人是吃'斋猪肉'的。"

"江苏还有个地方饭馆里专吃癞蛤蟆。"钱大猷说。

"未必吧？"有人反应。

"绝对是真的！绝对是真的！"钱大猷挣扎，以为人家对他人格生怀疑。

……

吃过晚饭，河伯说今天十四，有好月亮，借左首边草地上那位老先生的石桌石椅用用，你们看怎么样？

"亏你想得出！真好！"宾菲称赞河伯。

贻宽和勉勤起身提了洋铁桶、抹布和扫把打扫去了。

好像月亮天大伙来给老先生上坟的架势，杯筷都摆得很齐整，不单有酒，还有瓜子花生。各人都带了装茶的漱口缸子，真正坐下来喝酒吃野味的没有几个。女的只有宾菲和崇淦。嚷得最响的陈馨那伙丫头既不喝酒也不敢动野味，坐在板凳上来回忙着取桌上的花生瓜子。渊深面前装模作样也排了个杯子，其实根本谈不上喝酒，让背后的黄金潭时不时伸手过来轻轻喝啜着。

序子跟吴娟一前一后坐着，也不喝酒，一点都不喝，匀着大家的节奏夹一点野味吃，喝一口茶。

河伯叫贻宽、勉勤喝酒，多谢两位打扫场地。没想到也是个不喝酒不吃野味的人，只搭着热闹听大家讲话。

燕哪来回提了口大茶壶放在坟头供桌上，叫着："哪！茶！"

你说怪不怪，她也不吃野味。向她敬酒，来一杯干一杯。

这时候王淮来了。

其实他很少有空跟大家一起。管演出，管上下接应，管大家的生活，协调大小矛盾。不留声音，不留痕迹，给他让位子他就坐下，给他倒一杯酒喝了一半，不经意说："喔！有月亮。"把剩下的半杯也喝了。

再给他倒一杯，他也一口喝了。大家没见过这样不动声色喝酒的，好大的身影站起来，对大家温温地说："吓，这酒……我有点想家了。我给大家唱首古曲，李白的《忆秦娥》吧！"他握着拳头嘟嘟嘴巴，唱了：

箫声咽，秦娥梦断秦楼月。秦楼月，年年柳色，灞陵伤别。乐游原上清秋节，咸阳古道音尘绝。音尘绝，西风残照，汉家陵阙。

序子听这曲子，浑厚苍茫，引来满胸腔的悲凉，沉沦在浩瀚的长调里，几乎忘记了还魂的归路。

大家都陷在静默之中，吴娟下巴横着序子后肩膀轻轻抽泣。（也可叫哽咽、吞声、啜泣、饮泪，都是声音不大的哭法。序子自己也给弄混了，肩膀湿湿的。）

有人斟酒给王淮，他用手盖住杯子。

"多谢！够了。我走了，还有事办，大家慢慢玩。唱吟这种调子，我还欠老，弄不出苍凉味道。苍凉在艺术表现手法上很精彩……麒麟童演的那出《萧何月下追韩信》，萧何追了四门不见韩信，浑身是汗，茫然望着前路说：'呵，呵！他走了！'这五个字实际上扼紧着全局的脖子。自古以来，哪能演员在这五个字上面下这么重的笔墨？……"王淮似乎觉得话讲得多了一点，站起来背身向大家招了招手，一个人走下台阶。

河伯喝了一口大酒说："古时候行万里路，读万卷书这类人多的是，为什么有的聪明有的蠢？归根结底绝乏一个'爱'字。你心里没有一个'爱'字，行万里只算个脚夫，读万卷书只算只书鱼。我觉得这个王淮没有白活二三十年。他是在带着'爱'过日子的。读书、待人、做事，分量总是比人家重。我说我这个人一辈子比较不太佩服人，我倒是觉得我这个人这辈子早一点跟王淮这个人做朋友可能我这个人会比较有点出息，也说不定。"

宾菲举杯说："河伯我觉得你对这个世界贡献也不算小，你对这个世界也有很多爱心。要紧的是你不肯著书立说。把学问空抛空掷了。我爸也讲你天分很高，可惜！"

"我觉得你天分也很高，你也可惜了。你应该再去读书，读艺专，读剧专……我讲到哪里了？嗬，是的，燕哪你自己不吃野味，为什么又做得这么好吃？你应该读艺专，找洪深、熊佛西他们去读剧专，我认得欧阳予倩……"大家觉得河伯有点意思了。

"河伯，河伯！"陈馨叫他，"你觉不觉得自己喝多了？"

"陈馨这女娃很少在酒桌子旁边混。平常酒串子不讲喝多喝少而讲喝得'满不满'，讲'偏不偏'，讲'歪不歪'，也有讲喝'麻'喝'瞎'的。"庄叔坐在石凳上低头弯腰嘟嘟囔囔说话。他是个一直不喝酒的人，他说不带乐器来的理由是："我是认真来吃野味的！"却狠狠喝了几口酒。也说原先是想唱的，王淮一开口，他就哑了。山上小树林里，皓月当空，繁星满天时候，这世界是王淮和李太白的。他泪流满面一直听到底，王淮走了他都不知道。

金潭喝的是渊深面前那小杯子酒，鬼才晓得那小杯子来来回回怎么把金潭弄醉的。醉了也不打紧，居然有勇气要搀扶河伯下台阶，没抓住河伯反而自己噼里嘭隆从台阶上面摔下来。河伯倒是全尾全须地回到房里。

为什么醉人不容易摔坏，新原理的说法是因为"软着陆"。（前文德化部分已提过。）

序子一口酒没喝也弄得醉昏昏的，行家说是"醺"的。一进屋就倒床睡觉。

大清早七点多点（好笑，没有表哪来的时间？），有人敲门，开门一看是王淮，老妹也跟进来摇尾巴。

王淮苦着脸，举起一只皮鞋，"你看你看，你的老妹把我皮鞋里头咬成这个样子。"

"咬成这个样子"是什么意思呢？序子接过皮鞋来看了一看，没想到老妹竟然有这种口味嗜好，把皮鞋的鞋垫和鞋垫底下的几层结构都吃掉了。

（写到这里，老妹还扑在序子腿上想继续吃这只鞋。）

序子说："真没想到老妹有这么凶的牙口！有没有可能是别的动物？比如说，老鼠、黄鼠狼之类？"

"你还黄鼠狼？昨晚上它就在我房里。"王淮说，"你看，剩这半只鞋我怎么穿？"

声音引来一些热闹人。

"也该买双新的了。"杨肇说，"记得这鞋你是在福州南台'云章'百货公司买的，捷克'拔佳'大名牌，大家看嘢，起码三年了吧？虽然说是穿得走形没有了鞋样子，皮面倒是一点也不裂不断。这就是外国皮鞋和本地皮鞋不一样的地方。价钱好贵，你薪水高，只有你才买得起，我们那时候好佩服，流口水，我这是真话。你自己讲，我说的是不是真话？"

王淮接过序子手上那只鞋，回房去了。

杨肇这些人是王淮老部下，可以随便东说西说。

陈可说："狗是喜欢吃脏东西的。"

"人不也都是这样？臭卤点啦！臭豆腐啦！臭卤鸭蛋啦！臭笋啦！那鞋味道和那些臭品其实是一个性质。"刘随说。

"奇怪也奇怪，他天天赤脚穿这种鞋，三年两年，怎么不长'香港脚'？"陈畅问。

"他早晚洗脚，用'固本药皂'，平常穿拖板[1]，不过，在长汀也长过，脚指头缝里全是疱，走路一拐一拐。他长得快好得快，也不太在乎这类事。"杨肇说，"这一回，巡回演出该买新鞋了。这双宝贝总算可以扔了！"

"扔什么？"成月说，"那么贵的东西，其实留给老妹当零嘴多好！"

别担心。第二天一大早，大家看到王团长把那双狗咬过的"拔佳"皮鞋又穿在脚上，右脚里头一定垫了不少名堂，丝毫看不出有何欠妥之处，只是让人感到惊讶和睁大眼睛而已。

早餐回来路上，序子赶在吴娟后头问："昨晚上，你哭了？"

吴娟说："是的。"

"你不是个哭的人。"序子说。

"是的。"吴娟回答。

"那你哭？"序子问。

"那歌唱得好。"吴娟说。

"前几天我想过，你嫁给他最好。"序子说。

"以前不认识。"吴娟说。

"现在也不迟。"序子说。

"我把我自己忘记了。"吴娟等序子走近，拍着他的肩膀走一排。

"你到战地服务团干什么？你和这里一点关系都没有。天底下

1　木屐。

怎么没留一个角落装你？你连坨陨石都不如……"序子说。

"太好了，天底下没角落装我这块陨石。我早说过你该写东西。诗啦，散文啦！去投稿。"指指脑壳，"你这地方真不错。"好像是吴娟把序子从愁云中拉回来，解救了他，"这几天你刻的那两张木刻都好，陈馨这个人简单，你刻得不费事。宾菲你用了点脑子。你比较喜欢宾菲，是不是？"

"是的。"

"喜欢到什么程度？"吴娟问。

"和你不一样。"序子答。

"哪方面？"吴娟问。

"谈话的角度。"序子答。

"那是。"吴娟说。

"她随和，有幽默感。"序子说。

"她家底子好，天生的太平素质，养得起幽默感。我不行。我很小就把幽默感丢了。"吴娟说。

"你人稳重，在我心里，你比她重要。我想我老到只剩几根白头发的时候也会想你。前些日子我对王淮讲想把后山的大石头都雕成瞄准冲锋的战士，他说：'两年之后，你晓得你在哪里喔？'我听了好难过。人生的确是不能永远在一起的。想起我们好不容易相聚又要分手，那时候我就会特别想你。也想宾菲、崇淦和陈馨这些鬼丫头。当然还有那些男的……"

说到这里，从来不太管闲事的陈哲华迎面而来对序子说："太奇怪了，司令部门口几十只老百姓的狗要冲进来，赶都赶不走，轰了这只追那只，越聚越多。有人说至少五十多，派好多兵围堵，甚至有几只突围冲进去又给抓出来的。有人说，正好吃狗肉，够一团人打个痛快'牙祭'。"

周副官主任听了大吼一声：'敢？大胆！司令部抓老百姓的狗吃，不砍头也枪毙！'怕就怕柯副司令这时候出门，那可就跟阎王爷顶上火了。"

序子原本当笑话新闻听，忽然觉得左胸脯里的心脏从喉咙跳了一下，"我的天！是不是老妹'走草'[1]了？昨天带它到山上跑了一大圈，回来的马路上跑了大半圈，几阵风带着臊气这么一刮，狗鼻子出名地灵，起码不是全城也是半城的狗鼻子都闻到了。来势这么凶，方兴未艾之际……"

序子撒腿就去找黄金潭："金潭，金潭！你、你快点抱上老妹从山后绕路到迎薰路陈家去，见不到陈先生见吴先生，见不到吴先生见关先生，告诉他们，把老妹放他们家住几天。等发情期过了我再接它回来……别问了！赶紧走，出大事了，快！快！"

三分钟不到，黄金潭和老妹就不见了。

陈馨碰见序子，"你把老妹送哪里去了？"

"暂时在陈先生家存一下，几天工夫。"序子说。

"什么事这么麻烦？"

"它发情期到了，司令部门口好多公狗要找它。"序子说。

"躲得了今天躲不了明天。哈！"陈馨说。

"狗跟人不一样，狗发情是定期的，人可以天天发情。"序子说。

---

1 发情。

狗冲司令部

「太奇怪了，司令部门口几十只老百姓的狗要冲进来，赶都赶不走，轰了这只追那只，越聚越多。有人说至少五十多，派好多兵围堵，甚至有几只突围冲进去又给抓出来的。有人说，正好吃狗肉，够一团人打个痛快「牙祭」。」

王淮走进序子房里。

"你在做什么？"

"看书。"

"什么书？让我看看——这书我没看过，苏联的两个文艺界大头头论战……"王淮急忙地翻着，像是把序子口里咬着的东西抢过来。

"里头我只认得高尔基，跟绥拉夫莫维支不熟。列宁，我只晓得他像个中国的孙中山——"序子说。

王淮说："那比孙中山不晓得强好多了——说说你看这本书做什么？"

"我觉得这书名《文艺论集》有意思，很招我注意。封面的设计，红颜色用得噼里啪啦很是那么一回事，既然封面这样，里头也不会简单……"序子说。

"你懂？"

"辩论的意思，为什么自己人吵得那么你死我活，我都不懂，术语太多，看得非常麻烦。不过两个老家伙吵架的技巧绝对一流！看起来像两把锋利宝剑都想直戳对方胸窝要害，辩论的是领袖崇拜问题，绥拉夫莫维支说对领袖要像对神一样崇拜，高尔基说新时代应该造出另一种神，那个列宁说：'你们两个人的论点其实只是青鬼和蓝鬼的区别。'两个人都服了。看起来，列宁好像比他们有学问。你晓不晓得绥拉夫莫维支？就是写《高高的白杨树尖》《铁流》的那个人。有胆跟高尔基干仗，很可能是有地位的两派掌门人。'私人问题打官话'！高尔基有胡子，长得很有点意思；绥拉夫莫维支的书出得不多，相片登得少，有没有胡子我说不定。我认为这两个老头都服列宁这个人'管'，也承认他的学问大，佩服他的见解，不像个手底下混饭吃的，要不然……"

"你还看过什么书？"王淮问。

"俄罗斯方面：冈察洛夫啦，契诃夫啦，托尔斯泰啦，屠格涅夫啦，普希金啦，果戈理啦，列西可夫'二十六男'还是'八十七男'和一女啦，不走正路的安德仑啦，杜思退也夫斯基啦，《罪与罚》啦这一类书，陈啸高先生家里有的是——嗯？你是不是认为我书读杂了？"序子问。

"你看我会这样想吗？"王淮说。

"那就好！"

"你晓得，看书人只有两派：一派是看书专家，一辈子活下来就为了看书，看遍全世界正经书和不正经书，记得住，谈得开，是个文化上温暖的人；一派是边看书边做事的人，医生、科学家、文学家、政治家、艺术家、种田的、打铁的、养鸭子的、教小学的、教中学的、教大学的、打仗的，书看多了长聪明，做本行事都顺手。里头也出坏人，书看得越多越坏。幸好，幸好，大多数坏人都不爱书……嗯，听说你给宾菲和陈馨刻了木刻像，人都说像。也不给我看看。"王淮说。

"特别给你看干什么？"序子问。

「看起来像两把锋利宝剑都想直戳对方胸窝要害，辩论的是领袖崇拜问题，绥拉夫莫维支说对领袖要像对神一样崇拜，高尔基说新时代应该造出另一种神，那个列宁说："你们两个人的论点其实只是青鬼和蓝鬼的区别。"两个人都服了。」

易·经之战

540

"我们是对头吗？"王淮也问。

序子笑笑，夹子里头取出来让王淮看。

"是好！都好，尤其宾菲这张。第三张准备刻什么？"王淮说。

"还没想好。"序子答。

"刻点'意思'吧。刻点多费脑子的东西吧！艺术家总不能一辈子做的都是顺手的东西吧！要找难的东西做，艺术技巧上的难，内容题材探索安排上的难。自己要越做越高明。契诃夫少年、青年时代用契洪杰笔名写滑稽文章，卓别林青年时代拍滑稽电影，滑稽东西是智慧的起步，对自己对别人都有启发作用。长大了，学识人格逐渐成熟，端正了作品高尚的风格。你一天天长大，要越来越精致才好。你说呢？……你看，话是这么说，眼前你真还不能动手刻木刻了，过几天我们要出发巡回演出了，你有好多事要忙，要准备印一批《妙峰山》《国家至上》《原野》《家》的演出海报上路，为了增加战地服务团的内容光彩。你还要准备剪影义卖，有空还要上街写标语……肩膀上放这么多事，你烦不烦？"

"你让我上学，我怎么会烦？"序子笑起来。

王淮走了，序子去找吴娟，问她有没有接到一起走的通知，吴娟说没有。序子问："到底为什么回回不让你走？你做了什么错事？"序子哭起来，"我去问王先生。"（他叫王淮作王先生，后来另外那三个人也叫起来。）

吴娟赶忙抓住序子肩膀，"莫！莫！莫！千万莫！叫他为难。"

序子还是哭。

问王先生，王先生说："上面放她在这里的。她是好人，没做错任何事。不要问了，你有一天会明白的。"

吴娟晓得序子要出发了，天气热，多点换洗衣服好，便买了些淡灰色竹布想给他做几件便衣。序子说他自己设计，剪成这个样子。吴娟照序子的主意一边笑一边缝起来，穿在身上十分简单明了，不少人看了居然也觉得好，男女都模仿起来，像是上头发下来的团服。

序子对吴娟说："我哪天把老妹接回来跟你做伴。"

吴娟说："好！"

序子自己没什么好准备的，公家东西照老办法收拾好交给黄金潭、阿哇就是，跟演出器物一齐运走。

罗干事那位心爱的大绿扁脸老婆这回也没跟着去。这人在一个团体里确实有点特别，什么事都不干还要算编制里的人，还要要脾气，上哪去还要坐轿子，还长得这么难看……（最后这条是宋成月说的，不是我说的。）

她跟吴娟同是福州人，这回两个人在团本部做留守，吴娟对不对付得了她？变成大家娱乐性很强的悬念。

问吴娟，她却说："唉！别把人想得那么无可救药啊！"

没几天，留下她两个人，大家就到了莆田。

住进一座想象不到那么讲究既大且老的庭院，坐南朝北还有一座堪排两堂节目的大厅。

没想到古时候的人这么过日子的，留下这么有头脑的住所。

地方上的人跟王淮团长来来往往谈事去了，序子四个人就上街。

街道味道浓郁，铺的都是青石板，不宽，檐前各挂着招牌灯笼，最适宜懒洋洋散步。路面干净滋润，像是每天清早有人挑新鲜井水冲洗过。有人不小心摔跤爬起来，衣服还是干净的，跟没摔过一样。

有很多石头或木头的老牌坊，上头刻着"文献名邦"这一类四

吴娟照序子的主意一边笑一边缝起来，穿在身上十分简单明了，不少人看了居然也觉得好，男女都模仿起来，像是上头发下来的团服。

穿在身上十分简单明暸

543

个字的讲究书法。本地人想必很为这些陈设得意，看得出时时有人照拂的痕迹。

店铺大多是两层门面，用的都是上等木料，结构缜密，年深月久，弄得包浆十足。加上莆仙两地百姓的平和性格，日子过得很是宁馨从容。

四个人走在街上，多年艳羡的东西无一不备，几乎被弄得心恍神移。书店不是一家而是很多家，文房四宝店，南纸店，取名叫作什么"斋"、什么"轩"、什么"楼"、什么"堂"的书画店。皮鞋店（他们马上想到被老妹当过零食的那双王淮的"拔佳"鞋）、冷热零整点心铺子。有楼上楼下的菜馆，供刻图章用的寿山石店，还有专门为有钱男人预备的西装店，更有为有钱妇女开办的百货店——衣物、手提袋、高跟低跟皮鞋，包括让人看了难为情的三角裤——用料之少，少到像一种德国汽车的商标那么少。还有一种不知派什么用场、类似骡马眼罩的精致扣花的东西，价钱特别之贵……

最让人生敬畏心的当然是那几间"斋""轩""楼""堂"书画店。里头端坐的抽水烟袋的老板派头简直与北大校长蔡元培、胡适之无异，伙计的威风起码也应该是个刘师培、辜鸿铭。明明知道里头挂在墙壁上的不过区区几十幅大小长短字画玩意儿，端的架子让这四个年轻人想进去看看，跨进那道门槛，不腿软也难。

四个人门口的踌躇早引起里头人的注意，幸好四个人穿的是战地服务团制服，奇装面前店里不知来头，警惕的架子也就散了，让这四个人放肆地绕场一圈。

墙上书画家的名字有生有熟，也分不出谁优谁劣，只觉得定价

有很多石头或木头的老牌坊，上头刻着『文献名邦』这一类四个字的讲究书法。本地人想必很为这些陈设得意，看得出时时有人照拂的痕迹。

高得让人不敢笑，便昂然地出来了。

一番摸摸心跳换来一个见识：一张纸，噼啪几笔，变得出师长一个月薪水。

四个人又进了寿山石印章店，每块石头都十分好看。有的卖单的，有的卖成对的，都由一个锦缎硬盒子衬着，很是名贵气派。盒子前头有张小纸头标明价钱，用的是阿拉伯数字，零头用小数点。比如一块钱就标明 1.00 元，二块五角钱，就标明 2.50 元。没想到一块石头竟有标 2000.00 元的，序子生怕看错，用手指头数了它的几个零。黄黄的芋头大小名叫"田黄"的石头，让人难信，比金子还贵。怪不得店里有专人在序子背后贴身盯住，怕他有什么意外动作。

序子挑了块没有锦缎盒子，标价 1.20 元的石头买了。"辜鸿铭"用印有店号的专门纸张包好，微笑递给序子。单这微笑，也值两角。

走在路上四个人讨论。

"两千块一坨小石头，难信。真有人买吗？"

"有这号货卖，就有这号高人受用。"

"莆田文化还真不简单！"

"不是文化，是排场！"

"真正的莆田文化人不屑玩这些东西的。"

"也没那么多钱！"

"也没那么傻！"

"上天菩萨也常常想些法子惩罚有钱人，让他们花钱做傻事。"

"外国的上帝也常常作弄外国有钱人，让他们登山涉水，满身大汗，拿根棍子把一粒小圆球打进老远小洞洞里去，还以为很高尚。"

"花钱玩石头！"

"拿钱买累！"

"上不上书店？"

"今天就不去了，先找个地方吃中饭。"

"怎么吃？"

"各吃各。"

"吃什么？"

"成月是本地人，你说。"

"先到菜市买黄花鱼，再上'春欢楼'。我姑表哥是掌厨，让他做了。叫四碗米线汤挡面子。行不行？"

好大的菜市，半个足球场。鱼摊子上挑了条六斤重的，成月跟老板讲莆仙话，一块二角提了就走。上"春欢楼"，他表哥见了大喝一声："起码六斤！"

"这辈子只麻烦你一回。"成月说。

"六斤鱼、一斤油三辈子也记得你。"

叫来的四碗米线汤，四个人几口喝了，然后慢慢吃鱼。涵江海外一带专出顶级黄花鱼，网上还哇哇叫得几声，上船之后没人见过活的。所谓新不新鲜都是从上岸算起。

这鱼，四个人费了两个时辰怕也不止，连汤带骨嚼得渣也不剩，付账时候人心惶惶。

成月问他表哥："总共多少？"

他表哥说："……"

"到底好多？"成月问。

"五角！"他表哥说。

便宜得差点把人吓死。

他表哥大声地喊："我他妈跟你算什么钱？你他妈有好多钱？"

成月说："你这么客气，那我下回怎么来？"

他表哥喊："你下次还好意思来？"

大家开始忙起来。

莆田有个很大的剧场，剧务组都住到那边去了。

先演《原野》。

序子夹着《原野》招贴画，提着糨糊桶满街跑。

莆田商家和老百姓都好热闹，见到这种人便跟在后面打听："你们住多久？演几场戏？戏票哪里买？多少钱一张？让不让带小孩……"

当序子举起刷子准备在店门口刷招贴的时候，他们便赶紧劝止："别，别，别！我们有招牌板，贴东西最好，你两位（成月跟着）请店里喝茶，这事让我们帮你做！一会儿就妥。"

现成的招牌板贴上招贴画往门口一竖，跟柜桌上摆了个相架子一样，果然整条街确实显得文雅讲究。

以后几个戏的招贴画都是分送几条街上的商家自己张罗，比原先设想的好得多。

至于在墙上刷抗战标语，讲起来却出了点难为情的事。

几十年记不起是东门还是南门，准备用白石灰在内墙上写："万众一心！打倒日本帝国主义！"十二个大字。恰好对面是家书画店。

内城墙壁上多年来长满一层厚厚绿苔，大约有十几米长，雅人路过常要停步欣赏，算是城内一景。这点张序子是不晓得的。他想，这么一块好墙，不写点东西在上面未免太对不住人了。刮掉苔藓也不是什么麻烦事情，明天召几个人来弄弄。顺手找了块木片在上头拨了拨，松松软软，行！

书画店里一直注意序子的动作，出来个壮年人问："朋友，看样子你想在这里做点什么事？"

"是的，是的。明天准备在这里刷个大标语，先看看！"序子说。

"这墙是不让刷写东西的。"那人说。

序子感觉到口气有点挑战，兴趣来了："哪个不让？"

"街坊上的人都不会让。这块墙几百年了，每天都有人关心照顾，喷水，打扮。"

这时又出来个长褂子老头："先生，请里头坐坐吧！"

序子把随手家伙放在门口，抬头看看招牌，"怡心斋"，进了书画店，故意环顾吟哦一下："呵，嗬嗬！古今书画！"坐进太师椅。

"请问，先生哪里公干的？"老头问。

"不敢。闽南战地服务团。"序子用了些话剧腔调，接过盖碗茶，喝了两口。

"你先生原来明天有意思要在对面墙上写字？"老头问。

"写抗战标语。刚才听那位先生说了些话，明天不写了。"序子说。

"写不写无关事的。我想领教一下，这标语原来你们准备怎么写？用什么字体？"老头兴趣来了。

"十二个大字：'万众一心！打倒日本帝国主义！'用美术字，没什么体的。"

"好！用'米'字好！鄙人虽然姓蔡，一辈子写的倒是'米'字。"老头说。

"美术字的'美'，不是'苏、黄、米、蔡'的'米'。"序子说。

"哦！懂了，美术字。那么，你听我说，阁下那不叫'写'字，叫'画'字，其实算不得'字'的。用不着临帖习字，小学生都可以动手……到处乱来，胆子非常大。"老头说。

"当然胆子大，胆子不大怎么打日本？"序子来劲了。

老头儿听了序子这反话的口气一下子自觉起来，考虑刚才自己的讲话太畅怀了，忘记对面站的是个"抗战行动人士"，马上萎缩了一半："小兄弟的讲话回甘很足，细细品味起来发人深省。老夫年纪衰败，失态失言常受友朋奚落教训，千乞不要在意。"笑着用手指头敲敲脑壳，"这里早已不成其个东西……"

"老人家无须介意，学生几代先人都是弄文化的，眼前的工作也是文化性质，机关里彼此的言谈也常有趣谐出格的地方，同样活泼得很。"序子扯淡。

"哦！哦！那老朽就放心了。久困巢穴难免见识浅陋，都请原谅。"老头说。

"你看，学生好失礼，说了那么久还没请教尊姓大名。"序子小小鞠了一躬。

"哎呀！蔡、蔡君谟的蔡，小字坤让。乾坤的坤，谦让的让。"老头顿然云开日出，像刚从洗澡堂子出来。

序子别开一个场面："贵处莆仙兴化地区的确不愧是'文献名邦'。出了两位旷世大文化人，蔡京蔡元长，蔡襄蔡君谟。一位是熙宁进士，一位是天圣进士，都是了不得的大政治家、大书法家。不过我总觉得本地区很少提到蔡京蔡元长。学生倒是觉得他的书法似乎应在君谟之上。"

"嗯，喔，这问题、这问题还是从长细细研究为好，老夫书法钟的是米芾米元章一派，和蔡家的关系不大。论名声他是欠妥的。当年跟章惇、童贯相依作恶，后来又推行安石变法，迫害元祐老臣，几乎囊括了两代文化名人。这种状况本地还真是少人提他……"

序子点头，唏嘘起来："唉！人哪！你看，就是这个样子，真是没有办法……不过照历史书上看，他也是位做过不少好事、有魄力有见识有业绩的人。施行荆公变法也未必就坏，点滴历史一下变成暴雨狂风也是常有的事……"

蔡坤让眼前局面松动了，情绪往前又挪了一寸："看不出小兄弟是位历史通人，真是少见难得。不晓得小兄弟在书法上遵奉的是哪一家？"

序子说："遵奉，不敢。仰止倒是有的。先生的米家变化万端、风神倜傥，先生同乡蔡元长的雄奇磊落，云旗委蛇，都不是凡人做得到的。虽然学生的家祖、家父督导得很是严格，只是疏懒成性，至今还写不出一点体统。只好、只好（指着门口放着的石灰桶和刷子）那个、这个了……"

序子说到这里，双方笑得都不怎么自然。

蔡坤让老头像是还打算挽回一点什么局面："哎，你看今天天气这么好，又光临了这么一位有见识的小兄弟，心中喜悦，我来献丑写个小条幅送给客人，留为纪念吧。"转头告诉旁边："磨墨！"

老头裁了张五尺对开条幅宣纸，案头取了支中楷羊毫，端正好眼镜，举手行笔：

　　我言送客非佛事，师言不送非佛智。双照送是不送是，金光大地乔松寺。

"喔！失礼！没请教小兄弟台甫。"

"弓长张，秩序的序，夫子的子。"

"喔！好名字！"

写了。底下加上兴化蔡坤让书，年、月、日，盖章一枚。

说到演出，有歌咏和话剧。

老头摇手说："怕听响。"不敢去。那就没话说了，告辞的时候，老头站在店门口目送，张序子挎包插着那卷书法，右手提石灰桶，左手夹着大纸卷逐渐远去。

老头和张序子两人今天的感觉相同：莫名其妙！

回团里先遇到王淮，讲起蔡坤让老头，取出条幅，王淮看了说，莆仙一带老头们文化上都有点来头。

"字呢？"

"字呀！"

"他说他宗米元章。"

"那就未必了。藏头匿尾，不像得很。写得倒还是规矩的。诗是龚定盦拜访慈风和尚于乔松庵的一首让人有兴趣的东西。老先生能挑这首诗送给你，也见出他自己的格调。"

又讲到那块长青苔城墙当时的对话，王淮笑起来："眼前时代的风雷形势，做个青黄不接的老头也难，要多多体谅他们才好。"说来说去性子来了，"你看，我们哪天找机会去拜访拜访他们好不好？你先去问问成月，认不认识他们。"

序子问了成月。

"那老头呀！怎么不认识？是个有名的狷士，狂得很，当年因为歪曲时论拉去坐牢。一下进去，一下出来，弄得当局笑怒失常。自己刻了个闲章：'牢餐有序'。"

"哪个序？"序子问。

"你那个序。"成月说，"他那个'怡心斋'其实像个茶座。来往的尽是一个意思的老头。生人很少光顾，要没有百十亩田产垫底，怕老早就'墓木拱矣'了。"

"王先生听我讲了今天的事，想自己前去看看。"序子说。

"料得到会是好玩的场面。我马上去联络。"成月说。

三个人到了"怡心斋"门口，见到对面那堵青苔城墙，"果然了不起，幸好你没有叫人刮掉……"王淮说完，热烘烘一群人在他背后，迎进"怡心斋"，原来那么多人。

第一个拱手的蔡坤让是主人。王淮一个个笑容抓手。（这些人不习惯握手，相对匆匆忙忙抓抓捏捏。）

各人坐稳之后，成月用莆仙话介绍自己三个人是做什么的，蔡坤让连忙介绍背后这半圈人和他的关系不大，有空时论点诗词是有的，喝杯清茶写张把字画是有的，"曲水流觞""走马斗鸡"诸般大动静是没有的；偶尔于此小酌一番是有的，深夜锣鼓喧哗、惊扰四邻是没有的；偷税漏税、涂改发票是没有的；虐打童仆丫鬟、克扣工钱饮食也是没有的……

王淮对成月耳语："你前来预约的时候，对他讲了些什么？"

成月悄悄回答："没有呀！我只说你是闽南保安司令部所属的闽南战地服务团的团长，想前来拜访蔡老头和他的文友……"

"哪!你看,这局面……"王淮站起身来笑眯眯对蔡坤让老头说,"蔡老先生,我是久仰您的文采风流才来拜访您的。我也一直是个弄文的人,喜欢诗词书画。又听说你开办了一间十分清雅的书画廊'怡心斋',很让我心仪。你看你看,我这身军装把你打扰了。我不是官,我是个为了抗战才穿起军服的文人,请不要见外了!

"昨天我们的团员张序子回去,带回了一幅先生写的龚定盦,见出先生的功力和趣企,才诚心前来拜访的。"

这一番话,像吵醒一树林乌鸦,天地登时沸腾起来。

"哪里!哪里!……快、快泡茶,哈,龚定盦,瑟人,大家都过来,坐、坐,快,换茶,柜子里右边那盒,对,对,取那边那把大壶,你看我老,这老家伙好昏庸!善恶不分,哈!坐着的都是常来往的朋友、文友,老实忠厚,谨慎怕事……我那几笔见不得人,苟且之至、之至……"

"蔡先生,请允许我们先欣赏一下周围的书画大作,你看好不好?"王淮没等答应就起身了。

"好!好!哪有不好的?"蔡老头谨慎地跟着说话,一群老头随后陪着。

"这些佳作是怎么汇集来的?"王淮问。

"大部分是莆仙地区书画家的手笔。"蔡老头答。

"喔!了不起,贵地自古人杰地灵。"王淮没话找话讲。

序子忽然指着两张作品大叫:"黄羲先生、朱成淦先生,是我集美中学的先生。"

"啊?"蔡老头睁大眼睛,"你也是集美的?哈,我们两人是前后同学了。我是中学第三组的。你是几组?"

序子抢着说："我是从四十九组读起。"（犯不上一缆子提留级的事。）

"唉！唉！各位看，几十年就这样去了。没想到今天碰到校友，黄羲、朱成淦也都是集美出身，你晓得吗？可惜他两个远游未归不在乡里，要不然今天来个大团圆多好！"又问王淮，"团长所攻的是书法还是绘画？"

"我以前弄的是音乐，书法不专，是喜好——"指着序子说，"他才是专门画画的，木刻啦！宣传画啦！"

蔡老头特别之高兴："今天的午餐就在这里了。"说完马上指点人去料理。

王淮吓了一跳："那怎么可以？不行，不行。——嗯！这样，算是我借这里招待各位，由我做东，我也高兴，这是一定的了。"行腔朗朗，像是命令，"成月，这事你马上前去接替下来。"

成月去了回来，向王淮点点头。

蔡老头说："缘分就是缘分，要不是跟小兄弟讨论写标语的事，就不会有今天聚会的机会了。我的狂言引发了小兄弟的批评，当时我高傲激情，真有点不耐，现在想来，似乎应该惭愧……"

"我故意拿顶大帽子压你！"序子笑说。

"老人家也是好心，希望写标语的人书法水平高一点，不那么让人看了难为情。反过来想，书法再差的标语，只要人看得清楚，意义效果是一样的。"

"真心要看书法，到'怡心斋'来就是。"王淮说。

"这话对！"众客点头。

"对文化的要求，不能忘记时间地点。"王淮加了一句。

"这话对！"众客又点头。

菜馆人来摆了排场，跟着运来酒食，围着这张大画案一群人开始行动，看样子很是难得的快乐，连桌椅板凳都融洽起来。杯盏交错，音乐杂糅。时间推移已是下午两点。王淮酒量不错，蔡老头还能清醒地安排撤席，铺上毡子邀请王淮写字。借着酒兴，王淮俨乎其然地抓着支大提笔在八尺宣纸上运行起来：

　　三十功名尘与土
　　八千里路云和月

十四个大草书亮在众人眼前。还真没想到一个军装客竟然有这般高档手艺。张旭加郑板桥，哪来的奇种？大家全看哑了。蔡老头叫取纸，希望王淮写它一个下午。王淮缩手。他聪明，落款加了个日期蜷在太师椅上装醉。

另有位老人当场为王淮刻了一对寸半方图章。

"王淮""佳水侯"。石头白送，让人感动。当场会看相的老头论王淮这字："他不只'团长'，还有无限的'命数'。"

王淮静静地交代成月付账，告辞了"怡心斋"。

成月说，"怡心斋"都念念不忘王淮。

王淮跟序子常常提到"怡心斋"，盼望再去看看他们的打算总总办不到。唉！（四八年在台湾，王淮还拿出带来带去的两坨图章让我看……王淮的几封信"文革"后也没有了。）

王淮很认为这是段可爱的聚会。不至于吧？

他对成月和序子宣讲："'错'的反面不一定是'对'，很可

王淮酒量不错，蔡老头还能清醒
地安排撤席，铺上毡子邀请王淮写字。

借着酒兴，王淮俨乎其然地抓着支大
提笔在八尺宣纸上运行起来：

三十功名尘与土

八千里路云和月

能是'更错'。有时候需要等一等，或者等两等。"

这感想从哪里来的？刚才大笔一挥的那幅"八千里路云和月"余兴没消？像让人借走一去不还的好书？或是女朋友来信出了天花？

晚上演出《原野》。

上午抓紧排《家》，早晨练歌。

剧场传达室对面房间作剪影室。潘副官去印制带存根的剪影义卖发票本。这笔钱听说要寄给重庆的宋美龄，这些钱她是专门负责用来买飞机航空救国的。哪个出的这主意序子一点不知道，只晓得时候一到来一个剪一个，剪到剪不动为止。

《原野》很受欢迎。白天演员走在街上，一串人跟在后头指认这个是演什么的，那个演什么的。（那时候的演员还不懂戴黑眼镜引人注意，他们脸皮薄。）

来剪影的人不少。一天又一天，序子的手指头早就起泡了，用胶布缠着，像个手指头挨了一枪的架势。不过不太看得出英勇的部位……

《家》正式公演了。

故事好看。第一天看过的人都变作义务宣传员，全城走得动的人不看一回《家》，简直没有面子。

大清早就有一群人围在团本部大门外，远远只要看到里头一个影子走动就嚷一声。

演了一星期还不让完，大家累坏了。

陈馨几个人走到街上，让一个老太婆认出来，拉住说："鸣凤姑娘，那么苦，别回去了。我们养你。"

“我是演戏，假的，别当真。”

“假的我也养！”

报馆的人来来往往也熟了，编辑和记者们写了许多讲好的评论。（一位姓黄的记者写了篇《剪影的剪影》不短文章，带在身边好多年也丢了。那位姓黄的朋友连名字也记不起来，太辜负他的好意！深深地对不起！）

（真舍不得离开莆田。环境，人情，文化，深深刻在梦里。“梦”这个东西很奇怪。一年三百六十五天，十年三千六百五十天，百年三万六千五百天。想想看，一辈子走过多少地方？见过多少人？偏偏在梦里头只在几个熟悉的老地方、老角落打转。梦里的几个老熟人，都还是原来的年轻样子。我的梦几十年常常做到莆田来。那些街那些店，那些宁馨的小巷风景。

当然凤凰老家也常在梦里，辰谿有一两回；长沙、汉口、上海，那么轰轰烈烈的地方都没有；台湾没有；厦门、福州没有；香港九龙有几回，安溪文庙不少，仙游陈先生家不少；江西的赣州和信丰都没有，以后的一路上也没有；北京留在梦里的东西很少，会让人奇怪。几十年整条命差点都赔在这里，梦怎么会这么少？嗯……是这样。中央美术学院、版画系、牛棚、批斗会……都没有。

我的梦很爱国。里头没有日本、澳大利亚、美国、德国、法国、西班牙、南洋各国和意大利。不做在那里过日子的梦，在那里做的梦都是国货。

我这里说的是“梦”，不是“回忆”。梦的选择性奇妙之至。比如有的人怕鬼，尤其梦里头见鬼会吓醒。我做梦如果遇见鬼总是它跑我追。记不起哪一年在香港睡觉做梦遇见鬼，一身暗黄长毛，不明白什么道理它见到我撒腿就跑。我蹦起直追，它想爬上土墙逃走，我死劲抓住它的后爪不放。大概这种辛苦的工作吵醒了老婆，问什么事。我喘气告诉她："跑了！"

她问什么跑了。

我说："鬼！"

老婆一听差点掉下床去。

我白天晚上、睡着清醒都不怕鬼。树林也好，大庙也好，古坟堆也好，都不怕。身边不带枪，我只怕豺狼虎豹。不带手电，只怕踩到臭人粪、臭狗屎。）

时间太久了，忘记了我们怎么到的涵江。起码没有车坐，不坐船就是走路。路也不远。大家在招待所住，窄窄的，挤挤的……也是后边有个大厅堂的地方，本地人用来办喜事，我们用来排演节目。大门口横着一条多余的河，打扮很讲究，不清楚没多远就是海，要这条河做什么。也有人说方便海上运东西给普通人家，像房屋前后开条马路一样，越想越有道理。以后还会开更多的河，像苏州，像威尼斯……（画报所见）

既有河，便有桥。不是一座而是很多，一座又一座。热闹大街、电影院（也即是礼堂和剧场）、商店、菜市场……都要往桥上这头走过去才到得了。

不像莆田古雅，它别是一种规模。密度很大的小繁华。看！还有电灯！街上、房里、大门口亮堂堂的。莆田县城没有涵江镇上有，就等于团长骑脚踏车，而排长坐小轿车一样。不奇怪。这里的人跟外头来的人早就习惯了。

地向左瓜跑了…我说鬼。

记不起哪一年在香港睡觉做梦遇见鬼，一身暗黄长毛，不明白什么道理它见到我撒腿就跑。我蹦起直追，它想爬上土墙逃走，我死劲抓住它的后爪不放。大概这种辛苦的工作吵醒了老婆，问什么事。我喘气告诉她：『跑了！』

这时候涵江有个外号叫"小上海"。想吧！不叫"小南京""小重庆"，叫"小上海"？

涵江这地方不是好惹的，一上街就要动钱。听说有些新东西不断从上海运来，或者买不起，或者见都没见过。什么道理涵江就能够进新东西？抗战期间，哪方面批准哪方面了？蒋委员长晓不晓得？有没有和他打过招呼？

几个人大着胆子到海边码头看了一下，想不到那么多的火轮船。小火轮在中火轮周围打圈，中火轮又绕着大火轮打圈，烟囱突突突，卸货上货忙得很。序子眼界高，坐过荷兰国"芒巴德"大邮轮的人，晓得这些运货大火轮沿着海岸往上海来回还是可以的，漂洋过海就经不起风浪了。

两条街上展演十条街的货品，谁买呀？谁玩呀？

他们看到王淮穿的那种鞋了，猜猜看，多少钱？烦！居然没有人敢猜。一座德国收音机，辉煌得像宫殿，里头可以住两只守门狗。新式脚踏车、摩托车、照相机、电影机，跟这四个看热闹的人一点关系都没有。电动剃须刀是种可爱的随身之物，价钱不便宜，不长胡子莫奈其何，摸摸下巴以后再说。

烟酒店是开在一起的。

里头玲珑酒瓶跟人一样高矮肥瘦足足摆了一面墙，香烟两面墙，一千一万种都不止，一个人抽到死也抽不完。烟酒广告上印的全是婊子流氓，没一点正经样子。价钱高得让你想一辈子也不信那么狠！

序子站在街对面远瞄这家闪金光的烟酒店，假设自己半夜三更爬进去，每瓶酒喝一口，每盒烟抽一根，放火把这铺子烧了，让他去叫爹的叫爹，叫娘的叫娘，一定非常之有趣。

几个人大着胆子到海边码头看了一下，想不到那么多的火轮船。小火轮在中火轮周围打圈，中火轮又绕着大火轮打圈，烟囱突突突，卸货上货忙得很。

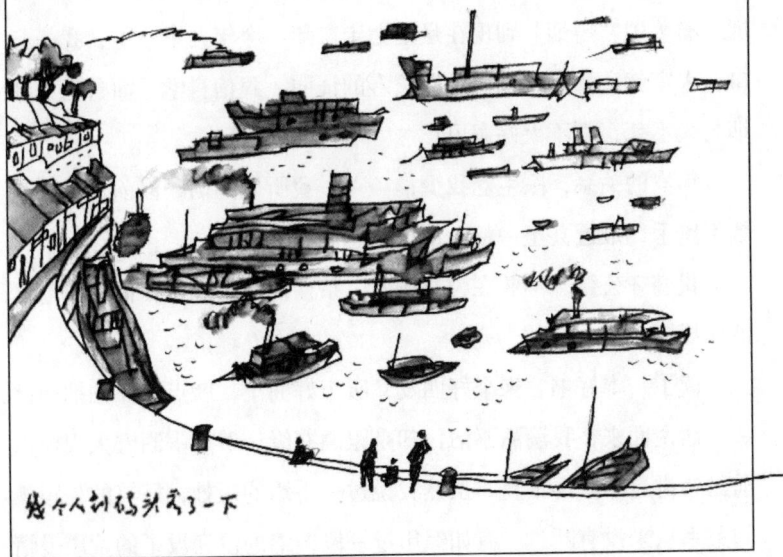

几个人到码头看了一下

（好笑！烟、酒这两样东西对身体没有一点好处。说说看，酒这东西喝进喉咙，不像清水，上不得上，下不得下，卡在喉咙辣哈哈的。不酸，不甜，不苦，不辣，没有个正经味。口干不解渴，肚饿不解饥，喝多了乱神志，失庄重，泄私密，伤筋骨，匍匐爬回家去弄得父母妻儿不得安宁。

　　有人说抽烟是自杀，这说得不透。自杀的人哪有那番自得其乐？自得其乐的人才不会自杀咧！

　　有人说，抽烟短命。我信。不抽烟比抽烟讲卫生，当然讲卫生者命长。

　　我家乡用柴火浓烟熏腊肉，跟拿香烟、板烟熏肺原理是一样的。

　　美国演《国王与我》的演员尤伯·连纳，他逝世前在电视上公开劝人不要抽烟，不要像他害这个医不好的病。没多久就真的死了。

　　我不方便做这种劝人戒烟的宣传。从廿一岁抽板烟、雪茄、香烟、嚼美国"嚼烟"到现在足足七十二年。今年九十三了，我一开口，人家就会拿我做抽烟可以长寿的证明。我信科学，而自己又抽烟久久不死，真不太好意思！

　　年岁的关系，医生劝我少抽一点，我听她的话。以前从早到晚烟不离手，最近甚至一整天都把它忘了。

　　我遵守公德，不敢在公共场所、茶楼酒肆禁烟所在倚老卖老，破坏规矩。

　　读了一本好书，来个好朋友，听个好曲子，就点一斗抽抽而已。

　　话说回来，我滴酒不沾，却是跟酒有缘。爷爷喝酒宏大规模以前已经讲过，不再重复。虽然我说过一番酒的短处，好笑的是跟酒的关系从来没有断过。有如经历过一段缠绵的没完没了的荒唐爱情

有人说抽烟是自杀，这说得不透。自杀的人哪有那番自得其乐？自得其乐的人才不会自杀咧！

有人说，抽烟短命。我信。不抽烟比抽烟讲卫生，当然讲卫生者命长。

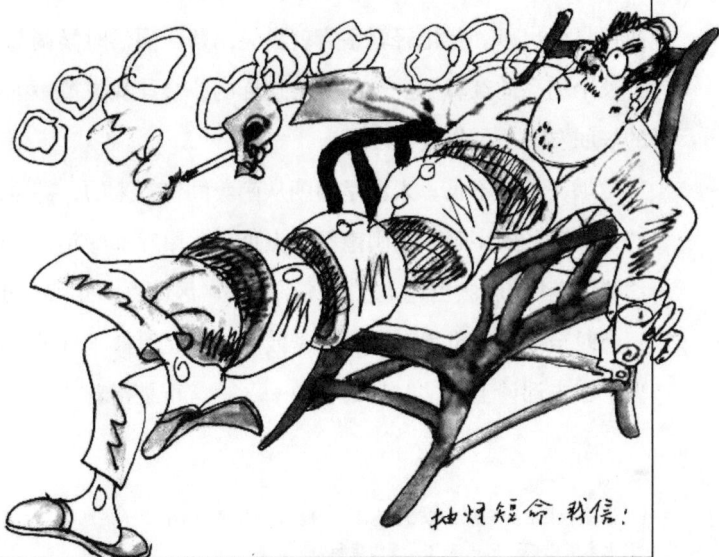

抽烟短命，我信！

关系。大如发展一个酒厂，小如设计一个酒瓶，时近时远，若即若离，上当着迷，无止无休……

三年干校的劳改农场吃苦的日子也是这样。每逢新年、旧年、五一、端午、七一、八一、中秋、十一，同事就会向我提醒打招呼："嗬嗬！黄某人！怎么样？快过节了啊！"

我就会毫不迟疑地提两个瓶子到合作社、小卖部去打酒，笑呵呵地回来把酒瓶放在隆重的地方，看大家闹酒。我花钱买这点高兴，有如爷爷看儿孙绕膝的快乐。不是一次，而是从来如此的三年。

"无酒的筵席有如深秋哑蝉之于树梢，空得飘摇耳耳。"这是我为天下酒人讲的公道话。

酒创造出来的欢乐不可替代，余韵的厚度无从丈量，醉容非关喜、怒、哀、乐，再高明的画师也画不出来……

我一生常在酒场厮混，有很多酒徒朋友，晓得他们喝多了这东西迟早会出事。年纪轻轻手脚就晃晃荡荡，喝汤时候调羹送不进嘴。会长个透亮的红鼻子。会的，会这样的，会让我失掉一批善于交谈的好朋友……可惜爱莫能救。

烟，日子不长。人说是明朝从南美洲传过来的，甚至还捎带了"泉、莆"的字眼，跟闽南都有点瓜葛。康熙那些年，"聊斋"跟"淡巴菇"[1]居然也连上了点关系……区区四百多年吧！小意思！

时至今日，世界对它紧锣密鼓地追剿，看样子日子长不到哪里去了！古谣谚上之"时日曷丧……"，这正是指着"烟"鼻子说的。

1　[清]王士祯《香祖笔记》卷七："吕宋国所产烟草，本名淡巴菰，又名金丝薰。"也名淡巴菇，见林语堂《淡巴菇和香》。

我就会毫不迟疑地提两个瓶子到合作社、小卖部去打酒，笑呵呵地回来把酒瓶放在隆重的地方，看大家闹酒。我花钱买这点高兴，有如爷爷看儿孙绕膝的快乐。不是一次，而是从来如此的三年。

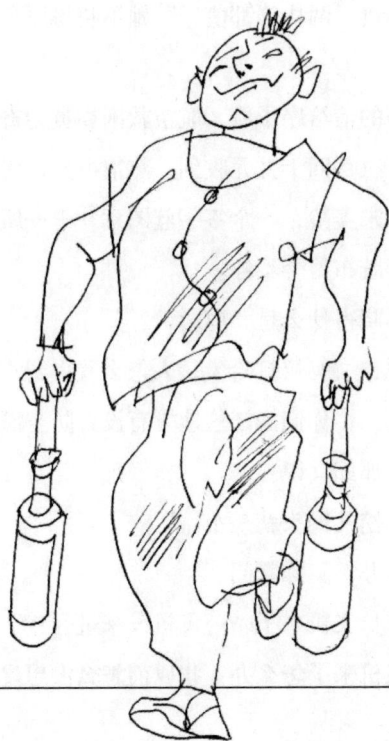

毫不迟疑地提两个瓶子

"予及汝偕亡"呢？不指我指谁？——九十三岁的人，跟"烟"有过七十多年接触，一起完蛋算数了吧！这里当然跟几千年前原来的老百姓那份诅咒是毫无关系的，古为今用，一种有趣的缘分而已。）

涵江戏院场地不错，演出了《原野》和《古城烽火》。观众拥挤不堪，票卖得很多，王淮很高兴，又加演了十场，弄得大家累得像死猪。

这里的绅士爱请客，张三请完李四请，不去不好，河伯就说："百家姓快请完了！"

序子剪影的生意也不差，老百姓都喜欢，有个女人说："你剪得太像了，一块钱一点都不贵。两块钱都值！"她不晓得原来是五角钱。

潘副官拿了封重庆寄来的信给序子看，航空救国委员会寄回的收条，说是剪影义卖的钱，三百四十九元收到，热情可嘉，代表党国感谢，还望继续努力……宋美龄，一个签字蓝图章。——所以张序子手指头还在起泡，包着胶布剪个不停。

陈馨问："宋美龄晓不晓得什么是'剪影'？"

"我看未必！"宾菲说，"蚂蚁打哈欠，人怎么看得到？"

陈馨问一个剪影的妇女："你们涵江这地方有没有防空壕？"

"防空壕？不知道。"那妇女说。

成月说："涵江靠海，挖几锄头就是水。"

"那日本飞机来了怎么办？"陈馨问。

"'飞机来了'？是呀！飞机来了……飞机没来过啊！"成月自己诧异起来，"是啊！飞机来了怎么办？我以前怎么没想过！天

序子剪影的生意也不差，老百姓都喜欢，有个女人说：「你剪得太像了，一块钱一点都不贵。两块钱都值！」她不晓得原来是五角钱。

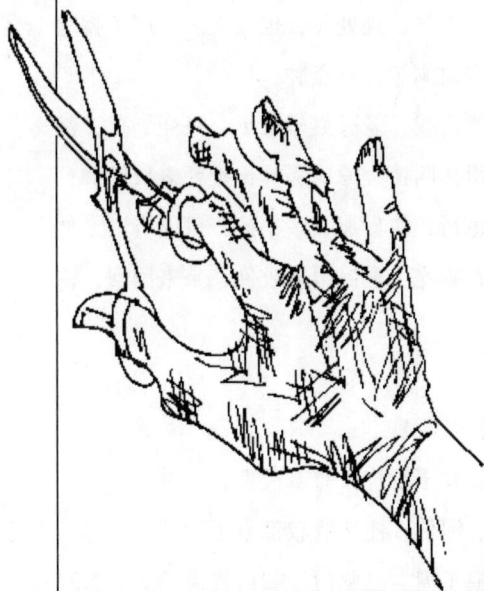

天这么灯火辉煌。"

"离厦门两三百里的安溪日本飞机都炸过，莆田、涵江离厦门这么近，福州、福清、长乐日本兵刚撤，莆田、涵江倒是忘了……"序子说。

"你想他们来是不是？"宾菲问。

剪影的队伍很长，排到大门外头去了。

"序子，你腿痒是不是？老晃。"傅芳丽问。

"不是痒是痛。"序子说。

"蚊子？"宾菲问。

"饭蚊子！"序子说。

刘淑德绕桌底看了一下："什么'饭蚊子'？小苍蝇！这里来回人多，空气不通，小苍蝇怎么咬人？"

"你们这里的'饭蚊子'很脏，到处飞，也咬人。"序子将起裤腿抹下袜子让他们看，好多血洞洞，有点肿。

啊呀！大家嚷起来，弯腰一找，老远桌子底下一只死老鼠，都烂了，怪不得这么臭，怪不得！叫黄金潭、阿哇，把死老鼠铲掉，快拿消毒药水，没有拿碘酒也行，快！那么多小疤，可能有毒，你早讲呀！为什么不早讲？小苍蝇吃了老鼠再来咬你，来来回回，讲不定还传上鼠疫！

剪影不成了！

换地方！换地方！哎呀！哎呀！

女的都来摸序子脑壳看看发不发烧，有事没事。

事情有这么大吗？王淮、河伯、庄敬贤叔都来了。

王淮看了看序子的腿，摸了摸自己脑门，喘口气说："上医院让医生看看。快！许墉、陈烈跟门口说说，剪影今天暂停！对不住！"

大家把死老鼠、小苍蝇、鼠疫跟序子的肿腿四样连起来想，越想越怕。医院路上隔几秒钟看序子一眼，一直看到医院回来。

"怎样？"王淮问。

打了消毒针，敷了药。医生懒洋洋，"嗯啊啊！问题不大吧！"

张序子被珍贵了一个下午和一个通宵，第二天早晨跟金潭、阿哇、许墉、陈烈、任天明几个扛了石灰和石碳酸水把剪影室洗了个通澡，"卫生"的程度不要说死老鼠，活老虎进来都降得住！

"航空救国义卖剪影，每张一元。请遵守秩序排队，先到先剪"又开始了。

吃过晚饭，王淮带序子一个人上街。路上问他："你脚还痛吗？发烧吗？吃得下饭吗？手上的泡好了吗……"

"我的'病'是大家选举出来的，跟我本人一点关系都没有。现在我们准备到哪里？干什么去？"序子问。

王淮说："我没上过街，让你带我走走。"两条街走过，"没想到比福州还热闹！"进了间鞋铺。

吓！这么大的鞋铺！序子问王淮："你买鞋呀？"

"看看！"王淮说。

序子一声不响跟在后头，看王淮脚底下那双"拔佳"就好笑，穿到这种难看程度，也的确该买了。

王淮指着序子对店员说："他的号码？"

王淮把序子按在座椅上，一盒一盒让序子试。序子慌着想站起来，"不行！我钱不够，买不起！"仍然让王淮按住。

"讲，哪双合适？"

序子晓得王淮要请客，指了指脚上这双。

王淮付了钱，店员把皮鞋放进鞋盒包好，两人一起走出鞋店。

序子跟在王淮后面想找句话讲，心跳到找不到话头："嗯！嗯！"

王淮回头看序子。

"我请你喝汽水。"序子发了个命令。

进了冷饮店，序子做主叫了两瓶"沙士"汽水，一瓶给王淮："这鞋我是不会穿的！"序子寡着脸。

王淮斜他一眼："穿不穿由你！"

两个人在冷饮室原是还可以讲点别的闲话的，倒像是专为了买鞋才上的街。话说回来，除了买鞋，其实还真没有注意过什么别的东西。

两人一前一后回到驻地，像个往年被拉回家里的逃学大王。

序子回到房里原来想马上睡觉的，又忍不住打开鞋盒端出皮鞋来仔细观赏一番，"观世音菩萨保佑，慢点裂缝！起码半年、一年、两年……"

又按照穿皮鞋老手的经验："新皮鞋先上一道鞋油，可增加皮革的柔软度……"

越想越对。马上取出鞋油通体擦了一番。至于明天穿不穿这双新皮鞋与世人见面，凭什么让王淮买这双鞋？这不是多不多谢王淮的问题，而是至今找不到多谢的理由的问题。我他妈最没出息的地方就是特别喜欢这双皮鞋，我他妈若是有钱就不至于忧心到这种程度，我可以数出一张一张钞票还他。我吹不出几时有钱还钱的牛皮！吹了人也不信。处在这种困难状况之时，他居然说出"穿不穿由你"

这种不负责的屁话，鞋是你买给我的，你不负责哪个负责？你明明是好意嘛！你又不是害我。你好意而让我处境如此之困难！如此之尴尬！你看你自己还穿着双烂皮鞋居然还给我买鞋？你个狗日的！

第二天早晨上餐厅吃饭半路上，序子脚上的新气象让王清河河伯发现了，指着序子："嘿嘿嘿！张序子，王团长发的奖穿在脚上了。"

"真的？真的？序子不要走！让我看看！"宾菲拽住他的手，"这皮鞋真不错，他几时给你买的？是你害病慰问的意思吧？"

颜渊深装着娘娘腔对宾菲说："哎呀！事情简单，你找团长给你也买一双！"

"你个死矮子，我早该把前天那只臭老鼠夹给你吃！"蔡宾菲说。

"好，好！吃饭了，这话讲多了，臭老鼠会掉进碗里。"宋成月说。

"你也不是个好东西，高秤杆子帮个矮秤砣。"

大家听到宾菲的话都笑起来，渊深矮，成月高，一石二鸟。

河伯跟王淮一路走，"你看你还真给他买了！他晓得是给他的奖吗？"

"怪！一声不出。后来还恶恶地请我吃了一瓶汽水！'这鞋我是不会穿的！'冒了这么一句话。"王淮说。

"你怎么办？"河伯问。

"'穿不穿由你！'我也一句。"王淮说。

"他呢？"

"一路回来半声不吭。"

河伯说："看！今天不是穿了？"

河伯只晓得个表面。序子原准备回仙游开口向吴娟、宾菲借钱还王淮这笔鞋账的，想通了就有胆有脸把鞋穿出来。

没想到刚才路上河伯点化，原来鞋是个"奖"。什么"奖"不管，该不该得"奖"再论，既然是"奖"就光明磊落了，脸上有笑了，胸脯也挺了，不必借钱还账了。王淮赶前几步问他："这鞋还合脚吗？"

"合！"序子望着王淮眼睛说。

吃早饭回来那三个人都拥进房里看鞋。

成月说："其实你应该挑一双长筒马靴，就价钱看，这鞋还够不上奖品级别。才几块钱？"

"哎！可以了，'奖'只是个意思。"甘培芳说。

"啊！'意思'，深刻！上街买把牙刷打发张序子，也够意思的啰？"颜渊深说。

"所以没有买牙刷嘛！"甘培芳说。

"嘿！你们猜，买这双鞋是公家的钱还是王先生自己的钱？"成月问。

渊深说："简单，一问潘副官就知。"

成月说："我看，说不定还是王先生自己的钱。他不是花钱托人给张序子寄过木刻板吗？"

"买木刻板和买书送人是一种雅意，跟送鞋不一样。"甘培芳说。

颜渊深说："王先生这人，他不太在乎钱，自己又不乱花钱，你看他那几身衣服，那双出名的'拔佳'烂鞋，这方面他想得很少……"

"序子这段日子做的事大家都亲眼见到，那群苍蝇咬完老鼠咬序子，真发起鼠疫来，那是说死就死的。你们讲来讲去，讲到王先生身上去了……"成月说。

"其实，团里写张奖状比一双皮鞋有价值得多！"培芳说。

"团里，人和人天天见到的，有什么价值？潘副官拿来的那几张剪影收条，收条上盖的那个蓝色签名章——不晓得这个'宋美龄'跟蒋委员长那个老婆是不是同一人？要真是一个人，她来一个奖状可就大不一样了。值五双鞋也不止！"颜渊深说。

"再加上一张亲笔签名照片，再题一行字……"成月说。

"现在木已成舟，后悔已晚。序子序子，你就将就点过吧！"渊深说。

"各位！各位！皮鞋观赏完了，狗屁也放完了，感谢光临！请赶快滚蛋！"

张序子右手开门，左手捏着根大扫把。

阿哇通知，下午四点王团长在大堂有个训话，要大家都去。

大堂大，全团人坐不满一个角落。

王淮说："大后天出发福州。

"在那里要多留一些日子。还可能在周围走走。比如福清、长乐这些地方。

"日本撤退，不是没有道理的。

"它动了个馊主意去打珍珠港。你打珍珠港做什么呢？这下完了！平白无故地去摸那只恶老虎的屁股！

"原来我们都晓得日本侵略中国是没有好下场的，最后肯定完蛋，原因是它经不起拖。但是究竟要拖好久它才会完蛋？我们还没有把握。珍珠港一打，我们肯定地说，日本完蛋了！我们胜利日子不远了！

"日本人打了珍珠港，一下子炸掉美国一百八十八架飞机、五条军舰、三条战舰、三条巡洋舰，四条驱逐舰受伤，进攻关岛、威克岛、中途岛……节节的胜利冲昏了头脑，它骚扰的是仅仅伤了脚指头的巨无霸。后悔晚矣！

"眼前它明白一点了，心虚起来。太平洋周围的占领变成包袱，赶紧收缩战线。福州一带的军队撤回金厦，准备集中力气冲击中国西南，沿这条路线直捣重庆，打下中国再说。这个如意算盘，没想到它的第三、四、六和四十师团七万多人刚打到长沙就卡住了。在捞刀河、浏阳河、新桥河一带死伤了五万多人，吃了个大败仗。我们的报纸称作第三次'长沙大捷'，一点都不为过。这是最近的时事，随便讲讲。

"到福州，我们端《原野》和《家》两出，或者再加一出《国家至上》。到福清，《古城烽火》跟《烟苇港》，大家对这个安排有没有另外想法？有，现在就说，好改。没有，就这么办了。

"剪影义卖，到福州不弄了。也不是张序子这个那个，我只是想让他停一停。这个人做事，不叫停是不会停的。那双鞋不能算奖品，算了，不太对得起他的诚意。是我见他除了那双车胎底凉鞋之外都破了，弄得见人总那么缩手缩脚。张序子请不要见外，是哥对小老弟嘛！我想到哪里就讲到哪里。

"坐轿的找黄金潭登记一下，打前站的和剧务组的今晚上出发，其余人有两天准备。当地士绅名人还要请我们吃一顿，算是送行。人好东西吃重复了就有点怕，为了抗战，就忍一忍吧！（笑）金星三楼，七点整，不要缺席。

"就讲到这里，散会。"

散了会，宾菲和另外那几个泉州女伴慢慢在街上荡，"今晚上又要碰到那批大吃大喝的男人。一张张油腻大脸，蛤蟆肚，破锣嗓子，哈到你脸上来的那股酒气，有时候还没动筷子就想呕。"

"是呀！这类男人怎么都聚在一起？这类男人怎么到处都是？"芳丽说。

"看到这类厌人，我连世界都恨起来！"淑德说。

"等抗战胜利那天，把这批东西一齐扫掉！"宜男说。

"他们又不是日本皇军带来的。"陈可说。

这帮女孩子走在街上，看过戏的人都指指点点，认出她们演的角色，献上好意的微笑。

铺子琳琅好看，大部分东西不明白用处，价钱高得让人头发竖起。比如高尔夫球棍、球棍袋、马鞍、鳄鱼皮手提袋、玻璃葡萄酒杯、白兰地酒杯、威士忌酒杯、啤酒杯，有的成套，有的单买，都是喝酒杯子，犯得上这么讲究吗？要的就是这份讲究。光懂得这番知识套路就是一种身份的快乐。这群女孩淡然而过……

首饰店让女孩子们睁大眼睛，耳环项链、手镯、戒指，金的、银的、铂的、红宝石、蓝宝石、钻石、珍珠、发霓虹光的"阿颜"[1]、绿玉、各色翡翠……一群年轻标致的女孩隔着玻璃柜欣赏珍宝，本身就是

1　一种宝石。澳大利亚的流行叫法。

一幅画。她们交头接耳，轻声的赞美引来了和气的老板。

"欢迎光临！喜欢什么？请随便看。"

老板眼光深邃，心里通达。他知道这几位外埠美丽女孩是一些热情的欣赏者，她们有的是跟宝石比赛美丽的天分和本钱，而没有将宝石占为己有的想法。

世上往往"欣赏"比"拥有"更美。

穷人如果没有饥饿干扰，比谁都懂得美。（这里抄两段"马克·吐温"[1] 给看客解闷：

……这件事后来也是无意中发现的。一个出门在外的外乡人，在荒凉的大平原的波尔人茅屋里，看见一个孩子在玩一件亮晶晶的东西。人家告诉他这是一块在草原上拾来的玻璃。那个外乡人花了几个小钱买下了它并把它带走了。他没有讲老实话，只是使另一个外乡人相信这是钻石，他拿到了那个外乡人给他的一百二十五块钱作为货款，他满心欢喜，好像干下了一件正当事情。那个受欺骗的外乡人在巴黎把它卖给了一家当铺，售价一万元，当铺又以九万元出售给一位伯爵夫人，伯爵夫人又以八十万卖给了一位酿酒商，酿酒商把它献给国王，从而换得了公爵爵位和公爵门第，而国王又把它押给了当铺。我知道这些情况都是真的。

这个消息到处传扬，顿时掀起了开发南非钻石矿的高潮。

那个原先的旅行者——那个不老实的——想起了他有一回看见

1　马克·吐温《赤道漫游记》三十三章，云汀译。

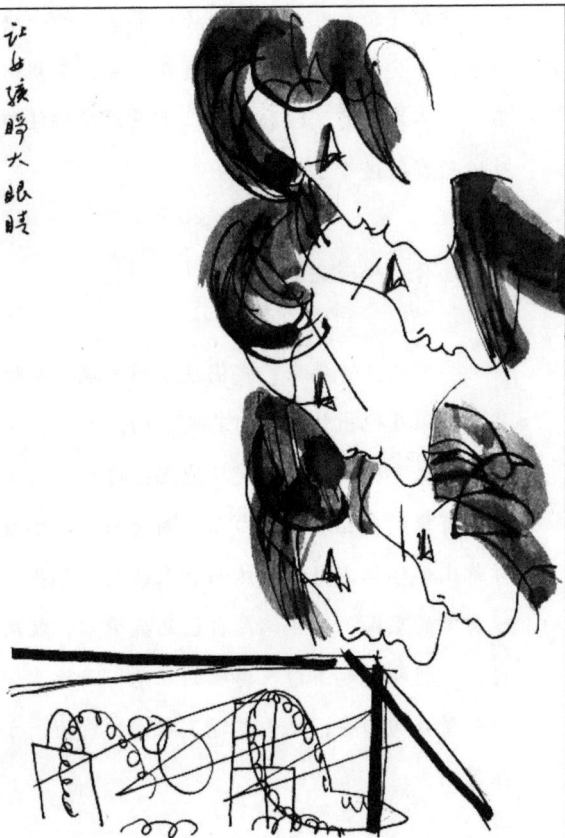

让她睁眼大眼睛

一群年轻标致的女孩隔着玻璃柜欣赏珍宝，本身就是一幅画。她们交头接耳，轻声的赞美引来了和气的老板。

一个波尔驾车人在斜坡上用足球那么大的一块钻石垫在他的车轮下，于是他把原来的职务丢在一旁，专程出发去搜寻那块钻石，但不再想为了赚取一百二十五元而骗任何人，因为他通过改造而有所进步了。

前头还有一小段文章可以抄抄：

　　……两三百年来，我们就是用玻璃球买他的土地、牲畜和邻人，以及他出售的任何其他东西。所以，奇怪的是他对钻石并不怎么重视——他一定从地上拾过好多回了。当然，他也从来没有想到把钻石卖给白人，因为白人早已有许多玻璃球，式样都比那些钻石时髦。然而有人认为一些买不起真玻璃球的比较贫穷的黑人，为了满足自己的虚荣心，就用那些赝品来打扮自己，随即引起了白人商贩的注意，暗地里怀疑起来，便带了一些赝品回国去，终于发现了它们的价值，于是万人空巷地奔往非洲去追求暴利……

世界上的宝石和活着的人才都是这样被发现的。宝石需要人工打磨加工，使它的光泽更加鲜艳夺目。人才有时也在被人打磨。宝石不会反抗，它只晓得越打磨越光亮。人会反抗，甚至不喜欢被人打磨。所以打磨人的场面都不太有机会让人看见。）

经过烧鸭店、西饼店，阵阵香味扑鼻而来。她们神志清醒不为所惑，明白六点半将有一顿大嚼。

她们走到桥头，那边是民居了，静静的蓝空开始亮出一两颗星星，黑瓦顶，家家暖暖的灯光，她们选了道桥阶坐下来。棕黑色树影镶着暖暖的金边，天，还舍不得马上就夜，熬着，熬着，蓦然地暗了下来。

天一暗，女孩子身边周围全亮了。站起来拍拍屁股往回走，街上店里店外人反而多起来，像鱼群游弋在七彩琉璃河上。音乐响得比白天还过分，震得脑都涨了，眼都鼓了。白天不显露的角落现在都凸脱出来。行人大着胆子凑近认人，打招呼，全属好意，没人惊慌。

杂食零嘴摊子也展开了买卖。照往常脾气，这帮爱吃零嘴的女孩绝不会饶过它们，这回忍了。

浪漫主义的热闹夜街，一群现实主义女孩子融蚀在这道光彩里。

这顿告别酒宴，它的意义开头时候大家是明白的，后来主客双方情感和语言混合在鱼羹、鸭脯、牛腱、猪肠及其他炒炖诸货咬嚼之间一股脑让白酒、黄酒、红酒顺食道涌入肠胃里头与心脏血管脑髓各交通枢纽要道取得默契而得大舒畅。

谁理解谁讲的是混账胡话？谁清楚谁并非八戒孙猴？谁掌握餐前餐后下水道？谁管它昼夜"酒驾红绿灯"？（对不起，那时候还没有"酒驾"问题。）个个总裁，人人长官。眼前图一时之快，事后等五更酒醒……

序子面对这满堂醉货，连鄙薄的兴趣都没有。见那些女孩子和不碰酒的几个老小光棍都傻坐在茶桌子那边剥瓜子喝茶，便也慢慢挨了过去。

"真可怜那些端碗端盘子的茶房，天天看这种场面。"序子说。

庄叔说："看多了也就惯了。"

"本来几个好朋友坐在一起喝酒是个有意思的事。"序子说。

"喝酒的方式最多，最多，最多！"渊深说。

"我平素喜欢跟喝酒的朋友在一起，不是这场合。"庄叔说。

"我也是。"序子说。

渊深说："我也是。"

"你个屁！"序子叱他。

散场时候，主客告谢的仪式都扔了，各扶各的醉人往回走。

"看！那边，弯腰扶人的那个是谁？"宾菲叫起来。

"王先生！"序子说。

"趴在他肩上那个呢？"宾菲问。

"怕是张一明老头吧？"序子歪着脑袋端详。

"他怎么还驮得起人？"宾菲问。

"好人一个，怎么驮不起人？"序子说。

看地图，福州离涵江不远。

序子一大早起来靠在门口桥上的栏杆边，心里头有不少遗憾。应该去找找书店，认识一两位文人朋友，没有空啊！时间让剪刀剪掉了，转过身来等候快浮起的太阳，老远只是一片红云。

不好！老话说"朝见红云晚落水（雨）"，今天落点倒不要紧，后天出发可千万不要落。找笔画一张画做纪念吧！

成月帮忙扛了张椅子，坐下打开画夹子画了起来。

距离扯远点把桥和桥上的人也画了，弯弯的河壁，远处几抹树就是天，云是红的。

看画画的本地人跟成月聊起来，认出序子就是那个剪影的，在他背后开展了议论，弄得序子背脊痒痒的。忽然吴先生也来了，说画得好，抓住了气氛。问她为什么不也来一张，像是挨谁踩了一脚叫起来："我哪有这个胆？多少年没动手了！"一边笑一边退。

序子说："你怕什么呀吴先生，莆田涵江是你的领土！"

"我没想过画画写生的事，你要是在仙游早提，有你壮胆，讲不定我还真会把画箱带来了。唉！人生就是常常错过一些萌生的机会！人老大了，迟暮了，失流而蹉跎了……"

"哪里话？吴先生，你讲你多强火，你那个老太婆的狠劲，你那一棍子下去至今想起来我还心寒……吓！"序子说着说着站起来，忘记了自己是在画画。

吴先生哈哈大笑搭着成月和序子的肩膀说："你看！我不是在说跟你们一起，我不停地萌生吗？"

吴先生又转过身去跟看热闹的几个人用仙游话交谈，指指自己，又指指序子和成月。成月也插几句嘴，几个人听了都面露惊讶和笑容，傍着吴先生舍不得走。看起来，里头有个人跟吴先生原来是熟的。

几个仙游莆田人在一起，卷起舌头，"莎、莎、莎"轻言细语，文雅混柔之极，想不出他们吵架会是什么样子。他们当然吵过架，一定也会生气。他们用什么微妙婉约方式表达激越情绪的呢？不太容易看得出来。

外省人开朱雀城人的玩笑说："正经脸上，起码七分杀气。"

这说的是我们朱雀人恶。

也未必！

脸孔文雅的朱雀人有时也动杀人之心的。光是脸，证明不了什么。

文明程度可以反映生命价值，莆仙人的谈吐倒确实可以看到这点。

吴先生为昨天酒会上的那些"商埠型"脸孔抱歉。

"那不是你们莆仙地方特产而属于中国的'硬通货'。过去，现在，将来，它超越历史，任何年月都少不了它！"

序子夸夸其谈，吴先生静静看他一眼说："下午，我约了几个本地朋友来咖啡室聊天，你把你那些人也找来好吗？"

"那花好多钱！"序子说。

"不要紧，我管！"吴先生说。

序子抔着指头约了河伯、庄叔、成月、宾菲，嗯、嗯，狗蛋渊深、陈馨……嗯、嗯，就这样吧，邀成月好，多一个人讲仙游话。

吴先生跟经理交代，把座位摆成一个圆圈便于交谈，经理点头说懂。

河伯这群人刚坐定，客人就来了。于是重新站起来，点头，拉手，龇牙，分别坐下。

吴先生跟众人交代说讲国语，大家点头。没想到本地人都说得流畅，不带困难。

吴先生介绍客人里头年纪最大的，五十多岁，名叫赵夕。其他四个三十多四十的，一律套着朴素的旧西装上衣，散淡清雅，嗓门温润家常。客人的素质也显示主人吴先生往来无白丁的水平。看样子吴先生也活跃开心。喔！还有个陈馨大小的女孩，穿着淡墨绿、淡墨紫的套裙，跟她哥或她爸挨着坐，名叫李好音。

李好音！"食我桑葚，怀我好音。"狗日她爹没有两下取不出这名字。

她嘴角像蜂鸟翅膀，翘得高高的。她姓李，她爸自己也姓李，（啊！不是她哥）不过她爸自己取了"李训"，这名字像是路边随便捡的，可不怎么高明。

赵夕以前在法国待过四五年，弄文艺评论的，人太和气，回国后不入流俗，荒废了十年八年，安居故乡从容度日。聊天的本事很大，见闻广，思路宽，成为年轻人的中心，家中变作孔夫子的杏坛，等于免费大学。

蔡涌之原在《厦门日报》当编辑，抗战逃回涵江，开了间书报店。

崔卓，白话诗人，家里有点侨汇底子，写出的诗没人看也不怕。

薛树，通俗小说家，写些掌故小说寄给报馆，很有人看。房屋前后栽了几亩凤梨、香蕉、番薯，日子优哉乐哉。

戈振，散文家，眼光锐利，行文滑稽，很受同行喜欢尊敬。

李训，中学国文教员，兼教音乐，这就让人觉得有点奇怪。其实他念的是厦大文学系，毕业以后放不下音乐爱好，便两行都来了。对文学，是就手的东西，上课从来不带课本，信口就讲，好像高明棋手下"暗棋"，学生听得津津有味，全班的课也就特别之好。对音乐倒是点滴不饶，那点精神还真有点韩文公所谓的"钩章棘句"的意思。一个音符哪怕是八分之一的不准确，他都听得出来，为什么？为什么？在学校指挥的无伴奏合唱队几几乎是世界第一。（本地人说的，不是我说的。）

李好音是他独女，讲过了。

要特别介绍的是这位吴涯止。

吴涯止小时候见过吴先生，叫她作"姑"。近姑远姑就不清楚了。

这回到涵江，想起有这么个侄儿，也就顺便把他叫来见见面。跟大家原来是不熟的，就算跟吴先生也都不能算熟。

没想到吴涯止来到这间咖啡厅，见到众人，脱了形地欢欣高兴，有如荒岛归来的鲁宾逊，有千言万语急欲对人倾吐。首先发言的竟然是他：

"鄙人吴涯止，口天吴，天涯之涯，止于至善的止。本地人，跟我姑也是二十多年未见。今天幸临盛会，很是高兴。

"我是个医务从业员，各位一定猜不出我在医院是干哪一行的。不是外科内科，不是药房，不是护士和护士长，不是办公室职员，更非医院警务而是薪津不菲业务繁重的正牌医生。我的办公地方是在一个人迹罕至的偏僻所在，正名为'解剖室'。里头有两个池子，几十条男女老少人的尸体用福尔马林药水泡在那里。浮浮沉沉，和平常见到的游泳池的景象一个样子。爱开玩笑的人说晚上还听到他们窃窃私语，见他们用自由式、蛙式游泳。

"我的工作就是按照医生的吩咐，将半边人头、一套肠胃、左手或是右腿，男还是女，老还是少，用长钩子把人钩过来，扛上手术台，切了，锯了交给医生。我这工作做得又干净又麻利，跟自己家里厨房砧板上做的完全相同，那颤动的筋肉和骨头，也跟猪牛羊肉那副鲜劲没有两样，只是不下炉锅而已。

"有时候医生还要过来跟我探讨肌理问题，这跟熟朋友在厨房切磋厨艺的心境毫无轩轾。

"记得在市场买回一个七斤重的大'佳吉'红鱼头，爹妈见了兴奋得不得了。由我主厨来个红烧。没想到一个人在厨房打开大

里头有两个池子，几十条男女老少人的尸体用福尔马林药水泡在那里。浮浮沉沉，和平常见到的游泳池的景象一个样子。爱开玩笑的人说晚上还听到他们窃窃私语，见他们用自由式、蛙式游泳。

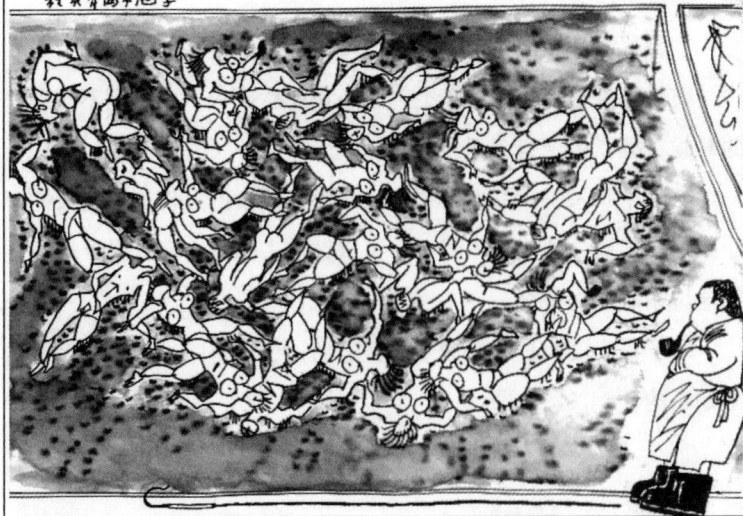

'卤草袋'[1]，首先看到佳吉鱼左边睁着的大眼睛，突然怔了一下，自己问自己：

"'出了什么事？'

"'昨天解剖台上挖出来的那副血红人眼球！'

"自己回答自己。

"情绪的回荡，有时并不会是同一属性。

"医学院的学生都明白，进解剖室是必修课，里头打过转的学生告诉我，一个多月不敢看菜碟的肉。

"我这种踽踽独行的职业在人间只能产生自我幽光，过年不方便上人家拜年，尤其不能给老人祝寿和参加小孩生日会，不可参加婚礼和丧礼，少有机会参加朋友聚会。

"街上遇见熟朋友不敢和我握手，不幸握过手的朋友背后赶紧用手纸擦了又擦。到亲姐亲弟家就会听到警告：'先别过来！你洗过手消过毒没有？'

"我哈哈大笑说：'哪里来得及？我刚吃过人肺人肝！'"

宾菲和陈馨坐在靠背椅上，听一句往后挪一下，挪到不能再挪的时候，绷紧了全身，退无可退。

吴先生吓呆了，万万没想到这个侄儿从事的是份那么动人的职业。环顾四周，地上找不到一个可以钻进去的洞。自己见了鬼，会约这位亲戚参加茶会。

序子自小浸润过近似的生活，迫切地想知道吃过人肉的经验是不是真的。

---

1 用海草编的口袋。也叫盐草。

这时候，河伯说话了。

他把椅背转过来对着各位，手扶椅背，一脚支地一脚曲跪椅面：

"兄弟我一辈子不敢说读过多少书，走过好多路。也算是浑浑噩噩活过这区区二三十年，说句老实话，今天，我衷心地多谢吴涯止先生给我上了一堂有生以来最珍贵的大课。这课大到什么程度呢？大到跟全世界所有的人都有关系。全世界到底有几个人清楚吴先生这份神圣工作的意义呢？他天天拿着锯子、斧头、刀子切人、砍人、锯人，把人的心脏肝肺、筋骨手脚送到医生和科学家那里去，让他们去研究病从何来，找出根据原因去救人，让药品厂去制造医好这类病症的药。

"我在想，吴先生年轻时候第一次走进那间解剖室的时候害不害怕？紧不紧张？闻着池子里泡着死人尸体的福尔马林气味厌不厌恶？而且一辈子要这么不以为意地、习惯地闻下去。为什么年纪轻轻的选上这份奇异的职业而不是投考音乐学院、美术学院？

"明知道会受到奚落，受到孤立还强颜为欢？吴先生简直是我心中的圣徒。虽然我不信宗教，我确是非常尊敬、非常崇拜吴涯止先生这种圣行。

"世界上不止吴涯止先生一个人在从事这种圣行。不为人知，甚至遭人产生距离的圣行。

"难以想象，世上竟有不少这种令人惊愕、恐怖，令人回避、恶心的圣行。

"在座的女士、先生！让我们一起向吴涯止先生致敬！"

河伯带头向吴先生鼓掌。吴不知所措。

吴淑琼向河伯耳语："你这番话救了我。"

河伯说："我也救了自己。"

庄敬贤沙着那副喉咙说："吴涯止先生了不起。王清河河伯也了不起。他两个拨开了我看世界的眼睛。"

"请各位坐下喝茶休息等一下，我上楼去取取小提琴。"大家看他一拐一拐上楼，又一拐一拐下楼：

"刚才我的脚麻了，我听了两位的发言灵魂总算找到一点阴凉。我给各位拉一首不太流行的曲子——

"阿尔福的《平心而论》。第二首是圣桑的《圣母颂》。

"第三首巴赫清唱剧八十号第一乐章《上帝是坚固的堡垒》。"

拉完之后大家鼓掌，赵夕老头站起来跟庄叔握手，称他："了不起，居然把合唱气派拉出来还夹带奇妙的混声，你不单这个聪明（指脑），这个也聪明（指手）。

"是你自己的主意？"

"是，为它动了点脑子。"庄叔指着提琴。

"看得出！"老头微笑说。

接下来是吴先生向客人介绍张序子如何如何，不太有人共鸣，没有人让他剪过影，不晓得有过剪影活动。

只有李好音问吴先生，什么是剪影。吴先生说："把人的侧面几分钟用黑纸剪出来，像得很。"

"喔！"李好音明白了。

序子又瞟了李好音一眼，觉得这女孩相貌够得上"雅丽"二字。在这里怎么长大的？不清楚。想知道吗？不想。

"请问张序子先生，贵处是哪里？"散文家戈振问。

"湘西朱雀城。"序子回答。

"那是个什么地方？"

"套一句杜思退也夫斯基的话：'这是野兽栖息的荒乡'。"

"这么野蛮？"

"还可以！去去就晓得。"序子笑笑。

"有没有性命之忧？"

"朱雀人从不'认生'，不杀客人的。你以为《水浒传》的事是真的？"序子申明。

大家笑了，说是那么说，听起来总还是让人有点心虚。

喝了咖啡或茶，各人还吃了块蛋糕。

序子这个人，你还真不要说他不是乡下佬！每逢吃西饼蛋糕之类东西时，心情非常沉重，说不如去咬一坨没煮熟的大肥肉。自我牺牲好。吃惯了家乡网油的冰糖包子，蘸红油辣椒的烤糍粑的人，无不有这种心情。

老头儿赵夕后来不知怎么一弄把题目引到莫泊桑来了，又费了好大力气才把福楼拜和莫泊桑并没有血缘父子关系调理清楚。风流暧昧转入文学正题。

那位散文家用了好长时间赞美《羊脂球》《一朵将要开花的芍药》的曲折的、屈辱的圣洁的爱国主义精神，讲一句，嚁一声，自我感动得了不得。其他人之中，有个人则说这故事像奥·亨利小说的公式化，要不是正反正，就是反正反，再怎么加油加酱也是单调，容易让人健忘……

李好音的爸爸说："莫泊桑的东西我都喜欢，不尽然像你说的那么公式化，即使奥·亨利也不是公式化。鸡蛋里没有骨头并非公式化，偷偷加一根骨头也并非独创性。比如我喜欢《戴家楼》，也喜欢《莫兰那只公猪》，并非因为它们公不公式化，而是他篇篇都写得好！"

之间的人火并起来。

序子插嘴了："看小说，存心找公式化，得不到乐趣的！反过来讲，真正老手，也不会写出公式化小说。"

诗人崔卓说："那也不一定！高尔基写的《母亲》，就相当相当公式化！"

序子说："这本书我没读过，等我找到再说。"

"青年朋友，我劝你不要费神找了，这本书很有名，很畅销。既然你喜欢莫泊桑，听我说，读《母亲》就是个浪费。你年轻，你还不清楚一本公式化的小说能够孵化天文数字那么多的公式化读者。你说它公式化，非挨揍不可！"崔卓说。

"我不信！"序子说。

"由你！"诗人说，"我以前也爱高尔基，以后我成个'爱莫能助'者。"崔卓诗人说。

明天一早去福州。

序子没有什么好准备的。上头招呼过到那里用不着在墙上写标语、画画。赶紧打好几张海报底稿交石印局就是。

福州是老省会，行家乡，大家小心点。

序子对福州只有一种开心的企盼，听说全福州仅仅只有三个重点值得探索，因为大，城里（州里）、南台、仓前山。三个地方摸熟了，最少最少要三辈子。它的历史、文化、生活、街道、掌故和活人朋友听说像迷魂酒，进去了很少人能醒着出来。还有一件怪事，家家温泉，有人说这是吹牛，又有人说信信何妨。

序子认为无端对有趣的事物产生怀疑，是世上最扫兴的无聊行为。

人说福州人开通，见识广，阅历深，多林则徐这类书香子弟。女孩子一百个，九十九个爱笑，剩下的那个还没出生……

人说福州女孩子皮肤白是因为温泉多的缘故。有人说不见得，"非洲那边也有温泉"。

有人说，福州那边书店多，那是真的，几里长的书街；说学校多，那是真的，隔三两条街一座学校；说点心店多，也是真的，甜的、咸的、冷的、热的……找点心店用不着鼻子，眼睛、耳朵就行。轰！轰！轰！千万伙计们在铺子不停地叫嚷点心的名字……

黄金潭在房门口叫："张序子！门口有人找你。"

"不是开玩笑吧？"

走到门口一看，就是昨天喝咖啡的李训女儿李好音，"我爸叫我带这封信给你。"

"好！"序子接过信，打开，她还不走。

序子以为她没听见，又说了一声："好！"

她还是没走。两个人就这么对面站着。

信是这么说，请张序子"光临舍下一谈，如蒙俯允，见信后随小女前来"。

怪不得李好音赖着。

就这么一刹那间，那陈馨鬼头已在旁边转了三次。

张序子说："你等等，我去穿鞋。"

穿鞋出来，张序子跟李好音走了。

来到街尾过了桥，"原来你家在大树底下，我早几天就看到它了。"

进了院子一大片草地，她爸爸和昨天的三两个熟人正坐在树底下，都站起来打招呼。请坐。茶桌子上序子那份茶杯早预备好的，晓得序子一定会来。

李训拉住序子说："猜猜，你的哪位老朋友写信给我了？"

张序子最恼别人让他猜东西，故意闷声不响。

"张人希！你想得到吗？"李训笑问。

"没想到！"序子跳了起来。还真是没想到。

"这样一来我们都算是老朋友了。真没想到你这般年轻。"崔卓几个人都跟着欢喜。

走到门口一看，就是昨天喝咖啡的李训。

女儿李好音，「我爸叫我带这封信给你。」

「好！」序子接过信，打开，她还不走。

我空呼我第五封信给小

有张人希垫底，省了不少客套。

好音也凑近来说："真没想到你跟张伯伯熟。"

序子跟好音天然也扯开不少隔膜。

序子轻松了，坐下喝了一口茶，喘了一口大气说："你家这棵娑罗也真算大，老远看像朵绿蘑菇，难得。"

"你认得它？"崔卓问。

"是，是，是，在学校我就是喜欢读树，它属龙脑科，很名贵的东西。你家老祖宗怎么从印度搬来的？叶子这么嫩，像春天刚出的芽这么绿。真感人。"

"我看过黄某某（黄兄！我一万个对你不起，一辈子对你不起，千不该万不该忘记你的大名）写你的那篇文章《剪影的剪影》，文章好，可惜没有提起你诗的天分。"蔡涌之说。

"不，不，我书读得少，胆子大，什么都敢试，就是不敢作诗。"序子说，"见树我特别容易感动。我老家院子也有棵突兀的大椿树，三个人合抱不来。全城也算有名。喔！喔！在外乡看到客树，正所谓'客树回看成故乡'的意思，难免会想一想，感动一番。"

崔卓说："你的感动有诗，有的诗人的诗没有感动。"

好音的妈端出点心和咖啡来。序子向她行了礼。看样子是位读书人，她对序子笑着用泉州话说："我们都是'第一次见面的老朋友'！请免客气！"

序子用闽南话道了谢。

李训嚷起来："你闽南话讲得那么好。为什么不早讲闽南话，害我们歪了两天嘴巴讲普通话？"

序子连忙解释："对不起，对不起，我闽南话有安溪腔，怕大

序子轻松了，坐下喝了一口茶，端了一口大气说：「你家这棵娑罗也真算大，老远看像朵绿蘑菇，难得。」

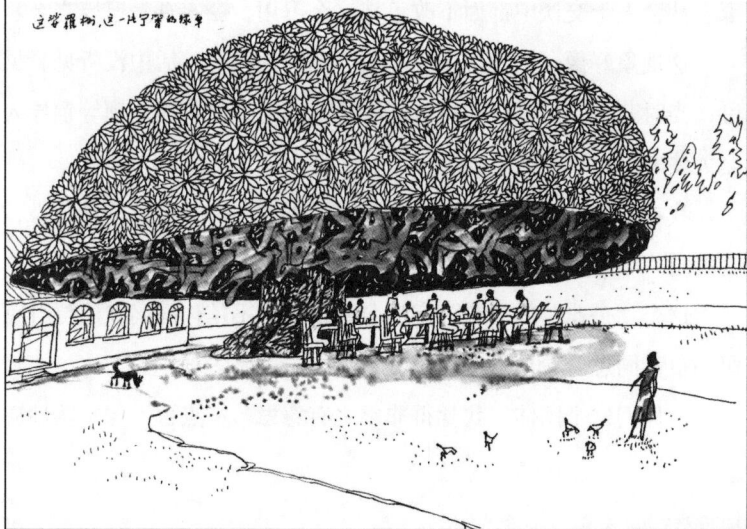

这棵罗树，还一片罕育的绿荫

597

家见笑！"

戈振叫起来："哇左仙嚼细安快浪，弩亲，爪草都坎？"[1]

（"巧"字，我小时在安溪大家习用三个字"臭""猪""坎"来说。"坎"是什么意思？我至今也不明白。比如还有一个"不用说"的词汇，安溪叫作"那""赛""港"。我也不懂。当时粗俗的理解"那"字是"闪光"的意思，"赛"字是"屎"的意思，"港"字是"管道"的意思，即使解释为"屁股眼闪光"，跟"不用说"的含义也相差十万八千里。传统习惯跟时间产生遥远的隔膜……与眼前大家讲惯了的"他非这样"类似。

"非"是"不"的意思。现在变成了"他一定要这样！"的肯定词。跟原来全句的"他非这样不可"的含义完全相反了。原来的意思应该是："他不这样是不行的。"也即是哲学上"否定的否定"语言上的游戏运用。你看，现在大家用得这么滥，连文学家、电影家、社会人士交谈中都面不改色地这么习用，令人真是遗憾之至。

这现象好像开始发生于"文革"期间，以前生活中没听见看见过，当时若有，严格讲究传统文学语言的毛主席、周总理等领导人会关注的。

我在"文革"后为这个"非"字呼喊过——"吴世茫论坛"，上世纪八十年代。

这个"是非"的"非"字的分量很重；不信你问问在法院打官司的负责同志看看！）

"你们这个团体，我觉得非常之有意思，一点也不像军队性质。

---

1 我祖先就是安溪人，你看，这么巧？

艺术学校也不像个艺术学校，家庭不像个家庭，齐心合力做一件有意义的贡献。情感单纯，热气腾腾，很让外头人羡慕……"蔡涌之说。

"讲老实话，我也这么看，所以至今还没有讨厌。"序子说，"不过'世无不散的筵席'，迟早有伤感星散那天。我们里头不少有学识的人都这么想。"

"上帝决定一切。有朝一日抗战胜利了，还要你战地服务团做什么？当然各奔前程，想留也留不住你。"薛树说。

"全国这种团体会是很多的！"戈振说。

"上万上千也不止！民间的，政府的，军队的，实际上是个流动艺术学校。收容培养全国大批的流亡青年，用特别方式培养有作为有头脑的人。"李训说。

"跟大学差不多！"薛树说。

"那不一样。大学，按'规矩'培养'规矩'，出科学家，文理学家。园艺性强。"李训接着往下说，"诗人和作家适于野生野长，自自然然，花样百出，万紫千红。连野山参弄回家栽起来都有萝卜味。大地灵气不见了。"

序子没到那种境界，领会不透主旨，听起来心里虚虚的，点头还是敢的，就来了好几下。

接下来就问："序子，你愿不愿到我们'涵中'教书？"

序子吓了一跳，"我？我！想都没想过。"

"什么乌七八糟都不要想。我只问你，愿不愿意来我们学校当先生？"

"什么先生？"

"当然美术！"李训匀了口气，放缓嗓子对序子说，"我们学校就缺你这种年轻先生。你看，你见识广，书读得多，人物、风景、木刻都来得两下，你这么现成的先生我们满城打锣点灯也找不到。前年人希兄就来信提起，跟你不熟不敢答应；这回见面才认出了你。请你出面当先生也是想建立一种新风气。"

"我眼前怎么离得开战地服务团，凭良心也讲不过去。大家对我这么好。当然，还有不少别的问题……"序子说。

"什么别的问题？女朋友？薪水待遇？这里都好说，好安排，一句话的事……"崔卓、蔡涌之、戈振几个人都嚷起来，看那意思早就商量好了。

"各位帮我考虑的那些问题一件都不存在，能在这里当先生跟各位一起过日子是我的福气。我留不下来的原因就那么两个：一、刚才讲过的跟战地服务团的情分；二、我迟早要远走，留不下来……"

"比如说，万一以后出了些意外的变化，可不可以这样设想：你并不马上离开闽南，你会不会考虑到涵江来呢？有一点你不清楚，我们大家也不知什么原因一下子都喜欢起你了！这点心意，有朝一日能把你叫得回来吗？"几个人一齐说这类话。

序子低头坐在椅子上好久不出一声。

这娑罗树，这一片宁馨的绿草，这张白色茶桌和周围坐着的好心好意人，一辈子能遇到几回？……唉，会不会有朝一日让你们发现我未必有你们想的那么好！那就辜负各位的好心了。

"你们团明天开往福州了，你可不可以考虑一下请个假单独留下来和我们多住几天？以后也不清楚你哪年哪月再来。请假试试，涵江还有好多所在你没去过……"有人还在嘴巴上用劲。

叫大家进屋吃午饭。

客厅讲究，厚玻璃柜里都是书，靠窗帘那头还有架钢琴。

好音跟她妈静静地来回端来满满一圆桌菜。

大家团围坐下，轻言细语。序子没见过这种清雅局面。

"……序子，你在'涵中'教书可以住我这里。这里房多，你看！随便挑间都行。饭也在这里开，人多人少都要吃饭。你就专心教你的美术好了……唉！我们晓得留你不住，有什么办法？"李训摊开双手对在座的微笑。

"看样子，"序子想，"李训这话讲得这么入味，可能人希兄给他那封信里一定把我发挥得太多了……"

"我们这里外头有意思的人来得少。一旦分手，很容易动感情。"蔡涌之说。

"那不见得，也并非一见外头人就动感情！值得动才动。白居易的'请君断肠歌，送我和泪酒。……浩浩暗尘中，何由见回首'，江淹的'春草碧色，春水绿波，送君南浦，伤如之何'，情感都要生发得有原因，有道理。轻易写不出的。"崔卓这话衬托得序子越发不好意思。

薛树问坐在隔壁的序子："兄弟，你真的半口酒都不喝？"

序子连忙站起来点头抱歉。

旁边看热闹的好音她妈觉得好玩，过来问他："你不喝酒，我给你装饭好吗？"

序子连忙说："自己来，自己来。"又不知哪里动手，好音她妈抢过碗来把饭装了，"你免客气。不喝酒要多吃点菜，这菜都是我和好音一早起来做的。你去了福州还去哪里？我们跟人希都是多年老朋友，一家人了。你有空也写个信来告诉我们……"

序子不停地躬身说"好"，又说"是的，是的"。

李训说起赵夕先生，告诉序子："若他和你熟，不晓得会多喜欢你。他懂画，会给你很多美术见解，跟别人是不一样的。唉！唉！我最可惜你，真希望你好好地掌握自己……"序子听了这些话，感觉涵江真是一块福地，那么多真性情的人。

人说李家饮宴忌划拳。好不容易把这场酒筵喝完，崔卓举起一只醉手说："阿音，到你了。弹弹你那个钢琴！"

阿音听了老叔招呼，笑了一笑，凑近身子跟她爸爸耳语，然后走往钢琴，揭开盖子对大家说："好吧！我弹一遍西贝柳斯的《芬兰颂》，再弹一首柴可夫斯基的《C大调弦乐小夜曲》第二乐章，我们私下里称作'回梦'。"

大家说"好"。

《芬兰颂》不是钢琴曲，是好音故意弄出的辉煌颜色，天上泼下来的撒娇的闪光，比心跳快一百倍，每次重重的那七下可怕的亲吻……不是诗，不是哲学，连故事都没有……

众人懵懂之际，只有好音的爸妈明白，"女儿长大了"。她在宣叙自己，求其发声，自我畅怀。

接下来是"回梦"，甜蜜回环的拥抱荡漾，闭着眼睛的缠绵倾诉。永生永世的冤家，一望无际的云天。好音手指来回抚摩着琴键，几乎忘记醒来……

序子完全没想到她"音乐"得这么厉害！好特别：她跟"我"和"我们"长大的方式不一样，鬼知道她怎么照拂自己？

她坐着不动，忘记了听众对她的鼓掌。

她慢慢站起来，转向大家，微笑点头。

「好吧！我弹一遍西贝柳斯的《芬兰颂》，再弹一首柴可夫斯基的《C大调弦乐小夜曲》第二乐章，我们私下里称作「回梦」。」

她匆忙赶回桌边帮妈妈收拾碗碟盘盏，好像刚才弹钢琴的是另外一个人。

一下子变回"凡人"，让序子很意外。

序子突然冒出为她刻一幅弹钢琴木刻的念头。来不及了。这一辈子都来不及了。

所有眼前的一切马上就会消逝……

我一点也不懂欧几里得的"几何原理"，学他公元前三百多年的口气试试说一个事：

从某个"点"出发，两线从小小角度各自延长，形成不断扩大无法再见的"三角"遥远距离。这既是"几何"关系，也是历史、社会、文化、友谊和爱情关系。无穷无尽的遗憾和悲剧。

那粒人生的"点"很重要。既莫错过，也别疏忽，更不可误伤，还要避免浪费。牢牢地抓稳它，珍惜它。

人生百年，运气好的这种"点"你顶多只能碰到三粒、两粒或一粒。要看自己缘分。

（"文革"后，人希兄那时还健在，我们常有机会见面。问起涵江那些好人。"都不在了。"他说，"不过他们以前常提起你，都说你怪。像只满地寻梦的鹈鹕。小小年纪就判断涵江不能久留。当年可是个天堂啊！还记得好音吗？'文革'死得好惨！她可是一直把你挂在嘴边：问你眼前在哪里？做的什么事？……"

"是吗？那天她爸叫她送信来，这一生，我们顶多说了不到五句话……她怎么死的？"我问。

"唉！不说她了。——她真不该生到这个世上来，来干什么呢？来得这么匆忙，走得匆忙，伯伯叔叔都把她当仙女，她惹怒谁了？"

欧几里得和两线延长——脑布莱克「造物主」

从某个『点』出发，两线从小小角度各自延长，形成不断扩大无法再见的『三角』遥远距离。这既是『几何』关系，也是历史、社会、文化、友谊和爱情关系。无穷无尽的遗憾和悲剧。

人希说。

人总不能常常把痛苦当作诗读啊！心底飘忽的伤痕，是所有活人流淌的血。）

福州真大，真繁华，人气真密。

福建有的地方好特别，城区一条线拉得很长，比方永春全城从一个地方到另一个地方干脆叫作"峨里乖"[1]；仙游也是，一条线就不止五里了。福州更是难以想象，不仅长，还有它的宽。噢！可惜人只能活一辈子，要能活三辈子多好！就能把实堪留意的福州走个透了。

最让人难以想象的是，从"州里"到"南台"这一路高低楼房店面竟然全是没完没了的古今书铺！难道福州人是拿书当饭的？

四个人走在街上。

"你说，世界上的书，到底有好多值得看的？"颜渊深问。

"你不看怎么晓得？"序子说。

甘培芳说："我赞成你说的，好比吃东西，你光讲好吃，我没吃过，听了等于没听！"

"你这么说，我算是想通了。看书就像眼睛帮脑子吃东西。脑子就像肚子，经过消化，手就是肠胃，由它清理出来的排泄之物印在纸上就是书。印刷厂、图书馆就是茅厕、抽水马桶和收费跟不收费的公共厕所……"颜渊深越说越来劲，"文化关系和消化生理学其原理是相通的，写得好的书营养价值高，肥效大，卖得出高价钱；

---

1 五里街。

606

坏书是拉稀，是屁，一钱不值。"

序子叫成月："你擒住他，让我踢他两脚……"

颜渊深一溜烟跑了，还说："不要忘记给我带点点心回来！"

三个人上了大茶楼。

福州茶楼等于声乐大厅。百十位提壶端点心伙计都不停地唱着点心名字、入座程序、茶餐价钱、柜台招呼。十倍的百鸟噪林规模，"嗬、里、嗬、啰……"震楼的热闹。

茶叶的名实规矩严格，成色准确。千般口味的点心吃将起来只恨两件事。一、钱少；二、爹娘少生两张嘴。

甘培芳是福州人，眼前没有人敢抢在他前头说话。

"家父有本《闽江佳肴集慧》，说到我们福州茶楼各类点心有七百多种。"

大家"哇"声赞美。

"我不信。要是百把年前前后后加起来，那还说得过去。"说话的原来是跟在大伙后头上楼，悄悄坐进来的颜渊深。

成月斥他："培芳有书，你又信口乱扯！"

"书又怎么样？你算算这家茶楼出的点心眼前有多少？顶多十几二十种。你把几百年前的、想做而没做过的所有点心一齐写在里头，一万种也可以。"颜渊深说，"你可以说你们福州点心为'南面王'，你可以说你们福州茶楼能与广东茶楼、苏州茶楼三面鼎立，我可同意。这有事实作根据。'七百种'，你怎么做？你怎么吃？这我就不能允许！"

"你说你'不能相信'，不要说'不允许'。你口气落得不是地方，允许这个，不允许那个！"成月说。

培芳对渊深说："我几时回家拿书给你看！"

"我指的就是你那本书！"渊深说。

"每一种点心的做法、配料，你以为都靠不住？"序子问。

"他几时说过还有做法？"渊深问。

"你几时问过做法？"成月也问。

几个年轻人一边吃喝，一边吵闹，一点不碍事。整座茶楼就是一堂大锣鼓堂会。谁也谈不上惊动谁。吵对吵，冀而开动一天黎明的振作。

培芳从他爸爸的藏书谈回到那条旷世少有的书店街，搅得四个人的魂灵晃荡起来。那触摸不到的文化神圣，倒是生发了朝拜的愿望。

"不！"序子说，"我眼前任何方面都不够格往那里走，修养、见识和钱。晓不晓得有时候就几页纸要好多钱？自己原本就没有系统、没有根基，买来几页旧纸顶多助长了自己虚荣心。算了吧！哪年哪月跟随漾景先生来吧。"

"你指的那位什么景先生，是什么人物？"成月问。

"乡下人。"序子说。

"乡下人？"成月纳闷。

"藏书家。"序子答。

"藏书家？"成月纳闷。

"最完美之极的李卓吾版本在他那里。"序子说。

"那是个什么人物？"成月问。

"最多、最多是个南安、洪濑、园内乡小小地主，卖田卖地买书过日子的私塾先生。"序子说，"我们约好了，抗战胜利以后陪他老人家去各处访书。"

"唉！那是美的！"成月说，"一辈子有书读，就不寂寞。"

"也就是那条街能存活下来的理由。"颜渊深说。

"因之福州出了那么多了不起的名人。"成月屈起了指头，"林则徐，陈宝琛，严复，萨镇冰，林森，陈绍宽……"

甘培芳自我惭愧地补充："还有黄秋岳、郑孝胥……"

"哎！"序子说，"在文化角度上看，这两个也是举足轻重人物。同一地头，不免良莠并发，比如广东出孙中山、梁启超也出汪精卫，谁料到？"

"听说黄秋岳、郑孝胥都很有两下。"颜渊深说。

"岂止两下，七八下都不止！"成月说。

"蛇奶！"颜渊深说。

"什么？"序子问。

"蛇奶！"渊深再说一次。

"蛇没有奶，只生蛋！"序子说。

"之所以怪哟！"渊深说。

……

"还去不去南台？"培芳问。

"不去了！"序子说。

"到了麦加，不上云章朝圣？"培芳开玩笑。

"一回上一个地方够了。我怕团里有事。"序子说。

挨近住处有一家漆器店，顺便进去看看。好精致的彩漆碗碟茶具，讲究的花瓶吊挂，看到说明，原来有"木胎""脱胎"的分别。（山西悬空寺那尊佛为什么那么轻的道理在此）。还看到三七年在集美科学馆楼上二叔房里那口红漆小棺材。"建漆"的精美领教了，可惜跟这帮年轻人关系不大，文雅地告谢走出铺子。

王淮问怎么对付剧场门口那两块大广告牌？

《原野》仍然用老办法，一个仇虎脑壳，换一种用黑纸条贴轮廓的方式，显得更强烈更抢眼，眼睛珠子甚至黏点碎玻璃酒瓶碴。《家》人物太多，幸好广告牌大，一个个全用夸张的漫画式剪影，满满一个"家"的大字衬在底下……小张贴也用这格局……

王淮看了序子顺手画出的大略，说"好"，放心走了。

培芳带成月上石印铺去印了三种小招贴。铅印局印了王淮写的三个戏的说明书。

序子和渊深以及金潭各位对付剧场门口的两块大广告牌。幸好大秋天雨少，无后顾之忧。雄强威武的仇虎额头底下那对发光的绿眼珠，不少观众的惊讶，等于打大锣招来义务宣传员。跟着是当场一个个加油加酱的漫画剪影，又夺目又像，剪完一个黄金潭按吩咐上梯子贴一个。想想看，引来的是什么热闹？把序子几乎炸熟了。

弄得差不多的时候，序子、黄金潭、渊深几个人靠大门口屋檐底下贴着墙脚阴凉处休息，看热闹的人渐渐散了。陈馨一帮围拢来，"咦？张序子，听说你在涵江让李好音的爹招亲了？"

"嗯！"序子答应。

"快办喜事呀！还等什么？"陈馨问。

"正跟王淮先生商量，从战地服务团调几个陪嫁丫头过去。"序子两手靠墙，闭着眼睛说。

"你个死家伙！"陈馨踢序子一脚，回头就走。

"吓！头一个就选你！别急！走慢点！"颜渊深指着陈馨背影，"还早咧！定有你的份，跑什么？哈哈哈！"

福州的舞台台面大，带去的布景片子小，有的要改，好多人忙得要死。战地服务团来福州，报纸宣了两三天，除了伤风咳嗽，样样讲到。票也推销得差不多，门票反而显得不够，加演场子是一定的了。看王淮、王清河那帮人虽然面露愁容，动作困顿，心里头一定在嘍嘍高兴。忍得住哭笑是当头头的基本功；配不配当头头一看这点就明白。

第一次《原野》的演出很难让人相信，怎么会弄出上百张站票？哪里来的站票？一问，都是"统壳"[1]票。那意思不明不白混进来的。要查！王淮说不要查，打泡戏是喜事，何苦弄得不开心！换了六个查票的，以后清吉了。

报纸轰动，剧场登时让人们烘托起来了，大白天的人山人海地围着。团里人都不敢出门。

（不说戏。戏没什么好说的。一场戏演完只留下余音袅袅，再也摸不着，抓不住。那声音，那说话唱歌舞蹈的人，那一场场诗一般的关系，再美，再留恋，都逐渐远去。记录下的文字、影片录音也不再"实际"，不再触摸得到。这即是所谓的"无形文化"。"有形文化"是不管你过了多少年还摸得着的东西，比如建筑，雕塑，发掘出来的古文物，古生物骨骼，传统字画，有趣、有意义、有价值或没趣、没意义、没价值的卷册书本……前些日子，在电视里看

1　"统"是"脱"，"壳"是"裤"。

到的一些社会活动打出的招牌，对这两个概念好像还懵里懵懂。）

演了一个星期的《原野》，休整一星期开始演《家》。就演出效果说，《家》比《原野》派头大，讲究，更耐人展延推敲。

王淮告诉序子，木刻家陈庭诗（耳氏）回福州来了。

这很要紧。序子一辈子还没有见到真正活人木刻家，没见过真正木刻家刻出的木刻板子。序子私忖，自己总算刻了几年木刻究竟对也不对？好比埃及盖金字塔的工程师颠倒看错图纸，盖了座尖朝下的！

见识浅陋，当然会出问题。

叫了架三轮车，王淮有地址，要价很贵，大概路远。

走不到两条街，序子告诉王淮："你穿这身军装坐三轮车，要是碰见冯玉祥，非把你叫下来拉车不可，让三轮车夫坐上去！"

"实际上这根本不可信，大概都是杂志报纸花边新闻的编辑弄出来的。"王淮说。

"不一定像你想的那样吧？冯玉祥身份特殊。兵权虽然被委员长削掉了，上将身份还在，弄点滑稽手脚，发泄忧愤完全是办得到的。"序子说。

"他是个有作为的人，不会这么小气无聊，我怕是有人故意编造些幼稚行为故事来贬损他，让他在人们印象中显得低俗。你应该前前后后想一想，他部下韩复榘挨枪毙了，于是就出现一大串韩复榘没有文化的笑话。其实韩复榘是个有文化爱文化的军人，字也写得好，高中毕业，和很多文化人都有接触。要说他是大学问家那也未必，反正他跟专闹笑话的大老粗关系不大。你说是不是？"王淮说。

"我看是。当今，人斗人的武器花样越来越多，越微妙，越残

序子一辈子还没有见过真正活人木刻家，没见过真正木刻家刻出的木刻板子。序子私忖，自己总算刻了几年木刻究竟对也不对？好比埃及盖金字塔的工程师颠倒看错图纸，盖了座尖朝下的！

这个金字塔盖反了！

613

忍。有时候毁一个人用的是称赞的方式，温爱的方式，真难以想象。"序子说。

"你还在长大，有机会碰到更多新鲜东西。有时候不光是看，还会'摸'，亲身遭受，那时候又要考虑如何对付，如何遭受，甚至会想到如何死，如何活。"王淮说。

"大到这样大的问题，我很少想！"序子说。

"到时候，轮不到你不想。"王淮说，"'理'是'不讲理'的前奏，最要提防的是最后那几下！"

没想到进去的这条小街在挖大沟，两边只剩下徙徙歪路。三轮车夫说："下车自己走吧！"王淮一边付车钱一边说："这怎么找呀？"

"街名对了，只找门牌号码，方便的！"车夫说。

果然一走就找到了。

楼门讲究，斑驳地立在西晒的寂寞里。上了三级石阶，敲门，再敲门，门开了，一位萧肃的老人，没有表情。

王淮上前鞠了个躬，"老伯，你好！我们来找庭诗。"

老人点点头，留着门，没有说话慢慢转身往小院左转进客堂去了，一会，庭诗出来，面色高兴，跟两人拉手，延进客堂。

这客堂原有规模格局都在，只是一些该有的文化程式都消退了。不晓得是因为战争还是主人命运的改变？只留给客人那么多静悄悄想象的空间。

陈庭诗从堂后端来两碗凉开水放在方桌上，开始用笔在纸上跟王淮说话。

"他是湖南朱雀城人，在厦门集美中学读过书，辍学参加闽南战地服务团做美术工作，名叫张序子。"王淮写。

"上回木刻板是给他买的？"耳氏写。

"是，"王淮写，"他在你们沙县《大众木刻》发表过一幅木刻——"王淮写。

"《下场》。"序子写。

"我记得，构图很怪，当时大家看了都笑，说有新意，一致同意发表。"耳氏写，"你最近刻什么？"

"忙，没有空刻。"序子写。

"不能放弃！"耳氏写。

"不会放弃。我已经刻了几年了，还没见过真木刻板，你手边方便，拿一块让我看看。"序子写。

耳氏取了小木刻板，上头刻着一匹驮东西的马。序子紧紧捏在手里看得很仔细，每一个点子、线条都挖得深深的，自己刻的跟这块板子完全一样，放心了。

"谢谢！"序子把板子还给耳氏。

"我过几天到江西赣州二队去了。"耳氏写。

"你回来才几天，这么快又要走？"王淮写。

王淮告诉序子，二队全名叫教育部演剧第二队，队长以前是老戏剧家谷剑尘。中国教育部只有这么两队，二队在赣州，一队在西北，是另一位老戏剧家向培良做队长。我就是老二队的人，跟二队从武汉出发到东南来的。那里还有他的老哥们在。一起从山东出来的，徐洗繁他们。

"你一个人怎么走？"王淮写。

"好走！"耳氏写，"从永春长汀、永安一路搭汽车。"

"家里呢？"王淮写。

"就父亲一人，姐姐有时回来照应。"耳氏写。

"经济上？"王淮写。

"我先留几块给他，以后再按月寄。"耳氏写。

"一路上呢？"王淮问。

"三十五块，到赣州够了！"耳氏写。

"那不行！一路出意外哪个管？"王淮写完这句话，把荷包里二十块都给了他。耳氏也不写"谢谢"就收下了。

"谷剑尘先生走了，换了曾也鲁。"耳氏写。

王淮点头。晓得曾也鲁不是戏剧界的人，人忠厚老实。

"一路上行李要小心！"王淮写。

"我没有行李，单身一个人，漱口缸、牙刷、小毛巾放在挂包里，搭在肩上很方便。"耳氏写。

"天气一天天变凉了，路上住栈不带被窝怎么行？"王淮写。

"我原来就没有被窝。到那边再说。"耳氏写。

序子心里头打鼓，不好受。

耳氏这一路上怎对付得那九九八十一难？

三千里？二千里？一路上哪个照料他？

一个又聋又哑、长得颇为猥琐，瘦咔咔的人；世上有几个人晓得他是木刻家？晓得又怎么样？木不木刻又不挂在脸上，又不白杨、赵丹、王丹凤……

回来的路上，两人各有心事，坐在车上都不说话。

第二天大清早，序子捆起了所有铺盖卧具打成一个背包，只留下一张灰军毯和床单，不让神鬼晓得地送到耳氏那里，在纸上写道：

"给你用，祝一路平安。"

这事干得老扒手似的流利清爽，没留手脚。

演完《原野》演《家》，快一个月了。

福州观众不知疲倦，有人竟然一个戏连看三回。

也承蒙菩萨保佑，这个月平安清吉，没出意外。一个剧团在一个地方，待了一个月不出意外，还真是不容易。想想看，序子这个蹩脚演员以前就出过忘台词、让《妙峰山》这场戏差点砸锅的意外。还听人讲起正正经经的一场两人戏，其中一个男的裤子忽然掉下来了。又说演一个老头子抽烟把大长胡子点燃了，台上台下一齐救火……

所谓意外，在剧团稍微待过几年的人随口就能讲出一大串。当时好笑，几十年后发酵变成怀念老朋友、老同事诗情画意的引子，带出往日不少的温暖风景层次。

（老演员们其实可以合起来编几本这类的书，书名就叫《舞台意外》，轻而易举的事。大家坐成一个圈，你一句我一句，音一录，一整理，打印机一打，交出版社高手设计、印刷、发行，你说这书有没有人看？）

出发福清前夜。

颜渊深对三个伙计感叹："来福州近一个月，连南台和仓前山都没去过，真辜负此生！"

成月问他："你这一辈子的计划是不是只活到年底？"

"你这么讲他做什么？实在就是那么一回事。我们不都是一直嚷、嚷、嚷到福州看书铺，到南台逛云章，到仓前山看洋人吗？你

所谓意外

所谓意外，在剧团稍微待过几年的人随口就能讲出一大串。当时好笑，几十年后发酵变成怀念老朋友、老同事诗情画意的引子，带出往日不少的温暖风景层次。

挖苦他做什么？不都是忙吗？不都是想去吗？不都是给耽搁了吗？"序子讲了成月一番，"买书和看书也不一样。有打算的叫买书，没打算的叫看书。看书是去侦探一些新学问；买书是填补自己学问家底的空缺。看起来一样，其实口味不同。买书目的明确，来回都走得快；看书懒洋洋，像阔人万事不经意的那点卵相。眼前我们两样都做不到，论勇气，有多；论时间，过了；论钞票，空空，怎么有脸面逛书店？广东称这种性质的人作'无胆匪类'。我看，我自己就有点像。"

"培芳，你讲讲，附近还有什么转转的地方？"成月问。

"倒是还有几间著名的寿山石图章店我们没走过。"培芳说，"其他花大钱的比如古老温泉'松有泉'，摩登的温泉'雷梦娜'，我们又去不起，算了……打桥牌吧！"

"不会！"成月说。

"下棋！"颜渊深说。

"不喜欢！"序子说，"一种浪费智力的活动。"

"耶？那可不好那么说，段祺瑞送到日本去留学的十三岁吴清源在日本可是个棋坛高手！"成月说。

"'在日本'，你嗓子还嚷得这么响？"颜渊深说。

"你看你这个狗日的，下棋是你刚才提出来的！"

"我提'日本'了吗？"

"提'日本'怎么样了？'打倒日本帝国主义'不也提'日本'吗？"成月说。

"我那个'日本'和你这个'日本'能一样吗？"渊深说。

序子站起来说："你们这么吵一点也不长肉！我建议打壶开水

泡茶，喝了床上看书，明天起早捆行李上路。"

"我不甘心！"颜渊深说，"茶喝多睡不着。"说完拥被便倒。

"地方大，不要说脚走不到，心也包不住；还不如小地方，三两天全城人都熟了。走在街上，左右打招呼，难得的交情……"成月打个哈欠，转身铺床。

"说起来我这个福州本地人还真有点对不住大家，希望以后各位有机会常来常往吧……"蒙在被窝里还说，"到那时候运气好，电线杆底下捡到一捆钱，坐着黄包车满城跑，过大桥上仓前山看外国人……吃西餐……喝啤酒……"

到了福清，还是一条长长的热闹大街。战地服务团驻在街尾横着的一条短路边围墙围着两排屋的大院子里，有大树，有距离，门口很显气派。

大街好像横在一脉大山坡上，所以右边的横街都高，左边的横街都低，就这么一路展延下去。蛮可爱的，热热闹闹，人都和气，听说是演话剧的就更是亲热得了不得。水果特别多，那桃子就像王母娘娘园子里长的，拳头那么大，一口下去，喷出的桃汁五尺远，弄得一脸一身都是。真是空前绝后的感觉。

"人面桃花相映红"其实离真实还远了点，"人面福清水蜜桃"就连肤色都包括进去了。（以后见过更大的，甚至外国水蜜桃都没有这种境界。）

你承不承认？凡到一个新地方，首先打听的就是有什么可进嘴的土特产。刚才已经亲身体验到水蜜桃了。不是！是豆腐。

豆腐这普通之极的菜料有什么好讲究的？说福清的豆腐一旦吃

下去，任何水土不服的人都能缓和，品质十分细滑，就把这个秘方传到厨房伙食中实行起来。吃了几天，大家觉得看不出身体有什么特别显著的效果，嘴巴越来越干涩寡味。"原先是哪个提出的这怪主意？"有人问。

"张序子！"有人答。

"啊？你呀！"河伯说，"我也觉得怪，怎么这几天走路都没力气？'水土不服吃点豆腐'早就是中国传统常识，怎能算是福清一地方的特产？亏你找的这个偏方！"

甘培芳说："豆腐在福清的确是出名的。"

"喔！喔！难得，难得！不过当作吃补药那样的吃法，吃多了也不太合适吧？"河伯说。大家笑起来。

河伯这人有时候可恨多一点，有时候可爱多一点，很不稳定。

福清的剧场不错，要这么认真干什么？椅子座位的木料都太讲究，空气流通，灯光齐整，见出当地老百姓文化的高口味。一个城市有好的图书馆、书店和剧场，稳稳定定，其他的好处也想得到了。

（不晓得哪位智者可能是我自己，说过："论人品，看他的书架。"以前人用钢笔写字的年月，人的上衣口袋常常插上一支钢笔，表示是个时时用得着它的人；也见过上衣口袋插五支钢笔的，他想告诉你，家里有五个空书架。）

福清图书馆不小，两层砖楼的建筑，气象郁沉，令人生尊敬心。藏书之多显示这座图书馆的年轮。还有外文的专门角落，办事员告诉序子，是清朝一个出生于福清的牛津教授的遗产，专门运回来捐给家乡图书馆的。序子问那位教授原来是研究什么的。

"生物学吧？"

哎呀！哎呀！序子心里隐隐作痛，"那么小半房子生物学……我当年如果英文稍微用点功不就好了……这么一大批妙透了的精装英文生物学啊！你们一天天一年年像九大行星空悬太空，太、太、太对不起我了……"

楼下一亩多地除阅览室之外尽是大书架。白话文学和时事杂志书籍放在就近，稍远点是文论，再远是现代印刷出版的经史子集。

楼上除刚才讲的洋书之外都是线装版本，有的还是珍本，尤其喜欢提起的是路过的文化界大名人都看过的几部少有的"禁书"。这"开心点"像当妈的亮出儿子屁股上那块鲜红的朱砂蝙蝠印，骄傲得莫名其妙。

最能显示图书馆长慧黠用心的是他把党国元勋们和最高领导蒋委员长的著作，安排在一个不用长梯子就够不着的地方。其目的有二：一、防盗；二、显示崇高。

序子借了本桂林出版的土纸本《近代短篇小说选》回来，看了其中一篇万迪鹤写的《王家》，扣着肚子，笑弯了腰，把这个故事讲给大家听，一个土娼跟几个当兵的和他们的连长（或排长或……记不清了）的一段小事，写得很新鲜，很独创……

王淮听见了，借这本书看了一个钟头，把序子叫了去："你怎么这么感动？还在开心宣扬？你晓得你是干什么的？书可以下流，你看书的人怎么可以下流？文学是什么？作用在哪里？你要我讲吗？把书马上还回去！"

……

序子病了好几天，人家以为他豆腐吃多了。

广告海报打出来：《古城烽火》《烟苇港》。

福州、长乐那边都还有人赶来买票。（可知"粉丝"不自今日始。）还真没想到福清的演出，一场比一场热闹。原来都是当地文化界新闻界人士在兴风作浪。

星期一、二、三，演《古城烽火》，星期四那天原是休息，却让长乐那边来的人搅了。一味要战地服务团去演几天。原来里头夹了个热情的教育局长和建设局长两个政府人员，代表着县长的意思。

这怎么办？

教育局长魏文熙，建设局长董进，两位都是文艺爱好者，听说县长陈灿也是个业余作家。怪不得。魏文熙甚至还摊出底牌："中国大作家谢冰心、大作家郑振铎都是我们长乐人，你可不要小看我们长乐小县城！"

"魏兄你讲笑话了，我们哪敢有这个胆子？敝团的巡回演出计划是上头司令部核准的，到哪里、到哪里，多少天、多少天，像部队行军一样，不敢随便更改移动。你看这样好不好？趁我们演出《烟苇港》期间，没有参加演出的队员，临时组织一个文艺工作分团到长乐做点文艺活动，比如音乐演出和一些零碎节目。去那么三几天你看行不行？"王淮说。"贵县的热情和诚恳，我们的感谢真是难以表达……惭愧之至。"王淮说。

两位长乐局长听王淮团长把话说到这个尺寸上，也觉得很不容易了，心里高兴，便说要赶紧打电话回去向县长报告，筹备欢迎。

王淮便又赶忙拉住局长说："千万不要！千万不要！我们绝对不敢当，当不起。要不然就不敢动身了。找个搭铺的地方，找个演出场所就行了。"

"那，交通方面就由我们张罗了！"局长说。

"你看你看，我们都这么年轻，千万不要费心才是！"王淮又诚恳地请求，"请你给我们一点商讨和准备的时间，后天出发怎么样？"

"太好了！后天就后天！"局长总算走了。

正在如此这般地紧张，忽然又加了一个紧张。下午三时，福清闽海指挥官许礼钧要接见全团人马，还有晚宴。

指挥部在一条巷子里一座大木楼里。两层。大家上楼，进了房，许礼钧坐着没有起来。大桌子那边露出一个头。

王淮代表大家向他行军礼，他也没有回礼。沿木板墙一大圈椅子，各人自己坐下。

原来是个矮胖子。坐在高椅子上和站在楼板上一样高。衣领上金板板一颗星，少将，只比王淮大一级。

沿着大家的坐处走了一圈，像是检阅，连说"好，好"不止，又爬回原来的高椅子上坐着。想象中他那双脚是悬空的，一定时候脚会发麻，要是脚底下垫个高凳子就好了。他没想到，大家第一次见面也不方便说。

这人的个子顶多高及张序子肩膀，所以算得上矮圆横宽身材。天下矮子有个通病，喜欢穿一寸多厚底鞋；喜欢仰头举止，以为可以填补别人对于他尺寸不够的印象。序子见过好多聪明的、幽默的、有学问的矮子都如此处理自己身材的关系。何必呢？做朋友谁想到你身材的高矮呢？

许司令非常厌恶自己的身材矮小，所以房里不安穿衣镜。他采

王淮代表大家向他行军礼，他也没有回礼。沿木板墙一大圈椅子，各人自己坐下。

原来是个矮胖子。坐在高椅子上和站在楼板上一样高。衣领上金板板一颗星，少将，只比王淮大一级。

许司令弹鼻灰

625

取摆架子、不苟言笑的办法与人相处，以便增强自信心。可惜日子一长又显得孤寂空茫……

今天见到以他为中心这群肃坐着的年轻人，既不知底细又素昧平生，紧张心情就释然起来，手指窗外东南西北宣述去年前年据守山里头的艰苦壮烈生活，"直到日寇败退逃窜和我们最后追击而取得胜利！"

讲这番话的时候他不停地挖鼻屎，捏在手上搓成一个小圆球，战况激烈之际，便扬手把这粒圆球向那个方向弹出去。序子再怎么想也想不通，半小时战况，那两个小小鼻孔怎能藏这么多弹药？

接着是宴会，五桌。汤汤水水，鱼、鳖、虾、蟹、猪、牛、羊。两个团长也叫来了，夫人也叫来了。司令不喝酒，大家也就不敢放肆。有个团长建议让战地服务团的人唱唱歌，没人附和，也就算了。

许司令没有看演出。大家说到戏，他问了一声："好不好？"

回答说："好极了！"

他说："'好极了'就好！"

出发长乐，人员：

王淮，庄敬贤，陈烈，傅芳丽，蔡宾菲，陈可，宋成月，陈馨，甘培芳，张序子，齐扬，刘随，罗乐生，阿哇。陈烈阿哇两人照管挑夫行李，退掉派来的轿子，全部人员走路。真是难为了吴先生。

到长乐，住在县政府一座小楼里，女的住楼上，男的住楼下，有走廊上下楼梯，阳光充足，空气新鲜，很是清洁卫生。晚上还有电灯，方便舒心。

县长、秘书和两位局长都来问候，带着全体人马去看剧场。是一座大祠堂，有戏台，可坐三百左右观众。

王淮看了庄敬贤一眼，那意思是："幸好！幸好！"

长乐风景幽雅，房屋掩隐在绿浓的树丛里，有很多浑厚的大石头夹在矮山里，流着清泉。

问："来过日本兵吗？"

答："来过。一进城马上就走了。以后没有再来。"

问："为什么？"

答："他们是按照地图列队进城的，发现地图上城里大街少了一样东西，赶紧退出城外。不晓得哪年哪月他们派来特务画的地图上有一座过节临时搭的戏台没有了，不知道戏台是可以拆的，以为走错路线，有中埋伏的危险，反正长乐不是兵家必争之地，从此没有再来。在城外倒是多待了几天，杀猪羊不吃内脏和脑壳，光吃四腿。这些日本兵按地图、按规矩杀人放火，一板一眼，看得人真哭笑不得。"

晚饭县长局长参加，多加了两个肉菜，吃了清清爽爽，坦坦然然。

晚上几个要紧的人坐在一起商量明天的安排。上午到中午举行文艺茶话会，跟长乐文化界人士见面，晚上音乐会，庄敬贤小提琴手风琴演奏；罗乐生指挥合唱；独唱，蔡宾菲；齐扬，陈可的独唱及合唱。定下来了，忽然王淮想到："张序子，你可以茶话会上剪影嘛！"

"潘副官没来，没有发票本。"序子说。

"不收钱！哪能收钱？完全情感交流！"王淮说，"你带了剪刀和黑纸吗？"

"连胶布都有。"序子笑起来。

茶话会来的客人真不少，连福州的、福清的文化界朋友都参加了。本地的文化人还包括中学教员和教会的培青中学校长钱信彰老先生。学校的美国女修士、老嬷嬷（学校的教员）都趁兴参加了。和中国演员见面她们做梦也没想过。

会场在县政府小礼堂，挤虽挤，反显得热闹。有花，有茶，有水果点心。

县长致欢迎辞。教育局长讲话，然后王淮讲话；见有外国人，多讲了一些中国戏剧、话剧、音乐的沿革和现状，又一个个介绍了成员，特别介绍庄敬贤和张序子。

培青中学校长钱信彰是位美国老留学生，态度十分温润可亲，出语清新流畅。他讲了一些很有厚度的中国文化和西欧文化有趣的问题，还提到当年在国外的一些趣事，见过马克·吐温，见过威尔斯和德莱塞……

这都是序子非常愿意领教和聆听的东西。后来——各人就端了茶杯找到各人兴趣相投的扎起堆来。

宾菲带着几个女孩集中在序子身边开始看他为人剪影。第一位就是钱信彰先生。女孩子为剪影贴上白纸，再由序子签名，再由陈馨盖章。

钱先生微笑地举起剪影仔细端详，"年轻人哪，你真有心，你好多情！让我这个七十多岁的老人深深感谢你！"握罢序子的手，又用英语介绍给几个修女和嬷嬷看，说了一阵，钱先生过来问序子："如果她们也想请你剪一张，你会见外吗？"

培青中学校长钱信彰是位美国老留学生，态度十分温润可亲，出语清新流畅。他讲了一些很有厚度的中国文化和西欧文化有趣的问题，还提到当年在国外的一些趣事，见过马克·吐温，见过威尔斯和德莱塞……

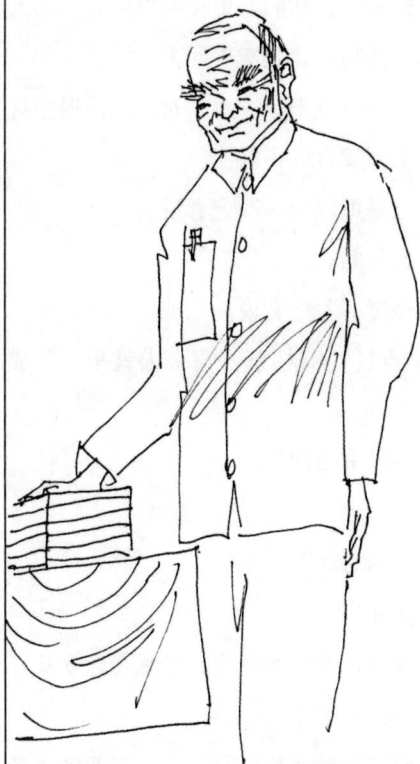

钱信彰校长

"别客气，请她们一个个就座吧！"

剪完七张之后，她们一齐过来多谢。英文"多谢"二字是听得懂的，一大串不懂的钱先生用白话翻译了，不赘述。

接下来是中国朋友，幸好不是四万万同胞，有说有笑，一个上午剪得差不多了。少数没轮到的都明白道理点头告辞。只有一位福州来的《民国日报》的不肯走，量他是党报记者，脾气很大，缠着序子要进行访问。成月解释："看他累成这个样子，算了吧！以后有机会。"

"我们《民国日报》不是野鸡报，你们心里是明白的。"那人说，"老远赶来，谈几句话都不行吗？让我空手回去？"

成月听了记者这番话，猛然醒悟过来："对，对，你说得中肯，绝对不能空手回去。你看来个书面发言好不好？"

"够水平，有点文艺气，也是可以的。"记者说。

"你想问什么问题呢？"成月问。

"简单，张序子学剪影的经过。"记者说。

"喔！明白了。请稍坐半点钟，喝杯茶，我去去就来。"成月走了。

半点钟后成月果然交给他一份书面回答。

剪影入门

夫剪影者，雕虫之小技耳！

其艺非天授，非父母遗传，非师尊教习，乃服食奇方及行为导引苦练而成。步骤有二：

一、每晚睡前食盐二两，新鲜红辣椒粉三两，凉开水送服之。七七四十九天完成第一期功业。

二、每晨起漱洗之前，以左脚大拇指伸入门缝，全身顶门紧夹三次；再以右脚大拇指伸入门缝复而习之，非至形成扁圆青肿状态不可停止。六六三十六日完成第二功业。慎德彰然，与心手通灵，与本人学养道行无异矣！

注意事项：施行期间，凡当场叫苦叫痛、叫救命、叫爹叫妈者，上警察局报案或上医院挂急诊者，一律属自动退学行为，功业全消，不得复议。

年　月　日于长乐　张序子

记者看到这篇短文，满脸通红大怒："岂有此理，简直是开玩笑！这种文章叫我怎么登？"

成月说："当然是开玩笑，我的天！你还真要登报？"

大家把这个记者笑走了。

序子因为白天忙，小海报都由颜渊深几个人写了贴了。参加音乐晚会的老百姓和各界人士把祠堂塞得满满的。

教育局长演了讲，转身把排成一排的各位介绍给大家，晚会就开始了。

合唱由罗干事罗乐生指挥。庄敬贤手风琴伴奏。

独唱由庄敬贤小提琴伴奏。

男声独唱由庄敬贤自拉自唱，特别受欢迎，连那群美国女士都叫得特别响。

地方小虽小，感情却是达到饱和。三个钟头，掌鼓了又鼓，大伙儿都舍不得散。

人生"散"的感觉，最是寥落凄凉。

第三天上午，钱信彰先生邀请参观培青中学。全体整队出发，进了学校才知道规模不小，一律红砖砌成的洋房。课室、宿舍、公共卫生设备都很现代化。一个初级中学、小学，居然还包括幼儿园以及属于慈善事业的育婴堂。小学、幼儿园和育婴堂由那一群美国修女、嬷嬷负责，各有自己的管理范围。

十二点在食堂午餐。幸好王淮出发之前打过招呼，坐下用餐之前千万不要马上动手，信教的有个餐前祈祷，要静坐不动，等他们仪式做完。个人用餐完毕也要静坐不动，等待大家一齐起立。

事情果然如此，险哉！险哉！

学校上上下下好几块草坪。有甜蜜的圆圆矮树，也有高大的绿荫。这些绿色群落都让人想起层层往事。老年人常常嘲笑年轻人！

"你有多少往事可堪回忆啊？"

老家伙不懂，回忆在精不在多。他们一生浪费最多的就是往事。他们的本钱除了老，除了自卑，除了忌，没有别的！

钱先生关照好了，中午在图书馆阅览休息，两点钟学校有个音乐会在草坪上举行。图书馆的书谈不上看；阅览室的报章杂志想象不到那么丰富，重庆、成都、昆明、桂林远远寄来久违的抗战消息和文化消息。王淮专注地在翻阅报纸……序子不敢前去攀谈。

女秘书提前十分钟把这队人马带到草坪。

草坪上摆了半圈白色桌椅招待客人坐下，钱先生温暖地说，请客人检阅孩子们的功课；小学生、幼稚园学生表演跳舞唱歌。那些美国女士忙着前后招呼这些孩子，生怕队伍当中出现意外。从来女老师在这状况下带领儿童们的活动，左冲右突，露出狼狈相的都是自己。她们少出头露面加上天生的害羞，弄得自己手脚不晓得放在哪里才好——老远就看出她们的毛孔比中国女孩粗。

后来她们其中几个也参加了表演，拉小提琴的，吹特别小、小到没见过的那么小的小号。庄敬贤走过去和她们搭讪，原来他英文讲得那么好，完全一副美国西部牛仔架势。那些女的昨天看过他演出，本来就佩服他了，看起来都有要嫁给他的倾向。序子觉得，当然，他老婆刚刚去世，从厦门奔丧回来还没有多久，话虽这么讲，万一洋婆子们其中一个硬要下嫁于他，我看也没什么不好，可惜庄敬贤眼前穷了一点。美国婆娘是要吃西餐的，牛肉、羊肉、猪肉、鸡肉、鱼肉，还要餐餐喝红黄颜色的酒—— 一个女人天天喝酒怎么得了？早上还要喝牛奶，喝咖啡。当然，饮食口味上，庄敬贤这人脾气好，应该是可以将就的。问题是这个外国老婆愿不愿意跟着战地服务团到处奔波？万一生了娃娃哪个带？当然，大家早晚有空轮流抱抱是可以的，日子长了终究不是办法。长大了念书也是个问题，爹妈到处走，学校不能跟你到处走。洋娃娃讲英文，你还要挂个翻译保姆在身边。幸好只有庄敬贤一个人讨洋婆子，要是王淮、钱大猷、陈烈这些人把那几个洋婆子都包了，那麻烦就大了。

忽然序子屁股让人拧了一下，痛不欲生，一看陈馨在旁边笑，轻轻告诉他："节目快完了，要走了，你看你嘴巴角流的口水！"

于是大家起立，微笑，握手，整队，招手再见，走出校门已是五点多钟。回到县政府屋子里，收拾东西，准备明天回福州，回仙游。

回到仙游，第一件大事是护送吴先生回迎薰路，第二件大事是老妹生了五只小狗。

原先讲好抱回来陪吴娟的，走得匆忙，忘了。这一忘，你看！做妈了，回不来了，只好留在吴先生家。

可怜，小狗身上长虱子，幸好拿碎桃叶在它们身上揉了几回，清除了。还给狗窝消了毒。

吴娟呢？吴娟哪里去了？

吴娟哪里去了？

有人敲门，大圆扁脸白聪递进来一封信。

序子弟：

　　我走了。今后不一定能见面。狠狠地别了吧！盼你长大，盼你好。我明白你会想我。

　　别放弃书，别放弃木刻。你不屈的姐书。

年　月　日

王淮进房来，序子把信给他看。

两人相对静坐，一声不出。

"你讲点什么吧！"序子说。

"信里头都说完了！"王淮嘘口长气，开门走了。

序子这房间，临走的时候打扫得干干净净才锁门的，回来一打扫怎么又是两畚箕垃圾？窗子关了，老鼠也没进过。夫垃圾者，毫无用处肮脏之废物者也，是实际现象非心理作用。自己又不是特别

回到仙游，第一件大事是护送吴先生回迎薰路，第二件大事是老妹生了五只小狗。

原先讲好抱回来陪吴娟的，走得匆忙，忘了。这一忘，你看！做妈了，回不来了，只好留在吴先生家。

老妹生了五只小狗

挑剔的干净大王，这"无"中生出之"有"实在来得奇怪，几个月来连梦也没回来过嘛！

讲给人听人也不信，都会说你无聊。实际上每个人都碰到过这类事情。荷包里不该有的东西忽然有了！人在北京，裤子一摸，一张上海到杭州的打了洞的头等过期火车票……

看看墙上挂的这支枪，旁边的火药盒、子弹盒。怎么一路上都没念过它们？回家进门看到它们也不怎么动心？漠然于视网膜之外。于是认真地取下来，抚摸它们，抱歉，卸下螺丝，拿通条卷块纱布蘸枪油擦枪管，擦扳机弹簧，再上回螺丝。火铳子简单，不像上子弹有来复线的手枪和步枪费时。

打开窗子，风猛然涌进，呛得人像喝了几口洪水。这一切就正常了，就醒过来了。

好，看啸高先生、淑琼先生去。借几本书去。

到了迎薰路，两位先生不在家，只看见摩得、理得两兄弟。

"你们做什么？"序子问。

"刚看完你的狗。"理得说。

"今天不上学？"序子问。

"星期天。"摩得说。

"哦！我倒忘了。你爸妈呢？"

"看朋友去了！"两兄弟回答。

"那我们看狗吧！"序子说。

"不看！刚看完。"摩得说。

序子只好坐下，"那我也不看，大家说话吧！"

理得问："你想说什么话？"

摩得端来一杯茶，"这是凉的，你喝不喝？"

序子点头把茶喝了。

"你到哪里去了？"理得问。

"跟你妈一起到莆田，到涵江演出。"序子答。

"后来呢？"摩得问。

"到福州、福清、长乐。"序子答。

"福州是日本吗？"理得问。

摩得敲他一下，"日本是日本，福州是福州，福州是我们的！"

理得还他一脚，不再说话。

"你会讲故事吗？"摩得问。

"会是会，讲得不太好。"序子说。

"讲一个试试。"摩得说。

"嗯——"序子。

"你'嗯'什么？"理得问。

"把故事'嗯'出来。——从前，有一对脚，一只叫左脚，一只叫右脚。他们都不喜欢做脚。好玩的都让手玩了，好看的都让眼睛看了，好听的都让耳朵听了，好闻的都让鼻子闻了，好吃的都让嘴巴吃了。他两个只管走路。有时还会踩到泥巴，有时还要踩到狗屎，为了这类事，两只脚还会打架，你踢我一脚，我踢你一脚，厉害了，两只脚跌在地上起不来，还会挨眼睛、鼻子、耳朵、嘴巴、手的骂。

"他们两个不想做脚了，想逃到一个地方躲起来。偷偷商量等半夜三更大伙睡着的时候动身。半夜，没想到一站起来大伙就醒了。耳朵听到声音，眼睛看见，嘴巴嚷起来：'抓逃兵，抓逃兵！'就

从前有一对脚

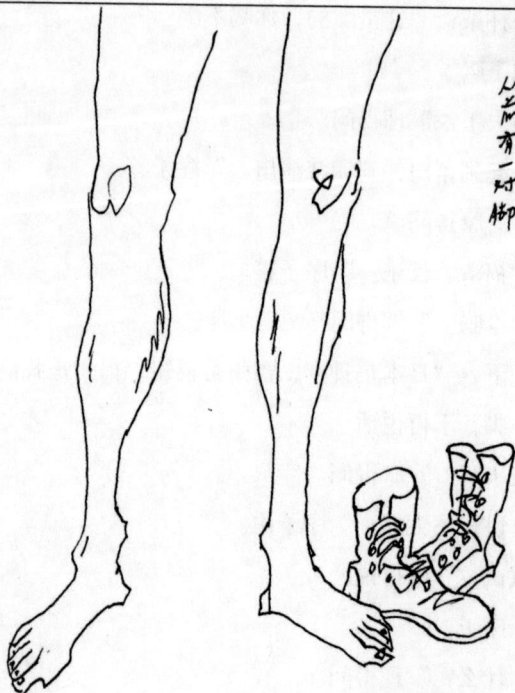

从前，有一对脚，一只叫左脚，一只叫右脚。他们都不喜欢做脚。好玩的都让手玩了，好看的都让眼睛看了，好听的都让耳朵听了，好闻的都让鼻子闻了，好吃的都让嘴巴吃了，他两个只管走路。

让抓住了。送到法院审问。后来就打屁股（屁股是脚的一部分）。打完屁股送去坐牢。

"一个陪审员说不好：'坐牢和休息一样。世上最累的是踢足球，罚他们一辈子踢足球！'

"大家听了有道理，拍掌叫好！我的故事讲完了！"

两兄弟皱着眉头。摩得说："这不像故事，也不好听！"

序子说："世界上的故事有两种，一种好听的，一种不好听的。好听的要听；不好听的也要听。"

"跟上学一样，有国语、常识书，也有算术。"理得说。

序子夸奖理得年纪小，懂道理。

"你讲的故事我也不喜欢。"理得说。

序子告诉他两个是来借书的。

"你自己拿，书房门没锁。"摩得说。

"书房门没锁，你自己拿。"理得说。

序子去了书房，取下五本红布封面的《鲁迅全集》（一共多少本，时间长忘记了。），放进借书口袋之后，在桌子上的笔记本填上借书人、书名和数量，年，月，日。

出门见两兄弟在厅里玩，便说："我看狗，往关先生那边回去了。"

"唔！"他俩回答。

小狗都长大了，还没开眼。老妹看见是序子，亲热体贴方式很是不同，像是在说："你看这些孩子。快，大家快叫外公！"

有白的、黑的和花的。个子估计将来会比老妹大。它们亲爸肯定是只纯本地爷们。

"好啦！老妹再见，下次带点长奶水的东西给你。"又谢了关先生关师母。告辞了。

回到房里摊开《鲁迅全集》。

他的书，以前零零碎碎读过几本。一个和他同辈老头子们的头脑不太一样的老头子。（尤其创办了木刻讲习班，是其一大功劳。）

这次出去几个月，接触了一些杂志报纸和书本，发现自己心里暗暗佩服的文学尊人们也在引用他书上的名句，甚至把他当作尊人，这就很有点意思了。

人，死在一九三六年，五十多的年纪不算太老；他的去世已经算作"中国现代文学史上的特大损失"。一九三七年抗战，他的名字越来越响，来头不小要多神有多神。

绝对想不到的是中国现代头号大文化人蔡元培为他写的序。看了这篇序你就不敢笑了。鲁迅原来是一个那么了不起的中外古今无所不通的大学问家、大思想家、大翻译家。文庙挂的那块"道观古今"大匾应该搬到绍兴他家大门上去。蔡元培先生都佩服介绍的人，农工兵学商党政各界，还有哪个不钳恨口？怪不得以前看他的书，只觉得他今天骂这个，明天骂那个，是个骂人里手，岂止……岂止！原来是个很会讲道理的人。

写到这里，只因为刚翻到第一页蔡先生写的序而生发的感想；加上自己又参加了木刻协会做了会员，好像跟他老人家连上了一点关系。可惜的是当年没赶上有这个运气跟他老人家照相……（见到跟他老人家照过相的木刻前辈已是十年之后。）

手边借来一、二、三、四、五集，看完之后再去换底下的。

团里准备排新戏，正忙着找剧本。

"跟鲁迅老头足足还可钻两个多月空子。他老人家那块天地和头绪从未摸过。这架势有意思得紧。"序子想，"写文章我不可能像他那种搞法。先摊出一大堆材料。地方的，古书上的，洋书上的。东一句、西一句，上下缭绕，左右盘旋；写的人越写越得意，看的人越跟越神往，最后才弯弓一箭中的。弄得人口服心服。

"这事情看起来容易，这指的是鲁迅。他肚子里有料，随手拈来。你拈给我试试。看他文章不单明白了问题，还捡来半肚子学问。顺他的口气和路子去找书看。

"不过有时有的地方来不及懂。长长上下两段白话联句，却是深奥的文言含义。明知他是故意的，他在得意，读文章的我们却并不嫌烦，心甘情愿地去埋头推敲。

"他胆子大，有时候还解衣磅礴，亮着胸脯骂人。

"他祭起的法宝一旦罩在你头上，这一辈子就戴定了，永远休想脱得下来。我甚至会猜，挨骂的人也在长学问，他多不多谢？起个外号能让挨骂的人一辈子记得住，看闹热的人也记得住；这话该有多狠？多毒？

"我不可能把鲁迅全搬到我写的文章里来，要不然，我就变成鲁二了。任何时候我都没有变作鲁二的打算。

"鲁迅就提过'吃牛变牛'的警诫。很值得诸同仁注意。"

自读《鲁迅全集》以来，序子满脑子都是鲁味。走在街上这个像闰土，那个像单四嫂子。拐个弯，这铺子像"咸亨"酒店，那楼像"一石居"。县衙门两边艺技拙劣的石狮子，一个像阿Q，一个像孔乙己。杨肇导演的那个独幕剧《一定要活下去！》，马上想到《社戏》里那两句话："似乎这戏太不好。——否则便是我近来在戏台下不适于生存了。"想完便独立微笑。傅升、傅斗泉州来信说：
"……你最近来信忽然变了味，怎么一回事？原来好好的……"

"斯亦不足道也！"序子想。

真的吗？难道对老朋友都摆起鲁迅老头的架子了？

有天下台阶的地方遇见军械库的庶务员蔡庆龙，他问序子："你
到哪里去？"

"唔？"序子和他见面顶多只点过几回头。

"你买了根火枪？"他问。

"是呀！你怎么晓得？"序子问。

"我看到了。我有把枪卖给你，要不要？"他说。

序子倒退一步，"你开玩笑！"

"你怕什么？我废铁站收的。"他说。

"废铁站收的，那还叫枪？"序子说。

"你树底下等我，去去就来。"一会就回来了，"哪！怎么样？
晓得你一看就喜欢！"

我的天，世界上有这么小的左轮？一只手掌都摆不满。

"五块钱，怎么样？还配十颗子弹。"

"你哪来的子弹？"序子问。

"那还不易，机械处旋两个钟头。"

"四块！"

"五块，少一角都不卖！"蔡庆龙说。

"我这个月只剩三块钱，两块下个月。"序子说。

"行！"蔡庆龙说，"原先锈得认不出样子，五角钱捡回来，

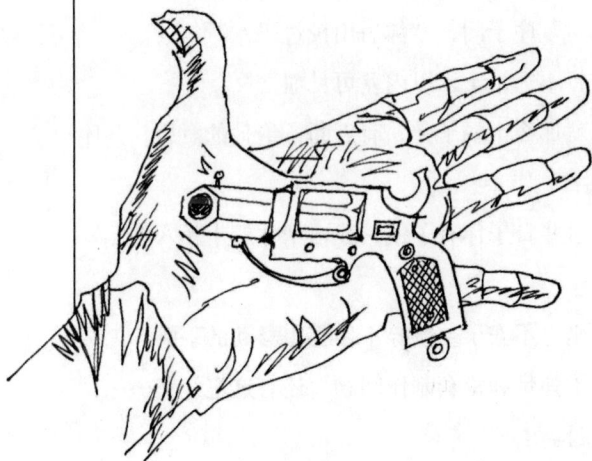

小左轮

我的天，世界上有这么小的左轮？

一只手掌都摆不满。

『五块钱，怎么样？还配十颗子弹。』

『你哪来的子弹？』序子问。

一颗零件不少，洋油泡了一礼拜，卸下螺丝机油一擦，你自己认上头'伦敦'二字，英国货不假吧？"

"要不亲眼看见还真不信——这机器钢火，不像清朝留下来的。扳手那么长也是少见。"序子问，"你后山校过吗？"

庆龙点点头，"打不远，十米以内差可见血。"

"可惜没头没尾就那么十颗子弹，有点断子绝孙的意思。"序子说。

"算不了什么，过些日子你有了钱，我再帮你旋十颗八颗。"蔡庆龙说。

底下的事让序子坐立不安了。按捺不住霍霍蠢动的手脚。怎么去跟街上修鞋铺商讨子弹带和枪套制作问题。还有这笔经费……

简直自招魔鬼上身。

说归这么说，其实也不见得。

十颗子弹用一个纸盒子装好。左轮有时候亮出来擦擦。问哪里弄的？"西门大街宣铁匠那里！"

问："还有没有？"

答："你以为枪是胎生的？"

下个月初一，补足蔡庆龙两块钱，没想到成月找到序子要求帮忙一件急事。

"什么事？"序子问。

"我舅舅跟人合开了一间手工卷烟厂，要设计两种香烟的商标牌子。"成月说。

"设计就设计，立马可待的事，犯不着这么着急！"序子架子来了。

644

"不这么简单！一个是设计两个牌子，一个是刻两个香烟头花。"成月说，"只有你来！"

"那么小的东西怎么刻？见也没见过，何况梨枣之类的木刻哪里经得起印？三几下就糊了。"序子说难。

成月忙点头称是："他们也这么说，说是用象牙筷子方的那头刻出来大小软硬刚刚合适。"成月脸孔急得像是赶厕所那么通红。

"哦！这我算懂了。你舅舅我又不认得，那怎么谈啦？"序子问。

"你说嘛！听你说嘛！"成月顿着脚嚷。

"你是讲设计商标单算啦还是连刻象牙筷子一起算？"序子问。

"我看一起算好！"成月说。

"象牙筷子你们自己找，两个商标连设计带刻，每个五元一共十元。"

成月张大嘴合不拢。

"十块钱就吓倒你了？你舅舅那些人，你晓不晓得烟厂开起工来一天赚多少？"序子说完甩手开步走。

"你不要走！我以为三两块钱的事。等我回去商量马上转来报信好不好？"

"噻令亮！两三块钱！"序子指着成月一溜烟的背影骂。

成月吃晚饭前才赶回来，喘着气，双手递上一对筷子说："行，行，我、我舅舅依你。"

序子一看筷子说："这不是真象牙，化学的，比起梨木枣木来又细多了，用一用是可以的。好！后天拿钱取货！"

成月这一下把序子当神了。

一个叫"胜利",一个叫"福",烟包设计几下子不到两个钟头就弄完。印记费了大事。

修械所借来座"台钳",磨平筷子头包上几层破布露出个头,跟台钳平平夹住,一个刻丘吉尔的胜利V形手指,一个刻篆体"福"字。其实这两个商标和成月讲价钱时都已想妥,只是两个细活需要时间而已。人家认真出了钱,所以功夫也诚恳。刀子下得深深的、一丝不苟才对得住人和自己良心。这事办得翘吗?有点翘;也靠手艺和运气。成月这次是当事人,不敢领头要序子请客,交来十块钱只在周围绕圈。

"你是不是在'打绕棺'?我又没死!不就是早上茶楼吗?就我们四个,让外人晓得了,钱由你出!"

文章最难写的是一种贴身的琐碎环境。没有它不行,没有它事情就没有由头。看书的并不认为它很重要,费这么大的劲犯不着看。有时候根本就不注意它,忽悠了它。

比如说,现在序子正坐在往开水炉方向去的团部傍门口左边墙角下,双脚跨在一道斜斜的、通往坡下的明沟上。大白梅花树跟他左脚底板下横过去饭厅的走廊那头的红梅花正准备长苞芽,不过离开花还早。

跟序子一样坐法的是个六十多岁一脸短络腮胡的马夫罗祥。人更喜欢叫他骡子,客气点称骡爷。山东人。那马是柯副司令的。柯副司令在仙游根本就不骑马,所以他每天那么屁大点事,马槽加足草料,两升玉米,遛半点钟,河边洗十五分钟,以后就游手好闲到处逛。谁都认得他是副司令马夫。他游手好闲未见得别人都游手好

筷子头包上几层破布露出个头，跟

修械所借来座「台钳」，磨平

台钳平平夹住，一个刻丘吉尔的胜

利V形手指，一个刻篆体「福」字。

筷利、福二字、筷子头这麻粗、

闲，所以变成序子的可交之友。

坐在一排之后接过序子的小左轮，手掌上掂了掂，"这小傻俺头次见。几个子儿闹的？"

序子伸出五个手指。

"贵倒不贵。你买它屌用？"骡子爷说。

"看你他妈说的！老子百步穿杨，保身护友靠的就是它。"

"哈！还百步穿杨？两寸长的枪管，够不上俺一泡尿远！"骡子爷开怀大笑。

"你再说，我把你肚脐下的老僵虫轰了！"序子叫起来。

"自己瞧！"罗祥把五粒子弹倒在手心，"豌豆大粒，皮都进不了！"

"皮？骨都进透！"序子说。

"你屁大娃，没上过火线，不懂炮火远近。不信？我让你试试！"罗祥说。

"怎么试？"

骡子爷就地伸出右脚，"你从我脚后跟左边斜着来一枪。"

"真的？"话音未了，序子真的来了一枪，啵的一声，眼看血流如注。

"你妈！你妈！你张序子，你妈！你妈！"痛得骡子爷捏住后脚跟孙子那么叫，"快，快扶我上军医室！你妈，你妈，你真的来我一枪！"

"你让我打的，我们一道研究的！"序子一边扶一边剖白。

医官吓了一跳，"怎么搞的？你这是……"

"马房踩着镰刀口。"骡子说。

骡子爷就地伸出右脚，「你从我脚后跟左边斜着来一枪。」

「真的？」话音未了，序子真的来了一枪，啵的一声，眼看血流如注。

你让我打的，我们一起研究的。

有大半个月老骡子撑着肩拐。团里个个都晓得是序子左轮弄的。

人故意问罗祥怎么回事，罗祥说："你们团里张序子这娃，千万少跟他谈事，谈好、谈赖都会遭霉！"

话虽这么讲，也没少见张序子跟骡子老头在马棚喝茶论道。所以有出广东戏就叫作：《不是冤家不聚头》。